붉은 수수밭

紅高粱家族
莫言

대산세계문학총서 065

붉은 수수밭

紅高粱家族

모옌 지음 ─ 심혜영 옮김

문학과지성사
2014

대산세계문학총서 065_소설
붉은 수수밭

지은이 모옌
옮긴이 심혜영
펴낸이 이광호
펴낸곳 ㈜문학과지성사
등록번호 제1993-000098호
주소 04034 서울 마포구 잔다리로7길 18(서교동 377-20)
전화 02) 338-7224
팩스 02) 323-4180(편집) 02) 338-7221(영업)
전자우편 moonji@moonji.com
홈페이지 www.moonji.com

제1판 제 1쇄 2014년 9월 5일
제1판 제10쇄 2024년 11월 8일

ISBN 978-89-320-2660-2
ISBN 978-89-320-1246-9 (세트)

이 책은 대산문화재단의 외국문학 번역지원사업을 통해 발간되었습니다.
대산문화재단은 大山 慎鏞虎 선생의 뜻에 따라 교보생명의 출연으로 창립되어
우리 문학의 창달과 세계화를 위해 다양한 공익문화사업을 펼치고 있습니다.

『붉은 수수밭』 한국어 개정판 서문

1985년 초겨울, 해방군예술대학 문학과에서 공부할 때 나는 일주일의 시간을 들여 『붉은 수수밭』의 첫번째 작품인 「붉은 수수」의 초고를 완성했다. 그 후 이 작품은 약간의 수정을 거쳐서 1986년 『인민문학』 제3기 1면에 삽화와 더불어 발표되었다. 소설이 발표된 뒤 문단이 떠들썩해졌고, 감상과 토론을 발표하는 자리들이 왕성하게 일어났다. 나는 그러한 분위기에 고무되어 다시 네 편의 소설을 써서 각각 「고량주」 「개의 길」 「수수 장례」 「기이한 죽음」이라는 제목을 달아 발표했고, 1987년 『붉은 수수밭』의 완간본이 해방군문예출판사에서 간행되었다.

사람들은 종종 장이머우 감독의 영화 「붉은 수수밭」이 내 소설 『붉은 수수밭』의 지명도를 높여놓았다고 말한다. 이렇게 말하는 것도 물론 일리가 있다. 영화의 관중이 소설의 독자보다는 확실히 많기 때문이다. 그러나 소설에 의거해서 각색한 영화가 아무리 뛰어나다 해도 원저의 풍부함과 다채로움에 비견될 수는 없다. 영화는 영상 예술이고, 소설은 언어 예술이며 이야기 예술이다. 소설의 이야기는 영화가 자기 방식으로 다시 서술할 수 있지만, 소설의 언어는 영화나 기타의 예술이 다시 서술할 수가 없다.

『붉은 수수밭』이 발표된 지 근 30년이 지났다. 당시의 상황을 돌이켜 보면, 이 소설이 당시 문단에서 떠들썩한 반향을 불러일으키고 오랫동안 읽히고 토론되어올 수 있었던 데는 대체로 세 가지 이유가 있는 것 같다. 하나는 내가 『붉은 수수밭』 안에 격정이 넘치는 세계를 만들어놓았기 때문이다. 도리를 벗어난 반란의 언어, 이런 언어는 중국 당대 소설 속에 나타났던 적이 없어서 독자들은 그 속에서 낯설고, 신기하고 자극적인 느낌을 경험했다. 한 작가의 언어 풍격은 그의 문학 풍격을 나타내주는 뚜렷한 표지이다. 언어는 소설의 매체일 뿐만 아니라 소설의 내용이기도 하기 때문이다. 둘째는 내가 소설 속에 중국 당대 문학 안에서는 아무도 이야기한 적이 없는 이야기를 해놓았기 때문이며, 셋째는 내가 소설 속에서 '우리 할아버지'나 '우리 할머니' 같은 이런 선명하고 전형적인 인물 형상을 만들어냈기 때문이다.

『붉은 수수밭』은 발표 직후부터 지금까지 줄곧 논쟁의 대상이 되어왔다. 어떤 이는 칭찬하고 어떤 이는 비판한다. 하지만 이것 역시 이 소설이 당대 중국 문학 안에서 간과할 수 없는 독특한 지위를 차지하고 있음을 증명하는 것이다. 수많은 작가가 많건 적건 간에 이 소설로부터 영향을 받았다.

아주 일찍이 이 소설의 첫번째 편이 한국어로 번역된 적이 있고, 나중에 작품 전편이 번역 출판된 적이 있다. 이제 다시 완전히 새로운 번역

본이 '문학과지성사'에서 발간된다. 나는 이것을 특별히 기쁘게 생각한다. 한 편의 소설에는 서로 다른 번역본이 필요하다. 그래야 독자들이 서로 다른 각도에서 원작의 풍격을 느껴볼 수 있기 때문이다. 나는 여러 번 한국을 방문한 적이 있어서 한국의 독자들에 대해 친근한 감정을 가지고 있다. 나는 여러분 중 많은 독자가 나의 소설을 기꺼이 즐겨 읽고, 여러분이 나의 소설을 아주 좋아할 수 있기만을 바란다. 왜냐하면 나의 소설 속에 묘사되어 있는 역사와 현실은 한국의 역사나 현실과도 긴밀한 관련이 있기 때문이다.

이 기회를 빌려 여러분께 경의와 감사를 표하고 싶다. 또한 이 기회를 빌려 나의 한국 작가 동료들에게도 경의를 표하고 싶다.

2014년 8월 10일
모옌

이 글로 끝도 없이 펼쳐져 있는, 고향의 붉은 수수밭을 떠도는
영웅의 혼과 뭇 원혼들을 삼가 부릅니다.
나는 당신들의 불초한 자손, 간장으로 절인 심장을 파내어
잘게 썰어 세 사발에 담아 수수밭에 펼쳐놓으니,
삼가 흠향하소서! 흠향하소서!

차례

일러두기

1. 이 책은 莫言의 紅高粱家族(上海: 上海文藝出版社, 2012)을 우리말로 옮긴 것이다.
   제목을 직역하면 '붉은 수수 가족'이나, 이 작품을 원작으로 한 영화 「붉은 수수밭」이 널리
   알려지면서, 독자들에게는 영화 제목이 익숙해졌다. 그리하여 저자의 동의를 얻어 『붉은 수
   수밭』으로 출간하게 되었다. '붉은 수수밭'은 '붉은 수수 가족'의 일원을 상징한다.
2. 본문의 주는 모두 옮긴이의 것이다.
3. 맞춤법과 외래어 표기는 1989년 3월 1일부터 시행된 「한글 맞춤법 규정」과 『문교부 편수자
   료』『표준국어대사전』(국립국어연구원)을 따랐다.

제1편
붉은 수수

1

1939년 음력 8월 초아흐레였다. 토비*의 씨앗인 아버지는 그때 열네 살이 조금 넘은 나이로, 나중에 온 세상에 이름을 떨치게 된 전설적인 영웅 위잔아오(余點鰲) 사령관의 대열을 따라서 일본군 전차 부대를 매복 공격하기 위해 자오핑(膠平)로로 떠났다. 그날 할머니는 겹저고리를 걸치고 그들을 마을 어귀까지 전송했다.

"그만 따라오게."

위 사령관의 말에 할머니는 이내 걸음을 멈추었다.

"더우관(豆官)아, 양아버지 말씀 잘 들어라."

아버지는 아무런 대꾸도 없이 할머니의 커다란 몸체를 바라보고, 할머니의 겹저고리에서 뿜어져 나오는 후끈후끈한 향기를 맡았다. 그러다가

---

* 각 지방마다 떼 지어 다니며 약탈을 일삼는 도적 떼.

아버지는 갑자기 서늘한 기운이 엄습해오는 걸 느끼며 몸서리를 쳤다. 배 속에서는 꾸르륵거리는 소리가 들려왔다. 위 사령관이 아버지의 머리를 툭 치며 말했다.

"가자, 아들아."

천지가 하나로 뒤섞이고 사물은 형체를 분간할 수 없었다. 어지럽게 들려오던 대열의 발자국 소리도 이미 멀어져 있었다. 희뿌연 안개 장막이 시야를 가로막아 대열의 형체도 보이지 않았다. 아버지는 위 사령관의 옷 깃을 꼭 붙잡고 빠르게 걸음을 옮겼다. 할머니는 해안처럼 점점 더 멀어 지고, 안개는 해수(海水)처럼 다가갈수록 흉용해졌다. 아버지는 뱃전에 매 달리듯이 위 사령관의 옷자락에 매달렸다.

아버지는 그렇게 해서 온통 붉게 물든 고향의 수수밭 위로 우뚝 솟아 있는, 나중에 그의 것이 된, 비문도 없는 청석 묘비를 향해 달려갔던 것 이다. 지금 그의 무덤 위에는 이미 마른 풀들이 자라나 바람에 사각거리 고 있다. 언젠가 엉덩이를 다 드러내놓은 사내아이 하나가 새하얀 산양 한 마리를 끌고 이곳에 온 적이 있었다. 산양은 한가롭게 무덤 위의 풀을 뜯었고, 사내아이는 묘비 위에 서서 노기등등하게 한바탕 오줌을 뿌려대 고는 큰 소리로 노래를 불렀다.

수수가 붉어졌네…… 일본 놈이 왔다네…… 동포들은 준비했지…… 총을 쏘고, 포를 쏘았네……

어떤 이들은 이 양치기 사내아이가 바로 나였다고 말한다. 하지만 난 그게 나였는지 아닌지 모른다. 한때 난 가오미(高密) 현 둥베이 지방을 열 렬하게 사랑하기도 했고 그곳에 대해 극도의 원망을 품기도 했었다. 그러 나 성장해서 마르크스주의를 열심히 공부하고 난 뒤에 결국 나는 깨달았 다. 가오미 현 둥베이 지방은 분명 이 지구상에서 가장 아름다우면서 가장 누추하고, 가장 초연하면서 가장 속되고, 가장 성결하면서 가장 추잡하며, 영웅호걸도 제일 많지만 개잡놈도 제일 많고, 술도 제일 잘 마시고 사랑도 제일 잘할 줄 아는 곳이라는 사실을. 이 땅에서 살았던 내 부모 형제와 친지들은 수수를 즐겨 먹었고 해마다 대량으로 수수를 심었다. 8월 만추가 되면 끝도 없이 펼쳐진 수수의 붉은빛이 광활하게 일렁이는 피바다를 이루곤 했다. 수수로 덮인 가오미 마을은 찬란하게 빛났다. 수수의 슬픔은 처연했고 수수의 사랑은 격렬했다. 가을바람이 처량하게 불고 햇빛이 왕성하게 내리쬐일 때면, 기왓빛 푸른 하늘 위로 새하얀 뭉게구름이 둥실둥실 떠다녔고, 붉게 물든 뭉게구름의 그림자가 수수 위로 미끄러지듯이 흐르곤 했다. 그때 검붉은 사람들은 몇십 년을 하루같이 한 무리씩 수숫대 사이를 번질나게 드나들면서 포위망을 좁히곤 했다. 그들은 사람들을 죽이면서까지 아낌없이 조국에 충성을 바쳤으며, 한 막 한 막의 영웅적인 장극(壯劇)을 연출함으로써 이렇게 살아 있는 불초한 자손들을 부끄럽게 만들었다. 세상은 진보하지만 그와 동시에 종(種)은 퇴화한다는 것을 난 절실하게 느낀다.

마을을 벗어난 뒤 대열은 좁은 흙길로 들어섰다. 사람들의 발자국 소리 사이사이로 길가의 잡풀들이 바스락거리는 소리가 들렸다. 안개는 너무나 짙었고 변화무쌍했다. 아버지의 얼굴 위에 무수하게 많은 작은 물방울이 한데 엉긴 커다란 물방울들이 생겨났고, 한 줌 남짓한 머리카락은 두피에 찰싹 달라붙어 있었다. 길 양쪽의 수수밭에서 날아오는 그윽하고 담백한 박하 향기와 잘 익은 수수의 쌉쌀하고 달콤한 냄새는 아버지에게는 이미 아주 익숙한, 전혀 신기할 게 없는 냄새였다. 그러나 이번 안개 속의 행군에서 아버지는 어떤 신기하고, 딱히 뭐라고 꼬집어 말할 수도 없는 들척지근한 비린내를 맡았다. 그 냄새는 박하와 수수의 향기 속에서 은은하게 퍼져 나와 아버지의 영혼 깊숙한 곳에 놓여 있던, 아주 먼 시절의 기억을 불러냈다.

이레 후면 8월 15일 중추절이다. 둥근 달이 천천히 떠오르면 사방에 널린 수수들은 숙연하게 말없이 서 있었고 달빛에 젖은 수수 이삭들은 수은을 묻힌 듯이 반짝거렸다. 아버지가 조각난 달빛 아래에서 지금보다 몇 배나 더 강렬했을 그 들척지근한 비린내를 맡고 있을 때, 위 사령관이 아버지를 데리고 수수밭으로 걸어 들어갔다. 그곳에서는 3백여 구가 넘는 동네 친지들의 썩은 시체가, 잘려 나간 팔과 다리 들이 겹겹이 포개진 채로 이리저리 나뒹굴었다. 시체에서 흘러나온 선혈이 수수밭 한쪽을 널찍하게 적셔놓았고 수수 밑동의 검은 흙은 피로 진창이 되어 그들의 발걸음을 더디게 만들었다. 들척지근한 비린내에 질식할 것만 같았다. 인육을 탐내 먼저 달려온 개 떼가 수수밭에 앉아 번쩍이는 눈빛으로 아버지와 위 사령관을 노려보고 있었다. 위 사령관이 자동소총을 한차례 내두르자 두 개의 눈이 사라졌고 한 번 더 내두르자 다시 두 개의 눈이 사라졌다. 개 떼는 한바탕 소란을 피우며 달아나더니 멀찌감치 앉아 포효하면서 탐욕스럽게 시체를 바라보고 있었다. 들척지근한 비린내는 점점 더 강렬해졌다.

"일본 개들아! 개자식 일본 놈들아!"

위 사령관이 고함을 지르며 개 떼를 향해 있는 대로 총을 휘갈겨대자 개 떼는 종적도 없이 사라졌다.

"가자, 아들아!"

어른 한 명과 아이 하나가 나란히 달빛을 받으며 수수밭 깊숙한 곳으로 걸어 들어갔다. 들판을 가득 채우고 있던 그 들척지근한 비린내는 아버지의 영혼을 흠뻑 적셔놓았고, 뒤에 훨씬 더 격렬하고 참혹한 시간들 속에서도 줄곧 아버지를 따라다녔다.

안개 속에서 수숫잎이 불규칙하게 스슥대며 부딪치는 소리가 들렸고, 저지대의 평원을 가로지르며 천천히 흘러가고 있는 모허(墨河) 강의 명랑한 재잘거림이 때론 강하게 때론 약하게, 때론 멀리서 때론 가까이서 들려왔다. 무리를 따라잡은 아버지의 앞뒤에서 타다닥거리는 발소리와 함께 거친 기침 소리가 들려왔다. 누군가의 총 개머리판이 다른 누군가의 총 개머리판에 부딪히고 누군가의 해골 같은 것이 누군가의 발에 밟혀 부서지기도 했다. 아버지 앞에 서서 가던 사람이 쿵쿵거리며 기침을 하기 시작했다. 기침 소리가 무척 귀에 익었다. 아버지는 곧 조금만 힘을 줘도 당장 충혈이 되는 커다란 두 귀를 떠올렸다. 모세혈관이 가득 퍼져 있는 투명하면서 얇고 큰 귀는 왕원이(王文義)의 머리 중에서 가장 눈길을 끄는 곳이었다. 작은 키에 어울리지 않게 커다란 머리가, 솟아오른 양쪽 어깨 사이에 끼어 오그라 붙어 있었다. 아버지는 그를 보려고 애를 썼다. 아버지의 눈빛이 짙은 안개를 뚫고, 기침을 하면서 떨고 있는 왕원이의 그 커다란 머리에 닿았다. 아버지는 왕원이가 연병장에서 매를 맞던 장면을 떠올렸다. 지금 왕원이의 커다란 머리는 그때처럼 가련하게 떨렸다. 왕원이가 막 위 사령관 부대에 들어왔을 때였다. 연병장에서 부관을 맡고 있던 자가 그에게도 다른 대원들한테처럼 고함을 질렀다. 우로 돌아!…… 어느 방향으로 돌아야 할지 모르는 왕원이는 희죽거리면서 제자리걸음만 되풀이했다. 부관이 그의 엉덩이를 채찍으로 내리쳤고 그는 입을 떡 벌리며 외마디 소리를 내질렀다. 애들 엄마! 그는 웃는 건지 우는 건지 알 수 없는 표정을 지었고 낮은 담장 밖에 둘러서서 이 광경을 바라보고 있던 아이들은 한바탕 웃음을 터뜨렸다.

위 사령관이 한걸음에 달려가 왕원이의 궁둥이를 걷어찼다.

"웬 기침이야?"

"사령관님······"

왕원이가 기침을 참으며 말했다.

"목구멍이 부어서······"

"목구멍이 부었어도 기침은 안 돼! 목표물을 폭로하면 네 대가리를 날려버릴 테다!"

"네, 사령관님."

왕원이는 대답하면서 다시 한 번 기침을 터뜨렸다.

아버지는, 위 사령관이 왕원이 쪽으로 한 걸음 성큼 다가서더니 한 손으로 그의 목덜미를 내리누르는 걸 느꼈다. 왕원이의 입안에서 끅끅대는 소리가 새어 나왔지만 기침은 더 이상 하지 않았다.

아버지는 위 사령관의 손이 다시 왕원이의 목에서 풀려 나오는 것도 감지했다. 왕원이의 목 위에 잘 익은 포도처럼 생긴 붉은 손자국 두 개가 보였다. 두려움과 불안에 떠는 왕원이의 짙푸른 눈 속으로 감사와 위축의 빛이 엇갈리며 스쳐갔다.

대열은 아주 빠르게 수수밭으로 들어섰다. 아버지는 대열이 동남쪽을 향해 걸어가고 있다는 것을 본능적으로 감지했다. 그들이 막 지나온 흙길은 마을에서 모수이(墨水) 강으로 통하는 유일한 길이었다. 새카맣고 반질반질한 흙으로 다져진 이 좁은 길은 대낮에는 푸르스름한 하얀색으로 보였다. 사람들이 오랫동안 밟고 지나다니는 동안에 검은색은 모두 바닥으로 가라앉았고 꽃잎처럼 생긴 소나 양의 발자국, 반원 모양인 노새나 당나귀의 발자국, 말라붙은 사과처럼 생긴 말똥, 노새똥, 당나귀똥이랑 벌레 파먹은 호떡 같은 소똥, 여기저기 흩어져 있는 콩장 같은 양똥 따위의 것들이 그 위로 무수하게 쌓여서 눌려 있었다. 아버지는 늘 이 길을 걸어 다녔었다. 나중에 그가 일본의 탄광 속에서 인고의 세월을 보내게 되었을 때도 이 길은 그의 눈앞에 문득문득 떠올랐다. 우리 할머니가 이 흙길 위에서 얼마나 많은 연애의 희비극을 연출했었는지, 아버지는 모르지만 나는 안다. 수수의 그림자로 가려진 이 흙길 위에 일찍이 백옥같이 하얗고 매끄러운 할머니의 몸이 눕혀졌었다는 사실도 아버지는 모르지만 나는 안다.

　수수밭으로 돌아 들어가자 안개는 더욱 짙게 엉기고 더 무겁고 움직임도 적어진 듯했다. 수숫대가 사람의 몸이나 지고 가는 물건에 부딪히면, 서걱대는 수수의 한 맺힌 울음소리가 들려오고 그 소리를 따라 묵직한 물방울들이 한 방울씩 후드득후드득 떨어져 내렸다. 물방울은 얼음처럼 차갑고 상쾌했으며 신선하고 향기로운 맛이 났다. 아버지가 얼굴을 쳐들면 큼직한 물방울이 정확하게 아버지의 입 속으로 떨어졌다. 아버지는 푸근한 안개 더미 속에서 수수의 묵직한 이삭이 흔들리는 걸 보았다. 이슬에 흠뻑 젖은 수수의 부드러우면서도 질긴 잎사귀가 아버지의 옷자락과 얼굴을 간질이기도 했다. 수수가 흔들리며 일으킨 산들바람이 아버지의 머리를 가볍게 스치며 지나갔고 모수이 강의 물소리는 점점 더 크게 들려왔다.

　아버지는 모수이 강에서 물놀이를 하며 자랐다. 아버지가 물을 좋아하는 건 천성인 듯했다. 할머니는 아버지가 물을 만나면 친엄마를 만난 것보다 더 반색을 했다고 말했다. 다섯 살 때 아버지는, 분홍색 엉덩이를 하늘로 쳐들고 두 다리를 번쩍 치켜들고는 오리 새끼처럼 잠수를 했었다. 아버지는 알고 있었다. 모수이 강바닥에 깔린 진흙이 얼마나 새카맣고 윤기가 흐르며, 얼마나 크림처럼 보드라운지를. 강가의 펄 위에는 은녹빛 갈대와 뽀얀 흰색 질경이, 땅바닥에 붙어서 자라는 야생의 칡덩굴과 꼿꼿하게 대를 세운 접골초들이 무성하게 자라나 있었고 갯벌에는 게들의 자잘한 발자국이 가득 찍혀 있었다. 가을바람이 일고, 날씨가 서늘해지면 기러기들은 한 줄로 늘어서거나 '사람 인(人)' 자를 그리며 무리 지어 남쪽으로 날아간다. 수수가 붉어지면 말발굽만 한 게들은 밤사이에 무리를 지어서 강변으로 기어 올라와 풀숲에서 먹이를 찾는다. 게들은 갓 눈 소 오줌이나 동물의 썩은 시체를 즐겨 먹었다. 아버지는 물소리를 들으면서 어느 해 가을 저녁 무렵에 류뤄한(劉羅漢) 큰할아버지를 따라 강변에 가서 게잡이 하던 정경을 떠올렸다. 가짓빛으로 물든 저녁에 금빛 바람이 강줄기를 따라 불었고, 끝도 없이 펼쳐져 있는 높다란 남빛 하늘 위에서 초록빛 별들은 유난히도 밝게 빛났었다. 죽음을 관장하는 국자 모양의 북두성, 삶을 관장하는 키 모양의 남두성, 벽돌 한 장이 모자라는 팔각의 유리 우물 별…… 초조한 견우성은 목을 매려 하고, 수심에 찬 직녀성은 강물로 뛰어들려 한다…… 이 모든 것이 머리 위에 걸려 있었다. 뤄한 큰할아버지는 우리 집에서 몇십 년을 일하면서 술도가의 일을 도맡아한 사람이다. 아버지는 뤄한 큰할아버지가 친할아버지나 되는 양 그 뒤를 졸졸 따라다녔었다.

사람을 미혹시키는 안개로 인해 어수선해진 아버지의 마음속으로 네 조각의 유리를 끼워 만든 갓등이 밝혀졌다. 양 기름의 그을음이 갓등 위에 얹은 철판 덮개의 구멍을 뚫고 솟아올라왔다. 등불은 기껏해야 사방 5~6미터 정도의 어둠만을 밝힐 수 있을 만큼 희미했다. 희미한 등불 아래 비친 강물은 노르스름한 게 무르익은 살구처럼 사랑스러웠다. 하지만 그 사랑스러움은 순식간에 지나가버리고, 어둠 속에서 강물은 하늘 가득한 별들을 비추고 있었다. 아버지와 뤄한 큰할아버지는 도롱이를 입고 갓등 곁에 앉아서 강물의 깊고 낮은 오열을, 너무나 깊고 낮은 오열을 들었다. 강의 양쪽으로 끝도 없이 펼쳐진 수수밭에서는 가끔씩 짝을 찾는 여우의 흥분한 울음소리가 들려오기도 했다. 게들은 빛을 따라서, 바로 등불 아래로 모여들었다. 아버지와 뤄한 큰할아버지는 강바닥에서 훅훅 퍼져 올라오는 비릿한 진흙 냄새를 맡으며 조용히 앉아 천지간의 비밀스러운 속삭임에 귀를 기울였다. 떼를 지어 몰려오는 게들의 무리가 오물오물 움직이는 원둘레를 만들면서 차츰차츰 좁혀 들어오고 있었다. 그때쯤 되면 아버지는 마음이 조급해져 엉덩이를 들썩이며 안절부절못했지만 뤄한 큰할아버지는 그런 아버지의 어깨를 지그시 누르면서 타이르곤 했다.

"서두르지 마라! 마음이 조급하면 뜨거운 죽 못 마시는 법이란다."

그러면 그제야 아버지는 다시 가까스로 들뜬 마음을 가라앉히고 꼼짝도 하지 않고 앉아 있었다. 게들이 등불 안으로까지 기어올라와서 걸음을 멈출 때쯤 되면 집게가 서로 맞물린 게들이 땅바닥을 온통 다 덮어버리곤 했다. 게 껍질에서는 푸르스름한 빛이 반짝였고, 작은 막대 사탕같이 생긴 게 눈은 움푹 들어간 눈구덩이 속에서 툭 불거져 나와 있었다. 비스듬한 얼굴 밑에 감춰져 있는 입속에서는 계속해서 오색찬란한 거품이 뿜어져 나왔다. 게가 오색찬란한 거품을 토해내며 사람에게 도전을 하면, 아버지는 걸치고 있던 큼지막한 도롱이의 긴 털을 활짝 펼치고 있다가, 뤄한 할아버지가 "잡아라" 하고 소리치면, 그 소리에 맞춰 벌떡 일어나 뤄한 큰할아버지와 함께 앞서거니 뒤서거니 하며 앞으로 나아갔다. 아버지와 뤄한 큰할아버지가 미리 바닥에 깔아놓은, 구멍이 촘촘한 그물의 양쪽 끝을 하나씩 잡고 한 무더기의 게를 거둬들이고 나면 게들로 덮여 있던 강바닥이 비로소 드러났다. 아버지와 뤄한 큰할아버지는 이미 거둬들인 그물의 양쪽 끝을 묶어서 한쪽으로 던져두고 마찬가지로 신속하고 능숙한 동작으로 다른 그물들을 걸어 올렸다. 그물마다 너무나 무거웠다. 얼마나 많은 게가 그물에 잡힌 건지 알 수 없었다.

대열을 따라 수수밭으로 들어선 뒤 아버지의 마음은 게처럼 계속 곁길로 빗나가서 어디를 밟는지도 모르고 걷고 있었다. 걷다가 수숫대에 부딪혀 이쪽저쪽으로 넘어지면서도 아버지의 손은 시종 위 사령관의 옷자락을 놓지 않았다. 아버지는 반은 자기가 걷고, 반은 위 사령관이 당겨주는 것에 의지하면서 앞으로 나아갔다. 갑자기 졸리고, 목이 뻣뻣해지면서 눈이 깔깔해지는 게 느껴졌다. 아버지는 다시 뤄한 큰할아버지를 따라 모수이 강으로 나가기만 하면 빈손으로 돌아오는 법이 없었던 그때를 떠올렸다. 아버지와 할머니는 게를 물리도록 먹었다. 먹다 먹다 지쳐서 먹자니 맛이 없고 버리자니 아까울 때가 되면 뤄한 큰할아버지는 잘 드는 칼로 게를 잘게 쳐서 두부 맷돌에 넣고 갈아 소금을 뿌리고 항아리에 담아 게장을 만들었다. 그 게장을 해가 가도록 먹다가 그래도 다 먹지 못해 썩게 되면 그건 양귀비에게 먹였다. 할머니는 그렇게 담배를 많이 피웠지만 인이 박이지 않았기 때문에 항상 얼굴이 복숭아꽃처럼 고왔고 정신도 초롱초롱했다고 한다. 게를 먹여서 자란 양귀비꽃은 크고 탐스럽게 자랐고 분홍색·붉은색·하얀색이 섞인 꽃향기는 코를 찔렀다. 우리 고향은 본래 흙이 유난히 기름져서 산물이 풍부했고 사람들도 우수했다. 기상이 넘치고 씩씩한 게 우리 마을 사람들의 천성이었다. 모수이 강의 특산물인 하얀 장어는 살 몸뚱이처럼 살졌고 머리에서 꼬리까지 굵은 뼈 하나 말고는 가시라곤 없었다. 그것들은 머리가 둔해서 낚싯바늘만 보면 물었다. 지금 아버지가 회상하고 있는 뤄한 큰할아버지는 지난해 자오핑로에서 죽었다. 그의 시체는 갈가리 찢겨 여기저기에 버려졌다. 가죽이 벗겨진 몸뚱이의 살들이 튀는 모양은 마치 껍질 벗겨진 커다란 청개구리 같았다. 뤄한 큰할아버지의 시체를 떠올리자 아버지의 등골이 서늘해졌다. 아버지는 다시 7~8년쯤 전의 어느 날 밤을 떠올렸다. 그날 할머니는 만취가 되도록 술을 마시고는 우리 집 술도가의 뜰 안에 쌓아놓은 수숫잎 더미에 기댄 채 뭐한 큰할아버지의 어깨를 감싸 안고 중얼거리고 있었다.

"아저씨…… 떠나지 말아요. 중을 보지 말고 부처를 보고, 물고기를 보지 말고 물을 보라는 말도 있잖우. 내 얼굴을 보고, 또 더우관의 얼굴을 봐서 남아줘요. 아저씨가 원하면…… 나라도 드리리다……아저씨는 내 아버지 같은 사람이니……"

그때 뭐한 큰할아버지는 할머니를 한쪽으로 밀치고는 바로 마구간으로 가서 노새에게 먹이를 주었다. 우리 집에는 검은색의 커다란 노새 두 마리가 있었고, 고량주를 달이는 작업장이 있어 마을에서 가장 부자였다. 뭐한 큰할아버지는 결국 떠나지 않았고 그 뒤 줄곧 우리 집에서 술도가의 일을 도맡아했다. 우리 집에 있던 그 크고 검은 노새 두 마리가 일본 놈들에 의해 자오핑로로 끌려가고 그 공사장에서 부역을 하게 될 때까지는.

이때 아버지의 대열이 등지고 온 마을 쪽에서 길게 울리는 당나귀 울음소리가 들렸다. 아버지는 그 소리에 정신을 번쩍 차리고 눈을 둥그렇게 떴다. 보이는 건 여전히 반쯤은 엉겨 있고 반쯤은 투명하게 흩어져 있는 안개뿐이었다. 곧게 뻗은 수숫대들이 빽빽하게 늘어서서 만들어놓은 울타리가 안개 저편에서 희미하게 보였다. 수수 울타리는 한 줄 한 줄 지나고 또 지나도 끝없이 이어져 있었다. 수수밭으로 들어선 지 한참이 되었지만 아버지는 그 사실을 일찌감치 잊고 있었다. 그의 정신은 오래전부터 멀리 떨어진 저편에서 재잘거리며 흘러가고 있는 수량이 풍부한 강물 쪽에 머물러 있었고, 지나가버린 시간들의 기억 속에 사로잡혀 있었다. 도대체 무엇 때문에 사람들이 이렇게 서로 어깨를 부딪치면서 마치 꿈속 같고 바닷속 같은 수수밭을 앞다투어 지나가고 있는 것인지 그는 도무지 알 수 없었다. 한순간 아버지는 방향을 잃었다. 지지난해에도 아버지는 수수밭에서 길을 잃은 적이 있었다. 하지만 물소리가 방향을 알려주어 결국은 빠져나올 수 있었다. 지금 아버지는 다시 강물 소리에 귀를 기울였다. 대열이 바로 동남쪽으로, 강을 향해 나아가고 있다는 것을 금방 알아차릴 수 있었다. 방향을 찾고 나자 아버지는 지금 이 길이 매복전을 위해서, 일본 놈들을 때려잡아 개 잡듯이 죽이기 위해서 가고 있는 중이라는 걸 분명히 깨닫게 되었다. 대열은 내내 동남쪽을 향해 걸어왔고, 남북으로 가로놓여 있는 그 길을 향해 나아가고 있었다. 그 길은 지대가 낮은 습지를 양쪽으로 가르면서 널따랗게 펼쳐져 있는, 그리고 그렇게 갈라진 자오 (膠) 현과 핑(平) 현을 다시 하나로 이어주는 자오핑로였다. 이 길은 일본 놈들과 그 주구들이 채찍과 칼로 인민들을 닦달해서 닦아놓은 길이었다.

사람들이 고단하고 지쳐갈수록 수수의 소요도 점점 더 잦아지고 격렬해졌다. 수수 위에 맺혀 있던 이슬방울이 연달아 떨어져 사람들의 머리와 목을 흠뻑 적셨다. 위 사령관의 욕설에도 아랑곳없이 왕원이의 기침은 계속되었다. 아버지는 큰길이 가까워졌음을 느낄 수 있었다. 눈앞에 희미하게 길의 형태가 나타났다. 무더기를 이루고 있던 안개의 바다 한가운데 언제 생긴 것인지 알 수 없는 동굴이 하나 뚫려 있었다. 이슬에 젖은 수수 이삭들이 그 안개 동굴 속에서 우울하게 아버지를 바라보고 있었고, 아버지도 경건한 마음으로 그것들을 바라보았다. 아버지는 불현듯 그것들이 모두 생생하게 살아 있는 영혼을 가진 존재라는 생각이 들었다. 그들은 검은 흙 속에 뿌리를 박고 해와 달의 정기를 받고 비와 이슬이 내려주는 물기를 받아 자라면서 위로는 하늘의 이치를 깨닫고 아래로는 땅의 이치를 깨달았다. 아버지는 수수의 빛깔을 보면서 수수에 의해 가려져 있던 지평선을 태양이 이미 가련한 붉은빛으로 온통 달구어놓았다는 걸 알았다.

갑자기 어떤 사고가 터졌다. 아버지는 먼저 휙 하며 귓가를 스쳐가는 날카로운 소리를 들었고, 이어 앞쪽에서 어떤 것이 찢어지는 듯한 소리가 들렸다.

위 사령관이 큰 소리로 고함을 질렀다.

"어떤 놈이 쏜 거야? 개새끼, 어떤 놈이 쏜 거냐고?"

아버지는 총알이 짙은 안개를 뚫고 수숫잎과 수숫대를 스쳐 지나간 뒤, 수수 이삭 하나가 땅에 떨어지는 소리를 들었다. 일순간 모두가 숨을 죽였다. 총알은 계속해서 날카로운 소리를 내고 있었지만 어디에 떨어졌는지는 알 수 없었다. 향기로운 화약 연기가 안개 속으로 흩어져 들어왔다. 왕원이가 자지러지게 소리를 질렀다.

"사령관……, 내 머리가 없어졌어요…… 사령관…… 내 머리가 없어졌다고요……"

잠시 넋을 놓고 있던 위 사령관이 왕원이를 한 차례 걷어차며 말했다.

"개자식 같으니라고! 대가리가 없는 놈이 말을 해!"

위 사령관은 아버지를 내버려두고 대열 속으로 들어갔다. 왕원이는 아직도 비명을 지르고 있었다. 아버지는 왕원이 쪽으로 가서 해괴망측해진 왕원이의 얼굴을 똑똑히 보았다. 그의 뺨 위로 시퍼런 뭔가가 흘러내리고 있었다. 손을 내밀어 만져보자 끈적끈적하고 뜨끈뜨끈한 액체가 손바닥 가득히 만져졌다. 아버지는 모수이 강의 진흙 냄새와 비슷하지만 그것보다 훨씬 더 신선한 비린내를 맡았다. 그것은 박하의 그윽한 향을 압도하고 수수의 달콤하고 쌉쌀한 냄새를 압도했다. 그것은 아버지에게 점점 더 생생하게 다가오는 어떤 기억을 불러일으켰고, 모수이 강의 진흙과 수수밭의 검은 흙과 그리고 영원히 사라지지 않을 과거와 붙잡아둘 수 없는 현재를 마치 한 가닥 실로 구슬을 꿰듯이 하나로 연결시켰다. 어떤 때는 만물이 다 피비린내를 토해내기도 한다.

"아저씨."

아버지가 왕원이를 불렀다.

"아저씨, 부상당했네요."

"더우관, 너 더우관이지. 내 머리가 아직 목 위에 붙어 있기는 한 거냐?"

"붙어 있어요. 아저씨, 아주 잘 붙어 있고 귀에서만 피가 흘러요."

왕원이는 손을 내밀어 귀를 어루만지다가 만지던 손이 피범벅이 되자 날카로운 비명을 지르며 주저앉았다.

"사령관, 나 부상당했어요! 부상당했다고요, 부상당했어."

앞서 가던 위 사령관이 되돌아와 왕원이 곁에 쪼그리고 앉았더니 왕원이의 목을 누르면서 소리 죽여 말했다.

"소리 지르지 마. 한 번만 더 소리 지르면 죽여버릴 테다!"

왕원이는 더 이상 감히 소리를 지르지 못했다.

"어딜 다쳤다는 거야?"

위 사령관이 다그쳤고 왕원이가 울먹이며 대답했다.

"귀를……"

위 사령관이 허리에서 보자기같이 생긴 하얀 천을 꺼내더니 쫙 하고 둘로 갈라 왕원이에게 건네주었다.

"우선 이걸로 싸매고 소리 내지 말고 따라와. 큰길에 가서 다시 잘 싸맬 셈치고."

위 사령관이 다시 '더우관'을 불렀고 아버지가 달려왔다. 위 사령관은 아버지의 손을 잡고 걸었고 왕원이는 끙끙거리는 신음 소리를 내며 그 뒤를 쫓았다.

방금 그 사고는 머리 위에 써레를 이고 있던 벙어리 꺽다리가 실수로 넘어지는 바람에 등에 메고 있던 장총이 오발되어 일어난 것이었다. 벙어리는 위 사령관의 오랜 친구였고 수수밭에서 함께 '차빙(扯餅)'*을 먹고 지낸 초원의 영웅이었다. 그의 한쪽 다리는 어머니 배 속에 있을 때 상한 것인데 절뚝거리긴 해도 걸음은 무척 빨랐다. 그에 대해 아버지는 얼마간의 두려움을 품고 있었다.

동이 트고 위 사령관의 대열이 자오핑로를 지날 무렵이 되어서야 거대하던 안개 더미는 서서히 흩어져 자취를 감추기 시작했다. 고향의 8월은 유난히 안개가 많았다. 아마도 지대가 낮고 토양이 습하기 때문일 것이다. 큰길로 들어서자 아버지는 갑자기 몸이 날아갈 듯이 가벼워지고 발바닥에도 힘이 생기는 걸 느꼈다. 아버지는 줄곧 위 사령관의 옷자락을 붙잡고 있었던 손을 놓았다. 왕원이는 피가 흐르는 귀를 하얀 천으로 감싼 채 잔뜩 울상을 짓고 있었다. 위 사령관이 거칠게 싸매놓아 왕원이의 머리는 반이 넘게 하얀 천으로 가려져 있었다. 왕원이는 통증을 참느라 이를 악물고 있었다.

"넌 명이 긴 놈이야!"

위 사령관이 말했다.

"피가 다 빠져나가서 걸을 수가 없어요!"

"헛소리하지 마. 모기한테 물려도 그 정도는 될 거다. 세 아들놈은 벌써 다 잊어버렸나!"

왕원이는 갑자기 고개를 푹 떨어뜨리더니 부들부들 떨며 말했다.

"아니요, 아니요."

왕원이의 등에는 개머리판에 피가 묻어 있는 긴 새총이 걸려 있었고

---

* 굽거나 지지거나 쪄서 만든 둥글넓적한 밀가루 전을 '다빙(大餠)'이라고 하는데, 그것을 손에 들고 먹기 때문에 두 손으로 잡는다는 의미의 '차(扯)'를 써서 '차빙'이라고도 부른다.

엉덩이에는 화약을 재어놓은 납작한 철합이 비스듬히 매달려 있었다.

옅게 남아 있던 안개마저도 수수밭 저쪽으로 물러났다. 큰길 위에는 거친 모래가 한 층 깔려 있었다. 소나 말의 발자국도 없고 사람의 발자국은 더더욱 찾아볼 수 없었다. 길 양쪽에서 빽빽하게 자란 수수가 서로 마주 보고 있는 큰길의 풍경은 너무 황량하고 막막해서 불길한 느낌을 자아냈다. 위 사령관의 대열은 귀머거리에서 벙어리까지, 절름발이에서 목발잡이까지 다 합쳐도 그 수가 고작 40명에 불과했지만 그들이 한 마을에 살면서 여기저기 뿔뿔이 흩어져 있을 땐 마을 전체가 다 항일부대처럼 된다는 사실을 아버지는 알고 있었다. 대원들은 큰길 위에 한 줄로 늘어섰다. 서른이 넘는 사람이 줄지어 늘어선 형상이 마치 얼어 죽은 뱀 같았다. 총대의 길이도 가지가지였고, 총의 종류도 손으로 만든 총에서 새총, 구식 총까지 별별 총이 다 있었다. 팡(方)씨네 여섯째와 일곱째는 작은 저울추를 쏠 수 있을 만한 장총을 메고 있었다. 벙어리와 다른 대원 세 명은 땅을 고를 때 쓰는, 사방에 날카로운 쇠 이빨이 스물여섯 개나 달린 직사각형의 써레를 하나씩 메고 있었다. 아버지는 그때까지도 매복전이 어떤 것인지 몰랐고, 매복전을 하는 데 어째서 쇠 이빨이 달린 써레를 네 자루나 메고 가야 하는지는 더더욱 이해할 수 없었다.

2

우리 집안을 위해 비(碑)를 세우고 그 이름을 세상에 널리 전하기 위해, 나는 일찍이 가오미 둥베이 지방에 가서 대대적인 조사를 벌인 적이 있었다. 조사의 초점은 바로 아버지가 참가했던, 모수이 강가에서 왜놈

소장을 때려죽인 그 유명한 전투였다. 우리 마을에 사는 아흔두 살 먹은 노파는 내게 그때 일을 이렇게 말해주었다.

"둥베이 지방에 살던 수천수만 명이 모수이 강가에 진을 쳤었지. 위 사령관이 맨 앞에 서서 손을 쳐들면 총성이 그치지 않았고 왜놈들은 혼비백산해서 디핑촨(地平川)으로 어지럽게 떨어졌어. 여자 중의 우두머리는 다이펑렌(戴鳳蓮)이었는데, 꽃 같고 달 같은 아리따운 얼굴에 지략까지 뛰어났지. 쇠 써레를 가져다가 둥그렇게 울을 쳐서 왜놈들이 도망가는 걸 막았고……"

머리카락이 다 빠져버린 노파의 머리는 마치 항아리 같은 모습이었다. 얼굴은 늙어서 온통 쭈글쭈글했고, 깡마른 손등에는 수세미 같은 힘줄이 툭툭 불거져 있었다. 그녀는 1939년 8월 중추절 대참사에서 요행히 살아난 사람이었다. 그때 그녀는 다리에 부스럼이 나서 꼼짝할 수가 없어서 남편이 참외 구덩이에 묻어 감추는 바람에 천만다행으로 살아난 것이다. 창을 하듯이 읊조리는 노파의 이야기 속에 나오는 다이펑렌은 바로 우리 할머니의 존함이다. 여기까지 들었을 때 난 몹시 흥분했다. 쇠 써레로 일본 놈 자동차의 퇴로를 막는 계략이 바로 우리 할머니에게서 나온 것이라는 이야기이기 때문이다. 우리 할머니도 항일운동의 당당한 선봉장이며 민족의 영웅이었던 것이다.

할머니 이야기를 꺼내면서부터 노파의 말이 많아지기 시작했다. 그녀의 말은 마치 바람에 구르는 나뭇잎들처럼 조각나고 흩어진 것들이었다. 그녀는 우리 할머니의 발이 마을 전체에서 가장 작았다는 것에서부터 시작해 우리 집에서 달인 술은 뒷심이 아주 셌다는 것까지 그렇게 조각조각 이야기를 늘어놓았다. 이야기가 자오핑로 사건에 이르러서야 비로소 그녀의 이야기는 연결이 되기 시작했다.

"길 닦는 일이 우리 마을까지 이르렀을 때…… 수수는 허리만큼 자라 있었지…… 일본 놈들이 일할 수 있는 사람은 모두 몰아갔어…… 비적질하던 놈들은 게으름을 부리고 뺀질거렸는데…… 자네 집에서 기르던 그 크고 시커먼 노새 두 마리도 다 끌려가버렸어…… 일본 놈들이 모수이 강에 돌다리를 놓는데…… 뤄한은, 자네 집에서 오랫동안 일했던 그 머슴 말이야…… 자네 할머니하고 깨끗한 사이가 아니었다고…… 사람들이 다들 그렇게 말했지…… 에구구, 자네 할머니가 젊었을 때는 연애 사건이 오죽이나 많았어야지…… 네 할아버지는 아주 능력 있는 사람이었지. 열다섯 살에 사람을 죽였으니까. 잡종 속에서 영웅이 난 거지, 하는 짓이 열에 아홉은 나쁜 짓이었는데…… 뤄한이 노새 다리를 후려쳤다가…… 붙잡혀 난도질을 당하고 능지처참이 되었지…… 일본 놈들은 있는 대로 사람을 죽이고, 솥에다 똥을 싸놓고, 대야에다 오줌을 갈겼어. 그해에 물을 길러 갔다가 뭐 하날 메고 왔는데 보니까 사람 머리더라고, 변발을 늘어뜨린……"

뤄한 큰할아버지는 우리 집안의 역사에서 중요한 사람이다. 그와 우리 할머니 사이에 어떤 관계가 있었는지 그걸 지금 확실하게 밝힐 방법은 없지만 솔직히 말하면 난 그 사실을 인정하고 싶지 않다.

항아리 같은 머리를 한 노파의 말은 그럴듯하긴 했지만 사람을 좀 난감하게 하는 대목들이 있었다. 내 생각에 뤄한 큰할아버지는 아버지를 친손자처럼 대했고, 그렇다면 그는 내 증조부나 마찬가지였던 것 같은데, 이 증조부와 우리 할머니 사이에 정말로 남녀상열지사가 벌어졌다면 그것이야말로 불륜이 아니고 무엇이겠는가? 하지만 이건 어리석은 생각이다. 우리 할머니는 뤄한 큰할아버지의 며느리가 아니라 그의 주인이었다. 뤄한과 우리 집안 사이에는 단지 경제적인 관계만 있었을 뿐 혈연관계는 없었다. 충실한 그는 한집 식구처럼 우리 집안의 역사를 만드는 데 동참했고, 뿐만 아니라 분명히 우리 집안의 역사에 영광을 보탠 존재였다. 우리 할머니가 그와 사랑을 나누었는지 아닌지, 그가 우리 할머니의 방구들 위로 올라갔었는지 아닌지는 모두 다 윤리적인 문제와는 상관이 없는 일이다. 사랑했으면 또 어떠랴? 난 우리 할머니가, 원하기만 하면 어떤 일이든 과감하게 할 수 있던 분이었다고 믿는다. 할머니는 항일전의 영웅이었을 뿐만 아니라 개성 해방의 선구자였고 여성 해방의 모범이기도 했다.

내가 찾아본 현(縣) 당국의 기록에는 이렇게 적혀 있었다.

민국(民國) 27년에 일본군이 가오미, 핑두(平度), 자오 현 사람들을 40만이나 잡아가서 자오핑로를 닦았다. 훼손된 농작물이 부지기수였고, 큰길 양쪽에 있던 마을의 노새들은 모두 다 끌려가서 한 마리도 남지 않았다. 농민 뤄한이 밤을 틈타 잠입해서 부삽으로 노새의 발굽이랑 말의 다리들을 있는 대로 분질러놓다가 붙잡혔다. 다음 날 일본군은 뤄한을 말뚝에 매달아놓고 사람들이 보는 앞에서 뤄한의 껍질을 벗기고 살점을 발랐다. 뤄한은 두려워하는 기색이라곤 전혀 없었고, 죽을 때까지도 입에서는 욕설이 그치지 않았다.

3

확실히 그랬다. 자오핑로 공사가 우리 마을까지 이르렀을 때, 들판의 수수는 어른 허리만큼 자라 있었다. 길이가 70리, 넓이가 60리나 되는 저지대의 평원 위에 드문드문 보이는 몇십 개의 촌락과 그 사이에 종횡으로 놓여 흐르는 두 갈래의 강줄기, 마을 사이사이로 굽이져 있는 밭둑길 말고는, 초록빛 파도처럼 펼쳐져 있는 것이 다 수수였다. 우리 마을에서는 평원 북쪽 바이마 산에 있는 말상을 한 하얀색 큰 바위가 똑똑하게 보였다. 수수밭에서 호미질을 하던 농민들은 고개 들어 백마 바위를 보고 고개 숙여 검은 흙을 보면서 흙에 땀방울을 떨어뜨렸고, 그때 그들의 마음은 너무나 고통스러웠다! 일본 놈들이 평원에 길을 닦으려고 한다는 풍문이 전해져 와서 마을 사람들은 벌써부터 불안하고 초조한 심정으로 다가올 재난을 기다리고 있었다.

일본 놈들이 온다더니 정말로 왔다.

일본 놈들이 괴뢰군을 이끌고 우리 마을에 와서 마을 사람들을 잡아가고 나귀를 끌어갈 때, 아버지는 그때까지 잠을 자고 있다가 술도가 쪽에서 나는 떠들썩한 소리에 잠을 깼다. 할머니는 아버지 손을 잡고 죽순 끝처럼 뾰족한 작은 발을 뒤뚱거리며 술도가의 마당 안으로 달려갔다. 그때, 우리 집 술도가의 마당 안에는 열 개가 넘는 큰 항아리가 늘어서 있었고 항아리 안에는 질 좋은 바이지우(百酒)가 가득 채워져 있어서 술 향기가 온 마을에 진동했었다. 누런 옷을 걸친 일본 사람 둘이 칼이 꽂힌 총을 들고 마당에 서 있었고 검은 옷을 입은 중국인 둘은 등에 총을 멘 채로 가래나무에 묶여 있는 크고 검은 노새 두 마리를 풀려고 하는 중이었다. 뤄한 큰할아버지는 끈을 풀려고 하는 키 작은 괴뢰군에게 몇 번이나 달려들었지만 그때마다 그 키다리 괴뢰군이 뤄한 큰할아버지를 총대로 찔러 밀쳐냈다. 초여름 날씨라 뤄한 큰할아버지는 홑옷 하나만을 걸치고 있었는데 드러난 가슴에는 총구에 찔린 둥그렇고 붉은 자국들이 그득했다.

"이보게, 할 말 있으면 말로 하게. 말로들 하라고."

뤄한 큰할아버지가 말했다.

"이 늙다리야, 저리 꺼져."

키다리 괴뢰군이 대꾸했다.

"이건 주인댁 짐승이니, 끌고 가면 안 되네."

"한 번만 더 지껄여대면 네놈을 죽여버릴 테다!"

총을 든 일본 병사는 마치 토용처럼 꼼짝 않고 서 있었다.

할머니와 아버지가 마당 안으로 들어서자 뤄한 큰할아버지는 할머니에게 "저자들이 우리 노새를 끌고 가려고 한다"고 보고했다.

"선생님, 우린 선량한 백성입니다."

할머니가 이렇게 말하자 일본 병사가 실눈을 뜨고 할머니를 쳐다보며 웃었다.

키 작은 괴뢰군이 노새를 풀어 힘껏 끌어당겼지만 노새는 안간힘을 다해 고개를 치켜들고는 꼼짝도 하지 않으려고 했다. 키다리 괴뢰군이 올라와 총으로 노새의 엉덩이를 찌르자, 노새는 화가 나 발굽을 번쩍 들더니 번쩍거리는 쇠발굽으로 진흙을 차올려 괴뢰군의 얼굴에 잔뜩 뿌려놓았다.

키 큰 괴뢰군이 총의 노리쇠를 당기고는 뤄한 큰할아버지에게 총을 겨누고 고함을 질렀다.

"이 늙다리야! 네가 공사장까지 끌고 가."

뤄한 큰할아버지는 땅바닥에 쭈그리고 앉은 채 들은 체도 하지 않았다.

일본 병사 하나가 총을 받쳐 들고 뤄한 큰할아버지의 눈앞에서 흔들어댔다. 왜놈은 뭐라고 쏼라쏼라대며 중얼거렸고 뤄한 큰할아버지는 눈앞에서 어른거리며 번들대는 칼을 쳐다보면서 땅바닥에 털썩 주저앉았다. 왜놈 병사가 총을 한 번 앞으로 내밀자 날카로운 칼의 밑날이 뤄한 큰할아버지의 반질반질한 두피 위에 한 줄기 하얀 자국을 그어놓았다.

할머니는 덜덜 떨면서 쪼그려 앉아 말했다.

"아저씨, 당신이 끌어다주우."

왜놈 병사 하나가 천천히 할머니 얼굴 앞으로 다가갔다. 아버지가 보니 이 왜놈 병사는 젊고 잘생긴 젊은이였다. 두 눈이 새까맣게 반짝거리고, 웃을 땐 윗입술이 뒤집혀 누런 이가 드러났다. 할머니가 뒤뚱거리는 걸음으로 뤄한 큰할아버지 뒤로 물러섰다. 뤄한 큰할아버지의 얼굴은 머리 위에 난 하얀 상처에서 흘러나온 피로 범벅이 되어 있었다. 왜놈 병사 두 명이 웃으면서 다가왔다. 할머니는 뤄한 큰할아버지의 피 나는 머리를 두 손바닥으로 누르더니 다시 그 손으로 자기 얼굴을 두 번 문지르고는 머리카락을 한 줌 쥐어 풀어 헤치더니 입을 헤벌리고 미친 듯이 뛰어대기 시작했다. 할머니의 행색은 열에 일곱은 미친 귀신 꼴이었다. 왜놈 병사가 놀라서 뒤로 물러났고 키 작은 괴뢰군이 그에게 말했다.

"태군(太君)* 나리, 저 여자가 크게 미쳤습니다."

왜놈 병사가 뭐라고 중얼거리더니 할머니의 머리 위로 총을 한 방 날렸다. 할머니는 땅바닥에 주저앉아 엉엉 울기 시작했다.

키다리 괴뢰군이 뤄한 큰할아버지를 총으로 위협하며 내몰았고 뤄한 큰할아버지는 키 작은 괴뢰군의 손에서 노새의 고삐를 건네받았다. 노새는 고개를 쳐들고 다리를 떨면서 뤄한 큰할아버지를 따라 뜰을 나섰다. 거리에는 여기저기서 끌려 나온 무수히 많은 말과 노새, 소와 양 들이 어지럽게 움직이고 있었다.

할머니는 미치지 않았다. 왜놈과 괴뢰군이 마당을 나서자마자 할머니

---

* '태군'이란 호칭은 중국에서는 본래 봉건시대에 봉지(封地)를 가진 관원(官員)의 모친에 대한 존칭이나, 다른 사람의 부친에 대한 존칭으로 쓰였다. 하지만 항일전쟁을 다룬 중국 소설이나 영화에서 이 명칭이 나올 때는 흔히 일본 병사가 자기보다 지위가 높은 군관을 가리킬 때 사용되는데, 이는 일본어 사전에도 나오지 않고 현재 일본인들도 사용하지 않는 용어로, 항일전쟁 당시 일본 부대에서 하급자가 상급자에게 쓰던 '대군'의 명칭을 중국어로 음역하면서 생겨난 용어로 추정된다.

는 술 항아리의 뚜껑을 열고 거울처럼 고요한 고량주 속에 비친, 피 묻은 끔찍한 얼굴을 바라보았다. 아버지는 할머니의 뺨 위로 눈물이 흘러내려 볼이 발갛게 물드는 걸 보았다. 할머니가 고량주로 얼굴을 닦자 한 항아리의 술이 이내 벌겋게 변했다.

뤄한 큰할아버지는 노새와 함께 공사장에 붙잡혀 있었다. 수수밭 안에는 이미 길터가 닦여 있었다. 모수이 강 남쪽의 큰길은 벌써 거의 다 완공되어 크고 작은 수레들이 서로 부대끼며 그 위로 부지런히 지나다니고 있었다. 수레 위에 실린 돌과 모래는 모두 강 남쪽에서 가져온 것이었다. 강에는 본래 작은 나무다리 하나밖에 없었는데 일본 놈들은 거기에 큰 돌다리를 놓으려고 했다. 그 바람에 길 양쪽으로 널찍하게 펼쳐져 있는 수수밭은 온통 짓밟혀 마치 땅바닥에 푸른 담요를 한 장 깔아놓은 것처럼 평평해졌다. 허베이(河北)의 수수밭에는 검은 흙이 눌려 윤곽이 드러난 길과 그 양편으로 노새 수십 마리가 돌태를 끌고 돌아다니면서 바다 같던 수수밭을 납작하게 깔아뭉개 만들어놓은 큼직한 공터가 하나 생겨나 있었다. 공사장과 바로 붙어 있던 수수의 푸른 비단 휘장은 모두 망가져 있었다. 노새나 말은 모두 누군가에 의해 이끌린 채로 수수밭을 오락가락하고 있었다. 신선하고 부드러운 수수들이 쇠발굽 아래에서 끊어지고 찢기고 엎어지고 넘어졌다. 그렇게 끊어지고 찢긴 수수들은 다시 울퉁불퉁 모가 난 굴림돌이나 만질만질한 굴림돌에 몇 번씩이나 짓눌렸다. 각양각색의 굴림돌이 수수즙에 물들어 모두 진녹색으로 변했고 진한 풀 냄새가 공사장을 뒤덮고 있었다.

뤄한 큰할아버지는 강 남쪽에서 북쪽으로 돌을 나르는 일에 동원되었다. 그는 정말 내키지 않는 마음으로, 눈언저리가 짓무른 늙은이에게 노새 고삐를 넘겨주었다. 작은 나무다리는 흔들거리는 게 언제라도 곧 무너져 내릴 것만 같았다. 뤄한 큰할아버지가 나무다리를 지나 강 남쪽에 서자, 십장처럼 보이는 중국인이 손에 든 붉은 등나무 가지로 뤄한 큰할아버지의 머리를 쿡쿡 찌르며 말했다.

"가서, 강 북쪽으로 돌 날라."

정수리에서 흘러내린 피가 눈썹을 흠뻑 적셔놓았다. 뤄한 큰할아버지는 손으로 눈을 한 번 문질렀다. 그는 크지도 작지도 않은 돌 하나를 들고 강 남쪽에서 북쪽으로 옮겼다. 노새를 건네받은 늙은이는 아직도 그 자리를 떠나지 않고 있었다.

"좀 아껴서 부려주구려, 이 노새 두 마린 우리 주인댁 거니까."

뤄한 큰할아버지의 말을 아무 감각 없이 듣고 있던 늙은이는 고개를 숙인 채 노새를 끌고 노새들 무리가 있는 길 쪽으로 걸어갔다. 노새의 반질반질한 엉덩이 위로 태양이 얼룩얼룩한 무늬를 만들어냈다. 뤄한 큰할아버지의 머리에서는 여전히 피가 흐르고 있었다. 뤄한 큰할아버지는 쭈그리고 앉아 흙 한 줌을 쥐더니 그것으로 상처 위를 덮어 눌렀다. 머리를 짓누르는 것 같은 통증이 머리끝에서 발가락 끝까지 전해져 왔고, 머리가 두 쪽이 나는 듯한 통증이 느껴졌다.

공사장 양쪽에는 총을 든 왜놈들과 괴뢰군들이 드문드문 서 있었고, 귀신같은 인상의 십장은 등나무 가지를 들고 공사장 이쪽저쪽을 돌아다니고 있었다. 뤄한 큰할아버지가 공사장으로 들어가자 피와 흙이 뒤범벅된 그의 머리를 보고 부역에 끌려온 사람들은 모두 눈이 휘둥그레졌다. 뤄한 큰할아버지가 다릿돌 하나를 들고 막 몇 발자국을 옮겼을 때 날카롭게 바람을 가르는 소리와 함께 등 뒤에서 길게 타는 듯한 통증이 느껴졌다. 그는 다릿돌을 내던지고는, 바로 자기를 쳐다보며 웃고 있는 십장을 바라보았다.

"감독, 할 말 있으면 말로 하지, 왜 사람을 치는 거요?"

십장은 아무런 대꾸도 하지 않고 히죽거리면서 등나무 가지를 들어 올려 다시 뤄한 큰할아버지의 허리를 한 차례 휘감아 갈겼다. 그 등나무 가지가 마치 자신을 두 쪽으로 갈라놓는 것 같았다. 뤄한 큰할아버지의 두 눈에서는 뜨거운 눈물이 솟구쳐 올라왔다. 피가 머리끝까지 뻗쳐올라왔고 피와 흙이 뒤범벅된 상처 딱지가 곧 터져버릴 것처럼 머리 위에서 붕붕대며 마구 뛰었다.

뤄한 큰할아버지가 "감독!" 하고 고함을 질렀고 감독은 다시 한 번 그를 후려쳤다.

"감독, 대체 왜 날 치는 거요?"

"네놈 버릇 좀 가르쳐주려고 그런다, 이 개새끼야."

감독은 실눈을 하고 히죽거리면서 손에 든 등나무 가지를 흔들어댔다.

뤄한 큰할아버지는 목이 메고 눈물이 앞을 가린 채로 돌 더미 속에서 커다란 돌덩어리 하나를 들어 올려 비틀거리며 나무다리 위를 건너갔다. 머리는 금방이라도 터져버릴 것처럼 부풀어 오르는 듯했고 눈앞은 온통 희뿌옇기만 했다. 돌덩어리의 뾰족한 끝이 그의 배와 갈비뼈를 찔렀지만 그는 아픈 것도 느끼지 못했다. 십장은 등나무 가지를 든 채 그 자리에서 꼼짝도 하지 않고 서 있었다. 뤄한 큰할아버지가 돌덩어리를 들고 떨리는 가슴으로 그 앞을 지날 때, 십장이 다시 뤄한 큰할아버지의 목 위로 등나무 줄기를 날렸다. 뤄한 큰할아버지는 바위를 끌어안은 채 앞으로 고꾸라졌다. 돌덩어리가 두 손을 찢었고 아래턱은 돌에 부딪혀 피와 살이 뒤범벅되었다. 뤄한 큰할아버지는 매를 맞아 정신이라도 나간 아이처럼 털썩 주저앉더니 엉엉 울어대기 시작했다. 바로 그때 그의 텅 빈 것 같은 머릿속으로 새빨간 불꽃 하나가 나타나더니 천천히 타오르기 시작했다.

그는 안간힘을 다해 돌덩어리 밑에서 손을 꺼내고는, 바싹 마른 늙은 고양이가 으르렁거리는 행색으로 허리를 반쯤 구부린 채 서 있었다.

갓 마흔이나 넘었을까 한 중년 남자 하나가 만면에 웃음을 띠고 십장 앞으로 걸어오더니 주머니 속에서 담배 한 갑을 꺼내 한 개비를 쥐고는 십장의 입가에 바쳤다. 십장은 입을 벌려 담배를 받아 물고는 다시 불을 붙여줄 때까지 기다리고 있었다.

"어르신, 이런 거친 나무토막 같은 놈한테 성내실 필요 없습니다요."

중년 남자가 이렇게 십장에게 말을 건넸지만 십장은 콧구멍으로 담배 연기만 뿜어댈 뿐 아무 대꾸도 하지 않았다. 뤄한 큰할아버지는 등나무 가지를 들고 있는 십장의 누런 손이 급박하게 꿈틀거리는 것을 보았다.

중년 남자가 담뱃갑을 십장의 주머니 속에 쑤셔 넣어주었고 십장은 개의치 않는다는 듯이 콧방귀를 뀌면서도 손으로는 주머니를 슬쩍 누르면서 곧 몸을 돌려 자리를 떴다.

"노형, 새로 왔죠?"

중년 남자가 물었고 뤄한 큰할아버지는 그렇다고 대답했다.

"저자에게 상견 예물 안 바쳤소?"

"어림도 없는 소리, 개새끼! 어림도 없지, 저놈들이 날 강제로 잡아온 건데."

"돈을 좀 쓰쇼, 담배 한 갑이라도 괜찮으니. 부지런한 놈도 안 때리고, 게으른 놈도 안 때리지만 눈치 없는 놈은 쫓아다니면서 때리니."

말을 마치고 중년 남자는 아무 일도 없었다는 듯이 다시 성큼성큼 인부들 속으로 걸어 들어갔다.

뤄한 큰할아버지는 오전 한나절을 꼬박 정신 나간 사람처럼 죽을힘을 다해 돌을 날랐다. 돌에 깨져서 생긴 핏자국이 햇볕에 말라 뜨끔뜨끔하게

아파왔다. 손은 피와 살이 뒤범벅되어 있었고, 턱뼈가 망가진 아래턱에서
는 계속 침이 흘러나왔다. 그의 머릿속에 불현듯 떠오른 그 붉은 불꽃은
때론 강하게 때론 약하게 꺼질 줄 모르고 타오르고 있었다.

대낮이 되자, 가까스로 차 하나가 지나다닐 수 있을 만큼 닦인 앞쪽
길 위로 황토색 자동차 하나가 덜컹거리며 달려왔다. 갑자기 날카롭게 울
리는 호각 소리가 들렸고, 반쯤은 죽은 사람 같던 인부들이 휘청거리며
자동차 쪽으로 걸어가고 있는 것이 보였다. 그는 땅바닥에 주저앉았다.
아무 생각도 없었고, 저 자동차가 대체 무슨 일로 온 건지 알고 싶지도
않았다. 오직 그 붉은 불꽃이 활활 타오르는 소리만이 귓속에서 웅웅대며
울리고 있었다.

중년 남자가 다가오더니 그의 손을 잡으며 말했다.

"노형, 갑시다. 밥 먹을 시간이요, 일본 놈 쌀 맛이나 봅시다!"

뤄한 큰할아버지는 일어나서 중년 남자를 따라갔다.

자동차에서 새하얀 쌀밥이 담긴 큰 통 몇 개와 하얀색 바탕에 푸른
무늬가 있는 일본식 사발이 수북하게 담긴 커다란 광주리 하나가 내려졌
다. 통 옆에는 배짝 마른 중국인이 놋쇠 주걱을 쥐고 서 있었고, 광주리
옆에서는 뚱뚱한 중국인이 광주리에 쌓인 밥사발을 하나씩 꺼내 들었다.
그가 사람들에게 밥사발을 하나씩 나눠주면 놋쇠 주걱을 쥔 자는 그 즉시
로 밥사발에 쌀밥을 퍼 넣었다. 사람들은 자동차 주위에 서서 그 쌀밥을
젓가락 하나 없이 맨손으로 게걸스럽게 입안으로 퍼 넣었다.

십장이 손에 등나무 가지를 들고 얼굴에는 여전히 싸늘한 웃음을 머금
은 채로 걸어왔다. 뤄한 큰할아버지의 머릿속에서 다시 불꽃이 타다타닥
거리며 타올랐다. 그 불꽃은 그가 잠시 잊어버리고 있었던 기억들을 선명
하게 되살려주었다. 그는 악몽 같았던 반나절 동안의 상황을 떠올렸다. 총

을 들고 보초를 서던 일본 병사와 괴뢰군도 하얀 철 밥통 주위로 모여 밥통을 둘러싸고 서서 밥을 퍼 넣고 있었다. 귓밥이 얇고 얼굴이 긴 셰퍼드 한 마리가 혀를 내밀고 밥통 뒤에 앉아 근처에 있는 부역자들을 쳐다보고 있었다.

뤄한 큰할아버지는 밥통을 둘러싸고 밥을 퍼 넣고 있는, 열댓 명 정도 되어 보이는 왜놈과 괴뢰군의 수를 찬찬히 하나하나 세어보면서 도망칠 생각을 다지고 있었다. 도망치자. 수수밭으로만 들어가면, 개 같은 일본 놈들이 찾아내지 못한다. 발바닥에서 후끈거리며 땀이 배어 나왔다. 도망칠 생각을 하자 그의 마음은 초조하고 불안해지기 시작했다. 등나무 가지를 들고 서 있는 십장의 냉혹한 웃음 뒤에 마치 무언가가 숨겨져 있는 것 같지 않은가? 뤄한 큰할아버지는 십장의 얼굴을 한번 쳐다보고는 곧 정신이 멍해지는 것 같았다.

부역에 끌려 나온 사람들은 모두 배불리 먹지 못했다. 뚱뚱한 중국인이 밥그릇을 거둬들였고 부역자들은 입술을 핥으며 텅 빈 밥통 속에 붙어 있는 밥알 몇 개를 안타깝게 바라보고 있었다. 하지만 누구도 감히 꿈쩍할 엄두를 내진 못했다. 강 북쪽에서 노새 한 마리가 힝힝거리며 울어댔다. 뤄한 큰할아버지는 그 소리가 우리 집 검은 노새의 울음소리라는 걸 알았다. 굴림돌에 매인 노새들은 모두 새로 닦인 공터 쪽에 모여 있었다. 그 공터에는 수수의 시체들이 즐비하게 널려 있었고, 노새들은 납작하게 뭉개진 수숫잎과 수수 줄기를 아무 생각 없이 물어뜯고 있었다.

오후에 스무 살 남짓 된 젊은이 하나가 십장의 주의가 소홀한 틈을 타 나는 듯이 수수밭으로 뛰어들었지만 이내 총알 한 방이 그를 뒤쫓았고 그는 수수 옆에 엎어진 채 다시는 꿈쩍도 하지 못했다.

해가 서쪽으로 기울 때쯤 그 황토색 자동차가 다시 한 번 왔다. 뤄한 큰할아버지는 쌀밥 한 그릇을 다 먹어치웠다. 기름진 수수밥에 길들여진 그의 위장은 이런 곰팡내 나는 쌀밥을 결연하게 거부했지만 목구멍에서 일어나는 경련을 억지로 참아가며 그는 그것을 삼켰다. 달아나야겠다는 생각이 점점 더 강렬해졌다. 그는 10리 남짓 떨어진 마을에 있는, 자기가 도맡아 일하던, 술 향기가 코를 찌르는 집 마당을 걱정스레 떠올렸다. 일본 놈들이 오자 술도가에서 일하던 사람들은 모두 달아났고 펄펄 끓던 술 가마니는 식어버렸다. 그는 우리 할머니와 아버지의 일이 더욱 걱정되었다. 할머니가 수숫잎 더미 옆에서 그에게 주었던 따뜻한 마음을 그는 평생 잊지 못할 것이었다.

저녁을 먹고 난 뒤 일꾼들은 모두 삼나무 막대기들을 끼워서 만든 울타리 안으로 내몰렸다. 울타리 위에는 천막이 몇 개 씌워져 있었다. 삼나무 막대기들은 모두 녹두알만 한 쇠사슬로 연결되어 있고 울타리의 문은 손바닥 반만 한 쇠막대기로 채워져 있었다. 왜놈과 괴뢰군은 양쪽 막사에 나누어 묵었다. 막사와 울타리 사이는 몇십 걸음 정도 떨어져 있었다. 개는 왜놈 막사 입구에 매여 있었다. 울타리 입구에는 높다란 장대 하나가 세워져 있었고 장대 위에는 등 두 개가 걸려 있었으며 왜놈과 괴뢰군이 돌아가면서 보초를 섰다. 노새들은 모두 울타리 서쪽에 있는 폐허가 된 수수밭 쪽에 매여 있었다. 거기에는 말뚝 수십 개가 박혀 있었다.

울타리 안은 악취가 코를 찔렀다. 어떤 사람은 코를 골고, 어떤 사람은 울타리 한쪽 모서리에 있는 쇠통에다 오줌을 갈기고 있었다. 오줌이 마치 은쟁반에 옥구슬 굴러가는 듯한 소리를 내며 쇠통 벽을 때리고 흘렀다. 장대 위에 달린 감시등에서 쏟아지는 빛이 어두침침하게 울타리를 뚫고 들어왔고 움직이는 보초의 긴 그림자가 가끔씩 등 그림자 안에서 어른거렸다.

밤이 깊어지면서 울타리 안에는 살을 에는 냉기가 엄습해왔다. 뤄한 큰할아버지는 잠을 이룰 수가 없었다. 그는 여전히 달아날 생각을 떨쳐버리지 않고 있었다. 보초의 발소리가 울타리를 에워싸고 들려왔다. 뤄한 큰할아버지는 누워서 꼼짝도 하지 않고 있다가 깜빡 어렴풋하게 잠 속으로 빠져들었다. 꿈속에서 머리는 날카로운 칼에 찔리고, 손에는 인두를 쥐고 있었다. 깨어나 보니 온몸이 땀에 흠뻑 젖어 있었고 바지는 오줌으로 흥건했다. 멀리 마을에서 가늘게 닭 울음소리가 들려왔다. 노새가 발을 차면서 킁킁거리는 콧소리도 들렸다. 천막의 뚫린 틈으로 별빛 몇 가닥이 몰래 새어 들어왔다.

대낮에 뤄한 큰할아버지를 도와주었던 그 중년 남자가 조용히 일어나 앉았다. 비록 캄캄한 어둠 속에서였지만 뤄한 큰할아버지는 그래도 그의 불덩어리처럼 반짝이는 두 눈이 자기를 쳐다보고 있다는 걸 느낄 수 있었다. 뤄한 큰할아버지는 그 중년 남자가 평범한 사람은 아니라는 생각을 하면서 가만히 누운 채 그의 동정을 살폈다.

중년 남자는 아주 완만한 동작으로 울타리 입구에 무릎을 꿇고 앉더니 양팔을 들어 올렸다. 그의 등을 쳐다보고 있다가, 뤄한 큰할아버지는 그의 머리에서 이상한 빛이 번쩍이는 걸 보았다. 중년 남자는 한 호흡으로 운기(運氣)를 하고 난 뒤 갑자기 얼굴을 돌리더니 활시위를 당기듯이 쇠막대기 두 개를 잡아당겼다. 그의 눈에서 진녹빛 광채가 쏘아져 나오고 그것이 뭔가에 부딪힌 듯 츠츠 하는 소리가 나는 것 같더니 쇠막대기 두 개가 소리도 없이 열렸다. 한층 더 많아진 등불과 별빛이 울타리 안으로 비쳐 들어왔다. 누구의 것인지 알 수 없는 낡아빠진 신발 한 켤레가 입을 벌리고 있는 모습이 그 빛에 드러났다. 막사를 돌며 순찰하던 보초가 이쪽으로 걸어왔다. 뤄한 큰할아버지는 검은 그림자 한 줄기가 울타리 쪽으로 날아가더니, 일본 보초병이 윽 소리를 내고는 곧 중년 남자의 쇠 같은 팔뚝에 붙잡혀 소리도 없이 바닥으로 고꾸라지는 것을 보았다. 중년 남자는 왜놈이 들고 있던 보총을 들고 조용히 사라졌다.

뤄한 큰할아버지는 한참이 지나고 나서야 비로소 눈앞에서 무슨 일이 벌어졌는지를 깨달았다. 그 중년 남자는 알고 보니 무공이 대단한 영웅이며, 그 영웅이 그를 위해 길을 열어준 것이다. 달아나자! 뤄한 큰할아버지는 조심스럽게 울타리를 빠져나왔다. 죽은 왜놈은 얼굴을 하늘로 향한 채 한쪽 다리를 여전히 덜덜 떨고 있었다.

기어서 수수밭까지 가서야 뤄한 큰할아버지는 허리를 곧게 펴고 밭고랑을 따라 힘껏 수수밭으로 숨어들어 갔고 다시 쥐도 새도 모르게 단숨에 모수이 강둑 위로 올라섰다. 삼태성(三台星)이 하늘 한가운데서 반짝이고, 천지는 동트기 직전의 칠흑 같은 어둠 속에 잠겨 있었다. 모수이 강물에서 별들이 반짝거렸다. 서둘러서 둑 위로 올라섰을 때, 뤄한 큰할아버지는 문득 한기가 뼛속까지 파고드는 걸 느꼈다. 이가 쉴 새 없이 부딪치고 아래턱뼈의 통증은 두 뺨과 귀까지 번져와, 점점 곪아가고 있는 것 같은 머리의 통증과 한데 합쳐졌다. 수수즙에 섞여서 전해져 오는 맑고 차가운 자유의 공기가 그의 코와 폐부, 위장까지 파고들어왔다. 나무 꼭대기에 매달린 등불이 안개 속에서 반짝거렸고 삼나무 울타리는 마치 거대한 무덤처럼 시커멓게 서 있었다. 뤄한 큰할아버지는 자신이 이렇게 쉽게 도망쳐 나올 수 있었다는 게 도무지 믿기지 않았다. 그의 다리가 그를 그 낡고 썩은 작은 나무다리로 데려왔다. 물속에서는 물고기들이 물거품을 일으키며 노닐고, 강물은 졸졸졸 소리를 내며 흐르고, 유성 하나가 번쩍하면서 하늘을 가르며 떨어졌다. 마치 아무 일도 일어나지 않은 것처럼, 마치 아무 일도 없었던 것처럼. 당초에 뤄한 큰할아버지는 마을로 도망가 숨어

지내면서 상처를 치료하고 거기에서 계속 살아갈 심산이었다. 그러나 나무다리 위에 올라섰을 때 강 남쪽 언덕에서 노새의 불안한 울음소리가 들려왔다. 뭐한 큰할아버지는 그 노새 때문에 다시 되돌아갔다가 결국 장렬한 비극을 맞게 된 것이다.

말과 노새 들은 울타리에서 그다지 멀리 떨어지지 않은 공터에 박아놓은 수십 개의 말뚝 위에 매여 있었다. 거기에는 오줌 냄새, 똥 냄새가 넘쳐흘렀다. 말들은 히힝대면서 수수 이삭을 물어뜯고 노새들은 나무 울타리를 물어뜯으며 가는 똥을 쏟아냈다. 뭐한 큰할아버지는 단숨에 말과 노새 들이 있는 곳으로 숨어들어갔다. 그는 자기 집에서 데려온 크고 검은 노새의 익숙한 냄새를 느낄 수 있었고 자기 집 노새들의 익숙한 그림자를 알아볼 수 있었다. 그는 들어가서 자기와 함께 고생한 친구들을 구해내려고 했다. 그러나 아무것도 모르는 노새란 짐승은 잽싸게 엉덩이를 돌리더니 두 발을 걷어차 올렸다.

"검둥아, 검둥아, 나랑 같이 도망가자!"

뭐한 큰할아버지가 속삭이듯이 말했지만 노새는 성이 난 듯 이리 뛰고 저리 뛰면서 자기 영토를 지키려고 했다. 노새들은 뜻밖에도 주인을 알아보지 못했다. 뭐한 큰할아버지는 새로 난 피 냄새와 오래된 피 냄새가 뒤섞이고, 새로 생긴 상처와 전날의 상처들이 한데 섞여 그것이 이미 자신의 체취를 바꾸어놓았다는 사실을 전혀 깨닫지 못하고 있었다. 뭐한 큰할아버지의 마음에 혼란이 일었다. 그가 노새에게로 한 걸음 다가서자 노새는 다시 발굽을 들어 올려 그의 사타구니뼈를 걷어찼다. 뭐한 큰할아버지는 옆으로 날아 땅바닥에 떨어졌다. 몸의 반쪽이 마비되어버린 것처럼 얼얼했고 아무런 감각이 없었다. 노새는 여전히 엉덩이를 치켜들고 발굽을 차올리고 있었다. 쇠발굽이 새벽달처럼 빛났다. 뭐한 큰할아버지는 사타구니뼈가 후끈거리며 부풀어 오르는 것 같았다. 피로감이 무겁게 몰려왔다. 그는 똑바로 기다가 다시 옆으로 비스듬히 기었다. 마을에서 가늘게 들려오는 수탉의 울음소리가 다시 한 번 전해져 왔다. 어둠은 서서히 사라져가고 있었다. 삼태성은 점점 더 눈앞을 어지럽히면서 반짝거리는 노새의 엉덩이와 눈알을 비추고 있었다.

"이놈의 짐승들!"

뤄한 큰할아버지는 화가 뻗쳐오르기 시작했다. 이쪽저쪽으로 몸을 뒤척이면서 날카로운 것을 찾다가 도랑을 파던 공사장에서 날카로운 삽 하나를 찾아냈다. 그는 아무런 거리낌도 없이 걸어가면서 욕을 퍼부어댔다. 단지 백 발자국 밖에 사람들과 개가 있다는 것도 완전히 잊어버린 채 그는 자유로워졌다. 자유로울 수 없었던 건 두려움 때문이었다. 동쪽에서 천천히 퍼져오는 태양의 붉은 기운이 점점 높이 솟아오르면서 온 사방으로 그 빛을 퍼뜨렸다. 날이 새기 직전의 수수밭은 당장이라도 폭발해버릴 것 같은 정적에 감싸여 있었다. 뤄한 큰할아버지는 고개를 들어 아침의 붉은 기운을 바라보면서 뼛속까지 사무치는 증오를 품고 노새들이 있는 쪽으로 걸어갔다. 노새는 가만히 서서 꼼짝도 하지 않고 있었다. 뤄한 큰할아버지는 삽을 가로로 들고 노새의 뒷다리를 겨냥해 있는 힘껏 찍어 내렸다. 차가운 그림자 한 줄기가 노새의 뒷다리 위로 떨어졌고, 상처 입은 노새는 두 번쯤 기우뚱거리더니 뻣뻣하게 섰다가 다시 놀라움과 분노로 맹렬하게 울부짖으며 엉덩이를 공중으로 치켜들었다. 뜨거운 핏줄기가 빗방울처럼 뤄한 큰할아버지의 얼굴 전체에 후드득 뿌려졌다. 뤄한 큰할아버지는 눈으로 허공을 겨냥하더니 다시 노새의 다른 쪽 뒷다리를 후려쳤다. 노새는 다시 한 번 비명을 질렀고 차츰차츰 엉덩이를 떨어뜨리다가 털퍼덕 주저앉아버렸다. 앞다리는 아직 버텨 서고, 목은 고삐에 뻣뻣하게 묶인 채로, 노새는 이미 희뿌옇게 밝아온 하늘을 향해 입을 쳐들고 울부짖었다. 삽은 노새의 둔중한 엉덩이 밑에 깔렸고 아저씨도 순간 털퍼덕 주저앉았지만 안간힘을 다해 삽을 뽑아냈다. 삽날은 노새의 뒷다리 뼛속에 깊이 박혀 있다가 빠져나왔다. 다른 노새 한 마리는 상처 입고 넘어진 동료를 멍하니 바라보며 통곡하듯 애원하듯 슬프게 울부짖고 있었다.

뤄한 큰할아버지는 삽을 평평하게 들고 다른 한 마리 쪽으로 걸어갔다. 노새가 뒤로 물러나려고 안간힘을 쓰는 바람에 고삐는 거의 끊어질 지경이 되었고 말뚝에서는 연방 끽끽거리는 소리가 났다. 노새의 왕방울만 한 두 눈에서 진녹빛 광채가 흘러나왔다.

"겁나냐? 이 짐승 놈아! 네놈의 그 위풍은 다 어디다 던져버리고? 이 짐승 놈! 이 배은망덕하고 지조도 없는 더러운 물건아! 왜놈과 내통한 개잡종아!"

뤄한 큰할아버지는 사납게 꾸짖으며 검은 노새의 직사각형 얼굴을 향해 삽을 내둘렀다. 삽은 말뚝에 가서 박혔다. 그는 앞뒤 좌우로 삽자루를 흔들어 간신히 삽날을 빼냈다. 검은 노새는 발버둥을 쳤다. 뒷다리는 활시위처럼 굽은 채로, 털이 빠진 꼬리로는 철썩거리는 소리를 내며 연방 바닥을 쳐댔다. 아저씨는 노새의 얼굴을 겨누고 얏 하는 소리를 내며 삽으로 노새의 골을 정확하게 내리쳤다. 딱딱한 두개골과 삽날이 부딪치면서 한 차례의 강한 진동이 삽자루를 통해 전해져 왔다. 뤄한 큰할아버지의 양어깨에 오싹한 느낌이 전해졌다. 검은 노새는 끽소리도 내지 못하고 입을 꾹 다문 채로 다리를 마구 버둥거리다가 결국 더 이상 버티지 못하고 쓰러졌다. 마치 두꺼운 담벼락이 무너져 내리는 것처럼 쿠릉 하는 소리가 울렸다. 끊어진 고삐의 반쪽은 말뚝 위에 걸쳐져 있었고 다른 반쪽은 노새의 얼굴 위에 감겨 있었다. 뤄한 큰할아버지는 손을 떨어뜨리고 말없이 서 있었다. 번질번질한 삽자루는 노새의 머리 위에 비스듬히 박혀 하늘을 가리키고 있었다. 저쪽에서 개 짖는 소리와 사람들이 떠들어대는 소리가 들려왔다. 날이 밝았다. 동쪽의 수수밭으로 피처럼 붉은 아침의 태양이 떠올랐다. 태양은 뭐한 큰할아버지의 반쯤 벌어진 시커먼 입안을 정면으로 비추고 있었다.

4

대열은 둑 위로 올라온 뒤 일자로 늘어섰다. 안개 속을 가까스로 빠져나온 붉은 태양이 그들을 비추고 있었다. 아버지는 다른 사람들과 마찬가지로 반쪽은 붉게 물들고 반쪽은 푸르게 물든 얼굴로 모수이 강의 표면에 아직까지 남아 있는 안개 더미를 바라보고 있었다. 강남과 강북의 큰길을 연결해주고 있는 것은 모수이 강을 가로지르는, 교각 사이에 구멍이 열네 개나 되는 거대한 돌다리였다. 본래 있던 작은 나무다리는 돌다리 서쪽에 있었는데 다리의 표면이 서너 조각으로 끊어지고 갈색 말뚝들만 남아 강물 위에 우뚝 선 채, 한 무더기씩 몰려오는 새하얀 물보라를 속절없이 막고 있었다. 안개를 뚫고 나타난 울긋불긋한 강의 표면은 엄숙하고 공포스러운 느낌을 자아냈다. 강둑 위에 서서 바라보면 둑 남쪽으로 끝도 없이 펼쳐져 있는, 숫돌처럼 가지런하고 평평하게 널려 있는 수수의 얼굴들이 보였다. 수수들은 꼼짝도 하지 않았다. 낱낱의 수수 이삭은 모두 무르익은 진홍색 얼굴이었다. 그래서 어떤 수수들은 하나로 합쳐져 거대한 집단을 이루고는 원대한 사상을 만들어내기도 했다. —아버지는 그때 아직 어려서 이런 화려한 수사들은 생각해내지 못했다. 이건 다 내가 생각해낸 것이다.

수수와 사람이 함께 시간의 꽃이 열매 맺기를 기다리고 있었다.

남쪽으로 곧게 뻗어 있는 큰길은 차츰차츰 좁아지다가 끝에 가서는 수수로 덮여 가려져 버렸다. 둥그런 쇳빛 하늘과 수수가 하나로 이어지는 길의 맨 끝에서, 일출의 감동처럼 사람의 마음을 감동시키는 그런 처량하고 비장한 장면이 다시 한 번 연출되었다.

아버지는 호기심 어린 눈으로 멍청한 표정의 유격대원들을 바라보고 있었다. 그들은 어디서 왔는가? 그들은 어디로 가는가? 무엇 때문에 매복전을 하려는 것인가? 매복전이 끝나고 나면 또 무슨 싸움을 할 것인가? 끊어진 다리에 부딪혀서 일어나는 물소리의 리듬이 고요한 가운데서 한결 더 분명하고 또렷하게 전해져 왔다. 안개가 태양 빛으로 인해 강물 여기저기로 흩어졌다. 검붉던 모수이 강이 서서히 붉은 황금빛으로 타오르기 시작했다. 강물 전체에 광채가 그득했다. 물가에는 고독한 노랑머리 연꽃이 누런 잎을 떨어뜨리고 있었고, 한때는 화려했던 누에 모양의 꽃들도 창백하고 마른 모습으로, 잎새와 줄기 사이에 매달려 있었다. 다시 게잡이 철이 된 것이다! 아버지의 생각이 다시 먼 곳으로 달려갔다. 가을바람이 일고, 날씨가 서늘해지고, 기러기 한 무리가 남쪽으로 날아갈 때면……뤄한 큰할아버지가 말했다. 잡아라, 더우관아…… 붙잡아! 게들의 가늘고 정교한 발이 보드라운 진흙 위에 온통 꽃무늬를 찍어놓았고 아버지는 강물 쪽에서 풍겨오는 게들 특유의 비린내를 맡았다. 항전이 시작되기 전에 우리 집에 심었던 양귀비꽃들은 게장을 먹여 키워서 모두 꽃이 큼직했고 색깔도 화려했으며 향기는 코를 찌를 듯이 진했다.

"모두 둑 아래로 내려가 숨어라. 벙어리는 써레를 설치하고."

위 사령관이 말했다.

벙어리는 어깨 위에 메고 있던 철사 뭉치를 뜯어내 써레 네 자루를 한데 묶었다. 그는 두 번 '아' 소리를 내어 대원들에게 신호를 보내고는 둥글게 묶은 써레를 큰길과 돌다리가 만나는 지점으로 메고 갔다.

"형제들, 숨어 있다가 왜놈들의 차가 다리 위로 올라오고, 렁(冷) 지대가 퇴로를 막으면, 내 명령에 따라 일제히 사격을 개시한다. 저 짐승 놈들을 강물 속으로 빠뜨려 드렁허리랑 게의 밥이 되게 하자."

위 사령관은 이렇게 말하면서 벙어리에게 수신호를 몇 번 보냈고 벙어리는 고개를 끄덕이고는 총과 대원의 반을 이끌고 길 서쪽 수수밭으로 가서 매복했다. 왕원이는 벙어리를 따라 서쪽으로 갔다가 도로 쫓겨왔다.

"넌 그리 가지 말고 나를 따르라. 두렵냐?"

위 사령관의 말에 왕원이는 연방 고개를 끄덕이며 대답했다.

"두렵지 않아요……두렵지 않아요……"

위 사령관은 팡씨 형제에게 구식 장총들을 강둑 위에 설치하라고 지시했고, 커다란 나팔을 들고 있는 나팔수 류(劉)에게도 명령을 내렸다.

"류, 총격이 시작되면 자넨 아무것도 상관하지 말고 있는 힘껏 나팔을 분다. 왜놈들은 소리 나는 물건을 무서워하니까, 알았나?"

나팔수 류는 위 사령관의 오랜 동료였다. 위 사령관이 가마꾼이던 시절에, 류는 북장이였다. 위 사령관의 명령에 류는 마치 총을 받들 듯이 두 손으로 나팔을 들어 올렸다.

위 사령관이 다시 모두에게 말했다.

"듣기 싫은 소리부터 먼저 하겠다. 싸움이 시작되었을 때 줄행랑을 치는 놈은 내 손에 죽는다. 우린 렁 지대에 본때를 보여줘야 한다. 그 멍청이 같은 놈들이 무슨 깃발 나부랭이 같은 거 가지고 사람 울러메려고 하지만, 이 몸은 절대로 그런데 넘어가지 않는다. 제 놈이 감히 나를 갈아치우려고 해? 내가 되레 그놈을 갈아치우지!"

대열은 수수밭에 둘러앉았다. 팡씨네 여섯째가 담배 주머니에서 담배를 꺼내 수수 짚 위에 얹고는 부시와 부싯돌을 문질러 불을 일으켰다. 부시는 시커멨고, 부싯돌은 푹 삶은 달걀처럼 검붉었다. 부시가 부싯돌에 부딪혀 타타닥거리는 소리를 냈고 불꽃이 튀어 올랐다. 불꽃은 이는 족족 다 컸다. 커다란 불꽃 하나가 팡씨네 여섯째의 집게손가락과 약손가락 사이에 끼어 있던 수수 짚 위로 튀었다. 팡씨네 여섯째는 입을 모으고 급히 한 모금을 빨았다. 부싯깃 위로 한 가닥 하얀 연기가 솟아오르더니 이내 붉은빛으로 바뀌었다. 팡씨네 여섯째가 담배를 붙이고 막 한 모금을 빨았을 때 위 사령관이 연기를 내뱉으며 코를 킁킁거리면서 말했다.

"담배 꺼. 담배 냄샐 맡고도 왜놈들이 다리 위로 기어올라오겠나?"

팡씨네 여섯째는 급하게 두 모금을 더 빨고는 담배를 두드려 껐다. 담배 주머니는 잘 넣어두었다. 다시 위 사령관이 입을 열었다.

"왜놈들이 왔을 때 허둥거리다 놓치지 않게 모두 강둑 위에 엎드려라."

모두들 큰 전투를 앞에 두고 있는 병사들처럼 다소 긴장한 채로 총을 손에 들고 강둑 위에 엎드렸다. 아버지는 위 사령관 옆에 엎드렸다.

"무섭나?"

"무섭지 않아요!"

"장하다. 이 아비의 씨앗답다! 넌 내 전령이다. 전투가 시작되면 날 떠나선 안 된다. 명령이 있으면 너에게 전할 테니 네가 서쪽으로 달려가서 전달한다."

아버지는 고개를 끄덕이면서 위 사령관의 허리춤에 찬 총 두 자루를 탐나는 듯이 쳐다보았다. 하나는 크고 하나는 작았다.

큰 건 독일제 모제르총*이고 작은 건 프랑스제 브라우닝총**이었다. 이 총은 둘 다 내력이 있는 것들이었다.

아버지가 참지 못하고 결국 한마디를 내뱉었다.

"총!"

"총이 갖고 싶냐?"

위 사령관의 물음에 아버지는 고개를 끄덕이며 다시 말했다.

"총"

"다룰 줄 아냐?"

"알아요!"

위 사령관은 허리춤에서 브라우닝총을 꺼내 들고는 이리저리 살펴보았다. 소총은 낡아서 총 표면에 칠해져 있던 산화 방지막이 다 닳아 없어져 버렸다. 위 사령관이 방아쇠를 당기자 탄창 속에서 누런 구리 껍질의 탄알 하나가 튀어나왔다. 그는 탄알을 높이 던져 올렸다가 손을 내밀어 받아 쥐고는 다시 총 속으로 밀어 넣었다.

"자! 내가 한 대로 해봐라."

아버지가 총을 받아 쥐었다. 아버지는 총을 든 채로 그저께 밤 위 사령관이 이 총으로 술잔들을 부숴버렸던 장면을 떠올렸다.

그땐 초승달이 막 떠올라 마른 나뭇가지 위에 낮게 걸려 있었다. 아버지는 할머니가 시키는 대로 술독을 안고 구리로 만든 열쇠를 만지작거

---

* 모제르총은 본래 독일제이지만, 1870년대 후반 이후로는 청나라의 개혁파인 양무파들이 설립한 톈진 기기국에서도 모제르총을 제조했다. 단발총과, 총상 앞부분과 총신 아래 부분에 탄창을 끼는 연발총 두 종이 있다.

** 브라우닝총은 본래 미국인인 브라우닝John Moses Browning이 설계하여 만든 자동소총으로, 연사 능력이 우수하고 관통력이 셀 뿐 아니라 신뢰성이 높아 제2차 세계대전에서 많은 활약을 했다. 여기에서 프랑스산이라고 한 것은 오인으로 보인다.

리면서 술 달이는 방으로 술을 뜨러 갔었다. 아버지가 대문을 돌려 열고 마당 안으로 들어섰을 때 마당 안은 고요했고 노새가 묶인 곳간 쪽은 시 커멓게만 보였다. 술 달이는 방 쪽에서는 푹 썩은 술 찌꺼기의 탁한 냄새 가 퍼져 나왔다. 아버지는 술 항아리 하나를 열고, 달빛과 별빛을 받아 고요하고 맑은 술 위에 비친 자신의 마른 얼굴을 보았다. 아버지는 눈썹 이 짧고 입술이 얇은 자신의 얼굴이 못생겼다고 생각했다. 그가 술 단지 를 항아리 속으로 밀어 넣고 누르자 꿀럭꿀럭 소리를 내며 술이 항아리 속으로 들어갔다. 단지를 술독 안에서 꺼내자 단지 위에 묻어 있던 술 방 울이 술 항아리 안으로 뚝뚝 떨어져 내렸다. 무슨 생각이 났는지 아버지 는 단지에 담은 술을 도로 항아리 안으로 쏟아부었다. 아버지는 문득 할 머니가 피 묻은 얼굴을 씻었던 그 술 항아리를 생각해냈다. 할머니는 집 에서 위 사령관이랑 렁 지대장과 함께 술을 마시고 있었다. 할머니와 위 사령관은 둘 다 주량이 세서 끄떡없었지만, 렁 지대장은 이미 조금 취해 있었다. 술 항아리 앞에 가서 보니, 나무로 된 항아리 뚜껑 위에 맷돌 하 나가 더 눌려 있었다. 아버지는 술 단지를 내려놓고 있는 힘을 다해 맷돌 을 치웠다. 맷돌은 바닥에서 두 바퀴를 구르더니 다른 술 항아리에 가서 부딪혔다. 부딪친 술 항아리에 커다란 구멍이 하나 뚫렸고 고량주가 콸콸 새어 나왔지만 아버지는 아랑곳하지 않았다. 아버지는 항아리 뚜껑을 열 고 뤄한 큰할아버지의 피 냄새를 맡으면서 뤄한 큰할아버지의 피와 할머 니의 피 묻은 얼굴을 떠올렸다. 뤄한 큰할아버지의 얼굴과 할머니의 얼굴 이 항아리 속에서 번갈아 나타났다. 아버지는 술 단지를 항아리 속으로 밀어 넣고 피 섞인 술을 가득 담아 양손으로 받쳐 들고는 집 안으로 돌아 왔다.

팔선(八仙) 탁자* 위에는 밝은 촛불 하나가 높게 타오르고 있었고, 위 사령관과 렁 지대장은 서로 노려보면서 둘 다 씩씩거리고 있었다. 할머니는 그 두 사람 사이에 서서 왼손으로는 렁 지대장의 모제르총을, 오른손으로는 위 사령관의 브라우닝총을 누르고 있었다.

할머니의 말소리가 들렸다.

"거래는 성사되지 않아도 도리는 저버리지 말라고 하잖았어요. 여긴 당신들끼리 싸울 곳이 아니고, 그럴 능력 있으면 일본 놈한테 써야지."

위 사령관이 노기등등하게 꾸짖었다.

"처남, 왕(王) 여단 깃발 가지고 날 겁줄 순 없어. 이 판에선 이 몸이 왕이니까. 차빙을 10년이나 먹고도 아직도 그 왕오이같이 생긴 당나귀 새끼 눈치를 보다니!"

렁 지대장은 냉랭하게 웃으며 말했다.

"잔아오 형, 이 몸도 당신 위해서 이러는 거고, 왕 여단장도 당신 좋으라고 그러는 거라고, 당신이 도적 떼만 끌고 오면 대대장도 시켜줄 거고, 왕 여단장이 총도 식량도 다 줄 텐데, 토비질 하는 것보다야 낫지."

"누군 토비고, 누군 토비가 아닌데? 일본 놈만 때려잡으면 그게 바로 중국의 대영웅인 거지. 이 몸은 지난해에 일본 보초 세 놈 손봐주고, 덮개총 세 자루를 빼앗아왔다. 그래 자네 부대는 토비 아니라서 왜놈 몇 명이나 죽였는데? 왜놈 털끝 하나도 붙잡지 못한 주제에."

렁 지대장이 자리에 앉아 담배를 한 대 붙여 물었고 그사이에 아버지는 술 단지를 들고 안으로 들어갔다. 술 단지를 받아 든 할머니의 안색이 갑자기 달라졌다. 할머니는 아버지를 매섭게 한 번 노려보고 나서 사발 세 개에 가득 차게 술을 부었다.

---

* 팔선(八仙)이란 민간에서 광범위하게 전해져 내려오던 도교(道教)의 여덟 신선을 말한다. 팔선 탁자란 사방의 길이가 같고 면이 비교적 넓은 사각의 탁자를 말한다.

"이 술 속엔 뭐한 아저씨의 피가 들어 있어요. 남자라면 마시고, 훗날 같이 힘을 합쳐 일본 놈의 차를 때려 부수세요. 그러고 난 뒤에는 그땐 당신들 마음대로, 닭은 닭대로 개는 개대로 다 제 갈 길로 가도 아무도 뭐라고 하지 않을 테니까."

할머니가 먼저 술 사발을 들고는 벌컥벌컥 들이켰다.

위 사령관도 술 사발을 들더니 단숨에 목구멍으로 부어 넣었다.

링 지대장은 술 사발을 들고 반쯤 마시고는 내려놓으며 말했다.

"위 사령관, 이 몸은 술기운을 못 이겨서 이만 가야겠소!"

할머니가 왼쪽의 모제르총을 움켜쥐고 물었다.

"싸울 거예요, 안 싸울 거예요?"

위 사령관이 기세등등하게 말했다.

"자네, 저 작자에게 구걸할 필요 없네. 저 작자가 싸우지 않아도 이 몸은 싸울 테니!"

"싸우지."

링 지대장의 대답을 듣고 할머니는 손을 풀었고 링 지대장은 모제르총을 받아 들어 허리띠에 매달았다.

링 지대장의 얼굴은 하얗고 깨끗했지만, 코 주위에는 검은 사마귀가 열댓 개 나 있었다. 총을 매단 허리띠 위에 탄알 한 꾸러미가 같이 매달려 있어서 허리띠가 하현달처럼 둥글게 늘어져 있었다.

"잔아오, 더우관은 당신한테 맡길 테니, 후일 당신이 데려가시구려."

할머니의 말을 듣고 위 사령관은 아버지를 쳐다보더니 웃으면서 물었다.

"아들, 자신 있나?"

아버지는 위 사령관의 두 입술 사이로 드러난 딱딱하고 누런 이를 경멸의 눈빛으로 바라보며 아무 대꾸도 하지 않았다.

위 사령관은 술잔 하나를 들어 아버지의 머리 위에 올려놓더니 아버지를 문 있는 데로 가서 가만히 서 있게 하고 자신은 브라우닝총을 빼어 들고 벽 모서리로 걸어갔다.

아버지는 위 사령관이 벽 모서리 쪽으로 성큼성큼 세 걸음을 내딛는 것을 바라보고 있었다. 한 걸음 한 걸음이 아주 시원시원하고 여유 만만했다. 할머니의 얼굴이 창백해졌다. 렁 지대장의 입가에 조롱이 담긴 미소가 떠올랐다.

위 사령관은 벽 모서리까지 걸어가서 갑자기 몸을 돌렸다. 아버지는 그의 양팔이 들리면서 동시에 시커먼 눈에서 붉은빛이 뿜어져 나오는 것을 보았다. 브라우닝총의 총구에서 하얀 연기가 한 줄 뿜어져 나왔고 아버지의 머리 위에서 꿍음이 한 차례 울렸다. 술잔은 산산조각이 났다. 작은 자기 조각 하나가 아버지의 목깃 위로 떨어졌다가 아버지가 목을 쑥 빼자 바지춤으로 미끄러졌다. 아버지는 아무 말도 하지 않았다. 할머니의 얼굴이 한층 더 창백해졌다. 렁 지대장은 나무 의자에 털썩 주저앉더니 한참이 지난 후에야 비로소 입을 열었다.

"훌륭한 솜씨요."

"대단한 녀석!"

위 사령관이 말했다.

지금 아버지는 손에 쥐고 있는 브라우닝총이 유난히 더 무겁게 느껴졌다.

"내가 가르쳐주지 않아도 어떻게 싸워야 되는 건지 알지? 가서 벙어리한테 명령을 전해라. 준비 태세라고!"

위 사령관이 말했다. 아버지는 총을 들고 수수밭으로 들어가 큰길을 지나서 벙어리에게로 갔다. 벙어리는 양반다리를 하고 앉아 윤기가 반질 반질하게 나는 돌멩이로 허리춤에 찬 긴 칼을 문지르고 있었다. 대원들 중에는 앉아 있는 사람도 있고 누워 있는 사람도 있었다.

"모두들 준비 태세 하래요."

벙어리는 아버지를 힐끗 쳐다보더니 계속 칼을 갈았다. 한참을 갈고 나서 그는 수숫잎 몇 개를 뜯어 칼에 묻어 있는 돌가루를 말끔하게 닦아 내더니 가는 풀 하나를 뽑아 칼날을 시험해보았다. 작은 풀은 칼날에 부 딪히자 소리도 없이 갈라졌다.

"모두들 준비 태세 하래요!"

아버지가 다시 한 번 고함을 질렀다.

벙어리는 칼집에 칼을 넣어 곁에 내려놓았다. 그의 얼굴에 징그러운 웃음이 떠올랐다. 그는 큼직한 손을 쳐들고 아버지에게 손짓을 했다.

"우! 우!"

벙어리가 말했다.

아버지는 가만가만 앞으로 걸어가다가 벙어리에게서 한 걸음쯤 떨어 진 자리에 멈춰 섰다. 벙어리가 몸을 내밀어 아버지의 옷깃을 낚아채더니 힘껏 잡아당겼다. 아버지는 벙어리의 품 안으로 엎어졌다. 벙어리가 아버 지의 입이 볼까지 찢어지도록 귀를 비틀었다. 아버지는 브라우닝총으로 벙어리의 갈비뼈를 찔렀다. 벙어리는 다시 아버지의 코를 힘껏 눌렀고 아 버지의 눈에서는 눈물이 펑펑 쏟아져 나왔다. 그러자 벙어리는 이상한 소 리를 내며 웃기 시작했고 벙어리 주위에 흩어져 앉아 있던 대원들도 일제 히 소리 내어 웃기 시작했다.

"위 사령관을 닮았나?"

"위 사령관 씨지."

"더우관, 나도 네 엄니랑 하고 싶다."

"더우관, 나도 네 엄니의 그 대추 박힌 떡 먹고 싶다."

아버지는 수치와 분노에 휩싸여, 망령스럽게 대추 박힌 떡을 먹고 싶어 하는 작자를 향해 총을 겨누었다. 브라우닝총에서 팡 하는 소리가 났지만 탄알은 발사되지 않았다.

그자는 얼굴이 노래진 채 벌떡 일어나더니 아버지의 총을 빼앗았다. 아버지는 분을 이기지 못해 몸을 던져 그 작자를 덮치고 발로 차고 입으로 물어뜯었다.

벙어리가 벌떡 일어나더니 아버지의 목덜미를 휘어잡고 힘껏 내리쳤다. 아버지의 몸이 공중에서 날았다가 떨어졌다. 아버지가 떨어진 자리의 수숫대가 납작하게 눌리고 잘렸다. 아버지는 뒹굴면서 다시 기어올라와 있는 대로 욕설을 퍼부으며 벙어리를 덮쳤고 벙어리는 우우 하는 소리를 내뱉었다. 아버지는 벙어리의 시퍼런 쇳빛 얼굴을 보고는 그 자리에 멈춰섰다. 벙어리가 브라우닝총을 가져가 방아쇠를 당기자 총알 하나가 그의 손으로 떨어졌다. 그는 총알을 만지작거리면서 총알 뒤꽁무니에 작은 격침 자국이 난 걸 보면서 아버지에게 몇 차례 손짓을 해 보였다. 벙어리는 아버지의 허리춤에 총을 찔러주고는 아버지의 머리를 토닥거렸다.

"저쪽에서 무슨 소란을 피운 거냐?" 위 사령관이 물었다.

아버지는 억울하다는 듯이 대답했다. "저자들이…… 우리 엄마랑 자겠대요."

위 사령관이 굳은 얼굴로 물었다. "그래서 뭐라고 했냐?"

아버지가 팔을 들어 올려 눈을 문지르면서 말했다.

"총을 한 방 갈겼어요!"

"네가 총을 쐈어?"

"소리는 나지 않았어요."

아버지는 발사되지 않은, 금빛으로 반짝거리는 탄알을 위 사령관에게 건네주었다.

위 사령관이 탄알을 받아 들고 쳐다보다가 가볍게 위로 던지자 탄알은 아름다운 활선을 그리면서 미끄러져 강물 속으로 떨어졌다.

"멋진 녀석! 총알은 먼저 일본 놈들에게 쏘고, 일본 놈들을 다 때려잡은 뒤에는 어떤 놈이든 다시 감히 네 엄마랑 자겠다고 하면 그놈의 배때기를 향해 갈겨줘라. 대가리를 쏴도 안 되고, 가슴을 쏴도 안 된다. 명심해라. 배때기를 쏴야 된다."

아버지는 위 사령관 옆에 엎드렸다. 그의 오른쪽에는 팡씨네 형제가 엎드려 있었다. 총구를 돌다리 쪽으로 겨냥한 재래식 장총이 강둑 위에 설치되어 있었다. 장총의 총구는 헌 솜 덩어리로 틀어 막혀 있었고 총의 뒤쪽에는 신관(信管)이 삐져나와 있었다. 팡씨네 일곱째 곁에는 수수로 만든 부싯깃이 설치되어 있었는데 그중 한 가닥에는 이미 불이 붙어 있었다. 팡씨네 여섯째 옆에는 조롱박 하나와 탄알이 가득 찬 철합이 하나 놓여 있었다.

위 사령관의 왼쪽에는 왕원이가 엎드려 있었다. 두 손엔 피리처럼 생긴 새총을 쥐고 있었는데, 몸은 잔뜩 웅크린 채 덜덜 떨고 있었다. 부상당한 귀는 이미 하얀 천과 한데 엉겨 붙어 있었다.

태양은 한껏 높이 올라가 있었고 새하얀 중심부의 외곽에는 담홍색 테가 한 줄기 둘러쳐져 있었다. 강물은 맑게 빛났다. 들오리 한 무리가 수수 위를 뱅뱅 돌며 날다가 더러는 강가의 풀 더미 속으로 비스듬히 곤두박질치고, 더러는 또 강으로 내려앉아 강물을 따라 노닐고 있었다. 강물에 떠 있는 오리들은 꼼짝도 하지 않고 머리만 이리저리 민첩하게 움직였다. 아버지의 몸이 훈훈해졌다. 이슬에 젖었던 옷도 완전히 말랐다. 한참을 엎드려 있다가 아버지는 어떤 돌덩어리가 가슴을 내리누르는 것 같은 통증을 느꼈다. 아버지가 일어나 앉자 머리와 가슴이 둑 위로 드러났다. 위 사령관이 "엎드려" 하고 고함을 질렀고 아버지는 어쩔 수 없이 다시 엎드렸다. 팡씨네 여섯째의 콧구멍에서 코 고는 소리가 났다. 위 사령관이 흙덩어리를 한 줌 쥐어 팡씨네 여섯째의 얼굴에 뿌리자 팡씨네 여섯째가 어리둥절해하면서 일어나 앉더니 하품을 하며 좁쌀만 한 눈물을 두어 방울 떨어뜨렸다.

"일본 놈들이 왔어요?"

팡씨네 여섯째가 큰 소리로 물었다.

"이 씨팔놈아, 졸면 안 돼!"

위 사령관이 거칠게 대답했다.

강의 남쪽과 북쪽은 모두 고요했다. 널따란 큰길은 음침한 죽음의 기운을 발산하면서 수수 더미 속에 누워 있었다. 강 위의 큰 돌다리가 무척 아름다웠다. 끝도 없이 펼쳐진 수수가, 그보다 더 높고 그보다 더 밝게 빛나는 태양을 맞아 선홍색으로 물든 얼굴로 아주 수줍은 아름다움을 드러내고 있었다. 들오리는 야트막한 물가에서 꽥꽥 소리를 내며 납작한 부리로 무언가를 찾느라고 애쓰고 있었다. 아버지의 눈길이 들오리 위에 멈추었다. 아버지는 들오리들의 아름다운 날개와 영민한 눈동자를 유심히 관찰하고 있었다. 그는 묵직한 브라우닝총을 들어 오리의 평평한 등을 향해 겨누었다. 그가 막 방아쇠를 당기려고 할 때, 위 사령관이 그의 손을 누르며 말했다.

"멍청한 녀석, 뭘 하려는 거냐?"

아버지는 초조하고 불안해졌다. 큰길은 여전히 말라 죽은 것처럼 누위 있었고 수수는 한층 더 붉어졌다.

"곰보 렁, 이놈의 새끼가 감히 날 가지고 놀다니!"

위 사령관이 화를 내며 말했다. 강 남쪽에서는 아무런 기척이 없었다. 렁 지대장은 그림자도 보이지 않았다. 왜놈들의 자동차가 이 길로 지나갈 것이라는 정보는 렁 지대장에게서 들은 것이었다. 렁 지대장은 자신의 부대만으로 싸워서는 승산이 없다고 판단하고 위 사령관의 부대를 불러 연합작전을 펴기로 한 것이었다.

한순간 긴장되었던 아버지의 마음이 다시 풀어지기 시작했다. 아버지의 눈길은 다시 한 차례 또 한 차례 오리 쪽으로 빨려 들어가고 있었다. 아버지는 뤄한 큰할아버지와 들오리를 쫓던 일을 떠올렸다. 뤄한 큰할아버지에게는 오리잡이 총과, 검붉은 총 받침대와 소가죽으로 만든 총끈이 있었다.

아버지의 눈에 눈물이 어렸지만 눈 밖으로 흘러나올 만큼은 아니었다. 지난해 그날과 똑같았다. 따뜻한 태양 아래서 아버지는 문득 뼛속 깊이 파고드는 한기가 온몸으로 퍼지는 걸 느꼈다.

뤄한 큰할아버지는 노새 두 마리와 함께 왜놈과 괴뢰군에게 붙잡혀갔고, 할머니는 얼굴 가득한 피를 술 항아리에 말끔히 씻어냈다. 그날 할머니의 얼굴에서는 진한 술 냄새가 풍겨 나왔고 얼굴에는 불그스레한 술기운이 배어 있었다. 할머니의 눈꺼풀은 조금 부어 있었고, 달빛 저고리의 앞섶은 술과 피로 얼룩져 있었다. 할머니는 항아리 옆에 멍하니 서서 한참 동안이나 항아리 안의 술을 쳐다보고 있었다. 술 속에 할머니의 얼굴이 비쳤다. 아버지는 할머니가 무릎을 꿇고 털썩 주저앉더니 술 항아리에 대고 세 번 절을 하고는 다시 일어나 두 손으로 술을 퍼서 마셨던 걸 기억한다. 할머니의 얼굴에 고르게 퍼져 있던 불그스름한 술기운은 두 뺨으로 모이고 할머니의 이마와 턱은 창백하게 바뀌었다.

"무릎을 꿇어라!"

할머니가 아버지에게 명령했다.

"절해라."

아버지는 무릎을 꿇고 이마를 땅에 대고 절했다.

"술을 퍼서 한 모금 마셔라!"

아버지는 술을 퍼서 마셨다.

실처럼 가닥가닥 난 핏줄기들이 한 가닥씩 수직으로 항아리 밑바닥으로 가라앉았다. 항아리 안에는 자그마한 하얀 구름 몇 점과 함께 할머니와 아버지의 엄숙한 얼굴이 떠 있었다. 할머니의 가늘고 긴 두 눈에서 사람이라도 태울 듯이 강렬한 빛이 쏘아져 나와 아버지는 감히 그 눈을 쳐다볼 수가 없었다. 아버지는 쿵쿵 뛰는 가슴으로 다시 손을 뻗어 항아리 안에서 술 한 줌을 퍼냈다. 손가락 사이로 흘러 떨어진 술이 항아리 속에 비친 푸른 하늘과 하얀 구름, 크고 작은 얼굴을 어지럽혀놓았다. 아버지는 다시 한 모금을 마셨다. 피비린내가 내내 혀에 남아 감돌았다. 실 같은 피들이 항아리 밑에 가라앉아 불룩하게 튀어나온 항아리 바닥의 중앙으로 모여들더니 주먹만 한 크기의 올망졸망한 불투명한 덩어리들을 만들어냈다. 아버지와 할머니는 그것을 한참 동안이나 쳐다보고 있었다. 할머니는 항아리 덮개를 끌어당기고 담 모서리에 있던 맷돌판 하나를 굴려와 안간힘을 다해 들어 올려 항아리 덮개 위에 눌러놓았다.

"이건 건드리지 말아라!"

아버지는 맷돌의 우묵하게 파인 쪽에 달라붙어 있는 축축한 진흙과 그 곁에서 꿈틀거리는 연녹색 벌레들을 보면서 공포와 불안에 휩싸인 채 고개를 끄덕였다.

그날 밤 아버지는 작은 침대에 누워서 할머니가 마당 안을 왔다 갔다 하는 소리를 들었다. 할머니의 뒤뚱거리는 발소리와 밭에서 스스슥대는 수수의 소리가 한데 어우러져 아버지의 잠 속에 어지러운 꿈 한 필을 짜 놓았다. 아버지는 꿈속에서 우리 집의 그 시커멓고 큰 대머리 노새 두 마리가 우는 소리를 들었다.

　　새벽녘에 아버지는 한 차례 깼다. 발가벗은 채로 뜰에 나와 오줌을 누다가 아버지는 할머니가 그때까지도 뜰에 서서 멍하니 하늘만 바라보고 있는 것을 발견했다. 아버지가 '엄마' 하고 불렀지만 아무런 반응이 없었다. 아버지는 오줌을 다 누고 나서 함께 방 안으로 들어가자고 할머니를 끌어당겼다. 할머니는 힘없이 몸을 돌려 아버지를 따라 방 안으로 들어왔다. 그들 모자가 막 방 안으로 들어섰을 때 동남쪽에서 파도 소리처럼 왁 자지껄한 소리가 한차례 전해져 왔고 곧이어 총소리 한 방이 울렸다. 총 성은 마치 예리한 칼이 비단을 가르는 것처럼 날카롭게 들렸다.

　　아버지가 지금 엎드려 있는 곳은, 그때는 하얀 돌조각이랑 돌멩이들 이 잔뜩 쌓여 있었고, 거친 황사들이 제방 위에 마치 줄줄이 늘어선 무덤 처럼 한 무더기씩 쌓여 있던 곳이다. 지난해 초여름, 둑 바깥의 수수들은 너무나 우울하고 불안하게 멍하니 서 있었다. 굴림돌에 납작하게 눌려 윤 곽이 훤히 드러난 큰길은 곧장 북쪽으로 뻗어 있었다. 그때는 돌다리가 아직 완공되기 전이라 작은 나무다리가 수많은 인파와 노새와 말발굽에 짓밟혀 지칠 대로 지쳐 있었다. 다리에는 상처 자국이 무수히 찍혀 있었 다. 밤안개가 스며드는 새벽 무렵이면 짓뭉개진 수수에서 흘러나오는 풀 냄새는 한층 더 강렬하게 진동했고 온 들판의 수수들은 통곡했다. 총소리 가 들린 지 얼마 뒤에 아버지와 할머니는 마을의 노약자, 부녀자 들과 함 께 일본 병사들에 의해 이곳으로 내몰렸다. 태양이 막 수수 이삭 꼭대기까지 올라와 있을 때였다. 아버지와 할머니는 끌려 나온 다른 사람들과 함께 짓뭉개진 수수의 시체들을 밟고 강 남쪽으로 난 길의 서쪽에 서 있었다. 아버지와 사람들은, 외양간 같기도 하고 마구간 같기도 한 커다란 울타리와 울타리 밖에 움츠리고 서 있는 남루한 옷차림의 일꾼들을 보았다. 나중에 괴뢰군 두 명이 다시 일꾼들을 길 서쪽으로 내모는 바람에 아버지 무리가 모여 있는 바로 옆쪽으로 또 한 무리의 사람이 몰려왔다. 아버지 무리와 일꾼들이 서 있는 곳 앞쪽이 바로, 나중에 사람들을 대경실색하게 만든, 노새와 말을 매어두었던 장소이다. 얼마가 지났는지도 모르게 한참을 멍하니 서 있다가 사람들은 마침내 어깨에 붉은 견장 두 개를 차고 엉덩이에는 땅바닥까지 끌리는 긴 쇠칼을 차고, 사냥개 한 마리를 끌고 하얀 가죽 장갑을 낀, 좀 수척한 얼굴의 일본 군관이 장막 쪽에서 걸어오는 것을 보았다. 그의 뒤에는 붉은 혀를 늘어뜨린 사냥개가 쫓아왔고, 사냥개 뒤에는 괴뢰군 두 명이 뻣뻣하게 굳은 일본 병사의 시체를 메고 따라오고 있었다. 맨 마지막에는 일본 병사 둘이, 괴뢰군 두 명에게 들쳐 메어진, 피와 살이 뒤범벅된 뭐한 큰할아버지를 붙잡아 오고 있었다. 아버지는 할머니에게로 바짝 다가갔고 할머니는 아버지를 꽉 붙잡았다.

사냥개를 끌고 오던 일본 군관이 노새와 말을 묶어두는 공터 근처에서 멈췄다. 쉰 마리 정도 되는 하얀 새가 모수이 강물에서 푸드덕거리며 날아와 사람들 위의 푸른 하늘을 지나고 다시 동쪽으로 돌더니 황금 같은 태양을 향해 날아갔다. 아버지는 말과 노새를 묶어두는 공터에서 말갈기가 흩어지고 얼굴이 더러워진 짐승들을 보았고, 땅바닥에 누워 있는 크고 시커먼 우리 집 노새 두 마리를 보았다. 한 마리는 죽어 있었다. 머리에는 아직도 그 부삽이 비스듬히 꽂혀 있었다. 머리에서 흘러내린 검은 피가, 땅바닥에 널려 있던 수수들과 노새의 깨끗하고 윤기 나던 얼굴을 더러워서 차마 볼 수 없는 지경으로 만들어놓았다. 다른 노새 한 마리는 바닥에 주저앉아 피가 흐르는 꼬리로 땅을 치고 있었다. 두꺼운 뱃가죽에서는 부들부들 떨리는 소리가 났고 열렸다 닫혔다 하는 두 개의 콧구멍 속에서는 호루라기 같은 소리가 새어 나왔다. 아버지는 이 검은 노새 두 마리를 얼마나 사랑했는지 모른다. 할머니가 가슴을 꼿꼿이 세운 채 고개를 들고 노새 등 위에 앉으면 아버지는 할머니 품에 안겨 앉았고, 노새는 두 모자를 태우고 수수밭 사이의 좁은 흙길 위를 달렸었다. 노새가 달리면서 머리를 쳐들고 엉덩이를 들썩거릴 때마다 아버지와 할머니도 덩달아서 엉덩이를 들썩거렸다. 가느다란 노새 다리가 뽀얀 먼짓길 위로 올라설 때면, 아버지는 흥분해서 마구 소리를 질러댔었다. 그들이 노새를 타고 수수밭을 지날 때는 손에 호미를 들고 일하던 농부들이 일손을 멈추고 서서 질투와 원망의 빛이 가득한 얼굴로 수수밭 여주인의 빼어난 미모를 넋을 놓고 바라보곤 했다. 지금 우리 집의 그 검은 노새 두 마리가, 한 마리는 땅바닥에 쓰러져 입을 벌린 채 하얗고 네모반듯한 이빨을 땅에 박고 죽어 있고, 다른 한 마리는 살아서 앉아 있지만 죽은 것보다도 더 고통스러워하고 있었다.

"엄마, 우리 노새예요."

할머니가 손으로 아버지의 입을 틀어막았다.

일본 병사의 시체가, 칼을 잡고 개를 끌고 서 있는 일본 군관 앞에 놓였다. 괴뢰군 두 명이 피와 살이 뒤범벅된 뤄한 큰할아버지를, 말을 매어두던 키 큰 말뚝이 있는 곳으로 데리고 갔다. 아버지는 처음에는 뤄한 큰할아버지를 알아보지 못했다. 아버지가 본 것은 너무 맞아서 얼굴이 짓뭉개진, 사람의 형상을 한 괴물에 불과했다. 그 괴물은 고개를 제대로 가누지 못하고 왼쪽으로 툭 떨어뜨렸다 오른쪽으로 툭 떨어뜨렸다 하면서 실려가고 있었다. 그의 머리 위에는 강가에 쌓여 있는 윤기 나는 진흙이 햇볕에 말라붙어 쪼글쪼글해지고 갈라 터진 것 같은 피딱지가 엉겨 붙어 있었다. 그의 두 다리는 바닥에 질질 끌리면서 땅 위에 구불구불한 무늬를 그려놓았다. 사람들의 무리가 소리 없이 점점 더 안으로 오그라들었다. 아버지는 할머니의 손이 자신의 어깨를 세게 죄어오는 걸 느꼈다. 모든 사람이 다 작아져서, 어떤 이의 얼굴은 황토 같고, 어떤 이의 얼굴은 흑토 같았다. 쥐 죽은 듯이 고요한 가운데 사냥개가 헐떡거리며 숨을 토하는 소리와 사냥개를 끌고 온 일본 군관이 시원하게 뀐 방귀 소리만이 똑똑하게 들려왔다. 아버지는 괴뢰군이 그 사람 형상을 한 괴물을 높다란 말뚝 쪽으로 끌고 가는 것을 보았다. 괴뢰군이 잡고 있던 손을 놓자 괴물은 곧 뼈가 발린 고깃덩어리처럼 땅바닥에 널브러졌다.

"뤄한 큰할아버지!"

아버지가 놀라서 고함을 질렀다.

할머니가 다시 아버지의 입을 틀어막았다.

뤄한 큰할아버지는 말뚝 아래에서 천천히 꿈틀거리고 있었다. 처음에는 엉덩이를 높이 쳐들고 몸을 둥글게 웅크리더니 차츰차츰 무릎을 꿇고 앉아 두 손으로 땅을 짚고는 고개를 일으켜 세웠다. 그의 얼굴은 퉁퉁 부어 있었고 두 눈은 실처럼 가늘어져 있었다. 실선 같은 눈 틈에서 진녹빛 광채가 쏟아져 나왔다. 아버지는 뤄한 큰할아버지를 정면으로 바라보고 있었다. 그는 뤄한 큰할아버지가 분명히 자기를 보았을 것이라고 믿었다. 심장이 쿵쿵 뛰었다. 아버지는 그게 놀라움과 공포 때문인지 아니면 분노 때문인지 알 수 없었다. 있는 대로 고함을 지르고 싶었지만 아버지의 입은 할머니의 손에 의해 단단히 틀어막혀 있었다.

개를 끌고 온 일본 군관이 사람들을 향해 뭐라고 소리를 지르자 윗머리를 납작하게 친 중국인이 일본 군관의 말을 사람들에게 통역해주었다.

아버지는 그가 통역해주는 말을 제대로 알아들을 수가 없었다. 할머니가 입을 세게 틀어막고 있어 아버지는 눈앞에서 별이 보이고 귀에서는 웅웅 소리가 날 정도로 숨이 막혔다.

검은 옷을 입은 중국인 두 사람이 뤄한 큰할아버지를 실오라기 하나 남지 않게 벗겨 말뚝 위에 붙들어 맸다. 일본 군관이 손짓하자 검은 옷을 입은 두 사람이 다시 바로 우리 가오미 둥베이 지방 사람인 유명한 도살꾼 쑨(孫)씨네 다섯째를 나무 울타리 안에서 밀거니 당기거니 하면서 끌고 왔다.

쑨씨네 다섯째는 키가 작았고 온몸이 고깃덩어리였다. 배가 나왔고 머리카락은 하나도 없었으며 얼굴은 온통 붉었다. 작은 눈에 미간은 무척 좁고 코 양쪽에는 깊은 골이 패어 있었다. 그는 왼손에 날카로운 칼 한 자루를, 오른손엔 맑은 물 한 통을 들고 중얼거리며 뤄한 큰할아버지 앞으로 걸어오고 있었다.

"태군(太君)께서 너더러 제대로 벗기라고 하셨다. 잘못 벗기면 사냥개한테 네놈의 가슴팍을 물어뜯게 할 테니."

통역관의 말에 쑨씨네 다섯째는 연신 그러겠노라고 대답하면서 눈꺼풀을 급하게 꿈쩍거렸다. 그는 입에 칼을 물고 물통을 들어 올리더니 뤄한 큰할아버지의 머리 위에 쏟아부었다. 뤄한 큰할아버지는 찬물을 뒤집어쓰자 고개를 번쩍 치켜들었다. 피와 물이 한데 섞이면서 그의 얼굴과 목을 타고 흘러내려와 발끝까지 적셨다. 십장 하나가 강에서 다시 물을 한 통 길어오자 쑨씨네 다섯째는 낡은 천 하나를 물에 적시더니 뤄한 큰할아버지를 말끔하게 씻겼다. 뤄한 큰할아버지를 말끔하게 씻기고 나서 쑨씨네 다섯째가 엉덩이를 흔들며 말했다.

"형님……."

"이보게, 자네가 한칼에 내 목을 따주면, 황천에 가서도 그 은혜 잊지 않으이."

일본 군관이 고함을 질렀고 통역관이 다시 따라서 말했다.

"빨리 시작해!"

쑨씨네 다섯째의 안색이 변하더니 투박하고 작달만 한 손가락으로 뤄한 큰할아버지의 귀를 잡아당기면서 말했다.

"형님, 이놈은 어쩔 도리가 없습니다요……."

아버지는 쑨씨네 다섯째의 칼이 뤄한 큰할아버지의 귀를 톱으로 나무 토막을 켜듯이 싹둑 잘라내는 것을 보았다. 뤄한 큰할아버지는 미친 듯이 고함을 질러댔고 샛노란 오줌 줄기가 두 다리 사이에서 쭉쭉 뿜어져 나왔다. 아버지의 다리가 후들후들 떨렸다. 하얀 자기 쟁반을 들고 걸어온 일본 병사가 쑨씨네 다섯째 곁에 섰고, 쑨씨네 다섯째는 뤄한 큰할아버지의 그 두툼하고 큰 귀를 자기 쟁반 위에 올려놓았다. 쑨씨네 다섯째는 다시 뤄한 큰할아버지의 다른 쪽 귀를 잘라 쟁반 위에 담았다. 아버지는 그 두 개의 귀가 쟁반 위에서 쟁반을 탕탕 치며 펄펄 뛰는 소리를 들었다.

일본 병사는 쟁반을 받쳐 들고 끌려 나온 일꾼들과 남녀노소 앞을 지나서 천천히 아버지가 있는 쪽으로 걸어왔다. 아버지는 뤄한 큰할아버지의 창백하고 아름다운 귀를 보았다. 쟁반을 치는 소리는 점점 더 격렬해졌다.

일본 병사가 일본 군관의 면전으로 그 귀를 받쳐 들고 갔고 그것을 본 군관이 고개를 끄덕이자 다시 쟁반을 죽은 일본 병사의 시체 옆으로 옮겨가 그 앞에 내려놓고 잠시 묵념을 하더니 다시 사냥개의 주둥이 아래 떨어뜨렸다.

사냥개는 혓바닥으로 귀를 끌어당겨 뾰족하고 시커먼 코를 킁킁거리며 냄새를 맡더니 고개를 절레절레 흔들고는 다시 혀를 내밀고 쭈그리고 앉았다.

"계속해라!"

통역관이 다시 고함을 질렀다.

쑨씨네 다섯째는 원래 있던 자리에서 한 바퀴를 돌면서 뭐라고 중얼거리고 있었다. 아버지는 그의 얼굴이 온통 번들거리는 땀투성이가 되어 있고, 눈동자가 마치 닭이 모이를 쪼듯이 급하게 깜빡거리고 있는 것을 보았다.

뤄한 큰할아버지의 귓불에서는 단지 피 몇 방울밖에 흘러나오지 않았다. 두 귀가 잘려진 뤄한 큰할아버지의 머리는 아주 말끔해져 있었다.

"빨리 잘라!"

일본 군관이 다시 고함을 질렀고, 통역관이 말했다.

쑨씨네 다섯째는 허리를 구부려 뤄한 큰할아버지의 성기를 한칼에 도려내고는 일본 병사가 들고 있는 쟁반 위에 다시 던져 넣었다. 일본 병사는 두 팔을 뻣뻣하게 펴 들고 두 눈은 앞을 응시하면서 마치 나무 인형처럼 사람들 앞으로 걸어갔다. 아버지는 할머니의 얼음처럼 차가워진 손가락이 마치 자신의 어깨를 파고들어가는 것 같다고 느꼈다.

일본 병사가 사냥개 주둥이 앞에 쟁반을 내려놓았고 사냥개는 두어 번 깨물더니 뱉어냈다.

뤄한 큰할아버지는 처절하게 고함을 질렀다. 앙상하게 뼈만 드러난 몸이 말뚝 위에서 격렬하게 몸부림쳤다.

쑨씨네 다섯째는 칼을 떨어뜨리고 땅바닥에 털썩 주저앉더니 대성통곡을 하기 시작했다.

일본 군관이 가죽띠를 풀자 사냥개가 쑨씨네 다섯째에게 덤벼들어 앞 발톱으로 그의 어깨를 누르고는 날카로운 이빨을 그 면전에서 드러내 보이며 으르렁거렸다. 쑨씨네 다섯째는 땅바닥에 드러누워 두 손으로 얼굴을 가렸다.

일본 군관이 호루라기를 불자 사냥개는 가죽띠를 늘어뜨리고 뛰어왔다.

"어서 껍질을 벗겨!"

통역관이 고함을 지르자 쑨씨네 다섯째는 다시 일어나 칼을 들고 몸을 들썩거리면서 뤄한 큰할아버지 앞으로 걸어갔다.

뤄한 큰할아버지가 있는 대로 욕을 퍼부었고, 사람들은 그 욕설에 고개를 쳐들었다.

"형님…… 형님…… 조금만 참으시우……"

뤄한 큰할아버지는 쑨씨네 다섯째의 얼굴에 한입 가득한 피가래를 뱉었다.

"껍질을 벗겨라. 이 씨를 말릴 놈, 벗겨!"

쑨씨네 다섯째는 칼을 들고 뤄한 큰할아버지의 머리 위에 난 상처에서부터 스스슥 하는 소리를 내며 껍질을 벗기기 시작했다. 그가 껍질 바르는 솜씨는 무척 정교했다. 뤄한 큰할아버지의 두피가 벗겨졌고, 시퍼런 눈망울이 드러났고, 울퉁불퉁한 살덩어리가 드러났다……

아버지는 내게 말했다. 뤄한 큰할아버지의 얼굴 가죽이 벗겨지고 형상을 알아볼 수 없게 된 뒤에도 그의 입에서는 여전히 웅얼거리는 소리가 났고 선홍색의 작은 핏방울이 그의 간장빛 두피 위에서 줄줄 흘러내렸다고. 쑨씨네 다섯째는 이미 사람이 아닌 것 같았다. 그는 완벽한 칼 솜씨로 한 장의 가죽을 완전무결하게 벗겨냈다. 벗겨져서 속살만 남은 뤄한 큰할아버지의 배 속에서는 창자가 퉁퉁 뛰었고 그 주변으로 한 무더기의 팟빛 파리가 가득 날아들었다. 무리 중에 여자들은 모두 바닥에 털썩 주저앉았고 울음소리가 온 들판에 진동했다. 그날 밤 하늘은 큰비를 내려 노새와 말을 매어두었던 공터에 남아 있던 핏자국들을 말끔하게 씻어냈다. 뭐한 큰할아버지의 시체와 가죽은 흔적도 없이 사라졌다. 뭐한 큰할아버지의 시체가 실종되었다는 소식이 마을에 전해졌고 그 소식은 하나에서 열로, 열에서 백으로, 한 세대에서 다음 세대로 그렇게 전해지면서 마침내 아름다운 신화 한 편이 되었다.

"그놈이 감히 이 몸을 가지고 놀려고 했다면, 내 그놈의 대가리를 비틀어서 요강을 만들어버릴 테다!"

태양은 높이 올라갈수록 점점 더 작아졌다. 타오르는 태양 주위에서 하얀 빛줄기들이 뿜어져 나오고 있었다. 수수에 묻어 있던 이슬방울은 거의 다 말라버렸다. 들오리 떼 한 무리가 빠르게 지나갔고 다시 들오리 떼 한 무리가 더 지나가고 나서도 렁 지대장 쪽에서는 여전히 아무도 나타나지 않았다. 큰길 위에는 우연히 지나다니는 들토끼 말고는 살아 움직이는 것이라곤 아무것도 보이지 않았다. 한참 뒤에 시뻘건 여우 한 마리가 슬그머니 튀어나왔다. 위 사령관은 렁 지대장에게 실컷 욕을 퍼붓고 나서 큰 소리로 말했다.

"자, 모두 일어나라. 십중팔구는 렁 지대장 이 개새끼한테 속은 거다."

벌써부터 엎드려 있는 데 진력이 나 있던 대원들은 이 소리를 간절하게 기다리고 있던 터라 사령관의 명령이 떨어지자 모두들 벌떡 일어났다. 어떤 이는 둑 위에 앉아 치지직 하는 소리를 내며 담뱃불을 붙이고 어떤 이는 둑 위에 서서 둑 아래로 힘껏 오줌을 갈겼다.

아버지는 둑 위로 뛰어올라가서도 여전히 지난해의 그 장면을 생각하고 있었다. 껍질이 벗겨진 뭐한 큰할아버지의 두개골이 눈앞에서 계속 어른거렸다. 갑자기 나타난 사람들에 놀란 들오리들이 일제히 날아오르더니 조금 떨어진 강가에 내려앉아 뒤뚱거리며 걸었다. 풀 무더기 속에서 들오리들의 비췻빛 날개와 황갈색 날개가 반짝였다.

허리춤에 칼을 차고 낡은 장총을 든 벙어리가 위 사령관 앞으로 걸어왔다. 벙어리의 안색이 그다지 좋지 않았고 눈동자는 굳어 있었다. 벙어리가 손을 들어 태양을 가리켰다. 태양은 이미 동남쪽에 있었다. 벙어리는 다시 손을 내려 큰길을 가리켰다. 큰길은 텅텅 비어 있었다. 벙어리가 배를 가리키자 거기에서 꾸르륵거리는 소리가 들렸다. 벙어리는 다시 팔을 내두르며 마을 쪽을 가리켰다. 위 사령관은 잠시 생각에 잠기더니 길 서쪽에 있는 사람들을 향해 소리를 질렀다.

"모두들 이리로 모여라!"

대원들이 큰길을 건너서 강둑 위로 모였다.

"형제들, 곰보 렁이 감히 우리를 가지고 놀려고 한 거라면 우리가 가서 그놈의 대가리를 비틀어버리자! 하지만 아직 정오가 되지 않았으니 조금만 더 기다려보고 정오가 지나도 자동차가 나타나지 않으면 우리 모두 탄자와(譚家洼)로 곧장 달려가 곰보 렁과 담판을 짓는다. 우선 다들 수수밭으로 들어가서 쉬어라. 더우관한테 가서 먹을 걸 가져오라고 하겠다. 더우관!"

아버지가 위 사령관을 쳐다보았다.

"집에 가서 어머니께 전해라. 사람을 구해서 차빙을 만들고, 정오가 될 때까지는 꼭 가져오라고. 네 엄마더러 직접 가져오라고 해라."

아버지는 고개를 끄덕이고 바지를 치켜 올린 뒤 브라우닝총을 잘 꽂아 넣고는 단걸음에 둑을 달려 내려갔다. 큰길을 따라 북쪽으로 달리다가 곧장 수수밭으로 뛰어들어가 다시 서북쪽을 향해 달려 수수밭을 빠져나왔다. 아버지는 바다 같은 수수밭에서 직사각형의 노새 해골에 부딪혔다. 아버지가 발로 걷어차자 해골 속에서 꼬리가 짧고 털이 송송 난 들쥐 두 마리가 튀어나오더니 별로 겁도 먹지 않은 듯이 아버지를 쳐다보다가는 도로 해골 속으로 들어가버렸다. 아버지는 다시 우리 집에서 키우던 그 크고 검은 노새 두 마리를 생각했다. 큰길이 완성되고 난 뒤 동남풍이 불 때면 언제나 마을에서 코를 찌르는 노새의 시체 냄새가 났다. 지난해 모 수이 강에서는 몇십 구나 되는 말과 노새의 시체가 퉁퉁 불어터진 채 떠 다녔다. 그것들은 다 잡초가 무성한 강변의 얕은 물가로 떠밀려와 있다가 햇빛을 받아 점점 부풀어 오른 배가 마침내 뻥 터져버리면 널브러진 창자 들은 꽃처럼 흘러나왔고, 한 줄 한 줄의 암녹색 즙은 천천히 강물을 따라 떠내려갔다.

5

나의 할머니는 만 열여섯 살이 되었을 때, 할아버지의 주선으로 가오 미 둥베이 지방의 소문난 부자인 산팅슈(單廷秀)의 외아들 산볜랑(單扁郎)에 게 시집을 갔다. 산씨 집안은 술도가를 했는데, 싼값의 수수를 재료로 질 좋은 바이지우(白酒)를 빚어내 사방 백 리에 그 명성이 자자했다. 둥베이 지방은 지대가 낮아 가을이면 왕왕 물이 범람했지만 수수는 키가 커 이삭 이 침수되지 않았기 때문에 많이 심었고 해마다 수확이 풍성했다. 산씨 집안은 싼값의 재료로 술을 빚어 많은 이문을 남길 수 있었기 때문에 그 일대에서 제일가는 부자가 되었다. 우리 할머니가 산볜랑에게 시집을 가 게 된 것은 우리 외증조부에게는 영광이었다. 그때 이미 산볜랑이 오래전에 문둥병에 걸렸다는 소문이 돌고 있었지만 그럼에도 불구하고 많은 집안이 산씨 집안과 혼사 맺기를 갈망했다. 산팅슈는 깡마르고 체구가 왜소한 노인으로 뒤통수에는 항상 말라비틀어진, 몇 가닥 남지 않은 머리카락으로 땋은 변발을 치켜 붙이고 다녔다. 집 안의 돈궤에는 돈이 가득해도 입고 다니는 옷은 남루했고 허리에는 항상 새끼줄을 차고 다녔다. 할머니가 산씨 집안에 시집을 가게 된 것은 기실 하늘의 뜻이었다. 그날 우리 할머니는 그네 옆에서, 작은 발에 길게 딴 머리카락을 늘어뜨린 대갓집 아가씨와 장난을 치고 있었다. 그날은 마침 청명절로, 복숭아꽃은 붉고 버들은 푸르고 가는 비가 부슬부슬 내리는, 남정네들은 여인을 그리워하고, 여인들은 해방을 맛보는 날이었다. 할머니는 그때 키가 1미터 60센티미터나 되었고 몸무게는 60킬로그램이었다. 위에는 자잘한 꽃무늬가 있는 저고리를 입고, 아래는 녹색 비단 바지에 발목에는 진홍색 비단실을 묶고 있었다. 가는 비가 내렸기 때문에 할머니는 열댓 번이나 오동나무 기름에 적셔 만든, 곱게 수놓은 진신*을 신고 다녔는데 걸을 때마다 타박타박 소리가 났다. 할머니는 머리 뒤에 길게 땋아 내린 반지르르하게 윤기 나는 머리를 늘어뜨리고 있었고, 목에는 묵직한 은열쇠를 걸고 있었다. ── 우리 외증조부는 은그릇을 만드는 장인이었다. 외증조모는 몰락한 지주의 딸로 작은 발이 여인에게 얼마나 중요한지를 잘 아는 여인이었다. 할머니는 여섯 살이 채 되기도 전에 전족을 하기 시작했고 갈수록 더 꽉 졸라맸다. 발을 싸매는 천은 한 장(丈) 남짓한 길이였는데, 외증조모는 그것으로 할머니의 발가락뼈를 부러뜨렸고 발가락 여덟 개가 모두 부러져 발바닥 밑으로 오그라 붙도록 했으니, 정말로 참담한 노릇이었다! 우리 엄마도

---

* '유혜'라고도 하며 진 땅에서 신도록 만든 신을 말한다.

발이 작았다. 난 엄마의 발을 볼 때마다 마음이 너무 아파, 봉건주의 타도! 해방된 발 만세! 라고 고함을 지르고 싶은 마음이 간절해진다. 할머니는 갖은 고생을 다 겪은 뒤에 마침내 삼촌금련(三寸金蓮)*의 아리따운 발이 되었다. 열여섯 살이 되던 해에 할머니는 이미 풍만하고 아름다운 몸매로 성장해, 길을 걸을 때면 양팔을 춤추듯이 휘젓고 허리를 씰룩거리는 자세가 마치 바람에 나부끼는 수양버들 같았다. 산팅슈는 그날 똥 광주리를 끼고 우리 외증조부가 사는 마을을 한 바퀴 돌고 난 뒤에 뭇 꽃들 중에서도 우리 할머니에게 한눈에 반한 것이다. 그로부터 3개월 뒤에 꽃가마 하나가 와서 우리 할머니를 실어갔다.

할머니는 답답한 꽃가마 안에 앉아 있느라 머리가 어질어질했다. 머리에 뒤집어쓴 붉은 수건이 두 눈을 가리고 있었다. 붉은 수건에서는 지독한 곰팡이 냄새가 났다. 외증조모는 신부가 자기 손으로 붉은 수건을 벗어서는 안 된다고 천만번도 더 타일렀지만 할머니는 붉은 수건을 벗어젖혔다. 은을 꼬아 만든 묵직한 팔찌가 팔목을 타고 미끄러져 내렸다. 팔찌 위에 새겨진 뱀 무늬를 바라보면서 할머니는 마음이 너무나 심란해졌다. 좁은 흙길 양쪽으로 늘어선 초록빛 수수가 훈풍에 흔들리고 있었다. 수수밭에서 비둘기들이 구구대는 소리가 전해져 왔고 갓 빠져나온 은회색의 수수 이삭은 연한 냄새의 꽃가루를 날리고 있었다. 그녀와 얼굴을 맞대고 있는 가마의 휘장에는 용봉(龍鳳) 무늬가 수놓아져 있었다. 휘장에 달린 붉은 천은 가마를 빌려줄 때마다 그대로 함께 빌려준 탓에 이미 초

---

* 전통 중국에서 여성들의 가장 아름답고 작은 발을 일컫던 말이다. 전통 중국에서는 여성의 발이 작은 것을 미(美)로 여겨 어린 시절부터 발을 싸매어 발이 자라지 못하도록 했는데, 이렇게 묶은 발을 '련(蓮)'이라 했고, 크기에 따라 4촌(寸)이 넘으면 '철련(鐵蓮)', 4촌이면 '은련(銀蓮)', 3촌이면 '금련(金蓮)'이라고 했다.

라하기 그지없는 색으로 변해 있었고 한가운데는 커다랗게 기름때에 절어 있었다. 늦여름 초가을의 왕성하게 내리쪼이는 햇빛 아래서 가마는 가마 꾼들의 경쾌한 동작을 따라 휘청거렸고, 가맛대를 동여맨 소가죽 끈에서는 삐걱거리는 소리가 들렸다. 가마의 휘장이 가볍게 흔들리면서 젖혀진 틈으로 제법 시원한 바람과 함께 빛 한 줄기가 가마 안으로 비쳐 들어왔다. 할머니의 몸은 온통 땀으로 젖었고 가슴은 북처럼 뛰고 있었다. 가마 꾼들의 규칙적인 발자국 소리와 거친 숨소리를 들으면서 할머니의 머릿속에서는 조약돌처럼 반질반질하고 차가운 느낌과 고추처럼 거칠고 타는 듯한 느낌이 교차되고 있었다.

할머니가 산팅슈의 눈에 든 뒤부터 얼마나 많은 사람이 외증조부와 외증조모에게 축하 인사를 건넸는지 모른다. 할머니는 물론 떵떵거리며 호사스럽게 사는 행복한 삶에 대해서도 생각해보았지만, 그것보다 글을 읽을 줄 알고 이목구비도 수려하면서 자상하고 세심한 남편을 더 간절히 바랐다. 할머니는 규방에서 혼수를 수놓으면서 내 미래의 할아버지의 아름다운 모습을 한 폭 한 폭 수놓고 있었다. 처음에 그녀는 하루빨리 결혼하고 싶었다. 하지만 여종들이 산씨네 도련님은 문둥병자라고 수군거리는 소리를 듣고 나서는 마음이 철렁 내려앉았다. 할머니는 마음속의 근심을 부모님께 아뢰었지만 외증조부는 대충 얼버무리며 대답을 하지 않았고 외증조모는 여종들을 한차례 호되게 꾸짖는 것으로 대답을 대신했다. 외증조모의 말인즉 여종들의 입놀림은 여우가 자기가 포도를 못 따 먹으니까 되레 포도가 시다고 억지를 쓰는 꼴이라는 것이었다. 외증조부는 나중에 다시 산씨네 도련님이 아주 글을 많이 읽었고 바깥출입을 하지 않는 깨끗한 인품이며 으뜸가는 수재라는 말을 덧붙였다. 할머니는 어리둥절한 나머지 진짜인지 가짜인지 알 수가 없었지만 제 자식에게 모진 부모는 없으니 아마도 여종들이 허튼소리를 한 거라고 생각했다. 할머니는 다시 하루 빨리 결혼할 수 있기를 바랐다. 할머니의 풍요로운 청춘 시절은 강렬한 번민과 엷은 고독을 발산하고 있었다. 그녀는 건장한 남자의 품에 안겨 번민을 풀고 고독을 해소할 수 있기를 갈망했다. 드디어 혼삿날이 다가왔고 할머니는 네 사람이 메는 이 큰 가마 안에 들어앉게 된 것이다. 가마의 앞뒤에서 불어대는 나팔과 날라리의 처량한 소리를 들으면서 할머니는 눈물이 앞을 가렸다. 가마가 처음 움직이기 시작할 때는 마치 운무를 탄 듯 두둥실 떠가는 것 같더니, 마을을 벗어난 지 얼마 안 되어 게으른 취고수(吹鼓手)*들은 곧 연주를 중단했고 가마꾼들의 발걸음도 빨라지기 시작했다. 수수 냄새가 가슴 깊숙이 파고들어왔다. 수수밭에서는 진기한 새들이 높고 낮은 소리로 지저귀고 있었다. 햇빛이 한 가닥 한 가닥씩 어두운 가마 안으로 비쳐 들어오면서, 할머니가 마음속으로 그리던 남편의 형상도 점점 더 또렷해졌다. 그녀의 마음이 바늘로 찌르는 듯이 아파왔다.

"하늘이시여, 날 보우하소서!"

마음속에서 우러나오는 기도가 할머니의 아리따운 입술을 떨리게 했다. 할머니의 입술 위에는 보드라운 솜털이 한 층 덮여 있었다. 할머니는 보드랍고 왕성하고 물기가 촉촉했다. 그녀의 입에서 나온 가느다란 소리는 두툼한 가마 벽과 휘장에 말끔히 흡수되어버렸다. 그녀는 그 곰팡내 나는 머릿수건을 벗어 무릎 위에 올려놓았다. 혼인의 전통에 따라서 할머니는 작열하는 날씨에도 불구하고 세 겹으로 된 솜저고리와 솜바지를 입고 있었다. 너덜너덜하게 낡은 꽃가마에는 때가 꼬질꼬질하게 묻어 있었다. 그것은 마치 관처럼, 결국은 시신이 될 운명에 놓여 있는 신부들을

---

* 혼례나 장례식에서 악기를 취주(吹奏)하던 악사(樂士).

얼마나 많이 실어 날랐는지 모른다. 가마 안에 댄 누런 비단은 짜면 당장이라도 기름이 떨어질 것처럼 더러웠다. 파리 다섯 마리 중 세 마리는 할머니의 머리 위에서 앵앵거리며 날고, 두 마리는 가마의 휘장 위에 엎드려서 막대기처럼 생긴 검은 다리로 반짝거리는 눈을 비벼대고 있었다. 할머니는 답답함을 참을 수 없어서 죽순같이 뾰족한 다리를 살그머니 내밀어 가마의 휘장 사이에 실오라기 같은 틈을 내고는 몰래 바깥을 내다보았다. 그녀는 검은색 비단 바지 안에서 얼핏얼핏 보이는 가마꾼들의 아름답고 튼실한 다리와 코가 둘 달린 삼베 신에 싸인 살진 발을 보았다. 가마꾼들의 발이 한 차례씩 툭툭 소리를 내며 먼짓길을 걸어가기 시작했다. 가마꾼들의 건장한 상체를 혼자 떠올리다가 할머니는 자기도 모르게 발끝이 올라가고 몸이 앞으로 기울어지는 걸 느꼈다. 그녀는 반질반질한 붉은색 홰나무 가맛대와 가마꾼들의 떡 벌어진 어깨를 다시 쳐다보았다. 길 양쪽에는 나무판처럼 단단하게 한데 엉긴 수수들이 한 몸을 이룬 채 서로 부대끼며 서로 어떤지 살펴보고 있었고 녹회색 수수 이삭은 아직 졸린 눈을 제대로 뜨지 못하고, 이 이삭과 저 이삭의 경계가 전혀 없었다. 끝도 없이 펼쳐진 수수는 마치 일렁이며 흘러가는 강물 같았다. 길은 어떤 때는 너무 좁아져서, 기생충의 분비물이 잔뜩 달라붙은 수숫잎이 가마의 양쪽에 부딪히면서 스슥대는 소리를 내기도 했다.

가마꾼들의 몸에서는 시큼한 땀 냄새가 풍겨 나왔고 할머니는 넋이 빠진 사람처럼 그 남자 냄새를 들이마시고 있었다. 할머니의 마음속에서 분명히 춘정의 물결이 둥글게 둥글게 일어나기 시작한 것이다. 가마꾼들이 가마를 메고 거리를 지날 때면 팔자걸음을 걷는데, 이걸 '길 밟기'라고 한다. 이는 한편으로는 주인집에 잘 보여서 돈을 많이 얻어내려는 것이고, 다른 한편으로는 직업의 우아한 풍모를 드러내려는 것이다. 길 밟기를 할 때, 발걸음이 일치하지 않으면 사내대장부가 아니고, 손으로 가맛대를 잡으면 그것도 사내대장부가 아니다. 제대로 자격을 갖춘 가마꾼들은 모두 두 손을 허리춤에 댄 채 발걸음을 맞추어 걷는다. 가마가 움직이는 리듬은 취고수들이 불어대는 처량하고도 아름다운 음악과 어우러져, 행복 뒤에는 그만큼의 고통이 감추어져 있다는 걸 모든 사람이 느낄 수 있게 해준다. 하지만 가마가 핑촨(平川) 들판에 이르자 가마꾼들은 제멋대로 마구 걸어가기 시작했다. 첫째는 빨리 가기 위해서, 둘째는 신부를 못살게 굴기 위해서였다. 어떤 신부들은 가마의 흔들림을 견디지 못하고 심하게 토해 곱게 수놓은 옷과 신이 온통 토사물로 더럽혀지기도 한다. 가마꾼들은 신부가 토하는 소리를 들으면서 일종의 배설의 쾌락 같은 것을 느낀다. 이런 젊고 건장한 남자들이 다른 사람의 신방에 바쳐질 희생 제물을 들고 가자면 필시 마음이 좋지는 않을 터이니 그래서 이렇게 신부를 못살게 구는 것이다.

그날 우리 할머니를 메고 가던 가마꾼 네 명 중에는 후에 우리 할아버지가 된 사람도 섞여 있었다. 그가 바로 위잔아오 사령관이다. 그때 그는 스무 살 청년이었고 둥베이 지방에서 관을 나르고 가마를 지는 일꾼들 중에서는 명성이 자자한 사람이었다. ─가오미 둥베이 지방에 사는 우리 할아버지와 비슷한 연배의 사내대장부들은 모두 성격이 수수처럼 분명해 우리처럼 약해빠진 후손들과는 비교할 수 없다. ─당시의 풍속으로 보면 가마꾼들이 도중에 신부를 놀리는 건 일꾼들이 술 달이는 솥 위에서 술을 마시는 것처럼 당연한 일이었다. 제아무리 권세가 높은 사람의 신부라도 그들은 감히 못살게 굴 것이다.

수숫잎이 가마를 스치면서 다시 츠츠 소리를 냈다. 수수밭 깊숙한 곳에서 갑자기 높아졌다 낮아졌다 하며 은은하게 들려오는 울음소리가 길거리의 단조로움을 깨뜨렸다. 울음소리는 취고수들이 불어대는 곡조와 아주 흡사했다. 할머니는 곡조를 생각하다가, 저런 처량한 소리를 내는 악기는 분명 취고수들의 손에 들려 있을 것이라는 생각을 했다. 할머니는 발로 가마의 휘장을 들추었다. 땀에 젖은 가마꾼의 허리가 눈에 띄었지만 할머니는 그것보다, 커다랗고 붉은 꽃이 수놓아진 신에 감싸여 있는 자신의 발을 더 많이 보았다. 작고 여윈 그녀의 발은 처연한 표정을 짓고 있었다. 바깥에서 새어 들어온 빛에 휘감긴 두 발은 마치 두 송이 연꽃 같았고 어쩌면 맑은 물 밑에 엎드려 있는 작은 금붕어 두 마리의 형상과 더 흡사하기도 했다. 수수 낱알처럼 영롱한, 연홍색의 가는 눈물방울이 할머니의 속눈썹을 뚫고 나와 볼 위로 흐르고 입가를 적셨다. 할머니의 마음에 아련한 슬픔과 아픔이 일었다. 늘 그려보던, 무대 위의 인물처럼 높은 관과 넓은 띠를 두른 우아한 풍모의 사내대장부의 모습이 눈물 속에서 희미하게 떠올랐다가 사라졌다. 할머니는 다시 두려움 속에서 문둥병으로 문드러진 산볜랑의 얼굴을 보았고, 순간 얼음 같은 냉기가 가슴속 깊이 파고들어왔다. 이 아름다운 발과 복숭아 같고 앵두 같은 얼굴과 이처럼 정이 많고 재주가 뛰어난 자신의 청춘이 정말로 문둥병자에게 바쳐져야만 하는가? 만약 그렇다면 그건 차라리 죽음으로 인생을 마감하는 것만 못하리라. 수수밭에서 들려오는 은은한 울음소리에 더듬더듬 가사가 섞여 들려왔다. 푸른 하늘아…… 쪽빛 하늘아…… 얼룩덜룩한 하늘아…… 홍두깨야, 오라비야, 네가 죽어서…… 정말로 누이의 하늘이 무너져 내렸구나…… 여기에서 한 가지 알려주어야 할 게 있다. 우리 가오미 둥베이 지방 여인들의 곡소리는 노래처럼 아름다워서 민국 원년*엔 취푸(曲阜) 현 공

---

* 1911년 신해혁명으로 청조(淸朝)가 무너진 뒤 중화민국(中華民國)이 세워진 1912년을 말한다.

자(孔子) 집안의 '곡장이'가 특별히 곡하는 법을 배우러 찾아온 적이 있다는 사실을. 할머니는 혼삿날에 여인이 남편을 잃고 곡하는 소리를 듣게 된 건 불길한 징조라는 생각을 하면서 벌써부터 무겁게 가라앉아 있던 마음이 더욱더 무거워졌다.

"가마 위의 새색시, 오라비들이랑 몇 마디 얘기 좀 합시다! 멀고 먼 길에 따분해 죽겠으니."

가마꾼 하나가 마침내 입을 열었다. 할머니는 급히 붉은 수건을 들어 머리 위에 덮어쓰고 가마 휘장 앞으로 내밀었던 발끝도 슬그머니 거둬들였다. 가마 안이 다시 칠흑처럼 캄캄해졌다.

"오라비들 듣게 노래 좀 불러보슈. 오라비들이 당신을 실어다 주고 있으니!"

취고수들이 가마 뒤에서 막 잠에서 깬 것처럼 맹렬하게 나팔을 불어댔다. "부웅……부웅……" 하는 나팔 소리가 들려왔다. "뿌웅…… 뿌웅……" 가마 앞에 선 사람이 나팔 소리를 흉내 냈고, 앞뒤에서 한차례 거친 웃음소리가 터져 나왔다.

할머니의 몸은 땀으로 흠뻑 젖어 있었다. 할머니가 가마에 오를 때 외증조모는 도중에 절대 가마꾼들과 입놀림을 해서는 안 된다고 몇 번이나 신신당부를 했었다. 가마꾼들이나 나팔장이들은 다들 천한 것들이라 기괴망측해서 무슨 일을 저지를지 모른다고.

가마꾼들이 가마를 힘껏 흔들어대기 시작했고 할머니는 들썩거리는 엉덩이를 누르기 위해 두 손으로 앉은 자리를 꼭 붙잡고 있었다.

"찍 소리도 안 해? 흔들자! 흔들어서 말이 안 나오면 오줌이라도 나오게!"

가마 안은 이미 풍랑 만난 조각배 같은 형국이었고, 할머니는 그 안에서 자리를 지키기 위해 안간힘을 쓰고 있었다. 배 속에서는 새벽에 먹은 달걀 두 개가 뒤집혀 올라왔고, 파리가 귓가에서 앵앵거리며 날아다녔다. 할머니의 목이 바짝 긴장되더니 달걀 비린내가 입안까지 치밀어 올라왔다. 할머니는 입술을 깨물었다. 토해선 안 된다. 토해선 안 돼! 할머니는 자신에게 토해선 안 된다고 명령하고 있었다. 펑롄, 사람들이 가마 안에서 토하는 게 제일 불길한 거라고 하더라. 가마에서 토하면 한평생 재수가 없다고……

가마꾼들의 말이 점점 더 거칠어졌다. 그들은 우리 외증조부가 돈만 보면 사족을 못 쓰는 소인배라고 욕을 해대기도 하고, 예쁜 꽃을 소똥에 꽂는 격이라고 조롱하기도 했다. 그들은 또 산볜랑은 허연 고름이 줄줄 흐르고 누런 물을 쏟아내는 문둥병 환자라고, 산씨 집안의 마당 밖에만 서 있어도 그 살이 썩어 문드러지는 냄새가 난다고, 산씨네 마당 안에는 초록빛 대가리의 파리들이 득실득실하다고…… 늘어놓았다.

"새색시, 당신 절대로 산볜랑이 당신을 만지게 해선 안 돼. 그 몸에 닿으면 당신도 썩어 문드러지는 거야!"

나팔 소리와 날라리 소리가 마치 오열하듯이 울렸고, 달걀 비린내는 점점 더 강렬해졌다. 할머니는 이를 악물고 입술을 깨물었지만 무엇인가가 목구멍을 주먹으로 치고 올라오는 것 같아 더 이상은 참을 수가 없었다. 입을 벌리자 더러운 토사물이 쏟아져 나와 가마의 휘장에 뿌려졌고, 그와 동시에 파리 다섯 마리가 총알처럼 토사물 위로 달려들었다.

"토한다, 토해, 흔들어라!"

가마꾼들이 미친 듯이 고함을 질러댔다.

"신나게 흔들자! 조금만 있으면 새색시가 입을 열 테니."

"큰오라버니들…… 날 좀 살려주시구려……"

할머니가 끅끅거리면서 괴로워 죽겠다는 듯이 입을 열더니, 말을 마치자마자 대성통곡을 하기 시작했다. 할머니는 굴욕스러웠다. 앞날이 험난해 평생 고통의 바다에서 벗어날 수 없을 것만 같았다. 아버지, 어머니, 돈만 아는 아버지, 모진 어머니, 당신들이 내 인생을 망쳤군요.

할머니의 통곡 소리가 수수밭 사이로 깊숙이 난 오솔길을 흔들어놓았다. 가마꾼들은 더 이상 흔들지 않았고, 불난 집에 부채질하듯이 한바탕 소란을 피우던 취고수들도 입을 다물고 불기를 멈추었다. 할머니의 오열만이 남아, 슬프게 흐느끼는 날라리 소리와 어우러져 들려왔다. 날라리의 흐느낌은 어떤 여인의 흐느낌보다 더 아름다웠다. 할머니는 날라리 소리를 듣다가 울음을 멈추었다. 마치 천뢰(天籟)*에 귀를 기울이듯이 천국에서 전해져 오는 것 같은 음악 소리를 듣고 있었다. 할머니의 분칠한 얼굴은 엉망이 되었고 여기저기 눈물 자국이 얼룩져 있었다. 처연한 곡조 속에서 그녀는 죽음의 소리를 듣고 죽음의 냄새를 맡고 죽음의 신이 수수처럼 시뻘건 입술과 옥수수처럼 누런 얼굴을 하고 웃고 있는 것을 보았다.

가마꾼들은 침묵했고, 발걸음은 무거워졌다. 가마 안의 희생물이 오열하는 소리와 가마 뒤의 날라리 반주가 그들의 마음을 부평초가 뒤집히듯이, 빗방울이 혼을 때리듯이 어지럽혀놓았다. 수수밭 사이의 작은 길을 지날 때 대열은 이미 신랑을 맞으러 가는 게 아니라 장사를 지내러 가는 것 같았다. 할머니의 발 앞쪽에 선 가마꾼의 마음에—그가 바로 나중에 나의 할아버지가 된 위잔아오인데, 어떤 예사롭지 않은 예감이 마치 활활 타오르는 불꽃처럼 일면서 그의 앞길을 환히 비춰주었다. 할머니의 울음 소리가 일찍부터 그의 마음 깊은 곳에 감춰져 있던 연민의 정을 불러일으

* 『장자(莊子)』「제물론(齊物論)」에 나오는 용어로, 땅이 부는 통소 소리인 지뢰(地籟), 사람이 부는 통소 소리인 인뢰(人籟)에 대비하여 하늘이 부는 통소 소리를 가리킨다.

킨 것이다.

가마꾼들이 도중에 잠깐 쉬려고 꽃가마를 내려놓았다. 할머니는 우느라 정신이 혼미해져 자기도 모르게 발 한쪽을 가마 밖으로 내밀었다. 가마꾼들은 이 작고 귀여운, 비할 데 없이 아름다운 발을 보면서 한순간 넋을 잃었다. 위잔아오가 걸어와 허리를 구부리고 살살, 마치 아직 털도 제대로 나지 않은 새 새끼를 잡듯이 아주 살살 할머니의 작은 발을 잡아서는 도로 가마 안으로 넣어주었다. 할머니는 가마 안에서 이 부드러움에 감동되어, 가마의 휘장을 들추고 이 젊고 큰 손을 가진 가마꾼이 대체 어떤 사람인지 보고 싶은 마음이 간절해졌다.

나는, 천 리 밖의 인연이 한 줄로 꿰어지고 한평생의 정분을 맺게 되는 건 모두 하늘과 땅이 도와서 그렇게 되는 것이라는 건 부인할 수 없는 진리라고 생각한다. 위잔아오는 우리 할머니의 발을 한 번 잡은 것 때문에 그 마음속에 자신이 새로운 생활을 창조하게 되리라는 거창한 예감을 가지게 되었고, 이때부터 그의 인생은 완전히 달라졌으며 우리 할머니의 인생도 완전히 달라진 것이다.

가마가 다시 길을 나섰고 나팔은 원숭이 울음 같은 소리를 길게 한 번 낸 뒤 곧 조용해졌다. 바람이 일었다, 동남풍이. 하늘에는 구름이 몰려와 태양을 가려버려서 가마 안은 더 어두워졌다. 할머니는 바람이 수수를 흔드는 소리를 들었다. 후르르르르, 물결이 물결을 쫓으면서 소리는 아주 멀리까지 전해졌다. 할머니는 동북쪽에서 우르릉 쾅쾅하는 소리가 일어나는 걸 들었다. 가마꾼들은 걸음을 재촉했다. 아직 얼마를 더 가야 가마가 산씨 집에 도착하게 될지 할머니는 짐작할 수 없었다. 묶인 채 끌려가는 양이 죽을 때가 가까워질수록 그렇듯이 할머니의 마음은 더 평온해졌다. 할머니는 가슴에 품고 있던 날카로운 칼을 만지작거렸다. 그것은 산벤랑을 위해 준비한 것일 수도 있고, 그녀 자신을 위해서 준비한 것일 수도 있었다.

할머니의 꽃가마가, 강도 사건을 만나게 된 바로 그 자리— 우리 집 안의 전설 속에서는 아주 중요한 장소인 개구리 지대까지 왔다. 개구리 지대는 저지대 중의 저지대로 토양이 특히 비옥했고 수분이 많아 특히 수수가 무성했다. 할머니의 꽃가마가 여기까지 왔을 때, 동북쪽 하늘에서는 핏빛 번개가 쳤고, 이지러진 살구색 태양이 짙은 구름 속에서 큰 소리로 울부짖으면서 길 위로 빛을 쏟아붓고 있었다. 가마꾼들은 숨을 헐떡거렸고, 온몸이 뜨거운 땀으로 흠뻑 젖었다. 개구리 지대로 들어서자 공기가 무겁게 가라앉았다. 반질반질하고 새카만 수수들이 길 양쪽으로 밑이 보이지 않을 만큼 무성하게 자라 있었고, 길 위에 자란 들풀과 잡꽃들이 길을 거의 막아버렸다. 그렇게도 많은 수레국화가 잡초들 속에서 가늘고 긴 줄기를 삐죽이 내민 채 보라색, 파란색, 분홍색, 하얀색의 꽃들을 피우고 있었다. 수수밭 깊숙한 곳에서 개구리 울음소리가 처연하게 들려왔고, 지지대며 처량하게 울어대는 철써기와 여우의 애절한 울음소리도 멀리서 구슬프게 들려왔다. 할머니는 갑자기 가마 안으로 한기가 엄습해 들어오는 걸 느꼈다. 피부 위에 작은 닭살들이 돋아났다. 할머니가 아직 영문을 모르고 있는데, 가마 앞에서 누군가가 크게 고함을 지르는 소리가 들려왔다.

"통행료 내놔!"

할머니의 가슴이 덜컹 내려앉았다. 기쁜 건지 걱정스러운 건지 알 수가 없었다. 맙소사, 차빙 먹는 자들*을 만나다니!

가오미 둥베이 지방에서 토비들은 마치 물고기처럼 수수밭을 마음대

_____

* '차빙 먹는 자들'이란 토비를 가리키는 말이다.

로 누비고 다니면서 무시로 나타나 노새나 사람을 인질로 잡아갔고, 못된 짓이란 못된 짓은 다하고 좋은 일이라고는 하는 게 없었다. 그러다가 결국 배가 고프면 두 사람을 잡아다가 하나는 잡아두고 하나는 풀어준 뒤, 풀어준 사람에게는 마을로 돌아가 소식을 알리고, 달걀과 대파를 말아서 지름이 두 뼘 정도 되게 얇게 돌려서 부친 다빙(大餅)을 가져오게 한다. 그들이 다빙을 먹을 때는 흔히 두 손으로 쥐어 입에 쑤셔 넣기 때문에 그걸 '차빙'이라고 부른다.

"통행료 내놔!"

그 차빙을 먹는 자가 다시 고함을 질렀다. 가마꾼들은 가던 길을 멈추고, 다리를 쭉 벌리고 길을 가로막고 선 노상강도를 멍하니 바라보고 있었다. 그자는 그리 크지도 않은 키에 얼굴에는 검정 칠이 묻어 있었고, 머리에는 수숫대로 만든 삿갓을 쓰고 몸에는 커다란 도롱이를 걸치고 있었다. 열어젖힌 도롱이 안으로 촘촘하게 단추가 달린 검은 옷과 허리에 두르고 있는 널따란 허리띠가 보였다. 허리띠 안쪽에는 붉은 비단으로 싼 불룩한 것이 달려 있었고, 그는 한 손으로 그 불룩한 것을 누르고 있었다.

할머니는 순간 어떤 일도 겁날 게 없다는 생각이 들었다. 죽는 것도 겁이 나지 않는데 또 뭐가 겁나겠는가? 할머니는 가마의 휘장을 들추고 그 차빙 먹는 작자를 바라보았다.

그가 다시 고함을 질렀다.

"통행료 내놔! 내놓지 않으면 네놈들을 박살을 내버릴 테다!" 그는 허리춤에 찬, 붉은 주머니로 싼 물건을 툭툭 쳤다.

취고수들이 허리춤에서 외증조부에게서 받은 동전 꾸러미들을 꺼내 그자의 발 앞에 던졌다. 가마꾼들도 가마를 내려놓고 새로 얻은 돈들을 꺼내 던졌다.

그는 돈 꾸러미를 발로 차서 한데 쌓으면서도 눈은 시종 가마 안에 있는 우리 할머니를 쳐다보고 있었다.

"너희들은 모두 가마 뒤쪽으로 물러서. 그렇지 않으면 총으로 갈겨버릴 테니!"

그는 손으로 허리춤에 차고 있는 물건을 툭툭 치면서 큰 소리로 고함을 질렀다.

가마꾼들이 천천히 가마 뒤로 걸어갔다. 위잔아오는 맨 마지막으로 가다가 갑자기 몸을 돌리더니 두 눈을 똑바로 뜨고 차빙 먹는 자를 노려보았다. 그자는 순식간에 안색이 변하더니 허리춤에 찬 붉은 보따리를 꽉 움켜쥐고는 날카로운 소리로 부르짖었다.

"고개 돌리지 마. 한 번만 더 돌리면 죽여버릴 테다."

노상강도는 허리춤에 찬 물건을 누르고, 발은 땅에서 떼지 않은 채로 질질 끌면서 가마 앞까지 와서 손을 내밀어 할머니의 발을 더듬었다. 할머니가 이를 드러내고 살짝 웃자 그의 손이 마치 불에 덴 듯이 움츠러들었다.

"가마에서 내려 따라와!"

할머니는 얼굴에 굳은 미소를 띤 채 꼼짝도 하지 않고 앉아 있었다.

"내려!"

할머니는 몸을 일으켜 성큼성큼 가맛대를 지나 흐드러지게 핀 수레국화 앞에 섰다. 할머니는 오른쪽 눈으로는 차빙 먹는 자를 바라보고, 왼쪽으로는 가마꾼과 취고수를 바라보았다.

"수수밭으로 들어가!"

강도가 다시 허리춤에 찬 붉은 보따리를 누르며 말했다.

구름 속의 번개가 구리 음을 내며 쿵쿵 울리자, 편안하게 서 있던 할머니의 얼굴에 어려 있던 눈부신 미소가 순간 산산조각 나버렸다.

강도는 할머니를 재촉해 수수밭으로 몰면서 손은 시종 허리춤에 찬 물건을 누르고 있었다. 할머니는 격앙된 눈빛으로 위잔아오를 쳐다보았다.

위잔아오가 강도 앞으로 곧장 걸어갔다. 그의 얇은 입술은 강인하게 보이는 직선을 이루고 있었고, 양쪽 입꼬리는 한쪽은 치켜 올라가고 한쪽은 아래로 처져 있었다.

"멈춰!"

강도는 김이 다 빠져나가버린 것 같은 소리로 고함을 질렀다.

"한 발자국만 더 오면 갈겨버리겠다!"

그의 손은 여전히 허리춤에 찬 붉은 보따리를 누르고 있었다.

위잔아오는 침착하게 차빙 먹는 자를 향해 걸어갔다. 그가 한 발을 더 나가면 차빙 먹는 자는 그만큼 뒤로 물러났다. 차빙 먹는 자의 눈 속에서 푸른 불꽃이 일었고, 눈처럼 맑고 투명한 땀방울이 그의 볼에서 연달아 흘러내렸다. 위잔아오가 그에게서 세 걸음 정도 떨어진 곳까지 다가섰을 때 그는 구걸하듯이 부르짖으며 몸을 돌려 달아났다. 위잔아오가 나는 듯이 앞으로 달려 나가더니 그자의 엉덩이를 빠르게 한 발 걷어찼다. 강도의 몸이 잡초의 가지 끝에 붙었다가 수레국화 곁을 스치면서 평행으로 날아갔다. 그는 낮은 허공에서 천진한 아이처럼 손과 발을 허우적거리더니 마침내 수숫대 속으로 나가떨어졌다.

"여보시게, 살려주게! 우리 집에 팔순 된 노모가 있어서 어쩔 수 없이 이 짓으로 밥 벌어먹고 사는 것이네."

강도는 위잔아오의 손 밑에서 익숙한 태도로 지껄였다. 위잔아오는 그의 목덜미를 쥐고, 그를 가마 앞까지 끌고 가서는 있는 힘껏 길바닥에 내동댕이치더니 쉴 새 없이 중얼거리는 그의 입을 정확하게 겨누어 걷어찼다. 강도가 반은 밖으로 터져 나오고 반은 목구멍으로 삼켜 들어가는 소리로 처참하게 비명을 내질렀다. 그의 코에서 코피가 흘러나왔다.

위잔아오는 허리를 굽혀 강도의 허리춤에 달려 있는 물건을 떼어내더니 붉은 천을 벗겨냈다. 속에서 둥그렇게 생긴 작은 나무토막 하나가 나왔고, 다들 혀를 끌끌 찼다.

강도는 땅바닥에 무릎을 꿇고 앉아 연신 고개를 조아리며 살려달라고 간청했다.

"강도 짓 하는 놈들은 하나같이 집에 팔십 노모가 있다고 한다니까."

위잔아오는 이렇게 말하면서 한쪽으로 물러나, 개 떼의 우두머리가 뭇 개들을 둘러보듯이 가마꾼과 취고수 들을 둘러보았다.

가마꾼과 취고수 들이 고함을 지르며 우르르 달려들어 강도를 에워싸고는 강도 앞에서 별별 희한한 동작들을 다 선보였다. 처음에는 강도가 부르짖는 날카로운 비명이 들렸지만 조금 지나고 나자 그것도 들리지 않았다. 할머니는 길옆에 선 채 툭탁거리며 가마꾼들이 강도를 두들겨대는 둔탁한 소리를 들었다. 할머니는 위잔아오를 한 번 힐끗 쳐다보고는 고개를 들어 하늘가에서 번쩍이는 번개를 쳐다보았다. 얼굴엔 여전히 눈부신, 황금처럼 고귀하고 찬란한 미소가 변함없이 어려 있었다.

취고수 하나가 큰 나팔을 휘둘러 강도의 머리 한가운데를 사납게 내리쳤다가 다시 강도의 두개골 속에 박힌 나팔의 둥근 날을 있는 힘을 다해서 빼냈다. 강도의 배 속에서 꿀럭거리는 소리가 들렸고, 경련을 일으키던 몸이 편안하게 늘어지더니 힘없이 땅바닥에 널브러졌다. 붉은색, 하얀색이 어우러진 액체가 깊이 파인 두개골 틈에서 천천히 흘러나왔다.

"죽었나?"

쳐서 쭈그러진 나팔을 손에 든 채 취고수가 말했다.

"맞아 죽었군. 병신, 매도 못 견디는 게!"

가마꾼과 취고수의 얼굴색이 모두 참담해졌고 불안한 빛이 역력했다.

위잔아오는 죽은 사람을 한 번 쳐다보고 다시 산 사람들을 한 번 쳐다보더니 아무 말도 하지 않았다. 그는 수수 속에서 잎을 한 줌 뜯어와 할머니가 가마 안에 쏟아낸 더러운 토사물을 말끔히 닦아내고는, 다시 강도의 허리춤에 달려 있던 그 나뭇조각을 들어 올려 쳐다보더니 붉은 천을 나무토막에 휘휘 감아서 힘껏 내던졌다. 날아올랐던 나무토막이 먼저 바닥에 떨어졌고 붉은 천은 마치 커다란 붉은 나비가 푸른 수수 위로 떨어지듯이 나중에 천천히 떨어졌다.

"곧 비가 올 테니 빨리 가자!"

할머니를 부축해 가마에 태우면서 위잔아오가 말했다.

할머니는 휘장을 걷어 가마의 한쪽 구석에 쑤셔 넣었다. 할머니는 자유의 공기를 맘껏 들이마시면서 위잔아오의 넓은 어깨와 가는 허리를 보았다. 할머니가 발만 조금 들어 올리면 바로 위잔아오의 튼실한 청백색 두피에 닿을 수 있을 만큼 그렇게 가까운 곳에 있었다.

바람이 거세고 날카로워지면서 수수는 앞으로 밀리고 뒤로 몰리며 물결을 이루어 흔들렸다. 길 한쪽의 수수는 고개를 길 한가운데까지 뻗치고 할머니에게 허리를 굽혀 경례를 올렸다. 가마꾼들은 나는 듯이 달렸지만, 신기하게도 가마는 마치 파도 위를 미끄러져 내려가는 작은 배처럼 평온했다. 개구리들은 흥분한 울음소리로 다가올 성하(盛夏)의 폭우를 맞이하고, 낮게 드리운 하늘은 수수의 은회색 얼굴을 음울하게 주시하고 있었다. 한차례씩 압도하며 다가오는 핏빛 번개가 수수의 머리 위에서 터지고, 천둥소리는 고막을 울릴 만큼 강렬해졌다. 할머니는 점점 격앙되는 마음으로 시커먼 바람이 일으키는 녹색 파도를 두려움 없이 주시하고 있었다. 구름은 맷돌이 구르는 것 같은 소리를 내며 굴러오고, 바람은 변화무쌍했으며 수수는 사방으로 흔들리고 들판은 너무나 어지러웠다. 사나운 빗방울이 떨어지면서 맨 먼저 수수를 흔들어놓고, 들풀을 떨게 하고, 길 위의 가는 흙들을 한데 모았다가는 곧 다시 흩어지게 하고, 가마 위를 쳐서 탁탁 소리를 냈다. 빗방울은 할머니의 수놓은 신 위로 떨어지고, 위잔아오의 머리 위로 떨어지고, 할머니의 얼굴 위로 비스듬히 흘러내렸다.

위잔아오 일행은 토끼처럼 빠르게 내달렸지만 아침부터 번개와 함께 쏟아져 내리는 비를 피할 수는 없었다. 비는 무수한 수수를 쓰러뜨리면서 들판에서 한바탕 축제를 벌이고 있었다. 개구리들은 수수의 뿌리 속으로 숨어들어가 새하얀 아랫배를 할딱거리며 떨고 있고, 여우는 컴컴한 동굴 속에 쪼그리고 앉아 수수에서 흩뿌려져 내려오는 작은 물방울을 바라보고 있었다. 길은 금방 진흙 구덩이로 변했고 잡초들은 모두 길바닥에 엎어졌다. 수레국화는 맑은 정신으로 축축하게 젖은 머리를 떠받치고 있었다. 가마꾼들의 크고 시커먼 바지가 다리에 찰싹 달라붙어 호리호리하고 부들부들하게 변했다. 말끔하게 씻겨 아름답게 빛나는 위잔아오의 머리가 할머니의 눈 속에 둥근 달처럼 비쳐졌다. 빗방울은 할머니의 옷도 흠뻑 적셔놓았다. 그녀는 본래 가마의 휘장을 내려 빗물을 가릴 수 있었지만 그렇게 하지 않았다. 그녀는 휘장을 내리고 싶지 않았다. 할머니는 탁 트인 가마의 문을 통해서 혼란스럽고 불안한, 광활한 세계를 바라보았다.

6

아버지는 수수를 헤치며 서북쪽을 향해, 우리 마을 쪽으로 나는 듯이 달려갔다. 오소리들이 수수 도랑을 따라 굼뜨게 달아났지만 아버지는 거기에 신경 쓸 겨를이 없었다. 흙길로 올라선 뒤 수수의 걸리적거림이 없어지자 아버지는 토끼처럼 빠르게 내달렸다. 무거운 브라우닝총이 그의 붉은 천 허리띠를 그믐달처럼 늘어뜨려놓았다. 총이 사타구니뼈를 계속 때려 얼얼한 아픔이 느껴졌지만 아버지는 그런 자신이 칼을 차고 말을 타고 달려가는 사내대장부가 된 것 같은 기분이었다. 멀리 마을이 보였다. 마을 어귀의 그 울창한, 이미 백 년도 더 된 은행나무가 정중하게 아버지를 맞아주었다. 총을 꺼내 든 채로 달리면서 아버지는 하늘에서 미끄러지듯이 날고 있는 우아한 새의 모습을 주시하고 있었다.

거리에는 한 사람도 보이지 않았다. 누구네 건지 모르는 눈멀고 다리 저는 나귀 한 마리가 시멘트가 벗겨진 토담 위에 매여 있었다. 나귀는 고개를 숙인 채 꼼짝도 하지 않았다. 덮개가 없는 돌절구 위에는 검푸른색 까마귀 두 마리가 내려앉아 있었다. 마을 사람들은 모두 우리 집 술도가의 마당 안에 모여 있었다. 전에는 이 마당에 붉은색 천을 겹겹이 깔고 우리 집에서 사들인 수수를 쌓아놓았었다. 그때 할머니는 하얀 깃털 먼지떨이를 들고 작은 발로 종종걸음을 걸으면서 우리 집의 술 취한 일꾼들을 이리저리 둘러보곤 했었다. 수수를 몇 말씩 사들일 때면 할머니의 얼굴에는 찬란한 아침 햇살이 물들어 있곤 했다. 지금 모여 있는 사람들은 모두 얼굴을 동남쪽으로 향한 채 언제 들려올지 모르는 총소리에 귀를 기울이고 있었다. 아버지와 비슷한 또래의 장난꾸러기들은 손발이 근질근질했지만 감히 소란을 피우지는 못하고 있었다.

아버지는 지난해에 돼지 잡는 칼로 뤄한 큰할아버지를 토막 내고 산 채로 껍질을 벗겼던 쑨씨네 다섯째와 서로 다른 방향에서 마당 안으로 달려들어왔다. 쑨씨네 다섯째는 그 일이 있은 뒤 곧 정신이 나가서 손발은

제멋대로 춤을 추고, 눈동자는 뻣뻣하게 굳고, 볼살은 계속 펄떡펄떡 뛰
는 채로 말도 안 되는 소리들을 지껄여대면서 하얀 거품을 토하곤 했다.
그는 지금 바닥에 넙죽 엎드려 큰 소리로 고함을 지르고 있었다.

"형님, 형님, 형님, 아이고 태군이 시킨 거라서, 난 하지 않을 수가
없었다고요…… 형님은 죽어서 하늘로 올라가더니 백마 타고 으리으리한
안장도 차고, 망포(蟒袍)*도 입고 금 채찍을 늘어뜨리고……"

마을 사람들도 그의 이런 모습을 보면서 그에 대한 증오심이 점점 묽
어져 갔다. 미친 지 몇 달쯤 되었을 때, 쑨씨네 다섯째에게는 새로운 증상
이 나타났다. 한바탕 고함을 지르고 나더니 갑자기 입과 눈이 비뚤어졌고,
그때부터는 콧물과 침을 줄줄 흘리면서 하는 말도 도통 무슨 말인지 알아
들을 수가 없게 되었다. 마을 사람들은 그가 결국 천벌을 받은 것이라고
말했다.

아버지는 브라우닝총을 손에 들고 숨을 헐떡거리면서 머리 가죽 위에
온통 수수의 하얀 분가루와 붉은 먼지를 뒤집어쓴 채 뛰어들어왔다. 쑨씨
네 다섯째는 누덕누덕한 옷차림에 배 위에는 잔뜩 주름이 잡힌 채 왼쪽
다리는 몽둥이처럼 뻣뻣하게 굳고, 오른쪽 다리는 흐물흐물한 채 버둥거
리며 마당 안으로 들어왔지만 아무도 그를 거들떠보지 않았다. 모두들 영
웅다운 기상이 충만한 우리 아버지만 쳐다보았다.

할머니가 아버지 앞으로 걸어왔다. 할머니는 그때 갓 서른을 넘긴 나
이였다. 뒷머리는 쪽을 짓고 앞머리는 다섯 가닥으로 가지런히 늘어뜨려
서 마치 성글게 엮인 주렴이 반짝이는 이마를 가리고 있는 것 같은 모양
이었다. 할머니의 눈 속에서는 언제나 가을 물이 넘실거렸다. 사람들은

---

* 명청(明淸)시대에 대신들이 입던 금색 수가 놓여 있는 예복.

그것이 고량주의 향기가 배어서 그런 것이라고 말했다. 마음을 온통 뒤흔들어놓는 15년 세월을 거치면서 할머니는 순결하고 청초하던 처녀에서 풍류를 아는 성숙한 여인으로 바뀌어 있었다.

"어떻게 된 거냐?"

할머니가 물었다.

아버지는 숨을 헐떡거리면서 브라우닝총을 다시 허리춤에 꽂았다.

"왜놈들은 안 왔냐?"

"렁 지대장, 개새끼, 우린 그놈을 가만두지 않을 거예요!"

"어떻게 된 거냐?"

"차빙 만들어주세요."

"싸움하는 소린 들리지 않던데!"

"차빙 만들어줘요. 달걀이랑 대파 많이 넣어서."

할머니가 다시 물었다.

"왜놈들은 안 왔냐?"

"위 사령관이 차빙 만들어 오랬어요. 엄마더러 직접 이고 오래요!"

할머니는 모여 있던 동네 사람들에게 말했다.

"자 다들 돌아가서 밀가루 모아다가 차빙을 만듭시다."

아버지가 막 몸을 돌려 되돌아가려는 순간 할머니 손이 다시 아버지를 붙잡았다.

"더우관, 엄마한테 말해. 렁 지대는 대체 어떻게 된 거냐?"

아버지는 할머니의 손을 뿌리치면서 기세등등하게 말했다.

"렁 지대는 그림자도 보이지 않아서, 위 사령관이 그들을 가만두지 않겠대요."

아버지는 곧 내달렸다. 할머니는 아버지의 작고 마른 뒷모습을 눈으로 쫓으며 한숨을 내쉬었다. 텅 빈 마당 안에는 쑨씨네 다섯째만이 남아 삐딱하게 선 채 손으로 허공을 휘저어대면서, 굳은 눈으로 할머니를 바라보며 침을 줄줄 흘리고 있었다.

할머니는 쑨씨네 다섯째를 거들떠보지도 않고 담 쪽에 있는 얼굴이 긴 아가씨에게로 걸어갔다. 얼굴이 긴 아가씨는 할머니를 쳐다보면서 킥킥대고 웃다가 할머니가 자기 앞으로 걸어오자 갑자기 몸을 움츠리고는 두 손으로 바지 허리춤을 틀어쥐고 날카로운 소리로 울기 시작했다. 깊은 연못 같은 그녀의 두 눈에서 미쳐 날뛰는 불꽃같은 것이 번쩍였다. 할머니는 그녀의 얼굴을 닦아주었다.

"링쯔(玲子), 착하지, 겁내지 마."

열일곱 살 아가씨 링쯔는 당시 우리 마을에서 제일가는 미녀였다. 위 사령관이 처음에 깃발을 들고 병사를 모집하고 말을 사들일 때, 50여 명의 사람이 모여들었는데, 그들 가운데는 위아래 모두 까만 제복을 입고 하얀 가죽 구두를 신고 창백한 안색에 새까만 장발을 늘어뜨린 수척한 청년이 하나 있었다. 들리는 말에 따르면 링쯔는 이 청년을 사랑했다고 한다. 그는 아주 듣기 좋은 베이징 말투를 구사했는데, 좀처럼 웃는 법이 없이 늘 이마를 찌푸려서 미간에는 세 가닥 주름이 잡혀 있었다. 사람들은 그를 런(任) 부관이라고 불렀다. 링쯔는 런 부관의 차가운 외모 속에 사람을 압도하는 뜨거운 열기가 감춰져 있으며 그 열기가 그녀를 안절부절못하게 한다고 느꼈다. 그 당시 위 사령관의 부대는 매일 아침 우리 집의 수수 마당에서 도보 훈련을 했었다. 큰 나팔을 부는 나팔수 류쓰산(劉四山)은 위 사령관 부대의 나팔수가 되어 임시로 신호 임무를 맡았다. 매번 훈련이 시작되기 전에 나팔을 불어 대열을 집합시켰다. 링쯔는 나팔소리만 들리면 집에서 번개같이 뛰쳐나와 마당으로 달려와서는 토담 위에 엎드려 런 부관이 나타나기만을 기다리곤 했다. 런 부관은 훈련 교관이었다. 그는 허리에 쇠가죽으로 만든 폭이 넓은 허리띠를 차고 있었고 허리띠 위에는 브라우닝총을 걸치고 있었다.

런 부관이 얼굴을 똑바로 세우고 배는 안으로 집어넣은 채 대열 앞으로 걸어가 "바로 섯!" 하고 구령을 붙이면 양쪽에 늘어선 사람들은 있는 힘을 다해 양발을 한데 모았다.

"바로 섯 하면, 두 다리에 힘을 주고, 배는 안으로 쑥 집어넣고, 가슴은 쭉 펴고, 눈은 호랑이가 사람 잡아먹으려고 할 때처럼 똑바로 뜬다. 알았나!"

"이 머저리 같은 꼴 좀 봐라!"

'바로 섯' 자세를 가르치던 런 부관이 왕원이를 걷어차며 말했다.

"축 늘어져 다리를 헤벌리고 있는 꼴이 꼭 암말이 오줌 싸는 꼴이구먼. 때리려고 해도 때릴 기운이 나지 않는다."

링쯔는 런 부관이 사람들을 때리고 욕하는 걸 보기를 좋아했다. 런 부관의 시원시원한 태도에 링쯔는 마치 술에 취한 듯이 얼이 빠져 있었다. 훈련이 없을 때면 런 부관은 종종 뒷짐을 지고 우리 집 앞 공터를 거닐었고 그럴 때면 링쯔는 담장 뒤에 숨어 그를 몰래 훔쳐보곤 했다.

"이름이 뭐지?"

어느 날 런 부관이 물었다.

"링쯔."

"담 뒤에 숨어서 뭘 보는 거지?"

"당신을……"

"글 읽을 줄 아나?"

"몰라요."

"군인이 되고 싶나?"

"아니요."

"오, 아니라고."

링쯔는 나중에 아버지에게 자신이 그때 그렇게 대답했던 걸 후회한다고 말했다. 만약 런 부관이 다시 묻는다면 그녀는 분명히 군인이 되고 싶다고 말할 것이다. 하지만 런 부관은 다시는 묻지 않았다.

링쯔는 아버지 또래의 아이들과 함께 담장 꼭대기에 엎드려 런 부관이 공터에서 혁명가를 가르치는 걸 보았다. 아버지는 키가 작아 다리 밑에 흙벽돌을 세 개나 받치고 올라야 겨우 담 안의 풍경을 들여다볼 수 있었다. 링쯔는 예쁘장한 턱을 토담 위에 받친 채, 아침 햇살에 흠뻑 젖은 런 부관의 얼굴을 뚫어지게 쳐다보았다. 런 부관이 대원들에게 노래를 가르쳤다.

수수가 붉어졌네. 수수가 붉어졌네. 일본 놈이 왔다네. 일본 놈이 왔다네. 나라는 쪼개지고 집안은 망했다네. 동포들아, 어서 일어나 칼 들고 총 들고, 왜놈을 무찔러 고향을 지키자……

대원들은 혀가 굳고 말이 어눌해 영 제대로 따라 하질 못했고, 담장 위에 엎드려 있던 아이들이 오히려 이 노래를 유창하게 따라 불렀다. 아버지는 죽기 전까지 이 노래의 가사를 정확하게 기억하고 있었다.

링쯔 아가씨는 어느 날 큰맘 먹고 런 부관을 찾아 나섰다가 방을 잘못 찾는 바람에 병참 담당의 방으로 들어가게 되었다. 병참 담당은 위 사령관의 작은아버지인 위다야(余大牙)로, 마흔이 좀 넘었고, 술을 목숨만큼 사랑하고, 재물을 탐하고 여색을 탐하는 위인이었다. 그날 링쯔가 방 안으로 뛰어들어왔을 때 그는 술에 취해 곤드레만드레가 되어 있었다. 나방이 불을 향해 달려들고, 양이 호랑이 굴로 찾아 들어온 격이었다.

런 부관은 몇몇 대원에게 링쯔를 유린한 위다야를 묶으라고 시켰다.
그때 위 사령관은 우리 집에서 자고 있었다. 런 부관이 그에게 보고를 하
러 왔을 때 위 사령관은 할머니의 구들 위에서 잠을 자고 있었고, 할머니
는 벌써 단장을 마치고 버들치 몇 마리를 끓여 술을 붓고 있는 참이었다.
런 부관이 노기등등하게 뛰어들어오는 것을 보고 할머니는 깜짝 놀랐다.

런 부관이 할머니에게 물었다.

"사령관은?"

"구들에서 자고 있는데!"

"그를 좀 깨워주시오."

할머니가 위 사령관을 깨웠다.

위 사령관은 잠기운이 채 가시지 않은 부스스한 얼굴로 걸어 나와 기
지개를 켜고, 하품을 하며 말했다.

"무슨 일이야?"

"사령관, 일본 놈이 우리 자매를 강간했다면 죽여야 됩니까?"

런 부관이 물었다.

"죽여야지!"

"사령관, 만약 중국인이 우리 자매를 강간했다면, 죽여야 됩니까?"

"죽여야지!"

"좋소. 사령관, 바로 그 말을 기다렸소."

런 부관이 말을 이었다.

"위다야가 민간인 차오링쯔(曹玲子)를 강간해서 내가 이미 형제들을 시
켜 그를 포박해놓았습니다."

"그 일이야?"

위 사령관이 말했다.

"사령관, 언제 총살을 집행할까요?"

위 사령관이 끅 하는 소리를 내며 말했다.

"여자랑 자는 건, 별거 아니잖아."

"사령관, 왕자가 죄를 범했다고 해도 처벌은 똑같이 해야 합니다!"

"그를 무슨 죄로 다스리겠다는 거야?"

위 사령관이 가라앉은 목소리로 물었다.

"총살이죠!"

런 부관은 조금도 주저하지 않고 이렇게 대답했다.

위 사령관은 잔뜩 성이 난 표정으로 코를 킁킁거리며 초조한 듯이 방 안을 거닐었다. 조금 있다가 그는 얼굴에 다시 웃음을 떠올리며 말했다.

"부관, 사람들 앞에서 채찍으로 50대를 치고 링쯔의 집에 은화 20냥 을 주면 어떻겠나?"

런 부관이 야멸차게 몰아붙였다.

"당신의 작은아버지이기 때문입니까?"

"80대를 치고, 벌로 링쯔에게 장가들게 하자. 이 몸도 링쯔를 아주머 니로 인정할 테니!"

런 부관은 허리띠를 풀어 브라우닝총과 함께 위 사령관의 가슴 앞으 로 내던졌다.

"사령관, 당신은 당신 방식대로 하고 난 내 방식대로 하겠소!"

런 부관은 두 손을 맞잡고 절을 하며 한마디 내뱉고는 그대로 성큼성 큼 걸어 뜰을 나가버렸다.

위 사령관은 런 부관의 뒷모습을 보면서 총을 빼내 들고 이를 갈며 말했다.

"개새끼, 학생 티도 못 벗은 자식이 되레 이 몸에게 이래라저래라 하려고 해! 내 토비질 10년에 저놈처럼 방자한 놈은 본 적이 없어."

할머니가 나서면서 말했다.

"잔아오, 런 부관을 보내면 안 돼요. 천 명의 병사를 얻기는 쉬워도, 한 사람의 장수를 얻기는 어려운 법이에요."

"여인네가 뭘 안다고 끼어들어!"

위 사령관이 심란한 듯이 말했다.

"난 당신이 사내대장부라고 생각했는데, 이렇게 속 좁은 사람인 줄은 몰랐네요!"

위 사령관이 총을 꺼내 들며 말했다.

"자네 다 살았나?"

할머니는 앞자락을 젖히고 분같이 하얀 가슴을 드러내며 말했다.

"쏴요!"

아버지가 엄마, 하고 외치며 할머니의 품 안으로 뛰어들었다.

아버지의 자그마한 머리를 쳐다보고, 또 할머니의 아리따운 얼굴을 돌아보노라니 불현듯 지난 일들이 가슴속에서 되살아나 위잔아오는 한숨을 내쉬면서 총을 도로 거두며 말했다.

"옷매무새나 다듬게!"

그는 당장 채찍을 들고 뜰로 달려 나가 말뚝에 매어놓은 멋쟁이 누런 말을 풀어 타고는 안장도 얹지 않은 채 곧장 훈련장으로 달려갔다.

대원들은 맥이 빠진 채 여기저기 담에 기대어 앉아 있다가 위 사령관이 오는 걸 보고는 똑바로 일어나 아무 소리도 없이 서 있었다.

위다야는 두 팔을 결박당한 채 나무에 묶여 있었다.

위 사령관이 말에서 내려 위다야 앞으로 가서 물었다.

"당신이 정말 그랬습니까?"

"잔아오, 이 몸 좀 풀어주게. 그럼 내 다시는 여기 있지 않음세."

대원들은 서로 다른 눈으로 위 사령관을 쳐다보고 있었다.

"아저씨, 당신을 총살하겠소."

위 사령관의 말을 듣고 위다야가 소리를 꽥 질렀다.

"이 잡종 같은 놈, 네가 감히 작은아버지를 죽이겠다고? 작은아버지가 너한테 베푼 온정을 생각해봐라, 이놈아. 네 아비가 일찍 세상을 떠나 작은아버지가 돈 벌어다 너랑 네 어미를 먹여 살렸는데, 이놈아, 내가 없었다면 네놈은 벌써 개밥이 됐을 거다!"

위 사령관이 채찍을 휘둘러 위다야의 얼굴을 갈겼다.

"멍충이 같으니라고!"

이렇게 욕을 퍼붓고는 위 사령관이 당장 그 앞에 무릎을 꿇고 주저앉았다.

"작은아버지, 이 잔아오는 영원히 당신이 길러준 정을 잊지 않을 겁니다. 당신이 죽고 나면 내 당신을 위해 상복을 입을 거고, 해마다 명절이 되면 당신에게 제사를 지내고 당신 묘를 벌초해드리리다."

위 사령관은 말을 마치고 급히 몸을 돌려 말 등 위에 올라타고는 채찍을 휘두르며 런 부관 쪽으로 달려갔다. 타다닥타다닥, 나는 듯이 달려가는 위 사령관의 말발굽 소리가 온 세상을 뒤흔드는 것 같았다.

위다야를 총살할 때 아버지는 현장에 있었다. 위다야는 벙어리와 다른 두 대원에 의해 마을 서쪽으로 끌려갔다. 형장은 시커먼 구정물이 가득 고여 있고, 모기, 구더기가 득실거리는 반달 모양의 도랑가로 결정되었다. 굽어진 강 언덕 위에는 누렇게 말라 죽은 조그마한 버드나무 한 그루가 고독하게 서 있었고, 도랑에서는 개구리들이 통통거리며 뛰어다니고 있었다. 어지럽게 널려 있는 쓰레기 더미 옆에는 다 떨어진 여자 신발 한

짝이 뒹굴고 있었다.

대원 두 사람이 위다야를 도랑둑까지 끌고 와서 끼고 온 팔짱을 풀고 벙어리를 쳐다보았다. 벙어리가 어깨 위에 메고 있던 총을 벗어 총의 격침을 쟀다. 탄알이 명쾌한 소리를 내며 덜커덕 하고 재어졌다.

위다야가 몸을 돌려 벙어리를 바라보며 웃었다. 아버지는 그의 얼굴에 떠오른, 쓸쓸한 석양처럼 자상하고 선량한 미소를 보았다.

"벙어리, 결박 좀 풀어주게. 난 묶인 채로 죽을 순 없네!"

벙어리는 잠시 생각하다가 총을 앞으로 쑥 내밀더니 허리춤에서 날카로운 칼을 꺼냈다. 서너 번 스스슥 하는 소리가 나더니 가는 마 끈이 끊어졌다. 위다야는 팔을 편안하게 펴더니 돌아서서 큰 소리로 말했다.

"쏘게, 벙어리. 혈 자리를 잘 맞혀 고생이나 좀 면하게 해주게!"

아버지는 죽음을 맞이하면 누구나 엄숙하고 경건해진다고 생각했다. 위다야도 결국은 우리 가오미 둥베이 지방의 종자였다. 그는 큰 죄를 저질렀고 죽어 마땅한 인간이었지만 죽음에 임해서는 그 역시 영웅이라면 모름지기 그래야 할 의연한 기상을 보여주었다. 아버지는 발바닥에서 열이 나도록 펄펄 뛰지 못하는 게 한스러울 만큼 그 모습에 감동을 받았다.

위다야는 구정물이 가득 찬 도랑 쪽으로 고개를 돌렸다. 발밑 물웅덩이 속에 제멋대로 자란 푸른 연잎들과 작고 여윈 하얀 연꽃을 바라보면서, 또 도랑 맞은편에서 사방으로 빛을 발하고 있는 수수를 바라보면서 그는 숨을 토하고 큰 소리로 노래를 부르기 시작했다.

"수수가 붉어졌네. 수수가 붉어졌네. 일본 놈이 왔다네. 일본 놈이 왔다네. 나라는 쪼개지고 집안은 망했다네……"

벙어리는 총을 들어 올렸다가는 내려놓고 내려놓았다가는 다시 들어 올렸다.

"벙어리, 사령관에게 그를 살려달라고 사정해보지!"

대원 두 사람이 말했다.

벙어리는 턱에 총을 받친 채 위다야가 제멋대로 불러대는 노랫소리를 듣고 있었다.

위다야가 갑자기 몸을 돌리더니 두 눈을 부릅뜨고 외쳤다.

"총을 쏘게, 형제! 설마 내 스스로 목숨을 끊도록 할 셈은 아니겠지?"

벙어리가 총을 쳐들고 위다야의 기와같이 생긴 이마를 겨누어 방아쇠를 당겼다.

아버지는 위다야의 이마가 기와처럼 산산이 부서지는 걸 보았고, 곧이어 둔탁한 총소리가 울려 퍼지는 걸 들었다. 벙어리는 총성을 들으며 고개를 숙였다. 눈처럼 하얀 연기 한 가닥이 총구에서 새어 나왔다. 위다야의 몸이 아주 잠깐 동안 그대로 멈춰 있다가, 곧 나무토막처럼 휙 하고 도랑 안으로 떨어졌다.

벙어리는 총을 끌고 자리를 떴고 대원 두 명이 그 뒤를 쫓아갔다.

아버지와 일군의 아이는 겁이 나서 벌벌 떨며 도랑가로 몰려가 높은 곳에 서서, 얼굴을 치켜들고 도랑 위에 쓰러져 있는 위다야를 바라보았다. 그의 얼굴에서 성한 곳이라곤 입밖에 없었다. 두개골은 날아가버렸고 흘러나온 뇌수가 두 귀를 흠뻑 적셔놓았다. 눈자위 밖으로 빠져나온 눈알 하나는 젖은 귀 옆에 포도알처럼 대롱대롱 매달려 있었다. 그가 도랑으로 떨어질 때 그와 함께 묻어 떨어져 내린 진득진득한 진흙 덩어리들이 사방에 흩뿌려져 있었다. 그의 손 옆에는 그 작고 여윈 하얀 연꽃이 줄기가 끊어진 채 하얀 줄 몇 가닥을 늘어뜨리고 있었다. 아버지는 연꽃의 그윽한 향기를 맡았다.

나중에 런 부관은 안에는 누런 비단을 두르고, 밖에는 동전 두께만큼 두껍게 청유(青油)를 바른 백양목 관을 구해와 위다야의 장례를 후하게 치러주었다. 묘는 도랑가의 작은 버드나무 아래에 만들어졌다. 출관하던 날, 런 부관은 빳빳하게 다린 검은 옷을 입었다. 그의 머리카락에선 윤기가 흘렀고, 그의 왼쪽 어깨 위에는 붉은 비단 조각이 달려 있었다. 위 사령관은 상복을 입었고 큰 소리로 곡을 했다. 마을 어귀를 나서자 그는 새 자배기 하나를 힘껏 벽돌 위로 내던졌다.

그날 할머니는 아버지에게 하얀 완장을 둘러주었고 자신도 상복을 입었다. 아버지는 손에 갓 물이 오른 버들가지를 들고 위 사령관과 할머니의 뒤를 따랐다. 위 사령관이 던진 질그릇 조각이 벽돌 위로 튀는 모습을 보자 아버지는 당장 위다야의 두개골이 기와 조각처럼 부서지던 광경을 떠올렸다. 아버지는 아주 유사한 이 두 차례의 부서짐 사이에 내재되어 있는 어떤 필연적인 관계를 어렴풋하게나마 감지하고 있었다. 이 일과 그 일이 한데 합쳐지면 제3의 광경이 나타날 수 있을 것 같았다.

아버지는 눈물 한 방울도 흘리지 않은 채 냉정하게 운구 행렬을 지켜보았다. 운구 행렬은 버드나무 아래에서 멈췄다. 장정 열여섯 명이 둥글게 둘러서서 한 줌 정도 되는, 마(麻)로 엮은 밧줄 여덟 가닥의 양쪽 끝을 잡고, 무거운 관을 천천히 깊은 묘혈 속으로 옮겨 내렸다. 위 사령관이 흙을 한 줌 쥐어 차갑게 빛나는 관 뚜껑 위로 내던졌다. 툭 하고 흙이 떨어지는 소리가 사람들의 마음에 작은 파문을 일으켰다. 삽을 잡고 있던 사람들이 큼직한 흙덩어리를 퍼 올려 묘혈을 메웠고, 성난 관목의 부르짖음도 그와 함께 차츰차츰 검은 흙 속으로 매몰되어버렸다. 흙은 점점 차올라 묘혈을 평평하게 메우고, 다시 땅 위로 솟아올라 만두 모양의 큰 구릉을 이루었다. 위 사령관이 총을 꺼내 버드나무 위의 하늘을 향해 연방 세 발을 쏘았다. 물고기를 꿰듯이 연달아 버드나무 꼭대기를 통과한 총알이 눈썹처럼 가는 누런 버들잎 몇 조각을 명중시키고 공중에서 빙빙 돌았다. 반짝거리는 탄피 하나가 썩은 냄새를 풍기는 도랑 속으로 튀자 사내아이 하나가 도랑 속으로 뛰어들어가 시퍼런 진흙 속을 철퍽거리면서 탄피를 주워왔다. 다시 런 부관이 브라우닝총을 꺼내 간헐적으로 세 발을 쏘았다. 총알은 닭 울음 같은 호루라기 소리를 내면서 총구를 빠져나와 수수밭 상공을 향해 날아갔다. 위 사령관과 런 부관은 연기를 뿜고 있는 총을 하나씩 들고 서서 서로의 눈을 바라보았다.

"과연 영웅다운 솜씨입니다!"

런 부관은 고개를 끄덕이면서 이렇게 말하고는 허리춤에 총을 꽂고 성큼성큼 마을을 향해 걸어갔다.

아버지는 총을 들고 있던 위 사령관의 팔이 서서히 올라가고 그 총구가 런 부관의 뒷모습을 쫓고 있는 것을 보았다. 운구를 돕던 사람들이 모두 대경실색했지만 누구 하나 찍소리 내는 사람이 없었다. 런 부관은 아무것도 모르는 채 고개를 들고 성큼성큼 발걸음도 정연하게, 톱니바퀴처럼 천천히 돌고 있는 태양을 바라보면서 마을을 향해 걸어갔다. 아버지는 위 사령관의 손에 들린 총이 한 차례 떨리는 걸 보았다. 아버지는 이런 총소리는 거의 들어본 적이 없었다. 총소리는 너무나 미미했고 아주 멀리까지 날아갔다. 아버지는 총알이 유유히 저공을 배회하다가 런 부관의 새카만 머리카락을 거의 달라붙을 듯이 스치며 지나가는 것을 보았다. 런 부관은 고개도 돌리지 않고 박자가 딱딱 맞는 걸음으로 계속 앞으로 걸어나갔다. 아버지는 런 부관 쪽에서 들려오는, 입술을 모아 불어대는 휘파람 소리를 들었다. 아주 익숙한 곡이었다. 그건 바로 "수수가 붉어졌네. 수수가 붉어졌네!"였다. 뜨거운 눈물이 아버지의 눈자위로 가득 차올랐다. 런 부관이 멀어져갈수록 그의 뒷모습은 점점 더 크게 다가왔다. 위 사령관은 한 발 더 쏘았다. 이번에는 총소리가 온 천지를 진동시킬 만큼 컸다. 총알의 비행과 총성의 비행을 아버지는 동시에 감지할 수 있었다. 탄알은 수숫대를 맞히고 수수 이삭을 떨어뜨렸다. 수수 이삭이 땅으로 떨어지는 완만한 과정 속에서 다시 탄알 한 발이 그것을 적중시켜 산산조각을 내버렸다. 그때 아버지는 문득 런 부관이 허리를 굽히고 길가에서 황금빛 할미꽃 하나를 주워 코밑에 놓고는 오래오래 불어대고 있는 걸 보았다.

아버지는 내게 말한 적이 있다. 런 부관은 틀림없이 공산당원일 거라고. 공산당 말고는 그런 순종의 사내대장부는 찾아보기 어렵다고. 그러나 애석하게도 영웅은 단명인지라, 런 부관이 고개를 들고 활보하면서 대영웅의 위풍을 사방에 떨친 지 3개월 뒤에, 그는 결국 그 브라우닝총을 깨끗이 손질하다가 오발되는 바람에 자기 총에 맞아 죽었다. 총알은 왼쪽 눈을 통과해 오른쪽 귀로 나오면서 그의 반쪽 얼굴을 시퍼런 쇳빛으로 덮어버렸다. 오른쪽 귀밑에서는 검은 피 서너 방울이 흘러내렸다. 사람들이 총소리를 듣고 달려왔을 때 그는 이미 바닥에 쓰러져 죽어 있었다.

위 사령관은 런 부관의 브라우닝총을 집어 들고 한참 동안 말없이 서 있었다.

7

할머니는 차빙을 한 짐 메고, 왕원이의 아내는 녹두탕 두 통을 등에 짊어지고, 총총히 모수이 강의 큰 다리를 향해 걸어갔다. 그들은 본래 수수밭을 비스듬히 가로질러 동남쪽으로 계속 걸어갈 생각이었지만 수수밭으로 들어서자 그 길로는 멜대를 지고 한 걸음도 나갈 수가 없다는 걸 알게 되었다.

"형님, 곧은길로 갑시다. 천천히 가는 게 오히려 빠른 길이겠수."

할머니가 제안을 했고 두 사람은 마치 새 두 마리가 텅 빈 공기 속을 헤치며 날아가듯 부지런히 걸음을 옮겼다. 할머니는 진홍색 윗옷으로 갈아입고 새카만 머리에는 기름을 바르고 빗으로 다듬어 윤기 나게 손질을 했다. 왕원이의 아내는 체구는 작았지만 몸이 단단했고 손발놀림이 무척 민첩했다. 위 사령관이 대원들을 모을 때, 그녀는 왕원이를 우리 집으로 데리고 와서 할머니에게 사정을 털어놓으며 유격대원에 끼워달라고 부탁을 했었다. 할머니는 당장 응낙했고, 위 사령관은 할머니의 얼굴을 봐서 왕원이를 받아들였다. 위 사령관이 왕원이에게 "죽는 게 무섭나?" 하고 물었을 때 왕원이는 "무섭다"고 대답했지만 왕원이의 아내가 나서 "사령관님, 저 사람이 무섭다고 하는 건 바로 무섭지 않다는 말이에요. 일본 비행기가 우리 집 아이 셋을 다 박살을 내버렸다고요" 하면서 변명을 했다. 왕원이는 천성이 군인감은 아니었다. 그는 반응이 둔했고, 왼쪽 오른쪽을 구별할 줄 몰랐다. 왕원이가 훈련장에서 도보 훈련을 할 때 런 부관에게 얻어맞는 일이 부지기수였다. 그러자 그의 아내가 그를 위해 한 가지 묘안을 짜냈다. 그의 오른손에 수숫대 하나를 들려주고 "우로 돌앗!" 하는 구령이 들리면 수숫대를 들고 있는 손 쪽으로 돌라고 가르쳐준 것이다. 왕원이는 병사가 된 뒤에도 한참 동안 무기가 없었는데 그러자 그의 아내는 우리 집에 있던 새총을 그에게 갖다 주었다.

그들은 구불구불한 모수이 강둑 위를 걸으면서도 둑 벼랑에 무성하게 피어 있는 노란 꽃들이나 둑 바깥쪽에 빽빽하게 자라난 시뻘건 수수는 돌아보지도 않았다. 그들은 계속 동쪽으로만 내달렸다. 왕원이의 아내는 고생에는 이골이 나 있었고, 할머니는 팔자 좋은 생활에만 길들여져 있던 터라 온몸이 땀으로 젖었지만 왕원이의 아내는 땀 한 방울도 흘리지 않았다.

아버지는 벌써 다리 어귀를 돌아 달려가고 있었다. 아버지는 위 사령관에게 차빙이 곧 도착할거라고 보고했고 위 사령관은 만족한 듯 그의 머리를 손바닥으로 툭툭 쳐주었다. 대원들은 대부분 수수밭에 누워 태양을 바라보며 콧구멍을 말리고 있었다. 아버지는 할 일이 없어 심심해하다가 길 서쪽의 수수밭으로 들어가 벙어리 쪽에서는 무얼 하고 있는지 보러 갔다. 벙어리는 허리춤에 차고 있던 칼을 꺼내 열심히 갈고 있었다. 아버지는 허리에 찬 브라우닝총을 만지작거리면서 벙어리 앞으로 다가갔다. 아버지의 얼굴에는 승리자의 미소가 감돌았다. 벙어리는 아버지를 보자 이를 드러내며 씩 웃었다. 대원 하나는 곯아떨어져 큰 소리로 코를 골고 있었고, 잠들지 않은 사람도 맥없이 누워 있었다. 아무도 아버지에게 이야기를 건네지 않았다. 아버지는 다시 큰길 쪽으로 뛰어갔다. 큰길은 피폐해질 대로 피폐해진 채 누런 표면 사이사이로 허연 속살을 군데군데 드러내고 있었다. 큰길을 가르며 가로놓여 있는, 길게 이어진 써레 네 자루는 날카로운 이빨을 하늘로 치켜들고 누워 있었다. 아버지는 그것들도 필시 기다리는 일에 진력이 났을 거라고 생각했다. 돌다리는 마치 큰 병을 치르고 난 환자 같은 행색으로 물 위에 엎드려 있었다. 나중에 아버지는 강둑 위에 올라앉았다. 그는 한동안 동쪽을 바라보다가, 다시 한동안 서쪽을 바라보았다. 또 한동안 강물을 바라보다가 다시 한동안 들오리들을 바라보았다. 강물의 풍경은 정말 아름다웠다. 수초 하나하나가 다 살아 있고, 작은 물살 하나하나가 저마다 다른 비밀들을 감추고 있었다. 아버지는 노샌지 말인지 알 수 없는 하얀 뼈다귀 몇 개가 유난히 무성하게 자란 수초들에 둘러싸여 포개져 있는 것을 보았다. 우리 집에 있던 그 크고 검은 노새 두 마리가 떠올랐다. 봄이 되어, 토끼들이 무리를 지어 들판을 내달릴 때면 할머니는 노새를 타고 손에 엽총을 들고 토끼들을 쫓아다녔고, 아버지는 할머니의 허리를 끌어안고 노새 위에 올라타 있었다. 노새가 토끼들을 놀라게 하면 할머니는 총으로 토끼들을 쏘아 쓰러뜨렸다. 집으로 돌아올 때면 언제나 노새의 목 위에는 줄줄이 엮인 토끼들이 매달려 있었고, 할머니의 어금니 사이에는 수수알만 한 쇳덩어리가 끼워져 있었다. 쇳덩어리는 할머니가 토끼 고기를 먹다가 낀 것인데 아무리 쑤셔도 좀체 빠져나오질 않았다. 아버지는 또 강둑 위의 개미들을 보았다. 암홍색 개미 떼가 분주하게 진흙을 운반하고 있었다. 아버지는 개미들 속에 흙덩어리 하나를 던졌다. 길이 막힌 개미들은 돌아가지 않고 안간힘을 다해 그것 위에 올라타 있었다. 아버지는 흙덩어리를 들어 강물 속으로 던졌다. 강물은 흙덩어리에 의해 부서졌지만 소리는 나지 않았다. 태양이 하늘 한가운데로 떠올랐다. 강물에서 후끈후끈한 비린내가 올라왔다. 도처에서 빛이 반짝이고 도처에서 츠츠츠 하는 소리가 울렸다. 아버지는 온 천지간에 수수의 붉은 분말과 수수 향기가 가득 차 있는 것처럼 느껴졌다. 아버지는 얼굴을 똑바로 하고 둑 위에 누웠다. 바로 그 순간 아버지의 가슴이 맹렬하게 뛰기 시작했다. 아버지는 나중에야 분명히 알게 되었다. 본래 모든 기다림에는 반드시 결과가 있게 마련이며 그 결과가 나타날 때는 아주 평범하고 자연스럽게 온다는 것을. 아버지는 수수밭과 대치하고 있는 큰길 위에 딱정벌레같이 생긴, 진녹색 괴물 네 개가 나타나 소리도 없이 기어오고 있는 것을 발견했다.

"자동차다."

아버지가 머뭇거리다가 이렇게 한마디를 뱉었지만 아무도 그의 말에 귀를 기울이지 않았다.

"왜놈의 자동차다!"

아버지는 벌떡 일어나, 유성처럼 쏜살같이 달려오는 자동차를 멍하니 바라보고 서 있었다. 자동차의 뒤쪽에는 누런 꼬리가 길게 늘어져 있었고, 머리 위에는 하얗게 타오르는 광선이 번쩍이며 흔들리고 있었다.

"자동차가 왔다!"

아버지의 말이 마치 날카로운 칼이 되어 사람들을 다 베어버리기라도 한 듯 수수밭은 잠시 멍한 고요 속에 휩싸여 있었다.

고요를 깨며 위 사령관이 드디어 신이 난 듯 큰 소리를 질렀다.

"개새끼들이 드디어 왔구나. 형제들, 모두 준비 완료 하고 있다가, 내가 '쏘라'고 명령하면 쏜다."

벙어리는 엉덩이를 치며 펄쩍펄쩍 뛰었고 대원 수십 명은 모두 무기를 든 채 허리를 굽히고 강둑의 비탈 위에 죽 엎드려 늘어섰다.

붕붕거리는 자동차 소리가 벌써부터 들려왔다. 아버지는 무거운 브라우닝총을 든 채 위 사령관 곁에 엎드려 있었다. 팔목이 얼얼했고 손바닥은 땀으로 흥건했다. 엄지와 검지 사이의 살이 갑자기 툭 하고 한 번 튀더니 계속 툭툭거리며 튀기 시작했다. 아버지는 살구씨만 한 살덩어리가 규칙적으로 튀는 모양을 신기한 듯이 바라보고 있었다. 그 살 속에는 마치 껍질을 뚫고 나오려는 작은 새가 숨어 있는 것 같았다. 아버지는 그 꼴을 보고 싶지 않아 손에 힘을 주었지만 그렇게 하자 이번에는 오히려 팔 전체가 후들거리기 시작했다. 위 사령관이 그의 등을 한 번 꾹 눌러주었다. 그러자 살덩어리의 움직임이 갑자기 멎었다. 아버지는 브라우닝총을 왼손으로 바꾸어 들었다. 오른손 다섯째 손가락에서 심하게 경련이 일어나 반나절이나 똑바로 펼 수가 없었다.

자동차는 나는 듯이 빠르게 다가왔고, 점점 더 커졌다. 차 앞에 달린 말발굽만 한 두 눈에서는 하얀 광선이 계속 쏘아져 나왔고 퉁퉁거리는 엔진 소리는 마치 폭우가 쏟아지기 직전의 바람 소리처럼 낯설고, 사람을 압박해 들어오는 격동을 몰고 왔다. 아버지는 난생처음 자동차를 보았다. 아버지는 이 괴물이 풀을 먹는지 사료를 먹는지, 물을 마시는지 피를 마시는지에 대해 생각해보았다. 그것들은 우리 집에 있던 젊고 힘이 좋은, 다리 가는 노새보다도 더 빠르게 달렸다. 달 같은 차바퀴가 빠르게 구르면서 누런 먼지를 흩날렸다. 차츰차츰 차 위에 있는 것들이 보이기 시작했다. 돌다리 근처에 이르렀을 때, 자동차는 서서히 속력을 줄였다. 차 뒤쪽에서 뿜어져 나오는 누런 연기가 차 앞쪽까지 퍼져 맨 앞차에 탄, 살구색 옷을 입고 머리에는 새카맣고 반질반질한 철모를 쓴 스무 명 남짓한 사람의 윤곽을 흐릿하게 가려놓고 있었다. 아버지는 그들이 쓰고 있던 철모의 이름이 헬멧이라는 걸 나중에야 알게 되었다. 1958년 강철제련 대운동 때, 집 안에 있던 쇠붙이란 쇠붙이는 모조리 징발되어버리고 없을 때, 나의 형은 쌓여 있는 고철 더미 속에서 몰래 철모 하나를 훔쳐 탄불 위에 달아매고는 물을 끓이고 밥을 하는 데 썼다. 아버지는 연기 속에서 서서히 색깔이 변해가는 철모를 응시하고 있었다. 아버지의 푸른 눈동자 속으로, 기상이 전혀 꺾이지 않은 늙은 준마 같은 비장한 기색이 흘렀다. 중간에 서 있는 차량 두 대 위에는 하얀 주머니들이 작은 산처럼 쌓여 있었고, 맨 뒤차에는 첫번째 차와 마찬가지로 철모를 쓴 일본 병사가 스무 명 남짓 서 있었다.

강둑까지 이르자 자동차는 천천히 굴러오던 바퀴의 크고 둔중한 모습을 뚜렷하게 드러냈다. 네모반듯하게 생긴 차의 앞쪽은, 아버지가 보기에는 영락없는 왕메뚜기였다. 누런 먼지는 천천히 엷어졌고, 자동차의 꼬리쪽에서는 다시 진녹색 연기가 방귀처럼 뿜어져 나왔다.

아버지는 머리를 한껏 움츠렸다. 이제껏 느껴보지 못했던 얼음 같은 냉기가 발끝에서 배까지 올라와 배에서 한데 모이더니 그것이 배를 힘껏 눌러댔다. 아버지는 심한 요기(尿氣)를 느꼈다. 오줌이 솟구쳐 올라오려고 해서 귀두가 마구 흔들렸다. 아버지가 있는 힘을 다해 오줌보를 비틀면서 막 쏟아져 나올 것 같은 오줌을 참고 있을 때 위 사령관이 엄하게 명령했다.

"쌍놈의 새끼, 움직이지 마!"

아버지는 어쩔 수 없이 아버지 하고 부르고는 오줌을 누러 갔다 오게 해달라고 사정했다.

위 사령관의 허락을 받고 아버지는 수수밭으로 들어가 붉은 수수색 같은, 귀두가 얼얼할 정도로 뜨겁게 달아 있는 오줌을 한껏 쏟아냈다. 그제야 아랫배가 한결 편안해졌다. 아버지는 무심코 대원들의 표정을 바라보았다. 모두들 마치 사당 안에 모셔놓은 조상들처럼 사납고 무시무시한 표정들이었다. 왕원이는 혓바닥을 쑥 내밀고, 눈은 마치 도마뱀처럼 딱딱하게 굳어버린 채 꼼짝도 하지 않았다.

자동차는 낌새를 알아챈 짐승처럼 숨을 죽인 채 앞으로 기어 나왔다. 아버지가 그 몸체에서 풍겨오는 구수한 냄새를 맡고 있을 때, 땀이 배어 나온 붉은 비단 적삼을 입은 할머니와 숨을 헉헉거리며 걸어오고 있는 왕원이 아내의 모습이 구불구불한 모수이 강 언덕 위로 나타났다.

할머니는 차빙을 한 짐 메고, 왕원이의 아내는 녹두탕을 한 짐 짊어진 채로 서서, 처참한 꼴을 하고 있는 모수이 강의 돌다리를 편안하게 바라보고 있었다. 할머니가 만족스러운 듯 왕원이의 아내에게 말을 건넸다.

"형님, 어쨌든 오긴 왔네요."

할머니는 시집온 이후로 내내 남들이 떠받들어 모시는 생활만 해온 터라 무거운 차빙을 메는 일은 그녀의 부드러운 어깨 위에 진붉은 자국을 남겨놓았다. 이 붉은 자국은 그녀가 세상을 떠나 하늘나라로 갈 때까지도 그녀와 함께 있었다. 그것은 우리 할머니에게 영광스러운 항일투쟁의 빛나는 표지인 셈이다.

제일 먼저 할머니를 발견한 건 아무래도 아버지였다. 아무도 눈 돌리지 않고 모두가 천천히 다가오는 자동차만을 바라보고 있을 때, 아버지는 마치 어떤 신비한 힘의 계시라도 받은 것처럼 서쪽으로 고개를 돌려 선홍색 나비처럼 나풀나풀 날아오는 할머니를 바라보았다.

"엄마……"

아버지는 큰 소리로 엄마를 불렀다. 그 소리가 마치 발사 명령이라도 되는 듯 일본 자동차 쪽에서 일제히 집중적인 사격이 시작되었다. 자루가 삐딱한 일본인들의 기관총 세 자루가 자동차 앞쪽에 설치되어 있었다. 총소리는 마치 비 오는 밤에 들려오는 음침한 개의 울음처럼 무겁고 답답했다. 아버지는 할머니의 가슴팍에 팡팡 하고 두 개의 구멍이 터지는 걸 보았다. 할머니는 경쾌한 소리를 내면서 단숨에 넘어졌고 멜대는 땅으로 떨어지며 할머니의 등을 눌렀다. 차빙이 담긴 광주리는 하나는 둑 남쪽으로, 다른 하나는 둑 북쪽으로 굴러떨어졌다. 눈처럼 하얀 다빙들과 푸른 대파들, 찢어지고 뭉개진 달걀들이 담요처럼 깔린 푸른 풀 언덕 위로 흩어졌다. 할머니가 쓰러지고 난 뒤 왕원이 아내의 직사각형 정수리 위에서도 뭔지 알 수 없는 액체가 뿜어져 나왔고, 아주 멀리, 둑 아래 수수밭까지 뿌려졌다. 아버지는 이 작은 키의 여인이 총에 맞은 뒤에 한 발 뒤로 물러나더니 몸이 기울어지면서 둑 남쪽으로 비스듬히 쓰러졌다가 다시 강바닥으로 굴러떨어지는 광경을 자세히 목격했다. 그녀가 메고 온 녹두탕 한 통이 쏟아지고 나머지 한 통도 쏟아졌다. 흥건하게 고인 녹두탕은 마치 영웅의 피 같았다. 철통 하나는 우당퉁탕 부딪치며 강물 속으로 떨어져 새카만 강물 속에서 천천히 앞으로 떠내려갔다. 철통은 벙어리 앞으로 떠내려왔다가 돌다리의 받침돌에 몇 번 부딪히고, 다리 기둥 사이를 지나 다시 위 사령관과 아버지와 왕원이를 지나고, 팡씨네 여섯째와 일곱째가 있는 곳까지 떠내려왔다.

"엄마……."

아버지는 가슴이 찢어지는 듯한 소리로 불러대며 둑 위로 뛰어올라갔다. 위 사령관이 아버지를 말렸지만 말릴 수가 없었다.

"돌아와!"

위 사령관이 고함을 질렀지만 아버지는 그의 명령을 듣지 못했다. 아버지에게는 아무 소리도 들리지 않았다. 마르고 연약한 아버지의 몸이 좁다란 강둑 위를 달렸다. 아버지의 몸 위로 태양이 얼룩얼룩하게 비쳤다. 아버지는 둑 위로 뛰어오를 때, 가지고 있던 총을 잃어버렸다. 총은 잎이 잘린 황금색 씀바귀꽃 위로 떨어졌다. 아버지는 두 손을 벌리고 나는 새처럼 할머니에게로 달려갔다. 강둑 위는 떨어지는 먼지 소리도 들릴 만큼 아주 고요했다. 강물은 반짝거리기만 할 뿐 흐르지 않았고, 둑 밖의 수수도 평온하고 장중하게 서 있었다. 강둑 위를 달릴 때 작고 약한 아버지의 몸은 너무나 크고 위대하고 아름답게 보였다.

"엄마…… 엄마…… 엄마……."

아버지가 부르짖는 이 '엄마'라는 한마디 속에는 온 세상의 피눈물이, 골육의 깊은 정이, 숭고함의 근원이 배어 있었다. 아버지는 동쪽 강둑을 다 달리고, 하나로 이어져 있는 써레를 뛰어넘어 다시 서쪽 강둑으로 기어올랐다. 둑 아래에서 화석처럼 굳은 얼굴로 아버지 쪽을 바라보고 있는 벙어리 일행의 시선도 지나쳐 할머니의 몸 위로 쓰러지면서 아버지는 다시 '엄마'를 부르짖었다. 할머니는 둑 위에 엎어진 채 얼굴을 둑가의 들풀들에 대고 있었다. 할머니의 등 위에는 탄알이 뚫고 지나가면서 헤집어놓은 총탄 구멍이 두 개 나 있었고 거기에서는 신선한 고량주 향기가 풍겨 나왔다. 아버지는 할머니의 어깨를 젖혀 똑바로 뉘었다. 할머니의 얼굴에는 전혀 부상당한 흔적이 없었다. 얼굴은 단정했고 머리카락은 한 올도 흐트러지지 않은 채 다섯 가닥으로 늘어뜨린 앞머리 밑으로, 두 줄기 눈썹 밑으로 가지런히 내려져 있었다. 할머니는 창백한 얼굴에 발간 입술을 하고 눈을 반쯤 뜨고 있었다. 아버지는 아직 온기가 남아 있는 할머니의 손을 꼭 잡으며 다시 한 번 '엄마'를 불렀다. 할머니는 눈을 크게 뜨고 만면에 천진한 웃음을 지으며 남은 한 손을 마저 아버지에게로 내밀었다.

왜놈들의 자동차는 다리 어귀에 멈춰 있었다. 모터 소리가 낮아졌다 높아졌다 하면서 웅웅대고 있었다.

커다란 사람 그림자 하나가 갑자기 둑 위에서 번쩍하더니 아버지와 할머니를 둑 아래로 끌어내렸다. 능숙하게 그 일을 해낸 건 벙어리였다. 그때까지만 해도 아버지는 또 한차례의 광풍 같은 총탄 세례가 그들의 머리 위로 퍼부어져서 무수한 수수를 자르고 부숴놓게 되리라는 건 생각도 못했다.

자동차 넉 대는 딱 달라붙은 채 다리 위에서 꼼짝도 하지 않았다. 맨 앞에 선 차와 맨 뒤에 선 차에는 자루가 뻐딱하게 달린 기관총 여덟 자루가 설치되어 있었다. 거기에서 발사되는 총알들은 딱딱하게 굳은 빛다발을 한 무더기씩 뿜어내고, 이 빛다발들은 서로 교차하면서 찢어진 부채 모양의 빛줄기를 거듭 만들어냈다. 때론 길 동쪽에서 때론 길 서쪽에서 수수들이 일제히 울부짖었다. 수수의 부서진 지체들은 직선을 이루며 곧장 아래로 떨어지기도 하고 활의 현처럼 곡선을 이루며 날아오르기도 하면서 둑 위에 널려 있는 탄알 속으로 뚫고 들어가 누런 연기를 일으켰고 투투툭 하는 소리는 계속 줄줄이 울려 퍼졌다.

둑의 완만한 비탈 위에 엎드려 있는 대원들은 들풀과 흑토 위에 몸을 딱 붙이고는 꼼짝도 하지 않았다. 3분가량 계속되던 총소리가 갑자기 멈추었다. 자동차 주위에는 번쩍거리는 탄피들이 그득하게 널려 있었다.

"총 쏘지 마!"

위 사령관이 낮은 소리로 말했다. 왜놈들은 조용했다. 강의 표면 위로 엷은 포연이 한 가닥 일더니 산들바람을 타고 동쪽으로 퍼져나갔다.

이 고요한 한순간에 어떤 일들이 벌어졌는지 아버지는 내게 말해주었다. 왕원이가 비틀거리며 손에 긴 새총을 든 채 강둑 위로 올라, 눈을 부릅뜨고 입은 떡 벌린 채로 너무나 고통스러운 듯이 "애들 엄마" 하고 큰 소리로 외쳤고, 그가 세 걸음을 채 떼기도 전에 총탄 수십 발이 그의 복부에 달처럼 휑한 구멍을 뚫어놓았다. 그리고 그의 살점이 달라붙은 총알들이 위 사령관의 머리 위로 쉴 새 없이 스쳐 날아갔다.

왕원이는 곧장 둑 아래로 곤두박질쳤다가 다시 강바닥으로 굴러떨어져 그의 아내와 다리 하나를 사이에 두고 마주 보게 되었다. 왕원이의 심장은 아직 뛰고 있었고 머리에도 전혀 상처가 없었다. 아주 맑고 명료한 어떤 느낌이 가슴속에서 샘솟아 오르는 게 느껴졌다.

언젠가 아버지는 내게 말해주었다. 왕원이의 아내는 연달아 아들 셋을 낳았는데, 세 아들 모두 수수밥을 먹고 자라서 아주 몸집이 크고 기운이 넘쳤다고. 어느 날 왕원이와 아내는 수수밭에 나가고, 세 아이는 뜰에서 놀고 있는데, 쌍날개를 단 일본 비행기 하나가 웅웅거리는 괴상한 소리를 내며 마을 하늘 위를 빙빙 돌더니 어떤 알 하나를 왕원이네 마당으로 떨어뜨렸고 그 알에 맞아 세 아이는 산산조각이 나서 지붕 위로 나가 떨어지고 나무 위에 걸리고 담벼락에 발렸다고…… 그래서 위 사령관이 항일의 깃발을 들자 왕원이는 그의 아내에 의해 그곳으로 보내지게 된 것이라고……

위 사령관은 이를 악물고 눈을 부릅뜬 채 머리 반쪽이 강물 속에 틀어박힌 왕원이를 사나운 눈으로 쳐다보면서 다시 낮은 소리로 외쳤다.

"움직이지 마!"

8

흩어져 날아온 수수알이 할머니의 얼굴 위에서 튕겨, 살짝 열린 할머니의 두 입술 사이, 그녀의 새하얀 이 위에 얹혔다. 아버지는 점점 더 붉은빛이 사라져가는 할머니의 입술을 보면서 엄마를 외쳐대며 오열했고, 두 눈에서 쏟아져 내리는 눈물은 할머니의 가슴 위로 떨어졌다. 수수로 빚어진 진주 같은 빗방울 속에서, 할머니는 눈을 떴고, 할머니의 눈 속에서 다시 진주 같은 무지갯빛이 퍼져 나왔다.

"애야…… 네 아버지는……"

"싸우고 있어요, 아버지는."

"그 사람이 바로 네 친아버지다……"

아버지는 고개를 끄덕였다.

할머니가 일어나 앉으려고 안간힘을 쓰자 가슴에서 사납게 피가 솟구쳐 올랐다.

"엄마, 가서 아버지 불러올게요."

할머니가 손을 내저으며 벌떡 일어나 앉으면서 말했다.

"더우관…… 내 아들아…… 어미를 부축해서…… 우리 집으로 가자꾸나. 집으로 돌아가자……"

아버지는 무릎을 꿇고 할머니의 팔을 자신의 목에 휘감고는 힘을 주며 일어났고 할머니도 따라서 일어났다. 할머니의 가슴팍에서 쏟아져 내린 핏덩어리가 순식간에 아버지의 목을 흠뻑 적셨다. 아버지는 할머니의 붉은 피 속에서 아직도 강렬한 고량주 냄새를 맡을 수 있었다. 할머니의 무거운 몸이 아버지의 몸에 기대고 있어서, 아버지는 두 다리를 후들거리며 비틀비틀 수수밭으로 걸어 들어갔다. 탄알이 그들의 머리 위를 날며 무수한 수수를 도살하고 있었다. 아버지는 빽빽하게 들어서 있는 수수 이삭을 가르면서 한 발 한 발 움직였다. 땀과 눈물이 붉은 피와 뒤범벅되어 아버지의 얼굴을 엉망으로 만들어놓았다. 아버지는 할머니의 몸이 점점 더 무거워지는 걸 느꼈다. 수숫잎은 인정사정없이 그의 발을 걸고 넘어지면서 그의 살을 톱질하듯 베어댔다. 아버지는 바닥으로 쓰러졌고 무거운 할머니의 몸이 그의 몸을 내리눌렀다. 할머니의 몸 밑에서 빠져나와 아버지는 할머니를 평평하게 눕혔다. 할머니는 얼굴을 쳐들고 긴 한숨을 내쉬더니 아버지를 향해 미소를 지었다. 말할 수 없이 신비로운 그 미소는 마치 인두로 새긴 것처럼 아버지의 기억 속에 말발굽 모양의 낙인을 찍어놓았다.

할머니는 누워 있었다. 가슴이 타는 것 같던 느낌이 차츰차츰 줄어들었다. 문득 아들이 옷을 벗기고는 손으로 유방 위의 총상 구멍을 틀어막고, 다시 유방 아래의 총상 구멍을 틀어막고 있다는 게 느껴졌다. 할머니의 피가 아버지의 손을 붉게 적셨다가, 다시 푸르게 적셨다. 할머니의 새하얀 가슴도 피로 시퍼렇게 물들었다가 다시 붉게 물들었다. 총알은 할머니의 고귀한 유방을 뚫고 벌집처럼 생긴 담홍색 조직을 드러내놓았다. 할머니의 유방을 보면서 아버지는 가슴이 너무 아팠다. 아버지는 할머니의 상처에서 흘러나오는 피를 막을 수가 없었다. 붉은 피가 흘러나가는 것과 함께 할머니의 얼굴이 점점 더 창백해져 가는 게 보였다. 할머니의 몸은 점점 더 가벼워져 마치 당장이라도 공중으로 날아가버릴 것 같았다.

할머니는 수수 그늘 아래에서 자신과 위 사령관이 만들어낸, 잘생긴 아버지의 얼굴을 행복한 듯이 바라보고 있었다. 지나가버린 세월 속의 생생하던 장면들이 주마등처럼 빠르게 그녀의 눈앞을 스쳐갔다.

할머니는 그해, 쏟아붓듯이 내리는 폭우 속에서 마치 배를 타고 가는 듯 가마를 타고 산팅슈의 집이 있는 마을로 들어서던 날을 떠올렸다. 길 위에는 물이 철철 넘쳐흘렀고, 물 위로는 수수 겨가 둥둥 떠다니고 있었다. 꽃가마가 산씨 집안의 대문에 도착했을 때, 나와서 가마를 맞이한 건 오직 콩깍지같이 생긴 변발을 늘어뜨린 말라깽이 늙은이뿐이었다. 폭우가 그치고 나서도 구질구질하게 내리는 빗줄기는 물이 흥건하게 고인 바닥 위로 계속 떨어져 내렸다. 취고수가 나팔을 불어대도 아무도 구경하러 나오는 이가 없었다. 할머니는 이 혼사가 길하지 못하리라는 걸 느꼈다. 할머니가 천지에 배례하도록 부축해서 도운 이들도, 하나는 쉰 살이 넘고, 다른 하나는 마흔이 넘은 남자였다. 쉰 살이 넘은 사람이 바로 뤄한 큰할아버지였고, 마흔이 넘은 사람은 술도가의 일꾼이었다.

가마꾼과 나팔수 들은 물에 빠진 생쥐 꼴을 하고 빗속에 서서, 배짝 마른 두 남자가 붉은 칠을 한 할머니를 어두침침한 안채로 데리고 들어가는 모습을 엄숙한 표정으로 바라보고 있었다. 할머니는 두 남자의 몸에서 마치 통째로 술독에 빠져 있다가 나온 것 같은, 강렬한 술 냄새를 맡았다.

할머니는 맞절을 할 때도 여전히 그 악취가 진동하는 수건을 얼굴에 덮어쓰고 있어야 했다. 촛불이 타면서 풍겨 나오는 비린내를 맡으면서 할머니는 부드러운 비단을 받아 들고 누군가에게 이끌려 걸어갔다. 가는 길은 너무나 캄캄하고 답답하고 공포스러웠다. 구들 위로 인도된 뒤 한참이 지나고 나서도 머리에 쓴 붉은 수건을 벗겨주는 사람이 없자, 할머니는 스스로 그것을 벗었다. 얼굴에서 경련이 이는 한 남자가 구들 밑 의자위에 웅크리고 앉아 있는 게 보였다. 납작한 긴 머리를 한 남자의 아래눈꺼풀은 문드러져서 온통 불그레한 색이었다. 그가 일어나 할머니를 향해 그 새 발톱같이 생긴 손을 내밀자, 할머니는 고함을 지르며 품속에서가위 한 자루를 꺼내 들고는 구들 위에 서서 사납게 그 남자를 노려보았다. 남자는 풀이 죽어 다시 의자 위에 주저앉았다. 그날 밤 할머니는 내내 손에서 가위를 내려놓지 않았고, 생머리 남자는 내내 의자 위를 떠나지 않았다.

이튿날 아침 남자가 깜박 잠이 든 틈을 타 할머니는 구들에서 빠져나왔다. 방문을 넘어 대문을 열고 막 달아나려고 할 때 어떤 손이 그녀를 붙잡았다. 콩깍지 같은 변발을 늘어뜨린 말라깽이 노인이었다. 노인은 그녀의 팔을 움켜쥔 채 사납게 노려보았다.

산팅슈는 마른기침을 두어 번 하더니 사나운 얼굴을 웃음 띤 얼굴로바꾸면서 말했다.

"애야, 이제 시집을 왔으니, 넌 내 친딸이나 마찬가지란다. 볜랑은그런 병이 아니니, 다른 사람들이 함부로 지껄이는 말일랑 귀담아듣지도말아라. 우리 집안은 큰 사업을 하고 있고 볜랑은 우직하기만 하단다. 이제 네가 왔으니, 이 집안은 네가 맡게 되는 거다."

산팅슈는 구리 열쇠 꾸러미를 할머니에게 건네주었지만 할머니는 받지 않았다.

둘째 날도 할머니는 손에 가위를 든 채로 날이 밝을 때까지 꼬박 앉아 있었다.

셋째 날 오전에 나의 외증조부가 작은 나귀 한 마리를 끌고 할머니의 친정 나들이를 위해 왔다. 결혼한 지 사흘 만에 시집간 딸을 맞으러 오는 건 가오미 둥베이 지방의 풍습이었다. 외증조부는 산팅슈와 함께 해가 중천에 오르도록 술을 마시고 난 뒤에야 비로소 집으로 발길을 돌렸다.

할머니는 나귀 위에 옆으로 걸터앉고, 나귀 등에는 얇은 이불 한 장을 싣고서 휘청거리며 마을을 나섰다. 폭우가 쏟아진 지 사흘 뒤라 길은 여전히 축축하게 젖어 있었고, 수수밭에서는 하얀 김이 뭉게뭉게 피어오르고 있었다. 초록빛 수수가 하얀 안개에 둘러싸인 모습이 마치 신선의 경지 같았다. 외증조부는 전대 속의 은전을 쩔렁거리면서 술에 취해 이리 비틀 저리 비틀대면서 눈동자가 풀어진 채로 걷고 있었다. 작은 당나귀는 긴 이마를 찌푸린 채 느릿느릿 걸어가고 있었다. 당나귀의 가늘고 작은 발자국이 축축하게 젖은 길 위로 선명하게 찍혔다. 당나귀 위에 올라앉은 할머니는 머리가 어질어질하고 눈앞이 어릿어릿했다. 그녀의 눈꺼풀은 발갛게 부풀어 올랐고, 머리카락은 엉망으로 흐트러져 있었다. 사흘 동안에 한 마디나 더 자라난 것 같은 수수들이 할머니를 조롱하듯이 바라보고 있었다.

"아버지, 난 그 집으로 다신 돌아가지 않을래요. 난 죽어도 그 집으로 가진 않을래요……"

"얘야, 넌 아주 복이 많은 거란다. 네 시아버지가 우리한테 커다란 검은 노새 한 마리를 줄 거다. 그러면 우린 나귀는 팔아버리고……"

나귀는 네모반듯하게 생긴 얼굴을 내밀고는 조그만 진흙 방울이 잔뜩 묻어 있는 길가의 풀들을 한 입 물어뜯었다.

할머니가 울면서 말했다.

"아버지, 그 사람은 문둥병자예요……"

"네 시아버지가 우리 집에 노새 한 마리를 줄 거다……"

외증조부는 이미 취해 사람 꼴이 아니었다. 그는 계속 길가의 풀 더미 위에다 낮에 먹은 술과 고기를 한 무더기씩 토해냈다. 더러운 토사물이 할머니의 오장을 뒤집어놓았다. 외증조부에 대한 증오심이 차올랐다.

나귀가 개구리 지대로 들어서자 코를 찌르는 지독한 악취가 풍겨 나와 나귀조차 귀를 떨굴 지경이었다. 할머니는 그 강도의 시체를 보았다. 시체의 배는 아주 높이 솟아 있었고 시퍼런 파리 떼가 그 살가죽 위를 뒤덮고 있었다. 할머니를 태운 나귀가 썩은 시체 앞을 지나자 시퍼런 파리 떼가 구름처럼 사납게 몰려들었다. 외증조부는 나귀를 따라 걸어오고 있었지만 몸이 도로보다 더 넓기라도 한 것처럼, 갑자기 왼쪽 수수들을 건드렸다가 갑자기 다시 오른쪽 들풀들을 짓밟곤 했다. 엎어진 시체 앞에서 외증조부는 연방 기침을 해대면서 웅얼거렸다.

"비렁뱅이…… 이 비렁뱅이 같으니라고…… 니가 여기 누워서 곯아 떨어진 거냐……"

할머니는 호박같이 생긴 강도의 얼굴을 잊을 수가 없었다. 얼굴을 덮고 있던 파리 떼가 놀라서 한꺼번에 일어나는 바람에 가려져 있던 강도의 얼굴이 드러났다. 죽은 강도의 얼굴은 살아 있을 때의 흉포함이나 겁에 질린 표정과는 선명하게 대조되는, 온화하고 귀티 나는 표정이었다. 1리를 가고, 다시 1리를 갔다. 태양이 비스듬히 비추고, 하늘은 시내처럼 푸르고 맑았다. 외증조부는 이미 나귀 뒤에 한참 뒤처져 있었다. 나귀는 할머니를 태우고 스스로 길을 찾아서 유유히 앞으로 나아가고 있었다. 당나귀가 굽은 길을 돌 때 할머니의 몸 뒤쪽이 갑자기 번쩍 들리더니 나귀의 등에서 떨어져 나오게 되었다. 어떤 힘센 팔이 그녀를 옆에 끼고는 수수밭 깊숙한 곳으로 들어가버렸다.

할머니는 발버둥을 칠 힘도 없었고 발버둥을 치고 싶지도 않았다. 사흘 동안의 신혼 생활로 한바탕의 꿈이 다 깨져버린 것만 같았다. 어떤 이는 1분 만에 위대한 지도자가 되기도 한다는데, 할머니는 사흘 만에 인생의 깊은 이치를 다 깨달은 것 같았다. 그녀는 심지어 안기 편하도록 한쪽 팔을 올려 그 사람의 목을 휘감기까지 했다. 수숫잎이 스스슥 부딪치는 소리를 냈다. 길 쪽에서 외증조부가 쉰 음성으로 부르짖는 소리가 들렸다.

"애야, 어디 간 거냐?"

돌다리 근처에서 처량한 음색의 나팔 소리가 길게 울려왔고 기관총의 사격 소리가 희미하게 전해져 왔다. 할머니의 가슴에서는 아직도 숨을 쉴 때마다 호흡을 따라 한 줄기씩 피가 흘러나오고 있었다.

"엄마, 피를 흘리면 안 돼요. 피가 다 나오면 죽을 거예요."

아버지는 이렇게 울부짖으며 수수의 뿌리 밑에서 검은 흙을 파내 할머니의 상처를 메웠다. 그래도 피가 곧 그 위로 배어 나오자 아버지는 다시 흙 한 줌을 파냈다. 할머니는 만족스러운 미소를 지은 채 너무나 새파래서 속을 헤아릴 수 없는 하늘을 바라보면서 너그럽고 온화한, 자애로운 엄마 같은 수수들을 바라보았다. 푸르게 빛나던, 작고 하얀 꽃들로 가득 채워져 있던 오솔길이 할머니의 머릿속에서 떠올랐다. 그 오솔길 위를 할머니가 당나귀를 타고 천천히 거닐 때면, 수수밭 깊숙한 곳에서 크고 굳센 남자의 굵직한 목소리가 수수밭 너머로 들려왔고, 할머니는 그 소리를 쫓아서, 마치 초록빛 조각구름을 타고 올라가듯이 수수 이삭을 밟으며 걸어갔었다.

그자가 할머니를 바닥에 내려놓았을 때 할머니는 새끼 양처럼 가늘게

124

실눈을 뜬 채 국수 가락처럼 부드러워진 상태였다. 그자가 얼굴에 뒤집어 쓰고 있던 검은 수건을 벗어버리자 본얼굴이 드러났다. 그였다! 할머니는 가만히 속으로 아이고 하느님 하고 불렀다. 행복한 떨림 같은 강렬한 자극에 할머니의 눈자위에는 뜨거운 눈물이 가득 고였다.

위잔아오 사령관은 도롱이를 벗어버리고 수십 그루의 수수를 발로 밟아 잘라내고는 수수의 시체 위에 도롱이를 깔고, 할머니를 도롱이 위로 안아다 놓았다. 할머니는 그의 벗은 가슴을 홀린 듯이 바라보았다. 검게 빛나는 피부 밑에서 굳세고 용맹한 피가 강물처럼 쉴 새 없이 흐르고 있는 것이 눈에 보이는 듯했다. 수수의 가지 끝에서 엷은 연기가 모락모락 피어오르고 사방에서 수수 자라는 소리가 들렸다. 바람도 고요했고, 수수의 일렁임도 잠잠해졌다. 눈부시게 빛나는 촉촉한 아침 햇살이 수수의 사이사이로 가닥가닥 쏟아져 내리며 비쳐왔다. 할머니의 가슴이 쿵쿵 뛰기 시작했다. 16년간 감추어져 있던 욕정이 갑자기 터져 나오는 듯 할머니는 도롱이 위에서 몸을 비틀었다. 위잔아오는 점점 몸을 낮추더니 무릎을 구부리고 할머니 곁에 털썩 주저앉았다. 할머니의 온몸이 떨렸다. 진한 향기를 풍기는 노란 불꽃이 그녀의 얼굴 위에서 활활 타오르고 있었다. 위잔아오는 거칠게 할머니의 속옷을 찢었다. 곧바로 퍼부어져 내리는 빛다발이 한기와 긴장으로 빽빽하게 소름이 돋아 있는 할머니의 하얀 유방을 비추었다. 그의 힘센 동작 아래서 날카로운 통증과 행복한 느낌이 할머니의 신경을 자극했다.

"하늘이시여……" 할머니는 낮은 신음을 내뱉고는 곧 정신을 잃었다.

할머니와 할아버지는 수수밭에서 펄펄 살아 있는 사랑을 나누었다. 세상의 규율을 멸시하고 구속을 거부하는 두 마음의 결합이 서로 희열을 느끼는 그들의 두 몸보다 더 단단하게 그들을 밀착시켜주었다. 그들이 수수밭에서 나눈 운우지정(雲雨之情)은 우리 가오미 둥베이 지방의 풍부하고 다채로운 역사 위에 붉은 선 한 가닥을 칠해놓았다. 우리 아버지는 천지의 정화를 받고 잉태된, 고통과 환희의 결정이라고 말할 수 있다. 나귀가 목청 높여 울부짖는 소리가 수수밭으로 전해져 왔을 때 할머니의 정신은 몽롱하던 천국에서 다시 잔혹한 인간 세상으로 돌아왔다. 그녀는 일어나 앉았다. 두 뺨 위로 하염없이 눈물이 흘러내렸다.

"그 사람은 정말로 문둥병자예요."

할머니의 말을 듣고 할아버지는 무릎을 꿇고 일어나 앉더니 어디선가 길이가 두 자 정도 되는 단도를 꺼냈다. 챙 하는 소리를 내며 칼집을 빠져나온 칼날은 부춧잎처럼 둥그런 모양이었다. 할아버지가 팔을 한 번 휘두르자 칼이 수수 이삭 사이로 미끄러지면서, 수숫대 두 가닥을 쓰러뜨렸고, 가지런하게 엇베어진 수숫대의 상처에서는 진녹색 즙이 흘러나왔다.

"사흘 뒤에 당신은 그저 돌아오기만 하면 돼요."

할머니는 영문을 모르는 채 할아버지를 바라보고 있었다. 할아버지가 옷을 다 입고 할머니도 옷매무새를 가다듬었다. 할머니는 할아버지가 그 단도를 어디에 도로 감추었는지 알 수 없었다. 할아버지는 할머니를 길가까지 바래다주고는 눈 깜짝할 사이에 종적을 감추었다.

사흘 뒤에 나귀는 다시 할머니를 싣고 마을로 돌아왔다. 할머니가 마을에 들어서자마자 산씨 집안의 부자가 살해되었고 그 시체는 마을 서쪽의 만(灣) 안에서 썩고 있다는 소식이 들려왔다.

할머니는 누워서 수수밭의 맑고 투명한 온기를 흠뻑 쏘이고 있었다. 그녀는 자신의 몸이 제비처럼 가벼워져 수수 이삭을 스치며 시원스레 활주하고 있는 것처럼 느꼈다. 주마등처럼 빠르게 스쳐가던 얼굴들이 차츰차츰 속도를 늦추어 지나갔다. 산벤랑, 산팅슈, 외증조부, 외증조모, 뤄한 큰할아버지…… 원망하는 얼굴, 감격한 얼굴, 흉포한 얼굴, 푸근한 얼굴들이 나타났다가는 사라지고 나타났다가는 또 사라졌다. 지나간 시절의 모든 기억이 향기가 물씬 나는 과일처럼, 빠르게 날아가버린 화살처럼 땅으로 떨어졌고 할머니는 이제 바야흐로 자신이 살아온 30년 역사의 마지막 한 줄을 쓰고 있는 것 같았다. 미래의 일들은 단지 흐릿하게만, 잠깐 나타났다 사라지는 빛 무더기처럼만 볼 수 있었을 뿐이다. 할머니는 달라붙었다가 미끄러져 가버리는 짧은 현재의 순간만을 여전히 안간힘을 다해 붙잡고 있었다. 할머니는 짐승 발톱 같은 아버지의 작은 두 손이 그녀를 쓰다듬고 있는 것을 느꼈다. 애증과 환난, 감사와 원망이 뒤섞인 채 점점 희미해져 가는 할머니의 의식 속으로, 겁먹은 목소리로 불러대는 아버지의 '엄마' 소리가 삶에 대한 미련의 작은 불꽃들을 뿌려대고 있었다. 할머니는 안간힘을 다해 팔을 뻗어 아버지의 얼굴을 한 번 어루만지고 난 뒤 더 이상 팔을 들어 올리지 못했다. 할머니는 막 하늘로 날아 올라가고 있었다. 그녀는 천국에서 쏟아져 내리는 오색찬란한 빛다발을 보았고 천국에서 들려오는 꽹과리와 나팔과 날라리의 장엄한 합주를 들었다.

할머니는 너무나 피로하다고 느꼈다. 그 미끌미끌한 현재의 손잡이가, 인간 세상의 손잡이가 그녀의 손을 막 빠져나가려 하고 있었다. 이것이 바로 죽음인가? 내가 죽어가고 있는 건가? 이 하늘과 이 땅, 이 수수와 나의 아들을, 지금 사람들을 데리고 전투를 벌이고 있는 사랑하는 사람을 다시는 볼 수 없게 되는 것인가? 총소리가 너무나 멀게 들렸고, 모든 것이 두꺼운 안개 뒤에 가려져 있는 것 같았다. 더우관! 더우관! 내 아들아, 엄마를 도와주렴. 어미를 꼭 잡아라. 어미는 죽고 싶지 않다, 하늘이시여! 하늘…… 하늘이 내게 사랑하는 이를 주셨고, 하늘이 내게 아들을 주셨고, 하늘이 내게 재물을 주셨고, 하늘이 내게 붉은 수수 같은

30년의 충실한 인생을 주셨습니다. 하늘이시여, 당신이 이왕 나에게 준 것이니, 도로 거두어가지 마소서. 나를 용서하소서, 나를 놓아주소서! 하늘이시여, 당신은 내가 죄를 지었다고 생각하나요? 당신은 내가 문둥병자와 동침을 해서 살이 썩어 문드러지는 괴물을 낳아 이 아름다운 세상을 형편없이 더럽혔어야 한다고 생각하나요? 하늘이시여, 무엇이 정조고, 무엇이 정도(正道)입니까? 무엇이 선량한 것이고 무엇이 사악한 것입니까? 당신은 한 번도 말해준 적이 없고, 난 단지 나 자신의 생각대로 살아왔습니다. 난 행복을 사랑했고, 힘을 사랑했고, 아름다움을 사랑했습니다. 내 몸은 나의 것이니, 내 마음대로 할 수 있는 것입니다. 난 죄도 벌도 두렵지 않고 당신의 열여덟 층 지옥에 들어가는 것도 두렵지 않습니다. 난 해야 할 일을 다 했으니 어떤 것도 겁날 게 없습니다. 하지만 난 죽고 싶지 않습니다. 난 살아야겠습니다. 살아서 이 세상을 더 보아야겠습니다. 아 나의 하늘이시여……

할머니의 진실한 마음이 하늘을 감동시켰는지, 물기가 바짝 마른 그녀의 눈에서 다시 신선한 액체가 스며 나왔고, 천국에서 비쳐오는 것 같은 이상한 광채가 그녀의 눈 속에서 반짝거렸다. 할머니는 다시 아버지의 황금색 얼굴과 할아버지를 꼭 닮은 아버지의 두 눈을 바라보았다. 할머니는 입술을 떨면서 더우관을 불렀다. 아버지가 흥분해서 크게 소리쳤다.

"엄마, 이제 괜찮아요! 엄마 죽지 않아요, 내가 벌써 피를 막았다고요. 이젠 더 흘러나오지 않아요! 가서 아버지를 불러올게요. 엄마 보러 오시라고 할게요. 엄마, 죽어선 안 돼요. 아버지랑 날 기다려야 해요!"

아버지는 달렸다. 아버지의 발소리가 낮고 부드러운 속삭임으로 변하고, 방금 들었던 천국에서 들려오는 음악으로 변했다. 할머니는 우주의 소리를 들었다. 그 소리는 한 자루 한 자루의 붉은 수수들 쪽에서 들려왔다. 할머니는 붉은 수수를 응시하고 있었다. 그녀의 몽롱한 눈에 비친 수수는 너무나 매력적이고 너무나 기이했다. 수수는 신음하고 몸을 비틀면서 고함을 지르고 휘감아 도는 것이 때로는 마귀 같고, 때로는 사랑하는 사람 같았다. 수수는 또 똬리를 틀고 앉아 있던 뱀이 다시 갑자기 후루룩하며 몸을 펼치는 것 같기도 했다. 할머니는 그 광채들을 말로 표현할 수 없었다. 그것들은 울긋불긋하고, 희끗희끗하고, 푸르스름했다. 그것들은 큰 소리로 웃기도 하고, 큰 소리로 통곡하기도 했다. 울어서 나온 눈물은 빗방울처럼 할머니 가슴의 그 외로운 모래밭 위로 떨어졌다. 수수의 틈 사이로 푸른 하늘이 조각조각 박혀 있었다. 하늘은 너무나 높았고 또 너무나 낮았다. 할머니는 하늘이 땅과 사람이 수수와 함께 짜이고, 모든 것이 비할 바 없이 커다란 장막 안에 감싸여 있는 것 같다고 생각했다. 하늘의 구름이 수수를 스치고 미끄러지다가, 다시 할머니의 얼굴을 스치며 흘렀다. 하얀 구름의 딱딱한 모서리가 할머니의 얼굴을 스스슥 하며 스치고 지나갔고, 하얀 구름의 그림자가 앞서거니 뒤서거니 하며 하얀 구름을 쫓으면서 한산하게 움직이고 있었다. 눈처럼 하얀 들비둘기 한 무리가 고공을 날다가 수수 이삭 위로 내려앉았다. 비둘기들이 구구대며 우는 소리가 할머니의 정신을 일깨웠다. 할머니는 비둘기들의 생김새를 아주 생생하게 바라보았다. 비둘기는 수수알만 한 새빨갛고 작은 눈으로 할머니를 쳐다보았다. 할머니는 가슴에서 우러나오는 미소를 비둘기에게 보냈고 비둘기는 의식이 가물가물해져 가는 순간 할머니가 생명에 대해 느낀 미련과 열정에 관대한 미소를 선사했다. 할머니가 고함을 질렀다. 나의 사랑하는 사람들, 난 차마 당신들을 떠날 수가 없습니다! 비둘기들은 수수의 낱알을 한 줄 한 줄 쪼아대는 것으로 할머니의 소리 없는 함성에 대답했다. 수수를 쪼아 삼키는 대로, 비둘기들의 앞가슴은 점점 더 볼록해졌고, 긴장된 식사를 하느라 날개는 펼쳐져 있었다. 부채처럼 펼쳐진 날개가 마치 비바람 속에 나부끼는 꽃송 같았다. 우리 집에서도 처마 밑에 비둘기 한 무리를 기른 적이 있었다. 가을에, 할머니가 마당에다 맑은 물이 가득 담긴 나무 대야를 갖다 놓으면 밭에서 날아온 비둘기들은 가지런히 대야 주변에 둘러앉아 맑은 물에 비친 그림자를 바라보며 모이주머니 속에 들어 있던 수수를 꿀럭꿀럭 토해냈다. 그러고 나서 비둘기들은 뒤뚱거리며 마당을 걸어 다녔다. 비둘기! 전쟁의 폭풍으로 집을 쫓겨난 비둘기가, 평화롭게 서 있는 묵직한 수수 이삭 위에 서서, 마치 침통하게 애도를 표하기라도 하듯 할머니를 바라보고 있었다.

할머니의 눈앞이 다시 흐려지기 시작했다. 비둘기들은 푸드덕하며 한꺼번에 날아오르더니 아주 익숙한 곡조의 박자에 맞추어 바다처럼 푸른 하늘을 빙빙 돌며 날아다녔다. 비둘기의 날개가 공기와 부딪쳐서 쉬쉬쉭 소리를 냈다. 할머니는 갓 생겨난 날개를 펼럭이면서 마치 날아오르듯이 일어나서는 비둘기들을 따라 가볍게 뱅뱅 돌았다. 검은 흙과 수수가 다 그녀의 눈 아래에 있었다. 할머니는 연민 어린 눈으로 누덕누덕한 마을과 구불구불한 강물과 종횡으로 서로 엇갈려 나 있는 길들을 바라보고, 타오르는 총탄이 가르고 지나가는 혼돈의 공간과 생사의 갈림길에서 머뭇거리고 있는 중생들을 바라보았다. 할머니는 마지막으로 고량주 냄새를 맡았고, 비릿하고 들큰한 끓는 피 냄새를 맡았다. 할머니의 머릿속으로 문득 일찍이 보지 못했던 어떤 장면이 떠올랐다. 헤아릴 수 없이 많은 총탄이 퍼부어지는 가운데 남루한 옷을 입은 고향 사람들 수백 명이 덩실덩실 춤을 추며 수수밭 위로 드러눕는……

인간 세상과의 마지막 끈이 막 끊어져 가고 있었다. 모든 근심과 고통과 긴장과 슬픔이 다 수수밭으로 떨어져서 우박처럼 수수 이삭을 때렸다. 흑토 위에 뿌리를 내리고 꽃을 피우고 다시 시큼하고 쌉쌀한 열매를 맺으면 그것이 다음 세대로 다음 세대로 이어진다. 할머니는 자신의 해방을 완성했다. 그녀는 비둘기를 따라 날고 있었다. 고작 주먹 하나만큼의 크기로 줄어든 그녀의 사유 공간 속에는 기쁨과 고요와 따뜻함과 평안함과 조화가 충만했다. 할머니는 만족해하며 경건한 목소리로 중얼거렸다.

"하늘이시여! 나의 하늘이시여……"

9

꼭대기에 단 기관총으로 쉴 새 없이 총알을 퍼부어대면서 자동차는 천천히 바퀴를 굴리며 단단한 돌다리 위를 기어오르고 있었다. 빗발치는 총알이 할아버지와 할아버지 부대를 납작하게 눌러놓았다. 생각 없이 둑위로 머리를 드러냈던 대원들은 이미 죽어서 둑 아래에 누워 있었다. 할아버지의 가슴에서 분노의 불이 이글거렸다. 자동차가 모두 다리 위로 올라와 총알은 이미 높게 날아오르고 있었다.

"형제들아, 치자!"

할아버지가 이렇게 외치며 팡팡팡 하고 연방 세 발을 쏘자 자동차 꼭대기에 엎드려 있던 일본 병사 둘이 차의 앞대가리에 검은 피를 뿌리며 쓰러졌다. 할아버지의 총성을 쫓아 길 동서쪽의 강둑 뒤에서 몇십 발의 총성이 드문드문 울렸고 다시 예닐곱 명가량의 일본 병사가 고꾸라졌다. 일본 병사 둘은 팔다리를 버둥거리면서 차 밖으로 고꾸라지더니 다리 양쪽의 시커먼 물속으로 곧장 틀어박혔다. 팡씨 형제의, 자루가 긴 총이 분노의 함성을 토해내며 널찍한 불 혓바닥을 뿜어냈다. 불 혓바닥은 강물 위에서 무시무시한 빛을 발하며 번쩍거렸다. 굵고 가는 총알들이 모두 두 번째 차에 실린 하얀 포대 위로 퍼부어졌고 한바탕 화염이 솟구친 뒤 무수하게 터진 구멍들 속에서 눈같이 하얀 쌀알들이 주룩주룩 흘러내렸다. 아버지는 수수밭에서 둑까지 뱀처럼 기어가 할아버지에게 급히 이야기를 전했다. 할아버지는 서둘러 총알을 재고 있는 중이었다. 속력을 내어 다리 어귀로 들어서던 왜놈 차의 앞바퀴가 하늘을 향해 있던 써레 날에 박혔고 바퀴가 뚫어져 치지직 하며 김 빠지는 소리가 들렸다. 자동차는 웅웅거리는 괴성을 지르면서 줄지어 있는 써레에 밀려 까딱거리며 뒤로 물러나고 있었다. 아버지는 자동차가 고통스럽게 목을 내두르고 있는 모습이 마치 고슴도치를 삼킨 뱀 같다고 생각했다. 맨 앞차에 타고 있던 왜놈들이 어지럽게 마구 뛰어내렸다.

"류 씨, 나팔을 불어!"

할아버지의 명령에 나팔수 류가 나팔을 불기 시작했다. 나팔 소리는 처량하고 공포스러웠다. 할아버지가 "돌격!" 하고 함성을 지르며 총을 들고 뛰어올랐다. 전혀 조준을 하지 않았지만 일본 병사들이 줄줄이 그의 총구 앞에서 고꾸라지고 넘어졌다. 서쪽에 있는 대원들도 차 앞으로 돌진해왔다. 대원들이 왜놈 병사들에게 달려들어 그들과 한데 엉겨 붙는 바람에, 뒤차에 탄 왜놈들은 총알을 하늘 위로만 쏘아댔다. 자동차 위에는 아직도 왜놈 두 명이 남아 있었다. 할아버지는, 벙어리가 자동차 위로 날아들자 왜놈 두 명이 단도를 들고 벙어리를 맞았는데 벙어리가 힘껏 칼등으로 쳐서 단도 하나를 차버리고, 그 기세로 철모를 쓰고 있던 왜놈의 두개골을 날려버리는 것을 보았다. 왜놈의 머리는 공중에서 길게 울부짖다가 꽈당 하고 바닥으로 떨어졌는데, 떨어지고 나서도 여전히 뭐라고 웅얼거리는 소리를 내뱉고 있었다. 아버지는 벙어리의 칼놀림이 정말 빠르다는 생각을 했다. 아버지는 베어진 왜놈의 얼굴에, 목이 날아가기 전의 놀란 표정이 그대로 남아 굳어 있는 것을 보았다. 아직까지도 볼살이 떨리고 콧구멍을 벌름거리는 게, 당장 재채기라도 하려는 것 같았다. 벙어리가 다시 왜놈의 대가리 하나를 베고는 시체를 차의 난간 위에 걸쳐놓자, 목 가죽이 갑자기 한 마디쯤 뒤로 물러나더니 거기서 핏물이 콸콸콸 밖으로 뿜어져 나왔다. 그때 뒤쪽에서 그 차에 타고 있던 왜놈이 기관총을 낮게 겨누고는 총알을 있는 대로 갈겨댔고 그 바람에 할아버지 부대원들이 말 뚝처럼 왜놈의 시체 위로 고꾸라졌다. 차의 풍막 위에 한쪽 엉덩이를 걸치고 있던 벙어리의 흉부에서도 핏줄기가 뿜어져 나왔다.

아버지와 할아버지는 땅바닥에 엎드린 채 수수밭 쪽으로 기어가서는 강둑 위에서 천천히 목을 내밀었다. 제일 끝에 서 있던 차가 덜컹거리며 퇴각하고 있었다.

"광씨네 여섯째, 대포를 쏴라! 저 개새끼들을 치자!" 할아버지가 이렇게 고함을 질렀고 광씨 형제는 화약을 채운 자루 총을 강둑 위에 세웠다. 광씨네 여섯째가 허리를 구부리고 도화선에 불을 붙이려다가 배 위에 총탄을 맞아, 시퍼런 창자가 줄줄 터져 나왔다. 광씨네 여섯째는 "엄니" 하는 소리를 지르며 배를 움켜쥐고는 수수밭 속으로 굴러떨어졌다. 자동차는 퇴각하려는 기색이 역력했다. 할아버지가 조급하게 고함을 질렀다.

"대포를 쏴!"

광씨네 일곱째가 심지를 잡고 부들부들 떨며 도화선 쪽으로 갔지만 아무리 해도 불이 붙지 않았다. 할아버지가 달려가 심지를 빼앗아 입가에 대고 한 번 불자 심지가 번쩍했다. 할아버지는 불이 붙은 심지를 도화선에 갖다 댔지만 도화선은 츠츠츠 하는 소리를 내며 하얀 연기를 뿜어내고는 그만 사그라져버렸다. 긴 자루총은 마치 잠을 자는 듯이 묵묵히 웅크리고 앉아 있었다. 아버지는 그것이 불을 뿜어낼 줄 모른다고 생각했다. 왜놈의 자동차는 이미 다리 어귀까지 퇴각했고 두번째 차와 세번째 차도 후퇴하고 있었다. 차 위에서 줄줄 흘러내린 쌀알들이 다리 위로, 강물 위로 떠내려 흘러갔다. 강물 위에는 무수한 얼룩이 생겨났다. 왜놈 시체 몇 구가 천천히 동쪽으로 떠내려가고 있었다. 시체가 피를 뿌리자 드렁허리들이 떼를 지어 핏물 속에서 꿈틀거렸다. 침묵하고 있던 긴 자루총이 갑자기 쿠룽 하는 소리를 냈다. 강철 총신이 강둑 위로 높이 날아오르더니 커다란 불꽃이 아직도 쌀이 흘러내리고 있는 그 차를 적중시켰다. 차의 뒤쪽에서 활활 불꽃이 일어났다.

퇴각 중이던 자동차가 멈추었고, 차 위에 있던 왜놈들이 어지럽게 뛰어내려 맞은편 둑 위에 엎드리고는 이쪽 편으로 맹렬하게 총을 쏘아댔다. 총알에 맞아 코뼈가 산산조각이 난 팡씨네 여섯째의 얼굴에서 뿜어져 나온 피가 아버지의 얼굴에까지 뿌려졌다.

불이 붙은 차에 있던 왜놈 둘은 차 문을 밀고 뛰쳐나와 허둥지둥 강물 속으로 뛰어들었다. 쌀알을 줄줄 흘리며 서 있던 중간 차는 진퇴양난의 처지에 빠져 크르릉크르릉 하며 바퀴의 공회전을 거듭하고 있었다. 쌀알은 빗물처럼 줄줄 흘러내렸다.

맞은편에서 퍼부어지던 왜놈들의 총질이 돌연 멎었고, 몇 자루만이 남아 빵빵대는 소리가 들렸다. 왜놈 열댓 명이 총을 메고 허리를 구부린 채 불이 붙은 자동차 양쪽에 달라붙어 북쪽으로 진격하고 있었다. 할아버지가 싸우자고 소리쳤지만 응답을 하는 자가 거의 없었다. 아버지는 고개를 돌려 둑 위와 둑 아래에 쓰러져 있는 대원들의 시체를 보았다. 부상당한 대원들은 수수밭에서 신음하며 절규하고 있었다. 할아버지가 연방 몇 발을 쏘아대자 왜놈 몇 명이 다리 밑으로 떨어졌다. 길 서쪽에서 드문드문 몇 발의 총소리가 들려왔고 다시 왜놈 몇이 더 쓰러졌다. 왜놈들은 후퇴하기 시작했다. 강의 남쪽 둑 위로 탄알 하나가 날아와 할아버지의 오른쪽 팔을 맞혔다. 할아버지의 팔이 떨리면서 권총이 목에 걸렸다. 할아버지는 수수밭으로 물러나 아버지를 불렀다.

"더우관, 나 좀 도와다오."

할아버지는 소매를 찢고 아버지에게 허리춤에 있는 하얀 천을 꺼내 상처를 묶게 했다. 아버지가 그 틈을 놓치지 않고 말했다.

"아버지, 엄마가 보고 싶대요."

"장한 놈! 먼저 아버지랑 저 개새끼들부터 깡그리 죽여놓고 보자!"

할아버지는 아버지가 잃어버렸던 브라우닝총을 허리춤에서 꺼내 아버지에게 건네주었다. 나팔수 류가 피 흐르는 다리를 이끌고 둑 쪽에서 기어오면서 물었다.

"사령관님, 나팔을 불까요?"

"불어라!"

할아버지의 명령에 나팔수 류는 다리 한쪽은 구부리고 또 다른 한쪽은 편 채 나팔을 하늘로 쳐들고 불기 시작했다. 나팔에서는 검붉은 나팔 소리가 울려나왔다.

"형제들, 돌격이다!"

할아버지가 큰 소리로 외쳤고 길 서쪽의 수수밭에서 몇몇이 그 소리를 쫓아 고함을 질렀다. 할아버지가 왼손으로 총을 들고 내달리기 시작했을 때 탄알 몇 개가 그의 뺨 옆을 스치고 날아갔다. 할아버지는 한 번 굴러서 다시 수수밭으로 돌아왔다. 길 서쪽의 강둑 위에서 처참한 울부짖음이 들려왔다. 아버지는 대원 하나가 또 총에 맞았다는 걸 알았다.

나팔수 류는 하늘을 향해 나팔을 불었고 검붉은 나팔 소리가 수수 이삭에 부딪히자 수수 이삭이 후들후들 몸을 떨었다.

"아들아, 아버지를 따라 저쪽으로 가서 형제들과 합치자."

할아버지는 아버지의 손을 잡으며 말했다.

다리 위의 자동차에서는 짙은 연기가 쿨럭쿨럭 뿜어져 나왔고 활활 타오르는 화염 속에서 쌀들은 마치 우박처럼 강물 위로 쏟아져 내렸다. 할아버지는 아버지를 데리고 나는 듯이 큰길을 건너갔다. 총알이 그들의 뒤를 쫓으면서 길바닥에 파파팍 하고 꽂혔다. 얼굴이 온통 새카맣게 타고 피부가 갈라진 대원 두 명이 할아버지와 아버지를 보더니 입을 딱 벌리고는 울면서 말했다.

"사령관님, 우린 끝장났습니다요!"

할아버지는 맥이 쭉 빠져 한참 동안 고개를 숙인 채 수수밭에 앉아 있었다. 맞은편 강 언덕에 남아 있던 왜놈들도 더 이상 총을 쏘지 않았다. 타들어가는 자동차에서 간간이 터져 나오는 폭발음과 길 동쪽에서 불어대는 나팔수 류의 나팔 소리만이 다리 주변을 감싸고 있었다.

아버지는 이미 두려움을 느끼지 않았다. 아버지는 강둑을 따라서 서쪽으로 조금씩 움직여가서는, 누렇게 말라죽은 시든 풀 더미 뒤에서 살그머니 고개를 내밀었다. 아직 연소되지 않은 두번째 차의 풍막 안에서 일본 병사 하나가 튀어나오더니 다시 차 안으로 들어가 이번에는 늙은 왜놈 하나를 데리고 나오는 것이 보였다. 바짝 마른 체격의 늙은 왜놈은 하얀 장갑을 끼고, 엉덩이에는 긴 칼을 하나 차고 무릎까지 올라오는 검은색 가죽 장화를 신고 있었다. 그들은 자동차 옆으로 해서 교각에 매달려 줄줄 기어 내려갔다. 아버지가 브라우닝총을 들었다. 아버지의 손이 쉴 새 없이 떨렸고 그때마다 늙은 왜놈의 말라빠진 엉덩이가 아버지의 총구 앞에서 오르락내리락했다. 아버지는 이를 악물고 눈을 감은 채 방아쇠를 당겼다. 브라우닝총에서 '피웅' 하는 소리가 나더니 탄알이 휘파람 소리를 내며 물속으로 처박혔다. 드렁허리들의 뱃가죽이 뒤집혔고 왜놈 장교가 그와 함께 물속으로 고꾸라졌다. 아버지는 크게 고함을 질렀다.

"아버지, 장교예요!"

아버지의 머리 뒤쪽에서 총성 한 방이 들리더니 늙은 왜놈의 대가리가 산산조각이 났고 피 한 무더기가 물속으로 콸콸 퍼져 나갔다. 함께 있던 젊은 왜놈은 손발을 허둥대며 교각 뒤쪽으로 몸을 감추었다.

왜놈들이 다시 총알을 퍼부었고, 아버지는 할아버지에 의해 납작하게 엎드려져 있었다. 총탄이 수수밭에서 츠츠츠 쿠쿠쿠 하는 어지러운 소리를 내고 있었다.

"훌륭한 녀석, 역시 넌 내 아들이다!"

그때 아버지와 할아버지는 자신들이 죽인 늙은 왜놈이 바로 그 유명한 나카오카 니코(中崗尼高) 소장이라는 걸 알지 못했다.

나팔수 류의 나팔 소리는 계속되었고 하늘의 태양은 자동차의 화염에 울긋불긋하게 그을어 풀이 죽은 얼굴을 하고 있었다.

"아버지, 엄마가 아버지 보고 싶다고 모셔오랬어요."

"네 엄마가 아직도 살아 있나?"

"살아 있어요."

아버지는 할아버지의 손을 잡고 수수밭 깊은 곳으로 데리고 갔다.

할머니는 수수 밑에 누워 있었다. 얼굴에는 수수의 어두운 그림자가 드리워져 있었고, 할아버지를 위해 마련해둔 것 같은 고귀한 미소가 남아 있었다. 할머니의 얼굴은 전에 없이 맑았고 두 눈은 채 감겨지지 않았다.

아버지는 그때 할아버지의 강인한 얼굴 위로 눈물이 흘러내리는 것을 처음으로 보았다.

할아버지는 할머니 곁에 무릎을 꿇고 앉아 부상당하지 않은 손으로 할머니의 눈꺼풀을 감겨주었다.

1976년 우리 할아버지가 돌아가셨을 때 아버지는 손가락 두 개가 모자라는 왼손으로 할아버지의 둥그렇게 부릅뜬 두 눈을 감겨드렸다. 1958년 할아버지가 일본 홋카이도(北海島)의 황산(黃山) 벌판에서 돌아왔을 때 그는 이미 제대로 말을 할 수도 없는 상태였다. 그의 입에서 나오는 한마디 한마디는 무거운 돌덩어리처럼 힘겹게 입 밖으로 토해져 나왔다. 할아버지가 일본에서 돌아오자, 마을에서는 현장(縣長)까지도 참석한 성대한 의식이 거행되었다. 그때 난 만 두 살이었는데 마을 어귀의 은행나무 아래에 팔선 탁자 여덟 개가 한 줄로 늘어서고 탁자마다 술 한 단지와 큰 사발 열댓 개가 놓여 있었던 걸 기억한다. 현장은 술 단지를 들고 와서 술 한 사발을 따라 할아버지에게 두 손으로 받치면서 이렇게 말했다.

"노영웅이시여, 당신에게 술 한 사발을 바칩니다. 당신은 우리 온 현민에게 영광을 가져다주신 분입니다!"

할아버지는 어설픈 자세로 일어나 희뿌연 눈알을 굴리며 대답했다.

"우…… 우…… 총…… 총……"

나는 할아버지가 그 술을 입가로 가져간 뒤, 그의 주름 많은 목이 곧추서고 울대뼈가 위아래로 미끄러지는 걸 보았다. 입으로 들어간 술은 아주 적었고, 대부분은 턱을 따라 줄줄 그의 가슴 위로 흘러내렸다.

나는 작은 검둥이 한 마리를 데리고 할아버지를 쫓아 들판을 돌아다니던 일을 기억한다. 할아버지는 모수이 강의 다리 어귀에 서서 손으로 교각을 어루만지는 일을 좋아했다. 한번 서 있으면 아침이든 낮이든 반나절은 그곳에서 보내기 일쑤였다. 나는 할아버지의 눈이 항상 교각 위의 울퉁불퉁한 흔적들 위에 머물러 있는 것을 보았다. 수수가 자라면 할아버지는 나를 데리고 수수밭으로 들어갔다. 그가 즐겨 가는 장소는 다리에서 그리 멀지 않은 곳이었다. 난 그곳이 바로 할머니가 하늘로 올라가신 자리라고 생각한다. 그 평범한 흑토 위에 할머니의 선혈이 스며 있었다. 언젠가 우리 옛날 집을 아직 뜯지 않았을 때, 할아버지는 곡괭이를 휘둘러 가래나무 밑을 파낸 적이 있었다. 그는 매미 유충을 몇 개 파내 나에게 건네주었고 나는 그것을 검둥이에게 던져주었다. 검둥이는 유충을 물어 죽이기만 했을 뿐 먹지는 않았다.

"할아버지, 뭘 파내세요?"

공공식당으로 밥 하러 가려던 나의 아내가 묻자 할아버지는 고개를 들고는 마치 딴 세상에 있는 것 같은 눈빛으로 아내를 쳐다보았다. 아내가 자리를 뜨자, 할아버지는 계속 땅을 팠다. 할아버지는 커다란 구덩이 하나를 파고, 굵기가 다른 열댓 개 정도의 나무뿌리를 잘라낸 뒤 돌판을 열어젖혔다. 음침한 작은 벽돌로 된 토굴 안에서 녹이 슬어 모양을 알 수 없게 된 철피 상자 하나를 옮겨 내왔다. 상자는 땅바닥에 떨어지자 곧 박살이 났다. 그 속에서 나온 낡은 헝겊에서 온통 붉게 녹슨, 내 키보다도 더 큰 쇳조각이 나왔다. 내가 할아버지에게 무엇이냐고 묻자 할아버지는 "우…… 우…… 총…… 총"이라고 대답했다.

할아버지는 바닥에 총을 내려놓고 햇볕을 쪼이면서 그 옆에 한참 동안 앉아 몇 번이나 눈을 떴다 감았다 했다. 한참이 지나서야 할아버지는 몸을 일으키고 나무하는 큰 도끼 하나를 찾아 총을 박살 내버렸다. 할아버지는 총이 가루가 나도록 박살을 낸 뒤에 그것을 하나하나 주워 온 정원에 고루 뿌렸다.

"아버지, 엄마가 죽었나요?"

아버지가 할아버지에게 물었고 할아버지는 고개를 끄덕였다.

"아버지!"

할아버지는 아버지의 머리를 한 번 쓰다듬고는 엉덩이 뒤에서 작은 칼 하나를 꺼내 수수를 베어 그것으로 할머니의 몸을 덮어주었다.

둑 남쪽에서 격렬한 총성과 함께 "죽여라" 하는 함성과 폭탄 터지는 소리가 들려왔다. 아버지는 할아버지에게 이끌려 다리 어귀로 돌아왔다.

다리 남쪽의 수수밭에서 회색 군복을 입은 백 명가량의 사람이 몰려나왔다. 둑 위로 달아나던 열댓 명가량의 왜놈은, 어떤 놈은 총에 맞아 죽고 어떤 놈은 칼에 찔려 죽었다. 아버지는 허리에 넓은 가죽띠를 둘러매고 가죽띠 위에는 모제르총을 차고 있는 렁 지대장이 키 큰 병사 몇 명의 호위를 받으며 불에 탄 자동차를 돌아서 다리 북쪽으로 걸어오고 있는 것을 보았다. 할아버지는 렁 지대장을 발견하자 이상한 소리를 내며 웃더니 총을 들고 다리 어귀에서 꼼짝을 하지 않았다.

렁 지대장이 의기양양하게 걸어와서 말했다.

"위 사령관, 잘 싸웠네!"

"개새끼!"

할아버지가 욕을 퍼부었다.

"우리가 한발 늦었네!"

"개새끼!"

"우리가 쫓아오지 않았으면, 넌 끝장이었어!"

"개새끼!"

할아버지의 총구가 렁 지대장을 향했다. 렁 지대장이 눈짓을 하자 기골이 장대한 호위병 두 명이 날쌘 동작으로 할아버지의 총을 빼앗았다.

아버지는 브라우닝총을 들어 단 한 발에 할아버지를 붙잡고 있는 호위병의 엉덩이를 적중시켰다.

호위병 하나가 다리를 날려 아버지를 차서 뒤집어놓더니 거대한 발로 아버지의 손목을 질끈 밟고는 허리를 굽혀 브라우닝총을 주웠다.

할아버지와 아버지는 호위병들에게 결박당했다.

"곰보 렁, 우리 형제들이 어떻게 됐는지 그 개 같은 눈으로 똑똑히 봐라!"

이 길 양쪽의 둑 위에서, 수수밭에서 시체와 부상병 들이 아무렇게나 뒹굴고 있었다.

불었다 그쳤다 하면서 계속 나팔을 불어대고 있는 나팔수 류의 입가와 콧구멍에서도 붉은 피가 흘러나오고 있었다.

렁 지대장은 군모를 벗고 길 동쪽의 수수밭에 대고 허리를 굽혀 절하고 서쪽의 수수밭에 대고 허리를 굽혀 절했다.

"위 사령관과 아드님을 풀어줘라!"

렁 지대장의 명령에 호위병은 할아버지와 아버지를 풀어줬다. 총에 맞아 엉덩이를 움켜쥐고 있던 호위병의 손가락 사이로 피가 뚝뚝 떨어져 내렸다.

렁 지대장은 호위병의 손에서 총을 건네받아 할아버지와 아버지에게 돌려줬다.

렁 지대장의 대열은 줄줄이 다리를 지나고 자동차와 왜놈 들의 시체가 있는 곳으로 가서 기관총과 보총, 탄알과 탄알 상자, 칼과 칼집, 허리띠와 가죽 장화, 돈주머니와 면도기 등을 가져갔다. 병사 몇 명이 강으로 뛰어내려 교각 뒤에 숨어 있던 왜놈을 잡아왔고, 늙은 왜놈의 시체 한 구를 메고 왔다.

"렁 지대장, 장군입니다!"

작은 두목이 보고했고 렁 지대장은 흥분한 기색을 감추지 못하고 한 발 앞으로 성큼 나서서 시체를 바라보았다.

"군의를 벗기고 그의 물건들을 모두 잘 간수해라."

"위 사령관, 나중에 보세!"

렁 지대장은 이렇게 말하고는 호위병 한 무리에 둘러싸인 채 다리 남쪽으로 걸어갔다.

할아버지가 고함을 질렀다.

"멈춰라, 이 렁가 놈아!"

렁 지대장이 돌아서서 말했다.

"위 사령관, 넌 내 뒤에서 총을 쏘진 못할 거다!"

"널 살려두지 않겠다!"

"왕후, 위 사령관에게 기관총 한 자루를 남겨줘라!"

렁 지대장의 명령에 따라 병사 몇 명이 기관총 한 자루를 들고 와서 할아버지의 발 앞에 던졌다.

"이 자동차들이랑, 자동차에 실린 쌀은 다 자네 걸세."

렁 지대장의 대열은 다리를 지나 둑 위에서 대열을 정비하고는 둑을 따라 죽 동쪽으로 걸어갔다.

태양이 서쪽으로 기울었다. 자동차는 다 타버리고 시커먼 뼈대 몇 개만이 앙상하게 남아 있었다. 타버린 고무바퀴에서 풍겨 나오는 고약한 냄새가 사람을 질식시킬 것만 같았다. 아직도 타고 있는 자동차 두 대가 앞뒤에서 다리를 막고 있었다. 그것 말고는, 온통 다 피로 변해버린 것 같은 시커먼 강물과 붉은 수수밭만이 남아 있었다.

아버지는 둑 위에서 밟히지 않은 깨끗한 차빙 한 장을 주워 할아버지에게 건넸다.

"아버지, 엄마가 만든 차빙이에요. 드세요."

"너 먹어라!"

아버지는 차빙을 할아버지의 손에 쥐어주면서 말했다.

"난 또 주울 거예요."

아버지는 다시 차빙 하나를 주워 힘껏 한 입을 베어 물었다.

제2편
고량주

1

가오미 둥베이 지방의 붉은 수수가 어떻게 해서 그렇게 향이 진하고, 뒷맛이 꿀처럼 달고 취해도 뇌세포에 전혀 손상이 없는 그런 고량주가 되었을까? 어머니는 내게 그 비법을 말해준 적이 있다. 그걸 말할 때 어머니는, 이건 집안 대대로 내려오는 비법이니 절대 함부로 누설해서는 안 된다고 신신당부를 했다. 그 비법이 밖으로 새어 나가면 첫째는 우리 집안의 명예가 손상되고, 둘째는 언젠가 우리 자손 중에 누가 다시 양주장이라도 차리게 되면 독점 경영의 우위를 잃게 된다는 거였다. 우리가 살던 곳에서는 재주가 좀 있는 사람이면 다들 나름대로의 비법을 가지고 있었는데, 그 비법을 며느리에게는 전해줄 망정 딸에게는 절대로 전해주지 않는다는 게 줄곧 원칙이 되어왔고, 이 원칙은 무슨 국법이라도 되는 양 철저하게 지켜졌다.

어머니 말에 따르면, 우리 술도가는 산씨 부자(父子)가 경영할 때도 규모가 이미 꽤 컸지만 그때 고량주 맛은 다른 집보다 못하진 않아도 나중처럼 그렇게 향이 진하고 뒷맛이 꿀처럼 단 건 전혀 아니었다고 한다. 우리 집 고량주가 진짜 독특한 풍미를 갖추고 가오미 현에 있는 수십 개의 술도가 중에서도 독보적인 존재가 된 건 아무래도 우리 할아버지가 산씨 부자를 죽이고 난 뒤부터라고 해야 할 것이다. 그때 우리 할머니는 잠시 동안 혼미하고 두려운 시간을 겪었지만, 그 뒤로는 다시 허리를 꼿꼿이 펴고 일어나 타고난 재주를 유감없이 발휘하며 집안일을 책임져나가기 시작했다.

많은 중대한 발명이 알고 보면 대부분 그냥 짓궂은 장난을 좀 치다가 어떻게 우연히 이루어진 게 많듯이, 우리 집 고량주가 남다른 특색을 갖추게 된 것도 우리 할아버지가 우연히 술 단지에 오줌을 한 번 갈긴 것 때문이었다. 대체 어떻게 오줌 한 번 갈겼다고 평범하던 고량주 항아리가 신선한 풍격의 고급 고량주 항아리로 바뀔 수 있는가? 그건 과학의 영역이니 내가 함부로 말할 수 있는 건 아니고, 양주 과학자의 몫으로 남겨두어야 할 것이다. 어쨌든 나중에 우리 할머니와 뤄한 큰할아버지는 계속 더 진전된 실험을 했고 반복해서 연구를 한 뒤 그 경험들을 종합해서 결국은, 오래된 요강에 붙어 있는 오줌 찌꺼기로 오줌을 대신하는 더 간단하고 정밀하며 확실한 배합법을 발명해냈다. 그 배합법은 당시 우리 할머니와 아버지, 뤄한 큰할아버지만 아는 절대 기밀이었다. 배합 의식은 한밤중 인적이 뜸할 때 거행되었는데, 할머니가 먼저 마당에 향촉을 밝혀놓고 지전 3백 위안을 태우는 의식을 거행한 뒤, 허리가 잘록한 조롱박으로 오줌 찌꺼기를 퍼서 술 단지에 넣고 섞는 방식으로 진행되었다. 술을 섞을 때 할머니는 사람들 보라고 일부러 아주 신비한 자태를 연출했기 때문에, 몰래 엿보던 사람들은 머리카락이 곤두서서, 우리 집안이 귀신과 내통하며 우리 집안 장사는 하늘이 돕는 거라는 생각을 하게 되었다. 이렇게 해서 우리 집 고량주는 다른 모든 좋은 술을 제치고 술 시장을 거의 독점하게 되었다.

2

친정으로 돌아온 지 사흘이 훌쩍 지나, 할머니는 이제 다시 시댁으로 가야 할 날이 되었다. 사흘 동안 할머니는 먹고 마시는 것도 잊고 정신이 나간 사람처럼 지냈다. 외증조모가 온갖 맛있는 음식과 달콤한 말로 달래도 할머니는 전혀 아랑곳하지 않은 채 나무 인형처럼 앉아 있었다. 사흘 동안 거의 먹은 게 없는데도 할머니의 낯빛은 퍽 고왔다. 눈처럼 하얀 이마와 발그레한 두 볼, 거무스름한 눈언저리에 에워싸인 눈동자는 달무리에 싸인 명월 같았다. 외증조모는 "아이고, 내 새끼야, 먹지도 않고 마시지도 않으니 신선이 된 거여, 부처가 된 거여? 네가 이 어밀 속 터져 죽게 만들려는 셈인 게로구나!" 하며 탄식했다. 외증조모는, 정좌(靜坐)한 관음처럼 앉아 있는 할머니의 눈자위에서 하얀 눈물이 두 줄기 가늘게 배어 나오는 걸 보았다. 할머니는 혼란스럽고 곤혹스러운 눈빛을 눈가로 내비치면서, 마치 높은 강둑 위에 서서 강바닥에 엎어져 있는 시커멓고 늙은 물고기의 심정을 헤아리고 있는 듯이 자기 엄마를 쳐다보고 있었다. 외증조부는 할머니가 집으로 온 지 이틀째 되던 날에야 비로소 몽롱한 만취 상태에서 깨어났다. 술에서 깨어난 그가 맨 먼저 잊지 않고 챙긴 건 산팅슈가 자기에게 젊고 건장한 검은 노새 한 마리를 주겠다고 한 약속이었다. 그의 귓가에서는 내내, 노새가 나는 듯이 달릴 때 발굽으로 땅바닥을 치며 내는, 절도 있는 따각 소리가 울리는 것 같았다. 노새의 몸은 새까맣고 두 눈은 등불처럼 반짝이고 네 발굽은 술 종지 같았다. 외증조모가 안달하며 "이 영감탱이야, 딸자식이 먹지도 마시지도 않으니 어떡할 거여?" 하고 말하자, 외증조부는 취한 눈을 게슴츠레하게 뜨고는 "저년이 정신이 나갔구먼! 나가도 한참 나갔어. 대체 무슨 속셈으로 저러고 앉아 있는 게야?" 하며 나무랐다.

외증조부는 할머니 면전에 대고 씩씩거리면서 "이 바보 같은 년아, 네년이 뭘 어쩌려고 그러는데? 천 리 밖에 있어도 인연이면 혼인을 한다고. 정이 없어도 부부가 못 되고, 웬수가 아니어도 부부가 못 되는 법이여. 여편네 팔자는 뒤웅박 팔자라고, 닭한테 시집가면 닭을 쫓고 개한테 시집가면 개를 쫓는 게지, 네 아비가 무슨 고관대작도 아니겠다. 네년도 무슨 금지옥엽으로 자란 것도 아닌데, 이런 부자를 만난 것도 다 네년 복이고, 아비인 내 복인 게지. 네 시아비가 당장 큰 놈으로 검은 노새 한 마리를 주겠다고 하지 않더냐! 얼마나 배포가 크냐……" 하고 퍼부어댔다.

할머니는 단정히 앉은 채 꼼짝도 하지 않았다. 눈도 꼭 감고 있었다. 촉촉하게 젖은 속눈썹 가닥들이 그 위에 벌꿀 한 겹을 칠해놓은 것처럼 통통해진 채 서로 교차하면서 한 줄로 이어져 마치 제비 꼬리를 오려놓은 듯한 눈꼬리 모양을 하고 있었다. 외증조부는 할머니의 눈썹을 뚫어져라 쳐다보다가 노기등등하게 말했다. "네년이 눈꼬리 치켜뜨고 나한테 귀머거리, 벙어리 흉내 내봤자 다 소용없어. 네년이 죽기 전엔, 아니 죽어도 산씨 집안의 귀신이지, 다이(戴) 집안 무덤엔 이제 네년 누울 자리도 없으니까!"

할머니가 키득대며 비웃었다.

외증조부는 손을 들어 할머니의 뺨을 후려쳤다. 철썩하는 소리와 함께 촉촉하고 발그레하던 볼 기운이 사라지고 얼굴은 온통 창백해졌다. 하지만 창백한 가운데서 다시 차츰차츰 아리따운 빛이 번져 나오자 얼굴은 마치 막 떠오른 붉은 태양 같았다. 할머니는 빛나는 눈동자를 반짝이며 이를 악문 채 흥 하고 코웃음을 치고는 자기 아버지를 표독스럽게 쳐다보며 말했다.

"아마, 그렇게 되면 당신은 그 노새 털 하나도 구경할 생각 말아야 할걸!"

할머니는 고개를 숙이고 젓가락을 집어 들더니 아직 온기가 남아 있는 음식들을 마파람에 게 눈 감추듯* 단숨에 박박 긁어 먹어치우고는, 그릇을 공중으로 내던졌다. 그릇은 공중에서 몸을 틀어, 탁한 자기(瓷器) 빛을 번쩍이며 빙글빙글 돌더니, 다시 대들보를 지나면서 케케묵은 허연 먼지 두 줄을 묻히고는 천천히 바닥으로 떨어져 한 바퀴 반을 구르고 난 뒤 바닥에 거꾸로 엎어졌다. 할머니는 밥그릇 하나를 더 내던졌다. 그 밥그릇은 담벼락에 부딪혔다가 떨어지면서 두 조각이 났다. 외증조부는 놀라서 입을 떡 벌린 채 수염만 움찔하고는 한참 동안 아무 말도 하지 못했다. 외증조모는 "아이고 내 새끼, 역시 음식 맛을 안다니까!" 하고 말했다.

할머니는 밥그릇을 내던지고 난 뒤 대성통곡하기 시작했다. 그 울음소리가 얼마나 애절하고 정감이 넘치고 물기가 가득하던지. 그 가득한 물기는 집 안에 다 담기지 못하고 집 밖으로 넘치고 논밭으로까지 달려가, 여름의 끝자락에 벌써 수정(受精)이 된 수수의 사각대는 소리와 하나로 어우러졌다. 맑고 길게 울려 퍼지는 통곡 소리를 타고 할머니의 생각은 천 갈래 만 갈래로 흩어졌다. 할머니는 꽃가마를 타고 집을 떠났다가 나귀를

---

* 원문을 직역하면 '회오리바람이 남은 구름 몰아가듯이(風卷殘雲)'로 같은 뜻이다.

타고 다시 집으로 돌아와서 지낸 이 사흘 동안의 일들을 한 차례씩 떠올렸다. 사흘 동안 있었던 일들이 장면 하나하나, 소리 하나하나, 냄새 하나하나까지 다 머릿속에 다시 떠올랐다…… 나팔 소리와 날라리 소리, 노랜 별 게 아니었지만 목청은 우렁찼던…… 띠띠뚜뚜…… 릴리리…… 삐리리…… 으음음음…… 띠리리리…… 그 소린 푸르던 수수를 당장 붉게 만들었고, 맑은 하늘을 울려 빗줄기 장막을 드리우게 했지. 두 차례 벼락이 쳤고 한 차례 번개가 번쩍였고, 세차게 어지럽게 내리는 비, 요란하고 심란한 마음, 사선으로 얽혀 빗발치던 빗줄기들이 갑자기 몸을 곧추세우고는 위아래로 좍좍 쏟아져 내렸지…… 할머니는 하마갱(蛤蟆坑)*로에서 만났던 강도들 생각을 하다가 문득 그 젊은 가마꾼의 용맹스런 행동을 떠올렸다. 그는 가마꾼들의 괴수로, 영락없는 개 떼 두목이었다. 기껏해야 스물네 살이나 되었을까. 그 건강해 보이는 얼굴엔 주름 하나 없었다. 할머니는 그때 그의 얼굴이 얼마나 자기 얼굴 가까이 다가왔었는지, 조개껍질처럼 딱딱한 두 입술이 자기 입술을 얼마나 꽉 깨물었는지를 떠올렸다. 그러자 순간 할머니 가슴속에 꽉 막혀 있던 피가 당장 둑이 무너진 것처럼 솟구쳐 오르고, 그 충격은 모세혈관 하나하나까지도 떨리게 했다. 할머니의 발가락이 경련을 일으켰고, 배의 근육이 미친 듯이 계속 뛰었다. 그 순간 생기 넘치는 수수들은 강도들의 그런 혁명적인 행동에 함성을 보태며 기세를 더해주었었다. 사방에 흩뿌려져, 거의 존재를 알아차릴 수도 없는 수수의 꽃가루들이 할머니와 가마꾼 머리 위의 하늘을 가득 채웠고…… 할머니는 청춘의 피가 끓어오르는 그 순간을 천 번 만 번 붙잡아두고 싶었지만, 그렇게 할 수는 없었다. 결국 그 모든 것은 순식간에

---

* '하마'는 개구리나 두꺼비, '갱'은 웅덩이를 뜻한다. 개구리 웅덩이 길.

지나가버렸고, 대신 마치 창고에 쌓아둔 썩은 무 같던 그 남자의 얼굴만 반복해서 나타났다. 새 발톱처럼 구부러진 그의 열 손가락, 쥐꼬리만 한 변발을 늘어뜨린 늙은이, 그의 허리춤에서 누렇게 번쩍거리던 구리로 된 열쇠 꾸러미. 할머니는 가만히 앉아 있었다. 수만 리나 떨어진 곳이었지만, 그 진한 고량주 냄새와 시큼한 술지게미 냄새가 입가에서 맴도는 듯했다. 할머니는 그때 여자 역할을 했던 두 남자가 마치 술독에서 막 건져 올린 만취한 거위들처럼 온 모공에서 술기운을 뿜어냈던 것을 떠올렸다…… 그들이 자루가 둥근 작은 칼로 그렇게 많은 수수를 베어내던 일, 가지런하게 말발굽 모양으로 베어진 수수 줄기의 잘린 자리에서 끈적끈적한 진녹색 액체가 마치 수수의 피처럼 배어 나왔던 일. 할머니는 그가 했던 말을 기억했다. 사흘 뒤에 당신은 그저 돌아오기만 하면 돼요! 할머니는 그가 이 말을 할 때, 그의 가늘고 긴 시커먼 눈 속에서 뿜어져 나오던 칼날 같은 눈빛을 떠올렸다. 할머니는 심상치 않은 변고(變故)가 자신을 기다리고 있다는 걸 이미 예감하고 있었다.

어떤 의미에서 보면 영웅은 태어나는 것이다. 영웅적인 기질은 평소에는 가만히 숨어 있다가 외부의 어떤 유인을 만나게 되면 영웅적인 행위를 통해 드러나게 된다. 할머니는 당시 열여섯 살밖에 안 됐고, 어릴 때부터 배운 거라곤 화초 같은 거나 수놓으면서 여자들이 해야 할 일들을 열심히 하는 것뿐이었다. 할머니도 여느 여자아이들처럼 수놓는 바늘이나 꽃 오리는 가위나 발 싸매는 긴 천이나 머리에 바르는 계화(桂花) 기름 같은 것들을 가지고 놀면서 세월을 보냈고, 만나는 사람들도 이웃집 언니나 동생들밖에 없었다. 그런데 나중에 할머니가 그런 심각한 사태를 수습하는 데서 보여준 그런 능력과 기백은 대체 어디에서 나온 것일까? 위기가 닥치면 그녀는 한편으로는 두려워했지만 다른 한편으로는 결국 이를 악물고 그것들을 꿋꿋하게 이겨냈다. 할머니의 그런 영웅적인 면모는 어떻게 단련되어 나온 것일까? 이런 것들은 다 딱히 뭐라고 단언할 수 없는 문제들인 것 같다.

한참을 통곡하는 동안 가슴을 찌르는 것 같던 고통은 다 사라지고 오히려 가슴속에 답답하게 쌓여 있던 어떤 것들이 다 배설된 듯한 통쾌함이 느껴졌다. 할머니는 울면서 한편으로는 지나간 시간의 행복과 기쁨, 고통과 슬픔 들을 음미했다. 울음은 입이 아니라 아주 먼 곳에서, 할머니의 머릿속에 몇 번이고 다시 떠오르는 아름다운 장면들과 추한 장면들을 위한 반주처럼 울려 나오는 것 같았다. 한바탕 울고 난 뒤 할머니는, 사람이 한평생 사는 게 초목이 한 해 사는 거나 매한가진데 통쾌하게 한 번 살면 그만이지 뭘 또 겁낼쏘냐 하는 생각이 들었다.

"가자, 주얼(九兒)." 외증조부가 할머니의 아명을 부르며 말했다.

가자, 가!

할머니는 물 한 대야를 가져오게 해서 얼굴을 씻고는 하얀 분을 바르고 또 붉은 연지를 칠했다. 거울을 보면서 쪽을 지었던 뒷머리를 풀자, 묵직한 머리카락 다발이 화르르 쏟아져 내리며 등을 덮었다. 할머니가 부뚜막에 서자 그 비단 같은 머리카락은 엉덩이까지 흘러내렸다. 할머니는 오른손에는 배나무 빗을 들고 왼손으로는 머리카락을 어깨로 돌려 가슴으로 쓸어내린 뒤 한 다발씩, 한 마디씩 빗어 내렸다. 할머니는 유난히 머리숱이 많았다. 머리카락은 끝만 약간 노르스름하고 전체적으로는 새카맣게 윤이 났다. 할머니는 가지런히 빗은 머리카락을 꽁꽁 묶어 둥글게 만든 뒤 검은 실로 짠, 구멍이 촘촘한 망사 속으로 밀어 넣고 은비녀 네 개를 엇갈리게 꽂았다. 이마 위의 앞머리는 가위로 가지런히 잘라 눈썹 윗선에 딱 붙였다. 할머니는 또 발을 새로 묶고 자루목이 높이 올라온 하얀 양말을 신고 바지 자락을 꼭 조이고 수놓은 신을 신어, 작은 두 발이 유난히 더 돋보이게 했다.

할머니가 가장 먼저 산팅슈의 눈길을 끈 것도 이 작은 두 발이었고, 가마꾼 위잔아오의 마음속에 가장 먼저 욕정을 불러일으킨 것도 이 작은 두 발이었다. 할머니는 자신의 발을 자랑스러워했다. 작은 두 발만 있으면 설령 얼굴이 곰보라도 시집 못 갈 걱정은 할 필요가 없고, 발이 크면 얼굴이 천사 같아도 달라는 사람이 없을 때였다. 할머니는 발이 작고 얼굴이 빼어난, 당시 미녀의 표본이었다. ……내 생각에, 아주 긴 역사적 시간을 거치면서 여인의 발은 일종의 준(準)성기로 변화되어, 작고 뾰족하고 예쁜 발은 당시 남성들에게 정욕의 성분이 다분한 미적 쾌감을 느끼게 했던 것 같다. 할머니는 말끔하게 정리를 하고 또각또각 소리를 내면서 걸어 나와 집을 나섰다. 외증조부가 어린 나귀를 끌고 왔고, 나귀 등에는 이불이 하나 얹혀 있었다. 물기가 그렁그렁한 어린 나귀의 눈동자 속에 할머니의 아리따운 모습이 비쳐졌다. 할머니는 어린 나귀가 자신을 주시하고 있다는 걸 알았다. 맑고 투명한 나귀의 눈에서는 사람의 마음을 헤아릴 줄 아는 총기가 흘러나왔다. 할머니는 나귀 위에 훌쩍 올라탔다. 그녀는 다른 여인들이 나귀나 노새나 말을 탈 때처럼 옆으로 앉지 않고, 나귀의 등을 두 다리 사이에 끼운 채 앉았다. 외증조모가 할머니에게 옆으로 앉으라고 했지만 할머니는 발꿈치로 나귀의 배를 한 번 툭 쳤고, 그러자 어린 나귀는 발굽을 치켜들고 걷기 시작했다. 할머니는 고개를 들고 가슴을 펴고 눈은 정면을 똑바로 응시한 채 앞으로 나갔다.

할머니는 한번 집을 나선 뒤에는 다시는 돌아보지 않았다. 처음엔 나귀 끈을 외증조부가 쥐고 있었지만, 마을을 나오자마자 할머니는 곧 끈을 빼앗아 자기가 쥐었고, 외증조부는 나귀 뒤에서 터덜터덜 따라왔다.

3천 리나 되는 길을 가는 동안 다시 한차례 소나기가 쏟아졌다. 할머니는 길 오른쪽에 연자매만 한 크기의 수숫잎이 말라 시들어 있는 걸 보았다. 온통 다 진한 초록색인데 가운데만 눈에 띄게 허옇게 말라 있었다. 할머니는 거기가 바로 벼락이 떨어졌던 자리라는 걸 알았다. 할머니는 지난해에 벼락이 쳐서, 같이 가던 칭얼(情兒)이 급사했던 일을 떠올렸다. 열일곱의 아가씨가 머리카락은 다 타서 달라붙고, 옷은 갈기갈기 찢기고 등에는 괴이한 문양이 잔뜩 그려진 채 죽었다. 사람들은 그 문양이 천상(天上)의 과두(蝌蚪)문자*라고 했다. 소문에 따르면 칭얼이 돈을 탐해서 사람의 목숨을 해쳤다고 한다. 어떤 젊은 아낙이 낳은 아이를 버렸다는 것이다. 이야기는 아주 그럴듯했다. 칭얼이 장을 보러 가는데 길에서 어린아이 울음소리가 들려 다가가 보니 강보가 하나 있었다. 강보를 열어 보니, 강보 안에는 발가벗은 사내아이가 들어 있었고 곁에 종이쪽지 하나가 있었는데 거기에는 이렇게 씌어 있었다. "아버지는 열여덟, 엄마는 열일곱, 달은 중천에 뜨고 삼태성**은 정서(正西)쪽 하늘에 있을 때 아이를 낳았어요. 이름은 루시(路喜)라고 했지요. 하지만 애 아버지는 곧 서쪽 마을에 사는 발이 큰 장 씨네 둘째 딸을 아내로 맞이하고, 애 엄마는 동쪽 마을에 사는 눈에 흉터가 있는 남자에게 시집을 가게 되어 가슴 아프게도 친 골육을 내버리게 되었답니다. 아버지는 내내 코를 킁킁 풀고 엄마는 눈물을 줄줄 흘렸지만, 행여 길 가는 사람이 알까 입을 가리고 감히 소리 내어 울지도 못했지요. 루시, 루시, 길에서 얻은 기쁨이여. 누군가가 주워가면

---

  * 과두문(蝌蚪文)이란 고대 서체 중의 하나로, 글자의 획 모양이 머리는 굵고 꼬리는 가는 올챙이 모양과 같다고 하여 붙여진 이름이다.
 ** 큰곰자리에 있는 자미성을 지키는 별로, 각각 두 개의 별로 된 상태성(上台星), 중태성(中台星), 하태성(下台星)으로 이루어져 있다.

그 집 아들이 되겠지요. 능라 비단 한 장(丈)을 싸고 은화 20냥을 드리며, 마음씨 좋은 나그네께 도움을 청합니다. 목숨 하나 구하시고 음덕 쌓으시 길." 사람들은 칭얼이 능라와 은화는 가져갔지만 사내아이는 수수밭에 버려버려서 하늘이 벼락을 내린 거라고 했다. 할머니는 칭얼과 친한 친구였기 때문에 물론 그런 소문을 믿지 않았지만, 사람이 세상에 태어나서 죽고 사는 건 정말 알 수 없는 일이라는 생각이 들어 슬프고 처량한 마음을 금할 수가 없었다.

소나기가 막 지나간 뒤라 길은 아직 축축했다. 격렬하게 퍼붓는 빗줄기에 울퉁불퉁하게 거칠었던 노면이 말끔해졌고, 움푹 팬 곳엔 얇고 부드러운 기름 찌꺼기가 엉겨 있었다. 어린 나귀가 길 위에 다시 또렷한 발자국을 찍었다. 드문드문 보이는 수레국화는 핀 지 오래되어서인지 꽃 위에도 잎 위에도 모두 빗물에 튄 흙탕물을 매달고 있었다. 여치들은 풀 위랑 수숫잎 위에 누워 실같이 긴 수염을 떨면서 투명한 앞날개를 비벼대며 처량한 소리를 냈다. 긴 여름의 끝자락이라 대기 중에는 이미 완연한 가을 냄새가 스며 있었다. 가을 기운을 감지한 메뚜기들이 수수밭에서 낱알을 잔뜩 먹고는 부른 배를 이끌고 딱딱해진 노면 위로 무리 지어 몰려들기 시작했다. 딱딱한 노면에 엉덩이를 쑤셔 박고 알을 낳으려는 것이다.

외증조부가 수숫대를 베어, 지쳐서 터덜터덜 걷고 있는 나귀의 볼기를 한 차례 후려쳤다. 나귀는 꽁무니를 빼고 몇 걸음 달리다가 곧 다시 느리지도 빠르지도 않은 걸음으로 돌아왔다. 외증조부는 마음이 흡족한 게 분명했다. 나귀 뒤에 따라오면서 가오미 둥베이 지방에서 유행하는 "해무자(海茂子) 노래"*를 제멋대로 지어 흥얼거렸다. 우(武) 가네 큰 도령은 독약

---

* 당시 민간에서 광범위하게 유행하던 희곡의 가사로 여기에서는 위잔아오가 산벤랑을 죽이게 되는 불길한 사건을 예고하는 것으로 보인다.

을 마셨고, 슬픈 심정에…… 창자와 폐부가 다 떨렸다네…… 못생긴 남
정네가 어여쁜 처자를 아내로 맞아 가문에 큰 화가 닥쳤으니…… 아……
야…… 야, 배가 아파 죽겠구나, 우리 우 도령…… 오직 아우가 공무(公
務)를 마치고…… 돌아와 저놈을 깨끗하게 처치해 이 형의 원한을 풀어주
기만을 간절히 바라노라.

외증조부가 제멋대로 부르는 노래를 듣고 있던 할머니의 가슴이 떨리
기 시작했다. 서늘한 한기가 가슴에서 밖으로까지 전해져 왔다. 사흘 전,
손에 단검을 쥐고 눈썹을 치켜뜨고 있던 그 젊은 사내의 모습이 불현듯
떠올랐다. 누굴까? 그는 뭘 하려고 한 것일까? 자신은 이 건장한 남자를
전혀 모르는데, 벌써 그와 자신이 마치 물과 물고기라도 되는 것처럼 친
근하게 느껴졌다. 전쟁 같았던 한 차례의 만남은 올 때도 총총히 왔다가,
갈 때도 총총히 갔다. 꿈인지 생신지 알 수가 없고, 정신이 혼미하여 귀
신에 홀린 듯했다. 하늘의 명을 따라야지 하는 생각을 하면서 할머니는
자신도 모르게 긴 한숨을 내뱉었다.

할머니는 나귀 끈에 기댄 채 외증조부가 제멋대로 불러대는 우 도령
타령을 들으며 바람 부는 길, 햇볕이 내리쬐는 길을 걸어갔다. 걷다 보니
어느새 하마갱에 당도했다. 하마갱에 이르자 나귀는 고개를 들었다 내렸
다 하며 콧구멍을 꽉 닫은 채 제자리걸음만 할 뿐 앞으로 더 나아가지 않
으려고 했다. 외증조부가 수숫대로 엉덩이를 후려치고 뒷다리를 후려치면
서 "가라, 이 잡종아! 가라고, 이 잡종 같은 나귀 새끼야!" 하고 고함을
질렀다. 수숫대가 나귀 엉덩이를 후려치는 소리가 철썩철썩 났지만 나귀
는 앞으로 나가지 않고 도리어 뒤로 움츠렸다. 이때 할머니는 그 혼비백
산할 이상한 냄새를 맡았다. 할머니는 나귀에서 내려와 소매로 코를 가린
채 나귀 끈을 붙잡고 앞으로 당겼다. 고개를 쳐들고 입을 벌리고 있는 나

귀의 눈에 눈물이 그렁그렁했다. 할머니가 말했다. "나귀야, 이를 악물고 지나가자꾸나. 오르지 못할 산이 없고, 건너지 못할 강이 없다고 하지 않더냐." 나귀는 할머니 말에 감동을 받았는지 흐흥 하고 한 번 소리를 내고는 고개를 쳐들고 앞으로 내달렸다. 할머니의 발이 땅에 닿을 틈도 없이 달렸고 옷자락은 마치 붉은 구름이 나부끼듯이 휘날렸다. 강도의 목이 매달린 곳을 지날 때 할머니는 슬쩍 곁눈질을 했다. 그곳은 유난히도 더러웠다. 살진 구더기 수만 마리가 그 강도를 먹어치웠고 남은 부스러기들만 뒹굴고 있었다.

할머니는 나귀를 끌고 하마갱을 건넌 뒤 다시 나귀에 올라탔다. 둥베이 지방 쪽에서 실려오는 고량주 향이 점점 더 강하게 느껴졌다. 할머니는 천 번이고 만 번이고 스스로를 다독이며 격려했지만 막상 길의 끝이 다가오자 마음은 여전히 너무나 혼란스러웠다. 높이 솟은 태양은 활활 타오르고, 땅에서는 하얀 연기가 모락모락 피어올랐지만 할머니는 몇 차례나 등골이 서늘해지는 느낌을 받았다. 산가네 마을이 멀리 내다보였다. 점점 더 진해지는 고량주 향에 할머니는 등골이 오싹했다. 길 서쪽 수수밭에서 한 남자가 높아졌다 낮아졌다 하는 목청으로 노래를 불렀다.

누이여 대담하게 앞으로 가라
쇠로 만든 이
강철로 만든 뼈로,
하늘로 통하는 9,999리 길을.
누이여 대담하게 앞으로 가라
이후로는 붉게 수놓은 가마 높이 들고
붉게 수놓은 공을

내 머리에 던져 맞히리라*

당신과 함께 난 불그레한 고량주를 마시리.

"얏, 노래 부르는 놈 누구냐! 나와라. 이놈, 무슨 노랠 이도저도 아니게** 엉망으로 불러대는 거냐!" 외증조부는 수수밭에 대고 고함을 질렀다.

3

차빙 한 장을 다 먹고 나서 아버지는 석양에 비쳐 피가 뚝뚝 흐르는 시든 풀을 밟으며 강 언덕으로 내려갔다가, 다시 빽빽하게 자란 물풀들이 요처럼 부드럽게 깔려 있는 강여울을 밟고 조심조심 강가로 다가섰다. 모수이 강의 큰 돌다리 위에는 넉 대의 차가 놓여 있었다. 맨 앞차는 타이어가 갈퀴에 찢겨 펑크가 난 채 멍하니 엎드려 있었다. 차의 난간과 가리개 위 여기저기에 핏자국이 낭자했고, 연푸른 골수가 군데군데 발려져 있었다. 차의 난간 위에는 일본 병사의 상반신 하나가 엎어져 있었다. 머리 위에 있던 철모는 목에 걸려 있었고, 코끝에서 흘러나오는 검은 피는 철모 안으로 뚝뚝 떨어졌다. 강물은 오열하며 울부짖었고, 수수는 스스슥 소리를 내며 익어갔다. 묵직하게 가라앉은 햇빛이 강물의 잔물결에 부딪혀 자잘하게 부서졌고, 가을벌레는 물풀의 뿌리 밑 질퍽한 흙 속에서 슬

---

* 붉은 가마를 만들어 메고 수놓은 붉은 공을 남자에게 던져 사랑을 표현하는 의식은 당시 혼례의 풍습이다. 여기에서 내 머리에 공을 맞히라는 건 나를 신랑으로 고르라는 의미이다.
** 원문에는 "마오치앙(茂腔)도 아니고 루쮜(呂劇)도 아니게"로 되어 있다. 마오치앙이나 루쮜는 오랜 역사를 가지고 민간에서 유행하던 음악이다.

피 울고 있었다. 세번째와 네번째 차의 다 타버린 검은 뼈대가 지직 소리를 내면서 찌그러졌다. 이런 잡다한 소리들과 어지러운 색깔들 속에서 아버지는 일본 병사의 코끝에서 흘러내리는 피가 철모 안에 부딪히며 만들어내는 층층의 파문과 마치 석경(石磬)을 두드리듯이 맑게 울리는 소리를 주의 깊게 보고, 또 들었다. 아버지는 그 당시 열네 살이 조금 더 되었을 때였다. 1939년 음력 8월 초아흐레, 태양이 제 기운을 거의 다 소진하고, 남은 잔해로 온 세상을 붉게 물들이고 있을 때, 하루 종일 격전을 치르고 난 뒤라 더 수척해 보이는 아버지의 작은 얼굴은 붉은 진흙을 응시하고 있었다. 아버지는 왕원이 아내의 시체 위쪽에 쭈그리고 앉아 두 손으로 물을 떠 마셨다. 진득진득한 물방울이 그의 손가락 사이로 간들거리며 떨어졌다. 떨어지는 물은 소리가 나지 않았다. 바싹 탄 입술이 물에 닿았을 때 아버지는 부풀어 푸석해진 입술에서 짜릿한 통증을 느꼈다. 피비린내 한 줄기가 이빨 사이를 지나 곧바로 목구멍으로 부어져 들어왔다. 순간 그의 목은 경련을 일으키며 뻣뻣하게 굳었다. 몇 차례 딸꾹질을 하고 나서야 목구멍은 풀려 정상적인 상태가 되었다. 따뜻한 모수이 강물이 아버지의 목구멍으로 흘러들어와 바싹 마른 목을 축일 때 아버지는 고통스러운 쾌감을 느꼈다. 비록 피비린내가 그의 배 속을 뒤집어놓았지만 그는 여전히 계속 물을 떠 목구멍으로 흘려 넣었다. 강물이 배 속에 든 말라비틀어진 차빙을 충분히 불려줄 때까지 그렇게 마시고 난 뒤에야 아버지는 허리를 펴고 일어나 한숨을 내쉬었다. 하늘이 이제 곧 어두워지려 했다. 붉은 태양은 드넓게 펼쳐진 아치형 아래 자락에 둥글고 붉은 선 하나만을 그려놓고 있었다. 큰 돌다리 위에 있던 세번째 차와 네번째 차에서 뿜어져 나오던, 풀이 타는 것 같은 냄새도 조금은 옅어졌다. 갑자기 쾅 하는 굉음이 울려, 아버지는 화들짝 놀라 고개를 쳐들었다. 폭발 뒤 잘게 찢긴 차의 타이어 조각이 마치 검은 나비처럼 강물 위로 날아올랐다 떨어졌고, 튀어 올랐던 하얗고 검은 일본 쌀들도 마루 판때기 같은 강물 위로 와르르 흩뿌려졌다. 아버지가 몸을 돌렸을 때, 강가에 엎어져 선혈로 온 강물을 붉게 물들인 왕원이 아내의 자그마한 모습이 보였다. 아버지는 강둑 위로 올라가 큰 소리로 고함을 질렀다.

"아부지!"

할아버지는 강둑 위에 곧게 서 있었다. 할아버지의 얼굴은 하루 만에 살이 쏙 빠져버린 듯, 검게 탄 피부 아래 골격이 툭 불거져 있었다. 아버지는, 길이가 손가락 반 마디쯤 되는 할아버지의 머리카락이 곤두선 채 짙푸른 저녁빛 속에서 점점 뚜렷하게 하얀색으로 변해가는 것을 보았다. 아버지는 속으로 놀라움과 아픔을 느끼며 쭈뼛쭈뼛 앞으로 다가가 가만히 할아버지를 밀면서 말했다.

"아부지! 아부지! 어떻게 된 거예요?"

할아버지의 얼굴 위로 두 줄기 눈물이 흘러내렸고 목구멍에서는 연달아 쿨룩대는 소리가 굴러 나왔다. 렁 지대장이 선심 쓰듯이 던져두고 간 일본 기관총이 마치 늙은 이리처럼 할아버지 발 앞에 엎드려 있었다. 나팔 모양의 총구는 마치 부릅뜬 개의 눈알 같았다.

"아부지, 말 좀 해봐요. 차빙 드시고요. 차빙 드시고 물도 좀 드세요. 아부지, 먹지도 않고 마시지도 않으면 목말라 죽고 굶어 죽는다고요."

할아버지의 목이 앞으로 푹 꺾이고, 머리가 가슴 앞으로 툭 떨어지더니, 마치 몸이 머리의 중압을 이기지 못하는 듯 그의 몸이 천천히 낮아졌다. 할아버지는 강둑 위에 쭈그리고 앉은 채 두 손으로 머리를 감싸고 잠시 흐느껴 울더니, 벌떡 고개를 쳐들고는 큰 소리로 외쳤다. "더우관! 내 아들아, 우리 사내들이 고작 이렇게 끝이란 말이냐?"

그 말에 멍하니 할아버지를 쳐다보고 있던 아버지의 두 눈이 갑자기 크게 열렸다. 다이아몬드처럼 빛나는 아버지의 두 눈동자 속에서 본래 우리 할머니에게 속해 있던, 두려움을 모르는 영웅적인 기상과 그 어떤 것에도 구애되지 않는 마적(馬賊)의 정신 같은 것이 뿜어져 나왔다. 어둠의 왕국에서 희망의 빛 한 줄기가 뿜어져 나와 할아버지의 마음을 비춰주었다.

"아부지!" 아버지가 말했다. "걱정 마요. 내가 총 쏘는 연습 잘해서, 아부지가 한창 잘나갈 때, 물굽이를 돌면서 고기 잡았던 것처럼 그렇게 훈련 제대로 해가지고, 칠점매화총* 기술을 익혀 곰보 렁, 이 망할 놈의 개자식을 찾아내 끝장을 볼 테니까요!"

그러자 할아버지가 갑자기 벌떡 일어나더니 마치 통곡을 하듯이, 세 차례 미친 듯이 포효를 하며 웃어댔다. 입술 한가운데서 자줏빛 피가 흘렀다.

"그렇지! 내 아들, 그렇고말고!"

할아버지는 검은 땅 위를 뒹굴고 있는, 할머니가 손수 만든 차빙을 집어 들더니 한입 크게 베어 물었다. 누런 이 위에 차빙 부스러기와 핏방울이 한데 묻어 있었다. 아버지는 할아버지가 차빙에 목이 메여 끅끅대는 소리를 들었고, 모가 뚜렷이 난 차빙 조각이 할아버지 목구멍 안으로 천천히 내려가며 꿈틀거리는 것도 보았다.

아버지가 말했다.

"아부지, 배 속에 든 차빙 불게 강가로 내려가서 물 좀 마셔요."

할아버지는 휘청거리며 강둑 아래로 내려가 수초 위에 두 무릎을 꿇

---

* '칠점매화창(七點梅花槍)'은 본래 무협소설에 나오는 전통적인 창술로 일순간에 일곱 번을 연달아 찌르는 기술을 말한다. 여기에서는 총을 일곱 발 연달아 쏘아 맞히는 기술을 가리킨다.

고는 노새처럼 목을 길게 빼고 물을 마셨다. 아버지는, 할아버지가 물을 다 마시고 난 뒤 두 손을 벌려 머리를 통째로 강물 속으로 집어넣더니 목을 반쯤 내놓은 채 그렇게 그냥 있는 것을 보았다. 강물은 장애물에 부딪혀 한 무더기씩 선연한 물보라를 일으켰다. 할아버지가 머리를 강물 속에 불린 시간이 담배 반 개비쯤 피울 만큼은 족히 되었을 것이다. ── 아버지는 둑 위에서 구리 두꺼비 같은 모습을 한 자기 아버지를 바라보면서 마음이 한 차례씩 옥죄어오는 걸 느꼈다. ── 할아버지는 후두두 하며 담갔던 머리를 꺼내 들더니 어푸어푸하며 거친 숨을 내쉬면서 일어나 강둑 위로 올라와 아버지 앞에 섰다. 아버지는 할아버지의 머리 위에서 굴러떨어지는 물방울을 보았다. 할아버지가 한바탕 머리를 흔들어대자 크기가 다른 물방울 마흔아홉 알이 진주알처럼 사방으로 흩뿌려졌다.

"더우관," 할아버지가 말했다. "아비랑 같이 형제들 보러 가자꾸나!"

할아버지는 비틀거리며 길 서쪽의 수수밭으로 걸어갔고, 아버지는 할아버지를 바짝 따라 걸어갔다. 그들의 발은, 잘리고 부러진 수수와 누르스름한 빛의 구리 탄피를 밟으면서 지나갔다. 가면서 수시로 허리와 목을 숙여, 고통으로 일그러진 얼굴로 여기저기 널브러져 있는 부대원들을 쳐다보았다. 그들은 모두 죽었다. 할아버지와 아버지는 혹여 산 사람이 있을까 하는 바람으로 몇몇을 뒤척여보기도 했지만 모두 죽어 있었다. 아버지와 할아버지의 손이 온통 끈적대는 피로 젖었다. 아버지는 가장 서쪽에 놓여 있는 대원 두 명을 쳐다보았다. 하나는 총부리를 입에 문 채 목덜미 쪽이 온통 벌집을 쑤셔놓은 듯이 너덜너덜해져 있었고, 다른 하나는 땅바닥에 엎어져 있었는데 가슴에 날카로운 칼이 꽂혀 있었다. 할아버지가 그들을 뒤집자 그들의 잘린 다리와 터진 배가 보였다. 할아버지는 한숨을 내쉬며 그들의 입에서 총을 꺼내고 가슴에서 칼을 뽑아냈다.

아버지는 할아버지를 따라, 날이 어두워지면서 점점 더 훤하게 밝아오는 큰길을 걸으며, 마찬가지로 기관총 난사로 갈기갈기 찢긴 채 동쪽 수수밭 여기저기에 엎어져 있는 형제들을 뒤척였다. 나팔수 류(劉)가 나팔 불 때의 자세로 여전히 두 손으로 나팔을 받쳐 들고 저쪽에 꿇어앉아 있는 모습이 보였다. 할아버지가 흥분해서 큰 소리로 "나팔수 류" 하고 불렀지만 그는 아무 대답이 없었다. 아버지가 가까이 다가가 밀면서 "아저씨!" 하고 부르자 그 큰 나팔이 땅 위로 떨어졌다. 고개를 숙여 살펴보니 나팔수 류의 얼굴은 이미 돌처럼 굳어 있었다.

강둑에서 몇십 보쯤 떨어져 있는, 손상이 그다지 크지 않았던 수수밭에서 할아버지와 아버지는 창자가 터진 팡씨네 일곱째와 집안에서 네번째 항렬이고, 어렸을 때 폐병을 앓아서 '폐병쟁이 넷째'로 불리는 대원을 찾아냈다. '폐병쟁이 넷째'는 허벅지에 총을 맞고 피를 너무 많이 흘린 탓에 이미 정신을 잃었다. 할아버지는 피에 젖은 손을 그의 입술 위에 올려놓았다. 그의 콧구멍에서 아직 바싹 마른 숨이 뿜어져 나오고 있었다. 팡씨네 일곱째의 창자는 이미 안으로 집어넣어졌고 상처는 수숫잎으로 가려져 있었지만 그는 할아버지와 아버지를 보자 일을 덜어주려는 마음으로 입술을 떨면서 말했다. "사령관님…… 전 끝났구면유…… 제 마누라 보시게 되면…… 돈푼이나 좀 주세요…… 재가나 하지 않게…… 이 몸이 없는데…… 마누라까지 떠나버리면…… 팡씨 가문은 후손이 끊기게 되잖아요……" 아버지는 팡씨네 일곱째에게 한 살 남짓한 아들이 있다는 걸 알고 있었다. 팡씨네 일곱째의 아내는 조롱박처럼 젖이 컸고, 늘 젖이 넘쳐나 아이에게 항상 신선하고 부드러운 젖을 대주었다.

할아버지가 말했다. "동생, 내가 업고 감세."

할아버지는 쭈그리고 앉아 팡씨네 일곱째의 팔을 등 쪽으로 잡아당겼다. 팡씨네 일곱째는 고통스러운 비명을 질렀다. 아버지는 팡씨네 일곱째의 상처를 싸매고 있던 수숫잎이 떨어져 나가고 상처에서 허연 창자가 후끈한 비린내를 풍기며 주르르 쏟아져 나오는 걸 보았다. 할아버지는 팡씨네 일곱째를 내려놓았고, 팡씨네 일곱째는 연달아 죽는 소리를 하며 "형님…… 적선을 베풀어…… 날 좀 고통스럽지 않게…… 한 방만 보태주세요……" 하고 말했다.

할아버지는 쭈그리고 앉아 팡씨네 일곱째의 손을 붙잡고 말했다. "동생, 내 자네를 업고 장신이(張辛一) 선생을 찾아갈 걸세. 장 선생은 이 출혈상을 고칠 수 있을 거야."

"형님…… 저 좀 빨리 처치해줘요…… 고생하지 않게…… 전 못 쓰게 됐다니까요……"

할아버지는 눈을 가늘게 뜨고 반짝이는 열댓 개의 별로 수놓아진, 막막하고 아득한 8월 황혼의 하늘을 우러러 보며 길게 한숨을 토하더니, 아버지에게 말했다. "더우관, 네 총에 아직 총알 남았니?"

아버지가 말했다. "아직 남았어요."

할아버지는 아버지가 건네주는 브라우닝총을 받아 들더니 총열을 꺾어 누런 하늘을 향해 한번 겨누어보고는 탄창을 한 차례 돌렸다. "팡씨네 일곱째, 맘 편히 가게. 나 위잔아오가 입에 풀칠할 게 있는 한 제수씨와 큰조카 굶기는 일은 없을 걸세." 할아버지가 말했다.

팡씨네 일곱째는 고개를 끄덕이며 눈을 감았다.

할아버지는 손에 든 브라우닝총이 천 근 돌덩어리라도 되는 듯 그 무게감에 온몸을 떨더니 그만 손을 아래로 떨어뜨리고 말았다.

팡씨네 일곱째가 눈을 뜨고 말했다. "형님……"

순간 할아버지의 낯빛이 갑자기 바뀌었고, 총구에서 뿜어져 나온 불빛이 팡씨네 일곱째의 푸르무레한 두피를 환하게 비추었다. 반쯤 넘어가 있던 팡씨네 일곱째의 몸이 급히 앞으로 고꾸라지면서 윗몸으로 자기가 흘린 창자를 뒤덮었다.

"폐병쟁이 넷째, 자네도 함께 가는 게 낫겠네. 일찍 죽으면 일찍 환생하는 법, 다시 태어나 이 일본 개잡종 같은 새끼들이랑 싸워야지!" 할아버지는 브라우닝총 안에 남은 탄알 한 발을 간당간당하게 목숨이 남아 있던 '폐병쟁이 넷째'의 심장에 박아 넣었다.

사람 죽이는 걸 밥 먹듯이 하던 할아버지였지만, '폐병쟁이 넷째'를 쏘고 난 뒤에는 브라우닝총을 바닥에 떨어뜨린 채 팔을 축 늘어뜨리고 죽은 뱀처럼 처져서 마치 다시는 총을 들어 올릴 힘조차 없는 듯 보였다.

아버지는 땅바닥에서 권총을 들어 올려 허리춤에 꽂고는 뭐에 취해 정신이 나간 듯이 늘어져 있는 할아버지를 잡아당기며 말했다. "아부지, 집으로 가요. 아부지, 집으로 가자니깐요……"

"집으로, 집으로 가자고? 그래, 집으로 가자! 집으로 가야지……" 할아버지가 말했다.

아버지는 할아버지를 붙들고 강둑으로 올라가 굼뜬 걸음으로 서쪽을 향해 걸어갔다. 일찌감치 하늘에 걸린 8월 초아흐레의 커다란 반달이 그 얼음처럼 차가운 빛을 할아버지와 아버지의 등에 비추고, 위대하고 어리석은 한문화(漢文化)처럼 육중한 모수이 강물을 비추었다. 핏물에 흥분한 허연 드렁허리 한 마리가 물속에서 솟아올라 빙그르 한 바퀴 돌자, 활등처럼 굽은 은빛이 튀어 올라 왔다 내려갔다. 강물에서 피어오르는 차갑고 푸른 기운과 수수밭에서 퍼져 나오는 따뜻하고 붉은 기운이 강둑에서 하나로 만나, 맑고 투명한 엷은 안개로 바뀌었다. 아버지는 이른 새벽 출정길에 보았던, 고무처럼 탄력 있는 짙은 안개를 떠올렸다. 오늘 하루가

10년처럼 길었던 것 같기도 하고 눈 깜짝할 사이에 지나가버린 것 같기도 했다. 아버지는 공중을 가득 채우고 있는 짙은 안개 속에서 어머니가 마을 어귀에서 자기를 배웅해주었던 일을 떠올렸다. 그때의 정경이 아주 멀리 있는 것 같기도 하고 바로 눈앞에 있는 것 같기도 했다. 아버지는 또 수수밭에서 행군할 때 했던 고생들을 떠올렸다. 왕원이가 유탄에 귀를 맞은 일, 50명이 넘는 대원이 큰길에서 마치 양이 똥을 갈기듯이 큰 다리 아래로 내갈겨지던 일, 또 벙어리가 허리춤에 차고 있던 그 날카로운 칼과 음험한 눈, 공중으로 날아가던 일본 놈의 머리통과 늙은 일본 놈의 바싹 마른 엉덩이…… 마치 봉황이 날개를 펼치듯이 강둑 위로 쓰러진 어머니…… 차빙…… 사방에 굴러다니던 차빙…… 무수하게 땅에 떨어진 붉은 수수들…… 영웅처럼 쓰러진 무수히 많은 붉은 수수.

할아버지는 졸면서 걷고 있던 아버지를 등에 업고 부상당한 팔과 부상당하지 않은 다른 팔로 아버지의 두 허벅지를 끌어안았다. 아버지의 허리춤에 찬 브라우닝총이 할아버지의 등을 찔러 할아버지의 마음에 다시 깊은 통증을 일으켰다. 그건, 검고 마르고 영웅적이고 학식이 뛰어났던 런 부관이 차고 있던 권총이었다. 이 총이 런 부관을 죽이고, 또 팡씨네 일곱째와 '폐병쟁이 넷째'까지 죽인 것을 생각하자 할아버지는 그걸 당장 모수이 강 속으로 던져버리지 못하는 게 한스러웠다. 하지만 이런 불길한 물건을 당장 던져버리고 싶다고 한 것은 생각뿐, 실제로는 쑤셔대는 것 같은 통증을 조금 완화시키기 위해 몸을 한 번 구부려 등에서 자는 아이를 위로 좀 들썩였을 뿐이다.

할아버지는 이미 자기 다리가 어디에 붙어 있는지도 느끼지 못하는 상태로, 오직 걸어야만 한다는 강렬한 생각에만 의지하여, 딱딱하게 굳어버린 공기의 탁한 결을 뚫고 안간힘을 다해 버둥거리며 걷고 있었다. 어두침침한 가운데 저 앞쪽에서 무슨 물살이 밀려오듯이 떠들썩한 소리가 들리는 게 느껴졌다. 할아버지는 고개를 들었다. 저 멀리 강둑 위에서 긴 불용 한 가닥이 꿈틀거리는 게 보였다.

할아버지는 잠시 시선을 집중했다. 눈앞이 뿌옇다 밝았다 했다. 눈앞이 뿌연 가운데 긴 용이 어금니를 드러내고 발톱을 내두르고 있는 게 보였다. 용은 안개와 구름 위를 나르면서 온몸의 금 비늘을 흔들어 찰랑 소리를 내고 있었다. 게다가 세찬 바람이 엎드려 있던 세상을 다 쓸어버리기라도 할 듯이, 바람과 구름이 포효하고 번개가 치고 천둥이 울리는 등 온갖 소리가 한데 몰려왔다. 하지만 눈앞이 점차 밝아지면서 할아버지는 그것이 아흔아홉 자루의 횃불이고, 수백 명이 이쪽으로 몰려오고 있는 것임을 알았다. 불빛이 오르락내리락 요동치면서 강 남쪽과 강 북쪽의 수수들을 비추었다. 앞쪽의 횃불은 뒤쪽 사람을 비추었고, 뒤쪽의 횃불은 앞쪽 사람을 비추었다. 할아버지는 아버지를 등에서 내리고는 힘껏 흔들어 대며 소리를 질렀다.

"더우관! 더우관! 일어나라! 일어나! 동네 사람들이 우릴 마중하러 왔구나, 동네 사람들이 왔다고……"

아버지는 할아버지의 잠긴 목소리를 들었고, 눈물 두 방울이 할아버지의 눈에서 선연히 솟아나오는 걸 보았다.

4

산팅슈 부자를 죽였을 때 할아버지는 방년 스물넷이었다. 우리 할머니와 할아버지는 그때 이미 수수밭에서 봉황의 인연을 맺었고, 고통 반

행복 반이었을 그 장엄한 과정 속에서 할머니는 공(功)과 죄가 반반인, 어쨌든 가오미 둥베이 지방에서는 한 세대를 주름잡는 풍운아였던 나의 아버지를 임신한 상태였다. 하지만 당시 할머니는 어쨌든 산씨 집안의 정식 며느리였고, 할아버지와 할머니의 관계는 몰래 맺은 인연으로* 그 관계는 상당히 자의적이고 우연적이며 불안정한 것이었다. 게다가 그땐 아직 우리 아버지가 태어나기도 전이었기 때문에, 내가 그때 일을 말할 땐 아무래도 그를 그냥 위잔아오라고 부르는 편이 더 적절할 것이다.

당시 할머니는 죽고 싶을 만큼 고통스러운 심정으로, 위잔아오에게 자신에게 정해진 남편인 산볜랑이 문둥병 환자라는 이야기를 했고, 그 이야기를 들은 위잔아오는 날쌘 단검으로 수수 두 알을 베어낸 뒤 우리 할머니에게 사흘 뒤에 당신은 그저 돌아오기만 하면 된다고 말했었다. 할머니는 그 말의 속뜻이 무엇인지 미처 세심하게 헤아려볼 겨를도 없이 사랑의 물결에 휩싸여 정신을 잃었고, 위잔아오는 그때 살인을 결심했다. 위잔아오는 수수의 틈새로, 할머니가 수수밭 길을 걸어나가 영특한 어린 나귀를 부르고 고주망태가 된 외증조부를 발로 차 깨우는 걸 보았다. 외증조부는 굳은 혀로 "아이고, 이년아…… 무슨 오줌을 반나절이나 누는 거냐…… 네 시아비가…… 우리 집에 큰 놈으로 검은 노새 한 마리를 보내겠다고 했는데……" 하고 지껄였다.

할머니는 정신없이 지껄여대는 자기 아버지는 거들떠보지도 않은 채 나귀에 올라타, 방금 봄바람이 휩쓸고 지나간 분칠한 얼굴을 길 남쪽의 수수밭으로 향했다. 그녀는 그 젊은 가마꾼이 자신을 주시하고 있다는 걸 알았다. 가슴이 터질 듯한 흥분 속에서 간신히 벗어난 뒤 할머니는 몽롱

---

* 원문은 '상간복상(桑間濮上)'으로, 이는 음탕한 풍속이 있는 지방을 가리킨다.

한 의식 속에서 자신의 눈앞에 펼쳐져 있는, 완전히 새롭고도 낯선, 다이아몬드처럼 빛나는 붉은 수수알들이 잔뜩 깔린 광활한 길을 보았다. 길 양옆 도랑에는 공기처럼 맑은 고량주가 쌓여 흘렀고 길 양쪽에는, 어리석은 것처럼 보이지만 실은 크게 지혜롭고 아무 재주가 없는 것 같지만 실은 정말로 뛰어난 재주를 지닌 붉은 수수들이 여전히 넓게 무리 지어 펼쳐져 있었다. 현실 속의 붉은 수수와 환상 속의 붉은 수수가 한데 섞여 진위를 분별할 수가 없었다. 변화무쌍함과 안정됨, 또렷함과 모호함이 한데 섞인 느낌을 가득 싣고 할머니는 저만큼씩 멀어져 갔다.

위잔아오는 수숫대를 붙잡고 서서, 길모퉁이를 돌아가는 할머니를 눈빛으로 전송했다. 한 차례 한 차례 피로가 밀려왔다. 위잔아오는 수수들을 거칠게 밀쳐내면서 방금 전의 그 성스러운 자리로 돌아와, 담벼락처럼 쿵 쓰러져서는 드르렁드르렁 코를 골며 잠에 빠졌다. 붉은 해가 서쪽으로 기울 때까지 내처 자고 난 뒤 깨어나서 위잔아오가 맨 먼저 본 것은 수숫대와 수수 이삭 위에 두툼하게 칠해진 붉은색이었다. 그는 도롱이를 걸치고 수수밭을 빠져나왔다. 길에는 여린 바람이 빠르게 불고, 수수들은 솨악솨악 소리를 내고 있었다. 약간의 한기를 느껴 도롱이를 힘껏 여미다가, 무심히 뱃가죽에 손이 닿자 그는 다시 견디기 어려운 허기를 느꼈다. 사흘 전 여자를 들쳐 메고 마을로 들어갔을 때, 마을 어귀의 삼간초가 처마 밑에서 너덜너덜한 주막의 깃발이 폭풍우 속에서 펄럭이고 있던 것이 문득 떠올랐다. 위잔아오는 허기로 앉지도 서지도 못하는 상황이었지만 기운을 내서 수수밭을 나와 성큼성큼 주점을 향해 걸어갔다. 위잔아오는 속으로, 자기가 둥베이 지방의 '혼상(婚喪)의례회사' 일꾼이 된 지 2년이 채 안 되었으니 주변에서 자기를 알아볼 사람은 없을 테고, 그러면 마을 어귀 주점에 가서 실컷 배부르게 먹고 마시고 난 뒤 기회를 봐서 일을 끝내고 바로 수수밭으로 내빼 숨어버리기만 하면 그거야 물고기가 바다로 흘러들어가 여유 만만하게 노는 거랑 매한가지니 종적을 찾을 수 없을 거라는 생각을 하면서 햇빛을 받으며 유유히 서쪽으로 걸어갔다. 지는 태양 위로 붉은 노을이 마치 활짝 핀 모란이나 작약처럼 넓게 펼쳐져 있었다. 구름 한 무더기 위를 두르고 있는 금빛 테두리가 두려우리만치 선명하게 빛났다. 그는 서쪽으로 한참을 가다가 다시 북쪽으로 돌아 우리 할머니의 명의상의 남편인 산벤랑이 사는 마을까지 곧바로 내달렸다. 들판은 벌써부터 아무도 없이 조용했다. 당시에는 좀 살 만한 농사꾼이라면 다들 일찌감치 집으로 돌아갔고 밤에는 감히 나다닐 엄두를 내지 못했다. 일단 밤이 되면 수수밭은 산적이나 마적 떼의 세상이 되었다. 위잔아오는 그 시절에 그래도 운이 좋아 들판의 영웅들이 그를 찾아다니는 번거로움은 겪지 않았다. 마을에서는 이미 밥 짓는 연기가 피어오르고 있었다. 길 쪽에서 몸이 날렵한 사내 하나가 물 단지 두 개를 짊어지고 우물 쪽에서 걸어오는 게 보였다. 물 단지에서 물이 뚝뚝 떨어지고 있었다. 위잔아오는 재빨리 그 낡은 주막 깃발이 걸려 있는 초가로 숨어들었다. 집 안은 하나로 통해 있었다. 안에는 칸막이 담 없이 진흙을 쌓아 만든 계산대가 집 안을 절반으로 나누어놓고 있었는데, 그 안쪽에는 널찍하게 온돌이 깔려 있고, 가마솥이랑 커다란 단지 하나가 놓여 있었다. 계산대 바깥쪽에는 다리가 휘고 겉면이 다 뜯어진 낡은 팔선 탁자 두 개가 놓여 있고 탁자 옆에는 좁은 나무 의자 몇 개가 아무렇게나 놓여 있었다. 흙으로 된 계산대 위에는 푸른 유약을 바른 술 단지 하나가 놓여 있고, 그 옆에 술구기가 매달려 있었다. 온돌 위에는 체구가 큰 노인이 비스듬히 누워 있었다. 위잔아오는 그 노인이 바로 사람들이 '고려 몽둥이'*라고 부르는, 개 잡는 걸 생업으로 하는 사람이라는 걸 단번에 알아봤다. 위잔아오는 언젠가 마방

(馬房)에서 그가 단 몇 초 만에 개 한 마리를 뚝딱 잡는 걸 봤던 것을 떠올렸다. 마방에 모여 있던 수백 마리 개가 그를 보고는 다들 털끝을 곤두세우고 계속 짖어댔지만 끝내 감히 다가오지는 못했었다.

"주인장, 술 한 근 주쇼!" 위잔아오가 나무 걸상에 걸터앉으며 말했지만, 뚱뚱한 늙은이는 꼼짝도 하지 않고 회색빛 눈동자만 굴리고 있었다.

"주인장!" 하고 위잔아오가 소리를 지르자 뚱뚱한 늙은이는 그제야 개가죽을 젖히고 온돌에서 내려왔다. 그는 검은 개가죽을 바닥에 깔고 그 위에 하얀 개가죽을 덮어놓았다. 위잔아오는 벽 위 못에 초록색 개가죽, 푸른색 개가죽, 얼룩무늬 개가죽이 걸려 있는 것도 보았다.

뚱뚱한 늙은이는 계산대 구석에서 커다란 진홍색 사발 하나를 끄집어내더니 술구기로 사발에 술을 떴다.

"무슨 안주를 주실 거요?" 위잔아오가 물었다.

"개 대가리지!" 뚱뚱한 늙은이는 거칠게 대답했다.

"난 개고기 먹을 건데." 위잔아오가 말했다.

"개 대가리밖에 없어!" 뚱뚱한 늙은이가 말했다.

"쳇, 개 대가리밖에 없으면 개 대가리로 하지, 뭐!" 위잔아오가 말했다.

---

* '고려 몽둥이(高麗棒子)'는 중국어 발음으로는 '가오리방즈'로, 중국인들이 예전에 조선인들을 비하하면서 부르던 호칭이다. '가오리방즈'의 어원에 대해서는 (1) 수당(隋唐) 전쟁 때 당나라군 포로들이 고구려 몽둥이 부대에 잔혹하게 당한 것에서 유래되었다는 설, (2) 조선시대 때 중국에 파견되어 부역을 하던 자들이나 음행을 해서 관기(官妓)가 되지 못한 여인이 낳은 자식을 '방즈(棒子)'라고 일컫던 데서 비롯된 것으로 보통 백성에 속하지 못하는 비천한 사람을 지칭하던 용어에서 비롯되었다는 설, (3) 일본이 1930년대 동북삼성을 침략할 때 부족한 병사를 이른바 '일한동조(日韓同祖)'를 받아들인 조선인들로 채워 그들을 주구로 사용했는데, 이때 동원된 조선인들이 몽둥이로 중국인들을 호되게 괴롭혔다는 데서 비롯되었다는 설 등이 있다.

뚱뚱한 늙은이는 솥뚜껑을 열었고 위잔아오는 솥 안에 개 한 마리가 통째로 삶아져 있는 걸 보았다.

"난 개고기를 먹을 거야!" 위잔아오가 소리쳤다.

뚱뚱한 늙은이는 들은 체도 하지 않고 식칼을 찾아 뚝딱뚝딱하며 개 모가지를 난도질했다. 사방에 뜨거운 탕을 튀기며 칼질을 해서 개 모가지를 잘라낸 뒤 그걸 쇠젓가락에 꽂아서는 계산대 밖으로 내밀었다. 위잔아오는 잔뜩 심사가 나서 계속 욕지거리를 쏟아내며 말했다. "이 몸은 개고기를 드시겠다고!"

뚱뚱한 늙은이는 개 대가리를 계산대 위로 던지며 노기등등하게 말했다. "처먹을 테면 처먹고, 말 테면 꺼져!"

"감히 나한테 막말을 해?"

"얌전히 앉아 있어, 이 풋내기 같은 새끼야!" 뚱뚱한 노인이 말했다. "네놈이 개고기 처먹을 자격이 되냐? 개고기는 얼룩목*한테 줄려고 남겨놓은 거야."

얼룩목은 가오미 둥베이 지방의 유명한 토비 두목이었다. 위잔아오는 그 이름을 듣자 속으로 움찔했다. 소문에 따르면 '봉황삼점두'**라고 부르는 얼룩목의 빼어난 총 솜씨는, 전문가들이 그 소리만 듣고도 얼룩목인지 아닌지 알 수 있을 정도였다. 위잔아오는 내키진 않았지만 꾹 참는 수밖에 없었다. 그는 한 손으로 술 사발을 받쳐 들고 다른 손으론 개 대가리를 들고 술 한 모금을 들이켰다. 폭 물러 터졌지만 여전히 사납고 교활한 기운이 남아 있는 개 눈깔을 한 번 쳐다보고는 거칠게 입을 쩍 벌려 뒤틀린

---

* '얼룩목(花脖子)'이란 목에 백반이 있어 얼룩덜룩한 것을 말한다.
** '봉황삼점두(鳳凰三點頭)'는 무협소설에서 봉황이 연달아 세 번 부리로 쪼듯 순식간에 세 번 잇달아 타격하는 기술을 가리키며 여기에서는 총 쏘는 기술이 빼어난 것을 말한다.

심사로 개의 코를 한입 콱 베어 물었는데, 뜻밖에도 맛이 기가 막혔다. 그는 정말 배가 고팠기 때문에 무슨 맛인지 묻고 따지고 할 겨를도 없이 순식간에 개 눈깔을 삼키고, 개의 뇌를 빨고, 개의 혀를 깨물고, 개의 볼따구니를 씹어 먹었다. 그는 남은 술 한 사발을 남김없이 들이켜고 나서 해골만 앙상하게 남은 개를 잠깐 쳐다보고는 일어나 트림을 했다.

"은전 한 냥." 뚱뚱한 늙은이가 말했다.

"난 동전 일곱 개밖에 없는데." 위잔아오가 동전 일곱 개를 쑤셔 꺼내 팔선 탁자 위에 던졌다.

"은전 한 냥!"

"난 동전 일곱 개밖에 없수다."

"이 풋내기 같은 새끼가, 네놈이 여기서 공짜 밥을 처먹겠다고?"

"동전 일곱 개밖에 없다니까." 위잔아오가 이렇게 대꾸하며 몸을 일으켜 막 나서려고 하자 뚱뚱한 늙은이가 계산대에서 튀어나와 위잔아오를 붙잡았다. 위잔아오가 뚱뚱한 늙은이를 막 떼어내느라 한창일 때, 체구가 큰 사내 하나가 주점으로 들어왔다.

"고려 몽둥이, 왜 불을 지피지 않은 거야?" 그 사내가 물었다.

"공짜로 처먹으려는 놈을 만나서!" 뚱뚱한 늙은이가 말했다.

"그런 놈은 혀를 잘라버리고! 가서 불 지피라고!" 사내가 음험한 목소리로 말했다.

뚱뚱한 늙은이는 위잔아오를 놓아주고 계산대 쪽으로 들어가 부싯돌로 불을 지피고 부싯깃을 불어 콩기름 등잔에 불을 붙였다. 가물가물한 등불이 사내의 남청색 얼굴을 비추었다. 사내는 위아래 모두 시커먼 단자(緞子)를 입고 있었는데, 저고리 위에는 헝겊 단추가 빽빽하게 달려 있고, 통이 큰 등롱 바지의 발목은 시커멓고 작은 끈으로 꽉 붙들어 매고, 발에는 콧날이 선 헝겊신을 신고 있었다. 사내의 목은 굵고 길었고 목 위에는 손바닥만 한 허연 반점이 있었다. 위잔아오는 그가 바로 얼룩목이라는 걸 알았다.

얼룩목은 위잔아오를 위아래로 훑어보더니 갑자기 왼손의 세 손가락을 펴서 이마를 눌렀다. 위잔아오는 멍청히 그를 쳐다보았다.

얼룩목은 실망한 듯이 고개를 흔들며 "우리 패는 아니군?" 위잔아오가 말했다. "난 가마 대행상에서 일하는 가마꾼이오."

얼룩목은 경멸하듯이 말했다. "가마 메서 먹고 사는 놈이로군. 왜, 나랑 차빙 같이 먹고 싶나?"

위잔아오가 말했다. "아니."

"썩 꺼져. 아직 젊은 놈이니 계집 입이나 빨라고 혓바닥은 남겨둘 테니!" 얼룩목이 말했다. "가선 입 다물고."

위잔아오는 화가 나는 건지 겁이 나는 건지 알 수 없는 심정으로 뒷걸음질을 쳐서 주점을 나왔다. 그는 토비가 갖추어야 할 기본적인 자질을 다 갖추고 있었지만 그래도 진짜 토비와는 상당한 거리를 두고 있었다. 그가 아직 숲으로 들어가기를 꺼리는 데는 여러 가지 이유가 있지만 대충 요약하면, 첫째는 그가 받은 문화적·도덕적 제약 속에서 아직 토비는 도적이며 천리(天理)를 위반하는 것이라는 생각을 가지고 있었고, 근거는 없지만 관부(官府)에 대해서도 아직은 상당한 믿음을 가지고 있었기 때문이다. '정당한' 경로를 통해 재산과 여인을 얻는 것에 대해서도 그는 아직 믿음을 완전히 버리지 않았다. 둘째는 그가 당장 양산(梁山)*으로 몰려가야 할 만큼 생활의 압력을 받지 않고 그럭저럭 살 만했고, 아직은 결코

---

* 중국의 대표적인 백화장편소설 『수호전(水滸傳)』에서 주인공인 송강을 위시하여 108명의 호걸이 살던 곳.

176

그렇게 억울하게 살아야 할 처지는 아니었기 때문이다. 셋째는 그의 인생관이 아직은 푸릇푸릇한 성장 단계에 있어서, 인생이나 사회를 이해할 때도 토비처럼 그렇게 초탈한 경지에 이르지는 못했기 때문이다. 엿새 전에 노상강도 짓을 하는 조무래기 토비 후보 녀석들을 격렬한 싸움으로 때려잡은 적이 있었고, 그때는 상당한 용기와 담력을 드러내 보이기도 했지만, 그런 행동의 근본적인 동력은 정의감과 연민이었지 토비 정신의 냄새는 거의 없었다. 그가 사흘 전 우리 할머니를 낚아채 수수밭 깊숙한 곳으로 데려갔을 때도 기본적으로 아름다운 여성에 대한 고상한 연애 감정 같은 것이었을 뿐 토비 냄새는 강하지 않았다. 가오미 둥베이 지방은 토비들이 창궐하는 곳이었고 토비의 성분도 상당히 복잡해서, 나는 가오미 둥베이 지방의 토비들을 위해 두꺼운 책 한 권을 쓰겠다는 원대한 포부를 가지고 또한 그걸 위해 상당한 노력을 기울인 적도 있었다. ──이 말 역시 큰소리라도 먼저 좀 치면 사람들을 좀 놀라게 할 수 있을까 해서 하는 말이지만.

위잔아오는 토비 두목인 얼룩목의 태도에 대해 은근히 탄복하면서도 동시에 증오심도 일었다.

위잔아오는 출신이 빈한했다. 일찍 아버지를 여의고 어머니랑 세 이랑 정도의 척박한 땅을 갈며 살았다. 나귀 파는 일로 먹고살았던 그의 작은아버지 위다야(余大牙)가 가끔 그들 모자를 도와주긴 했지만 그것도 한계가 있었다. 그가 열서너 살쯤 되었을 때, 어머니는 천제묘(天齊廟)*의 중과 내왕을 하기 시작했다. 중은 사는 게 넉넉한지라 종종 쌀이나 국수 같은 걸 보내주었다. 중이 오면 어머니는 매번 그에게 심부름을 시켜 내보

---

* '天齊'는 고유명사이고, '廟'는 절이나 사당을 뜻한다.

내고는 문을 닫았다. 방 안에서는 희롱 소리가 들려왔고 그럴 때마다 그는 마음속에서 격분이 치솟아 집에 불이라도 질러버리고 싶은 마음이 간절했다. 그가 열여섯 살이 되었을 때, 중과 어머니의 내왕은 더 잦아졌고 동네 안에는 더러운 소문이 무성했다. 같은 마을 친구인 젊은 대장장이 청(程)이 작은 단도 하나를 그에게 주었고, 어느 봄비 내리던 날 밤 그는 중을 배꽃이 핀 시냇가에서 찔러 죽였다. 냇가에는 배나무가 가득했는데, 중을 찔러 죽인 때는 배꽃이 만발한 계절이었다. 부슬부슬 내리는 가랑비 속에 배꽃의 그윽한 향기가 그득했다. 중을 죽이고 나서 그는 마을을 떠나 도망쳤고 그 뒤 온갖 일을 다 해보고 나서 나중에는 도박에 빠졌다. 도박 솜씨는 하루가 다르게 늘었고, 도박 기술은 갈수록 정교해졌다. 그의 두 손은 도박판에서 노느라 시퍼렇게 녹물이 들었다. 그러다가 차오멍주(曹夢九)가 가오미 현을 다스리면서 아침저녁으로 노름꾼들을 잡아들일 때 그도 어느 무덤 안에서 붙잡혔다. 붙잡혀서 신발 바닥으로 2백 대를 맞고, 바지통이 한쪽은 붉고 한쪽은 검은 바지를 입은 채 거리를 청소하는 벌을 두 달이나 받았었다. 풀려난 뒤에는 여기저기 떠돌다가 둥베이 지방으로 와서 가마 대여상에 들어갔다. 그는 어느 날 중이 죽고 난 뒤 자기 어머니도 문틀에 목을 매어 죽었다는 소식을 들었고, 언젠가 밤중에 한 번 집에 다녀온 적이 있었다. 그런 일들이 있고 난 뒤 수수밭에서 우리 할머니와 그 일이 있었던 것이다.

위잔아오는 주점에서 나온 뒤 수수밭으로 물러나, 멀리 주점에서 새어 나오는 누르스름한 콩기름 등불을 바라보면서 초승달이 떠올랐다 다시 떨어질 때까지 기다렸다. 하늘은 온통 별빛으로 반짝였다. 수수 위의 찬 이슬이 한 방울씩 떨어지고 땅에는 얼음처럼 차가운 한기가 감돌았다. 한

밤중에 그는 주점의 문이 삐걱하며 열리는 소리를 들었다. 한 조각의 등불 빛이 나타났고, 커다란 검은 그림자 하나가 빛 안으로 들어와 사방을 둘러보더니 다시 물러갔다. 위잔아오는 그게 뚱보 늙은이라는 걸 알았다. 뚱보 늙은이가 집으로 들어가고 난 뒤 몸집이 큰 토비 얼룩목이 아주 급히 지나가면서 검은 그림자 속으로 자취를 감추었다. 뚱보 늙은이가 문을 닫고 등을 끄자 낡은 주점의 깃발이 별빛 아래에서 마치 혼을 부르는 조기(弔旗)처럼 떨고 있는 모습이 드러났다. 얼룩목은 길가를 따라 걸어왔다. 위잔아오는 숨을 죽인 채 꼼짝도 하지 않았다. 얼룩목은 그의 코앞에까지 오더니 서서 오줌을 갈겼다. 지린내가 코를 찔렀다. 위잔아오는 단도를 만지작거리며 생각했다. 한 발만 더 가면 이 명성이 자자한 토비 두목을 없애버릴 수 있다. 근육이 팽팽하게 긴장되었다. 하지만 자기는 얼룩목과 아무런 원한이 없고, 얼룩목과 현장 차오멍주는 서로 원수가 되어 싸우는 판인 데다, 차오멍주는 또 자기를 신발 바닥으로 2백 대나 때렸으니 자기가 얼룩목을 죽일 이유는 전혀 없었다. 그런데도 위잔아오는 '원래는 명성이 자자한 얼룩목 토비 녀석을 없애버릴 수도 있었지만 일부러 살려두는 거'라는 식으로 생각했다.

얼룩목은 물론 그때 자기 앞에 어떤 위험이 놓여 있었는지 전혀 눈치채지 못했고, 뿐만 아니라 2년 뒤에는 자기가 바로 이 녀석에게 발가벗겨진 채로 모수이 강에서 죽음을 맞이하게 될 거라는 건 더더욱 알 수가 없었을 것이다. 얼룩목은 오줌을 다 갈긴 뒤 바지를 끌어올리면서 자리를 떴다.

위잔아오는 곧 뛰쳐나와 조용한 마을 안으로 들어갔다. 집집마다 키우는 개들이 놀라서 깨어나지 않도록 살금살금 소리 나지 않게 걸어서 산가의 큰 마당에 이르렀을 때 그는 숨을 죽이고 정신을 모은 뒤 자세히 지형을 관찰했다. 산가는 본채 스무 칸이 한 줄로 늘어서 있고, 가운데는 담벼락이 있어서 마당을 동서 둘로 나누어놓고 있었다. 마당 두 개는 담 하나로 연결되고, 큰 대문 두 개가 있었다. 동쪽 마당은 술 빚는 작업장 이고, 서쪽 마당은 주인이 묵는 거처였다. 서쪽 마당에는 서쪽으로 곁채 가 세 칸 있고, 동쪽 마당에는 동쪽으로 곁채가 세 칸 있어서 술 빚는 일 꾼들이 묵었다. 동쪽 마당 안에는 또 커다란 막사가 하나 있었는데 막사 안에는 큼직한 맷돌이 놓여 있고 커다랗고 검은 노새 두 마리가 있었다. 동쪽 마당에는 또 남쪽으로 곁채가 세 칸 있었는데 남쪽으로 작은 문이 나 있고 안에서는 술을 팔았다. 위잔아오는 마당 안의 풍경을 들여다볼 수가 없었다. 담장이 너무 높아 손을 뻗고 까치발을 해도 여전히 담장 꼭 대기에는 손이 닿지 않았다. 그가 갑자기 담장을 훌쩍 뛰어넘었고, 그 바 람에 담벼락에서 투툭 하는 소리가 나자 마당 안의 개들이 큰 소리로 짖 어대기 시작했다. 그는 화살이 닿을 만한 거리의 반만큼쯤 뒤로 물러나, 산가에서 수수를 사다 말리는 마당 쪽에 쪼그리고 앉은 채 정신을 집중했 다. 마당에는 수수 짚이랑 수숫잎 무더기가 쌓여 있었다. 수숫잎은 갓 잘 라내 말린 터라 희한하게 맑은 향기를 내뿜고 있었다. 그는 수수 짚 더미 옆에 쭈그리고 앉아 부싯돌이랑 부싯깃을 꺼내 수수 가리 뒤에서 불을 붙 인 뒤 수숫대에 붙였다. 하지만 불길이 막 확 일려고 할 때 다시 무슨 생 각이 났는지 급히 손으로 눌러 불을 껐다. 나중에 그가 다시 불을 붙인 것 은 수수 짚 더미에서 20보 정도 떨어진 곳에 있는 수숫잎 더미였다. 수숫 잎은 부들부들해서 불이 빨리 붙고 꺼질 때도 빨리 꺼진다. 그날 밤은 바 람이 없었다. 하늘엔 은하수가 걸려 있었고 별이 찬란하게 반짝였다. 갑 자기 큰 불 하나가 오르락내리락하면서 일어나더니, 마을의 반을 대낮같 이 비추었다.

위잔아오는 "불이야…… 불이야……" 하고 큰 소리로 고함을 지르고는 바로 산가네 마당 담장의 서쪽 모퉁이 검은 그림자 속으로 숨었다. 불살이 하늘까지 뻗쳐오르며 부직거리는 거대한 소리를 냈고, 마을의 개들이 일제히 한목소리로 짖어댔다. 산가네 동쪽 마당에서는 일꾼들이 꿈에서 깨어나 다들 고함을 질러댔고, 대문이 쾅 하고 열리면서 아무렇게나 옷을 걸친 사내 수십 명이 몰려나왔다. 서쪽 대문도 열렸다. 머리에 변발 몇 가닥만 남은 쪼글쪼글한 늙은이가 대문 밖에 쓰러져 연신 죽는 소리를 하는 게 보였다. 누렁이 두 마리가 마당 밖으로 나와 불무더기를 둘러싸고 미친 듯이 짖어댔다.

"불이야…… 불이야……" 쪼글쪼글한 늙은이가 흐느끼듯이 고함을 질렀고, 술도가의 일꾼들은 급히 뛰어 들어가 물통 멜대를 들고 나와서는 우물 쪽으로 달려갔다. 늙은이도 집으로 달려 들어가 검고 반지르르한 커다란 질항아리를 들고는 우물가로 달려갔다.

위잔아오는 도롱이를 벗어버리고 담장 밑으로 몰래 미끄러져 들어가 재빨리 몸을 돌려 서쪽 마당 안으로 들어갔다. 그는 산가네 가림벽 뒤에 서서 바깥에서 어지럽게 뛰어다니는 사람들을 보고 있었다. 일꾼 하나가 물통을 날라와 불무더기를 향해 뿌렸다. 물줄기는 불꽃 속에서 마치 하얀 비단 한 필처럼 반짝이더니 구불거리며 타버렸다. 일꾼들은 계속 불 속으로 물을 뿌렸고 폭포수처럼 떨어져 내리는 물은 활 모양, 선 모양이 교차하는 참으로 아름다운 그림 한 폭을 빚어내고 있었다.

노련한 목소리의 한 사람이 말하는 소리가 들렸다. "주인님, 그만두시죠. 그냥 타게 내버려두자고요."

"꺼야지…… 끄라고……" 늙은이가 울부짖었다. "빨리 꺼…… 이건 겨울 내내 노새 먹일 풀이야……"

위잔아오는 바깥 상황을 돌아볼 틈도 없이 살그머니 집 안으로 들어
갔다. 집 안으로 들어서자 습기가 엄습해와 머리카락이 일제히 곤두섰다.
서쪽 채에서 축축한 곰팡이 냄새가 어린 목소리가 들려왔다.

"아버지…… 뭘 태우시는 거예요……"

갑자기 불빛 속으로 들어가자 위잔아오의 두 눈이 캄캄해졌다. 그는
우뚝 서서 꼼짝도 하지 않은 채 두 눈이 어둠에 적응하기를 기다렸다. 그
소리는 아직도 묻고 있었다. 그는 소리를 따라 방 안으로 들어갔다. 불빛
이 창호지를 환하게 밝혀놓고 있었다. 그는 베개 위에 놓인 납작하고 긴
머리통을 보았다. 그는 손을 뻗어 머리통을 눌렀다. 손 아래 깔린 머리통
이 놀라서 고함을 질렀다. "누구…… 너, 넌 누구냐……" 갈고리처럼 굽
은 두 손톱이 그의 손등을 할퀴었다. 위잔아오는 단도를 빼내 그 가늘고
긴 하얀 목에 대고 힘껏 문질렀다. 목이 끊어진 곳에서 차고 음습한 기운
이 그의 손목으로 곧장 덮쳐왔고, 이어 뜨끈뜨끈하고 끈적한 피가 그의
손 위로 가득 뿌려졌다. 그는 목구멍에서 구역질이 올라오는 걸 느끼며
두려움에 손을 놓았다. 그 쪼글쪼글한 머리통은 아직도 베개 위에서 제멋
대로 퍼덕거리고 있었다. 황금색 피가 한 줄기씩 밖으로 뿜어져 나왔다.
그는 이불에 손을 비벼 닦았지만 닦으면 닦을수록 더 끈적거리고 구역질
이 났다. 번질번질하게 빛나는 단도를 쥐고 그는 안채로 달려갔다. 부뚜
막에서 지푸라기 재 몇 줌을 꺼내 손에 비비고 칼에 비볐다. 마치 살아 있
는 것처럼 칼날이 번쩍였다.

친한 친구 대장장이 청에게서 이 칼을 얻은 뒤 그는 매일같이 몰래
손에 쥐고 놀았다. 중이랑 어머니가 물고 빠는 소리를 낼 때마다 그는 단
도를 칼집 속에 넣었다 뺐다 했다. 마을에서는 그를 대놓고 꼬마 중이라
고 놀려대는 사람이 얼마나 많았는지 모른다. 그때마다 그는 핏발 선 눈

으로 그들을 노려보았다. 나중에 칼은 베개 밑에서 매일 밤 날카로운 휘파람 소리를 내면서 그를 잠들 수 없게 했다. 그는 때가 왔다는 걸 알았다. 그날 밤은 본래 커다란 달이 떠야 할 때였지만 두꺼운 납빛 구름이 달을 가려버렸고, 마을 사람들이 잠속으로 빠져들어갈 무렵에는 후드득 빗방울이 떨어지기 시작했다. 하얗고 말간 빗방울이 차츰차츰 땅바닥을 적셨고 움푹 들어간 곳에는 은빛 물구덩이가 생겼다. 중이 문을 열고 들어왔다. 누런 기름 천 우산을 들고 있었다. 그는 좁은 자기 방에 누운 채 중이 우산 접는 걸 보았다. 까까머리가 희끄무레하게 빛나고 있었다. 중은 급하지도 더디지도 않은 태도로 문지방에다 신발 바닥에 붙은 흙을 긁어내고 있었다. 어머니가 묻는 소리가 들렸다. "어째 이제야 오시는 거예요?" 중이 말했다. "서쪽 마을에 욕쟁이 어미 칠일제(七日祭)가 있어서 몇 차례 염불 좀 해주고 오느라고." "내 말은 어째 이렇게 늦었는데도 오셨냐는 거예요. 못 오시겠거니 하고 생각하고 있었는데." "어떻게 오지 않을 수가 있나!" "비가 오잖아요." "비가 아니라 칼이 쏟아져도 솥뚜껑을 머리에 지고서라도 와야지." "어서 들어오시구려." 중은 방으로 들어가면서 가만히 물었다. "배는 아직도 아픈가?" "괜찮아요, 휴우……" "무슨 걱정거리라도 있는가?" "쟤 아부지가 죽은 지 10년이 됐는데…… 난 또 이 모양이고, 제를 지내자니 그것도 그렇고, 안 지내자니 그것도 그렇고 해서요." "제를 올려야지. 내가 염불을 해줌세."

그날 밤 그는 내내 뜬눈으로 침대 밑에 있는 단검이 우는 소리와 창밖에서 똑똑 떨어지는 빗소리를 들었다. 중이 잠결에 내는 고르게 코 고는 소리와 어머니가 꿈결에 내뱉는 잠꼬대 소리도 들렸다. 근처 나무 위에서 나는 부엉이의 괴상한 웃음소리에 놀라 그는 몸을 웅크리고 일어나 앉았다. 옷을 입고 단검을 들고 중과 어머니가 자는 방문 앞에 서서 잠깐 동안 귀를 기울이고 있노라니 마음이 온통 희뿌연 들판처럼 황량하고 공허했다. 그는 가만히 문을 열고 뜰로 나왔다 고개를 들어 하늘을 보니 납빛 구름은 조금 얇어졌고 그 사이로 동터오는 빛이 희미하게 새어 나오고 있었다. 봄비는 여전히 어젯밤처럼 급하지도 더디지도 않게 부슬부슬 내리고 있었다. 빗방울이 소리 없이 떨어지며 땅을 촉촉이 적시고, 다시 고인 물웅덩이로 떨어지며 가벼운 파열음을 냈다. 그는 천제묘로 통하는 구불구불한 오솔길을 따라 걸었다. 길은 3리 정도 되는데 중간에 유유히 흐르는 작은 냇물 하나가 가로놓여 있었고, 냇물 속에는 검은 디딤돌이 몇 개 있었다. 대낮에는 물이 어찌나 맑은지 시내 바닥의 가는 모래 위에서 노는 물고기랑 새우를 일일이 다 셀 수 있을 정도였다. 지금 냇물은 연한 안개로 희뿌옇게 덮여 있었다. 빗방울이 물속으로 떨어지는 소리가 처량한 느낌을 몇 배나 더해주었다. 검은 돌은 축축했고 물살은 일렁거렸다. 그는 돌 위에 서서 고개를 숙이고, 냇물이 돌에 부딪혀 만들어내는 포말을 한참 동안이나 유심히 지켜보고 있었다. 냇가 옆은 평평한 모래밭이었다. 거기엔 온통 다 배나무가 심어져 있었고, 배꽃이 한창이었다. 그는 냇물을 건너 배나무 숲으로 들어갔다. 나무 밑의 모래땅은 질기고 탄력이 있었다. 가끔씩 커다란 물방울들이 아래로 떨어졌다. 배꽃은 어렴풋한 가운데 다소 눈에 거슬릴 정도로 하얗게 빛났다. 코끝을 찌르는 맑은 공기 속에서 그윽한 배꽃 향기는 전혀 나지 않았다.

배나무 숲 깊숙한 곳에서 그는 아버지 무덤을 찾아냈다. 무덤 위에는 마른 풀이 몇 다발 자라나 있었고 들쥐들이 잔디 사이에 뚫어놓은 커다란 구멍 열댓 개가 있었다. 그는 아버지가 어땠는지를 애써 회상해보았다. 희미한 가운데 마르고 큰 키에 누런 피부를 한 사내가 떠올랐다. 입 주위에는 누렇게 마른 콧수염이 둥글게 나 있었다.

그는 냇물을 건너 다시 오솔길로 돌아와 나무 밑에 숨은 채, 물속에 있는 검은 돌 앞에서 이는 새하얀 물보라를 멍하니 바라보고 있었다. 하늘은 더욱 옅어지고 밝아졌다. 구름은 천천히 옆으로 평평하게 펴졌고 오솔길의 윤곽은 벌써 또렷하게 드러났다. 중이 누런 기름 천 우산을 들고 저쪽 길에서 서둘러 오고 있는 것이 보였다. 중의 머리는 우산에 가려 보이지 않았고, 푸른 홑적삼 위에는 얼룩덜룩 젖은 자국이 있었다. 냇물을 건널 때 중은 긴 적삼 자락을 붙잡고 우산을 높이 든 채 조금 살찐 몸을 뒤뚱거렸다. 이때 그는 약간 부어오른 희멀건 얼굴을 보았다. 그는 단도를 꽉 쥐었고, 단도의 날카로운 휘파람 소리를 다시 들었다. 그의 손목이 시큰거리기도 하고 얼얼하기도 했다. 손가락에서 경련 같은 것이 일었다. 중은 냇물을 건넌 뒤 옷자락을 내려놓고 발을 툭툭 털었다. 발을 털 때 진흙이 옷깃에 튀자 중은 옷깃을 바로 잡아당겨 손가락으로 진흙 옆 천을 튕겨 털어냈다. 이 희멀건 중은 언제나 깨끗하고 깔끔했으며 몸에선 늘 쥐엄나무 냄새 같은 좋은 향이 났다.

그는 쥐엄나무 냄새를 맡으며 중이 우산을 거두는 걸, 거두어 들고서 우산 위의 물방울을 털어내고는 다시 겨드랑이 사이에 끼는 걸 보았다. 하얀 피부에, 머리 위에는 둥근 흉터 열두 개가 번쩍이고 있었다. 그는 어머니가 전에 두 손으로 마치 무슨 법보(法寶)*를 어루만지듯 중의 머리를 어루만지고, 중은 평온한 아이처럼 어머니 무릎에 머리를 파묻고 있던 장면을 떠올렸다. 중이 눈앞으로 다가왔고 그는 중의 숨소리를 들었다. 손에 있는 단검이 미꾸라지처럼 미끌거려 꽉 잡을 수가 없었다. 그의 손은 온통 땀범벅이었다. 눈앞이 어지럽고 머리가 혼미해 넘어질 것 같았

---

* 불교에서 삼보(三寶)의 하나로, 깊고 오묘한 불교의 진리를 적은 불경을 보배에 비유하여 이르는 말이다.

다. 중이 지나갔다. 중이 더러운 가래를 뱉었고, 가래는 가지에 걸렸다가 끈적거리며 떨어졌다. 그 모습이 그에게 더러운 연상을 불러일으켰다. 그는 달려갔다. 머리통이 북 가죽처럼 부풀어 오르고 태양혈이 북을 치듯이 퉁퉁 떨리더니 단검이 마치 저 혼자 들어가듯이, 중의 부드러운 옆구리 속을 쑤시고 들어갔다. 중은 몇 걸음 비틀거리며 걷다가, 손으로 나무를 붙잡고 서서 고개를 돌려 그를 한 번 쳐다보았다. 중의 눈빛이 고통스럽고 애처로웠다. 그는 순간 몹시 후회가 되었다. 중은 아무 말도 하지 않고 천천히 나무에 기댄 채 고꾸라졌다.

그는 중의 옆구리에서 단도를 빼냈다. 중의 피는 아주 따뜻하고 새의 깃털처럼 부드럽고 윤이 났다…… 배나무 위에 잔뜩 쌓여 있던 빗방울이 결국 무게를 이기지 못하고 후드득 떨어지며 모래 바닥을 쳤다. 배꽃 봉우리가 흩날리며 땅 위로 떨어졌다. 배나무 숲 깊은 곳에서 청량한 바람이 가볍게 몰아쳐 왔다. 그는 그때 배꽃의 그윽한 향기를 맡았다……

산벤랑을 죽였을 때 그는 후회하지도 놀라지도 않았다. 단지 참을 수 없는 역겨움을 느꼈을 뿐이다. 불길은 점차 약해졌지만 주위는 여전히 아주 밝았다. 담벼락 위의 짙푸른 그림자가 땅 위에서 흔들거렸고, 개 짖는 소리가 파도처럼 마을을 덮어 가렸다. 물통의 쇠 주둥이에서 치직대는 소리가 났고, 어지럽게 흩뿌려지는 물방울들이 불 속에서 부직부직 타는 소리를 냈다.

엿새 전 억수같이 비가 쏟아지던 날이었다. 가마꾼들은 젖어 물에 빠진 생쥐 꼴이 되었고, 새색시도 앞은 다 젖고 뒤도 반은 젖어 있었다. 그와 가마꾼과 취고수 들은 마당으로 들어가 더러운 빗물을 밟고 서 있다가 뜻밖에도 구질구질한 중늙은이 둘이 새색시를 부축해 집으로 들어가는 걸 보았다. 제법 큰 마을이었지만 누구 하나 잔치를 구경하러 온 이가 없었다. 신랑은 시종 그림자도 보이지 않았고, 방 안에서는 녹슨 구리 냄새 같은 악취가 퍼져 나왔다. 그와 가마꾼들은 문득, 숨어서 얼굴도 내밀지 않고 있는 저 신랑은 분명 문둥병자일 거라는 생각을 했다. 취고수들은 구경꾼이 아무도 없는 걸 보고는 대충 하는 척이나 하고 돈이나 벌 심산으로 아무 곡이나 내키는 대로 한 곡조 불고는 연주를 그만두었다. 쪼글쪼글한 늙은이가 작은 동전 광주리를 들고 나와 "자, 행하(行下)*요! 행하!" 하고 마른 소리로 외치면서 동전을 움켜쥐었다가 땅 위에 뿌렸다. 가마꾼과 취고수 들은 그 동전들이 물속으로 철퍽철퍽 떨어지는 걸 보면서도 아무도 줍는 이가 없었다. 늙은이가 무리를 한 번 둘러보더니 허리를 숙여 그 동전들을 진흙탕 속에서 일일이 집어 올렸다. 그때 갑자기 그의 마음속에 그 늙은이의 마른 모가지에 비수를 꽂고 싶다는 생각이 솟아 올랐다. 지금 큰불은 마당을 비추고, 신방 앞에 붙어 있는 대련**을 비추었다. 대충 알아볼 수 있는 몇 자를 읽고 난 뒤 화가 치밀어 올라, 속에 있던 서늘한 기운이 말끔히 다 사라져버렸다. 그는 자신의 책임을 벗어나기 위해 변명을 했다. 사람이 덕을 쌓고 선행을 해도 종종 비명횡사하는 수가 있는 것이고, 살인을 하고 불을 놔도 되레 벼슬을 하고 돈을 벌기도 하는 거다. 하물며 이미 그 아가씨에게 약속까지 했고, 그 아들도 죽인 마당에, 아비는 살려두어 그 아비가 아들의 시체를 보고 애통하게 할 필요가 있겠는가. 일단 칼을 뽑았으면 끝장을 봐야 하는 거지. 아가씨를 위해 새로운 세계를 여는 거다. 그는 속으로 되뇌었다. "산 영감, 내년 오늘이 바로 당신 1주기 기일이 될 거요!"

불이 점점 잦아들더니 마침내 온 천지가 캄캄해졌고, 다시 하늘 가득

---

* 심부름을 하거나 시중을 든 사람에게 주는 돈이나 물건.
** 대련(對聯): 문이나 기둥에 써 붙이는 대구.

별들이 보였다. 불더미 위에는 아직도 검붉은 여진이 남아 있었다. 일꾼들은 여전히 여진이 남아 있는 쪽으로 물을 뿌렸다. 새하얀 김이 큰 불똥을 끼고 10여 미터쯤 올라갔다가는 꺼졌다. 일꾼들이 물통을 들고 왔다 갔다 하며 안절부절못하고 있는 가운데 어슴푸레하게 커다란 그림자 하나가 땅바닥 위에 던져졌다.

"주인님, 슬퍼하지 마십시오. 액땜한 셈 치세요." 그 노련한 목소리가 말했다.

"하늘도 무심하시지. 하늘도 무심하시지⋯⋯" 산팅슈가 주절주절 넋두리를 늘어놓았다.

"주인님, 일꾼들을 가서 쉬게 하시죠. 내일 아침 일찍 다시 일을 해야 하니까요."

"하늘도 무심하시지⋯⋯ 하늘도 무심하시지⋯⋯"

일꾼들은 모두 비틀거리며 동쪽 마당으로 들어갔다. 위잔아오는 가림벽 뒤에 숨어 있었다. 물통 멜대 소리가 한바탕 들리고 난 뒤 동쪽 마당에는 곧 정적이 감돌았다. 산팅슈는 대문 밖에서 "하늘도 무심하시지"를 반나절이나 웅얼거리다가, 결국은 재미가 없어졌는지 단지를 들고 마당 안으로 들어가버렸다. 개 두 마리는 그보다도 먼저 마당 안으로 들어갔다. 개들도 너무 피곤했는지 위잔아오를 보고서도 그저 한두 번 낑낑대기만 했을 뿐 곧 엎드려 개집 안으로 들어가버렸고 그 뒤론 끽소리도 내지 않았다. 위잔아오는 동쪽 마당 안에서 큰 노새가 이를 갈며 발굽을 구르는 소리를 들었다. 삼태성은 정서쪽으로 기울고 이미 한밤중이 지나가고 있었다. 그는 정신을 바짝 차리고 산팅슈가 문에서 네댓 걸음 멀어져 가는 걸 보면서 곧 손에 단검을 쥐고 그 앞으로 달려갔다. 너무 힘껏 내리꽂았는지 칼자루가 늙은이의 가슴팍 안으로 꽂혀 들어갔다. 노인은 두 팔을 뒤로 벌려 날아가는 듯한 자세를 취했고, 단지가 떨어지면서 쨍그랑하고 박살 나는 소리가 들렸다. 노인은 곧 천천히 바닥으로 널브러졌다. 큰 개 두 마리가 신음하듯이 서너 번 짖고는 곧 아랑곳하지 않았다. 위잔아오는 칼을 빼내 노인의 옷에 몇 번 문지르고는 몸을 빼서 돌아가려다가 멈추었다.

그는 산벤랑의 시신을 마당으로 끌고 와 담벼락 밑에서 멜대 끈을 하나 찾아낸 뒤 두 시체의 허리를 묶어 힘껏 들쳐 메고는 거리로 나왔다. 시체는 힘없이 축 늘어져 질질 끌리는 발끝으로 바닥에 하얀 무늬를 그려놓았고, 시체에서 흐르는 피는 땅 위에 붉은 꽃무늬를 점점이 찍어놓았다. 위잔아오는 산가 부자를 메고 마을 서쪽의 큰 만(灣)을 향해 갔다. 그때 만의 물은 거울처럼 고요히 하늘의 별들을 비추고 있었고, 하얀 수련 몇 줄기가 환영 속의 영물(靈物)처럼 다소곳이 서 있었다. 13년 뒤 벙어리가 위잔아오의 작은아버지인 위다야를 총살했을 때는, 만에 이미 물이 얼마 남지 않았지만 그때도 이 수련들은 여전히 자라나 있었다. 위잔아오는 시체 두 구를 만 안으로 던져 넣었다. 펑 하며 물소리가 난 뒤 시체는 물 밑으로 가라앉았다. 시체가 만들어낸 파문이 다 흩어지고 나자, 만은 다시 온통 반짝거렸다. 위잔아오는 만의 물에 손과 얼굴을 씻고 칼을 씻었다. 하지만 피비린내와 곰팡이 냄새는 좀처럼 가시지 않았다. 산가네 서쪽 담장 밖에 도롱이를 두고 온 게 생각나 그는 길을 따라서 쭉 서쪽으로 걸어갔다. 마을에서 반 리 정도 떨어졌을 때 그는 수수밭으로 돌아 들어가 수숫대로 슬쩍 한 번 몸을 두르고는 곧 드러누웠다. 피로가 한가득 밀려와 이슬이 차고 습한 것도 개의치 않고 수수밭에 벌렁 드러누운 채 하늘 가득한 별들을 바라보다가 곧 잠이 들어버렸다.

촌장 산우허우쯔(單五猴子)*는 그날 밤 불이 좀 수상쩍다는 생각이 들어 원래는 직접 가서 불을 끄고 촌장으로서의 직임을 다하려고 했었다. 하지만 생아편을 밀매하는 '하얀 양'이 꽉 잡고 놓아주질 않았다. '하얀 양'은 몸집이 비대하고 피부가 하얀 데다 눈은 늘 게슴츠레하게 뜨고 있었고, 물기가 그렁그렁한 눈동자에는 사람의 얼을 빼놓는 힘이 있어서, 일찍이 토비 둘이 그녀를 놓고 속된 말로 '구멍 싸움'이라고 하는 칼부림을 하기도 했었다.

1922년은 베이양(北洋) 정부의 관리였던 차오멍주가 가오미의 현장이 된 지 3년이 채 안 되었을 때로, 세 가지 금령(禁令)이 한창이었다.

차오멍주는 가오미 현의 역사에서 가장 유명한 사람 중 하나이다. 그의 명성과 공적은 제(齊)나라 때 재상을 지낸 안영(晏嬰)이나 동한(東漢)의 대학자 정현(鄭玄) 같은 인물에 비한다면 물론 크게 떨어지겠지만, '문화대혁명'**때 가오미 현에 왔었던 요원들 정도에 비한다면 그보다는 훨씬 더 뛰어나다. 차오는 신발 바닥으로 벌주는 걸 즐겨했기 때문에 별명이 '신발 바닥 차오얼'이었다. 그는 글방에서 5년을 공부했고 몇 년 동안 군인 생활을 하기도 했다. 차오는 토비, 아편, 도박을 난세의 근원으로 간

---

* '산우허우쯔'는 이름이라기보다는 별명이다. '산우(單五)'는 산씨네 다섯째로 성(姓)과 항렬을 말하며, '허우쯔(猴子)'는 '아주 잔꾀가 많은 사람'을 가리킨다.
** 1966년부터 1976년까지 10년간 중국의 최고지도자 마오쩌둥에 의해 주도된 권력투쟁. 전국 각지에서 청소년으로 조직된 홍위병이 마오쩌둥의 지시에 따라 '혁명투쟁'을 전개했고, 이로 인해 중국 전역은 대혼란에 빠지게 되었으며 마오쩌둥의 정적들은 대부분 실각되거나 숙청되었다.

주하면서, 난세를 다스리려면 반드시 먼저 토비를 소탕하고 아편과 도박을 금해야 한다고 큰소리를 치고 다녔다. 그는 많은 부정한 짓을 저지르기도 했고 터무니없는 행동도 많이 해서 좀처럼 정체를 파악하기가 어려운 인물이었다. 그에 관한 소문들은 무성했고, 그 소문들은 가오미 사람들의 입으로 지금까지도 끊이지 않고 전해져 내려오고 있다. 차오는 아주 복잡한 인물이어서 단순히 '좋다' '나쁘다'라는 말로는 평하기 어렵다. 그는 우리 집안과는 여러 가지로 중요한 관계를 맺고 있었기 때문에 여기에 한 가지 이야기를 끼워 넣어 나중에 올 내용과 '연결 고리'를 삼고자 한다.

차오멍주가 내린 세 가지 명령은 도박 금지, 아편 금지, 토비 소탕이었다. 이 금령은 처음 시행한 지 2년쯤 될 때까지는 제법 효과가 있었다. 하지만 둥베이 지방은 현(縣)에서 한참 떨어져 있다 보니 아무리 금령이 엄중해도, 대낮에만 그 기세가 좀 누그러질 뿐 밤만 되면 다시 일어나 기승을 부리곤 했다. 그날 꾀쟁이 촌장 산우허우쯔는 하얀 양의 몸을 더듬으면서 날이 샐 때까지 잤다. 하얀 양은 먼저 일어나 콩기름 등잔에 불을 붙이고, 은 꼬챙이로 아편 환 하나를 꽂아 등불에 딱 맞게 구운 다음 은 아편 대에 눌러 우허우쯔에게 건네주었다. 우허우쯔는 몸을 굽혀 1분 정도 빨고는 아편 환이 곰방대에서 환하게 하얀 점으로 바뀌는 게 보이자 2분 동안 숨을 참고 있다가 코와 입으로 삼삼한 푸른 연기를 한 줄기 뿜어냈다. 바로 그때 산가네 젊은 일꾼 하나가 황망히 문을 두드리며 사안을 알렸다.

"촌장님! 촌장님! 큰일 났어요. 사람이 죽었습니다요!"

산우허우쯔는 젊은 일꾼을 따라 산가네 마당으로 들어섰고, 많은 일꾼이 뒤따라왔다. 산우허우쯔가 핏자국을 따라서 마을 서쪽의 만(灣)가까지 찾아갈 때는 더 많은 사람이 그 뒤를 따라왔다.

산우허우쯔는 시신이 "분명히 만 안에 있다"고 말했지만, 사람들은 아무 말이 없었다.

"누가 내려가서 시신을 끌어 올릴 테냐?" 우허우쯔가 큰 소리로 물었다.

모인 사람들은 서로 얼굴만 쳐다볼 뿐 아무도 나서는 이가 없었다.

만의 물은 비취처럼 푸르고 물살 한 점 일지 않았다. 하얀색 수련 몇 송이가 조용하고 차분하게 피어 있었고 이슬 몇 방울이 연잎 위에 엉겨 진주처럼 둥글게 빛나고 있었다.

"은화 한 냥이다. 누가 내려갈 테냐?"

여전히 아무도 소리 내는 이가 없었다.

만에서 비릿한 냄새가 한 줄기 올라왔다. 만가의 수초 위에 엉긴 자주색 핏덩어리가 수수밭 뒤쪽에서 퍼져 나오는 붉은빛에 비쳐져 너무나 혼탁하게 보였다. 수수밭 쪽에서 솟아오른 해는 위는 널찍하고 아래는 좁다란 게 수수를 가득 담은 통가리 모양이었고, 위는 허옇고 아래는 초록색인 게 불에 달구어 반쯤 무른 강철 같았다. 지평선과 같은 의미에서 수수의 평선에 딱 달라붙어 아주 멀리까지 퍼져 있는 시커먼 선형 구름이 만들어낸 선은 정말인가 싶을 정도로 가지런했다. 만의 물은 금빛으로 반짝이고 하얀 수련은 금빛 속에 꼿꼿이 서서 더더욱 속세의 속물과는 구별된 것 같은 느낌을 자아냈다.

"누가 내려가서 건져 올릴 테냐? 은화 한 냥이다!" 우허우쯔가 큰소리로 고함을 질렀다.

나이가 이미 아흔넷 된 우리 마을의 할머니가 내게 말한 적이 있다. "에구머니! 누가 감히 내려가 건지려 하겠누? 온 만이 다 문둥병자 피라서 하나 들어가면 하나 문드러지고, 둘 들어가면 둘 문들어질 텐데, 돈이 얼마라도 감히 들어갈 사람이 없지…… 다 네 할머니, 할아버지가 지은 죄야!" 할머니는 뜻밖에도 책임을 우리 할아버지와 할머니에게 떠넘겨 난 무척 기분이 나빴지만 아흔넷이 된 노인의 자기 항아리같이 오래된 머리 앞에서는 그저 담담히 웃을 수밖에 없었다.

"다들 내려가지 않겠다고? 제기랄 아무도 내려갈 엄두를 못 내는구 만. 그럼 저 부자는 우선 물속에서 몸이나 좀 식히고 있으라고 하고! 뤄한, 뤄뤄한 자네가 그 집안의 머슴 대장이니, 현에 들어가서 신발 바닥 차오얼을 찾아 사안을 보고하게나!"

뤄뤄한 큰할아버지는 먹는 둥 마는 둥 대충 밥을 챙겨먹고, 술 단지에서 술 반 바가지를 떠서 꿀럭꿀럭 들이마시고는 검은 노새 하나를 끌어내 노새 등에 마대를 묶고 노새 목을 어루만지면서 올라타고는 서쪽으로 난 길을 따라 바로 현성으로 달려갔다.

뤄한 큰할아버지는 그날 새벽 억울한 건지 화가 난 건지 알 수 없는 심각한 얼굴을 하고 있었다. 늙은 주인, 젊은 주인이 둘 다 살해당한 걸 가장 먼저 발견한 건 그였다. 그는 밤에 난 그 불이 뭔가 미심쩍다는 생각이 들어서 어찌된 영문인지를 알아보려고 아침 일찍 일어났다. 그런데 서쪽 마당 문이 활짝 열려 있어 이상하다 싶어 마당 안으로 들어가 보니 피가 웅덩이에 흥건하게 고여 있고, 방 안에는 더 많은 피가 있었다. 그는 놀라서 멍하니 서 있었지만 그렇게 멍한 가운데도 살인과 방화가 같은 놈의 소행이라는 건 분명하게 알 수 있었다.

뤄한 큰할아버지와 일꾼들은 젊은 주인이 문둥병이란 걸 알고 있었기 때문에 웬만해선 마당을 건너오지 않으려 했고, 건너올 때는 반드시 먼저 술을 몇 모금 마시고 또 몸에 뿌리고 나서야 들어왔다. 뤄한 큰할아버지는 고량주가 수천 가지 병균을 다 소독해준다고 했다. 산삔랑이 신부를 맞아들일 때는 마을에서 아무도 와서 도와주려는 사람이 없어 뤄한 큰할아버지와 다른 나이 든 일꾼 한 명이 우리 할머니를 부축해 가마에서 내렸다. 뤄한 큰할아버지는 우리 할머니의 팔을 부축하면서 예쁘게 수놓은 할머니의 두 발과 살진 연뿌리 같은 두 팔을 슬쩍 곁눈질로 보고는 감탄을 금치 못했다. 산씨 부자가 살해된 모습을 보고 뤄한 큰할아버지는 너무나 놀라면서도 머릿속에서는 할머니의 작은 발과 살진 팔을 계속 떠올렸다. 그 피를 보면서 그는 가슴 아파해야 할지 환호해야 할지 알 수 없었다.

뤄한 큰할아버지는 검은 노새가 단숨에 현으로 달려가지 못하는 게 답답해 노새의 엉덩이를 계속 쳐댔다. 그는 이 뒤에 아직 근사한 일들이 더 기다리고 있다는 걸 알고 있었다. 내일 아침이면 그 꽃 같고 옥 같은 아리따운 새댁이 나귀를 타고 집으로 돌아온다. 산씨 집안의 이렇게 많은 재산은 다 누구 수중으로 돌아갈 것인가? 뤄한 큰할아버지는 차오 현장의 처분을 기다리는 수밖에 없다고 생각했다. 차오멍주는 3년 동안 가오미 지방을 다스리면서 이미 사람들에게 '차오청천(曹靑天)'*으로 불리고 있었다. 소문에 따르면 차오멍주가 사건을 판단하는 건 신과 같고, 법을 집행하는 건 아주 단호하고 신속하고 공명정대해서 친척이라도 거들떠보지 않고 살인범이라도 눈 하나 깜짝하지 않는다고 했다. 뤄한 큰할아버지는 검은 노새를 다시 한 번 때렸다.

검은 노새의 엉덩이에서 번쩍하고 불이 나더니 노새는 서쪽 현성으로 통하는 흙길로 나는 듯이 달려갔다. 노새의 몸이 한 번씩 솟구치면서 앞으로 나아갈 때마다 앞다리가 둥글게 말리면 뒷다리가 곧게 뻗어 바닥을

---

* 송대(宋代)의 지방관으로서 부당한 세금을 없애고, 판관이 되어 부패한 정치가들을 엄정하게 처벌하여 청백리로 칭송되었던 포청천(包靑天)을 본뜬 이름.

치고, 뒷다리가 둥글게 말리면 앞다리가 팽팽하게 당겨졌다. 이 동작을 연결시키면 마치 네 다리가 북을 치듯이 바닥을 치는 것처럼 보였는데 박자가 어찌나 빠른지 오히려 무질서하게 엉망으로 달리는 것처럼 보이기도 했다. 번쩍거리는 노새의 발자국 밑에서 흙이 한 무더기씩 온 사방으로 퍼져나갔다. 해가 동남쪽에 왔을 때 뤄한 큰할아버지는 노새를 타고 자오지(膠濟) 철로*에 이르렀다. 검은 노새는 철로를 건너지 않으려고 했다. 뤄한 큰할아버지는 노새 등에서 뛰어내려 노새를 힘껏 끌어당겼지만 노새는 고집스럽게 뒤로 물러났다. 뤄한 큰할아버지는 어떻게 해도 노새의 맞수가 되지 못했다. 주저앉아 숨을 헐떡이고 있다가 문득 한 가지 생각이 떠올랐다. 두 갈래 철로는 동쪽으로부터 올라오고 있어서 태양에 비치자 유난히 반짝이며 눈을 자극했던 것이다. 뤄한 큰할아버지는 홑저고리를 벗어 노새의 눈을 가리고 노새를 끌어 원래 자리를 몇 바퀴 돌게 한 뒤 다시 끌어 철로를 건너게 했다.

현성 북문에는 검은 옷을 입은 경찰 두 명이 서 있었는데 각각 한양(漢陽)제** 보총 한 자루씩을 받쳐 들고 있었다. 그날은 마침 가오미에 큰 장이 열리는 날이라 수레를 밀고 오는 사람, 짐을 짊어지고 오는 사람, 노새를 타고 오는 사람, 걸어오는 사람들이 줄줄이 성문을 지났다. 검은 옷을 입은 경찰은 그런 자들은 묻지도 거들떠보지도 않고 그저 눈알을 굴리며 예쁜 아낙을 쳐다보는 데만 정신이 팔려 있었다.

뤄한 큰할아버지는 성문을 지나 슬그머니 높은 언덕 위로 올라갔다가

---

* 칭다오(靑島)에서 시작해 지난(濟南)에 이르는 철로로 1899년에 건설되어 1904년부터 개통되었다.

** 한양은 창장(長江) 이북, 한장(漢江) 이남에 위치해 있으며, 중국 근대공업의 발상지로 20세기 초에는 이 지역에 강철 공장과 총포 공장 등 대형 공장이 있었다.

다시 언덕을 내려와 노새를 끌고 청석(靑石)이 길게 깔린 관로(官路) 위로 올라섰다. 노새의 발굽이 청석 바닥을 치는 소리가 경을 치듯이 쩌렁쩌렁 울렸다. 노새는 관로를 처음 걷는 거라 그런지 조금 쑥스러워하는 것 같았다. 길에는 행인이 거의 없었고, 있어도 모두 얼굴이 딱딱하게 굳어 있었다. 청석 관로 남쪽의 큰 공터에는 사람들이 모여 인산인해를 이루고 있었다. 온갖 종류의 직업을 가진 각양각색의 사람이 다 몰려들어 떠들썩하게 값을 흥정하면서 물건을 사고팔고 있었다. 뤄한 큰할아버지는 가서 구경하고 싶은 생각이 없어 바로 노새를 끌고 현 정부의 대문 앞으로 갔다. 현 정부는 마치 폐가가 된 사원 같은 모습이었다. 기와는 몇 줄이나 부서져 있었고, 그 사이로 누런 풀, 푸른 풀 들이 자라 있었다. 붉은 대문의 칠은 다 벗겨져 얼룩덜룩했다. 대문 왼쪽에는 병사 하나가 똑바로 선 채 총으로 땅을 받치고 있었고, 대문 오른쪽에는 맨팔을 다 내놓은 사람이 하나 쭈그리고 앉아 있었다. 그는 두 손으로 나무 방망이를 붙잡고 악취가 코를 찌르는 요강 하나를 방망이 밑에다 놓고 있었다.

뤄한 큰할아버지는 노새를 이끌고 병사 앞으로 가서 고개를 숙이고 절을 한 뒤 말했다. "군인 나리, 전 사건을 알리러 차오 현장님을 만나러 왔는뎁쇼."

그 병사가 말했다. "현장님은 옌(顏) 나리 데리고 장터로 가셨다."

뤄한 큰할아버지가 물었다. "현장님은 언제 돌아오시나요?"

병사가 말했다. "그걸 어떻게 알아. 급하면 장터로 가서 찾아보면 될 것이지."

뤄한 큰할아버지는 다시 허리를 숙이며 말했다. "군인 나리, 일러주셔서 감사합니다요."

대문 오른쪽에 있던 그 이상한 사람이 뤄한 큰할아버지가 자리를 뜨려는 걸 보더니 벌떡 일어나 두 손으로 나무 방망이를 들고 위아래로 요강을 두드리면서 고함을 질렀다. "다들 와보시우. 다들 와보시우. 내 이름은 왕하오샨(王好善)인데, 거짓 계약으로 사람을 속여서 현장이 내게 요강 두드리는 벌을 내렸수다……"

뭐한 큰할아버지는 노새를 끌고 시장으로 들어갔다. 장에는 루바오(爐包)* 파는 사람, 샤오빙(小餠)** 파는 사람, 짚신 파는 사람, 필사(筆寫)하는 사람, 점판을 벌인 사람, 대놓고 돈을 달라고 조르는 사람, 소 엉덩이뼈를 두드리며 구걸을 하는 사람, 금창부도약(金槍不倒藥)*** 을 파는 사람, 원숭이 데리고 재주를 부리는 사람, 작은 징을 두드리며 엿을 파는 사람, 탕런(糖人)**** 을 부는 사람 , 흙 인형을 파는 사람, 원앙판(鴛鴦板)***** 을 치며 무이랑(武二郎)****** 이야기를 늘어놓는 사람, 부추·오이·마늘을 파는 사람, 머리 깎는 칼이랑 참빗, 잎 담뱃대 파는 사람, 녹두묵 파는 사람, 쥐약 파는 사람, 커다란 수밀도(水蜜桃) 파는 사람, 심지어는 아이를 내다 파는 사람까지 다 있었다. 아이를 내다 파는 건 따로 '아이 시장'이 있었는데, 팔리는 아이들의 목에는 다 마른 풀이 한 가닥씩 꽂혀 있었다. 검은 노새는 수시로 고개를 들어 올려, 쇠로 된 재갈이 철컥철컥 소리를 냈다. 뭐한 큰할아버지는 노새가 사람을 밟을까 봐 앞뒤를 조심스럽게 살

---

* 청대부터 유행한 민간의 유명한 간식. 내용물 속에는 돼지고기, 배추, 부추 등과 목이버섯 등 다양한 소를 넣고 겉은 반죽한 밀가루로 감싼 만두처럼 만든 뒤 노릇노릇하게 지진 음식으로 가오미 루바오가 유명하다.

** 둥글넓적하게 부치거나 쪄서 만드는 밀가루 음식으로 크기가 조금 작은 것.

*** 민간에서 떠도는 이야기로는 상처를 치유하는 신비한 효험이 있어 황금총으로 맞아도 쓰러지지 않는다는 약.

**** 설탕이나 엿을 녹여 모형에 부어 입으로 불어서 사람·동물 화초 모양으로 만든 것.

***** 산동쾌서(山東快書)에서 박자를 맞추는 악기.

****** 중국 고전소설 『수호전』에 나오는 주요 인물인 무송(武松).

피면서 걸어갔다. 정오가 다 되어 햇볕이 지독했다. 그는 땀을 줄줄 흘렸다. 옅은 자주색 면화로 짠 홑저고리가 흠뻑 젖었다.

닭 시장에서 뤄한 큰할아버지는 차오 현장을 만났다.

차오 현장은 붉은 얼굴에 눈은 툭 튀어나오고 사투리를 쓰는데 입 양쪽에는 팔자수염이 달려 있었다. 감색 중산복*을 입고 머리에는 커피색 나사모(羅紗帽)**를 쓰고 손에는 서양 신사들이 들고 다니는 문명 지팡이***를 들고 있었다.

차오 현장은 마침 분쟁 한 건을 처리 중이었다. 많은 사람이 그걸 보느라 둘러서 있었기 때문에 뤄한 큰할아버지는 감히 더 이상 서둘러서 앞으로 나가지 못하고 노새를 끌어 세우고는 둘러싼 사람들 바깥쪽에 서 있었다. 수천 개의 머리가 꿈틀대며 시선을 가려 그는 그 속에서 무슨 일이 일어나고 있는지 알 수 없었다. 뤄한 큰할아버지는 노새 등에 올라타야겠다는 기발한 생각을 해냈다. 높은 데서 내려다보니 안에서 일어나는 일들이 훤히 다 보였다.

차오 현장은 키가 훤칠했다. 곁에는 명석하고 야무져 보이는 키 작은 사람 하나가 서 있었다. 뤄한 큰할아버지는 그자가 분명 병사가 말한 '옌 나리'일 거라고 생각했다. 차오 현장 앞에는 남자 두 명과 여자 한 명이 두 손을 내린 채 공손히 서 있었다. 그들의 얼굴은 온통 땀범벅이었다.

---

　* 중산복(中山服) : 중국 정치가 손중산(孫中山)이 일상생활에 편리하도록 고안한 옷이라고 하여 붙여진 명칭.

　** 나사모는 나사(羅紗), 즉 양털이나 거기에 무명, 명주, 인조 견사 따위를 섞어서 짠 모직물로 만든 모자를 말한다.

　*** 서양 신사들이 예복을 입고 손에 들고 다니는 막대기(지팡이). 민국(民國) 연간에는 중국의 지식인들 중 서양 문화의 영향을 받은 사람들이 손에 지팡이를 들고 다니기를 좋아했는데 이것을 중국에서는 문명 지팡이라고 부른다.

중간에 있는 여자는 땀 말고 눈물까지 흘리고 있었는데 살진 암탉 한 마리가 여자의 발 앞에 놓여 있었다.

"청천 나리," 여자가 훌쩍이며 말했다. "제 시어미가 하혈이 심한데, 약을 살 돈이 없어서 제가 이 알 낳는 암탉을 팔러 나온 겁니다요…… 그런데 저이가 굳이 이 닭이 자기 거라고 우겨대는 바람에……"

"이 닭은 제 닭입니다요. 저 여인네가 시치미를 떼는 겁죠. 현장 나리, 절 믿지 못하시겠으면 제 이웃에게 보증을 서게 하시죠."

차오 현장은 조그만 박 껍질 모자를 쓴 남자를 가리키며 물었다. "누가 보증을 설 수 있나?"

박 껍질 모자를 쓴 이가 말했다. "현장 어르신, 소인은 우(吳)가네 셋째의 이웃에 사는 사람입니다요. 저 집의 저 닭이 날마다 우리 집에 와서 우리 닭이랑 모이 다툼을 해서 우리 마누라가 이 일로 늘 언짢아한걸요."

울고 있던 여인은 급한 마음에 입과 코를 씰룩거렸지만 아무 말도 하지 못하고는 손으로 얼굴을 가리더니 큰 소리로 울어대기 시작했다.

차오 현장은 모자를 벗어 가운뎃손가락에 걸고 몇 바퀴를 돌린 뒤 다시 머리에 썼다.

차오 현장이 우가네 셋째에게 물었다. "오늘 아침 네 집 닭이 먹은 모이가 무엇이냐?"

우가네 셋째는 눈알을 굴리며 말했다. "쌀겨에다 밀기울을 섞은 모이입니다요."

박 껍질 모자 쓴 이가 "맞습니다요. 참말입죠. 제가 저 집에 도끼를 빌리러 갔다가 저이 마누라가 거기서 닭 모이 섞고 있는 걸 직접 보았습죠."

차오 현장은 울고 있는 여인에게 물었다. "자, 시골 아낙, 울지 말고, 내 묻겠는데 자네 집 닭은 오늘 무슨 모일 먹였는가?"

여자는 훌쩍이며 말했다. "수수입니다요."

차오 현장이 "샤오옌, 저 닭을 잡아라!" 하고 말하자 샤오옌은 날렵하게 손발을 움직여 닭의 모래주머니를 분리해내고는 모래주머니를 손으로 한 번 꾹 눌러 줬다. 그러자 그 속에서 끈적끈적한 수수알들이 나왔다.

차오 현장은 두어 차례 섬뜩한 웃음을 짓더니 말했다. "얼마나 간사한 백성인가. 우가네 셋째, 이 닭은 네놈 때문에 죽었으니 네놈이 돈을 내거라. 은화 석 냥이다!"

우가네 셋째는 간담이 서늘해진 상태로 은화 두 냥을 꺼내더니 다시 동전 스무 개를 더 꺼내며 말했다. "현장 나리, 이놈에게는 이 돈이 전부입니다요!"

차오 현장이 말했다. "내 네놈을 한 번 봐주마!"

차오 현장은 은화와 동전을 모두 그 여자에게 주었다.

여자는 "현장 나리, 저희 집 닭은 이만한 값어치가 안 되니, 남는 돈은 받지 않겠습니다요" 하고 말했다.

차오밍주가 두 손을 이마 위에 놓고 아아, 소리를 냈다. "얼마나 선량하고 진실한 양갓집 아낙인가. 이 차오밍주는 자네에게 경의를 표하네!"라고 하더니 두 다리를 모으고 모자를 벗고는 그 여인에게 허리를 숙였다.

그 시골 여인은 넋이 나간 채 눈물 젖은 눈으로 차오밍주를 한동안 쳐다보기만 하고 있더니 한참 뒤에야 정신을 차리고는 땅바닥에 엎드려 "아이고, 청천 나리! 청천 나리!" 하고 연방 외쳐댔다.

차오밍주가 지팡이로 여인의 팔을 부축해서 일으키며 "일어나게. 일어나"라고 말하자 시골 여인은 그제야 일어났다.

차오밍주가 말했다. "보아하니 자네는 옷차림이 남루하고 얼굴은 누렇게 뜨고 몸은 바싹 여위었는데 성에 들어와 닭을 팔아 시어미 병을 고

200

치려고 했다니, 필시 효부임이 분명하다. 본 현장은 효의 도리를 가장 중히 여겨 상벌을 분명히 가려왔으니, 자네는 당장 돈을 가지고 돌아가 시어미의 병을 고치도록 하라. 이 닭도 가져다가 털을 뽑고 가슴을 갈라 자네 시어미에게 드시도록 하고."

여인은 돈을 받아 들고 닭을 든 채 천만번 감사를 표한 뒤 자리를 떴다.

닭을 빼앗으려고 했던 우가네 셋째와 보증을 섰던 박 껍질 모자 쓴 자는 백주의 태양 아래에서 부들부들 떨고 있었다.

차오멍주가 "이 간악한 백성 같으니라고. 우가네 셋째, 네놈의 바지를 벗어라" 하고 말했지만 우가네 셋째는 쭈뼛거리며 벗지 않으려고 했다.

차오멍주가 다시 말했다. "네놈이 백주에 양갓집 아낙을 속여먹고도 또 무슨 염치가 있다고 그러느냐, 이놈? 네놈이 '수치스럽다'는 게 한 근에 얼만지 알기나 하느냐? 이놈, 어서 바지를 벗어라!"

결국 우가네 셋째가 바지를 벗었다.

차오멍주는 신을 벗어 옆에 있는 샤오옌에게 던지며 말했다. "저놈을 2백 대 치고 나서 네 조각을 내버려라!"

샤오옌이 차오 현장의 바닥이 두툼한 천으로 된 신발을 들어 올리더니 우가네 셋째를 단번에 밀쳐서 넘어뜨리고는 하늘로 향해 있는 엉덩이를 왼쪽 50대, 오른쪽 50대 내리쳤다. 우가네 셋째는 울고불고 난리를 치며 백번 사죄를 구했지만 엉덩이 두 쪽은 금세 부풀어 오르기 시작했다. 엉덩이를 다 때리고 난 뒤에는 다시 얼굴을 때렸다. 역시 왼쪽 뺨 50대, 오른쪽 뺨 50대, 우가네 셋째는 이제 소리조차 내지 못했다.

차오멍주는 지팡이로 우가네 셋째의 이마를 치면서 물었다. "이 간사한 백성아, 그래도 다시 감히 나쁜 짓을 하겠느냐?"

우가네 셋째는 퉁퉁 부은 볼 사이에 끼어 잘 벌어지지도 않는 입으로, 마늘을 찧듯이 땅바닥에 연신 고개를 박아댔다.

"그리고 네놈!" 차오멍주는 위증한 이웃을 가리키며 말했다. "네놈이 황당한 거짓말을 지어내 다른 놈 엉덩이나 핥으며 알랑거리다니, 세상에서 가장 파렴치한 놈 같으니라고. 본 현장은 네놈의 그 더러운 엉덩이가 내 신발 바닥을 더럽힐까 봐 네놈을 때릴 생각이 없다. 대신 상으로 네놈의 혓바닥을 달달하게 해주어, 다시 가서 부자 놈들 엉덩이나 실컷 핥도록 해주겠다. ……샤오옌, 가서 벌꿀 한 사발 사오너라."

샤오옌이 당장 밖으로 나가려고 하자 둘러섰던 사람들이 길을 내주었다. 위증을 한 이는 무릎을 꿇고 바닥에 두 손을 짚고 고개를 땅에 조아리는 바람에 박 껍질 모자도 떨어졌다.

차오멍주가 말했다. "일어나거라, 이놈. 네놈을 때리지도 않았겠다 다른 벌도 주지 않고 꿀을 사다가 네놈한데 주겠다는데 무슨 용서를 더 구한다는 거냐!"

샤오옌이 꿀을 들고 돌아왔다. 차오멍주는 우가네 셋째를 가리키며 말했다. "저놈의 엉덩이에 발라라!"

샤오옌은 우가네 셋째를 뒤집어 눌러놓고는 나무판 하나를 찾아 우가네 셋째의 부은 엉덩이에 벌꿀을 골고루 발랐다.

차오멍주는 위증한 자에게 말했다. "핥아라. 네놈이 저놈 궁둥이를 핥고 싶어 하지 않았느냐? 핥아라!"

위증한 자는 땅땅 소리가 나도록 고개를 땅에 박으며 고함을 질렀다. "현장 나리, 현장 나리, 이놈 다시는 감히 그런 짓 하지 않겠습니다요……"

차오멍주가 말했다. "샤오옌, 신발 바닥을 준비해서 저놈을 흠씬 두들겨주어라."

위증한 자가 말했다. "때리지 마십쇼. 때리지 마십쇼. 핥겠습니다요."

위증한 자는 우가네 셋째의 엉덩이 앞에 무릎을 꿇고 앉아 혀를 내밀고 그 진득진득한 투명한 실이 늘어져 있는 꿀을 조금씩 핥기 시작했다.

둘러선 사람들의 얼굴이 모두 땀범벅이 된 채 다들 뭐라 형용하기 어려운 표정을 짓고 있었다.

위증한 자는 빠르지도 느리지도 않은 속도로 엉덩이를 핥았다. 한편으론 핥고 한편으론 토하는 바람에 우가네 셋째의 엉덩이는 온갖 꽃이 만발한 것처럼 얼룩덜룩해졌다. 차오멍주는 적절한 때가 되었다고 생각했는지 고함을 질렀다. "이제 그만 처먹거라. 이 짐승 같은 놈!"

엉덩이를 핥던 사람은 홑저고리를 들어 올려 머리를 가리고 땅바닥에 엎드려 일어나지 못했다.

차오멍주가 샤오옌을 데리고 의기양양하게 자리를 뜨려고 할 때 그 틈을 타 뤄한 큰할아버지가 노새에서 뛰어내려 큰 소리로 고함을 질렀다. "청천 나리! 억울한 사건이 있습니니다요……"

6

할머니가 막 나귀에서 내리려고 하자 촌장 우허우쯔가 소리를 지르며 막았다. "새댁은 내리지 말게. 현장 나리가 부르시니."

병사 두 명이 장총을 들고 왼쪽 오른쪽에서 나귀 뒤를 따라오며 할머니를 마을 서쪽의 만가로 호송했다. 외증조부는 장딴지에 쥐가 나서 꼼짝을 못하자, 병사 하나가 그의 등을 총받침으로 한 대 찧었다. 그러자 장딴지가 풀렸고, 외증조부는 사시나무 떨듯 떨면서 나귀의 뒤를 따라 걸었다.

할머니는 만가의 작은 나무 위에 자그마한 검은 말 한 마리가 묶여 있는 걸 보았다. 안장과 말다래가 선명했고, 말의 이마 위에는 붉은 낙인이 찍혀 있었다. 말 앞으로 몇 걸음 떨어진 곳에는 네모난 탁자 하나가 놓여 있었고 탁자 위에는 찻주전자와 찻잔이 놓여 있었다. 탁자 옆에 한 사람이 앉아 있었다. 할머니는 그때까지 그가 바로 명성이 자자한 차오 현장이고, 탁자 옆에 서 있는 또 한 사람은 바로 현장의 심복이자 아주 노련한 포졸인 샤오옌, 옌뤄구(顔洛古)라는 걸 알지 못했다. 탁자 앞쪽에는 온 마을 사람들이 둘러서 있었다. 사람들은 마치 춥기라도 한 듯 안으로 꽉 몰려 있었고, 스무 명 남짓한 병사는 별처럼 사람들 주위에 흩어져 있었다.

뤄한 큰할아버지는 온몸이 흠뻑 젖은 채로 큰 사각 탁자 앞에 서 있었다.

산씨 부자의 시체는 버드나무 아래 놓인 두 개의 판자 위에, 검은 말에서 그리 멀지 않은 자리에 뉘어 있었다.

시체에서는 이미 썩은 냄새가 났고, 나무판 가장자리로는 누런 구정물이 흘러내렸다. 까마귀 수십 마리가 버드나무 위에서 오르락내리락하는 바람에 나무 위쪽은 마치 끓는 국솥 같은 모양이었다.

뤄한 큰할아버지는 이때 비로소 우리 할머니의 얼굴을 똑똑히 본 셈이다. 할머니는 통통한 얼굴에 긴 눈과 가는 눈썹, 하얗고 긴 목을 가지고 있었다. 한 다발이나 되는 머리카락을 뒤에다 쪽을 지어 숱이 풍성해 보였다. 나귀는 사각 탁자 앞에서 멈췄다. 나귀를 타고 꼿꼿이 앉아 있는 할머니의 자태는 사람을 압도할 만했다. 뤄한 큰할아버지는 진지한 표정을 짓고 있는 차오 현장의 그 커다란 두 눈이 우리 할머니의 얼굴과 가슴 앞을 쉬지 않고 오가고 있는 것을 보았다. 그 순간 한 가지 생각이 뤄한 큰할아버지의 머리를 번개처럼 스쳐갔다. 늙은 주인, 젊은 주인이 모두 이 여인의 손에 죽은 게로구나! 하는. 필시 이 여인이 정부와 내통하여 큰불을 놓고는 계략을 써서 호랑이를 쫓아낸 것일 게다. 산씨네 부자만 죽이면, 마치 무를 뽑아버리고 나면 밭이 훤해지듯이 그다음에는 제멋대로 할 수 있을 테니……

하지만 나귀에 탄 할머니를 다시 한 번 쳐다보고 나서 뤄한 큰할아버지는 자신의 이런 생각을 의심했다. 사람을 죽인 사람은 아무리 가리려고 해도 그 흉악한 인상을 가릴 수가 없는 법인데, 나귀 위에 앉아 있는 이 여인, 우리 할머니는 밀랍으로 만든 미인처럼 작은 두 발을 도발적으로 들어 올린 채 앉아 있었고, 그 얼굴 표정은 진지하고 편안하면서도 어딘가 슬퍼 보이는 게 보살보다 더했다. 나귀 옆에서 덜덜 떨고 있는 외증조부의 모습은, 동(動)적인 것이 정(靜)적인 것을, 늙음이 젊음을, 어둠이 밝음을 더 부각시켜주는 것처럼 우리 할머니의 광채를 더욱더 빛나게 해주었다.

차오 현장이 말했다. "거기 아낙, 내려와 묻는 말에 답하라."

우리 할머니는 나귀에 탄 채 꼼짝도 하지 않았다. 촌장 우허우쯔가 굼뜬 동작으로 걸어와 큰 소리로 나무랐다. "내려라! 현장 나리께서 내려오라고 하시잖나!"

차오 현장은 손을 들어 우허우쯔에게 그만두라고 하더니 일어나 자상하게 말했다. "거기 아낙, 나귀에서 내리게. 나귀에서 내려. 본 현장이 길게 물어볼 말이 있네."

외증조부가 할머니를 나귀에서 끌어내렸다.

"자네 성은 무엇이고 이름은 무엇인가?" 차오 현장이 물었다.

할머니는 말뚝처럼 서서, 두 눈을 살짝 감은 채 말이 없었다.

외증조부가 부들부들 떨면서 말했다. "나리께 보고 올리겠습니다요. 제 딸년의 성은 다이(戴)이고 이름은 펑롄(風蓮)이며, 아명은 주얼(九兒)이고, 태어난 날은 6월 초아흐레입니다요."

"말이 많구나!" 차오 현장이 말했다.

"누가 네놈더러 이야기를 하라고 했느냐?" 촌장 우허우쯔가 외증조부를 나무라며 말했다.

"가증스런 놈!" 차오 현장이 탁자를 내리치자, 우허우쯔와 외증조부가 둘 다 놀라서 움찔했다. 현장은 다시 표정을 자상하게 바꾼 뒤 손가락으로 버드나무 아래 판자 위에 놓인 산씨 부자를 가리키며 물었다. "거기 아낙, 자네 이 둘을 알아보겠나?"

할머니는 비스듬한 눈으로 한 번 쳐다보고는 처량한 낯빛으로 고개만 저을 뿐 말이 없었다.

"저게 자네 남편이랑 시아비일세. 누군가에게 살해되었지!" 차오 현장이 사납게 한마디를 내뱉었다.

할머니는 이 말을 듣더니 몇 번 휘청하고는 땅으로 고꾸라졌다. 모인 사람들이 앞으로 나와 부축을 하고 허둥지둥하는 통에 쪽 지은 머리의 은비녀가 떨어졌고, 검은 머리 한 다발이 폭포처럼 쏟아져 내렸다. 할머니는 얼굴이 온통 금빛으로 변하더니, 우우 하며 울다가는 다시 낄낄거리며 웃어댔다. 맑은 피 한 가닥이 아랫입술 한가운데서 흘러나왔다.

차오 현장이 탁자를 치며 말했다. "다들 들으시오, 본 현장이 판결을 내리겠소. 다이씨네 여식은 바람이 불면 날아갈 듯 연약하고, 도량이 크고 단정하며, 비속한 기운이 없고, 남편이 재난을 당했다는 소식을 듣고는 크게 가슴을 치며 마음이 아파 피를 반 되나 토하고, 검은 머리를 풀어 헤쳐 시아버지에게 효를 표했소. 이런 선량한 여인이 어찌 정부와 내통하여 남편을 죽일 수 있겠소? 촌장 산우허우쯔, 내 네놈의 낯빛이 시퍼런 배추색이 된 걸 보니 필시 아편귀신에 도박 중독이로구나. 촌장이 되어 앞서서 본 현의 율령을 어긴 것도 용서할 수 없는 일이거늘 거기다 더럽고 추잡한 말로 결백한 자를 무고하다니 더더욱 죄가 무겁다. 본 현장은 분명하게 살피고 선하게 판단하니 어떤 사악한 무리도 법의 눈을 빠져나갈 수가 없는 법, 산팅슈 부자의 피살은 필시 네놈의 소행이다. 네놈이 산가의 재산을 탐하고 또 다이 씨의 아리따운 용모를 탐하여 교묘한 계략을 세워 본관을 속였구나. 네놈이 정녕 노반(魯班)* 앞에서 도끼를 휘두르고, 관운장** 앞에서 칼을 갈고, 공자 앞에서 『삼자경(三字經)』***을 외우고, 이시진**** 앞에서 『약성부(藥性賦)』*****를 외우는 격이로구나. 저놈을 당장 잡아들여라!"

병사 몇 명이 나와서 우허우쯔의 두 손을 뒤로 교차시켜 묶었다. "억울합니다요. 억울합니다요. 청천 나리……" 우허우쯔가 미친 듯이 울부짖었다.

"신발 바닥으로 저놈의 입을 쳐라!"

---

* 춘추(春秋)시대 노(魯)나라 사람으로, 걸출한 기술로 건축 장인들의 시조(始祖)로 추앙되는 인물.

** 관운장(關云長): 중국 삼국시대의 인물 중 하나. 칼을 쓰는 데 뛰어나 칼로 요괴를 처단했다고 전해지는 인물.

*** 전통 중국에서 아동 교육에 쓰던 교재로 역사, 천문, 지리, 도덕과 민간 전설 등이 담겨 있는 책.

**** 이시진(李時珍): 명나라 말기의 박물학자, 약학자로 민간에서 의업에 종사하면서 서른다섯 살 때 약물의 기준이 되는 서적을 집대성하여 유명한 『본초강목(本草綱目)』을 저술한 인물.

***** 한약의 성격을 寒, 熱, 溫, 平의 네 종류로 분류하고 이것을 운을 달아 부체(賦體)로 지어 낭송하기 좋고 외우기 좋게 만든 책.

샤오옌이 특별히 제조한 커다란 신을 허리춤에서 빼내 우허우쯔의 입을 연달아 세 차례 후려쳤다.

"네놈이 죽였냐, 안 죽였냐?"

"억울합니다요. 억울합니다요. 억울……"

"네놈이 죽이지 않았으면 어떤 놈이 죽였냐?"

"그건…… 아이고, 전 모릅니다요. 전 모릅니다요……"

"방금 전엔 내게 그렇게도 조리 있게 고하더니, 지금은 또 모르겠다고 해? 이놈의 입을 신발로 다시 쳐라!"

샤오옌이 우허우쯔의 입을 겨냥해 열댓 대를 후려치자 우허우쯔의 두 입술은 찢어지고 입은 온통 피범벅이 되었다. 우허우쯔는 잘 들리지 않는 소리로 웅얼거리며 "제 말씀은…… 제 말씀은……" 했다.

"어떤 놈이 죽였냐?"

"저…… 저…… 저 토비, 얼룩목입니다요!"

"네놈이 시킨 게 아니냐?"

"아닙니다요! 맞습니다요. 맞습니다요. 아이고 아부지, 제발 때리지만 말아주십시오……"

"모두들 들으라," 차오멍주가 말했다. "본 현장이 부임한 뒤 세 가지 대사(大事)에 갖은 힘을 기울였으니, 아편을 금하고 토비를 소탕하고 도박을 금하는 것이 그것이다. 이 세 가지 중 아편을 금하고 도박을 금한 것은 이미 크게 실효를 거두었으나 토비를 소탕하는 일만큼은 아직껏 제대로 효과를 거두지 못해왔다. 둥베이 지방은 본 현에서 가장 토비가 창궐하는 지역인데, 본 현장은 선량한 백성들에게 정부와 힘을 합하고, 서로 소식을 알려 토비를 발본색원하고 함께 이 지방의 태평을 이룰 것을 호소하는 바이다! 다이 씨는 산가에서 정식으로 맞은 며느리니 산가의 재산은 그녀에게 계승하도록 할 것이며, 연약한 여인을 속이고 부도덕한 일을 도모한 놈들은 다 토비로 간주하여 처벌할 것이다!"

이때 할머니가 앞으로 세 걸음을 걸어 나온 뒤 차오 현장 앞에 무릎을 꿇고 분 바른 얼굴을 쳐들고는 소리를 질렀다. "아버님, 친정아버님!"

차오 현장이 말했다. "난 네 아비가 아니다. 네 아비는 저기 저 노새를 끌고 있는 자가 아니더냐!"

할머니는 무릎으로 기어 차오 현장에게 다가가더니 그의 다리를 붙잡고는 연방 부르짖었다. "아버님, 친정아버님, 당신께서 현장이 되시더니 이 여식을 몰라보십니까요? 10년 전 당신께서 여식을 데리고 기근을 피해와 구걸을 하다가 이 여식을 다른 이에게 파시더니, 이 여식을 몰라보시다니요. 이 여식은 아버님을 알아보는데……"

"어! 어! 어! 이게 무슨 말이냐? 온통 다 허튼소리로고!"

"아버님, 어머님 옥체는 아직 강령하시지요? 동생은 열세 살이 되었고요? 글도 읽고 글자도 알게 되었나요? 아버님, 아버님이 저를 붉은 수수 두 말에 파셨는데, 제가 아버님 손을 붙잡고 놓지 않자 아버님이 '주얼, 아비가 세상을 다 돌아보고 경험을 쌓은 뒤에 다시 내 너를 데리러 돌아오마' 하셨죠…… 아버님이 현장이 되시더니 여식을 몰라보시다니요……"

"이 여인이 미친 게로구나. 사람을 잘못 보았다!"

"틀림없습니다! 틀림없습니다! 아버님! 친정아버님!" 할머니는 차오 현장의 무릎을 붙잡고 흔들었다. 얼굴에서는 눈물방울이 반짝였고 입에서는 옥 같은 이가 반짝였다.

차오 현장은 할머니를 일으켜 세우며 말했다. "내 너를 수양딸로 삼으마!"

"친정아버님!" 할머니는 다시 무릎을 꿇으려고 했지만 차오 현장이 팔을 붙잡았다. 할머니는 차오 현장의 손을 붙잡고 애교와 응석을 부리며 말했다. "아버님, 언제 절 데리고 어머니 보러 가실래요?"

"가자. 가자. 손 놓거라. 손 놓아……" 차오밍주가 말했다.

할머니는 차오 현장의 손을 놓았다.

차오 현장은 손수건을 꺼내 얼굴의 땀을 닦았다.

사람들이 모두 이상한 눈으로 차오 현장과 할머니를 바라보고 있었다.

차오밍주는 예모를 벗어 가운뎃손가락 위에 놓고 흔들면서 더듬거리며 이야기를 했다. "여러분…… 여러분…… 본 현장은 아편을 금하고…… 도박을 금하고…… 토비를 소탕하는 것을…… 일관되게 주장합니다!"

차오 현장의 말이 끝나자마자 곧 "팡, 팡, 팡" 하는 총소리가 세 번 울렸다. 만(灣) 뒤의 수수밭에서 총알 세 발이 발사되었고, 현장의 가운뎃손가락에 걸려 있던 다갈색 예모에서 푸른 연기 세 줄기가 새어 나왔다. 그 예모는 마치 홀린 듯이 차오 현장의 가운뎃손가락에서 날아가 땅바닥으로 떨어지더니 다시 굴렀다.

총 한 방이 울리자 사람들 속에서 휘파람 소리가 났고, 누군가가 이 기회에 고함을 질렀다. "얼룩목이 왔다!"

"봉황삼점두가 왔다!"

차오 현장은 탁자 밑으로 들어가 소리를 질렀다. "진정! 진정!"

하지만 백성들은 울고불고 난리를 치며 어지럽게 뿔뿔이 흩어졌다.

샤오옌은 버드나무에 매여 있던 검은 말을 풀고 차오 현장을 끌어내 말 위에 태우고는 말 엉덩이를 신발 바닥으로 한 차례 힘껏 내리쳤다. 검은 말은 갈기를 곧추세우고 꼬리를 빳빳이 편 채 차오 현장을 등에 지고 연기처럼 내달렸다. 병사 수십 명이 수수밭을 향해 총 몇 발을 제멋대로 난사하면서 마치 꿀벌들처럼 말 엉덩이를 쫓듯이 차오 현장을 따라갔다.

만 주위는 이상하리만치 조용해졌다.

할머니는 진지하게 굳은 표정으로, 손으로는 나귀의 머리를 누르고 얼굴은 총알이 발사되어 나온 쪽을 향해 있었다. 외증조부는 나귀 뱃가죽 밑에 숨은 채 두 손으로 귀를 가리고 꼼짝도 하지 않았다. 뤄한 큰할아버지는 여전히 그 자리에 서 있었는데 옷에서 하얀 김이 뿜어져 나왔다.

만의 물은 벼루처럼 평평했고, 하얀 수련 몇 그루는 온화하고 기품 있는 모습이었다. 꽃잎 하나하나가 다 상아처럼 단단하고 힘이 있어 보였다.

신발 바닥에 맞아 코가 시퍼레지고 얼굴이 퉁퉁 부은 촌장 우허우쯔가 날카로운 소리로 울부짖기 시작했다.

"날 풀어주시오! 날 풀어주시오! 얼룩목, 날 구해주시오!"

산우허우쯔의 부르짖음을 맞이한 것은 다시 연달아 울린 세 발의 총성이었다. 할머니는 세 발의 총알이 촌장의 뒤통수를 맞히는 모습을 직접 보았다. 촌장의 머리카락은 총성이 울릴 때 세 번이나 쭈뼛거렸고, 이어 머리가 거꾸러지면서 입으론 땅을 물고, 하늘을 향한 뒤통수에서는 희끗희끗한 액체가 흘러나왔다.

할머니는 안색 하나 바뀌지 않은 채 마치 무언가를 기다리고 있는 것처럼, 총알이 날아온 수수밭을 계속 응시하고 있었다. 바람이 한차례 불자 만의 물에 파문이 일었고 수련도 가볍게 떨렸다. 빛이 둥글게 굴절되고 버드나무 위의 까마귀들은, 절반은 산가 부자의 시체 위로 내려가고, 절반은 나무 위에 서서 무감각하게 떠들어대고 있었다. 까마귀의 꼬리 깃이 바람에 날려 부채처럼 펼쳐지자 작은 쪽빛의 꽁무니가 어지럽게 드러났다.

수수밭에서 키 큰 사람 하나가 걸어 나오더니 만가를 따라서 돌아왔다. 몸에는 무릎까지 내려오는 큰 도롱이를 걸치고 머리에는 수숫대로 만들어 귤빛 오동나무 기름을 바른 큰 삿갓을 쓰고 있었다. 삿갓 끈은 비취빛 유리알로 꿰어져 있었고, 목에는 검은 비단 조각을 매고 있었다. 그는 우허우쯔의 시체 쪽으로 와서 한 번 쳐다보고는 다시 차오 현장의 예모 앞으로 와서 그걸 주워 올리더니 모제르총에 걸고는 몇 번 돌려 힘껏 내던졌다. 예모는 평행으로 돌다가 둥근 호(弧)형의 궤적을 그리며 만 속으로 날아갔다.

그는 곧장 할머니에게로 다가와 할머니를 보았다. 할머니와 그는 마주 보고 있었다.

"산볜랑과 잤나?" 그가 물었다.

"잤다." 할머니가 말했다.

그러자 "제기랄!" 하고 욕을 퍼붓더니 수수밭으로 사라져버렸다.

뤄한 큰할아버지는 눈앞에서 일어난 일련의 사건들 때문에 머리가 멍해져 순간적으로 동서남북도 분별할 수가 없었다.

두 주인의 시체는 이미 까마귀들에 뒤덮여 있었다. 까마귀들은 딱딱한 쇳빛 긴 부리를 움직이며 시체의 눈을 파먹고 있었다.

뤄한 큰할아버지는 어제 가오미 시장에서 있었던 억울한 사건을 떠올렸다. 차오 현장은 그를 현부로 데려갔다. 그들은 큰 홀에서 촛불을 켜고 이런저런 얘기를 나눈 뒤, 각자 푸른 무 하나씩을 베어 먹고는 아침 일찍 검은 노새를 타고 둥베이 지방을 향해 곧장 달려왔다. 현장은 작고 검은 말을 타고 있었고, 검은 말 뒤에는 샤오옌과 병사 스무 명 정도가 뒤따랐다. 마을에 당도한 것은 진시(辰時)나 사시(巳時)*쯤 되었을 때이다. 현장은 현장(現場)을 조사한 뒤, 촌장 산우허우쯔를 불러들이고 백성들을 집합시킨 다음 시체 인양 작업을 지시했다.

그때 만은 온통 반짝거려 물의 깊이를 헤아릴 수 없었다. 현장은 산우허우쯔에게 시체를 건져오라고 지시했고, 산우허우쯔는 자기는 물을 잘 모른다면서 뒷걸음질을 쳤다. 뤄한 큰할아버지가 "현장님, 그들은 소인의 주인이었사오니 아무래도 소인이 가서 건지는 게 나을 듯합니다" 하고 용감하게 자원하며 말했다. 뤄한 큰할아버지는 일꾼 하나에게 고량주 반병을 가져오도록 시킨 뒤 온몸에 고량주를 바르고는 만으로 뛰어들었다. 만의 물은 장대 하나 정도 깊이였다. 숨을 참고 잠수한 뒤 만 바닥의 부드럽고 따뜻한 진흙이 발끝에 닿자마자 뤄한 큰할아버지는 자맥질을 하며 여기저기 마구 부딪쳐보았지만 아무 수확이 없었다. 나중에는 숨을 깊이 들이마신 뒤 참고 더 아래로 들어갔다. 위보다 물이 더 찼다. 그는 눈을 떴지만 눈앞은 온통 금빛 찬란하게 빛났고, 귀에서는 웅웅 소리가 울렸다. 몽롱한 가운데 커다란 물체 하나가 떠오는 것이 보여 손을 뻗쳐보았다. 손끝이 벌에 쏘인 것처럼 아팠다. 악 하고 소리를 지르는 바람에 피비린내가 진동을 하는 물을 꿀꺽하고 크게 한 모금 마셔버렸다. 뤄한 큰할아버지는 어떤 것도 상관하지 않고 손발을 있는 대로 휘저어 수면 위로 떠올라온 뒤 목숨을 다해 만가로 헤엄쳐갔다. 그러고는 언덕 위로 올라와 땅바닥에 주저앉아서는 정신없이 숨을 헐떡였다.

"찾았느냐?" 현장이 물었다.

"못…… 못 찾았습니다." 그는 누레진 얼굴로 말했다. "만 안에……이상한 것이 있어서……"

차오 현장은 만의 물을 바라보며 예모를 벗어 가운뎃손가락 위에 놓

고는 두 바퀴를 돌리고 난 뒤 모자를 다시 쓰더니 몸을 돌려 병사 둘을 불러 말했다. "안에다 수류탄을 던져라!"

샤오옌이 백성들을 만가에서 스무 발 남짓 떨어지도록 했다.

차오 현장은 탁자 쪽으로 물러나 앉았다.

그 두 병사는 만가에 엎드려, 보총을 뒤로 돌려놓고는 허리춤에서 작은 참외처럼 생긴 검은 수류탄을 꺼내 안전핀을 뽑고 총 뚜껑에 한 번 부딪힌 뒤 만으로 던졌다. 검은 수류탄은 물속으로 굴러떨어지면서 물을 찢어 무수히 많은 동심원을 만들어냈다. 두 병사는 황급히 고개를 숙였다. 하지만 주변은 쥐 죽은 듯이 고요했다. 얼마가 지났는지 알 수 없었지만 만에서는 아무런 움직임도 없었다. 수류탄이 물속으로 떨어지면서 찢어 만들어낸 동심원은 이미 만가까지 퍼졌지만 수면은 마치 구리거울처럼 신비한 혼돈의 상태였다.

차오 현장이 이를 갈며 말했다. "다시 던져라!"

두 병사는 다시 수류탄을 만지작거려 꺼낸 뒤 똑같은 순서로 다시 물속으로 던졌다. 검은 수류탄은 공중을 날 때 쉬익 하는 소리를 내며 두 줄의 하얀 포연을 남겨놓았다. 수류탄이 막 물속으로 떨어지는 순간 퍽 하는 둔탁한 소리가 두 차례 물속에서 들려오더니 만에서 물기둥 두 개가 솟아올랐다. 4~5미터 정도 되는 높이에, 꼭대기는 부스스한 게, 눈(雪)으로 만들어진 나무처럼 순간 굳었다가 다시 와르르 무너져 내렸다.

차오 현장은 물가로 달려갔다. 백성들도 사방에서 몰려들었다. 만 안에서는 두 개의 물 무더기가 아직도 부글거리면서 한참을 멈추지 않고 꿈틀거렸다. 한 줄 한 줄의 포말이 파아 하고 부서지면서, 호랑이 아가리만한 수십 개의 등 푸른 연어 뱃가죽이 하늘을 향해 솟아 올라왔다. 물방울이 점점 다 사라질 때쯤 만에서는 비릿한 냄새가 올라왔다. 햇빛은 다시 수면 위에 가득 깔려 있고, 하얀색 수련의 줄기와 잎은 약간의 미동 후에 의연하고 대범한 자태를 드러내며 조금의 흐트러짐도 없었다. 햇빛이 뭇 사람들을 비추었고 차오 현장의 얼굴에서도 빛이 발하기 시작했다. 모두는 굳은 얼굴로 무언가를 기다리듯이 목을 길게 뺀 채 점점 더 고요해지는 만의 물을 바라보고 있었다.

갑자기 만 가운데서 꿀럭꿀럭하며 분홍빛 거품이 두 갈래로 뿜어져 올라왔다. 다들 숨을 죽이고 포말이 부서지는 소리를 듣고 있었다. 햇빛은 강렬해져 수면 위를 금처럼 단단한 껍질로 덮어놓고는 사람들의 눈을 어지럽게 했다. 다행히 검은 구름 한 조각이 때맞추어 몰려와 태양을 가리자 금빛은 사라지고 만의 물은 다시 푸른빛을 띠었다. 커다랗고 시커먼 물체 두 개가, 거품이 솟아나던 곳에서 천천히 솟아올라왔고, 수면 위에 가까워지자 갑자기 속도가 빨라졌다. 엉덩이 두 개가 먼저 툭 솟아오르더니 이어 하나씩 뒤집어졌다. 산씨 부자의 부풀어 오른 피부가 하늘을 향해 드러났다. 수면 위로 오르락내리락하며 보일락 말락 하는 얼굴이 마치 부끄러워하는 모습 같았다.

차오 현장은 시체를 끌어 올리도록 명했다. 일꾼들이 돌아가서 긴 나무 막대기를 가져왔다. 막대기 끝에는 쇠갈고리가 매어 있었다. 뤄한 큰할아버지는 쇠갈고리를 산씨 부자의 허벅지에 걸어 — 갈고리가 살에 꽂힐 때 나는 찌익 하는 소리는 마치 신 은행을 씹을 때처럼 사람들의 잇몸에서까지 침이 솟아나오게 했다 — 천천히 끌어올렸다.

……

어린 나귀는 얼굴을 하늘로 향하고, 히힝히힝 하며 소리를 냈다.

뤄한 큰할아버지가 물었다. "아씨, 어떻게 할까요?"

할머니는 생각을 하더니 "일꾼들에게 분부를 내려 목재상에 가서 우선 얇은 목피 관 두 짝을 외상으로 사오도록 하게. 그래서 빨리 입관을 하고, 장소를 찾아 매장을 하도록 하게. 빠를수록 좋네. 일이 다 끝나고 나면 서쪽 마당으로 오게. 자네에게 할 말이 있네."

"알겠습니다, 아씨." 뤄한 큰할아버지는 공손하게 답했다.

뤄한 큰할아버지는 두 주인을 관에 넣고 수수밭에 매장했다. 일꾼 열댓 명이 서둘러 일을 했지만 누구 하나 말을 하는 이가 없었다. 시신의 매장이 끝났을 때는 붉은 해가 서쪽으로 기울고 있었다. 무덤 위를 부질없이 빙빙 돌고 있는 까마귀들의 날개 위에 진홍빛 석양이 물들어 있었다. 뤄한 큰할아버지가 말했다. "자 다들, 돌아가서 기다리게. 내 얼굴을 봐서 일을 잘 처리해주고, 말들은 좀 아끼고."

뤄한 큰할아버지는 우리 할머니의 지시를 들으러 서쪽 마당으로 갔다. 할머니는 가부좌를 틀고 나귀 등에서 내린 이불 위에 앉아 있었다. 외증조부는 마른 풀 한 다발을 안고서 한 줌씩 꺼내 나귀에게 먹이고 있었다.

뤄한 큰할아버지가 말했다. "아씨, 일을 다 마무리했습니다. 이건 주인어른이 지니고 계시던 열쇠입니다."

할머니가 말했다. "열쇠는 우선 자네가 가지고 있게. 내 좀 물어보세, 이 마을에 바오쯔(包子)* 파는 집이 있는가?"

"있습니다." 뤄한 큰할아버지가 말했다.

할머니는 "가서 바오쯔 두 바구니를 사다가 일꾼들에게 나누어 먹게 하고, 다 먹은 뒤에는 그들을 이 마당으로 데리고 오게. 바오쯔 스무 개는 이리로 가져오고."

---

* 만두나 찐빵.

뤄한 큰할아버지는 신선한 연꽃잎에 받친 바오쯔 스무 개를 들고 왔다. 할머니는 손을 내밀어 받으며, 뤄한 큰할아버지에게 "자넨 동쪽 마당으로 가서 일꾼들을 불러모아 어서 먹도록 하게" 하고 말했다.

뤄한 큰할아버지는 연신 네네 하며 물러갔다.

할머니는 바오쯔를 외증조부 앞에 건네며, "가면서 드세요!" 하고 말했다.

외증조부가 말했다. "주얼! 넌 정말 내 친딸이다!"

할머니가 말했다. "빨리 가세요. 쓸데없는 소리 그만두고!"

외증조부는 노기등등하게 "난 네 친아비야!" 하고 말했다.

"난 당신 같은 아버지 둔 적 없으니 오늘 이후론 절대로 이 집 문간에 발 들여놓지 못하게 될 거예요!" 할머니가 말했다.

"난 네 아비야!"

"우리 아버진 차오 현장이에요. 못 들었어요?"

"그렇게 마음대론 안 되지. 새아버지가 생기니 옛 아버지를 버리겠다고? 나랑 네 어미가 다 나서면 너도 그리 쉽진 않을걸!"

할머니는 손에 있던 연잎 바오쯔를 힘껏 외증조부의 얼굴로 내던졌다. 뜨거운 바오쯔가 마치 폭탄 터지듯이 외증조부의 얼굴을 때렸다.

외증조부는 나귀를 끌고 욕지거리를 퍼부으며 대문 쪽으로 달아났다. "잡종 같은 년! 잡종의 새끼 같으니라고! 육친도 몰라보는 잡종의 새끼! 내, 현으로 가서 네년을 고발할 테다. 네년의 불충과 불효를 고발할 거라고! 네년이 토비랑 간통을 했다고 고발할 거야! 네년이 친아빌 죽이려고 했다고 고발할 거야!……"

외증조부의 욕지거리가 점점 더 멀어져 가는 가운데 뤄한 큰할아버지는 일꾼 열세 명을 데리고 마당으로 들어왔다.

할머니는 손을 들어 올려 앞머리를 가다듬고, 손을 펴 옷깃을 피면서 대범하게 말했다. "자네들, 수고 많았네! 내 젊은 나이에 갓 집안일을 맡게 되었지만 떳떳하지 못한 일은 하지 않을 것이니 모두들 도와주기 바라네. 뤄한 아저씨는 이 집에서 10여 년이 넘도록 있었으니 앞으로도 술도가의 일을 계속 앞장서서 해주시고. 옛 주인인 두 부자가 다 손을 놓고 가버렸으니 이제 우린 상을 새로 닦고 잔치를 벌일 걸세. 현의 일은 내 양아버지가 붙잡고 계시고, 저 숲속의 친구분들에게도 죄를 지은 게 없고, 마을의 향친이나 내왕하는 상인들이나 손님들에게도 하나도 섭섭하게 하지 않을 셈이니, 내 장담하지, 우린 이 장사를 거뜬히 잘해나갈 수 있을 걸세. 내일, 모레, 글피 사흘 동안은 솥에 불 피우지 말고 모두들 나를 도와 집을 청소하세. 두 부자 주인이 쓰던 물건들 중 태울 만한 건 다 태우고 타지 않는 건 파묻고. 오늘 밤은 일단 다들 가서 일찌감치 쉬고. 뤄한 아저씨 생각은 어떠신가, 이렇게 하는 게?"

뤄한 큰할아버지가 말했다. "아씨 분부대로 하겠습니다."

할머니가 말했다. "일하기 싫은 사람은 없는가? 하기 싫다면 강제로 붙잡진 않겠네. 나 같은 여주인을 따라서 일하는 게 내키지 않으면 다른 주인을 찾아보고."

일꾼들은 서로 쳐다보더니 다들 "아씨 마님을 위해 일하고 싶습니다요" 하고 말했다.

"그럼 이제 다들 가보게." 할머니가 말했다.

머슴들은 동쪽 마당의 곁채에 모여 이런저런 이야기를 나누느라 분주했다. 뤄한 큰할아버지가 말했다. "빨리들 자게. 자, 내일 일찌감치 일어나야 하니."

한밤중에 뤄한 큰할아버지는 노새에게 풀을 더 가져다주러 일어났다가 우리 할머니가 서쪽 마당에 서서 흐느끼는 모습을 보았다.

다음 날 이른 새벽 뤄한 큰할아버지는 일찌감치 일어나 대문 밖을 한 바퀴 돌았다. 서쪽 마당의 대문은 굳게 잠겨 있었고 마당 안은 고요했다. 그는 다시 동쪽 마당으로 돌아와 높은 의자를 밟고 서서 서쪽 마당 안을 들여다보았다. 우리 할머니는 담 벽에 등을 대고 이불 위에 앉은 채 잠이 들어 있었다.

그 사흘 동안 산가네 마당에서는 온통 다 뒤집어엎는 난리가 벌어졌다. 뤄한 큰할아버지와 일꾼들은 온몸을 술로 흠뻑 적신 뒤에 두 부자가 덮고 있던 이불들과 입었던 옷가지들, 깔았던 방석이랑 솥·그릇·국자·사발 등 부엌세간들, 바느질 도구 같은 자잘하고 사소한 물건들과 온갖 잡동사니를 다 꺼내 마당 안으로 옮기고는 소주를 부은 뒤 불을 붙여 태웠다. 타고 남은 재는 구덩이를 깊이 파서 묻었다.

짐을 다 들어내고 난 뒤 집 안이 텅 비었을 때 뤄한 큰할아버지는 고량주가 가득 담긴 사발에 열쇠 꾸러미를 받쳐 들고 가져왔다. 뤄한 큰할아버지는 "아씨, 이 열쇠들은 이미 술에 세 번이나 씻어냈습니다요."

할머니가 말했다. "아저씨, 이 열쇠는 아저씨가 관리하시게. 내 재산이 곧 아저씨 재산이라고 생각하시고."

뤄한 큰할아버지는 당황해서 말을 잇지 못했다.

할머니가 말했다. "아저씨, 그냥 인사로 하는 말이 아니니, 어서 가서 천이랑 솜이랑 가재도구들도 다 사오시고. 이불이랑 장막도 사람을 불러 새로 하시게. 돈은 얼마가 들든 걱정하지 말고, 일꾼들에게는 술을 메고 와서 집 안팎이랑 담 모퉁이 구석구석까지 온 집 안에 한 번 다 뿌리라고 하고."

"그렇게 하려면 술은 얼마나 써야 할지요?" 뤄한 큰할아버지가 말했다.

"얼마든지 써도 되네." 할머니가 말했다.

일꾼들이 술을 메고 와서 온 집 안 천지에 다 뿌렸다. 할머니는 진한 술 냄새 속에 서서 입을 오므린 채 미소를 짓고 있었다.

이 한바탕 대소독을 치르는 데 술 아홉 단지가 들었다. 술을 뿌린 뒤에 할머니는 다시 일꾼들에게 새 천에 술을 묻혀, 닦을 수 있는 물건들은 죄다 네댓 번씩 닦도록 하고, 담 위에는 석회를 뿌리고 문과 창에는 칠을 하고 방구들에는 새 짚을 깔고 돗자리도 새로 바꾸도록 해서 완전히 새로운 세상, 새로운 천지를 만들었다.

일이 다 끝난 뒤에 할머니는 모든 일꾼에게 상으로 은화 석 냥씩 주었다.

이후 술도가의 일은 할머니와 뭐한 큰할아버지의 지도 아래 성황을 이루며 번창했다.

대소독을 마치고 열흘이 지나자, 집 안에서 술 냄새는 다 가시고 대신 정신을 맑게 해주는 신선한 석회 냄새가 났다. 할머니는 기뻐하며 마을 잡화점으로 가 가위랑 붉은 종이를 사고 은바늘이랑 금실 등 여인네들이 쓰는 물건들을 사와서, 구들에 앉아 창틀에 새로 붙인 하얀 창호지 위에 붙일 종이 장식을 오렸다. 할머니는 생각이 기발하고 재주가 뛰어나, 친정에 있을 때도 이웃집 아가씨나 아줌마들이랑 종이 공예나 자수 솜씨를 겨루면 종종 가장 뛰어난 실력을 발휘하곤 했다. 할머니는 탁월한 민간예술가로서 우리 가오미 둥베이 지방의 전지(剪紙) 공예 발전에도 두드러진 공헌을 했다. 가오미 지방의 전지 공예는 영롱함과 투명함, 소박함과 중후함에 천마(天馬)가 공중을 나는 기상까지 갖추어 스스로 독특한 풍격을 이루고 있다.

가위를 들고 붉고 네모난 종이를 오리고 있던 할머니의 마음이 갑자기 천둥 번개가 치듯이 소란하고 어수선해졌다. 몸은 방구들에 있었지만 마음은 이미 창틀 밖으로 날아서 바다 같은 수수밭 위를 비둘기처럼 날고 있었다…… 할머니는 어려서부터 한 번도 대문 밖에 나가본 적이 없었다. 중문(中門) 문턱도 넘어보지 못한 채 줄곧 집 안에만 틀어박혀 세상과는 거의 격리되어 지내다가, 조금 자랐다 싶자 다시 부모의 명과 중매쟁이의 말을 따라 서둘러 출가를 하게 된 것이다. 그런데 지난 열흘 사이에 이 모든 게 다 뒤집혀버렸다. 뿌리 뽑힌 쑥이 바람에 정처없이 떠돌고, 빗방울에 맞아 찢긴 부평초 잎들이 연못에 온통 낭자하게 널린 것처럼 원앙의 붉은 꿈은 그렇게 되었다. 지난 열흘 동안 할머니의 마음은 달콤한 꿀 속에 잠겼다가 얼음물 속에 적셔졌다가 펄펄 끓는 물속에 던져졌다가 고량주 속에 담가졌다가 하면서 벌써 세상의 맛이란 맛은 다 보고 상처란 상처는 다 겪어본 것 같았다.

할머니는 뭔가를 바라고 있었지만 또 대체 자신이 뭘 바라는 건지 알 수 없었고, 손에 전지가위를 들고 있었지만 대체 무엇을 오려야 할지 알 수 없었다. 과거에 있었던 그 기발한 생각들이, 줄줄이 떠오르는 어지러운 장면들에 의해 다 파괴되어버렸다. 바로 이런 쓸데없는 생각들을 하고 있다가 할머니는 문득 초가을 들판, 술 냄새 일렁이는 수수밭에서 들려오는 처량하고 아름다운 여치 울음소리를 들었다. 소리만 들어도 할머니는 벌써 그 작은 연녹색 벌레가 연붉은 수수 이삭 위에 엎드려 가느다란 촉수를 떨면서 날갯짓을 하고 있는 모습이 보이는 것 같았다. 그 모습을 떠올리고 있던 할머니 머릿속에서 문득 대담하고 참신한 생각 하나가 튀어나왔다.

아름다운 조롱 밖으로 튀어나온 여치가 조롱 뚜껑 위에 서서 날개를 퍼덕이며 노래를 부르고 있는 모습이었다.

할머니는 조롱을 빠져나온 여치를 오리고 나서, 다시 매화와 작은 사슴을 오렸다. 사슴의 등 뒤에는 홍매화 한 그루가 피어 있었다. 홍매화는 고개를 치켜들고 가슴을 편 채 자유로운 천지 안에서 아무런 걱정도 속박도 없는 아름다운 삶을 찾고 있었다.

우리 할머니의 일생은 '대범하여 소소한 것에 구애됨이 없는' 그런 삶이었다. 마음은 하늘보다 높지만 운명은 종이처럼 얇아서, 처음부터 일관되게 과감하게 저항하고 과감하게 투쟁하면서 살아왔다. 사람의 성격이 발달하는 데는 객관적인 조건이 그걸 촉진하는 게 맞지만, 내재적인 조건이 없다면 어떤 객관적인 조건도 다 허사라는 것 역시 맞는 말이다. 이는 마오쩌둥 주석이, 온도가 달걀을 닭으로 변화시킬 수는 있지만 돌을 닭으로 변화시킬 수는 없다고 한 말과 똑같은 말이며, 내 생각엔 공자님이 "썩은 나무에는 조각을 할 수가 없고, 분토(糞土)로 된 담에는 흙손질을 할 수가 없다"고 하신 것과도 같은 이치이다.

할머니가 종이를 오리려고 할 때 떠올렸던 그 기발한 생각은 그녀가 본래부터 여인 중의 호걸이라는 걸 말해주기에 충분하다. 그녀만이 감히 매화나무를 사슴 등 위에 심을 생각을 할 수 있는 것이다. 할머니가 오린 종이를 볼 때마다 나는 감탄과 존경이 절로 우러난다. 우리 할머니가 만약 문학이라는 일을 업으로 삼았다면, 수많은 문학가를 다 그 밑에 납작 엎드리게 만들었을 것이다. 그녀가 곧 조물주고 그녀의 말이 곧 금과옥조의 철칙이었다. 그녀가 여치에게 조롱에서 나오라고 하면 여치는 조롱에서 나왔고, 그녀가 사슴 등에서 나무가 자라라고 하면 사슴 등에서 나무가 자랐다.

할머니, 당신에 비하면 이 손자는 마치 3년이나 굶은 허연 머릿니처럼 형편없는 모습이다.

할머니가 종이를 오리고 있을 때, 갑자기 대문이 끼익하고 열리더니 귀에 익기도 하고 낯설기도 한 어떤 목소리가 마당에서 고함을 질렀다.

"주인장, 사람 안 쓰쇼?"

할머니는 그 소리를 듣고 손에 들고 있던 가위를 구들 위로 떨어뜨렸다.

7

할아버지가 아버지를 흔들어 깨웠을 때, 할아버지는 강둑 위에서 구불구불한 긴 용이 막 나는 듯이 이리저리 움직이며 다가오는 것을 보았다. 횃불 아래에서 대담하게 외쳐대는 소리들이 들려왔다. 어떻게 사람을 죽이고도 눈 하나 깜짝 하지 않던 할아버지가 이 꿈틀대는 횃불들에 그처럼 감동한 것인지 아버지는 똑똑히 설명할 수가 없었다. 할아버지는 훌쩍거리면서 웅얼거렸다. "더우관…… 내 아들아…… 마을 사람들이 왔구나……"

마을의 남녀노소 수백 명이 여기저기서 몰려왔다. 횃불을 들지 않은 사람들은 저마다 곡괭이나 삽, 몽둥이 같은 것들을 손에 들고 있었다. 아버지와 친한 친구들이 가장 앞쪽에서 밀치락달치락하며 다가오고 있는 게 보였다. 손에는, 수숫대로 엮고 꼭대기에는 솜을 찢어 묶어 콩기름을 적신 횃불이 들려 있었다.

"위 사령관, 이겼지요!"

"위 사령관, 마을 사람들이 돼지 잡고 양 잡아 잔치를 벌이고 형제들이 돌아오기만을 기다리고 있어요."

할아버지는 장엄하고 신성한 빛으로, 구불구불한 강물과 넓게 펼쳐진 수수밭을 비추고 있는 횃불 앞에서 두 무릎을 꿇고 슬픔으로 목이 멘 채 말했다. "마을 어르신들, 이 위잔아오가 천고의 죄인입니다. 곰보 렁의 간계에 빠져서 그만…… 형제들은…… 모두 다 전사했습니다!"

횃불은 더 빽빽이 몰려들었다. 기름 연기가 하늘을 찔렀고 불꽃은 불안하게 요동쳤다. 한 방울씩 타들어가는 콩기름이 '치익' 하는 이상한 소리를 내면서 수직의 붉은 선을 그리고는 바닥으로 떨어져서 계속 타고 있었다. 그렇게 여전히 타고 있는 작은 불꽃들이 강둑 위와 사람들의 발 밑 여기저기에 그득하게 널려 있었다. 수수밭에서 여우 우는 소리가 들려왔다. 강물 속의 물고기 떼가 빛을 쫓아오면서 꾸륵거리는 소리를 냈다. 다들 아무 말도 하지 않았다. 불꽃이 파닥대며 휘말아 오르는 소리들 속에서, 깊이 가라앉은 어떤 거대한 소리가 멀리 수수밭 쪽에서 넘실대며 밀려오는 것 같았다.

얼굴은 시커멓고 수염은 하얗고 한쪽 눈은 크고 다른 쪽 눈은 작은 노인이 들고 있던 횃불을 옆 사람에게 건넨 뒤 허리를 굽혀 두 손으로 우리 할아버지의 팔을 부축해 일으키며 말했다. "위 사령관, 일어나시오. 일어나시오."

그러자 다들 일제히 소리쳤다. "위 사령관, 일어나시오. 일어나시오."

할아버지는 천천히 일어났다. 노인의 따뜻한 두 손이 할아버지 팔근 육에 아주 따뜻한 온기를 전해주었다. "마을 어르신들, 다리 위로 가보십시다." 할아버지가 말했다.

할아버지와 아버지가 앞장섰고, 그 뒤로 횃불들이 빽빽하게 무리 지어 따라왔다. 횃불 빛이 한 걸음 한 걸음 희뿌옇던 물길과 수수밭을 비추는 가운데, 무리는 곧장 전투가 벌어졌던 큰 다리 부근까지 왔다. 8월 초 아흐레의 비장한 핏빛 반달을 곁에서 녹색 구름 몇 점이 호위하고 있었다. 횃불이 큰 다리를 비추자 부서진 자동차들의 흉물스런 모습이 어른거렸다. 시체들이 아무렇게나 널브러져 있는 전쟁터에서는 피비린내가 코를 찔렀고, 타버린 풀 냄새와 그 뒤에 배경으로 광대하게 펼쳐져 있는 수수의 향기와 유장하게 흐르는 강물 냄새가 한데 섞여 있었다.

여인네 수십 명이 일제히 통곡을 하기 시작했다. 수숫대로 만든 횃불에서 떨어지는 기름방울이 사람들의 손과 발 위로 떨어졌다. 횃불을 들고 있는 사내들의 얼굴은 모두 뜨겁게 달구어진 쇠 같았고, 새하얀 돌다리 위에 그려진 새빨간 빛 한 줄기는 마치 곧게 눌려서 펴진 무지개 같았다.

검은 얼굴에 하얀 수염을 지닌 노인이 큰 소리로 외쳤다. "왜들 우시오? 이게 바로 크게 이기는 싸움이 아니겠소? 중국에 4억 명의 사람이 있는데, 한 사람이 한 사람씩 상대한다면 비좁은 일본 땅에 얼마나 많은 사람이 있다고 우릴 상대할 수 있겠소? 1억을 잘라내서 그들의 종자를 다 없애버린다고 해도 우리에겐 아직 3억이 남아 있으니 이게 바로 크게 이기는 싸움이 아니고 무엇이오? 위 사령관, 이게 바로 크게 이기는 싸움인 게요!"

할아버지가 말했다. "어르신, 어르신의 말씀은 그저 저를 위로하시느라고 하시는 말씀이십니다."

노인이 말했다. "아니오. 위 사령관, 이건 결단코 크게 이기는 싸움이요. 당장 명령을 내리시오. 당신이 하라는 대로 하겠소이다. 중국에 다른 건 없어도 사람이야 널려 있지 않소."

그러자 할아버지가 허리를 꼿꼿이 펴면서 일어나 말했다. "여러분, 우선 형제들의 시신을 수습합시다!"

사람들이 흩어져서 대로 양편의 수수밭에 널려 있는 대원들의 시신을 서쪽 강둑 위로 들어 옮겨온 뒤 일률적으로 머리는 남쪽, 발은 북쪽을 향하게 해서 길게 한 줄로 늘어놓았다. 할아버지는 아버지를 데리고 시신들을 하나하나 훑어보며 수를 세었다. 아버지는 왕원이와 왕원이의 아내, 팡씨네 여섯째, 팡씨네 일곱째, 나팔수 류, 폐병쟁이 넷째 등 한 무더기의 낯익은 얼굴과 낯선 얼굴들을 보았다. 아버지의 얼굴에서 계속 경련이 일었고 얼굴이 온통 찡그려졌다. 두 눈에 그렁그렁하게 고인 눈물이 횃불에 비쳐 마치 웅덩이에 고인 쇳물처럼 보였다.

할아버지가 말했다. "벙어리는? 더우관, 너 벙어리 아저씨 봤냐?"

아버지는 당장 벙어리가 허리춤에 차고 있던 날카로운 칼로 일본 놈의 머리를 싹둑 자르고, 잘린 일본 놈의 머리가 공중에서 포효하며 날아가던 모습을 떠올렸다. "차에서 봤어요." 아버지가 말했다.

횃불 몇 개가 차 주위로 몰려들었다. 차 위로 뛰어올라간 남자 셋이 벙어리를 들어 올려 차 밖으로 옮겼다. 할아버지가 달려가 벙어리를 등에 메자 당장 두 사람이 더 달려와 한 사람은 머리를 들고 한 사람은 다리를 부축한 채 비틀거리며 강 언덕을 올라왔다. 벙어리의 시신은 한 줄로 널려 있는 시신들의 동쪽 끝에 놓였다. 벙어리는 허리가 부러져 있었지만 손에는 아직도 핏자국이 얼룩덜룩한 장도를 꼭 쥐고 있었다. 두 눈을 둥그렇게 뜨고 입은 크게 벌린 모습이 마치 고함을 지르고 있는 것 같았다.

할아버지는 무릎을 꿇고 앉아 벙어리의 무릎과 가슴을 한 번 힘주어 눌렀다. 아버지는 벙어리의 등뼈에서 몇 차례 뿌직하는 소리가 나는 걸 들었다. 그 소리 속에서 벙어리의 몸은 곧게 펴졌다. 할아버지는 벙어리의 손에서 칼을 빼내려고 했지만 어떻게 해도 빠지지 않자 하는 수 없이 벙어리의 팔을 안으로 모아서 허리춤의 칼이 그의 허벅지에 딱 달라붙도록 했다. 어떤 아낙이 무릎을 꿇고 앉더니 벙어리의 둥그렇게 뜬 눈을 매만지며 말했다. "형제, 눈을 감으소. 눈을 감으소. 위 사령관이 당신을 위해 복수를 할 것이요……"

"아버지, 우리 엄만 아직 수수밭에 있어요……" 아버지가 울며 말했다.

할아버지가 손짓을 하며 말했다. "네가 가거라…… 마을 사람들 데리고 가서 들고 오너라……"

아버지가 앞장서서 수수밭을 뚫고 들어갔고 횃불을 든 몇몇 사람이 아버지를 뒤따랐다. 빽빽하게 널려 있는 수숫대에 부딪혀 횃불은 사방에 기름을 뿌렸고, 반쯤 마른 수숫잎들은 기름에 닿을 때마다 오그라들며 타 들어갔다. 수수들은 불 앞에서 무거운 고개를 숙인 채 목 쉰 흐느낌을 내뱉고 있었다.

아버지가 한 줌씩 수숫대를 헤치며 나아가자 반듯하게 드러누운 채 별들이 반짝이는 가오미 둥베이 지방의 찬란한 하늘을 멀리 바라다보고 있는 할머니의 얼굴이 드러났다. 할머니는 죽기 직전 영혼 깊은 곳에서 우러나오는 우렁찬 목소리로 하늘을 향해 부르짖었고, 하늘도 감동한 얼굴로 긴 탄식을 내뱉었었다. 죽은 할머니의 얼굴은 백옥처럼 아름다웠다. 살짝 벌어진 입술 사이로 하얗게 빛나는 이가 보였고, 그 이 위에는 새하얀 비둘기가 비취빛 부리로 쪼아다 놓은 진주 같은 수수 낱알이 몇 개 놓여 있었다. 총알이 지나간 할머니의 유방은 꼿꼿이 오만하게 선 채 인간 세상의 도덕과 번지르르한 설교들을 경멸하면서, 인간의 힘과 인간의 자유, 생의 위대함과 사랑의 영광스러움을 드러내주고 있었다. 할머니는 영원하리라!

할아버지가 왔다. 할머니의 시신 주위에서 횃불 수십 개가 타고 있었다. 횃불로 인해 불이 붙은 수숫잎들이 치직 소리를 내며 튀어 올랐다. 타오르는 불길이 널찍한 수수밭 사이를 뱀의 혀처럼 훑고 지나갔고, 수수 이삭들은 고통스러워서 그 모습을 차마 쳐다보지 못했다.

"들고 갑시다……" 할아버지가 말했다.

젊은 여인 한 무리가 할머니의 시신을 둘러쌌다. 앞에 인도하는 횃불이 있고 좌우에 비추는 횃불이 있어서 수수밭은 흡사 선경(仙境) 같았다. 사람들의 몸 주위에서도 모두 기이한 빛이 반짝거렸다.

할머니의 시신은 강둑으로 옮겨져 서쪽 맨 끝에 놓였다.

검은 얼굴에 하얀 수염을 한 노인이 할아버지에게 물었다. "위 사령관, 어딜 가야 단시간 안에 이 많은 관을 마련할 수가 있겠소?"

할아버지는 잠시 깊이 생각하더니 "마을로 시신을 옮기지도 말고, 관도 준비하지 맙시다. 우선은 그냥 수수밭에 묻어 가매장을 했다가 우리가 제대로 진용을 갖춘 뒤에 다시 형제들을 위해 회룡장(回龍葬)*으로 성대하게 장례를 치릅시다!"

노인은 고개를 끄덕여 그게 맞겠다는 뜻을 표하고는, 사람들을 시켜 마을로 돌아가서 밤새 시신을 매장할 때 쓸 횃불을 새로 만들어오도록 했다. 할아버지는 "이왕 하는 김에 저 차들을 끌고 갈 가축도 몇 마리 끌고 오십시다" 하고 말했다.

사람들은 횃불 속에서 구덩무덤을 파기 시작했고, 그 일은 한밤중이 되어서야 끝이 났다. 할아버지는 다시 사람을 시켜 수숫대를 잘라와 구덩

---

* 안장을 마친 뒤에 하얀색 조기를 붉은색으로 바꾸고 친속들도 상복을 벗고 머리에 붉은 끈을 묶고, 시신 안장에 사용했던 물건들에도 모두 붉은 종이를 붙이며 그 후에는 장남이나 장손이 영정을 들고 대열과 함께 돌아와 영정 앞에서 다시 제사를 지내는, 성대하게 치르는 장례 풍습.

이 밑에 깔고 그 위에 시신을 눕힌 뒤 다시 수숫대로 덮고 그 위에 흙을 채워 봉분을 만들도록 했다.

할머니가 가장 마지막으로 묻혔다. 수숫대 하나하나가 다시 한 번 그녀의 몸을 꼭 감쌌다. 마지막 수숫대가 할머니의 얼굴을 덮는 걸 보면서 아버지는 속으로 비명을 질렀다. 덕지덕지 상처가 난 심장에 다시 한 번 깊은 상처가 난 것 같았다. 아버지의 이 상처는 이후 기나긴 삶의 여정 속에서도 끝내 치유되지 않았다. 마지막 삽은 할아버지가 부었다. 성글고 큰 검은 흙 알갱이가 수숫대 위에 뿌려지면서 퉁퉁하는 소리를 냈고, 이어 흙 알갱이들이 수수 틈새로 들어가면서 나는 스슥 하는 소리가 들렸다. 마치 한 번의 폭발 뒤 탄피들이 고요한 공기를 가르며 사방으로 흩어지면서 내는 소리 같았다. 순간 아버지는 심장이 오그라드는 것 같았다. 어쩌면 정말로 있을지도 모르는 그 상처의 틈에서 피가 사방으로 흩뿌려지는 것처럼 느껴졌다. 아버지는 날카로운 두 앞니로 바싹 마른 아랫입술을 꽉 깨물었다.

할머니의 무덤도 만들어졌다. 수수밭에 뾰족한 무덤이 쉰 개가량 생겨났다. 그 노인이 말했다. "자, 여러분, 무릎을 꿇읍시다!"

마을 사람들이 일제히 새 무덤들 앞에 무릎을 꿇었다. 순간 울음소리가 온 사방을 뒤흔들었다. 횃불은 가물가물 꺼져가고 있었다. 커다란 별똥별 하나가 눈부신 빛을 발하며 남쪽 하늘에서 떨어져 내렸다. 그 눈부신 빛은 수수 이삭에 닿은 뒤에야 사라졌다.

나중에 횃불을 새로 바꾸었을 때는 벌써 새벽 무렵이었다. 안개가 자욱한 강물 위로 우윳빛 수면이 드러나기 시작했다. 한밤중에 끌고 온 말 열댓 마리와 노새, 나귀, 소 등이 한데 섞인 채 질겅질겅 수숫대를 씹어대고 아작아작 수수 이삭을 씹어 먹고 있었다.

할아버지는 죽 이어놓은 갈고리들을 거둬들이고 쇠갈고리에 타이어가 찢겨 납작하게 가라앉은 차를 큰길 위로 밀어 동쪽 도랑 안으로 끌어다 놓도록 지시했다. 할아버지가 총 하나를 찾아내고는 기름 탱크를 겨냥해 한 방 쏘았다. 거대한 기체가 일면서 수수알만 한 쇠 모래 수백 개를 기름 탱크 쪽으로 불어내자 기름 탱크에 수천 개의 구멍이 났고, 구멍에서는 기름이 츠츠 하며 뿜어져 나왔다. 할아버지는 마을 사람의 손에서 횃불 하나를 건네받고는 뒤로 몇 발 물러선 뒤 세심하게 가늠을 하더니 그것을 던졌다. 하얀 불꽃 한 줄기가 나무처럼 타오르기 시작했다. 자동차의 강철 뼈대도 탁탁 소리를 내면서 타들어가고 타오르는 불꽃 속에서 차는 구부러지고 일그러졌다.

할아버지는 사람들을 불러 모아 쌀이 가득 실린, 전혀 손상이 없이 멀쩡하게 남아 있는 두번째 차를 다리 쪽으로 밀어서 큰길로 끌고 가도록 했다. 다 타버리고 잔해만 남은 세번째, 네번째 차의 골조는 강물로 던져버렸다. 다리 남쪽의 큰길까지 밀려나 있던 다섯번째 차도 기름 탱크에 총 한 방을 쏘고, 횃불을 던지자 순식간에 하늘을 찌를 듯한 커다란 불덩이로 변했다. 큰 다리 위에는 이제 타다 남은 재와 먼지만 남아 있을 뿐 커다란 물체는 더 이상 없었다. 강의 남쪽과 북쪽에서 각각 큰 무더기의 불이 하늘로 치솟고 있었고 간간이 삐릭 하며 산발탄 터지는 소리가 났다. 차 안에 있던 일본 놈들의 시체가 타면서 기름을 뿜어냈고, 그 흉측한 냄새 속에서 사람의 목구멍과 위장을 뒤집어놓는 살 타는 냄새가 함께 풍겨 나왔다.

노인이 할아버지에게 물었다. "위 사령관, 일본 놈들의 시체를 어떻게 처리하는 게 좋겠소?"

할아버지가 말했다. "땅에 묻자니 우리 땅을 더럽힐 테고! 불 속에 던져 넣자니 우리 하늘을 더럽힐 테고! 하니, 강물에 던져 그놈들을 동양국*으로 떠 내려가게 합시다."

　마을 사람들이 일본 놈 시체 30여 구를 쇠갈고리로 건져 다리 위로 끌고 왔다. 그 속에는 렁 지대장에게 장군복을 빼앗겼던 늙은 일본 놈도 들어 있었다.

　"여인들은 얼굴을 피하시게." 할아버지가 말했다.

　할아버지는 단검을 꺼내 일본 놈들의 바지를 하나하나 다 찢고 그들의 생식기를 통째로 잘라낸 뒤 다시 거친 사내 둘을 불러 그 물건들을 일본 놈들 각각의 입에 처넣도록 했다. 그런 뒤에 둘씩 쌍을 지은 사내 열댓 명이 나와, 어쩌면 선량할지도 어쩌면 잘생겼을지도 모르는, 어쨌든 기본적으로는 다들 젊고 건장했을 일본 병사들을 들어 올려 세 번 흔든 뒤에 "일본 개들아…… 집으로 가라……" 하고 함성을 지르면서 동시에 손을 놓았다. 전가(傳家)의 보물을 입에 문 일본 병사들이 하나씩 날개를 펴고 다리 아래로 미끄러지듯이 날아 강물 속으로 던져졌고, 줄줄이 동쪽을 향해 흘러갔다.

　새벽빛은 희미해지고 다들 지쳐서 기운이 빠져 있었다. 양쪽 강 언덕에서 타오르던 불기운도 점차 약해졌고, 불빛이 닿지 않는 시커먼 하늘 높은 곳에서는 선명한 푸른빛이 기운차게 터져 나오기 시작했다. 할아버지는 사람들에게 나귀, 말, 노새, 소를 묶었던 짧고 긴 끈들을 전부 다 쌀을 가득 싣고 있는, 기본적으로는 멀쩡한 차의 앞쪽에 매도록 하고, 사내들에게 가축들을 다 자동차 앞으로 몰아 자동차를 앞으로 끌도록 했다. 가축들이 일제히 힘을 쓰자 끈이 팽팽하게 당겨지면서 자동차 밑의 축이

---

* 일본을 가리킨다.

끼익하는 소리를 냈고 차가 마치 둔한 견갑충처럼 천천히 움직이기 시작했다. 하지만 차의 앞바퀴는 똑바로 나가지 않고 이리 비뚤 저리 비뚤 했다. 할아버지는 짐승들을 세우고 차 문을 열고 운전석으로 들어가 운전수흉내를 내면서 핸들을 움직여보았다. 차 앞의 가축들이 일제히 힘을 쓰자 끈이 다시 팽팽하게 튀어 올랐다. 핸들을 붙잡고 그 감각을 느끼면서 할아버지는 차 운전이 무슨 대단한 건 아니라는 생각을 했다. 자동차는 곧장 앞으로 나아갔고, 마을 사람들은 부들부들 떨면서 그 뒤를 따라갔다. 그는 한 손으로는 핸들을 붙잡고 다른 손으로는 구석구석을 샅샅이 더듬었다. 어딘가에서 파팍 하는 소리가 나더니 하얀빛 두 줄기가 곧장 앞으로 쏘아졌다.

"눈을 떴다! 눈을 떴어!" 누군가가 차 뒤에서 고함을 질렀다.

자동차의 등이 길 위로 길게 퍼져나가면서 나귀, 노새, 소, 말의 등에 있는 잔털까지 다 또렷하게 비추었다. 할아버지는 신이 난 나머지 거기에 있는 단추와 손잡이들을 하나하나 다 눌러보고 들어 올려보고 했다. 갑자기 지직 하는 날카로운 소리가 나더니 기적이 길게 울렸다. 노새와 말은 놀라서 귀를 바짝 세우더니 기를 쓰고 앞으로 달려갔다. 할아버지는 '어, 이게 소리도 낼 줄 아네!' 하는 생각을 하며 짓궂게 장난을 치듯이 이리저리 마구 만지작거렸다. 자동차의 배 속에서 쿵쿵하는 소리가 한 번 나는 것 같더니 차가 발광하듯이 앞으로 달려나가면서 나귀와 소를 넘어뜨리고 노새와 말을 뒤집어놓았다. 할아버지는 간담이 서늘해졌지만 차를 멈출 수가 없었다.

사람들은 모두 얼이 빠진 채 그 차가 소와 말을 뒤집어놓고 노새와 나귀를 넘어뜨리는 걸 쳐다보고만 있었다. 차는 수십 미터를 달려간 뒤 서쪽 길 구덩이에 곤두박질을 치고 나서야 헉헉하며 거친 숨을 내뱉고는 멈췄다. 차의 한쪽 바퀴는 공중에 매달려 풍차처럼 돌고 있었다. 할아버지는 차의 유리를 깨고 간신히 빠져나왔다. 손과 얼굴이 온통 피범벅이었다.

할아버지는 멍하니 이 괴물을 쳐다보고 있다가 갑자기 처량한 듯이 웃었다.

마을 사람들이 차 위에 있는 쌀을 옮겼고, 할아버지는 다시 기름 탱크를 조준하여 총을 한 방 쏘고 횃불을 하나 던졌다. 하늘을 찌를 듯이 불길이 솟아올랐다.

8

14년 전 위잔아오는 등에 이불 보따리를 짊어지고, 잘 빨아서 빳빳하게 풀을 먹인 백양목 저고리와 바지를 빼입고 와서는 우리 집 마당 안에 서서 큰 소리로 고함을 질렀었다. "주인장, 사람 안 쓰쇼?"

할머니는 그 소리에 만감이 교차하여 순간 정신을 잃었고, 종이 자르던 가위를 구들 위로 떨어뜨린 채 온몸의 힘이 쭉 빠져, 새로 바느질한 푹신한 자주색 꽃무늬 이불 위로 푹 쓰러졌다.

위잔아오는 방 안에서 풍겨 나오는 신선한 석회수 냄새와 여인의 따뜻한 숨기운을 느끼며 대담하게 방문을 밀고 들어갔다.

"주인장, 사람 안 쓰쇼?"

할머니는 눈빛이 흐려진 채 이불 위에 누워 있었다.

위잔아오는 이불 보따리를 내던지고 천천히 구들 쪽으로 가더니 몸을 기울여 할머니를 쳐다보았다. 그때 그의 심장은 얼마나 따스한 연못 같았던지. 연못 속에서는 두꺼비가 물장난을 치며 놀고 연못 위에서는 칼새가 물을 스치며 날고. 하지만 그의 시퍼런 아래턱이 할머니 얼굴에서 겨우 종이 한 장 정도로 가까워졌을 때, 할머니는 손을 들어 올려 그의 시퍼런 민머리에 귀싸대기를 한 차례 올려붙였고, 그러고는 꼿꼿이 일어나 전지용 칼을 집어 들고 엄하게 소리쳤다. "누구냐? 이런 무례한 놈이 있나! 생전 듣도 보도 못한 놈이 남의 집에 뛰어들어 이런 경박한 짓을 하다니!"

위잔아오는 그 소리에 움찔하며 몇 걸음 뒤로 물러섰다. "당신……당신 정말 날 몰라보겠나?"

할머니가 말했다. "이런 세상 이치도 모르는 놈, 난 어려서부터 대문 밖을 나선 적도 없고, 중문 문턱을 넘어선 적도 없고, 시집온 지도 고작 열흘 남짓밖에 안 되었는데, 누가 네놈을 안다는 거냐!"

위잔아오가 웃으며 말했다. "모르면 그만이고, 듣자 하니 술도가에 일손이 부족하다던데, 일감이나 좀 얻어 밥술이라도 얻어먹을까 하는데!

할머니가 말했다. "그래. 네놈이 고생을 마다하지 않으면 된다. 네놈의 성은 무엇이고, 이름은 무엇이냐? 나이는 또 얼마고?"

"성은 위, 이름은 잔아오, 나이는 스물네 살."

할머니가 말했다. "네 이불 보따리 짊어지고 나가 있거라."

위잔아오는 고분고분 대문을 나와 그 자리에서 기다렸다. 햇빛이 끝도 없이 펼쳐진 들판 위를 눈부시게 비추고 있었다. 현으로 통하는 서쪽 길은 양쪽 수수밭 사이에 끼어 무척이나 좁고 길게 보였다. 큰불이 수숫잎 더미를 태운 흔적이 아직도 남아 있어 당시의 정경이 여전히 눈앞에 선하게 떠올랐다. 그가 대문 밖에서 기다린 게 족히 한 시간이나 되었다. 그는 가슴이 답답해서 당장이라도 뛰어들어가 그 여인과 이치를 따지고 싶었지만 다시 망설이다가 참았다. 그가 산씨 부자를 죽인 날, 그는 멀리 달아나지 않고 수수밭에 숨어 만가에서 일어나는 정말로 흥미진진한 장면들을 지켜보고 있었다. 그때 그는 우리 할머니의 그 비범한 태도를 보며 경탄을 금치 못했다. 우리 할머니는 나이는 어려도 꿍꿍이속이 보통이 아니었고 그 깊은 속셈은 절대로 만만하게 볼 위인이 아니었다. 오늘 이렇게 자신을 대하는 것도 어쩌면 사람들의 이목을 가리려는 것인지도 몰랐다. 그는 다시 반나절을 더 기다렸다. 하지만 그래도 할머니는 나오지 않았다. 마당 안은 조용한 채 까치 한 마리만이 용마루 위에 앉아 울고 있었다. 위잔아오가 욱하는 생각이 치밀어 올라 분기탱천한 채 마당 안으로 뛰어들어가 한바탕 소동을 벌이려고 할 때, 마침 창호지 안에서 "동쪽 마당의 가게로 가서 이르거라!" 하는 할머니의 말소리가 들려왔다.

위잔아오는 그 말에 갑자기 정신이 들어, 아 절차를 무시하고 지시를 하면 안 되는 거지 하는 생각을 했다. 분노가 사라지고 마음이 가라앉았다. 이불 보따리를 등에 짊어지고 동쪽 마당으로 가니 마당에는 술 단지들이 즐비하게 널려 있었고, 수수가 산더미처럼 쌓여 있었다. 작업장 안에서는 후끈후끈한 열기가 뿜어져 나오고 다들 바쁘게 움직이는 게 보였다. 그는 그 큰 막사 안으로 들어가, 높은 걸상을 밟고 서서 맷돌 위쪽에 달아놓은 네모난 바가지 안에 수수를 쏟아붓고 있는 일꾼에게 물었다. "어이, 이보시게, 여기 총책임자 어디 계시나?"

일꾼은 힐끗 한 번 곁눈질을 하고는, 수수를 다 쏟아붓고 걸상에서 내려와 한 손에는 키를 들고 다른 손에는 걸상을 들어 연자매 쪽으로 끌어가더니 우어 하는 소리를 냈다. 검은 천으로 눈을 가리고 있던 노새가 그 소리를 듣고는 빠르게 연자매를 돌리기 시작했다. 맷돌이 돌아가는 길에는 노새 발굽에 밟혀 오목한 원이 만들어졌다. 맷돌 소리가 드륵드륵 나면서, 마치 급하게 쏟아져 내리는 비처럼 수수 가루들이 두 맷돌판 틈사이로 와르르 흘러내렸다가 다시 맷돌을 받치고 있는 나무판 위로까지 흘러내렸다. 그 일꾼은 "총책임자는 가게 안에 있소" 하고 말하며 입을 삐죽 내밀고는 대문 서쪽에 있는 세 칸짜리 건물을 가리켰다.

위잔아오는 이불 보따리를 들고 후문을 통해 집 안으로 들어갔다. 낯익은 그 노인네가 바로 계산대 앞에 앉아 주판알을 튕기고 있었다. 주판 옆에는 자그마한 푸른색 자기 술병이 하나 놓여 있었고, 그는 수시로 그 술병을 들어 한 모금씩 마시곤 했다.

위잔아오가 말했다. "주인장, 사람 안 쓰쇼?"

뤄한 큰할아버지는 위잔아오를 힐끗 쳐다보고는 잠시 무슨 생각을 하는 것 같더니 "길게 할 셈인가, 잠시 할 셈인가?" 하고 물었다.

"그건 좋을 대로 하쇼. 나야 더 많은 날 일하면 좋지." 위잔아오가 말했다.

뤄한 큰할아버지가 말했다. "한 여드레나 열흘 정도 하는 거라면 내가 정해도 되지만, 좀 길게 일할 심산이라면 아무래도 주인마님께 허락을 받아야 하네."

"그럼 얼른 가서 물어보시구려."

위잔아오가 가게 바깥에서 나무 걸상 하나를 가져다 앉으며 말했다. 뤄한 큰할아버지는 계산대 가림판을 내려놓고 몸을 돌려 후문 쪽으로 가더니 문을 나서려다가 다시 돌아보고는 커다란 막자기 사발 하나를 가져와 술을 반쯤 부어 계산대 위에 놓으며 말했다. "한잔하며, 목이나 축이고 계쇼."

위잔아오는 술을 마시며 그 여인의 꿍꿍이속을 떠올리고는 다시 감탄을 금치 못했다. 뤄한 큰할아버지가 들어오며 말했다. "주인마님께서 자넬 보자고 하시네."

서쪽 마당에 이르자 뤄한 큰할아버지가 말했다. "우선 기다리게."

할머니는 대범하고 단아하면서도 당당한 기세로 위잔아오에게 이런 저런 질문들을 두루 던진 뒤 마지막에 손을 휘휘 내저으며 말했다. "데리고 가서, 우선 한 달 동안 일하는 걸 지켜보세. 공전은 내일부터 계산하는 걸로 하고."

위잔아오는 그때부터 우리 술도가의 일꾼이 되었다. 그는 몸이 튼튼하고 손놀림이 민첩하고 일하는 게 남달라 뤄한 큰할아버지는 할머니 앞에서 몇 번이나 그를 칭찬했다. 한 달 뒤 뤄한 큰할아버지는 그를 가게로 불러 말했다. "주인마님께서 자네를 퍽 만족스럽게 생각해 그냥 쓰기로 하셨네." 뤄한 큰할아버지는 보따리 하나를 주며 "이건 주인마님께서 자네에게 상으로 주시는 걸세" 하며 말했다. 보따리를 풀어 보니 안에는 새 신발 한 켤레가 들어 있었다.

"책임자 양반이 주인마님께 말씀 좀 전해주쇼. 위잔아오가 무척 고마워하더라고."

"그만 가고, 가서 열심히 일하게." 뤄한 큰할아버지가 말했다.

"내 열심히 하리다." 위잔아오가 말했다.

그 뒤로 눈 깜짝 할 사이에 다시 보름달이 지나갔고, 위잔아오는 점점 더 억누를 수 없는 지경이 되어갔다. 여주인은 매일 동쪽 마당을 한 바퀴씩 돌았지만 뤄한 큰할아버지에게만 이것저것 물어볼 뿐 조끼에 땀 냄새가 밴 일꾼들을 직접 상대하는 일은 거의 없었다. 그럴 때면 위잔아오는 너무나 굴욕적인 느낌이 들었다.

산씨 부자가 술도가를 운영할 때는 마을에 있는 몇몇 음식점과 계약을 맺어 일꾼들의 식사를 해결했다. 하지만 할머니가 일을 맡게 된 뒤에는 나이가 서른 남짓한, 사람들이 류씨 아줌마라고 부르는 여인과 롄얼(戀兒)이라고 부르는 열서너 살 먹은 여자아이 하나를 고용해 서쪽 마당에 거주하며 전적으로 밥 짓는 일만 시켰다. 할머니는 또 원래 기르고 있던 큰 개 두 마리 말고도 중간 크기 정도 되는 개 세 마리를 더 샀다. 하나는 검고 하나는 푸르고 하나는 붉은색이었다. 이렇게 해서 서쪽 마당 안에는 세 명의 여인과 다섯 마리의 개가 한데 어울려 지내면서, 시끌시끌한 하나의 세상이 형성되었다. 밤에 바람이 조금 불어 풀 한 포기라도 건드릴 양이면 다섯 마리 개가 일제히 다 짖어대는 바람에, 물려 죽지 않을지는 몰라도 놀라 죽을 판이었다.

위잔아오가 술도가의 부엌에서 일한 지 두 달가량 되었을 때, 그때는 이미 9월 무렵으로 들판의 수수가 다 익었을 시기였다. 할머니는 뭐한 큰 할아버지더러 임시로 일꾼 몇 명을 더 고용해 탈곡 마당이랑 노천의 수수 통 가리를 말끔히 정리하고 수수 사들일 채비를 하라고 일렀다. 하늘은 높고 공기는 맑고 햇빛은 상쾌하고 아름다웠다. 할머니는 온몸에 새하얀 비단옷을 걸치고, 발에는 붉은 비단신을 신고, 손에는 손가락 굵기만 한, 껍질 벗긴 푸른 나무 막대기를 들고는 뒤에 개 한 무리를 이끌고 마당 안을 왔다 갔다 하며 사람들의 이목을 끄는 이상한 짓을 하고 있었다. 하지만 감히 아무도 뭐라고 하는 사람이 없었다. 위잔아오는 할머니에게 몇 차례 치근덕거렸지만 할머니는 엄숙한 얼굴을 하고, 한 번도 그에게 허튼 소리를 늘어놓는 적이 없었다.

그날 밤 위잔아오는 술을 좀 많이 마시고 취해 자기도 모르게 통방(通房)의 구들 위에 벌렁 드러누워서는 엎치락뒤치락하며 잠을 이루지 못하고 있었다. 달빛 한 줄기가 동쪽 창문에서 쏟아져 나왔다. 일꾼 둘이 콩기름 등 아래에서 해진 옷들을 꿰매고 있는 게 보였다.

호금을 켜는 두(杜) 씨가 너무나도 구슬프게 연주해 사람의 심금을 흔들어놓은 것도 사단이 되었다. 옷을 꿰매던 두 일꾼 중 하나가 두 씨의 처량한 호금 소리에 목이 간질간질해졌는지 쉰 목청을 돋우며 "혼자 사는 남정네의 괴로움이여, 혼자 사는 남정네의 괴로움이여, 옷이 터져도 기워 줄 이가 없구나……" 하며 노래를 불렀다.

"여주인에게 기워달라고 하면 되지!"

"여주인? 그 백조의 살을 어떤 매가 먹을 수 있을까."

"늙은 주인, 젊은 주인 모두 그 백조의 살을 먹으려고 했지만 결국 모두 목숨까지 꼴아박았잖은가."

"헤이, 듣자 하니 여주인이 처녀였을 때 얼룩목이랑 정을 통했다던데!"

"그렇다면 산가 부잔 정말 얼룩목이 죽인 건가?"

"쓸데없는 소리들 그만두게, '길가에서 말을 해도 풀숲에서 듣는 사람이 있다'지 않은가."

위잔아오가 구들 위에 누운 채 코웃음을 쳤다.

일꾼 하나가 물었다. "위 씨, 왜 웃어?"

위잔아오는 술기운에 배짱을 부리며 내뱉었다. "이 몸이 죽였다!"

"자네 취했군!"

"취해? 니가 취했지! 바로 이 몸이 죽였다니까!" 위잔아오는 몸을 일으키더니 담벼락 위에 걸어놓은 옷 주머니 안에서 단도를 꺼냈다. 칼집에서 빼낸 칼날이 달빛 속에서 은어처럼 빛났다. 그는 취해서 굳어진 혀로 말했다. "니들한테 말하는데…… 나랑 여주인은…… 일찌감치 같이 잔 사이라고…… 수수밭에서…… 밤에 불을 놓고…… 한 칼…… 또 한 칼……"

모두 입을 다물고 말이 없었다. 한 일꾼이 혹 하고 숨을 불자 피식 하고 등불이 꺼졌다. 집 안 전체가 뿌옇게 검은 가운데 칼만이 하얀빛으로 더욱 밝게 빛났다.

"자세, 자세, 그만 자! 내일 일찌감치 일어나서 술 달여야지!"

위잔아오가 구시렁거리며 말했다. "니가…… 제기랄…… 바지 올리고 나더니 사람을 모른 체해…… 이 몸이 그때 니 말 노릇한 게…… 쉬운 게 아니었다고…… 이 몸이 오늘 밤에…… 너를 죽여주마……" 그는 구들 위에서 일어나더니 단검을 쥐고 비틀거리며 밖으로 나갔다. 일꾼들은 캄캄함 밤에 눈을 휘둥그렇게 뜬 채 그의 손에 들린 날카로운 흉기가 발하는 차가운 빛을 물끄러미 바라보기만 할 뿐 누구 하나 찍소리를 내지 못했다.

위잔아오는 마당으로 들어섰다. 달빛이 온 천지를 새하얗게 비추고 있었고 유약을 바른 커다란 단지들이 마치 보물단지나 되는 듯이 한 줄 한 줄 늘어선 채 반짝거리고 있었다. 무르익은 수수의 처량하고도 달콤한 냄새가 가득 담긴 남풍이 들판 쪽에서 불어왔다. 그는 몸서리를 쳤다. 서쪽 마당 안에서 여인들의 웃음소리가 들려왔다. 그는 다리가 넷 달린 걸상 하나를 가지러 막사 안으로 들어갔다. 막사 안에서는 구유에 묶여 있는 검은 노새가 발굽을 튕기며 그 커다란 콧구멍으로 히힝 하는 소리를 내며 그를 반겼지만 그는 거들떠보지도 않고 비틀거리며 걸상 하나를 들어 높은 담벼락 밑으로 가지고 와서는 그 위에 올라가 똑바로 섰다. 담장은 그의 가슴과 나란한 높이였다. 등불이 새하얀 창호지를 비추고, 창호지 위에는 붉은 종이꽃들이 사방에 붙어 있었다. 여주인은 지금 어린 렌얼이랑 구들 위에서 장난을 치고 있었다. 류씨 아줌마의 말소리가 들렸다. "정말 장난꾸러기 원숭이 두 마리 같다니까요. 자 이제 자요, 자!" 나중에 류씨 아줌마는 다시 "렌얼, 너 부엌에 가서 솥에 밀가루 반죽이 제대로 부풀었는지 좀 보고 올래?" 하고 말했다.

위잔아오는 입에 칼을 물고 담 위로 올라갔다가, 개 다섯 마리가 일제히 달려들며 고개를 쳐들고 짖어대는 통에 놀라서 서쪽 마당 안으로 고꾸라졌다. 만약 그때 할머니가 당장 나오지 않았더라면, 위잔아오가 둘이 더 있었어도 벌써 맹견 다섯 마리에게 갈기갈기 찢기는 신세가 되었을 것이다.

할머니는 개들을 꾸짖어 물리면서 "렌얼, 등불을 가져오너라!" 하고 고함을 쳤다.

류씨 아줌마는 밀가루 반죽을 할 때 쓰는 방망이를 손에 들고, 커다란 두 발을 동동 구르며 큰 소리로 고함을 질렀다. "도둑 잡아라! 도둑 잡아!"

렌얼이 등을 들고 와서, 고꾸라져 꼴이 말이 아니게 된 위잔아오의 얼굴을 비추었다. 할머니는 코웃음을 치며 말했다. "네놈이냐!"

할머니는 단검을 집어 들어 이리저리 둘러보더니 소매 속으로 집어넣으며 말했다. "렌얼, 가서 뤄한 아저씨를 불러오너라."

렌얼이 대문을 열자 곧 뤄한 큰할아버지가 뛰어 들어오며 물었다. "주인마님, 무슨 일이십니까?"

할머니가 말했다. "저자가 취했지?"

뤄한 큰할아버지가 말했다. "네, 취했습니다."

할머니가 말했다. "렌얼, 내 버드나무 회초리를 가져오너라!"

렌얼이 할머니의 그 새하얀 버드나무 회초리를 가져왔다. "내 술이 깨도록 해주마!"

할머니는 버드나무 회초리를 힘껏 휘둘러 위잔아오의 엉덩이를 닥치는 대로 내리쳤다.

위잔아오는 타는 듯한 통증 속에서 갑자기 짜릿한 쾌감이 전해져 오는 걸 느꼈다. 이 쾌감은 목구멍까지 밀려와 엉터리 말들이 줄줄 쏟아져 나오도록 발동을 걸었다. "아이고 엄니, 엄니…… 엄니…… 엄니……"

할머니는 때리다 지친 나머지 버드나무 회초리를 잡은 채 헐떡거리며 거친 숨을 내뱉었다.

"저놈을 데려가거라!" 할머니가 말했다.

뭐한 큰할아버지가 위잔아오를 붙잡았지만 그는 일어나지 않으려고 땅바닥에서 버티고 앉은 채 "엄니…… 몇 대만 더 때려주시오…… 몇 대만 더……" 하고 소리를 질렀다.

할머니가 위잔아오의 목을 겨냥해 모질게 두 대를 더 내리쳤다. 위잔아오는 어린아이처럼 발을 비벼대며 온 땅바닥을 뒹굴었다. 뭐한 큰할아버지가 일꾼 둘을 불러서 위잔아오를 둘러메고는 곁채로 데려가 구들 위에 던져놓았다. 그는 구들 위에서 굴러 거꾸로 선 채 온갖 더러운 욕지거리들을 늘어놓았다. 뭐한 큰할아버지는 술병을 들고 와서 일꾼 몇 명을 시켜 그의 팔다리를 누르게 하고 술병 주둥이를 그의 입 안에 처넣고는 술 한 병을 다 들이부었다. 일꾼들이 손을 놓자 그는 목을 삐딱하게 꺾은 채 아무 말도 없었다. 일꾼 한 명이 놀라서 "죽은 거 아냐?" 하고 소리치며 황망히 등을 들고 와 얼굴을 비추었다. 그러자 그는 얼굴을 움찔하더니 갑자기 거세게 재채기를 터뜨렸고 그 통에 등불이 꺼져버렸다.

위잔아오는 해가 중천에 뜨도록 자고 난 뒤에야 일어나, 발밑에 무슨 솜을 밟고 있는 것처럼 어정어정한 폼으로 걸어서 작업장으로 들어왔다. 일꾼들은 다 그를 이상한 눈으로 쳐다보았고, 그제야 그는 어리벙벙한 가운데 어젯밤 얻어맞았던 일을 기억해냈다. 하지만 목과 엉덩이를 만져보니 통증은 느껴지지 않았다. 그는 목이 말라 쇠로 된 표주박을 하나 들고는, 술 시루 주둥이에 대고 뜨거운 술을 반쯤 받아 목을 치켜들고 들이켰다.

호금을 켜던 두 씨가 말했다. "위 씨, 어미에게 그렇게 호되게 얻어 맞고도 또 감히 담장을 넘을 텐가?"

일꾼들은 원래 이 음침한 분위기를 풍기는 젊은이에 대해 약간 두려워하는 마음이 있었지만 어젯밤 그가 밤새도록 고함을 지르며 생난리를 쳤다는 소식을 듣고는 다들 두려워하던 마음이 싹 가셔, 지금은 내키는 대로 이런저런 이야기들을 마구 지껄이면서 그를 미친놈 취급을 하며 놀려대고 있었다. 위잔아오는 거기에는 대꾸도 하지 않고 어린 일꾼 하나를 붙잡아다가 주먹으로 후려쳤다. 그러자 일꾼들은 서로 눈짓을 주고받더니 한꺼번에 몰려들어 위잔아오를 바닥에 넘어뜨리고는 누르고 주먹으로 치고 발로 찼다. 실컷 두들겨 팬 뒤 그들은 다시 위잔아오의 허리띠를 풀어 그의 머리를 바짓가랑이 속으로 밀어 넣고 두 팔은 뒤로 깍지를 끼게 해서 묶은 뒤 바닥으로 밀어 넘어뜨렸다. 위잔아오는 마치 호랑이가 평평한 양지에서는 맥을 못 추고, 용이 얕은 개울에서는 맥을 못 추는 것처럼, 꼼짝 못하고 바짓가랑이 속에 머리를 처박고 몸을 공처럼 만 채로 바닥에서 버둥거리고 있었다. 그렇게 버둥거리기를 족히 담배 두 대는 피울 만큼이나 된 뒤에, 그 꼴을 차마 더는 보지 못하겠는지 두 씨가 가서 그의 손을 풀어주고, 바짓가랑이 사이에서 머리를 꺼내주었다. 위잔아오는 누런 금박을 입힌 것 같은 얼굴색을 한 채 땔감 더미에 기대 있었다. 마치 죽은 뱀처럼 그렇게 한참을 있고 난 뒤에야 비로소 다시 숨을 돌리는 것 같았다. 일꾼들은 모두 그가 복수할 것에 대비해 손에 무기를 들고 있었지만 위잔아오는 뜻밖에도 휘청거리며 술 단지 쪽으로 걸어가 술구기를 꺼내 술을 퍼서 미친 듯이 벌컥벌컥 마셔대고는 실컷 들이켜고 나자 다시 땔감 더미 위로 올라가 쿨쿨 잠을 잤다.

이날 이후 위잔아오는 매일같이 곤드레만드레 취한 채로 땔감 나무 위로 올라가서 잤다. 그는 그 맑고 푸른 두 눈을 뜬 건지 감은 건지 알 수 없도록 게슴츠레하게 뜨고는, 입가에는 어리석은 건지 교활한 건지 알 수 없는 이상한 웃음을 띤 채 누워 있었다. 일꾼들은 처음 한 이틀은 그래도 그를 보며 재미있어 했지만 차츰차츰 원망의 소리들이 터져 나오기 시작했다. 뤄한 큰할아버지는 그에게 몇 번이나 일어나서 일을 하라고 다그쳤지만, 그는 삐딱하게 눈을 뜬 채 "당신이 뭔데? 이 몸이 이 집의 진짜 주인이라고. 여주인 배 속에 있는 아이는 바로 내 아이야" 하고 말했다.

그때 아버지는 할머니 배 속에서 이미 고무공만큼 자라 있었다. 할머니가 이른 새벽 일어나 서쪽 마당에서 하는 헛구역질 소리는 동쪽 마당까지도 전해져 와, 뭘 좀 알 만큼 나이가 든 일꾼들은 혀를 끌끌 차면서 이런저런 말들을 하고 있었다. 그날 류씨 아줌마가 일꾼들에게 밥을 날라왔을 때 일꾼 하나가 물었다. "류씨 아줌마, 주인마님께 무슨 소식이 있는 거지?"

류씨 아줌마는 그를 흘겨보면서 "혀를 잘라버리기 전에 조심해!" 하고 고함을 질렀다.

"산벤랑이 정말 능력이 있네!"

"꼭 주인장 아인지는 알 수 없지."

"쓸데없는 추측들 그만둬! 주인마님의 그 불같은 성격이 산가네 남정네들을 근처에 얼씬이라도 하게 했을 것 같은가? 틀림없이 얼룩목의 아이라고."

그러자 위잔아오가 땔감 더미에서 벌떡 일어나더니 손짓 발짓을 하며 "이 몸 자식이라니까! 허어! 이 몸 자식이라고!" 하며 고함을 질렀다. 다들 그를 쳐다보면서 일제히 웃더니 호되게 나무랐다.

뤄한 큰할아버지는 이미 위잔아오를 해고하자고 몇 번이나 할머니에게 요청했지만 할머니는 그때마다 "일단은 저자 혼자 지지고 볶도록 내버려두었다가, 며칠 더 지나고 나서 내가 저자를 어떻게 다스리나 두고 보게" 하고 말했다.

그날, 할머니는 이미 겉으로 보기에도 무척이나 굵고 둔해진 허리를 꼿꼿이 편 채 동쪽 마당으로 건너와 뤄한 큰할아버지와 이야기를 나누고 있었다.

뤄한 큰할아버지는 감히 고개를 들지도 못한 채 덤덤하게 말했다. "주인마님, 수수를 달아서 사들여야 할 때가 되었습니다요."

할머니가 물었다. "마당이랑 통가리 같은 건 다 마련이 되었는가?"

뤄한 큰할아버지가 말했다. "예."

할머니가 물었다. "지난해엔 언제 사들이기 시작했나?"

뤄한 큰할아버지가 말했다. "바로 이때쯤입니다."

할머니가 말했다. "올해는 조금 뒤로 늦추세."

뤄한 큰할아버지가 말했다. "늦게 사들이면, 수량이 혹시 부족할까 봐서요. 여기서 반나절 되는 거리 안에만 해도 술도가가 열댓 집은 되거든요."

할머니가 말했다. "올핸 수수가 잘돼서, 그들이 그렇게 다 가져가진 못할 걸세. 그러니 자넨 우선 쪽지에 우리 집은 아직 살 준비가 안 되었다고 써서 전하게. 그들이 다들 넉넉하게 사들이고 난 뒤에 우리가 사면 그땐 가격도 우리가 부르는 게 값일 테고, 게다가 수수도 지금보단 더 말라 있을 테니 말일세."

뤄한 큰할아버지가 말했다. "주인마님 말씀이 옳습니다요."

"술도가 쪽에 무슨 다른 일은 또 없나?" 할머니가 물었다.

"일이야 무슨 큰일이랄 건 없지만, 바로 그 일꾼 녀석이 날만 새면 곤죽이 되도록 술을 마셔대니, 돈푼이나 좀 주어 내쫓아버리는 게 좋을 듯합니다."

할머니는 잠깐 생각을 하더니, "나랑 작업장으로 한번 가보세."

뭐한 큰할아버지가 앞서서 길을 안내하며 할머니를 작업장으로 모시고 들어갔다. 일꾼들은 마침 큰 시루에다, 아직 발효되기 전의 수수알을 뿌려 넣고 있었다. 주방에서는 땔감들이 부딪치며 덜거덕대는 소리가 들려왔고, 솥 안에서는 물이 펄펄 끓어 짙은 김이 시루 안에서 솟아 올라왔다. 높이가 1미터 남짓 되는 큰 나무 시루가 커다란 가마솥 위에 걸쳐져 있었고, 시루 바닥에는 촘촘하게 짜인 대나무 깔개가 깔려 있었다. 일꾼 넷이 넉가래를 들고 큰 항아리 속에서, 초록색 곰팡이가 피고 달콤한 향기를 발산하고 있는 수수를 한 덩어리씩 떠내어, 뜨거운 김이 펄펄 나는 큰 시루 안으로 살살 흔들어 부어 넣고 있었다. 뜨거운 김이 새어 나오는 걸 완전히 막지는 못해, 김은 틈새만 있으면 위로 솟구쳐 올랐다. 뜨거운 김이 솟구쳐 나오는 곳마다 수수알이 부어져 김을 눌렀다. 넉가래를 든 일꾼들은 눈을 부릅뜬 채 날수수로 뜨거운 김을 막느라 여념이 없었다.

일꾼들은 할머니가 온 걸 보고는 정신을 더 바짝 차려 일을 했지만 위잔아오만은 지저분한 얼굴에 봉두난발을 하고 다 찢어진 옷을 입고 꼭 거지 같은 행색을 한 채 땔감 더미 위에 벌렁 드러누워 냉랭하게 할머니를 쳐다보고 있었다.

할머니가 말했다. "오늘은 붉은 수수가 어떻게 고량주가 되는지 한번 봐야겠네."

뭐한 큰할아버지가 걸상 하나를 날라와 할머니를 앉도록 했다.

할머니가 자리에 앉자 일꾼들은 그 특별한 총애에 감격하여 각별히 손발을 민첩하게 놀렸고, 저마다 최고의 솜씨를 보여주려고 애썼다. 불을 땔 때는 어린 일꾼은 가마솥 부뚜막에 땔감을 쉴 새 없이 쑤셔 넣어, 불길이 솥바닥까지 닿을 만큼 거세졌다. 커다란 가마솥 두 개의 주둥이에서 끓는 물이 요동치고, 커다란 시루에서 뜨거운 김이 구불구불 올라오며 내는 부글부글 소리가 일꾼들의 헐떡이는 숨소리와 하나로 섞여 들려왔다. 안에 수수가 가득 채워진 큰 시루의 꼭대기에는 시루만 한 크기의 둥그런 뚜껑이 덮여 있었고 뚜껑에는 벌집만 한 구멍들이 잔뜩 뚫려 있었다. 다시 한참을 달이자 그 작은 구멍들에서 피식피식하며 가느다란 김들이 솟아오르기 시작했다. 그러자 일꾼들은 다시 주석으로 만든, 이중으로 되어 있고 꼭대기는 움푹하게 들어간 기이한 물건 하나를 들고 왔다. 뤄한 큰할아버지는 이게 바로 술 시루라고 할머니에게 일러주었다. 할머니는 일어나 가까이 가서 술 시루의 구조를 자세히 들여다보더니 더는 아무것도 묻지 않고 다시 원래의 자리로 돌아와 앉았다.

일꾼들이 술 시루를 나무 시루 위에 얹자, 가마솥에서 나던 김은 싹 사라져버렸고, 이제 아궁이에서 나무 타는 소리만 들렸다. 가마솥 위에서 나무 시루가 허연색이 됐다가 누런색이 됐다가 하는 게 보였고, 술 냄새 같기도 하고 아닌 것 같기도 한, 옅은 달콤한 냄새가 나무 시루 안에서 모락모락 피어 나왔다.

뤄한 큰할아버지가 "찬물을 부어라" 하고 말하자, 일꾼들이 높은 걸상을 밟고 올라가 술 시루의 오목하게 들어간 부분에 찬물 두 통을 들이부었다. 일꾼 하나가 노처럼 생긴 나무 막대기를 들고 걸상 위에 올라가 우묵하게 파인 곳에 담긴 찬물을 빠르게 빙빙 휘저었다. 대략 향을 반쯤 태울 정도의 시간이 지나고 나자 할머니는 코로 전해져 오는 술 향기를 맡았다.

뤄한 큰할아버지가 말했다. "술 받을 준비!"

일꾼 둘이 밀랍을 칠한 댓가지로 엮어서 열 번 풀칠한 종이를 바르고, 그 위에 다시 백 번 기름칠 한 술 항아리를 들어다가, 마치 오리 주둥이처럼 삐져나와 있는 두 개의 큰 술 시루 주둥이에 대어놓았다.

할머니는 일어나 그 술 시루 주둥이를 주의 깊게 쳐다보고 있었다. 어린 일꾼이 솔기름을 잔뜩 먹인 땔감 막대기 몇 개를 골라와 아궁이에 던지자, 양쪽 아궁이에서 막대기 타는 소리가 진동하며 주변을 훤히 밝혔고, 아궁이에서 반사되어 나온 하얀빛은 땀과 기름이 범벅이 된 일꾼들의 가슴을 비추어주었다.

뤄한 큰할아버지가 "물을 갈아라" 하고 말하자, 일꾼 두 명이 마당으로 달려가 우물에서 찬물 네 통을 길어 왔다. 걸상 위에 서서 물을 젓던 일꾼들이 시루의 마개를 한 번 비틀어 이미 뜨겁게 달궈진 물을 콸콸 흘려보내고, 새로 길어온 찬물을 부은 뒤 다시 계속 물을 휘휘 저었다.

술 달이는 커다란 가마솥이 높은 자리에 위풍당당하게 서 있는 모습과, 일꾼들이 각자 자기가 맡은 일들을 빈틈없이 처리하는 모습을 보면서 할머니는 마음속으로 이 노동의 신성함과 장엄함에 깊은 감동을 받았다. 바로 그때 갑자기 우리 아버지가 배 속에서 한 차례 꿈틀하는 게 느껴졌다. 할머니는 땔감 위에 드러누운 채 음험한 눈으로 자신을 노려보고 있는 위잔아오를 힐끗 쳐다보았다. 뜨겁게 달아오른 술도가의 작업장 안에서 오직 그의 두 눈만이 싸늘하게 빛났다. 마음속에 일었던 감동이 식은 채 할머니는 술 항아리를 받쳐 들고 술을 받으려고 기다리고 있는 일꾼 두 명을 담담한 표정으로 바라보았다.

점점 더 술 향기가 진해졌다. 가느다란 김이 나무 시루의 이은 틈새에서 빠져나오고 있었다. 할머니는 주석으로 된 하얀 술 시루 주둥이 위로 반짝거리는 것들이 모이는 걸 보았다. 그 반짝이는 것들이 응결되어 천천히 움직이다가 결국 눈물처럼 밝게 빛나는 물방울 몇 개를 만들어냈고, 그 물방울들은 술 항아리 안으로 굴러떨어졌다.

뤄한 큰할아버지가 말했다. "물을 갈고, 서둘러 불을 더 때라!"

물을 든 두 일꾼이 계속 왔다 갔다 하면서 찬물을 길어와 주석 시루 위의 꼭지를 비틀어 크게 열고는, 따뜻한 물은 아래로 흘려보내고 찬물은 위에서 쏟아부었다. 주석 시루가 시종 찬 온도를 유지하게 해서, 뜨거운 김이 주석 시루의 이중 칸 사이에서 차가운 것과 만나 물방울이 되어 술 주둥이로 흘러나오도록 하는 것이다.

갓 흘러나온 뜨겁고 투명한 고량주에서 김이 무럭무럭 피어올랐다. 뤄한 큰할아버지는 깨끗한 쇠바가지 하나를 찾아서 술을 반 바가지쯤 받아다가 할머니에게 건넸다. "주인마님, 한번 드셔보시지요."

할머니는 코를 찌르는 술 향기를 맡으며 입 안의 혀가 간질간질해지는 걸 느꼈다. 그때 배 속의 아버지가 다시 한 차례 꿈틀거렸다. 아버지는 술을 마시고 싶어 했다. 할머니는 술 바가지를 받아 들고 먼저 향을 음미한 다음 혀를 내밀어 핥아보고는 다시 두 입술을 오므려 조금 홀짝거린 뒤 그 맛을 자세히 음미했다. 술은 아주 향기롭고 짜릿했다. 할머니가 술 한 모금을 들이켜 입안에 물자, 두 볼이 마치 솜에 비벼대는 것처럼 보들보들한 감촉이었고, 목을 느슨하게 풀자 술은 곧 매끄럽게 목구멍 깊은 곳으로까지 흘러들어갔다. 온몸의 모공이 열렸다 닫히는 것 같았고, 마음이 이상하리만치 유쾌해졌다. 할머니는 연달아 크게 세 모금을 들이켰다. 배 속에서는 마치 걸신들린 작은 손이 술을 달라고 졸라대고 있는 것 같았다. 할머니는 목을 쳐들고 술 반 바가지를 몽땅 마셔버렸다. 술을 마시자 할머니의 안색은 발그레하게 윤이 났고 눈은 맑게 빛나 그 미모가 더욱더 눈부신 광채를 발했으며 신령한 기운이 사람을 압도했다. 일꾼들은 경악한 채 그녀를 바라보느라 잠시 하던 일을 잊었다.

"주인마님, 주량이 대단하십니다!" 일꾼 하나가 아첨하는 말을 했다.

할머니는 겸손하게 "난 지금까지 술이라곤 마셔본 적이 없는데" 하고 말했다.

"전혀 술을 드신 적이 없는데도 이 정도시면, 앞으로 좀 단련하시면 능히 한 항아리를 드실 수 있겠습니다." 그 일꾼이 아첨을 보탰다.

콸콸콸 흘러나오는 술을 한 항아리 받고, 또 콸콸콸 한 항아리를 받고, 그렇게 해서 채워진 항아리들이 땔감 더미 옆에 나란히 놓였다. 갑자기 위잔아오가 땔감 더미에서 벌떡 일어나더니 바지를 풀어 헤치고는 술 항아리에 대고 오줌을 내갈겼다. 일꾼들은 투명한 오줌 줄기가, 가득 채워진 술 단지 속으로 떨어지면서 만들어내는 한 점 한 점의 술꽃 무늬들을 멍하니 쳐다보고 있었다. 오줌을 다 갈긴 뒤 위잔아오는 우리 할머니를 쳐다보며 입을 헤벌리고 웃더니 비틀거리며 앞으로 걸어왔다. 할머니는 얼굴이 온통 새빨개진 채 꼼짝도 하지 않고 서 있었다. 위잔아오는 팔을 벌려 할머니를 껴안더니 얼굴에 입을 맞추었다. 할머니는 삽시간에 얼굴이 새하얘지더니 제대로 서 있지 못하고 걸상 위로 풀썩 주저앉았다.

위잔아오가 기세등등하게 말했다. "당신 배 속의 아이가 내 아인가, 아닌가!"

할머니는 눈물을 줄줄 흘리며 말했다. "당신이 당신 거라면 당신 거겠지……"

위잔아오의 두 눈에서 빛이 뿜어져 나왔고, 마치 막 뒹굴다 일어난 말처럼 온몸의 근육이 팽팽하게 긴장되었다. 그는 바지를 한쪽만 걸친 채로 서서 할머니에게 말했다. "내가 시루 들어내는 걸 보고 있게!"

술도가에서 가장 힘든 일이 바로 시루를 들어내는 일이었다. 술 시루 주둥이가 다 마르면 주석 시루를 들어내고 작은 구멍이 뚫린 나무 뚜껑도 걷어낸다. 그러고 나면 나무 시루에 가득 찬 고량주 술지게미가 드러나고, 시커먼 간장색의 고량주 시루 안에서는 무지하게 뜨거운 김이 뿜어져 나온다. 위잔아오는 네모난 걸상 위에 서서 손잡이가 짧은 나무 넉가래를 손에 들고 술지게미를 퍼내 광주리 안으로 던져 넣었다. 그는 다른 동작은 거의 없이 오직 팔뚝의 힘으로만 그 일을 했다. 벌겋게 달아오른 몸에서 뜨거운 김이 뿜어져 나왔고, 등에서 흐르는 땀방울이 작은 내를 이루었다. 땀방울에서도 강렬한 술 냄새가 풍겨 나왔다.

우리 할아버지 위잔아오의 말끔하고 민첩한 일솜씨에 대해서는 모든 일꾼과 뤄한 큰할아버지까지도 가슴속에서부터 탄복했다. 할아버지가 오랫동안 감추어두었던 두각을 드러낸 것이다. 할아버지는 시루 들어내는 일을 다 마치고 난 뒤 술을 들이켜며 뤄한 큰할아버지에게 말했다. "책임자 양반, 내 기막힌 묘수를 하나 더 가르쳐드리리다. 술이 주둥이에서 뿜어져 나올 때 뜨거운 김이 위로 증발되어 나오는데, 그때 만약 그 주둥이 위에 작은 시루 하나를 얹어놓으면 반드시 최상품의 술을 받아낼 수 있을 거요."

뤄한 큰할아버지가 고개를 가로저으며 말했다. "안 될걸?"

우리 할아버지가 말했다. "아니면 내 목을 자르고!"

뤄한 큰할아버지는 할머니를 쳐다보았다. 할머니는 몇 번을 훌쩍거리더니 "난 모르겠네. 난 모르겠으니, 저자가 하자는 대로 지지고 볶든지 마음대로 하게."

할머니는 훌쩍이며 서쪽 마당으로 돌아갔다.

이때부터 할머니와 할아버지는 원앙과 봉황의 연을 맺고 금실 좋게 지내게 되었다. 뤄한 큰할아버지와 일꾼들은 할아버지와 할머니가 하는 해괴한 행동들에 하도 시달리다 보니 지력(智力)이 감퇴해서인지, 나중에는 속으론 온갖 이상한 기분이 들어도 그게 대체 뭐라고는 딱히 말을 못하겠고, 또 뱃속에서는 시종 오만 가지 의심이 일어도 그걸 딱히 이거다 저거다 분간해서 말할 수가 없는 지경으로 바뀌어갔다. 그렇게 해서 한 사람 한 사람씩 우리 할아버지 수하의 말 잘 듣는 순한 백성이 된 것이다. 할아버지의 기술혁신은 대대적인 성공을 거두어, 이때부터 가오미 둥베이 지방에서 고급의 증류주가 나오게 된다. 할아버지가 오줌을 갈긴 술 단지들은 일꾼들이 감히 함부로 처분하지 못한 채 마당 한구석에 옮겨져 있었다. 그러던 어느 날 저녁 무렵 하늘이 어둑어둑하고 동남풍이 제법 빠르게 불 때 일꾼들은 익숙하게 맡던 고량주 냄새 속에서 갑자기 그보다 훨씬 더 순도가 높고 진한 어떤 향을 맡게 되었다. 후각이 예민한 뤄한 큰할아버지가 냄새를 따라가 보니 그 홀리는 듯한 향은 오줌이 섞인 고량주 단지에서 나오는 것이었다. 뤄한 큰할아버지는 아무 소리도 하지 않고 몰래 술 단지를 가게 안으로 옮긴 뒤 앞뒷문을 걸어 잠그고 앞뒤 창을 막고는 콩기름 등에 불을 붙인 뒤 심지를 돋우고 궁리를 하기 시작했다. 뤄한 큰할아버지는 술구기 하나를 찾아 그 단지에서 한 국자를 떠낸 뒤 다시 천천히 항아리 안으로 부었다. 술은 부드러운 초록빛 발을 드리우면서 곧바로 술 단지 안으로 떨어졌고, 술 단지 안에 담긴 술의 표면으로 떨어지면서 국화 모양의 술꽃 송이를 열댓 개 만들어냈다. 꽃 모양이 만들어지면서 향기는 더욱 진하게 퍼져 나왔다. 뤄한 큰할아버지는 술을 조금 떠서 혀끝으로 맛을 보더니, 갑자기 과감하게 벌컥 한 모금을 들이마셨다. 그는 찬물을 찾아 입을 헹군 뒤 다시 술 단지에서 다른 보통의 고량주를 떠서 크게 한 모금을 들이마시더니, 술구기를 내던지고 서쪽 마당의 대문을 열어젖히며 곧장 창문 앞으로 달려가 큰 소리로 외쳤다.

"주인님, 큰 경사가 났습니다요!"

9

외증조부는 우리 할머니에게 따끈따끈한 바오쯔 한 끼 분량을 얻은 채 대문에서 쫓겨난 뒤 바로 노새를 끌고 집으로 돌아왔다. 오는 내내 욕설을 퍼붓고 집에 와서는 다시 외증조모 앞에서, 할머니가 어떻게 차오 현장을 양아버지라고 했고 친아비인 자기에게는 눈 한 번 꿈쩍하지 않고 모르는 체했는지 하는 등의 이야기들을 앞뒤가 뒤죽박죽 섞인 채로 한바탕 늘어놓았다. 그 말을 듣고 외증조모도 있는 대로 성을 내며 마구 욕지거리를 퍼부어댔다. 두 내외가 마주 앉아 성을 내며 욕지거리를 늘어놓는 모양새가 마치 두꺼비나 개구리 한 쌍이 나무 위의 매미를 놓고 필사적으로 다투는 모습 같았다. 한참을 그러고 있다가 외증조모가 말했다. "영감, 화 그만 내시구려. '큰 바람도 며칠 못 가는 거고, 식구끼리는 싸워 봤자 몇 시간 못 간다'는 말이 있잖수. 며칠 지나고 나서 당신이 다시 찾아가보면, 걔가 그렇게 부자가 되었는데 설마 그 손가락 새로 흘러나오는 것만 해도 우리 두 식구 먹을 건 충분할 거요." 그러자 외증조부가 맞장구를 쳤다. "그럼 그렇지. 한 보름이나 스무 날쯤 있다가 내 다시 이 잡종년을 찾아가봐야겠어."

보름쯤 뒤에 외증조부는 노새를 타고 다시 우리 집으로 찾아왔지만 할머니는 대문을 꼭 걸어 잠근 채 그가 대문 밖에서 소동을 피우든 말든 들은 체도 하지 않았고 외증조부는 결국 소동을 피우다 지쳐 노새를 끌고 되돌아갔다.

외증조부가 두번째로 다시 찾아왔을 때는 우리 할아버지가 이미 술도가에서 일을 하고 있었고, 할머니가 키우는 개 다섯 마리도 일치단결해서 강력한 세력을 형성하고 있었다. 외증조부가 대문을 한 번 두드리자 개떼가 마당에서 마구 짖어댔고, 류씨 아줌마가 대문을 열자 개들이 뛰쳐나가, 물지는 않았지만 외증조부를 에워싸고 마구 짖어댔다. 외증조부는 작은 노새에게 등을 기댄 채 개들에게 연방 우호적인 동작을 취했고, 노새는 그의 등 뒤에서 부들부들 떨고 있었다.

류씨 아줌마가 "누구쇼?" 하고 물었다.

외증조부는 잔뜩 화가 뻗친 목소리로 말했다. "자넨 누구야? 난 내 딸을 보러 왔어!"

"누가 당신 딸인데요?"

"이 집 주인이 내 딸이다!"

"기다려보쇼, 내 가서 여쭙고 올 테니."

"가서 친아비가 왔다고 이르게!"

잠시 뒤 류씨 아줌마는 은화 한 냥을 들고 나오더니 "영감, 우리 주인마님께서 자긴 아버지 없다고, 당신한테 이 은화 한 냥 주고 가서 루바오나 사먹게 하라고 하셨쇼."

외증조부는 분통을 터뜨리며 욕설을 퍼부어댔다. "이 잡종 같은 년, 네년이 나를 내쫓아! 돈이 많아지더니 제 아비도 몰라보는구나, 세상에 이런 경우가 어디 있냐!"

류씨 아줌마는 은전을 땅바닥에 던지며 말했다. "가요, 가. 계속 가지 않으면 이 개들한테 물라고 할 셈이니!"

류씨 아줌마가 개들에게 우우 하며 한 번 부추기는 소리를 내자 개들이 벌 떼처럼 몰려들었다. 초록이가 노새의 다리를 한입 물자 노새가 까무라치게 비명을 지르며 발버둥을 치더니 끈을 풀고는 뒷발질을 하며 달아났다. 외증조부는 허리를 굽혀 그 은냥을 줍고는 기고 구르고 하면서 곤두박질을 치듯이 노새 뒤를 쫓아 달아났다. 개들은 외증조부가 마을에서 완전히 달아날 때까지 껑충껑충 뛰며 짖어댔다.

외증조부가 세번째로 우리 할머니를 찾아왔을 때는 아예 커다란 검은 노새 한 마리를 요구했다. 외증조부는 할머니에게 이건 네 시아버지가 생전에 약속한 것이니 사람은 죽었어도 빚은 죽지 않는 법, 빚을 갚지 않는다면 현부에 가서 고소라도 하겠다고 큰소리를 쳤다.

할머니는 "난 당신 같은 사람 전혀 알지도 못하는데, 몇 번씩이나 찾아와서 이렇게 소란을 피워대니 내가 가서 당신을 고소할 판"이라고 엄포를 놓았다.

그때 외증조부가 소란을 피우는 소리에 마음이 어수선해진 할아버지는 방에서 신발을 질질 끌고 나오더니, 외증조부를 어깨로 몇 번 세게 밀어낸 뒤 대문 밖으로 내쫓아내버렸다.

외증조부는 사람을 구해 소장(訴狀)을 하나 써서 노새를 타고 현성으로 들어가 차오 현장을 찾아 우리 할머니를 고소했다.

차오 현장은 지난번 둥베이 지방에 왔다가 얼룩목이 쏜 삼점두의 맛을 보고는 정신이 하나도 없이 돌아와 한바탕 크게 병치레를 했던 터라, 이번 고소장이 다시 그 마을의 살인 사건과 연루된 걸 보고는 자기도 모르게 어깨 밑에서 식은땀이 흘렀다.

"이보게 영감, 자네 딸이 토비랑 간통을 했다고 고소를 했는데 무슨 증거라도 있는가?" 차오 현장이 물었다.

"현장 나리, 그 토비가 바로 지금 제 딸년의 구들목에서 잠을 자고 있는, 바로 그 삼점두로 현장 나리의 예모를 날려버렸던 그 얼룩목 놈입니다요." 외증조부가 말했다.

차오 현장이 말했다. "여봐라, 너도 알다시피 만일 이 일이 사실이라면 네 딸자식의 생명도 보존하기가 어려울 터인데?"

외증조부가 말했다. "현장 나리, 대의(大義) 앞에서는 부모 형제도 봐주지 않는 법입죠…… 다만…… 제 딸년의 그 재산만큼은……"

그러자 현장이 갑자기 노발대발하며 고함을 질렀다. "참으로 재물만 탐하는 늙은 망나니 같은 놈이로고! 재산 몇 푼 때문에 친딸을 무고하는 것도 마다하지 않다니, 네 딸이 네놈이 아비가 아니라고 하는 것도 당연한 일이다. 이놈, 네놈 같은 이런 아비도 아비라고 할 수 있단 말이냐! 저 놈을 신발 바닥으로 50대 쳐서 내쫓아버려라!"

외증조부는 고소는 고사하고 도리어 신발 바닥으로 50대나 맞아 엉덩이가 너덜너덜해진 채로, 노새는 타지도 못하고 끌고 절뚝거리며 걸어갔다. 마음속이 말도 못하게 썼다. 현을 벗어난 지 얼마 안 되었을 때, 뒤에서 말발굽 소리가 들렸다. 돌아보니 누군가가 차오 현장의 그 작고 검은 말을 타고 자기 뒤를 쫓아오고 있는 게 보였다. 이번엔 목숨도 부지하기 어렵겠구나 싶은 생각을 하면서, 외증조부는 순간 두 무릎에 힘이 쭉 빠져 땅바닥에 풀썩 주저앉았다.

쫓아온 사람은 차오 현장의 심복인 옌 나리였다. "영감, 일어나시오, 일어나. 현장께서 당신 딸은 현장님의 수양딸이기도 하니 영감하고는 친척뻘이 되는 셈인데, 친척지간에 다소간의 정은 있어야 하는 법, 당신을 신발 바닥으로 때린 건 당신 사람 되라고 그런 거고, 또 그건 그거고 이건 이거라고 하시면서,* 당신에게 은전 열 냥을 내리셨소이다. 그러하니 돌아가서 작은 장사 밑천이라도 삼고 다시는 그런 횡재나 벼락부자가 될 나쁜 생각은 하지 마시오."

외증조부는 두 손으로 은전을 받아 들고는 땅바닥에 무릎을 꿇고 천만번 감사를 표하고는, 검은 말이 철로를 넘어간 뒤에야 비로소 자리에서 일어났다.

차오 현장은 현부의 대청에 혼자 앉아 반 시간가량 홀로 생각을 하다가, 샤오옌이 은전을 주고 돌아와 보고를 하자, 그를 밀실로 데리고 들어가 말했다. "내가 보기에 지금 다이씨네 구들에서 자고 있는 그놈이 얼룩목임이 분명하다. 얼룩목은 가오미 둥베이 지방의 토비 두목이니, 그놈을 잡으면 둥베이 지방의 토비들은, 나무가 넘어지면 원숭이들이 도망가는 격으로 다 달아나게 될 것이다. 오늘 관아에서 그 영감을 때린 건 사람들의 이목을 가리기 위해서 한 것이고."

샤오옌이 말했다. "참으로 신묘한 계략이십니다."

차오 현장이 말했다. "그날은 내가 정말로 그 다이씨네 여자한테 속아 넘어갔던 거지."

샤오옌이 말했다. "원숭이도 나무에서 떨어질 때가 있다고 하지 않습니까."

차오 현장이 말했다. "네가 오늘 밤 병사 스물을 데리고, 잘 달리는 말을 타고 둥베이 지방으로 가서 이 토비 놈을 사로잡아 오너라."

"그 여인도 함께 잡아올까요?"

현장이 말했다. "아니다, 아니다, 아냐. 그 여자는 절대로 잡아와서는 안 된다. 잡아오면, 또 이 차오의 체면을 엉망으로 만들지 않겠느냐?

---

* 본래 원문은 "抽大烟拔豆芽, 一碼歸一碼"로, 직역을 하면 "아편을 피우는 건 아편을 피우는 거고, 콩 싹을 뽑는 건 콩 싹을 뽑는 거니, 그건 각각 다른 일이다"라는 의미이다.

게다가 그날 판결을 내리면서 나도 일부러 그 여자를 좀 봐주었다. 생각하니, 그처럼 꽃다운 미인이 문둥병 환자에게 시집을 가는 것도 큰 불행이 아니더냐. 정부(情夫)와 간통을 한다고 해도 용서할 수 있는 일인 게지. 됐다. 얼룩목만 잡아오고 그 여자는 그냥 호화롭게 잘살도록 내버려두거라."

샤오옌이 말했다. "산가네 높은 담장 안의 마당에는 사나운 개들을 키우고 있고, 그 얼룩목 또한 비상경계를 하고 있을 터인데, 한밤중에 문을 열고 담을 넘는다면 분명 얼룩목의 총알받이가 되지 않겠습니까?"

현장의 묘책을 따라 샤오옌은 병사 스무 명과 한밤중에 성을 나서, 내내 달리다 걷다 하며 가오미 둥베이 지방으로 들어섰다. 때는 벌써 10월, 깊은 가을이라 곳곳에는 수수가 다 말끔하게 베어져 있었고, 여기저기에 커다란 수숫대 무더기가 쌓여 있었다. 온 들판에 별이 흩어져 있었다. 샤오옌의 기마 부대가 우리 마을 서쪽에 이르렀을 때는 이미 새벽이 되었다. 주변엔 마른 풀들이 무성하고, 이슬은 서리가 되어 가을 기운이 피부 깊숙이 파고들었다. 병사들은 말에서 내려 샤오옌의 명령을 기다렸다. 샤오옌은 말을 수숫대 더미 쪽으로 끌고 가서 서로 연결시켜 묶은 뒤 두 사람에게 지키도록 하고 나머지 사람은 모두 옷매무시를 다듬어 변장을 하고 출동 준비를 하라고 명령을 내렸다.

태양이 붉은 기운을 내뿜자, 검은 대지는 온통 희뿌옇게 변했다. 사람의 속눈썹과 겉눈썹 위에, 말 입가의 긴 수염 위에 송글송글하게 서리가 맺혔다. 말이 수수 더미에서 수숫잎을 뽑아서 설겅설겅 씹는 소리가 들렸다.

샤오옌이 회중시계를 꺼내 보더니 "행동 개시!" 하고 말했다.

병사 열여덟 명이 그를 바싹 뒤따라서 살그머니 마을로 들어갔다. 그들은 똑같은 소총에다 모두 탄알을 장착했다. 마을 어귀까지 가서 병사 두 명이 매복하고, 골목 어귀까지 가서 다시 병사 두 명이 매복하고, 또 다른 골목길에 이르면 다시 또 병사 두 명이 매복하고 그렇게 해서 우리 집 대문 앞에 이르렀을 때는 샤오옌과 농부로 변장한 병사 여섯 명만 남았다. 키 큰 병사 하나가 빈 술 항아리 두 개를 메고 왔다.

류씨 아줌마가 대문을 열었고, 샤오옌이 눈짓을 보내자 술 항아리를 멘 병사가 그 사이를 비집고 들어갔다. 류씨 아줌마가 노기충천해서 물었다. "무슨 짓이냐?"

술 항아리를 멘 병사가 말했다. "너희 주인을 만나러 왔다. 내 그저께 네 집에서 술 항아리 두 개를 사갔는데, 돌아가서 그 술을 마시고 열 명이 죽었으니 네 집 술 속에 무슨 독약이라도 탄 거냐?"

샤오옌과 다른 몇 사람도 그 틈을 타 안으로 밀고 들어와서는 담장 모퉁이 입구 쪽에 몸을 숨긴 채 꼼짝도 하지 않고 있었다. 개들이 술 항아리를 멘 병사들을 에워싸고 마구 짖어댔다.

우리 할머니는 잠이 덜 깨어 게슴츠레한 눈으로 단추를 여미며 나와서 화를 내며 "일이 있으면 가게로 가서 말하라"고 고함을 질렀다.

키 큰 병사가 "당신 집 술에 독약이 들어서, 우리네 사람 열이 죽었으니, 이 일은 주인을 만나지 않고는 안 된다"고 말했다.

할머니가 화를 내며 고함을 질렀다. "무슨 헛소리냐? 우리 집 술은 9주(州) 18부(府)*에 다 팔았어도 아직까지 사람 죽은 일이 없는데, 어째서 너네들만 독사를 했다는 거냐?"

---

* 중국의 행정구역 전체를 가리킨다.

샤오옌은 그 키 큰 병사와 우리 할머니가 개 다섯 마리와 어지럽게 한데 엉겨 있는 틈을 타 신호를 보내고 병사 다섯 명과 함께 나는 듯이 방으로 뛰어들어갔다. 술 항아리를 메고 있던 병사가 술 항아리를 내던지고 허리춤에서 총을 빼내 우리 할머니에게 겨누었다.

우리 할아버지는 그때 막 주섬주섬 옷을 챙겨 입다가 샤오옌 무리에게 붙잡혀 구들에 눌러 앉혀진 뒤 끈으로 양팔이 뒤로 묶인 채 뜰 안으로 끌려나왔다.

개들은 우리 할아버지가 붙잡힌 것을 보고는 달려와 구하려고 했지만 샤오옌의 무리가 한바탕 어지럽게 갈겨대는 총에 온 바닥에 털을 날리고 피를 뿌리며 쓰러졌다.

류씨 아줌마는 땅바닥에 펄썩 주저앉아 꼼짝을 못하더니 바지에 오줌을 지렸다.

우리 할머니가 말했다. "여보시오, 우린 과거에도 남을 적으로 만든 일이 없고, 근자에도 원망 살 만한 일을 한 적이 없는데, 돈이나 양식이 필요하면 곧이곧대로 말하면 될 것이지, 어찌 칼을 휘두르고 총을 휘두른단 말이요?"

샤오옌이 말했다. "헛소리 그만 지껄여. 데리고 가자!"

할머니가 눈알을 굴리며 샤오옌을 알아보고는 급히 말했다. "당신은 제 양아버지의 부하가 아니시오?"

샤오옌이 말했다. "너와는 상관없는 일이니 넌 잘살아라!"

뤄한 큰할아버지는 서쪽 마당에서 나는 총소리를 듣고 점포 쪽에서 달려왔지만, 막 서쪽 마당으로 얼굴을 들이밀려는 순간 총알 한 발이 그의 귓바퀴에 바짝 붙어 날아가는 바람에 놀라서 당장 걸음을 돌렸다. 거리는 조용한 채 인적이 없었고, 온 마을의 개들은 미친 듯이 짖어댔다.

샤오옌과 병사들은 우리 할아버지를 묶어 큰 거리로 데리고 나갔다. 말을 지키고 있던 병사 두 명이 벌써 와서 말을 대기해놓고 있었다. 마을 어귀, 골목 어귀에 매복해 있던 병사들도 자기편이 목적을 달성한 것을 보고는 일제히 달려와 각자 말에 올라탔다. 우리 할아버지는 뱃가죽을 밑으로 향한 채 붉은색 말에 묶여 배로 말 등을 꽉 누르고 있었다. 샤오옌이 한 번 호령하자 말들이 발굽 소리를 요란하게 내며 현성을 향해 나는 듯이 달려갔다.

말 부대가 현 관아의 큰 마당 앞까지 달려왔을 때, 병사들은 우리 할아버지를 말에서 내렸다. 차오 현장은 손으로 팔자수염을 어루만지며 만면에 웃음을 띤 채 앞으로 걸어 나오며 말했다. "얼룩목, 네놈의 세 발이 본관의 모자를 망가뜨려놓았지. 본관은 오늘 그 대가로 네놈에게 신발 바닥 곤장 3백 대를 돌려주겠다."

우리 할아버지는 그때 말을 타고 오는 동안 말 등에 살이 배겨 뼈와 살이 분리되는 것 같은 고통을 겪었고, 그 때문에 눈앞이 어질하고 구역질이 계속 나는 터라 말에서 내렸을 때는 거의 반죽음 상태가 되어 있었다.

"쳐라!" 샤오옌이 말했다.

병사 몇 명이 우리 할아버지를 차서 엎어놓고는 나무 막대기 위에 묶어놓았던 특제 대형 신발 바닥을 휘두르며 퍽퍽 마구 후려쳤다. 할아버지는 처음에는 이를 악물고 참았지만 나중에는 아버지, 어머니를 불러대며 고함을 질렀다.

차오멍주가 물었다. "얼룩목, 네가 이제야 이 차오얼 신발 바닥의 매운 맛을 알겠느냐?"

할아버지는 매를 맞는 통에 정신이 들어서 연신 고함을 질렀다. "잘못 잡으셨습니다요. 잘못 잡으셨습니다요. 전 얼룩목이 아닙니다요……"

"아직도 궤변을 늘어놓다니! 다시 3백 대를 쳐라!" 차오 현장이 노발대발했다.

병사들은 다시 할아버지를 거꾸로 눕혔고, 신발 바닥은 비처럼 그 위로 떨어졌다. 할아버지의 엉덩이는 이미 감각을 잃었다. 할아버지는 바닥에서 고개를 뻣뻣이 세워 들고는 큰 소리로 외쳤다. "차오멍주, 사람들은 너를 차오청천이라고 했지만, 알고 보니 실은 바보 멍충이 개똥 현관이구나! 얼룩목의 목 위엔 얼룩무늬가 있어야지. 네가 한 번 내 목 위에 얼룩무늬가 있는지 보기라도 했냐?"

그 말을 듣고 깜짝 놀란 차오멍주가 손을 내저어 신발 바닥을 들고 있던 병사들을 한쪽으로 물러나게 했다. 두 병사가 우리 할아버지를 부축해서 일으켰고 차오 현장이 가까이 와서 할아버지의 목을 보았다.

"네놈이 어찌 얼룩목의 목 위에 얼룩무늬가 있다는 걸 아느냐?" 차오 현장이 물었다.

"내가 직접 그놈을 보았으니까." 할아버지가 말했다.

"네놈이 얼룩목을 안다면 필시 토비임이 분명하니, 본관이 잘못 잡아온 건 아닌 게지!"

"둥베이 지방에서는 얼룩목을 아는 자가 수천수만인데 설마 그자들이 그럼 다 토비라는 거냐?"

"네놈이 한밤중에 과부의 구들에서 잔 것은 토비가 아니면 무뢰한이 하는 짓이니 본관이 잘못 잡아온 건 아닌 게지!"

"그건 당신 수양딸이 원해서 한 거다."

"그 여인이 원한 거라고?"

"그 여자가 원한 거다."

"네놈은 누구냐?"

"난 그 여자 집 일꾼이다!"

"아이고 저런!" 차오밍주가 말했다. "샤오옌, 우선 가둬두거라."

이때 우리 할머니와 뤄한 큰할아버지가 우리 집의 그 커다란 검은 노새 두 마리를 타고 현의 관아 앞으로 달려왔다. 뤄한 큰할아버지는 노새를 붙잡고 대문 밖에 서 있었고, 할머니는 대성통곡을 하면서 대문 안으로 달려들어왔다. 문을 지키던 병사가 창으로 가로막다가 할머니가 뱉은 침에 얼굴이 온통 침범벅이 되었다. 뤄한 큰할아버지가 "이분은 현장님의 수양딸이시오" 하고 말했고, 그 말에 병사도 감히 막을 엄두를 내지 못하는 사이에 할머니는 대청으로 뛰어들어갔다……

그날 오후, 현장은 사람을 불러서 방한용 문발이 걸린 가마 한 대를 불러 우리 할아버지를 태워 마을로 돌려보냈다.

할아버지는 할머니 구들에 엎드려 두 달 동안 상처를 치료하며 요양을 해야 했다.

그사이에 할머니는 다시 한 번 노새를 타고 현성으로 들어가 양어머니에게 묵직하고 후한 선물 한 보따리를 보냈다.

10

1923년 섣달 스물사흗날에는 부뚜막신에게 조왕제(竈王祭)를 지냈고, 그날 얼룩목 패거리 중의 하나가 우리 할머니를 납치해갔다. 오전에 납치를 해간 자가 오후에 와서, 술도가의 가마에서 은화 천 냥을 꺼내오면 산 사람을 도로 데려갈 수 있다는 전갈을 했다. 돈이 아까우면 리구좡(李岣庄) 마을 동쪽 토지 묘로 와서 죽은 사람을 메고 가라는 것이었다.

우리 할아버지는 돈궤를 탈탈 털어 은화 2천 냥을 마련한 뒤 자루에 담아 뤄한 큰할아버지에게 주고는 노새를 준비해 약속 장소까지 지고 가도록 했다.

뤄한 큰할아버지가 "천 냥만 요구한 게 아닙니까요?" 하고 묻자, 할아버지는 "쓸데없는 소리 하지 말고 가라면 가게" 하고 말했다.

뤄한 큰할아버지는 서둘러 노새를 타고 길을 나섰다.

저녁 무렵 뤄한 큰할아버지는 우리 할머니를 노새에 태워 돌아왔다. 토비 두 명이 말을 타고 등에 총을 메고 할머니를 호송하며 왔다.

토비 둘은 우리 할아버지를 보더니 "주인장, 우리 두목께서 오늘 이후로는 대문 활짝 열고 주무시라고 하십니다!" 하고 말했다.

할아버지는 뤄한 큰할아버지에게 오줌이 보태진 작은 술 항아리 하나를 가져오게 해 토비에게 전한 뒤 "두목께 맛보시라 하게" 하고 말했다.

할아버지는 두 토비의 손을 잡고 마을 밖까지 배웅했다.

집에 돌아온 뒤 할아버지는 대문을 닫고 본채 문을 닫고 방문을 닫고 할머니와 한 덩어리가 되어 부둥켜안고는 물었다. "얼룩목이 자네에게 무슨 이상한 짓은 하지 않았지?"

할머니는 고개를 가로저었고, 눈물이 눈자위 밖으로 흘러나왔다.

"어째? 그놈이 자넬 건드렸어?"

할머니는 할아버지의 가슴에 얼굴을 파묻고 말했다. "그놈이…… 그놈이 내 젖을 더듬었어요……"

할아버지는 분연히 벌떡 일어나며 말했다. "아이는 괜찮은 거지?"

할머니가 고개를 끄덕였다.

1924년 봄, 할아버지는 노새를 몰고 몰래 칭다오(青島)로 가서 모제르총 두 자루와 총알 5천 발을 사 가지고 왔다. 모제르총 한 자루는 독일산인 '다야오구(大腰鼓)'*였고, 다른 한 자루는 스페인산인 '다어터우(大鵝頭)'**였다.

총을 사온 뒤 할아버지는 사흘 동안 방 안에 틀어박혀 두문불출한 채 총 두 자루를 낱낱이 분해했다가 조립했다 했다. 봄이 되어 만의 물이 녹자, 얼음 아래에서 겨울 내내 숨을 참고 있던 마른 물고기들이 아무 생각 없이 올라와 햇볕을 쪼였다. 할아버지는 모제르총을 들고 총알 한 바구니를 허리에 차고 만가를 돌면서 물고기들을 쏘았다. 봄날 하루 종일 물고기를 쏘아 큰 물고기들을 몽땅 다 잡고 난 뒤에는, 다시 작은 물고기들을 쏘았다. 할아버지는 둘러서서 보는 사람들이 있을 때는 물고기 수염 하나 건드리지 않다가, 보는 사람이 없을 때면 물고기들의 대가리를 박살 냈다. 여름이 되어 수수가 자라 올라오자 할아버지는 쇠줄 칼 하나를 사더니 모제르총 두 자루의 가늠쇠를 몽땅 다 갈아내 버렸다.

7월 초이레 밤에는 폭우가 내리고 천둥 번개가 쳤다. 할머니는 이미 만 4개월이 된 우리 아버지를 롄얼에게 안고 있으라고 넘기고는, 자기는 할아버지를 따라 동쪽 마당의 가게로 가서 문을 걸어 잠그고 창을 닫은 뒤 뭐한 큰할아버지에게 등불을 켜게 했다. 할머니는 계산대 위에 동전 일곱 개를 매화 형상으로 늘어놓은 뒤 한 발짝 물러났다. 할아버지는 계산대 바깥쪽으로 성큼성큼 걸어가다가 갑자기 몸을 휙 돌리더니 앞서거니 뒤서거니 하며 모제르총 두 자루를 허리춤에서 꺼낸 뒤 두 팔을 밀었다

---

* '야오구(腰鼓)'는 본래 허리에 차고 양쪽으로 두드리는 북을 말하는데, 여기에서는 독일산 모제르총의 모양이 야오구를 닮은 것을 가리켜 이렇게 부른 것으로 추정된다.
** 독일제 모제르총의 짝퉁인 스페인산 아스트라 900을 음역하고, '大'자를 붙여 '大鵝頭'라고 부른 것으로 추정된다.

당기는 동작을 취했고, 이어 파팡, 파팡, 파팡팡 하고 총성 일곱 발이 울렸다. 총성과 함께 계산대 위에 늘어놓았던 동전 일곱 개가 담벼락으로 날아갔다. 그중 셋은 튀어 올랐다 땅바닥에 떨어졌고, 넷은 담벼락을 뚫고 들어갔다.

할머니와 할아버지는 같이 계산대 앞으로 와서 등을 들고 비쳐보았다. 나무 계산대 위에는 총알이 지나간 흔적이 단 한 줄도 없었다.

이것이 바로 할아버지가 그때까지 애써서 단련하여 완성한 '칠점매화총' 기술이었다.

할아버지는 검은 노새를 타고 마을 동쪽 끝에 있는 작은 주점으로 갔다. 주점 문은 굳게 닫혀 있었고, 문틈에는 거미줄이 몇 가닥 쳐져 있었다. 할아버지가 문을 걷어차고 들어가자 시체 썩는 냄새가 진동했다. 할아버지는 소매로 코를 막고 자세히 들여다보았다. 뚱뚱한 늙은이가 오금 밑에 좁다란 걸상 하나를 누른 채 대들보 밑에 주저앉아 있었다. 목 위에는 갈색 끈자국이 둥글게 나 있었고, 눈은 크게 뜨고 시커먼 혀를 입 밖으로 길게 빼물고 있었다. 그의 머리 위에 매달려 있는 반쯤 잘린 끈은 할아버지가 문을 열 때의 충격으로 가볍게 흔들리고 있었다.

할아버지는 침을 두 번 크게 뱉고는 노새를 끌고 마을 입구로 와서 서 있었다. 노새는 계속 뒷걸음질을 치면서 털이 하나도 없는 꼬리를 휘둘러 검은 콩만 한 파리를 내쫓고 있었다. 할아버지는 한참 생각한 뒤 결국 다시 노새에 올라탔다. 노새는 집요하게 목을 집 쪽으로 틀려고 했지만 입속에 채워져 있는 딱딱하고 차디찬 쇠사슬 때문에 하는 수 없이 고개를 돌렸다. 할아버지가 노새의 엉덩이를 주먹으로 한 차례 내려치자, 노새는 앞으로 한 걸음 성큼 뛰더니 곧 수수밭 길을 따라서 달렸다.

그때는 모수이 강의 작은 나무다리가 아직 흠 없이 온전했었다. 때는 바야흐로 장마철이어서, 기세등등한 강물의 수면은 다리 표면과 나란해져 있었다. 밭두렁 같은 한 줄기 새하얀 포말들이 다리 위에서 뒹굴었다. 물소리가 어찌나 우렁찬지, 노새는 조금 겁을 먹은 듯 다리 위에서 급하게 발굽을 구르며 앞으로 나아가지 않으려고 했다. 할아버지가 주먹으로 두 차례 내리쳐도 노새는 여전히 망설였다. 할아버지는 엉덩이를 들었다가 안장 위에 털퍼덕하고 힘껏 주저앉았다. 그제야 노새는 허리를 납작 숙이고 한달음에 나무다리 한가운데로 달려갔다. 할아버지가 재갈을 당겨 말을 세웠다. 다리 위에는 얇게 퍼진 맑은 물이 일렁이고 있었다. 팔뚝만 한 붉은 꼬리의 잉어 한 마리가 다리 서쪽에서 뛰어올라 무지개 한 줄기를 그리고는 다리 동쪽으로 떨어졌다. 할아버지는 노새를 타고 서쪽에서부터 출렁이며 흘러내려오는 강물을 바라보고 있었다. 노새의 발굽은 물에 잠겨 있었고, 발목의 검은 털은 흐르는 물에 말끔히 씻겨 있었다. 노새는 뭔가 찾는 듯이 그 뒤척이는 물보라에 입술을 갖다 댔다가 물보라가 작고 긴 얼굴을 적시자, 콧구멍을 꽉 닫고 가지런한 하얀 이빨을 드러냈다.

강둑 남쪽에 바로 산가의 깃발이 걸려 있는, 널찍하게 펼쳐져 있는 푸른 수수밭은 마치 광활하게 펼쳐져 있는 푸른 기왓빛 호수의 수면 같았다. 할아버지는 노새를 타고 강둑을 따라 곧장 동쪽으로 갔다. 정오 무렵 할아버지는 노새를 끌고 수수밭으로 들어갔다. 빗물에 흠뻑 젖어 마치 풀처럼 질척해진 검은 흙에 노새의 네 발굽이 빠지고 할아버지의 발등이 빠졌다. 노새는 무거운 몸을 꿈틀대며 발버둥을 쳤다. 온통 진흙범벅이 된 네 발굽이, 마치 물에 젖어 퉁퉁 불은 사람 머리 같았다. 노새의 커다란 콧구멍에서 푸쉬푸쉬하며 하얀 김이 뿜어져 나왔고, 시퍼런 침방울이 튀어나왔다. 묵은 식초처럼 시큼한 땀 냄새와 짓뭉개진 검은 진흙 속에서 날아오는 비릿한 냄새가 할아버지의 코를 자극해 줄곧 재채기가 나올 것 같았다. 빽빽하게 늘어선 부드럽고 푸른 수수밭에는 할아버지와 노새가 만든 오솔길 한 줄기가 또렷하게 생겨났지만, 할아버지와 노새가 지나가고 난 뒤에 수수들은 곧 다시 천천히 곧게 일어섰고, 그 자리에는 아무런 흔적도 남지 않았다.

할아버지와 노새가 지나간 길을 따라 남겨진 발자국 자리에는 이내 물이 배어나와 파인 곳을 메웠다. 할아버지의 하체와 노새의 뱃가죽 위에 크고 작은 시커먼 흙탕물이 가득 뿌려져 있었다. 아무 소리도 없이, 답답한 열기 속에서 미친 듯이 무성하게 자라 있는 수수의 무리 속에서, 질펀거리며 진흙에서 빠져나오는 노새의 발소리는 귀에 거슬리는 쉰 목소리처럼 들렸다. 얼마 가지 않아 할아버지는 숨이 차서 헉헉거렸다. 목구멍이 마르고 혀가 끈적거리고 입에서 냄새가 나는 게 느껴졌다. 할아버지는 노새도 분명 목이 마르고 혀가 끈적거리고 입에서 냄새가 날 거라고 생각했다. 땀이 나올 대로 다 나와서 말라버리고 나면 몸에서는 소나무 기름처럼 끈끈한 점액이 나와 피부를 후끈거리고 따갑게 한다. 날카로운 수숫잎이 할아버지의 맨 목을 톱질하듯이 비벼댔다. 노새는 화가 나서 머리를 흔들어댔다. 수수밭 위로 뛰어올라가 나는 듯이 달려보고 싶은 마음이 간절한 것 같았다. 우리 집의 다른 커다랗고 검은 노새 한 마리는 그때 아마도 눈을 가리고 무거운 맷돌을 돌리고 있었거나 어쩌면 구유 옆에서 지친 채로, 반 마디만큼의 길이로 썰어놓은 마른 수숫잎이나 볶은 수수를 먹고 있었을 것이다.

하지만 할아버지는 확고한 믿음을 가지고, 마음속에 미리 다 정해놓은 생각대로 밭두렁을 따라 곧장 앞으로 달려갔다. 노새는 계속 수숫잎에 붉혀 눈물이 뚝뚝 떨어지는 눈으로, 때론 우울한 표정으로 때론 원망하는 표정으로, 강제로 자기를 앞으로 끌고 나아가는 주인을 쳐다보고 있었다.

수수밭에 새로운 발자국들이 나타났다. 할아버지는 벌써부터 오랫동안 기다려왔던 냄새를 맡았다. 노새는 분명히 긴장하기 시작했다. 계속 콧소리를 내며 커다란 몸을 수숫대 사이에서 흔들어댔다. 할아버지는 조금 과장되게 기침을 했다. 앞에서 사람을 홀리는 향기가 날아왔다. 할아버지는 목적지에 도착했다는 걸 알았다. 할아버지의 정확한 예측대로라면, 이제 한 걸음도 더 못 가서 바로 그가 오랫동안 기다려왔던 그곳으로 들어서게 되는 것이다.

그 새로운 발자국들은 바로 할아버지와 노새 앞에 있었다. 발자국에서 물이 점점 더 질펀하게 밖으로 배어 나오고 있었다. 할아버지는 그 발자국들을 보지 않는 것 같았지만 걸음은 발자국을 따라 앞으로 가고 있었다. 할아버지가 갑자기 노래를 부르기 시작했다. "말이 시량(西涼) 땅을 떠나면……"

할아버지는 뒤에서 발자국 소리가 들리는 걸 느꼈지만 여전히 아무것도 모르는 듯이 앞으로 걸어갔다. 딱딱한 물체가 할아버지의 허리를 찔렀고, 할아버지는 순순히 손을 들었다. 두 손이 그의 가슴 앞까지 뻗쳐와서 모제르총 두 자루를 꺼내갔다. 좁다랗고 검은 천 조각이 할아버지의 두 눈을 가렸다.

할아버지가 말했다. "두목을 만나러 왔다."

토비 하나가 할아버지의 허리를 들어 낚아채더니 족히 2분은 되도록 빙빙 돌리다가 갑자기 손을 놓았고, 그 바람에 할아버지의 머리는, 묽고 부드러운 검은 진흙 속으로 곤두박질쳤다. 이마는 온통 진흙범벅이 되었고, 두 손도 땅을 짚느라 진흙투성이가 되었다. 할아버지는 수수를 붙잡고 일어났다. 머리에서는 웅웅거리는 소리가 났고, 눈앞이 시퍼레졌다 시커메졌다 했다. 할아버지는 곁에 있는 남자의 거친 숨소리를 들었다. 토비는 수숫대 하나를 잘라 한쪽은 할아버지에게 주고, 한쪽은 자기가 붙잡고는 말했다. "가자!"

할아버지는 토비의 발자국 소리와, 노새가 질퍽하고 검은 흙 속에서 발굽을 빼낼 때 거기에 공기가 섞여서 나는 소리를 들었다.

토비가 손을 뻗어 할아버지 눈 위에 있던 검은 천을 떼어냈다. 할아버지는 눈을 가린 채 눈물 수십 방울을 흘리고 난 뒤에야 손을 떼었다. 할아버지 앞에 나타난 것은 주둔지였다. 널찍한 땅의 수수를 다 쓸어내 평평하게 만든 공터에는 막사 두 개가 세워져 있었다. 남자 열댓 명이 큰 도롱이를 입고 막사 밖에 서 있었고 막사 입구의 두툼한 나무토막 위에는 몸집이 큰 사람이 하나 앉아 있었는데 그의 목 위에는 얼룩무늬가 있었다.

"두목을 뵈러 왔수다." 할아버지가 말했다.

"술도가의 주인장이지!" 얼룩목이 말했다.

할아버지가 말했다. "예."

"자네가 뭐 하러 왔나?"

"사부님께 무술 한 수 배우러 왔소이다."

얼룩목이 냉소를 지으며 말했다. "넌 매일 만에 가서 물고기를 잡지 않느냐?"

할아버지가 말했다. "항상 제대로 맞히질 못하지요."

얼룩목은 할아버지의 그 총 두 자루를 들고는 총부리도 살펴보고 방아쇠도 당겨보고 하더니 "좋긴 좋은 물건이구먼. 총은 배워서 뭐 할려고?" 하고 물었다.

"차오멍주를 죽이려고." 할아버지가 말했다.

"그는 네 마누라의 수양아비가 아니더냐?" 얼룩목이 말했다.

"그놈이 나를 신발 바닥으로 350대를 쳤수다! 제가 두목 대신 맞은 거지." 할아버지가 말했다.

얼룩목이 웃으며 말했다. "네가 두 남자를 죽이고 한 여자를 빼앗아 차지했으니, 네놈 목을 쳐도 싼 게지."

"그놈이 나를 신발 바닥으로 350대를 쳤다고!" 할아버지가 말했다.

얼룩목이 오른손을 쳐들더니 "팡팡팡" 하고 연방 세 발을 쏘았고, 다시 왼손을 쳐들더니 세 발을 더 쏘았다. 할아버지는 한쪽 엉덩이를 땅바닥에 찧으며 두 손으로 얼굴을 가리고는 고함을 질렀고, 토비들은 일제히 큰 소리로 웃었다.

얼룩목이 이상하다는 듯이 말했다. "이놈이, 이런 토끼 간으로 감히 사람을 죽일 수 있었다고?"

"색욕에 사로잡혀 간이 부었던 게지요!" 토비 하나가 말했다.

얼룩목이 말했다. "돌아가서 네 장사나 잘해라. 고려 몽둥이가 죽었으니 이후로는 네놈 집을 연락처로 삼겠다."

할아버지가 말했다. "난 총을 배워서 차오멍주를 죽일 거라고!"

"차오멍주의 목숨은 우리 손바닥 안에 꽉 쥐어 있으니, 그놈 목숨은 언제 거두어도 괜찮다." 얼룩목이 말했다.

"그럼 난 헛걸음을 한 셈인가?" 할아버지가 억울한 듯이 말했다.

얼룩목은 할아버지의 총 두 자루를 내던졌다. 할아버지가 어설픈 동작으로 한 자루를 받았고, 다른 한 자루는 땅에 떨어져 총구가 진흙 속에 박혔다. 할아버지는 총을 주워 총구 속에 들어간 진흙을 떨어내고 다시 옷깃으로 총에 묻은 진흙을 깨끗이 닦아냈다.

토비 하나가 다시 할아버지의 눈을 검은 천으로 가리려고 했으나 얼룩목이 손을 휘저으며 말했다. "그만둬라."

얼룩목이 일어나 말했다. "가자. 강에 가서 목욕이나 좀 하자. 마침 주인장이랑 좀 걷기도 할 겸."

토비 하나가 할아버지 대신 노새를 끌었고, 할아버지는 검은 노새의 엉덩이 뒤를 따라갔다. 얼룩목과 토비들이 할아버지 뒤에서 빽빽하게 둘러서서 걸었다.

강둑까지 왔을 때, 얼룩목은 차가운 눈으로 할아버지를 쳐다보았고 할아버지는 진흙과 땀투성이가 된 얼굴을 닦으며 "이번에 온 건 영 셈이 안 맞는군. 이번에 온 건 셈이 맞지 않아. 제기랄 더워죽겠네" 하고 말했다.

할아버지는 진흙이 튀어 더러워진 옷을 벗어 던지고, 모제르총 두 자루도 벗어놓은 옷 위에 아무렇게나 던져놓고는 급히 몇 걸음을 달려가더니 한걸음에 강물 속으로 뛰어들었다. 할아버지는 물속으로 들어가자 마치 끓는 기름 속에서 꽈배기*가 뒹구는 것처럼 퍼덕거리더니, 곧 머리가 물속에서 나왔다 들어갔다 하면서 두 손은 마치 볏짚이라도 한 가닥 잡으려는 것처럼 버둥거렸다.

"저놈이 헤엄칠 줄 모르나?" 토비 하나가 물었다.

얼룩목이 콧방귀를 뀌었다.

강에서는 우리 할아버지가 버둥대며 질러대는 고함 소리와 우렁차게 들리는 물소리가 전해져 왔다. 출렁이는 강물은 할아버지를 싣고 천천히 동쪽으로 흘러갔다.

얼룩목이 강물을 따라 동쪽으로 갔다.

"주인장, 정말 물에 빠져 죽으려고!"

---

* 油條: '유탸오'라고 부르며, 중국인들이 보통 아침 식사 때 먹는 꽈배기 모양의 도넛을 말한다.

"내려가서 저자를 건져 올려라!" 얼룩목이 말했다.

토비 네 명이 강으로 뛰어들어가, 물을 먹어 배가 물 항아리처럼 된 우리 할아버지를 메고 올라왔다. 할아버지는 강둑 위에 뻣뻣하게 죽은 듯이 누워 있었다.

얼룩목이 말했다. "노새를 끌고 오너라."

토비 하나가 노새를 끌고 달려왔다.

"저자를 노새 등에 태워 엎어놓아라." 얼룩목이 말했다.

토비들이 할아버지를 메다가 할아버지의 부푼 배가 안장 턱에 눌리도록 노새 등에 올려놓았다.

얼룩목이 "노새를 쳐서 달리게 하라"고 말했다.

토비 하나는 노새 끈을 잡고, 다른 토비는 노새를 몰고, 토비 둘은 우리 할아버지를 부축했다. 우리 집의 커다란 검은 노새는 강둑 위를 나는 듯이 달렸다. 대략 화살 두 발을 쏠 만큼의 시간 동안 달리고 나자 할아버지 입에서 더러운 물기둥이 죽죽 뿜어져 나왔다.

토비들은 할아버지를 노새 등에서 내렸고, 할아버지는 벌거벗은 채 둑 위에 누워, 죽은 물고기같이 허연 두 눈알을 굴리면서 몸집이 큰 얼룩목을 쳐다보고 있었다.

얼룩목이 도롱이를 벗고, 사근사근하게 웃으며 말했다. "이놈아, 네 놈이 목숨을 주웠다."

할아버지는 창백한 얼굴로 볼 근육을 고통스럽게 실룩였다.

얼룩목과 토비들이 옷을 벗고 풍덩풍덩 강물로 뛰어들었다. 그들의 수영 솜씨는 모두 탁월했다. 모수이 강물 사방으로 물보라가 흩날렸고 토비들은 짓궂게 물싸움을 했다.

할아버지는 천천히 일어나 얼룩목의 도롱이를 입고, 코를 풀고 목을 헹구고 팔다리를 한 번 쭉 폈다. 노새의 안장 위는 온통 물범벅이었다. 할아버지는 얼룩목의 옷으로 안장을 깨끗이 닦았다. 노새는 비단처럼 반들반들한 목을 할아버지의 몸에 다정하게 비벼댔다. 할아버지는 노새를 토닥이며 말했다. "검둥아, 기다려라, 기다려."

할아버지가 쌍권총을 들었을 때 토비들은 오리처럼 강변으로 돌진해가고 있었다. 할아버지는 정확한 박자로 일곱 발을 쏘았다. 토비 일곱 명의 뇌수와 피가 파파파팍 하며 모수이 강의 냉혹하고 무정한 강물 속으로 흩뿌려졌다.

할아버지는 다시 일곱 발을 쏘았다.

얼룩목은 이미 모래톱 위로 올라와 있었다. 그의 피부는 모수이 강에 씻겨 눈꽃처럼 희었다. 그는 전혀 두려운 기색 없이 모래톱의 푸른 풀 가운데 서서 무한히 감탄스러운 듯이 말했다. "근사한 총 솜씨군!"

황금처럼 작열하는 태양이 그의 온몸에서 굴러 내리다 멈춰 선 물방울들을 비추었다.

할아버지가 물었다. "얼룩목, 네놈이 내 여자를 만졌다고?"

얼룩목이 말했다. "안타깝군!"

할아버지가 물었다. "네놈이 어떻게 감히 그런 짓을 해?"

얼룩목이 말했다. "네놈도 앞으로 구들 위에서 죽진 못할 거다."

할아버지가 물었다. "물속으로 들어가지 않을래?"

얼룩목은 뒤로 몇 걸음 물러서더니 강가의 물이 얕은 곳에 서서 자기 심장을 가리키며 말했다. "여길 쏴라. 머리가 깨지는 꼴은 정말 못 봐주겠으니!"

할아버지가 말했다. "오냐."

할아버지의 총알 일곱 발은 분명히 얼룩목의 심장을 벌집으로 만들어놓았을 것이다. 얼룩목은 한 차례 신음 소리를 내며 사뿐하게 물속으로 넘어졌다. 두 다리가 잠시 물 위로 치켜 올라와 있다가 나중에는 물고기처럼 가라앉았다.

다음 날 오전, 할아버지와 할머니는 각각 검은 노새를 타고 외증조부 집으로 달려갔다. 외증조부는 마침 은을 녹여 백세 장수를 기원하는 열쇠를 만들고 있다가 우리 할아버지와 할머니가 뛰어들어오는 걸 보고는 은을 녹이던 솥까지 뒤집어버렸다.

할아버지가 말했다. "듣자 하니 차오멍주가 네게 은화 열 냥을 상으로 내렸다고?"

"어진 사위님 살려주게······" 외증조부는 땅에 무릎을 꿇었다.

할아버지는 품 안에서 은화 열 냥을 꺼내 외증조부의 반지르르한 이마 위에 쌓아놓았다.

"목 똑바로 하고, 움직이지 마!" 할아버지가 거칠게 소리를 질렀다.

할아버지는 몇 걸음 뒤로 물러나더니 "팡팡" 하고 두 발의 총성으로 은화 두 냥을 날려버렸다.

할아버지는 두 발을 더 쏘아 다시 은화 두 냥을 날렸다.

외증조부의 몸이 점점 오그라들더니 할아버지가 열 발을 다 쏘기도 전에 바닥으로 고꾸라졌다. 할머니는 품 안에서 은화 백 냥을 꺼내 온 땅바닥에 은빛이 가득하도록 뿌렸다.

11

할아버지와 아버지는 다 무너지고 망가진 집으로 돌아와, 이중 벽장 안에서 은화 50냥을 꺼낸 뒤 거지로 변장하고는 현성으로 잠입해 들어갔다. 기차 정거장 부근에 붉은 등롱을 내건 작은 점포 안에서 연지와 분을 바른 여인을 찾아 5백 발의 총알을 사고는 며칠 동안 성 안에 잠복해 있으면서, 곰보 렁을 찾아 빚 갚을 온갖 계략을 다 짠 뒤 다른 사람들 틈에 묻어 성문을 빠져나왔다.

할아버지와 아버지가, 똥을 참다 곧 죽을 지경이 된 어린 산양을 몰고 마을 서쪽 수수밭까지 왔을 때는 모수이 강 대교에서 매복전이 벌어진 지 6일째 되던 날 오후였다. ……1939년 음력 8월 15일 오후. 일본 놈 4백여 명에다 괴뢰군 6백여 명이 우리 마을을 철통같이 포위하고 있었다. 할아버지와 아버지는 재빨리 양의 똥구멍을 찢었다. 작은 산양은 똥을 1킬로그램이나 쏟아내고 난 뒤 다시 수백 발의 총알을 쏟아냈다. 두 부자는 더러운 냄새도 아랑곳하지 않고, 서둘러 무장을 하고 수수밭에서 침략자들과 비장한 전투를 벌였다. 비록 그들이 일본군과 괴뢰군을 수십 명씩이나 사살했지만, 워낙 미미한 세력인지라 전체적인 형세를 돌이킬 수는 없었다. 저녁 무렵 지금까지 한 번도 총성이 난 적이 없었던 마을 남쪽의 사람들이 '물 위로 나왔다'가 일본 기관총이 미친 듯이 퍼부어댄 난사에 수백 명의 남녀가 죽어 수수밭으로 쓰러졌고, 반쯤 죽게 된 사람들은 수수밭 여기저기를 뒹굴며 수많은 붉은 수수를 짓눌렀다.

일본 놈들이 철수할 때는 마을의 모든 집에 불을 질러서 불길이 하늘을 찔렀고 그 불은 오랫동안 꺼지지 않았다. 하늘의 반쪽이 불에 타서 허

옇게 되었다. 그날 밤 달은 원래는 풍만하고 피처럼 붉어야 했지만 전쟁
으로 인해 곱던 색이 다 바래버려 창백하고 희뿌옇게 된 전지(剪紙)처럼 처
량한 모습으로 하늘에 걸려 있었다.

"아부지, 우리 어디로 가요?"

할아버지는 대답이 없었다.

제3편
개의 길

1

영광스러운 인간의 역사 속에 그토록 많은 개에 관한 전설과 기억들이 한데 섞여 있다니! 가증스러운 개, 존경스러운 개, 무서운 개, 가련한 개. 할아버지와 아버지가 인생의 갈림길에서 주저하며 배회하고 있을 때, 수백 마리의 개는 우리 집의 검둥이, 초록이, 홍구의 인솔하에 마을 남쪽 수수밭의 대살육전이 일어났던 곳에다, 굳센 발톱으로 한 줄 한 줄의 희뿌연 오솔길을 내놓았다. 우리 집에서 원래 키우던 개는 모두 다섯 마리였는데, 세상사의 온갖 고초를 다 겪은 누렁이 두 마리는 아버지가 세 살 되던 해에 둘 다 세상을 떠났다. 검둥이, 초록이, 홍구가 개 떼의 우두머리가 되어 대살육전이 벌어진 곳에서 자신들의 재능을 드러냈을 때는 나이가 모두 만 열다섯쯤 되었을 때다. 열다섯 살이라면 사람 나이로는 아직 어린 축에 속하지만 개에게는 이미 불혹의 나이다.

대살육전 이후 할아버지와 아버지가 함께 보낸 나날들 속에서, 검은 핏물의 범람은 그들이 모수이 강 다리에서 매복전투를 하던 때 가슴속에 새겨진 고통스러운 기억들을, 마치 시커먼 구름이 핏빛 태양을 덮어버리듯이 인정사정없이 뒤덮어버렸지만, 할머니에 대한 아버지의 그리움만큼은 언제나 태양 빛이 힘겹게 구름 사이를 비집고 나오듯이 그 뒤덮인 기억들 사이를 뚫고 새어 나왔다. 시커먼 구름에 덮여버린 태양 빛의 기억은 분명 너무나 고통스러운 것이지만, 그런 두꺼운 구름을 뚫고 새어 나온 태양 빛의 기억 또한 나를 불안에 떨게 했다. 게다가 시체를 뜯어 먹는 미친개들과의 끈질긴 투쟁 속에서 간헐적으로 불쑥불쑥 일어난, 아버지의 할머니에 대한 깊은 그리움은 더더욱 나를 떠도는 상갓집 개 같은 불안으로 빠뜨리곤 했다.

1939년 중추절 밤에 벌어졌던 대살육전으로 우리 마을에는 사람의 씨가 거의 다 말라버렸고 마을의 개 수백 마리는 진짜 상갓집 개가 되었다. 할아버지는 피비린내를 쫓아 시체를 뜯어 먹으러 온 개들을 향해 연발 사격을 가했다. '자동'소총이 그의 손에서 죽어라 하고 울부짖었고 총신(銃身)에서는 타는 듯한 숨이 뿜어져 나왔다. 서리처럼 하얗고 얼음처럼 차가운 중추절 달빛 아래, 총구에서 뿜어져 나오는 숨은 검붉었고, 격전을 치르고 난 뒤 처량하게 빛나는 새하얀 달빛에 싸인 수수밭은 아주 맑고 고요했다. 바로 그때 마을에서 화염이 활활 솟아오르기 시작했다. 불꽃의 혀는 낮게 깔린 하늘을 쉴 새 없이 핥았고, 깃발은 세차게 부는 바람 속에서 요동치며 펄럭였다. 일본군은 괴뢰군과 협공으로 마을에 들어와 마을의 집들을 다 불태워버리고는 북쪽 보루의 출구 쪽으로 철수해버렸다. 이게 바로 세 시간 전의 일이었다. 그때 일주일 전에 부상을 당한 할아버지의 오른팔에 난 금창(金瘡)*은 다시 터져버렸고, 팔은 마치 죽어버린 것처럼 꼼짝도 하지 않았다. 아버지는 할아버지를 도와 상처를 싸맸다. 계속 총알을 퍼부어대서 뜨겁게 달구어진 할아버지의 권총은 수수 밑둥의 축축한 검은 흙 위에 던져진 채 여전히 지직 소리를 내고 있었다. 팔의 상처를 다 싸맨 뒤 할아버지는 땅바닥에 앉아 일본 병사의 전마(戰馬)가 쉰 목소리로 울어대는 소리를 듣고 있었다. 회오리바람처럼 울리던 말발굽 소리가 점점 마을 북쪽을 향해 몰려들다가 마침내 마을 북쪽의 평화로운 수수밭을 뒤로하고 사라진 뒤에는 대포를 실은 노새들의 잡다한 소리와 지칠 대로 지친 괴뢰군의 발자국 소리가 한데 섞여 들려왔다.

앉아 있는 할아버지 곁에 서서 아버지는 줄곧 일본 말의 말발굽 소리를 포착하느라 애를 쓰고 있었다. 오후에 아버지는 자기를 압박해오는 불꽃처럼 붉은 일본 말에 놀라 간이 터질 지경이었다. 아버지는 그 세숫대야만 한 일본 말의 발굽이 자기 머리통을 조준해서 후려치려는 걸 눈앞에서 보았다. 활처럼 굽은 철제 말발굽이 번쩍이는 번개처럼 그의 의식 깊은 곳에서 활짝 펼쳐졌다. 아버지는 자기도 모르게 고함을 질러 할아버지를 부르고는 두 손으로 머리를 가린 채 수숫대 속으로 숨었다. 말의 배에서 나는 지린 오줌 냄새와 시큼한 땀 냄새가, 말의 몸통이 몰고 온 회오리바람에 한데 섞여 몰려와 아버지의 머리와 몸과 얼굴에 온통 뒤범벅을 해놓았고 그 악취는 오래도록 가시지 않았다. 일본 말의 살진 몸이 수수밭으로 밀고 들어오며 수숫대를 이리저리 쓰러뜨리는 바람에, 늙었지만 더욱 붉어진 수수 낱알들이 마치 우박처럼 아버지의 머리 위로 떨어졌다. 땅바닥은 가련한 붉은 수수 낱알들로 한 겹 덮였다. 아버지는 얼굴을 하늘로 향하고 수수밭에 누워 있던 할머니의 얼굴 위로 수수 낱알들이 떨어지던 광경을 떠올렸다. 이레 전, 다 익긴 했지만 아직 늙진 않은 수수 낱

---

* 칼, 창, 화살 따위로 생긴 상처.

알들은 비둘기들이 작은 부리로 바삐 쪼아대야만 떨어졌고 그것도 빽빽하게 쏟아지는 우박처럼이 아니라 드문드문 내리는 부드러운 빗방울처럼 떨어졌었다. 아직 핏기가 다 가시지 않은 할머니의 살짝 벌어진 창백한 두 입술 사이로 조개 같은 이가 빛나고 이 위에는 다이아몬드처럼 반짝이는 붉은 수수 대여섯 알이 놓여 있던 생동하는 모습이 아버지의 눈앞에서 빠르게 나타났다가 다시 빠르게 사라졌다. 수수밭으로 밀고 들어왔던 일본 말이 다시 몸을 구부려 돌아 나가려고 버둥거렸다. 수수는 말 궁둥이 뒤에서 고통스럽게 몸부림을 치면서 더러는 부러지고 더러는 구부러지고 또 더러는 다시 일어나면서 마치 학질이라도 걸린 듯이, 한파라도 몰려온 듯이 가을바람 속에서 떨고 있었다. 아버지는 촉급하게 숨을 헐떡이고 있는 일본 말의 둥글게 벌어진 콧구멍과 뒤집어져 벌건 고기색의 두툼한 입술을 쳐다보았다. 너무 꽉 맞물려 시커메진 재갈 사이로, 하얀 치아 사이로 뿜어져 나온 핏빛 거품이 탐욕스러운 아랫입술에 묻어 있었다. 일본 말은 수숫대에서 떨어지는 하얀 가루에 눈이 따가워 눈물을 줄줄 흘리고 있었다. 순간 말의 온몸이 빛을 발하더니 그 위에 높이 앉은, 작은 사각 모자를 쓴 젊고 잘생긴 일본 병사의 머리통이 수수 이삭보다 조금 더 높게 솟아올랐다. 격렬한 움직임 속에서 수수 이삭은 인정사정없이 그를 후려치고 밀치고 찔러 간질이고 심지어는 진저리가 나도록 지분거렸다. 그는 어쩔 수 없이 눈을 가늘게 떴다. 그는 이런 수수들이 너무나 혐오스럽고 지긋지긋한 것 같았다. 수수는 그의 아름다운 얼굴을 때리고 쳐서 상처투성이로 만들었다. 아버지는 그가 분노해서 마도(馬刀)*로 수수 이삭을 마구 베어대는 걸 보았다. 어떤 수수는 아무 소리도 없이 고개를 바닥에 떨어

---

* 기병이 휴대하는 군도.

뜨리고 줄줄이 서 있는 수숫대도 꼼짝하지 않았고, 어떤 수수는 쏴쏴 하며 요란한 소리를 내면서 잘려 나간 수수 이삭들이 쉰 목소리로 슬프게 울어대며 한쪽으로 쓰러져 줄기와 잎에 걸린 채 부들부들 떨고 있기도 했다. 어떤 수수는 또 고도의 유연함과 강인함으로 마치 칼날에 달라붙은 삼실 한 타래처럼 칼 앞쪽을 따라 기울었다가 칼 뒤쪽을 따라 드러눕기도 했다. 아버지는 그 일본 병사가 칼을 들고 말이 움직이는 대로 다시 한 번 밀고 들어오는 것을 보았다. 아버지는 일찌감치 못 쓰게 되어버린, 이 전쟁에서 지은 죄도 많고 세운 공도 많은 브라우닝총을 직사각형의 말 면상을 겨냥해 내던졌다. 총은 빠르게 달려오는 말의 이마 위로 곧바로 날아가더니 둔중하게 부딪치는 소리를 냈다. 붉은 말이 고개를 치켜들더니 갑자기 땅바닥에 두 무릎을 털썩 꿇었다. 입술이 먼저 떨어져 진흙 한 줌을 물었고, 이어 목이 비딱하게 기울더니 머리통이 검은 흙 위로 널브러졌다. 그때 말을 타고 있던 일본 병사도 갑자기 말에서 거꾸러졌다. 마도를 쥐고 있던 팔이 부러진 게 분명했다. 아버지는 일본 병사가 칼을 떨어뜨리면서 그의 팔이 바닥에 부딪힐 때 땅 하고 나는 소리를 들었고, 서로 어긋난 뾰족한 뼈가 옷소매에서 삐져나오고, 축 늘어진 손이 독립적인 생명이 되어 불규칙하게 떨고 있는 걸 보았다. 뼈가 옷소매를 찌르며 나온 짧은 순간 동안은 피는 나오지 않고 허옇게 삐져나온 뼈만 섬뜩한 무덤의 분위기를 풍겼지만, 상처에서는 이내 선홍빛 피가 줄줄 흘러나왔다. 피는 굵었다 가늘었다, 빨랐다 느렸다 하며 고르지 않게 흘렀지만 대체로는 선홍빛 앵두처럼 한 다발씩 줄줄이 흘러나왔다가 다시 줄줄이 흘러 사라졌다. 일본 병사의 한쪽 다리는 말의 배 밑에 깔려 있었고, 다른 쪽 다리는 말 머리 앞에 걸쳐 있어 두 다리가 거대한 둔각을 이룬 채 벌어져 있었다. 아버지는 그처럼 거대한 몸체와 영웅적인 풍모를 보이던 일본 말과 일본 병사가 이렇게 한 방에 날아가는 것에 너무나 놀랐다. 할아버지가 허리를 구부리고 수숫대 속을 빠져나오면서 조그만 소리로 아버지를 불렀다.

"더우관"

아버지는 안절부절못하며 일어나 할아버지를 쳐다보았다.

일본 기마 부대가 수수밭 깊숙한 곳에서 다시 회오리바람처럼 몰려왔다. 말발굽이 부드럽고 검은 흙을 밟으며 내는 둔중한 소리와 수수가 잘려 나가면서 내는 맑고 상쾌한 소리가 선명한 대비를 이루며 섞여 있었다. 기마병들은 아무 목표도 없이 마구 돌진해오다가 우리 할아버지와 아버지의 정확한 기습 공격에 분통이 나도록 시달리자 하는 수 없이 완강하게 저항하는 마을에 대한 공격을 잠시 멈추고 수수밭으로 그물을 치듯이 몰려온 것이다.

할아버지는 아버지를 꼭 껴안고 검은 흙에 바짝 붙어 엎드려 있었다. 일본 말의 건장한 가슴과 커다란 다리가 그들의 면전에서 쿠릉쿠릉하는 소리를 내며 달려갔다. 발굽에 밟혀 뒤집힌 검은 흙들은 고통스럽게 신음하고, 수숫대들은 어쩔 도리 없이 흔들리고, 금홍빛 수수 낟알들은 별처럼 사방으로 흩어졌다. 땅바닥에 깊이 팬 철제 말발굽 자국 속에는 수수 낟알들이 가득 채워졌다.

기마 부대가 멀리 가버리고 수수들의 흔들림도 차츰 멈추자 할아버지는 자리에서 일어났다. 아버지는 땅바닥에서 일어나며 자기 무릎이 검은 흙을 눌러 움푹 들어간 자리를 보고는 그제야 비로소 할아버지가 자기를 얼마나 세게 눌렀는지를 알았다.

그 일본 병사는 죽지 않았다. 그는 날카로운 통증 속에서 깨어나, 부러지지 않은 팔로 땅을 짚고 아마도 탈구되었을 그 다리를 힘껏 말 머리에서 내렸다. 그는 자기에게 달려 있지 않은 것처럼 덜렁거리는 다리를 움직일 때마다 한 번씩 낮은 신음을 내뱉었다. 일본 병사의 이마에서는 땀방울이 가득 솟아나왔고, 땀방울이 일본 병사의 얼굴에 묻어 있는 검은 흙과 총연(銃煙)의 검정 흔적을 씻어 내리자, 창백한 피부가 한 줄 한 줄 드러났다. 일본 말도 죽지 않았다. 목은 구렁이처럼 비틀어진 채 비취빛 눈동자로 낯선 가오미 둥베이 지방의 하늘과 태양을 슬픈 듯이 바라보고 있었다. 일본 병사는 잠시 쉬었다가 다시 말의 배 밑에 깔린 다리를 힘껏 빼냈다.

할아버지가 앞으로 가서 일본 병사가 발 빼내는 걸 도와주고는 뒷덜미를 잡고 그를 일으켰다. 일본 병사는 두 다리에 아무 힘이 없이 할아버지의 손에 온몸의 무게를 싣고 매달려 있다가 할아버지가 손을 놓자 곧 물에 푹 잠겨 있던 진흙 인형처럼 풀썩 주저앉아버렸다. 할아버지는 번쩍이는 군도를 주워 한 줄로 늘어선 수수들을 겨냥했다. 아래를 향해 비스듬히 한 번 내리치고 다시 위로 한 번 비스듬히 휘두르자 스무 대가 넘는 수수가 가뿐하게 잘려 나갔다. 물기가 별로 없는 수숫대는 곧게 바닥으로 쓰러졌다.

할아버지는 일본 군도의 예리한 칼끝으로 일본 병사의 오뚝하고 잘생긴 하얀 코를 찌르면서 목소리를 낮게 깔고 말했다. "이 일본 놈의 새끼! 네놈이 부리던 그 위세는 다 어디로 갔냐?"

일본 병사는 그 시커먼 두 눈을 쉴 새 없이 껌벅이면서 입으로는 혀 꼬부라진 말을 줄줄이 토해내고 있었다. 아버지는 그가 용서를 빌고 있다는 걸 알았다. 그는 부들부들 떨리는 성한 손으로 가슴속에서 투명한 비닐첩을 꺼내 할아버지에게 건네며 말했다.

"쏼라쏼라……"

아버지가 다가가서 보니 비닐첩 안에는 컬러 사진 한 장이 들어 있었다. 사진 속에는 젊고 아리따운, 새하얀 팔을 드러낸 여인이 통통한 남자 아이를 안고 있었다. 아이와 부인의 얼굴에는 평온한 미소가 걸려 있었다.

"이게 네놈 마누라냐?" 할아버지가 물었다.

"솰라솰라……"

"이건 네놈 아들이고?" 할아버지가 물었다.

아버지는 머리를 더 가까이 들이밀어 그 달콤한 미소를 띤 부인과 천진난만하기 이를 데 없는 아이를 쳐다보았다.

"짐승 같은 놈, 네놈이 이걸로 내 맘을 움직이려고 해?" 할아버지가 비닐첩을 힘껏 내던지자 비닐첩은 나비처럼 햇빛을 이고 날다가 다시 햇빛에 흠뻑 젖어 떨어져버렸다. 할아버지는 칼을 뽑아 떨어지는 비닐첩을 겨냥하더니 가볍게 칼을 휘둘렀다. 칼날이 번쩍하며 차가운 빛을 발산했고, 비닐첩은 한 차례 날아올랐다가 두 조각이 난 채 아버지의 발 앞에 떨어졌다.

아버지는 눈앞이 캄캄해졌다. 순간 얼음처럼 차가운 기운이 온몸을 뚫고 지나갔다. 아버지의 꼭 감은 두 눈 속으로 푸른빛, 붉은빛의 광선이 비쳤다. 아버지는 마음이 너무나 고통스러웠다. 아버지는 필경 두 조각이 났을, 그 아름답고 온유한 부인과 그 천진난만한 아이의 모습을 차마 눈을 뜨고 볼 수가 없었다.

일본 병사는 다급히 아버지의 발 앞으로 힘겹게 기어와, 부상당하지 않은 부들부들 떨리는 손으로 군도에 베여 두 조각이 난 비닐첩을 주워 올렸다. 그는 부상당한 손을 쓰고 싶어 하는 게 분명했지만, 감각이 마비된 채 팔에 덜렁덜렁 매달려 있는 손은 이미 그의 지시를 따르지 않았다. 붉은 피가 누렇게 탄 손가락 끝을 타고 줄줄 흘러내렸다. 그는 조각난 아내와 아이의 사진을 한 손으로 둔하게 주워 모으고 있었다. 말라붙은 입술을 떨면서 따각따각 부딪치는 이 사이로 너덜너덜해진 말들이 비어져 나왔다.

"아야…… 와…… 투…… 루…… 아…… 차…… 하…… 밍……"

밝게 빛나는 눈물 두 줄기가 그의 야위고 더러운 볼을 타고 흘러내렸다. 그는 사진을 입에 대고 입을 맞추었다. 그의 목구멍 속에서 꾸륵꾸륵 하는 소리가 들려왔다.

"이 짐승 같은 놈, 네놈같이 우라질 놈들도 눈물을 흘릴 줄 아냐? 네놈이 제 마누라랑 제 자식 중한 줄은 알면서 남의 마누라와 남의 자식은 죽이려고 해? 네놈이 그 요강 단지 같은 눈을 꾹 눌러서 지린 물을 짜내면 내가 네놈을 못 죽일 것 같으냐?" 할아버지가 큰 소리로 고함을 지르며 은빛으로 번쩍이는 일본 군도를 들어올렸다.

"아부지……" 아버지가 길게 고함을 지르며 두 손으로 할아버지의 팔을 부둥켜안고 말했다. "아부지, 죽이지 마요!"

할아버지의 팔이 아버지의 품에서 부들부들 떨렸다. 아버지는 눈물이 가득 고인 가련하기 그지없는 눈을 한 채 얼굴을 들고 거침없이 사람을 죽여온, 마음이 철석같은 할아버지에게 애원했다.

할아버지도 고개를 떨어뜨렸다. 일본 박격포가 마을을 포격하는 굉음이 귀를 진동했고, 토담 안에서 투쟁을 계속하고 있는 마을 사람들을 향해 갈겨대는 일본 기관총의 날카로운 포효가 다시 파도처럼 솟구쳐 올라왔다. 멀리 수수밭 쪽에서는 다시 일본 말들이 흉흉하게 울부짖는 소리와 검은 흙이 말발굽에 짓밟히며 내는 파열음이 울려왔다. 할아버지는 팔을 털어 아버지를 밀쳐냈다.

"이놈의 새끼야! 너 어떻게 된 거야? 네가 지금 누굴 위해서 눈물을 흘리는 거냐? 네 어미를 위해서야? 뭐한 큰할아버지를 위해서야? 아니면 벙어리 아저씨랑 그 사람들을 위해서야?" 할아버지가 사납게 호통치면서 "네가, 아니 이 개잡종 같은 놈을 위해 눈물을 흘리는 거냐? 네가 브라우 닝총으로 저놈의 말을 거꾸러뜨렸잖아? 저놈이 말발굽으로 너를 짓뭉개 고, 군도로 너를 베어 죽이려 했잖아? 자, 눈물 닦고, 아들, 이 군도로 저놈을 베어버려!"

아버지는 한 걸음 물러났다. 눈물이 줄줄 흘러내렸다.

"자!"

"전 …… 아부지…… 전 못해요."

"겁쟁이 같은 새끼!"

할아버지는 아버지를 발로 걸어차고는 군도를 들고 한 걸음 물러나 일본 병사와 좀더 거리를 벌리더니 군도를 높이 치켜들었다.

아버지 눈앞에서 강렬한 빛이 번쩍하더니 곧이어 다시 칠흑같이 캄캄 해졌다. 할아버지가 일본 병사를 벨 때 난 비단 찢어지는 것 같은 축축한 소리는 일본 총포의 굉음을 압도하면서 아버지의 고막을 진동시켰고 아버 지의 내장까지도 오싹하게 만들었다. 아버지가 다시 시력을 회복했을 때 그 젊고 잘생긴 일본 병사는 이미 두 도막이 나 있었다. 칼끝이 왼쪽 어깨 로 들어가 오른쪽 겨드랑이 사이로 나왔고, 얼룩덜룩한 내장들이 파닥거 리며 후끈후끈한 비린내를 풍기고 있었다. 아버지의 위장이 움찔하더니 갑자기 가슴 위로 튀어 오르는 것 같았고, 아버지의 입에서 이내 초록색 물이 한 바가지 뿜어져 나왔다. 아버지는 몸을 돌려 내달렸다.

아버지는 눈썹을 치켜 올린 일본 병사의 부릅뜬 눈을 감히 쳐다볼 수 가 없었다. 사람의 몸이 군도에 의해 두 조각 나는 장면이 그의 눈앞에 계 속 나타났다. 할아버지의 칼은 무엇이라도 두 조각을 낼 수 있을 것 같았 다. 할아버지조차도 두 조각이 났다. 공중에서 자유롭게 빙빙 돌며 붉은 핏빛을 번득이는 큰 칼이 할아버지, 할머니, 뤄한 큰할아버지, 일본 병사, 기마병의 아내와 아이, 벙어리 아저씨, 나팔수 류, 팡씨 형제, '폐병쟁이 넷째', 런 부관 등을 박이나 채소를 베듯이 두 조각을 내버렸다……

할아버지는 칼끝에 투명한 피가 엉겨 붙어 있는 군도를 내던지고, 수 숫대 속으로 마구 뚫고 들어간 아버지를 뒤쫓았다. 일본 기마 부대가 다 시 돌개바람처럼 몰려왔다. 박격포가 펑 하는 굉음을 내며 수수밭에서 날 아와, 토담 위에서 사제 총포를 들고 완강하게 저항하는 마을 사람들 한 가운데로 거의 수직으로 떨어졌다. 아버지를 따라잡은 할아버지는 아버지 의 목덜미를 거머쥐고는 힘껏 흔들어대며 말했다. "더우관! 더우관! 이 망할 놈의 자식아! 정신 나갔냐? 죽고 싶어서 환장했어? 살 만큼 다 살 았냐고?"

아버지는 할아버지의 큰 손을 힘껏 할퀴고 긁으며 날카롭게 고함을 질 렀다. "아부지! 아부지! 아부지! 우리 가요. 우리 가요! 난 싸움 안 할래 요! 안 할래요! 나 엄마 봤어요! 아저씨도 봤고! 큰할아버지도 봤다고요!"

할아버지가 인정사정없이 아버지의 입술을 후려갈겼다. 휘갈긴 손바 닥이 너무 묵직해서 아버지의 목은 당장 물컹하게 풀렸고 머리통은 가슴 앞에 축 늘어져 흔들거렸다. 입에서는 핏줄기가 섞인 투명한 침이 흘러나 왔다.

2

일본 사람들은 물러갔다. 종이로 오린 것처럼 커다랗고 얇던 둥근 달 이 수숫대 끝으로 올라가면서 점점 더 응축되어 크기는 작아지고 차츰차츰 더 밝은 빛을 발하기 시작했다. 온갖 고초를 다 겪은 수수들은 달빛 아래 숙연히 선 채 말이 없었다. 이따금씩 검은 흙 위로 떨어지는 수수알들은 영롱하게 빛나는 수수의 눈물 같았다. 공기 중에는 강렬하게 코를 찌르는 들척지근한 비린내가 꽉 들어차 있었다. 사람들이 흘린 피가 우리 마을 남쪽의 검은 땅 전체를 흠뻑 적셔놓았다. 마을 쪽에서 보이는 불빛이 여우 꼬리처럼 꿈틀대며 간헐적으로 나무가 탈 때 나는 폭발음 같은 소리를 냈고, 뭔가 타서 눌어붙는 듯한 냄새가 가득 퍼져 나와 수수밭의 피비린내와 한데 섞이면서 질식할 것 같은 괴이한 냄새를 만들어냈다.

할아버지 팔의 오래된 상처가 다시 부풀어 올랐다. 상처가 터져서 시커멓고 허연, 비릿한 냄새를 풍기는 진한 피가 너무나 많이 흘러나왔다. 할아버지는 아버지에게 상처 지혈하는 걸 돕도록 했다. 아버지는 얼음처럼 차가운 작은 손가락으로, 떨리는 가슴으로 할아버지 팔의 상처 부근에 시퍼렇게 죽어 있는 피부를 눌렀다. 꾹 누르자 툭 하며 붉은 막 같은 거품이 뭉글뭉글 뿜어져 나왔고, 상처에서는 무슨 장아찌 썩은 냄새 같은 게 났다. 할아버지는 멀리 무덤 쪽에서, 무덤 위에 흙덩이로 눌러놓은 누런 종이 한 장을 가져다가 펼쳐놓더니 아버지더러 수숫대에서 잘라낸 소금같이 하얀 분말을 종이 위에 부으라고 했다. 아버지는 두 손으로 수수 가루를 조금 쌓아놓은 누런 종이를 받쳐 들고 할아버지 앞으로 가져갔다. 할아버지는 이빨로 권총 알 하나를 비틀어 열더니 녹회색 화약을 조금 쏟아내 하얀 수수 분말과 한데 섞고는 한 줌 쥐어 상처 위에 뿌렸다. 아버지가 조그만 소리로 물었다.

"아부지, 검은 흙은 안 섞어요?"

할아버지는 잠시 생각하더니 "섞자"고 말했다.

아버지는 수수 밑동에서 검은 흙 한 덩어리를 퍼내 손으로 고르게 비

빈 뒤 누런 종이 위에 뿌렸다. 할아버지는 세 가지 물질을 골고루 섞은 뒤에 누런 종이와 함께 상처 위에 놓고 두드렸다. 아버지는 더러워서 차마 볼 수가 없게 된 할아버지의 붕대를 잘 싸맸다.

아버지가 물었다. "아부지, 좀 덜 아파요?"

할아버지는 팔을 몇 번 움직여보더니 "많이 나았다. 더우관, 이런 신묘한 처방은 아무리 심한 상처라도 다 낫게 할 수 있단다."

"아부지, 엄마도 그때 이 약을 발랐으면 죽지 않았겠지요?" 아버지가 물었다.

"그럼, 죽지 않았지……" 할아버지가 어두워진 낯빛으로 말했다.

"아부지, 아부지가 이 처방을 일찌감치 나한테 알려줬으면 좋았을 텐데, 엄마 상처에서 피가 막 쿨럭쿨럭 쏟아져 나올 때 내가 검은 흙으로 막고 또 막고 해도, 잠깐 멈췄다가는 또 나오고 또 나오고 했어요. 그때 만약 하얀 수수 가루랑 총알 가루약을 보냈더라면 좋았을 텐데……"

가늘게 부서지는 아버지의 말 속에서 할아버지는 부상당한 손으로 권총 안에 총알을 채워 넣었다. 일본인들의 박격포가 마을의 토담 위에서 누렇게 그을린 연기를 한 무더기씩 쏘아 올리고 있었다.

아버지의 브라우닝총은 일본 말의 배 밑에 깔려 있었다. 오후의 마지막 격투에서 아버지는 자기 키보다 얼마 작지 않은 일본 기병총을 끌고 다녔고, 할아버지는 여전히 그 독일제 '자동'소총을 사용했다. 본래는 청춘의 화려한 시기를 보내야 할 이 '자동'소총은 끊임없이 계속되는 사격 속에서 급속하게, 폐철 더미 위로 달려가야 할 처지가 되었다. 아버지는 할아버지 권총의 총신이 구불구불하게 한 마디는 더 길게 잡아 뽑혀 있다는 걸 알았다. 마을에서는 불길이 하늘을 찌르며 타올랐지만 수수밭은 여전히 평온하고 고요한 밤기운이 스며 있었다. 더 처연해진 새하얀 달빛이, 점점 매력을 잃어가는 수수의 시든 머리 위로 쏟아져 내리는 가운데 아버지는 총을 끌면서 할아버지를 따라갔다. 대살육의 현장을 돌면서 걸을 땐 피에 흠뻑 젖은 검은 흙이 점토처럼 그의 발등을 삼켰다. 사람의 시체와 수수의 잔해가 한데 섞여 있었고, 고여 일렁이는 피가 달빛 아래에서 반짝였다. 형체를 알 수 없는 흉악한 몰골들이 제멋대로 합해졌다 나뉘어졌다 하는 가운데서 아버지의 마지막 소년 시절은 소진되어갔다. 수숫대 안에서 고통스러운 신음 소리가 들리는 것 같기도 하고 시체 더미 속에서 무언가가 살아 꿈틀대는 것 같기도 해서 아버지는 할아버지를 불러 세워 아직 형체가 또렷하게 남아 있는 마을 사람들을 보러 가자고 하고 싶었지만, 고개를 들어 할아버지의 얼룩얼룩 녹이 슨, 사람의 표정이 사라져버린 것 같은 구릿빛 얼굴을 올려다보면 그런 말이 목구멍 속으로 쑥 들어가버렸다.

특별히 중요한 순간에는 늘 아버지가 할아버지보다 더 정신이 또렷했다. 아마도 아버지의 생각은 늘 현상의 표면 위에 떠 있었고 아주 깊숙하게 들어가지 않았기 때문에 그때그때의 상황에 임시로 대처하는 데에는 더 유리했던 것일 수도 있으리라! 당시 할아버지는 종종 어떤 한 가지 생각에 고착되어 멍한 상태에 있었다. 그 한 가지는 뒤틀려버린 얼굴일 수도 있고, 부러진 총일 수도 있고 솟구쳐 날아오르는 뾰족한 탄알일 수도 있다. 그럴 때 그는, 다른 것들은 봐도 보지 못하고 다른 소리들은 들어도 듣지 못했다. 할아버지의 이런 병폐, 어쩌면 특징이라고도 할 수 있는 이런 성향은 10여 년이 지난 뒤에는 더 심해졌다. 일본 홋카이도의 황량한 산간벽지에서 고국으로 돌아온 뒤 할아버지의 두 눈은 너무 깊어져서 그 속을 헤아릴 수가 없게 되었다. 그가 무언가를 주시하고 있으면 마치 그것을 태워버릴 것 같았다. 아버지는 끝까지 할아버지의 이런 철학적인 사유의 깊이에는 도달하지 못했다. 1957년 아버지가 천신만고 끝에 어머니가 파놓은 동굴 속에서 뛰쳐나왔을 때도 그의 두 눈은 여전히 어린 시절처럼 발랄하고 아련하고 변화무쌍했다. 그는 평생 사람과 정치, 사람과 사회, 사람과 전쟁의 관계에 대해 분명하게 알지 못했다. 그가 비록 전쟁의 거대한 수레바퀴 위에서 너무나 빠르게 돌고 있었고, 그의 인간성의 빛은 언제나 차가운 철갑을 뚫고 나오려고 애를 썼지만 그러나 실제로 그의 인간성은 설령 어느 한순간에는 찬란한 빛을 발할 수 있었다고 해도 이 빛 역시 차갑고 굽은 것이었고 그 안에는 어떤 짐승 같은 요소가 깊이 섞여 들어 있었다.

나중에 할아버지와 아버지가 대살육의 현장을 열댓 바퀴나 돌고 났을 때 아버지는 흐느끼며 말했다. "아부지…… 전 더 못 걷겠어요……"

할아버지는 그제야 기계적으로 돌던 움직임 속에서 깨어나 아버지를 끌고 몇십 발자국 뒤로 물러난 뒤 사람의 피에 젖지 않은 비교적 딱딱하고 마른 검은 흙 위에 앉았다. 마을에서 들려오는 타오르는 불꽃 소리가 수수밭의 적막함과 싸늘함을 배가시켜주었다. 미미하게 타오르는 황금색 불빛이 은백색의 달빛 속에서 떨렸다. 할아버지는 잠시 앉아 있다가 마치 담이 넘어가는 것처럼 쿵 하고 넘어졌고, 아버지는 할아버지의 배에 머리를 대고 엎드린 채 몽롱한 가운데 잠이 들었다. 아버지는 할아버지의 뜨끈뜨끈한 큰 손이 자기 머리를 가볍게 어루만지는 걸 느끼며 10여 년 전 할머니 품에서 젖을 먹던 장면을 떠올렸다.

그때 아버지는 네 살이었는데, 할머니가 억지로 그의 입에 쑤셔 넣은 연노란색 유방에 반감을 품고 있었다. 시큼하고 딱딱한 유두를 물고 있으면 그의 마음속에서는 미움이 솟구쳤다. 그는 환상에 빠져 있는 어머니의 얼굴을 작은 짐승처럼 사나운 눈으로 쳐다보다가 모질게 젖을 베어 물었다. 할머니의 유방이 갑자기 움츠러들면서 할머니의 몸이 위로 솟구치는 게 느껴졌고, 달콤한 액체 한 줄기가 그의 입안을 따뜻하게 덥혀주었다. 할머니는 그의 엉덩이를 한 차례 세게 때리면서 그를 밀쳐냈다. 그는 뒤로 자빠졌다가 일어나 앉아 참외처럼 늘어진 할머니의 젖 위에서 방울방울 떨어지는 붉은 핏방울을 바라보며, 눈물도 나오지 않는 마른 눈으로 공연히 우는 소리를 내곤 했다. 할머니는 고통스럽게 경련을 일으키면서 눈물을 펑펑 흘렸고, 아버지는 할머니가 그에게 독한 놈, 모진 아비랑 똑같은 모진 짐승 새끼라고 욕을 퍼붓는 소리를 들었다. 아버지는 나중에야 알게 되었다. 아버지가 네 살 되던 그 해가 바로 할아버지가 할머니를 사랑하면서도 또 할머니가 부리던 계집종까지 사랑하게 된 때라는 사실을. 그 계집종은 벌써 다 자라서 새카만 머리에 윤기가 반지르르하게 흐르는 다 큰 아가씨가 된 롄얼(戀兒)이었다. 아버지가 할머니의 젖을 물어 상처를 냈을 때에는 할아버지가 할머니의 시샘이 지겨워 근처 마을에 따로 집 한 채를 사서 롄얼을 데리고 나가 살고 있었다. 들리는 바에 따르면 이 둘째 할머니도 결코 호락호락한 상대는 아니어서 할머니도 그녀를 반쯤은 두려워하기도 했다고 한다. 이런 것들은 물론 나중에 다 철저하게 밝혀져야 할 일이지만. 둘째 할머니는 내게 꼬마 고모 하나를 낳아주었다. 1938년 한 일본 병사는 우리 꼬마 고모를 총검으로 찔러 죽였고 한 무리의 일본 병사가 우리 둘째 할머니를 윤간했다. 이것도 뒤에 철저하게 밝혀야 할 일이다.

할아버지와 아버지는 둘 다 지칠 대로 지쳐 있었다. 할아버지는 상처 난 팔이 펄떡펄떡 뛰는 걸 느꼈다. 온 팔이 타들어가는 것 같았다. 할아버지와 아버지는 둘 다 발이 헝겊신 속에서 신이 꽉 차도록 퉁퉁 불어 있다는 걸 느끼면서 불어터진 발을 달빛 아래 내놓고 말리는 황홀한 상상을 했다. 하지만 누구 하나 몸을 일으켜 신발을 벗겨낼 기력이 없었다.

그들은 혼미한 정신으로 누운 채 비몽사몽간을 헤매고 있었다. 아버지는 몸을 뒤척여 뒤통수를 할아버지의 딱딱한 배 위에 얹어놓고 하늘의 별들을 바라보았다. 달빛 한 줄기가 그의 눈을 비추었고, 모수이 강의 목쉰 흐느낌과 나지막한 재잘거림이 한 차례씩 전해져 왔다. 은하수 가운데로 뱀처럼 생긴 검은 구름이 한 가닥 나타나 꿈틀거리더니 다시 딱딱하게 굳어버린 듯 꼼짝도 하지 않았다. 아버지는 은하수가 어지럽게 감기면 가을비가 끝도 없이 내린다던 뤄한 큰할아버지의 말을 기억해냈다. 아버지는 진짜 가을비를 딱 한 번 본 적이 있었다. 막 수수를 수확할 때였는데, 모수이 강물이 갑자기 불어나 둑이 무너지고, 넘쳐나는 물이 밭과 마을에까지 들이쳤었다. 장대한 기세로 쏟아져 내리는 가을비 속에서 수수는 고개를 내밀려 애를 썼고 쥐와 뱀 들은 수수 이삭 위로 휘감아 올라가 똬리를 틀고 있었다. 아버지는 뤄한 큰할아버지를 따라, 임시로 더 높게 돋운 토담 위를 걸으면서 하늘 바깥에서 솟구쳐 오르는 것 같은 누런 물살을 보며 불안에 떨었다. 가을비는 오래도록 물러가지 않았다. 마을 사람들은 나무로 뗏목을 엮어 수수밭으로 노를 저어가서는 시퍼런 싹이 무성히 나 있는 수수 이삭을 낫으로 베었다. 물이 뚝뚝 흐르는 검붉은색, 비취색의 수수 이삭 다발들이 나무 뗏목을 눌러, 언제라도 곧 뗏목이 가라앉아버릴 것 같은 형국이었다. 시커멓고 마른 맨발을 하고 벗은 등엔 낡은 사립을 걸친 사내들이 다리를 열십자로 떡 벌린 채 뗏목 위에 서서 긴 나무 장대로 왼쪽 오른쪽을 번갈아가며 힘껏 저어 뗏목을 밀어냈고 뗏목은 천천히 토담 쪽으로 다가갔다. 마을의 길에도 물이 무릎까지나 올라와 나귀, 노새, 소, 양 들이 모두 물에 잠겼고 물에 풀어진 짐승의 묽은 배설물들이 물 위에 둥둥 떠다녔다. 가을 땡볕이 석양이 되어 수면을 비추자 수면 위는 녹슨 쇳물처럼 반짝였고, 먼 곳에서는 아직 이삭이 베이지 않은 수수들이 수면 위로 얼굴을 내밀어 한 층의 금홍빛을 발하고 있었다. 들오리 한 무리가 수수 이삭 위로 날며 무수한 날개가 서늘한 바람을 불러일으키자 수수 사이의 수면은 온통 자잘한 물살로 뒤덮였다. 아버지는 수수밭 두렁 사이로 널찍하게 흐르면서 눈부시게 반짝이는 큰물이 천천히 움직이고 있는 것을 보았다. 그 물은 주변 사방의 뿌연 누런 물과 선명한 경계를 이루고 있었다. 아버지는 그 물이 모수이 강물이라는 걸 알았다. 뗏목을 밀던 사내들은 잠시 크게 한숨을 돌리면서 서로의 사정을 물으며 천천히 토담 쪽으로, 할아버지 쪽으로 다가왔다. 한 젊은 농부의 뗏목 위에, 은빛 배에 푸른 등을 가진 커다란 산천어 한 마리가 누워 있었다. 부드럽고 질긴 수숫대 한 가닥이 산천어의 뺨을 관통해 있었다. 젊은 농부는 산천어를 들어 올려 토담 위에 있는 사람들에게 자랑했다. 산천어는 사람 반만 한 길이였는데 뺨에서는 피가 흐르고 입은 둥글게 벌린 채 멍한 슬픈 눈으로 우리 아버지를 바라보고 있었다……

아버지는 뭐한 큰할아버지가 어떻게 그 큰 물고기를 사들이고 할머니가 어떻게 직접 그 물고기의 배를 가르고 비늘을 발라서 큰 솥에 탕을 끓였는지를 떠올렸다. 그 싱싱한 물고기탕 맛에 대한 기억이 아버지의 식욕을 불러일으켰다. 아버지는 일어나 앉으며 말했다. "아부지, 배고프지 않아요? 아부지, 나 배고파요. 아부지가 먹을 걸 좀 해줘요. 배고파 죽겠다고요……"

할아버지는 일어나 앉더니 허리춤을 뒤적여 총알 세 줄과 여섯 알을 꺼내고는 몸에서 권총을 꺼내 노리쇠를 열고 총알 한 줄을 밀어 넣더니 손을 풀어 총알을 장착한 뒤 방아쇠를 당겼다. 팡 하는 소리가 나면서 총알 하나가 탄창부에서 날아갔다. 할아버지가 말했다. "더우관, 우리……

엄마 찾으러 가야지……"

아버지가 놀라서 날카로운 소리를 지르며 말했다. "안 돼요, 아부지. 엄만 죽었고, 우린 아직 살아 있다고요. 나 배고파요. 나 데리고 먹을 거 찾으러 가요."

아버지는 할아버지를 붙잡아 일으켰다. 할아버지는 "어디로 가지? 어디로 가지?" 하고 혼잣말을 중얼거렸다. 아버지는 할아버지의 손을 붙잡고 수숫대 속을 비틀거리고 휘청거리며 걸어갔다. 둘은 마치 더 높게, 더 차갑게, 얼음처럼 걸려 있는 달을 향해 달려가는 것 같았다.

시체 더미 속에서 맹수의 포효하는 소리가 한 차례 들려와 할아버지와 아버지는 당장 고개를 돌렸다. 도깨비불처럼 번쩍이는 열댓 개의 초록색 눈과 여기저기서 무리 지어 뒹굴고 있는 강철 같은 푸른 그림자가 보였다. 할아버지는 총을 꺼내 초록색 눈 한 쌍을 향해 갈겼다. 불빛 한 줄기가 번쩍하고 날더니 초록색 눈이 사라졌고 수숫대 안에서는 죽어가며 발버둥 치는 개의 울부짖음이 들려왔다. 할아버지는 연달아 일곱 발을 쏘았고 부상당한 개들은 수수 더미 속에서, 시체 더미 속에서 버둥거렸다. 할아버지는 개 떼를 향해 가지고 있는 총알을 다 쏘았다. 부상을 입지 않은 개들은 화살처럼 멀리 달아나면서 할아버지와 아버지를 향해 분노의 포효를 내뱉었다.

할아버지의 자동소총이 발사한 마지막 총알 몇 개는 서른다섯 걸음쯤 떨어진 곳까지 갔다가 바닥으로 떨어졌다. 아버지는 총알이 달빛 속에서 공중제비를 하며 날다가, 곧 손을 펴면 붙잡을 수 있을 만큼 느린 속도로 떨어지는 걸 보았다. 총소리도 맑고 굵은 청춘의 호령 같은 맛을 다 잃고 마치 80~90 된 늙은이가 기침을 하며 가래를 뱉는 것 같은 쉰 소리를 냈다. 총을 들고 잠시 바라보던 할아버지의 얼굴에 비통하고 애석한 기색이 감돌았다.

"아부지, 총알 없어요?" 아버지가 물었다.

할아버지와 아버지가 현성(縣城)에서 작은 산양의 배 속에 담아 운반해온 총알 5백 발을 열다섯 시간 만에 다 쏘아버린 것이다. 마치 사람이 하루 만에 폭삭 늙어버린 것처럼 총도 하루 만에 폭삭 늙어버렸다. 할아버지는 이 총이 점점 더 자신의 의지를 배반하는 것으로 보아 이제는 이별할 때가 되었다는 걸 통감했다.

할아버지는 팔을 쭉 뻗고, 달빛이 총의 표면에 반사되어 나오는 컴컴한 빛을 자세히 바라보고 있다가 순간 손을 놓았다. 모제르총은 무겁게 바닥으로 떨어졌다.

초록빛 눈을 가진 개들이 다시 시체 주변으로 몰려들었다. 처음에는 여전히 좀 겁을 내는 것처럼 초록빛 눈 속에서 두려움의 불꽃이 튀었지만 이내 초록빛 눈은 사라져버리고, 달빛에 비쳐 한 줄 한 줄 밀려오는 파도처럼 일렁이는 푸른빛 개털이 드러났다. 할아버지와 아버지는 둘 다 개 입이 쩝쩝대는 소리와 시체 찢기는 소리를 들었다.

"아부지, 우리 마을로 가요." 아버지가 말했다.

할아버지는 조금 망설였지만 아버지가 잡아끌자 아버지를 따라갔다.

마을의 불더미는 거의 다 사그라졌고, 무너진 담장에서는 검붉은 여진이 뜨거운 열기를 발산하고 있었다. 뜨거운 바람이 거리를 휩싸고 돌고 탁한 공기가 사람을 압도했다. 하얀 연기와 검은 연기가 한 덩어리를 이룬 채 불에 타 시커멓게 그을거나 말라버린 나뭇가지 사이에서 일렁거렸다. 나무로 된 것들이 석탄이 되면서 콩 볶는 것 같은 소리를 냈고, 버팀목을 잃은 지붕들이 무너져 내리면서 일어나는 먼지와 타고 남은 찌꺼기들이 하늘을 찌를 듯이 솟아올랐다. 토담과 거리에는 시체들이 즐비했다.

우리 마을 역사에 다시 새로운 장이 열린 것이다. 우리 마을은 애초에는 가시덤불과 갈대만 무성한 황무지로 여우와 산토끼 들의 낙원이었다. 그 뒤 유목민들이 와서 초막을 지었고, 나중에는 살인범이나 망나니 술주정뱅이, 도망친 노름꾼들이 몰려와서…… 그들이 집을 짓고 황무지를 개간해서 사람이 사는 낙원을 만들어냈던 것이다. 그때 여우와 산토끼 들은 다른 마을로 가기 위해 마지막 떠나는 길에 한목소리로 인간을 규탄하며 부르짖었다. 이제 마을은 다시 폐허가 되었다. 인간이 세우고 다시 인간이 무너뜨린 것이다. 지금 마을의 진정한 모습은 폐허 위에서 세워졌던 희비가 엇섞인 우울한 낙원이었다. 1960년 암담한 기근이 산둥의 대지를 뒤덮었을 때 난 비록 네 살밖에 되지 않았지만 어렴풋하게 감지할 수 있었다. 가오미 둥베이 지방은 한 번도 폐허가 된 적이 없는 그런 곳이 아니며, 가오미 둥베이 지방 사람들의 영혼 속에 쌓인 무너진 벽돌과 깨진 기와들은 한 번도 말끔히 정리된 적이 없고 또 그렇게 될 수도 없다는 것을.

그날 밤 다른 집들이 다 타서 연기가 되고 불꽃이 되어 날아가버린 뒤에도 열다섯 칸짜리 우리 집은 여전히 타고 있었다. 우리 집이 탈 때는 비취색 불꽃과 사람을 취하게 하는 술 냄새, 여러 해 동안 묵은 술기운이 한데 퍼져 나와 불꽃 속에서 넘실거렸고, 푸른 기와는 불 속에서 모양이 구부러지고 검붉은색으로 변해 포탄의 파편처럼 빠르게 날아갔다. 불빛이 할아버지의 희끗희끗한 머리카락을 비추다가 다시 할아버지의 새카만 머리카락을 비추었다. 고작 이레 사이에 할아버지의 머리는 4분의 3은 희어졌다. 우리 집 지붕이 쿠르릉 하고 무너져 내리자 불꽃은 잠시 사그라졌다가 다시 더 높이 미친 듯이 솟아올랐다. 아버지와 할아버지는 둘 다 이 거대한 소리에 가슴이 떨리고 숨이 막혔다. 지난 수십 년 동안 처음에는 산가네 부자가 돈을 벌어 부자가 되는 걸 비호해주었고, 나중엔 할아버지가 불을 놓고 사람 죽이는 걸 비호해주었고, 그 뒤엔 다시 할머니, 할아버지, 뤄한 큰할아버지와 일꾼들의 여러 가지 희비애환을 비호해주었던 이 열다섯 칸짜리 집이 이제 이른바 자신의 '역사적 사명'을 완수한 것이다. 나는 이 비호의 장소를 너무나 미워했었다. 이 집이 비호한 것이 선량함과 진실함에 도취된 감정만이 아니라 추악함과 죄악이기도 했기 때문이다. 아버지, 1957년 당신이 우리 집 뒷방의 토굴 안에 숨어 있으면서 매일 밤낮을 끝도 없이 이어지는 어둠 속에서 지낸 시간들을 회상할 때, 당신은 그 열다섯 칸짜리 우리 집을 덮고 있던 지붕이 큰불에 무너져 내리던 광경을 적어도 360번은 생각하셨겠죠. 당신이 당신의 아버지였던 우리 할아버지가 그때 무슨 생각을 하고 있었는지를 생각하고 있을 때, 저의 환상은 당신의 환상을 바짝 뒤쫓고, 당신의 환상은 할아버지의 생각을 바짝 뒤쫓았습니다.

우리 집이 무너져 내리는 걸 볼 때 할아버지의 느낌은 바로, 그가 처음 렌얼 아가씨와 사랑에 빠져 분연히 우리 할머니를 버리고 다른 마을로 갔을 때처럼, 또한 나중에 할머니도 세상 예법에 아랑곳하지 않고 '철판회(鐵板會)' 두목 '검은 눈'과 집에서 정을 통했다는 소식을 들었을 때처럼, 그것이 미움인지 사랑인지 고통인지 분노인지 딱히 분별하여 뭐라고 말할 수가 없는 것이었다.

할아버지는 나중에 다시 할머니의 품으로 돌아왔지만 할머니에 대한 감정은 이미 색과 맛을 분별할 수 없을 정도로 혼탁해져 있었다. 우리의 감정에서 불쑥불쑥 일어나는 유격전은 먼저 자신의 심장을 쏘아 무수한 구멍을 내고, 다시 상대방의 심장을 쏘아 무수한 구멍을 낸다. 할머니가 수수밭에서 죽은 얼굴로 미소를 지었을 때야 비로소 할아버지는, 삶이 자신에게 가한 징벌이 얼마나 혹독한 것인지를 깨달았다. 할아버지는 까치가 둥지에 남아 있는 마지막 알을 애지중지하듯이 우리 아버지를 애지중지했지만 때는 이미 늦었다. 그때는 이미 운명이 그를 위해 준비해놓은 더 참혹한 결말이 그 앞에서, 속으로 벌써 계산을 다 해놓은 채 그를 비웃고 있었던 것이다.

"아부지, 우리 집이 없어졌어요······" 아버지가 말했다.

할아버지는 아버지의 머리를 쓰다듬으며 참담하게 파괴된 집을 바라보면서 아버지의 손을 붙잡고, 불빛은 점점 더 약해지고 달빛은 점점 더 짙어져 가는 거리 위를 아무 목적도 없이 비틀거리며 배회했다.

마을 어귀에서 한 순박한 노인의 목소리가 들렸다. "샤오싼(小三)이냐? 어째 우차를 몰고 오지 않은 게냐?"

할아버지와 아버지는 사람 목소리가 들리자 어찌나 친근한 느낌이던지 피곤한 것도 잊고 서둘러 소리가 나는 쪽으로 달려갔다.

허리가 구부정한 노인네 하나가 할아버지 얼굴 위에 눈을 붙박은 채로 시종 할아버지의 표정을 헤아리면서 그들이 오는 걸 맞이했다. 할아버지는 그 노인의 경계하는 듯한 눈빛에 불만을 품고, 노인의 입에서 나는 구린내에 반감을 품었다.

"우리 집 샤오싼쯔(小三子)가 아니구먼." 노인은 유감스럽다는 듯이 머리를 내젓더니 다시 주저앉았다. 그의 엉덩이 밑에는 잡동사니가 한 무더기 쌓여 있었다. 상자와 옷장, 밥상, 농기구, 가축의 멍에, 낡은 솜, 쇠솥, 기와 조각······ 같은 것들이었다. 노인은 마치 사냥감을 지키고 있는 이리처럼, 작은 산처럼 쌓인 물건들 위에 앉아 있었다. 노인 뒤쪽에 있는 버드나무에는 송아지 두 마리와 산양 세 마리, 작은 당나귀 한 마리가 묶여 있었다.

할아버지는 그것을 보더니 이를 갈며 욕설을 퍼부었다. "늙은 개 같으니라고! 당장 내려와서 꺼져버려!"

노인은 물건 더미 위에 쭈그리고 앉은 채 친근한 말투로 말했다. "에이 젊은이, 눈 벌겋게 뜨고 보지 마우. 우리네는 죽을 각오를 하고 불더미 속을 헤치고 뛰쳐나온 거라우!"

"내려오라니까, 니미 씨팔놈아!" 할아버지가 벌컥 화를 내며 욕설을 퍼부었다.

"당신 정말 경우가 없구먼. 내가 당신을 오라고 부른 것도 아니고 자네 심기를 건드린 것도 없는데, 대체 무슨 연유로 사람한테 욕설을 퍼붓는 건가?" 노인은 너그럽게 할아버지를 나무랐다.

"욕설을 퍼붓는다고? 오냐, 그래 이 몸이 널 죽여주마! 이 몸은 나라를 구하겠다고 일본 놈들이랑 죽을 판 살 판 싸우고 왔는데, 네놈은 그 틈에 약탈을 해! 이 짐승 같은 놈, 이 늙은 짐승아! 더우관, 네 총 어딨냐?"

"일본 말 배 밑에다 놓고 왔잖아요!" 아버지가 말했다.

할아버지는 물건 더미 위로 뛰어 올라가더니, 발을 한 번 날려 그 노인을 물건 더미 아래로 차버렸다.

노인은 바닥에 꿇어앉아 애원하며 말했다. "팔로(八路)* 나리 살려주십쇼, 팔로 나리 살려주십쇼……"

할아버지가 말했다. "이 몸은 팔로도 아니고 구로(九路)도 아니다. 이 몸은 토비 위잔아오시다!"

"위 사령관님 살려주십시오. 위 사령관님! 이 물건들을 불 속에 집어넣어 태운들 무슨 소용이 있겠습니까…… 우리 마을에서 '굴러다니는 물건 주워온 놈'은 비단 저만은 아닙니다요, 값나가는 물건들은 죄다 그

---

* 국민혁명군제팔로군(國民革命軍第八路軍)을 지칭하는 말로, 항일전쟁 당시 중국 공산당이 이끌던 홍군(紅軍) 부대를 말한다.

도적놈들에게 빼앗겨버리고, 이 늙은이는 발이 느려 그저 남은 쓰레기들만 주워온 것입니다요……"

할아버지는 나무 탁자 하나를 가져다가 늙은이의 정수리를 조준해서 찍어 내렸다. 늙은이는 참담한 비명을 지르며 피가 흐르는 머리를 부여잡고 바닥에서 구르며 여기저기로 마구 쑤시고 들어갔다. 할아버지는 그의 옷깃을 움켜잡고 그를 들어 올리더니 고통스러워하는 늙은 얼굴에 대고, "이 도둑놈의 새끼야!" 하고 욕설을 퍼부으며 힘껏 일격을 가했다. 노인의 얼굴에서 미끄덩하는 소리가 나더니, 노인은 얼굴을 하늘로 치켜든 채 바닥으로 고꾸라졌다. 할아버지는 다시 앞으로 가서 노인의 얼굴을 거칠게 발로 차버렸다.

3

어머니가 세 살 된 나의 삼촌을 데리고 마른 우물 속에 쪼그려 앉아 있은 지 하룻낮 하룻밤이 되었다. 어제 새벽 어머니는 작은 질항아리를 메고 우물 둔덕으로 물을 길러 왔었다. 어머니가 허리를 굽혀 고요한 수면 위에 비친 자기 얼굴을 보고 있을 때 갑자기 토담 위에서 징 소리가 울리고, 마을의 야경꾼 노인 먼성우(門乑伍)가 걸걸한 소리로 고함을 지르는 게 들렸다. "일본 놈들이 마을을 포위했소…… 일본 놈들이 마을을 포위했소……" 어머니는 놀라서 질항아리 멜대를 우물 속에 빠뜨린 채 몸을 돌려 집으로 달려갔다. 집 문 앞에 닿기도 전에 어머니는 사제 총포를 든 외할아버지와, 삼촌을 안고 작은 보따리를 끌어안고 있는 외할머니와 부딪쳤다. 할아버지 부대가 모수이 강 다리 입구에서 전투를 치를 때부터 마을 사람들은 곧 큰 재난이 닥치리라는 걸 예감했지만, 서너 집만 다른 곳으로 피해서 숨었을 뿐 나머지는 두려움과 불안에 떨면서도 여전히 다 쓰러져가는 집에 연연해했고, 쓴물이 나는 우물이든 단물이 나는 우물이든 차가운 이불이든 뜨거운 이불이든 미련을 버리지 못하고 남아 있었다. 지난 일주일 동안 할아버지는 아버지를 데리고 현성으로 총알을 사러 갔었다. 당시 할아버지가 오매불망 잊지 않고 있었던 건 총알을 잔뜩 사다가 자기를 그토록 괴롭혔던 곰보 렁에게 빚을 갚는 것이었지, 일본 사람들이 와서 마을을 피로 물들이는 일이 일어날 거라고는 생각도 못했었다. 8월 초아흐레 저녁, 전투가 벌어졌던 곳을 청소하고 열사들의 시신을 묻는 과정에서 핵심적인 역할을 했던 동네 어른 장뤄루(張若魯)는—그는 한 눈은 크고 한 눈은 작은 비범한 풍모의 인물로, 글방에서 공부를 한 수준 높은 지식인이었는데— 마을 사람들을 모두 소집해서 토담을 더 단단하게 쌓고 마을 어귀의 낡은 대문을 수리하고, 밤에는 보초를 서면서 무슨 일이 있으면 징을 울려 신호를 보내도록 했다. 징이 울렸고, 마을의 남녀노소들이 일제히 다 토담 위로 올라왔다. 어머니는 뤄루 어르신이 말을 할 때는 목청이 우렁차고 웅웅대는 구리 음이 났었다고 했다. 어르신은 "여러분, 사람이 마음을 모으면 태산도 움직인다고 했습니다. 다들 마음만 합하면 일본 놈들이 감히 마을로 들어오지 못할 것이오" 하고 말했다.

바로 그때 마을 밖 농지 쪽에서 '파팍' 하는 총소리가 들렸고 야경꾼들의 머리가 산산조각이 난 채로 비틀거리다가 토담 아래로 고꾸라졌다. 순간 거리는 아수라장이 되었다. 꽉 달라붙는 바지와 셔츠를 입고 있던 뤄루 어른이 길 한가운데서 큰 소리로 고함을 질렀다. "여러분, 동요하지 마시오! 원래 정한 자리대로 서둘러 토담 위로 올라가세요! 여러분, 죽음을 두려워하지 마시오. 죽음을 두려워하면 반드시 죽고, 죽음을 두려워하지 않으면 죽지 않소이다! 죽는 한이 있어도 일본 놈들이 마을에 들어오게 해서는 안 됩니다!"

엄마는 사내들이 모두 허리를 숙이고 토담 위로 올라가, 토담 둔덕 위에 빽빽하게 늘어서 있는 쥐똥나무 숲에 엎드려 있는 것을 보았다. 외할머니는 두 다리가 덜덜 떨려 제자리걸음만 할 뿐 한 걸음도 앞으로 내딛지 못했다. 외할머니가 울면서 고함을 질렀다. "애 아부지, 첸얼(倩儿) 아부지, 아이는 어떻게 해요?" 그러자 외할아버지가 총을 들고 달려와 사납게 외할머니를 나무랐다. "울긴 왜 울고 지랄이야? 이왕 이렇게 된 거면 사나 죽으나 매일반이라고!" 외할머니는 감히 더 이상 소리를 내지 못했지만, 눈에서는 눈물방울이 주렁주렁 굴러 나왔다. 외할아버지는 고개를 돌려 아직 불이 오르진 않은 토담 쪽을 바라보면서 한 손으로는 우리 엄마를 붙잡고 다른 손으로는 우리 엄마의 엄마를 붙잡은 채 무랑 배추를 심은 집 뒤 채소밭으로 달려갔다. 채소밭 한가운데 못쓰게 된 마른 우물이 있었다. 망가진 두레박의 도르래가 여전히 우물둔덕 위에 걸쳐져 있었다. 외할아버지는 우물 속에 고개를 들이박고 쳐다보다가 외할머니에게 말했다. "우물에 물이 없으니, 우선 아이들을 안에 숨어 있게 했다가 일본 놈들이 물러가고 나면 그때 가서 다시 애들을 어떻게 해보자고." 외할머니는 나무 인형처럼 모든 걸 외할아버지가 시키는 대로 했다.

외할아버지는 도르래 축에서 끈을 풀어 우리 엄마의 허리에 묶었다. 그때 머리 위에서 날카롭게 귀를 찢는 휘파람 소리가 들리더니 시커먼 물건 하나가 이상한 소리를 내며 이웃집 돼지우리 안으로 떨어졌고, 곧이어 마치 어떤 것이라도 다 찢어발길 것처럼 천지를 진동하는 굉음이 울렸다. 돼지우리에서 연한 연기 기둥과 탄환 조각, 분뇨, 돼지의 찢긴 몸뚱이가 사방으로 내던져졌다. 돼지 다리 하나가 엄마의 면전으로 떨어졌다. 돼지

다리의 허연 근육이, 마치 뜨거운 오줌에 적신 거머리처럼 안으로 말려 들어가 있었다. 그것이 열다섯 살 된 엄마가 생애 최초로 들은 포성이었다. 포탄에 맞고도 죽지 않은 돼지들은 미친 듯이 울부짖으며 높은 울타리 안에서 이리 뛰고 저리 뛰어댔고, 엄마와 어린 삼촌은 놀라서 울었다. "일본 놈들이 대포를 쏜 거야! 첸얼, 넌 열다섯 살이나 됐으니 이제 철이 다 들었지. 네가 우물 안에서 동생 잘 돌보고 있어라. 일본 놈들이 물러가면 아비가 데리러 올 테니까." 외할아버지가 말했다. 일본 놈들이 쏜 포탄이 다시 마을에서 터졌다. 외할아버지는 도르래를 돌려 엄마를 우물로 내렸다. 엄마의 발이 우물 밑의 부서진 벽돌 조각과 무너져 내린 진흙에 닿았다. 사방은 칠흑같이 캄캄했고 오직 머리 위 아주 먼 곳에만 맷돌만 한 빛이 있었다. 빛 속에서 외할아버지의 얼굴이 나타났다. 엄마는 외할아버지가 지르는 소리를 들었다. "끈을 풀어." 엄마는 허리에 묶었던 끈을 풀었고, 끈이 들먹들먹하며 우물 입구로 올라가는 걸 보았다. 엄마는 다시 외할아버지랑 외할머니가 우물 입구에서 티격태격하는 소리와 일본 놈들이 쏜 포탄이 울리는 꿍음과 외할머니의 울음소리를 들었다. 엄마는 외할아버지의 얼굴이 다시 빛 속에서 나타나는 걸 보았다. 외할아버지가 소리쳤다. "첸얼, 잘 받아라. 네 동생 내려간다." 엄마는 끈에 묶여 허리가 꺾인 세 살짜리 어린 삼촌이 대성통곡을 하며 춤추듯이 사지를 흔들면서 내려오는 걸 보았다. 낡고 거친 끈이 당겨지며 떨렸고 도르래 축이 지지지 하며 소리를 냈다. 외할머니가 상체를 반쯤이나 우물 속으로 들이밀고는 발버둥을 치며 통곡하는 어린 삼촌의 이름을 불러댔다. "안쯔(安子), 내 새끼 안쯔야……" 엄마는 외할머니 얼굴에서 반짝이는 눈물방울들이 연달아 마른 우물 안으로 떨어지는 걸 보았다. 끈이 바닥에 닿자 어린 삼촌은 바닥에 발을 디딘 채 팔을 위로 뻗치고 우물 안으로 얼굴을 들이민 외할머니를 부르며 울부짖었다. "엄마, 나 올라갈래. 나 안 내려가, 안 내려갈래, 나 올라갈래, 엄마, 엄마, 엄마……"

엄마는 외할머니가 힘껏 우물 끈을 위로 잡아당기는 걸 보았다. 엄마는 외할머니가 울면서 하는 말을 들었다. "안쯔…… 내 보물단지…… 내 새끼……"

엄마는 외할아버지의 큰 손이 외할머니를 끌어내는 걸 보았다. 외할머니의 손이 우물 끈을 움켜쥐고 놓지 않았다. 외할아버지는 외할머니를 한 번 힘껏 밀쳐냈다. 엄마는 외할머니가 한쪽으로 쓰러지는 걸 보았다. 그러자 우물 끈이 곧장 아래로 떨어졌고, 어린 삼촌은 엄마의 품으로 쓰러졌다.

엄마는 외할아버지가 지르는 고함 소리를 들었다. "개 같은 년! 네년은 쟤들이 올라와서 죽길 기다리게 하려는 거야? 빨리 담 위로 올라가. 일본 놈들이 마을에 들어오면 아무도 살아남지 못한다고!"

"첸얼…… 안쯔…… 첸얼…… 안쯔……" 엄마는 외할머니가 먼 곳에서 부르짖는 소리를 들었다. 다시 대포 소리가 들렸고 우물 벽의 흙들이 우르르 떨어져 내렸다. 대포 소리가 난 뒤에 외할머니의 소리는 더 이상 들리지 않았고, 맷돌만 한 하늘과 하늘 위의 낡은 도르래만이 엄마와 어린 삼촌의 머리를 짓누르고 있었다.

어린 삼촌은 여전히 울고 있었다. 엄마는 동생의 허리에 묶인 끈을 풀어주며 달랬다. "안쯔, 착하지. 착한 내 동생, 울지 마. 계속 울면 일본 놈들 와. 빨간 눈에 파란 손톱을 가진 일본 놈들은 아이가 울면 온대……"

삼촌은 울음을 뚝 그치고 새카만 두 눈을 뜨고 우리 엄마의 얼굴을 쳐다보았다. 목에서는 아직도 '껄떡, 껄떡' 하는 딸꾹질 소리가 났고, 불덩이같이 뜨거운 살진 작은 두 손으론 누나의 목을 감고 있었다. 하늘에서 대포 소리가 쿠릉쿠릉 울렸고, 기관총 소리와 보병총 소리도 한데 어우러져 한바탕씩 뚜두두 뚜두두 하는 소리가 들렸다. 엄마는 고개를 들고 하늘을 보면서 우물 위의 동정을 살피려고 애썼다. 뤄루 어르신의 고함소리와 마을 사람들이 떠들어대는 소리가 희미하게 들려왔다. 우물 안은 음습하고 차가웠다. 우물 벽 한쪽의 무너진 자리에는 하얀색 토벽과 나무 뿌리들이 드러나 있었고, 무너지지 않은 벽의 벽돌 위에는 암녹색 이끼가 자라 있었다. 어린 삼촌은 엄마 품에서 몇 번 뒤척이더니 다시 훌쩍거리기 시작했다. 어린 삼촌이 말했다. "누나…… 엄마 보고 싶어…… 나 올라갈래……"

"안쯔, 착하지. 내 동생……엄마는 아버지랑 일본 놈들하고 싸우러 갔으니까. 일본 놈들 다 내쫓고 나면 곧바로 우리를 데리러 올 거야……" 엄마는 어린 삼촌을 달래다가 자기도 참지 못하고 훌쩍거리기 시작했다. 남매 둘은 꼭 껴안고 함께 울었다.

엄마는 점점 밝아오는 둥근 하늘을 보면서 날이 다시 밝았다는 것, 길었던 검은 밤이 결국은 지나갔다는 걸 알았다. 우물은 무서우리만큼 조용했다. 붉은빛 한 줄기가 엄마에게서 아주 멀리 떨어져 있는 우물 벽 위를 비추고 있었다. 엄마는 애써 귀를 기울여 들으려고 했지만 마을 안도 우물 밑이나 마찬가지로 조용했다. 가끔씩 하늘에서 벼락처럼 우르릉 쾅 쾅 하며 벼락 치는 소리 같은 게 환각처럼 들릴 뿐이었다. 엄마는 새날이 오면 아버지와 어머니가 우물가로 올 것인지, 와서 자기와 동생을 우물 위로, 햇빛이 찬란하게 빛나고 공기가 잘 통하는 세상 속으로, 음침한 얼룩목 뱀이랑 검고 마른 두꺼비가 없는 세상으로 올려줄지 알 수 없었다. 어제 아침에 있었던 일들이 마치 아주 오래전에 일어난 것처럼, 우물 밑에서 이미 반평생은 보낸 것처럼 느껴졌다. '아버지, 어머니, 당신들이 다시 오지 않는다면 우리 남매는 우물 속에서 죽게 될 거예요' 하고 엄마는 생각했다. 엄마는 딸과 아들을 우물 속에 던져놓고 아이들이 죽든 말든 그림자도 내비치지 않는 부모가 몹시도 원망스러웠다. '어머니, 아버지를 만나면 필히 대성통곡을 하며 난리를 치면서 뱃속 가득한 원망을 다 쏟아내야지' 하고 생각했다. 하지만 엄마가 어찌 알았겠는가. 엄마가 바로 이런 생각을 하며 부모를 원망하고 있을 때, 그녀의 어머니인 우리 외할머니는 이미 일본군의 구리 껍질 박격포에 맞아 온몸이 갈기갈기 찢겨 나간 처지였고, 그녀의 아버지인 우리 외할아버지는 토담 위로 너무 많이 몸을 내놓았다가 일본군의 조준 사격에 머리통이 날아가버린 상황이었다는 걸 (1940년 이전의 일본 병사들은 다 사격 귀신이었다고 후에 엄마는 내게 말해주었다).

엄마는 소리 없이 간구했다. '아버지! 어머니! 빨리 오세요. 배고프고, 목말라요. 동생은 병이 났고요. 그런데도 오시지 않으면 이제 동생은 큰일 난다고요!'

엄마는 토담 위에서, 어쩌면 토담 위가 아닐 수도 있지만, 작은 징 소리가 울리는 걸 들었다. 징 소리가 지나간 뒤엔 어떤 이가 소리를 질렀다. "사람 또 있소?— 사람 또 있소?— 일본 놈들이 물러갔소…… 위 사령관이 왔어요……"

엄마는 어린 삼촌을 안고 일어나 이미 쉬어버린 목청으로 필사적으로 고함을 질렀다. "여기요…… 여기…… 우리 우물 안에 있어요. 빨리 와서 구해주세요……" 엄마는 고함을 지르면서 한 손을 끄집어내 도르래 끈을 흔들었다. 그렇게 한 두서너 시간 버둥거리고 나자 동생을 안고 있던 엄마의 팔이 자기도 모르게 스르르 풀렸고 동생은 바닥으로 떨어졌다. 동생은 힘없이 몇 번 끙끙거리더니 이내 아무런 기척도 없었다. 엄마는 우물 벽에 기대려다가 몸이 바닥으로 미끄러지자 얼음처럼 차가운 벽돌 위에 죽은 듯이 철퍽 주저앉았다. 엄마는 절망했다.

어린 삼촌은 엄마의 무릎으로 기어올라와 아무런 감정도 없는 듯이 칭얼거렸다. "누나…… 엄마 보고 싶어……"

엄마는 순간 마음이 찡해서 두 손을 뻗어 어린 삼촌을 품에 끌어안으며 말했다. "안쯔…… 아버지랑 어머니는 우리가 보고 싶지 않나 봐…… 우리 둘은 우물 속에서 죽게 되려나 봐……"

어린 삼촌의 몸이 불덩이 같아, 그를 안고 있는 게 마치 석탄 난로를 끌어안고 있는 것 같았다.

"누나…… 목말라……"

우물 바닥 한구석에 검푸른색의 더러운 물이 고여 있는 게 보였다. 거기는 아주 오목해서 엄마가 앉아 있는 곳보다 더 어두웠다. 물 안에는 바싹 마른 두꺼비 한 마리가 앉아 있었다. 두꺼비 등에는 콩알만 한 시커먼 혹이 잔뜩 나 있었다. 두꺼비 입 아래의 누리끼리한 피부는 불안하게 꿀럭거리고 있었고 두꺼비의 툭 튀어나온 눈은 분노한 듯이 엄마를 노려보고 있었다. 온몸의 근육에서 다 경련이 일어나는 것 같아 엄마는 눈을 질끈 감았다. 엄마도 목과 입이 바짝 말랐지만, 설령 목이 말라 죽는 한이 있어도 저 두꺼비가 빠져 있는 더러운 물은 절대로 마시지 않으리라 생각했다.

어린 삼촌은 어제 오후부터 열이 오르기 시작했다. 삼촌은 우물 안으로 내려온 이후 내내 울음을 그치지 않았다. 너무 울어서 목소리가 더 이상 나오지 않자 지금은 마치 죽어가는 작은 고양이가 흐느끼는 것처럼 스, 스 하는 소리만 내고 있었다.

엄마는 어제 오전을 놀람과 두려움 속에서 정신없이 바쁜 가운데 보냈다. 놀람과 두려움은 마을에서 요란하게 들려온 포성 때문이었고 정신 없이 바빴던 건 동생이 필사적으로 버둥거렸기 때문이다. 열다섯 살짜리 엄마는 체격이 무척 빈약한 편이라 평소에도 살찐 동생을 안는 일을 힘들어했는데 지금은 동생이 있는 대로 발버둥을 치며 뻗대기까지 하니 감당할 수가 없었다. 엄마는 하는 수 없이 동생의 엉덩이를 한 차례 때렸지만 성질이 형편없던 어린 외삼촌은 염치라곤 전혀 없이 엄마를 깨물었다.

삼촌은 열이 나면서 정신이 가물가물해지고 몸을 추스르지 못했다. 엄마는 삼촌을 안고 내내 뾰족하게 각이 진 벽돌 위에 앉아 있었기 때문에 엉덩이가 배겨 얼얼한 통증이 느껴졌고, 두 다리는 감각을 잃었다. 총성은 좀 드물어졌다 잦아졌다 하며 시종 그칠 줄 몰랐다. 햇빛이 서쪽 우물 벽을 천천히 돌아 동쪽 벽까지 오자 우물 안은 캄캄해졌다. 엄마는 자신이 이미 우물 안에서 꼬박 하루를 앉아 있었다는 걸 알았다. 아버지와 어머니가 오시기는 할까? 엄마는 손으로 데일 듯 뜨거운 삼촌의 얼굴을 어루만졌다. 동생의 코에서 나오는 숨이 마치 불꽃처럼 느껴졌다. 엄마는 빠르게 뛰는 동생의 작은 심장을 만져보고 동생의 가슴에서 나는 스스 하는 소리를 들었다. 엄마는 순간 동생이 죽을지도 모른다는 생각에 온몸이 부들부들 떨렸다. 엄마는 애써 그런 생각을 떨쳐버리며 스스로를 달랬다. 다 됐어, 다 됐어. 날이 어두워지면 참새랑 제비도 다 쉬러 둥지로 돌아가잖아, 어머니랑 아버지도 돌아올 거야.

우물 벽에 비친 햇빛이 귤색으로 바뀌었다가 다시 검붉은색으로 변했다. 벽돌 틈에 숨어 있던 귀뚜라미 한 마리가 귀뚤귀뚤 울기 시작했고, 벽돌 틈에 엎드려 있던 모기떼도 자신들의 도구를 움직이며 비행을 시작했다. 이때 엄마는 토담 근처에서 연달아 터지는 포성을 들었다. 마을 북쪽에서 사람과 말이 울부짖는 소리가 들리는 것 같더니 바로 이어 마을 남쪽에서 기관총 소리가 마치 바람 소리처럼 들려왔다. 총성이 지나가고 난 뒤에는 다시 사람 소리, 말발굽 소리가 조수가 밀려오듯이 마을로 밀려오는 소리가 들렸다. 마을 안은 완전히 쑥대밭이 된 것 같았다. 한 차례 한 차례 들려오는 말발굽 소리와 사람들의 발자국 소리가 우물 주변에서 왔다 갔다 했다. 일본 사람들이 뭐라고 지껄이며 고함을 질러대는 소리가 들렸다. 어린 삼촌이 고통스러운 신음을 내뱉자 엄마는 동생의 입을 막고 자기도 숨을 죽였다. 엄마는 동생의 얼굴이 자기 손 밑에서 이리저리 구르는 걸 느끼며 자기 심장이 마치 북을 두드리듯이 쿵쿵 울리는 소리를 들었다. 나중에 햇빛은 사라졌고, 엄마는 우물 입구를 통해 붉게 타오르는 하늘을 바라보았다. 불꽃이 후드득후드득 타는 소리가 들렸고, 탄재들이 우물 위로 떠다니는 게 보였다. 불꽃이 타는 소리 속에서 아이의 울부짖는 소리와 여인의 날카롭게 찢어지는 울음소리, 양인지 소인지 알 수 없는 짐승이 한데 우는 소리가 들렸다. 비릿하게 눌어붙는 냄새가 우물 속에 앉아 있는 엄마에게까지 전해져 왔다.

화염의 불빛 속에서 대체 얼마나 오랫동안 떨고 있었던 건지 엄마도 알 수 없었다. 시간에 대한 관념은 이미 그녀에게 속한 것이 아니었지만, 지나간 시간 속에서 일어났던 일들에 대해서는 너무나 예민하게 그것들을 감지하고 있었다. 그녀는 점점 어두워져 가는 한 조각 하늘을 통해서 큰 불이 막 잦아들고 있다는 걸 알았다. 우물 벽은 희미한 불빛 속에서 밝아졌다 어두워졌다 하며 움직이고 있었다. 처음에는 마을에서 그래도 드문드문 총성이랑 집들이 무너지는 굉음이 들려왔지만 나중에는 모두 다 사라지고 정적만이 감돌았다. 엄마가 바라보는 둥근 하늘 위로 광채가 없는 어두운 별이 몇 점 나타났다.

엄마는 추위 속에서 잠이 들었다가 다시 추위 속에서 잠이 깼다. 그녀의 눈은 이미 우물 밑의 어둠에 적응되어, 고개를 들어 짙푸른 새벽하늘과 우물 벽 위에 투사된 부드러운 햇빛 한 다발을 보았을 때 어지럼증을 느꼈다. 우물 안의 습기가 그녀의 옷을 축축하게 적셔놓았고 한기가 뼛속까지 스며들었다. 그녀는 동생을 꼭 끌어안았다. 동생의 열은 한밤중이 지나면서 조금씩 떨어지기 시작했지만 아직도 그녀보다는 많이 뜨거웠다. 엄마는 어린 삼촌 몸에서 온기를 얻었고, 삼촌은 엄마 몸에서 시원함을 얻었다. 엄마와 어린 삼촌이 우물 밑에서 함께 보낸 긴 시간은 정말로 생사를 같이하며 보낸 시간이었다. 그때까지도 엄마는 외할아버지와 외할머니가 벌써 돌아가셨다는 걸 전혀 알지 못한 채 여전히 우물 입구에 부모의 얼굴이 나타나기만을, 언제라도 귀에 익은 목소리가 우물 벽을 진동시켜 메아리를 일으켜주기만을 고대하고 있었다. 그런 기대가 없었다면 엄마가 마른 우물 속에서 사흘 낮, 사흘 밤을 더 버틸 수 있었을지는 귀신만이 알 일이다.

우리 집안의 역사를 돌아보면서 나는 우리 집안의 중심인물들이 모두 어두운 동굴과 알 수 없는 인연을 맺고 있다는 걸 발견하게 되었다. 이 역사는 엄마에게서 시작되었고 할아버지에게서 최고조에 이르러, 동시대 문명인들 중 가장 장기간 동굴에 살았던 기록을 만들어냈고 아버지 때 마감되었다. 이건 정치적으로는 전혀 자랑스러울 게 없겠지만 인간의 관점에서 생각해보면 정말로 찬란한 결말이다. 그때 아버지는 요행으로 살아남은 한 팔을 휘두르며 아침노을을 맞으면서 엄마랑 형이랑 누나랑 나를 향해 나는 듯이 달려왔었다.

엄마는 겉은 오한이 나고 속은 타서 말라붙는 것처럼 뜨거웠다. 어제 새벽부터 지금까지 아무것도 먹지도 마시지도 못했다. 어제 저녁 큰불이 마을을 태울 때부터 허기와 갈증이 그녀를 괴롭히기 시작했다. 한밤중에 허기는 절정에 달했고 날이 밝을 무렵부턴 위장이 한 덩어리로 뭉쳐서 바짝 오그라드는 듯한 통증 말고는 아무것도 느낄 수가 없었다. 지금은 먹는 걸 생각하면 오히려 속에서 구역질이 났다. 지금 그녀가 가장 견디기 힘든 건 갈증이었다. 그녀의 폐는 이미 햇볕에 말라비틀어진 수숫잎처럼 사각대는 소리를 내고 있는 것 같았다. 목구멍도 뻣뻣해져 통증을 견디기가 힘들었다. 어린 삼촌은 물집이 생겼다가 터져버린 입술을 달싹이면서 다시 "누나…… 목말라……" 하고 칭얼거렸다. 엄마는 어린 삼촌의 비쩍 여윈 얼굴을 차마 바라볼 수가 없었다. 어떤 말로도 동생을 달랠 수가 없었다. 엄마가 하룻낮 하룻밤 동안 어린 삼촌을 위해 빌었던 소원들은 모두 허사가 되었다. 늦도록 오지 않는 외할아버지와 외할머니는 엄마에게 동생을 속이고 자신도 속이도록 한 것이다. 토담 위에서 희미하게 울리던 징 소리는 일찌감치 사라졌고 마을에서는 이제 개 짖는 소리도 들리지 않았다. 엄마는 어쩌면 외할아버지, 외할머니가 이미 죽었거나 아니면 일본 놈들에게 붙잡혔을지도 모른다는 생각을 했다. 눈자위가 시큰했지만 이미 흘릴 눈물이 없었다. 동생의 불쌍한 모습이 엄마를 일찍 철들게 했다. 엄마는 잠시 육체의 고통을 잊고 동생을 벽돌 위에 내려놓고는 일어나 우물 벽을 살펴보았다. 우물 벽은 당연히 축축하게 젖어 있었다. 생생한 이끼들이 무성하게 자라나 있었지만 그것으로는 갈증을 해결할 수도 배를 불릴 수도 없었다. 엄마는 주저앉아 이 벽돌 저 벽돌을 들쳐보았다. 묵직한 벽돌은 마치 물을 머금고 있는 것 같았다. 가는 다리 수십 개를 가진 붉은색 지네 한 마리가 머리와 꼬리를 흔들며 벽돌 틈에서 기어 나왔다. 엄마는 놀라서 한쪽으로 물러나 앉은 채 지네가 정신을 어지럽게 하는 다리 두 줄을 펼쳐 휘두르며 두꺼비 위로 기어올라가는 걸 보았다. 지네는 벽돌 틈을 찾아 다시 들어가버렸다. 엄마는 더 이상 벽돌을 들쳐볼 엄두가 나지 않았지만 그렇다고 그대로 주저앉아 있을 수도 없었다. 어제 오전에 일어난 그 빌어먹을 일이 그녀로 하여금 자신이 이미 여자가 되었다는 걸 깨닫게 해주었기 때문이다.

내가 결혼한 뒤에 엄마는 내 아내에게, 그 축축하고 음침한 마른 우물 안에서 자신이 첫 월경을 시작했던 일을 이야기해주었다. 아내는 내게 그 이야기를 했고 우리는 둘 다 당시 열다섯 살이었던 엄마에 대해 동정을 금치 못했다.

엄마는 할 수 없이 마지막 한 가닥 희망을, 두꺼비를 적시고 있는 더러운 물에 거는 수밖에 없었다. 두꺼비의 흉측한 형상은 엄마에게 극도의 공포와 혐오감을 불러일으켰지만 이 흉측한 놈이 웅덩이의 물을 점거하고 있는 것이다. 견디기 힘든 갈증, 특히 물이 없어서 점점 말라 붙어가는 어린 삼촌의 생명은 그녀로 하여금 어쩔 수 없이 다시 한 번 그 더러운 물에 대해 생각하게 했다. 하지만 모든 게 어제와 똑같았다. 그토록 오랜 시간 두꺼비는 한 치의 미동도 없이 어제의 자세와 위엄을 그대로 유지한 채 어제의 그 사람을 섬뜩하게 하는 울퉁불퉁한 피부로 그녀를 고통스럽게 하면서 어제의 그 음침한 눈으로 그녀를 노려보고 있었다. 엄마는 갑자기 용기가 사라져버렸다. 두꺼비의 눈에서 쏘아대는 강한 독성을 품은 가시 두 줄기가 자신의 몸을 찌르는 것처럼 느껴졌다. 그녀는 서둘러 얼굴을 돌렸지만 정말 한바탕 난리라도 치고 고함이라도 질렀으면 좋을 두꺼비의 그림자는 머릿속에서 쉽게 사라지지 않았다.

엄마는 고개를 돌려 다 죽어가는 어린 삼촌을 보았다. 엄마의 가슴속에서 불이 활활 타오르고 목구멍은 불씨가 솟아오르는 화로가 된 것 같았다. 엄마는 문득 벽돌 두 개가 맞물리는 틈새에 작은 달걀색 버섯이 한 움큼 자라 있는 것을 발견했다. 몹시 흥분되어 심장이 멎을 것 같았다. 엄마는 조심조심 벽돌을 들고 버섯을 땄다. 먹을 것을 보자 위장이 갑자기 뒤틀리면서 한데 뭉쳐 말라붙는 듯한 통증이 느껴졌다. 엄마는 버섯 하나를 입안에 쑤셔 넣고 씹지도 않고 삼켜버렸다. 버섯의 신선한 맛이 그녀의 허기를 더욱 부추겼다. 다시 버섯 하나를 입에 넣었다. 어린 삼촌이 흐흥 하는 소리를 냈다. 엄마는 스스로를 변호했다. 이 버섯은 마땅히 동생에게 먼저 먹여야 하지만 독이 있을지도 몰라서 자기가 먼저 먹어본 거다. 그렇지 않은가? 그렇다. 엄마는 버섯 하나를 어린 삼촌의 입에 넣어주었다. 어린 삼촌은 입이 뻣뻣하게 굳은 채 멍한 두 눈을 가늘게 뜨고 엄마를 쳐다보고 있었다. 엄마가 말했다. "안쯔, 먹어. 누나가 좋은 걸 찾았어. 먹어." 엄마는 손에 받쳐 들고 있던 버섯을 어린 삼촌 앞에서 흔들어댔다. 어린 삼촌이 볼을 몇 번 움직이며 씹는 것 같아서 엄마는 다시 버섯 하나를 그의 입에 넣어주었지만, 기침을 하는 통에 입에 든 버섯이 다 뿜어져 나왔다. 어린 삼촌은 입술 여기저기가 죄다 갈라져서 피가 났다. 울퉁불퉁한 벽돌 위에 누워 있는 삼촌에게는 지금 실낱같은 숨결만 남아 있을 뿐이었다.

엄마는 게걸스럽게 그 작은 버섯 열다섯 개를 다 먹어치웠다. 반수면 상태에 놓여 있던 위장이 다시 미친 듯이 꿈틀대기 시작했다. 배에서 참기 어려운 통증이 느껴졌고 꾸르륵꾸르륵하는 소리가 났다. 엄마가 이때 흘린 땀이 그녀가 우물 아래로 내려온 이후 가장 많이, 가장 마지막으로 흘린 땀이었다. 얇은 옷이 땀에 흠뻑 젖었고, 겨드랑이와 정강이가 끈끈해졌다. 무릎이 마비되고 온몸이 떨려왔다. 우물 안의 음산한 공기가 뼛속까지 찔러왔다. 엄마는 자기도 모르게 동생 곁에 널브러졌다. 우물로 내려온 지 이틀째 되는 날 낮에 엄마는 정신을 잃었다.

엄마가 깨어났을 때는 우물로 내려온 지 이틀째 되는 저녁 무렵이었다. 그녀는 동쪽 우물 벽에서 서쪽으로 지는 해의 붉은 햇살을 보았다. 낡은 도르래가 석양에 씻겨 아득한 옛날 같기도 하고 마지막 날이 도래한 것 같기도 한 모순된 느낌을 자아냈다. 귓가에서 이따금씩 벌이 웅웅대는 소리가 계속 들려왔는데, 우물 밖에서 들리는 터벅터벅하는 발자국 소리가 벌들이 웅웅대는 소리와 섞여 진짜인지 가짜인지 분간할 수 없었다. 그녀는 이미 더 이상 고함을 지를 힘도 없었다. 깨어난 뒤 갈증은 그녀의 가슴팍을 다 태워버리려는 것처럼 더 심해졌다. 입을 벌려 큰 숨을 내쉴 수도 없었다. 숨을 내쉬면 통증을 참기 어려웠다. 어린 삼촌은 이미 아무런 아픔도 기쁨도 느끼지 못하는 상태로 벽돌 위에 누운 채 점점 마른 가죽으로 누렇게 변해가고 있었다. 엄마는 삼촌의 횅하게 팬 눈자위 안의 허연 눈동자를 보면서 눈앞이 캄캄해졌다. 어두운 죽음의 그림자가 우물 안을 뒤덮기 시작했다.

우물 아래에서 맞이한 두번째 밤은 아주 빨리 지나갔다. 엄마는 반쯤은 몽롱하고 반쯤은 깨어 있는 상태로 달과 별이 찬란하게 빛나는 그날 밤을 보냈다. 그녀는 꿈에서 몇 번이나 날개가 생겨 우물 안을 뱅글뱅글 돌며 우물 입구로 날아 올라가는 꿈을 꾸었다. 하지만 우물 안은 끝도 없이 깊어서 아무리 날아 올라가도 우물 입구는 여전히 너무나 멀리 떨어져 있었고 빨리 날면 날수록 우물 안의 원통도 그만큼 더 빨리 길어졌다. 엄마는 한밤중에 잠깐 깨어났다가 동생의 몸이 싸늘하게 식어 있는 것을 느꼈지만 동생이 이미 죽은 것이라고는 감히 생각할 수 없었고 분명 자기가 열이 나서 그런 거라고 생각했다. 우물 밑으로 굽어 들어온 달빛 주렴이 웅덩이의 시퍼런 물을 비추자 두꺼비는 마치 보물이라도 된 양, 눈과 피부 모두에서 보석 같은 광채를 발했고 고인 물도 비춰처럼 아름다운 푸른 색을 띠었다. 엄마는 바로 그 순간 거기에서 두꺼비에 대한 자신의 생각이 바뀌었다는 걸 느꼈다. 그녀는 자신이 신성한 두꺼비와 협상을 해서 두꺼비 밑에 있는 물 한 모금을 얻어 마실 수 있을 거라는 생각을 했다. 두꺼비가 원한다면 돌멩이처럼 우물 밖으로 던져줄 수도 있었다. 내일 만약에 다시 우물 위에서 발소리가 들린다면 이번에는 반드시 벽돌을 던져 올려야 한다, 설령 우물 위를 걷고 있는 게 일본군이나 괴뢰군이라도 반드시 벽돌을 위로 던져 그들에게 사람이 있다는 걸 알려야 한다, 엄마는 그런 생각을 했다.

하지만 날이 다시 밝았을 때 엄마는 이미 우물 밑에서 벌어졌던 사소한 일들을 아주 분명하게 변별할 수 있었다. 우물 아래 세계도 널찍하게 바뀌어 있었다. 엄마는 새벽의 맑은 정신으로 이끼를 긁어 입안에 넣고 씹었다. 이끼에서는 비린내가 났지만 그런대로 맛은 괜찮았다. 다만 그녀의 목구멍이 이미 말라붙어서 움직이질 않았기 때문에 목구멍까지 들어간 이끼는 다시 넘어 올라왔다. 그녀의 눈빛이 다시 그 고인 물로 향했다. 두꺼비는 다시 본래의 면모를 회복해서 사악한 눈으로 그녀를 노려보고 있었다. 그녀는 두꺼비의 이런 깡패같이 도발적인 눈빛의 압박을 견딜 수가 없어서 고개를 돌리고는 분통을 참지 못하고 울었다.

낮에 엄마는 정말로 묵직한 발자국 소리를 들었다. 사람들이 이야기 나누는 소리도 들렸다. 거대한 희열이 그녀를 흥분시켰다. 그녀는 비틀거리며 일어나 있는 힘껏 고함을 질렀지만 누군가가 그녀의 목을 조르고 있는 것처럼 아무런 소리도 낼 수가 없었다. 벽돌 하나를 쥐어 우물 위로 던지려고 했다. 벽돌을 허리춤까지 들어 올렸을 때 벽돌이 미끄러져 떨어졌다. 다 끝났다. 그녀는 발자국 소리와 사람들의 말소리가 점점 더 멀어져 가는 것을 느꼈다. 낙심한 채 동생 옆에 주저앉아 동생의 희멀건 얼굴을 보았다. 그녀는 동생이 죽었다는 걸 알았다. 동생의 싸늘한 얼굴 위에 손을 놓자 당장 극심한 혐오감이 느껴졌다. 죽음이 동생과 그녀를 갈라놓은 것이다. 동생의 반쯤 뜬 눈에서 쏘아져 나오는 빛은 다른 세계에 속한 것이었다.

그날 밤 엄마는 극도의 두려움에 휩싸여 있었다. 엄마는 자신이 낫자루만 한 굵은 뱀을 보았다고 생각했다. 뱀의 몸은 검은색이고 등에는 누런 얼룩 반점이 드문드문 있었다. 뱀의 머리는 납작해 마치 밥주걱 같았고, 목에는 둥글고 누런 테가 둘려 있었다. 우물 안의 음산한 한기는 뱀의 몸에서 퍼져 나오는 것이었다. 몇 번씩이나 그 뱀이 자신의 몸을 칭칭 감고 있다고 느꼈다. 납작한 뱀은 입안에서 붉은 혀를 날름거리며 스스스 한기를 뿜어내고 있었다.

나중에 엄마는 정말로 두꺼비 위쪽의 우물 벽 동굴 안에서 둔한 동작의 누런 뱀을 보았다. 그 뱀은 동굴 안에서 머리를 내밀고는 머리 양쪽에 붙은 음험하고 고집스럽게 생긴 두 눈으로 멍하니 그녀를 바라보고 있었다. 엄마는 눈을 가리고 있는 힘껏 뒤쪽으로 기댔다. 독사의 감시와 흑두꺼비의 수비하에 놓여 있는 구덩이의 더러운 물을 마시고 싶다는 생각은 다시는 들지 않았다.

4

아버지, 왕광(王光, 남자, 열다섯 살, 체격은 작고 얼굴은 가무잡잡함), 더즈(德治, 남자, 열네 살, 마르고 큰 키, 누런 얼굴에 누런 눈동자), 귀양(郭羊, 남자, 나이는 마흔 남짓, 절름발이로 겨드랑이 밑에 두 개의 목발을 끼고 있음), 장님(이름과 나이는 알 수 없고, 낡은 삼현금을 끌어안고 있음), 류(劉) 씨(마흔 남짓한 나이에 체격은 크고 허벅지에 악성 종기가 나 있음), 대재난 속에서 살아남은 이 여섯 명은 장님 말고는 모두 우리 할아버지를 멍하니 쳐다보고 있었다. 그들은 토담 위에 서 있었고, 갓 떠오른 태양이 짙은 연기와 세찬 불길에 그을어 모습이 변한 그들의 얼굴을 비추고 있었다. 토담 안팎에는 용감하게 저항하다 죽은 사람들과 미친 듯이 공격해왔던 적들의 시체가 낭자하게 널려 있었다. 토담 밖의 흙탕물이 고인 도랑 안에는 수십 구의 퉁퉁 불은 시체와 배가 터진 일본 군마 몇 필이 잠겨 있었다. 마을 곳곳의 담벼락들은 다 허물어졌고 어떤 곳들은 아직도 불에 탄 허연 연기에 휩싸여 있었다. 마을 바깥은 전쟁 통에 짓밟혀 아수라장이 된 수수밭이었다. 탄내와 피비린내가 그날 새벽 냄새의 주조였고, 검은색과 붉은색이 그날 새벽의 주된 색조였고, 슬픔과 장렬함이 그날 새벽의 주된 분위기였다.

눈은 시뻘겋고 머리카락은 거의 다 새하얘진 할아버지는 허리를 구부정하게 구부린 채 부어오른 두 손을 어디다 놓아야 할지 안절부절못하다가 무릎 위에 놓았다.

"여러분……" 할아버지는 목멘 소리로 말했다. "제가 우리 마을 모든 분께 큰 재앙을 가져왔습니다……"

모두가 흐느끼기 시작했다. 장님의 마른 눈자위에서도 반짝이는 눈물방울이 굴러 나왔다.

"위 사령관, 이제 어찌 해야 하는가?" 귀양이 목발에서 윗몸을 곧추세우고는 시커먼 이를 입 밖으로 불쑥 내밀며 할아버지에게 물었다.

"위 사령관, 일본 놈들이 다시 올까요?" 왕광이 물었다.

"위 사령관, 우릴 데리고 달아나소……" 류 씨가 훌쩍대며 말했다.

"달아나? 달아나긴 어디로 달아나?" 장님이 말했다. "당신들은 달아

322

나소. 난 죽어도 여기서 죽을 테니."

장님은 앉아서 낡은 삼현금을 끌어안고는 딩딩당당 연주를 하기 시작했다. 입은 비뚤어지고 볼은 뻐딱한 채 머리는 마치 화랑고(貨朗鼓)*처럼 흔들거렸다.

"여러분, 달아날 순 없습니다." 할아버지가 말했다. "이렇게 많은 사람이 죽었는데 우리가 달아날 순 없습니다. 일본 놈들은 다시 올 겁니다. 시간 있을 때 죽은 자들 몸에서 총알을 걷어, 일본 놈들과 죽기 살기로 싸웁시다!"

아버지는 그들이 들판으로 흩어져 죽은 일본 놈들 몸에서 탄알을 풀어 토담으로 나르는 걸 보았다. 목발을 짚고 있는 귀양, 종기가 난 류 씨도 가까운 곳을 뒤지고 있었다. 장님은 총알 옆에 앉아 충성스러운 보초병처럼 귀 기울여 동정을 살피고 있었다.

오전의 반쯤 지났을 무렵 모두들 토담 위에 모여 우리 할아버지가 무기를 점검하는 걸 지켜보았다. 어제 전투가 날이 어두워질 때까지 계속되는 바람에 일본 놈들이 미처 전쟁터를 말끔히 청소하지 못한 게 확실히 할아버지 쪽에 유리했다.

할아버지 쪽에서는 일본제 38식 덮개총 열일곱 자루와 소가죽 탄약갑 서른네 개, 끝이 뾰족한 구리피 총알 천일곱 개, 체코식의 중국제 79식 보병총 스물네 자루, 누런 탄약 포대 스물네 자루, 79식 보병총 탄알 사백열두 알, 일본제 작은 참외 모양 꽃받침 수류탄 쉰일곱 개와 중국제 나무 자루 수류탄 마흔세 개, 일본제 '자라' 모제르총 한 자루와 탄알 서른아홉 개, 독일제 반자동 권총 한 자루와 총알 일곱 알, 일본 군도 아홉 자

---

* 행상들이 가지고 다니는 북.

루, 일본 권총 일곱 자루와 탄알 2백여 알을 주었다.

　무기를 다 센 뒤 할아버지는 귀양에게 담뱃대를 가져오게 해서 불을 붙이고 한 모금 빨면서 토담 위에 앉았다.

　"아부지, 우리가 부대 하나는 다시 이끌 수 있겠는데요!" 아버지가 말했다.

　할아버지는 쌓아놓은 총과 탄약 들을 쳐다보며 묵묵히 말이 없었다. 담배를 다 빤 뒤에 할아버지는 "자, 다들 무기 하나씩 고르게" 하고 말하고는 자신은 자라 뚜껑 같은 가죽 덮개 속에 든 모제르총을 걸쳐 메고 또 총 끝에 대검을 단 '38'식 덮개총 한 자루를 들었다. 아버지는 독일제 자동 권총을 집었고, 왕광과 더즈는 각각 일본 기병총을 한 자루씩 들었다.

　"권총은 귀양 아저씨께 드려라." 할아버지가 말했다. "그런 총은 싸울 땐 쓸모가 없으니 너도 저 기병총을 한 자루 들고."

　귀양이 말했다. "전 장총을 쓸 테니 권총은 장님에게 줍시다."

　"형수님, 형수님은 밥을 지어서 우릴 좀 먹여주시오. 일본 놈들이 곧 올 겁니다." 할아버지가 류 씨에게 말했다.

　아버지는 38식 덮개총 하나를 골라서 드르륵드르륵 소리를 내며 총의 개폐법과 사용법을 익히고 있었다.

　"조심해. 잘못 만지작거리다 괜히 불내지 말고." 할아버지는 별 생각 없이 아버지에게 주의를 주었다.

　아버지가 말했다. "괜찮아요, 다룰 줄 알아요."

　장님이 낮은 소리로 말했다. "위 사령관, 놈들이 와요, 와요."

　할아버지가 말했다. "다들 빨리 내려와!"

　모두 경사가 완만한 토담 언덕의 쥐똥나무 숲 속에 엎드려 경각심을 가지고 도랑 밖의 수수밭을 주시하고 있었다. 장님은 여전히 총 더미 옆에 앉아 고개를 까딱이며 현을 타고 있었다.

"너도 내려와!" 할아버지가 고함을 질렀다.

장님은 고통스럽게 얼굴을 씰룩이며, 무언가를 씹고 있는 것처럼 입도 움찔거리면서, 마치 억수같이 쏟아지는 비가 낡은 철통을 쉬지 않고 때리면서 끝없이 반복되는 소리를 내는 것처럼, 낡아빠진 삼현금으로 계속 같은 곡조를 반복해서 연주하고 있었다.

도랑 밖에서는 인기척은 없고, 대신 개 수백 마리가 도처에서 수수밭에 널려 있는 시신을 향해 몰려오는 게 보였다. 그들은 바닥에 바싹 붙어서 나는 듯이 달려왔는데, 온갖 색의 털가죽이 햇빛 속에서 춤을 추며 일렁였다. 맨 앞에서 달려오는 건 우리 집의 큰 개 세 마리였다.

움직이기 좋아하는 아버지가 참지 못하고 개 떼를 조준해서 한 방을 쏘았다. '피웅' 하고 한 방이 하늘로 날아가자 멀리 수수밭에서는 한바탕 소동이 일었다.

난생처음 총을 얻은 왕광과 더즈도 흔들리는 수숫대를 겨냥해 파팡하고 총을 쏘았다. 그들이 쏜 총알은 더러는 하늘로 올라가고 더러는 땅으로 떨어지고 도무지 목표가 없었다.

할아버지가 노발대발하며 "총 쏘지 마! 니들 대체 총알을 얼마나 낭비하려는 거야!" 하고 고함을 질렀다. 할아버지는 다리를 치켜 올려, 높이 쳐들고 있는 아버지의 엉덩이를 한 차례 걷어찼다.

수수밭 깊숙한 곳에서 일었던 소동은 차츰 가라앉았고, 이어 우렁찬 목소리가 고함을 질렀다. "총 쏘지 마시오…… 오해 마시오…… 당신들은 어느 부대요……"

할아버지가 고함을 질렀다. "니들 조상님 부대다…… 이 족제비 같은 놈들아!"

할아버지는 38식 덮개총을 앞으로 가지런히 놓은 뒤 고함 소리가 난 방향을 조준해서 파팡 하고 총을 쏘았다.

"친구들…… 오해 마시오…… 우리는 팔로군 자오가오(膠高) 대대…… 항일부대요……" 수수밭에서 그가 다시 고함을 질렀다. "대답을 해주시오…… 당신들은 어느 편인지!"

할아버지가 말했다. "팔로군 유격대 놈들은 만날 저런 짓거리밖에 할 줄 모른다니까."

할아버지는 자신의 병사 몇 명을 데리고 쥐똥나무 숲에서 나와 토담 위에 섰다.

팔로군 자오가오 대대의 80명 남짓한 대원도 수숫대 속에서 허리를 숙이고 빠져나왔다. 그들은 하나같이 남루한 옷차림에 얼굴은 누렇게 뜬 채 두려움에 떨고 있었다. 그 모습이 마치 총소리에 놀란 어린 들짐승들 같았다. 그들은 태반이 빈손이었고, 허리춤에는 나무 자루 수류탄을 두 개씩 감추고 있었다. 앞에서 걸어오는 열댓 명은 저마다 구식 한양제 보총을 받쳐 들고 있었고, 그중에는 사제 총을 받쳐 든 자도 있었다.

아버지는 어제 오후에 이 팔로군 무리를 보았다. 그들은 수수밭 깊숙한 곳에 숨어 마을로 쳐들어오는 일본 놈들을 향해 기습 공격을 했다.

팔로군 부대가 토담 위까지 오더니, 선두에 있는 키가 큰 자가 말했다. "1중대는 보초 경계를 서고! 나머지는 원위치에서 휴식."

팔로군은 토담 위에 앉았다. 잘생긴 청년 하나가 대열 앞으로 나서더니 군용 가방에서 황토색 종잇조각을 꺼내고는 팔을 휘둘러 박자를 맞추면서 노래를 가르쳤다. 바람이 울부짖네…… 잘생긴 청년이 먼저 불렀다…… 바람이 바람이 바람이 울부짖네…… 부대원들도 두서없이 따라 불렀다. ……자, 주목하시고, 제 손을 보면서 같이 부릅시다…… 말이 우네…… 말이 우네…… 황허가 울부짖네, 황허가 울부짖네. 황허가 울부짖네. 황허가 울부짖네…… 허베이(河北)의 수수가 익었다네. 허난과 허베이의 수수가 익었다네. 빽빽이 자란 푸른 수수밭에서 항일 영웅의 투쟁 의지 높아라. 빽빽이 자란 푸른 수수밭에서 항일 영웅의 투쟁 의지 높아라. 총포를 높이 들고, 총포를 높이 들고, 큰 칼 긴 창 휘두르며 고향을 지키고 화베이(華北)를 지키고 온 중국을 지키세……

아버지는 엄청 부러운 듯이 팔로군 병사의 창백한 얼굴 위에 어린 젊음의 기상을 보면서 그들의 노래를 듣고 있다가, 자기도 목이 간질간질해졌다. 문득 할아버지 부대에 있던 런 부관이 생각났다. 그도 젊고 잘생긴 데다 팔을 휘두르며 대열을 지휘하면서 노래도 불렀었다.

아버지와 왕광, 더즈는 총을 든 채 팔로군 쪽으로 다가가 그들이 노래 부르는 걸 보았다. 팔로군은 그들이 메고 있는 참신한 일본제 38식 덮개총과 기병총을 부러운 듯이 쳐다보았다.

자오가오 대대의 대대장은 성이 장(江)으로 키는 무척 큰데 발은 아주 작아서 사람들은 그를 '작은 발 장'이라고 불렀다. 작은 발 장이 열여섯, 열일곱 남짓 되어 보이는 사내아이 하나를 데리고 할아버지 앞으로 걸어왔다.

장 대장은 허리춤에 모제르총을 찔러 넣고 기와색 광목 모자를 쓰고 있었다. 모자챙에는 검은 단추가 두 개 붙어 있었다. 그의 치아는 눈처럼 하얬다. 그는 완전히 베이징 말은 아닌 말투로 "위 사령관, 당신은 영웅이오! 우린 어제 당신이 일본 놈들과 싸우는 영웅적인 전투 장면을 보았소!" 하고 말했다.

장 대장이 한 손을 내밀었지만 할아버지는 냉랭하게 한 번 쳐다보기만 하고는 흥 하고 코웃음을 쳤다.

장 대장은 조금 난처한 표정으로 손을 도로 거두고는 웃으면서 말했다. "저는 중국공산당 빈하이(濱海) 지구 특위의 위임을 받고 위 사령관과 협상을 하러 왔소. 중공 빈하이 지구 특위는 위 사령관이 이 위대한 민족 해방전쟁에서 보여준 민족적 열정과 영웅적 희생정신을 높이 평가하고 있소. 빈하이 지구 특위는 우리 부대가 위 사령관과 연락을 취해 서로 연합하여 공동으로 항일 투쟁을 수행하고 민주연합정부를 건립하도록 지시……"

할아버지가 말했다. "제기랄, 난 네놈들 절대로 믿지 않아. 연합, 연합 좋아하네. 그럼 우리가 일본 놈들 자동차 부대 칠 때 네놈들은 왜 와서 연합하지 않았는데? 일본 놈들이 마을을 포위했을 때는 왜 와서 연합하지 않았냐고? 우리 부대가 다 엎어지고 마을 사람들의 피가 강을 이루고 나니까 이제 와서 연합을 하자고!"

할아버지는 노발대발하며 금빛 보총 탄피를 도랑 속으로 걷어차버렸다. 장님은 아직도 삼현금을 딩-딩-딩 하며 튕기고 있었다. 마치 비가 온 뒤 처마에서 떨어지는 물이 양철판 물통 안으로 떨어지는 소리 같았다.

장 대장은 할아버지에게 욕설을 들어 아주 난처한 지경이 되었지만 그래도 장황하게 자신의 입장을 늘어놓았다. "위 사령관, 당신에 대한 우리 당의 간절한 기대를 저버리지 마시오. 팔로군의 역량에 대해서도 가벼이 생각하지 마시고. 빈하이 지구는 줄곧 국민당 지배하에 있었고, 우리 당은 막 공작을 시작했기 때문에 지금은 인민대중이 우리 군의 존재를 분명하게 알지 못하지만 이런 국면은 오래가지 않을 것이오. 우리의 지도자이신 마오쩌둥께서 벌써 우리에게 분명한 방향을 지시하셨소. 위 사령관, 친구로서 한마디 충고하는데, 중국의 미래는 공산당의 것이오. 우리 팔로군은 의리를 가장 중시하며 절대로 사람을 곤경에 빠뜨리지 않소. 당신

부대와 렁 지대가 매복 전투를 수행한 것에 대해 우리 당은 다 알고 있소. 렁 지대장이 부도덕해서 전리품을 배분하는 데 공정하지 않았던 것도. 우리 팔로군은 한 번도 친구를 곤경에 빠뜨리는 그런 일은 해본 적이 없소. 물론 지금은 우리에게 장비가 부족하지만 우리의 역량은 반드시 투쟁 가운데서 점점 더 강대해질 것이오. 우리는 진심으로 인민대중을 위해 일하고, 정말로 일본군과 싸우는 것이오. 위 사령관 당신도 보지 않았소. 우린 어제 요 낡은 총 몇 자루만으로 빽빽한 수수밭에서 적군과 하루 동안 교전을 벌이다가 동지 여섯 명을 잃었소. 하지만 모수이 강 전투에서 대량으로 총포와 탄약을 얻은 저쪽 사람들은 가만히 한쪽 산 위에 앉아서 호랑이들이 싸우는 걸 구경만 하고 앉았다가 어부지리를 얻은 게 아니요. 마을 사람 수백 명이 참담하게 학살된 것에 대해 그들은 큰 죄를 지은 것이오. 둘을 비교해보면 위 사령관, 아직도 잘 모르겠소?"

할아버지가 말했다. "그냥, 탁 까놓고 속 시원히 말해보시오, 내게 원하는 게 뭐요?"

장 대장이 말했다. "우리는 위 사령관이 팔로군에 가입해서 공산당의 지도하에 영웅적인 항전을 수행해주길 바라오."

할아버지가 코웃음을 치며 말했다. "나더러 당신네 지시를 받으라고?"

장 대장이 말했다. "당신은 우리 자오가오 대대의 지도 공작에도 참여할 수 있소."

"나한테 무슨 벼슬을 줄 건데?"

"부대 대장!"

"나한테 당신 지시를 받으라고?"

"우린 다 공산당 빈하이 지구 특위의 지시를 받고, 마오쩌둥 동지의 지도를 받소."

"마오쩌둥? 이 몸은 그런 사람 모르고! 이 몸은 누구의 지시도 받지 않아!"

"위 사령관, 세상 사람들이 '당면한 정세를 정확하게 판단하는 자가 영웅'이고, '좋은 새는 나무를 골라 둥지를 틀며, 영웅은 주인을 가려서 섬긴다'고 했소. 마오쩌둥은 지금 시대의 절세의 영웅이니 기회를 놓치지 마시오!"

"당신이 아직 하지 않은 말이 있지!" 할아버지가 말하자 장 대장은 솔직하게 웃으며 말했다.

"위 사령관, 당신에게는 어떤 것도 속일 수가 없군요. 보시오, 우리 부대는 혈기 왕성한 사내들뿐이요. 하지만 모두 적수공권이니, 이 무기와 탄약들을……"

위 사령관이 말했다. "말도 안 되는 그런 생각은 집어치우고!"

"우린 잠시 빌리기만 하려는 것이요, 위 사령관이 새로운 부대를 이끌고 오면 숫자대로 돌려드리겠소."

"흥, 나 위잔아오를 세 살짜리 어린애로 아나?"

"아니오, 위 사령관. 국가의 흥망은 필부에게도 책임이 있는 법, 항일구국의 전투에는 사람이면 사람, 총이면 총, 있는 대로 다 내놓아야 하는 것인데 이 총과 탄알들을 여기서 그냥 잠이나 자게 한다면 당신은 민족의 죄인이 될 것이요."

"쓸데없는 소리 집어치우고, 이 몸은 당신 일에 개의치 않을 테니, 배짱 있으면 일본 놈들한테 가서 직접 뺏어 가시오!"

"어제 우리 부대도 전투에 참가했소!"

"당신들이 폭죽을 몇 줄이나 터뜨렸더라?" 할아버지가 빈정거리며 말했다.

"총도 쏘고 수류탄도 던지고 동지를 여섯 명이나 잃었소! 우리에게도 최소한 무기 절반은 주어야 하오!"

"모수이 강 다리 전투에서 우리 부대는 전부 몰살당했고, 건진 건 망가진 기관총 하나뿐이외다!"

"그건 국민당 부대였소!"

"당신네 공산당 부대도 똑같이 총만 보면 눈이 벌게지지 않소? 지금부터는 어느 누구도 이 몸 속일 생각 마시오."

"위 사령관, 정말로 잘 생각해보시오!" 장 대장이 말했다. "우린 정말로 성심성의껏 도움을 주려는 것이요!"

"어째, 한번 붙어봐야겠소?" 할아버지가 손을 자라 모제르총의 덮개 위에 놓으며 음산한 어조로 말했다.

장 대장은 다시 기세를 꺾고 웃으며 말했다. "위 사령관, 오해요. 우리 팔로군은 절대로 친구 밥그릇에서 밥을 뺏어 먹지 않소. 우린 거래가 성사되지 않아도 의리는 지키오."

장 대장이 대열 앞으로 걸어가 말했다. "전장을 청소하고, 마을 사람들의 시신을 묻고, 조심해서 탄피를 줍는다."

자오가오 대대의 대원들이 수수밭으로 탄피를 주우러 흩어졌다. 시신을 묻는 과정에서 미친 개 떼와 살아 있는 사람 사이에 쟁탈전이 벌어져 무수히 많은 시신이 너덜너덜하게 찢겼다.

장 대장이 말했다. "위 사령관, 우리 형편이 무척 어렵소. 우린 총도 없고 총알도 없소. 우리가 주운 탄피를 특구의 병기창으로 보내면 그게 새 총알로 바뀌어 돌아오는데, 열이면 다섯은 터지질 않소. 국민당 저 강도 집단은 우리를 계속 밀어붙이고 괴뢰군은 우리를 섬멸시키려고 난리요. 위 사령관, 어쨌든 간에 이 무기의 일부는 우리에게 나눠주어야 하오. 당신이 우리 팔로군을 우습게 봐서는 안 되오."

할아버지는 수수밭에서 시체를 수습하고 있는 팔로군 대원들을 보면서 말했다. "군도랑, 79 보병총이랑, 나무 자루 수류탄은 당신네 것이오."

장 대장은 할아버지의 손을 꼭 잡으며 큰 소리로 말했다. "위 사령관, 당신은 진짜 의리가 있는 친구요!…… 나무 자루 수류탄은 우리도 만들 수 있소. 이렇게 합시다. 위 사령관, 우린 수류탄은 필요 없으니, 그 38식 총만 몇 자루 주시오."

위 사령관이 말했다. "안 돼."

"다섯 자루만."

"안 돼!"

"세 자루만. 좋소, 그럼 세 자루만."

"안 된다니까!"

"두 자루만. 두 자룬 어쨌든 괜찮겠지?"

"제기랄," 할아버지가 말했다. "당신네 팔로군 유격대들은 가축 장사랑 똑같구먼."

"1중대장, 총 가지러 몇 사람 보내게."

"천천히." 할아버지가 말했다. "당신들은 좀 떨어져서 서고!"

할아버지는 직접 체코식 79 보병총 스물네 자루와 광목으로 된 총알 자루를 분리해내고는 한참을 머뭇거리더니 다시 38식 덮개총 한 자루를 던져 넣었다.

할아버지가 말했다. "됐소. 군도는 당신들에게 주지 않겠소."

장 대장이 말했다. "위 사령관, 당신 입으로 우리에게 38식 총 두 자루를 준다고 하잖았소?"

332

할아버지가 눈을 붉히면서 말했다. "더 이상 치근덕대면 한 자루도 없어!"

장 대장이 손을 내저으면서 말했다. "좋소, 좋소. 화내지 마시오! 화내지 마!"

총을 얻은 팔로군 대원들의 얼굴에 희색이 만면했다. 자오가오 대대의 대원들은 전투 장소를 말끔히 치우는 과정에서 다시 보병총 몇 자루를 더 주웠고, 할아버지가 버린 '자동' 모제르총이랑 아버지가 버린 '브라우닝'총도 주웠다. 부대원들의 주머니는 모두 누런 구리 탄피로 가득 채워져 있었다. 키가 작고 가무잡잡한 젊은이 하나가—그는 토끼 입을 하고 있었는데—박격포 통 두 대를 끌어안고 와서 우물거리며 말했다. "장 대장님, 제가 대포 두 대를 주웠습니다!"

장 대장이 말했다. "동지들, 서둘러 시신을 묻고 철수할 준비를 하자. 일본 놈들이 시신을 가지러 올 공산이 크니, 만약 칠 수 있으면 그때 놈들을 한 번 더 치자. 야, 검은 토끼, 넌 박격포 통 잘 들고 가서 병기창으로 보내 수리하게 하고."

자오가오 대대가 토담 위에 집합해서 막 철수 준비를 하고 있을 때 마을 동쪽 어귀의 흙길 위로 자전거 20여 대가 질주해왔다. 바퀴의 테두리는 반짝반짝 빛나고 바퀴살에서는 빛이 번쩍였다. 장 대장이 명령을 내리자 대열은 토담 양쪽으로 흩어져 잠복했다. 자전거를 타고 온 무리는 자전거를 몰고 토담 위로 올라오더니 목에 힘을 주고 건들대면서 할아버지 앞까지 자전거를 타고 왔다. 그들은 회색 일색의 복장을 하고 발목에 각반을 치고 헝겊신을 신고 있었다. 각이 진 모자 위에는 자동차의 바퀴처럼 생긴 하얀 태양이 박혀 있었다.

렁 지대장의 자전거 부대였다. 자전거에 탄 사람들은 모두 권총을 다룰 줄 알았고 다들 뛰어난 사격수였다. 들리는 바에 따르면 곰보 렁은 자전거 모는 솜씨가 무척 뛰어나 한쪽 철로만 따라서도 5리는 너끈히 갈 수 있다고 했다.

장 대장이 한 번 고함을 지르자 자오가오 대대의 전체 대원이 숲 속에서 나와 종대로 배열하고는 할아버지 뒤에 섰다.

그러자 렁 지대장의 자전거 대원들은 황망히 자전거에서 뛰어내리더니 자전거를 밀고 와서 토담 위에 자전거를 세웠다. 권총수 한 무리가 앞으로 걸어 나와 렁 지대장을 에워쌌다.

할아버지는 곰보 렁을 보더니 손을 뻗어 권총 자루를 꽉 쥐었다.

장 대장은 뒤에서 할아버지를 툭 치며 말했다. "위 사령관, 침착하시오, 침착."

렁 지대장은 만면에 웃음을 띠고 장갑도 벗지 않은 채로 손을 내밀어 장 대장에게 악수를 청했다. 장 대장도 만면에 웃음을 띠고 있었다. 렁 지대장과 악수를 마친 뒤 장 대장은 손을 바지춤으로 깊숙이 찔러 넣더니 살진 회색 이 한 마리를 꺼내 힘껏 도랑 속으로 던져 넣었다.

렁 지대장이 말했다. "귀 부대의 소식은 훤히 들어 알고 있소!"

장 대장이 말했다. "우리 부대는 어제 오후 이곳에서 적군과 교전을 벌였소."

"분명 눈부신 전과를 거두었겠지?" 렁 지대장이 물었다.

"우리 부대는 위 사령관의 부대와 협력해 일본군 스물여섯 명, 괴뢰군 서른여섯 명, 전마 아홉 필을 죽였소." 장 대장이 말했다. "어제 귀 군의 정예부대와 맹장께서는 어느 곳에서 유격전을 펼치셨는지?"

"어제 우린 핑두(平度) 성을 교란시켜 일본 놈들이 황망히 철수하게 했소. 그게 바로 '위(魏)나라를 포위해 조(趙)나라를 구하는 전략*이 아니겠소, 장 대장?"

"곰보 링, 니미 씨팔놈의 새끼." 할아버지가 입을 열고 쌍욕을 해댔다. "눈깔 똑바로 뜨고 네놈이 구한 조나라가 어떤 꼴인지 봐라! 마을 사람들이 다 여기 있다, 이 새끼야!"

할아버지는 토담 위의 장님과 절름발이를 가리켰다.

링 지대장의 창백한 곰보 자국이 붉게 부풀어 올랐다. "우리 부대는 어제 핑두 성에서 피를 바가지로 뒤집어쓰고 싸워 최대의 희생을 치렀으니 양심에 부끄러울 게 없소."

장 대장이 말했다. "귀 군은 적군이 마을로 침공해 온다는 걸 미리 알고서도 왜 도우러 오지 않았소? 대체 무슨 이유로 하필이면 가까이에 있는 건 내팽개치고 멀리 있는 걸 구한답시고 백 리 밖에 떨어져 있는 핑두 성에 가서 소란을 피운 것이요? 게다가 귀 군은 오토바이 부대도 아닌데, 핑두 성에 있는 부대를 교란시키러 갔다면 아무리 빨리 행군했어도 아직 철수 중이어야 할 터인데, 게다가 보아하니 링 지대장은 아주 정신이 말짱하고 몸에도 어디 먼지 하나 묻은 데가 없는데, 이 큰 전투에서 당신이 대체 무슨 지휘를 했다는 거요?"

링 지대장은 귀까지 시뻘게진 채 말했다. "장가, 난 네놈이랑 말싸움할 생각 없다! 네가 왜 왔는지는 내가 알고, 내가 왜 왔는지는 너도 알 거다."

장 대장이 말했다. "링 지대장, 내 생각에 귀 군이 어제 현성을 공격

---

* 圍魏救趙之計: 중국고대병법인 36계(計) 중의 하나로 전국(戰國)시기 제(齊)나라가 위(魏)나라를 포위 공격하여 조(趙)나라를 치려던 위나라를 철수하게 만들어서 조나라를 구한 전략. 후에는 적의 후방 거점을 공격해서 공격하려던 적을 후퇴하게 만드는 전략을 일컫는다.

한 건 커다란 지휘 착오요. 만약 내가 귀 부대를 지휘했다면, 나는 설령 마을의 포위를 풀진 못했더라도, 부대를 큰길 양쪽 옛 묘 터에 매복시키고, 무덤 쪽에다 귀 부대가 모수이 강 매복전에서 노략해온 기관총 여덟 자루를 설치하고 일본 놈들에게 매복 공격을 가했을 거요. 일본 놈들은 종일 격전을 치렀기 때문에 사람도 말도 다 지쳐 있었고 총알도 거의 다 쓴데다 지형에도 익숙지 않았소. 게다가 날까지 어두워져서 그들은 밝은 곳에 있고 당신들은 어두운 곳에 있었는데 만약 귀 부대의 그 여덟 자루 기관총이 일제히 사격을 가하기만 했다면 이 적들이 대체 어디로 도망갈 수 있었겠소? 그렇게만 했다면 첫째는 민족을 위해 큰 공을 세웠을 거고, 둘째는 귀 부대를 위해 큰 이익을 도모할 수 있었을 것이오. 그랬다면 렁 지대장은 모수이 강 매복전에서 얻은 영광 위에 큰길 유격전에서 세운 공까지 더해져 얼마나 그 업적이 휘황찬란하게 되었겠소! 유감스럽소이다, 렁 지대장. 가만히 앉아서 그런 기회를 놓치다니! 큰 이익을 도모한 것도 아니고, 큰 공을 세운 것도 아니고 여기에서 그저 고아나 과부랑 싸워서 파리 대가리만 한 작은 이익을 탐하는 일이나 하다니, 이 장 모가 본래 부끄러움을 모르는 사람인데도 렁 지대장을 생각하면 얼굴이 붉어지는구려!"

렁 지대장은 온통 얼굴이 벌게진 채 말문이 막혀 있다가 "이 장가 놈…… 네놈이 이 몸을 비웃다니…… 이 몸이 대전을 치르는 걸 한번 봐야……"하고 말했다.

장 대장이 말했다. "그땐 우리도 분명 목숨을 걸고 서로 도와야 할 거요!"

렁 지대장이 말했다. "네놈 도움 필요 없다. 이 몸 혼자 싸울 거니까."

장 대장이 말했다. "심히 감탄스럽소. 감탄스러워!"

렁 지대장이 자전거를 타고 돌아가려고 하자 할아버지가 앞으로 나와 그의 가슴팍을 움켜잡고는 살기등등하게 말했다. "이 렁가 놈아, 일본 놈 다 때려 부수고 나서 우리 둘이 결판을 내자!"

렁 지대장이 말했다. "이 렁은 네놈 겁 안 난다!"

렁 지대장은 자전거에 올라타 연기처럼 가버렸다. 스무 명 남짓한 보호병이 그에게 바짝 따라붙어 다들 개한테 쫓기는 토끼처럼 재빨리 자전거를 타고 달아나버렸다.

장 대장이 말했다. "위 사령관, 팔로군은 영원히 당신의 충실한 친구일 거요."

장 대장이 할아버지에게 손을 내밀었고, 할아버지는 어색하게 악수를 받아들였다. 할아버지는 장 대장의 그 큰 손이 딱딱하면서도 따뜻하다고 생각했다.

5

46년 뒤, 할아버지와 아버지, 어머니가 우리 집의 검둥이, 홍구, 초록이가 이끄는 개 떼와 영웅적인 투쟁을 벌였던 그곳. 공산당원과 국민당원, 보통 백성들과 일본 군인들, 괴뢰군들의 백골이 한데 묻혀 있는 '천인묘(千人墓)'에서 한바탕 번개 비가 쏟아지고 번개가 무덤 꼭대기를 쳐서 쪼개놓는 바람에 썩은 유골들이 수십 미터나 사방으로 내던져지는 사건이 일어났다. 흩어진 유골들은 모두 빗방울에 말끔하게 씻겨 아주 엄숙한 하얀색으로 바뀌었다. 그때 마침 나는 집에서 여름 휴가를 보내고 있다가 '천인묘'가 쪼개졌다는 소식을 듣고는 황망히 달려가보았다. 집에서 기르던 푸른색 강아지가 내 뒤를 따랐고, 하늘에는 여전히 보슬비가 부슬부슬 내리고 있었다. 푸른색 강아지는 내 앞으로 달려가더니 튼실한 발톱으로 웅덩이마다 고인 탁한 빗물을 밟으며 철퍽 소리를 냈다. 우리는 당장 번개의 강한 충격으로 내던져진 뼈다귀들과 마주쳤다. 강아지는 코를 갖다 대고 냄새를 맡아보더니 전혀 흥미가 없다는 듯이 고개를 내저었다.

쪼개진 커다란 묘 주위로 사람들이 몰려와 서 있었다. 저마다의 얼굴에는 공포의 기색이 역력했다. 나는 에워싼 사람들을 뚫고 들어가 무덤 속의 뼈다귀들, 다시 하늘을 볼 수 있게 된 유골들을 보았다. 그들 중 누가 공산당원이고 누가 국민당원이고 누가 일본 병사이고 누가 괴뢰군이고 누가 일반 백성인지는 성(省)위원회 서기라도 구분할 수가 없을 것 같았다. 모든 두개골이 다 한 가지 형상으로 빽빽하게 구덩이 속을 채운 채 모두 다 평등하게 같은 빗물에 젖고 있었다. 드문드문 처량하게 떨어지는 빗방울이 회백색 유골을 두드리면서 독하고 모진 소리를 냈다. 고개를 쳐들고 드러누운 유골 안에 모두 빗물이 가득 찼다. 유골 속에 든 맑고 차가운 빗물이 마치 저장고에서 몇 년 묵힌 고량주 같았다.

마을 사람들은 여기저기로 날아간 유골들을 주워와서 무덤 속의 유골 더미 위로 도로 던져 넣었다. 나는 눈앞이 어지러웠다. 정신을 가다듬고 다시 보니 무덤 속에는 수십 종의 개 두개골이 있었다. 더 나중에 안 건, 사람의 유골과 개의 유골이 거의 구분이 되지 않는다는 사실이다. 무덤 속에서는 둘 다 오직 짧고 희미한 하얀빛일 뿐이다. 그 순간 무슨 비밀스러운 언어처럼 내 영혼을 흔들어놓는 어떤 진실이 내게 전해져 왔다. 영광스러운 인간의 역사 속에는 개에 관한 너무나 많은 전설과 기억 들이 한데 섞여 있고, 개의 역사와 인간의 역사는 한데 얽혀 짜여 있다는 진실이. 나도 유골 줍는 일에 참여했다. 위생을 고려해 하얀 장갑을 꼈지만 마을 사람들이 모두 분노에 찬 시선으로 내 손을 바라보는 바람에 나는

338

급히 장갑을 벗어 바지 주머니에 넣었다. 나는 유골을 줍는 대열에서 가장 멀리 떨어져 있는, 큰 묘에서 백 미터쯤 떨어진 수수밭 주변까지 왔다. 그곳에는 빗방울이 가득 달려 있는 키 작은 초록색 풀들 속에 깨진 반원형의 두개골이 누워 있었다. 평평하고 넓은 이마는 죽은 사람이 결코 예사로운 존재가 아니라는 걸 말해주었다. 나는 손가락 세 개로 그 두개골을 집어 든 채 휘청거리며 돌아왔다. 저쪽 풀숲 속에서도 희미한 하얀빛 한 줄기가 비쳐왔다. 이번에는 좁고 긴 두개골이었다. 벌린 입안에 남아 있는 날카로운 이빨 몇 개가 그건 주울 필요가 없는 것이라는 걸 당장 깨닫게 해주었다. 그건 내 뒤를 따라온 푸른색 강아지와 같은 종류의 것이었다. 어쩌면 이리였을지도 모르고, 이리와 개의 교접으로 생겨난 것인지도 모른다. 하지만 그것 역시 폭발의 충격으로 뒤집혀 나온 것이라는 사실만은 분명했다. 거기에 묻어 있는 흙 부스러기와 말끔하게 씻겨 하야말갛게 된 색이, 그것이 큰 묘 안에 수십 년 동안 안장되어 있었다는 사실을 말해주었다. 나는 결국 그것도 들어 올렸다. 마을 사람들은 죽은 자의 유골을 조금의 미련도 없이 묘혈 속으로 던져 넣었고, 유골들은 서로 부딪쳐 부러지고 부서졌다. 나는 그 반쪽짜리 두개골은 던져 넣고, 커다란 개의 뼈는 들고 선 채 망설이고 있었다. 그때 한 노인이 말했다. 던져버려. 그때 개는 사람보다 못하지 않았어. 나는 개의 뼈를 벌어진 무덤 속으로 던져 넣었다. 다시 복원된 '천인묘'는 쪼개지기 전과 똑같았다. 엄마는 놀란 혼백들을 위로하기 위해 제사에 쓰는 누런 종이를 무덤 앞에서 태웠다.

나는 무덤 공사 일에 참여했고, 어머니를 따라 무덤에 있는 천여 구의 유골을 향해 공손하게 세 번 고두(叩頭)*를 행했다.

---

* 무릎을 꿇고 두 손을 바닥에 짚은 다음 이마를 땅에 조아려 절하는 것이다.

엄마가 말했다. "46년이 됐네. 그때 난 열다섯 살이었지."

6

그때 난 열다섯이었지. 일본 사람들이 마을을 포위했고, 네 외할아버지와 외할머니는 나와 네 어린 삼촌을 마른 우물 속에 떨어뜨려놓고는 다시는 그림자도 보이지 않았어. 나중에야 알았지. 두 분이 그날 아침에 돌아가셨다는 걸……

내가 대체 며칠을 우물 속에 쪼그리고 앉아 있었던 건지 몰라. 네 어린 삼촌이 죽고 시체에서는 냄새가 났지. 혹두꺼비랑, 목이 누런 독사가 낮부터 밤까지 종일 나를 지켜보고 있어서 난 무서워 곧 죽을 것만 같았고. 그때 난 분명히 우물 안에서 죽겠구나 하고 생각했지. 나중에 네 아버지와 할아버지랑 동네 사람들이 와서……

할아버지는 38식 덮개총 열다섯 자루를 기름종이에 싸서 끈으로 묶은 뒤 우물가로 메고 갔다. 할아버지가 말했다. "더우관, 한번 둘러봐라. 누가 있나."

할아버지는 렁 지대와 자오가오 대대가 여전히 이 총들에 관심을 가지고 있다는 걸 알고 있었다. 어젯밤에 할아버지랑 사람들이 토담 아래 임시 막사 안에서 막 잠이 들 무렵 장님은 막사 입구에 앉아 주변 동정에 귀를 기울이고 있었는데, 한밤중에 토담의 완만한 언덕 위 쥐똥나무 숲에서 무언가 부딪치며 덜그럭거리는 소리가 들려왔다. 그 뒤에 다시 막사 쪽으로 다가오는 조그만 발자국 소리가 들렸는데, 장님은 그 소리가 하나는 담이 크고 하나는 담이 작은 두 사람의 발자국 소리라는 걸 분간할 수 있었다. 두 사람의 숨소리를 들으며 장님은 독일제 자동 권총을 꽉 쥔 채 큰 소리로 "거기 서!" 하고 고함을 질렀다. 그러자 둘이 당황해서 바닥에 엎드렸다가 뒤로 물러나 기어서 꽁무니를 빼는 소리가 들렸다. 장님은 방향을 어림잡아서 방아쇠를 당겼다. 총알이 팽 하고 날아갔고, 장님은 두 사람이 굴러서 토담가로 물러났다가 쥐똥나무 수풀 속으로 숨어드는 소리를 들었다. 소리가 나는 쪽을 향해 그가 다시 한 방을 쏘자 누군가가 비명을 질렀고, 할아버지와 사람들은 총소리에 놀라 깨서 총을 들고 뒤쫓았다. 검은 그림자 두 개가 도랑을 뛰어넘어 수수밭으로 숨어들어가는 게 보였다.

"아부지, 아무도 없어요." 아버지가 말했다.

"이 우물 잘 기억해둬라." 할아버지가 말했다.

"기억해요. 이건 첸얼네 우물이에요." 아버지가 말했다.

"만약 내가 죽으면 총을 꺼내 그걸 들고 찾아가 선물로 내놓고 팔로군에 투항해라. 그쪽 놈들이 렁 지대 놈들보단 좀 나으니." 할아버지가 말했다.

"아부지, 우린 누구한테도 투항하지 않아요. 우리 스스로 대오를 이끌 거예요! 우리에겐 기관총도 있잖아요." 아버지가 말했다.

할아버지가 쓴웃음을 지으며 말했다. "아들아, 쉽지 않을 거다! 아비는 이제 너무 지쳤다."

아버지가 낡은 도르래 끈을 당겨 올렸다. 할아버지는 끈 머리를 붙잡고 거기에 총 허리를 묶었다.

"마른 우물인가?" 할아버지가 물었다.

"네. 저랑 왕광이 숨바꼭질하러 내려간 적이 있어요." 아버지가 이렇게 말하면서 우물 입구로 몸을 밀어 넣었다. 어두컴컴한 우물 속에 둥그렇고 시커먼 그림자 두 개가 보였다.

"아부지, 우물 안에 누가 있어요!" 아버지가 소리를 질렀다.

아버지와 할아버지는 우물 턱에 무릎을 꿇고 앉아 애써 어둠 속을 살폈다.

"첸얼이에요!" 아버지가 소리쳤다.

"잘 봐라. 아직 살아 있냐?" 할아버지가 말했다.

"아직 할딱할딱 숨을 쉬고 있는 것 같아요. ……길고 커다란 벌레 하나가 첸얼 곁에서 똬리를 틀고 앉아 있고…… 동생 안쯔도 있어요……" 아버지가 말했다. 아버지의 목소리가 우물 안에서 메아리쳤다.

"너 내려갈 수 있겠냐?" 할아버지가 물었다.

"내려갈게요, 아부지. 전 첸얼이랑 아주 친해요!" 아버지가 말했다.

"뱀 조심해라."

"뱀 무섭지 않아요."

할아버지는 도르래 끈을 총에서 풀어 아버지의 허리에 메고 아버지를 우물 속으로 내려보냈다. 할아버지가 도르래 손잡이를 누르자 끈이 천천히 미끄러져 내려갔다.

"조심해." 아버지는 할아버지가 우물 위에서 소리 지르는 걸 들었다. 아버지는 높은 벽돌 하나를 찾아 발을 딛고 똑바로 섰다. 그 검은 얼룩 뱀이 갑자기 고개를 쳐들더니 갈라진 혀를 날렵하게 내밀며 아버지를 향해 냉기를 뿜었다. 아버지는 모수이 강에서 물고기와 게를 잡을 때 한 손으로 뱀 잡는 요령을 익혀놓았다. 뱀 고기까지 먹어본 적이 있다. 뤄한 큰할아버지와 마른 소똥에 구워서 먹었다. 뤄한 큰할아버지는 뱀 고기가 문둥병을 고칠 수 있다고 했다. 뱀 고기를 먹고 난 뒤에 아버지와 뤄한 큰할아버지는 둘 다 온몸이 바짝 마르고 열이 오르는 걸 느꼈었다. 아버지는 꼼짝 않고 서서 얼룩 뱀이 고개를 숙이기를 기다렸다가 손을 뻗어 뱀의 꼬리를 확 잡아당겨서는 힘껏 흔들어댔다. 뱀의 몸에 있는 골절들이 뿌득거리는 소리를 냈다. 아버지는 다시 뱀의 목덜미를 확 잡아 힘껏 두 번을 비틀고 난 뒤 큰 소리로 할아버지를 불렀다. "아부지, 던질게요."

할아버지는 옆으로 몸을 기울였다. 반쯤 죽은 뱀 한 마리가 무슨 고깃덩어리처럼 날아올라와 우물 입구 옆 빈터에 널브러졌다. 할아버지는 등골이 오싹한 채 한마디 나무랐다. "이 자라 새끼, 도적놈처럼 간덩이는 커가지고!"

아버지는 엄마를 부축해서 일으키며 고함을 질렀다. "첸얼! 첸얼! 나 더우관이야. 널 구하러 왔어!"

할아버지는 조심스럽게 도르래를 당겨 엄마를 우물 밖으로 끌어내고 어린 삼촌의 시체도 끌어올렸다.

"아부지, 총 내려요!" 아버지가 말했다.

"더우관, 넌 비켜서라." 할아버지가 말했다.

도르래 끈이 직직 소리를 내며 달달달 내려왔고 묶은 총 다발이 우물 바닥으로 떨어졌다. 아버지는 끈을 풀어 자기 허리에 묶었다.

"내려요, 아부지." 아버지가 말했다.

"끈 잘 묶었냐?" 할아버지가 물었다.

"잘 묶었어요."

"제대로 꽉 묶어. 대충하지 말고."

"올리라니까요, 아부지."

"풀리지 않게 잘 묶은 거냐?"

"아부지, 왜 그래요? 첸얼도 내가 묶어서 올려 보냈는데?"

아버지와 할아버지는 바닥에 누워 있는 첸얼을 보았다. 얼굴 가죽은 뼈에 달라붙어 있고 눈자위는 쑥 들어가고 잇몸은 툭 튀어나오고 머리카락은 마치 하얀 가루를 한 겹 뒤집어쓴 것 같았다. 첸얼의 동생은 손톱 색이 시퍼렜다.

7

엄마는 류씨 아줌마의 정성 어린 보살핌 덕분에 차츰차츰 원기를 회복했다. 엄마와 우리 아버지는 본래 친한 친구였던 데다 우물 밑에서 구해준 인연까지 더해져 더더욱 남매처럼 가까워졌다. 할아버지는 장티푸스를 한차례 앓아 거의 목숨을 잃을 지경까지 갔었다. 하지만 나중에 할아버지가 혼미한 상태에서 수수밥 냄새가 난다고 하자, 아버지와 집안사람들이 당장 수수를 모아오고 류씨 아줌마가 수수밥을 푹 익혀 할아버지 면전에 대령했고, 할아버지는 그 수수밥 한 그릇을 다 먹어치우고 난 뒤 콧속의 혈관이 터져 검은 코피를 엄청 많이 쏟아내고 나서는 다시 식욕을 되찾고 몸도 천천히 회복되었다. 10월 중순 무렵 할아버지는 지팡이를 짚고 천천히 토담 위까지 걸어가서 만추의 따뜻한 햇빛을 쪼일 만큼 회복되었다.

이 기간에 곰보 렁의 지대와 작은 발 장의 부대 사이에는 왕간(王干) 둑에서 한 차례 충돌이 있었고 양쪽 다 손실이 컸다는 이야기가 들려왔지만, 할아버지는 자기 목숨이 오락가락하는 처지였기 때문에 다른 일에는 일체 신경 쓸 여유가 없었다.

아버지와 사람들은 마을에 임시 거처를 몇 군데 만들고 폐허 속에서 가구들을 찾아내고, 또 밭에서 겨울 한철은 충분히 날 만큼의 수수쌀도 모아들였다. 8월부터 시작해서 계속 내린 가을비로 수수밭의 검은 흙은 진흙이 되었고, 수숫대의 반은 빗물에 잠겨 썩어 문드러진 채 땅바닥에 쓰러져 있었다. 떨어진 수수알들은 모두 뿌리를 내려 싹이 났고 수수 이삭에 달린 쌀알들에서도 다 싹이 났다. 낡아빠진 푸르스름한 잿빛과 검붉은색 사이를 비집고 연한 새순들이 삐져나온 것이다. 수수 이삭은 덥수룩한 여우 꼬리처럼 치켜 올라가 있거나 고개를 푹 떨어뜨리고 있거나 했다. 물기를 잔뜩 머금은 시커먼 납빛 구름이 수수밭 위 하늘로 미끄러지듯이 지나가자 수수밭에는 어슴푸레한 검은 그림자가 한 무더기씩 미끄러지듯이 지나갔다. 딱딱한 우박이 수숫대를 후드득후드득하며 때리는 소리가 났고, 까마귀 한 무리는 축축한 날개를 힘겹게 퍼덕이며 마을 앞의 움푹 팬 습지 위를 빙빙 돌고 있었다. 햇빛이 금처럼 소중한 때였다. 움푹한 습지 안에는 때론 조금 얇게, 때론 조금 두껍게 종일토록 끈적한 안개가 덮여 있었다.

할아버지가 병으로 쓰러져 있는 동안에 아버지는 왕광, 더즈, 절름발이, 장님, 첸얼을 이끌고 대신 대장 노릇을 하며 총을 들고 총알을 짊어지고 웅덩이로 와서는 시체 먹는 개들과 참혹한 전투를 벌였다. 나중의 아버지의 총 솜씨는 바로 이때 개를 잡는 전투 속에서 단련된 것이었다.

할아버지가 간혹 힘없이 "애야, 너 뭘 하려는 게냐?" 하고 몇 마디 물으면 아버지는 양미간에 험악한 살기를 모으고 잔뜩 찌푸린 채 "아부지, 우리 개 잡는 거예요!" 하고 말했다.

할아버지가 "잡지 않아도 돼"라고 하면 "안 돼요. 이런 개들한테 사람을 먹게 할 순 없어요" 하고 대답했다.

웅덩이 안에는 시체가 천 구 정도 쌓여 있었다. 팔로군이 그날 한 일은 고작 시체들을 대충 한데 모아 한 무더기로 만들어놓은 것뿐이었다.

제대로 묻는 건 생각할 수도 없어서 대충대충 흙이나 좀 덮어놓았던 시체들은 부슬부슬 내리는 가을비에 흙들이 다 씻겨 내려가거나 개들에 의해 다 파헤쳐진 상태였다. 느리지도 급하지도 않게, 멈췄다 내렸다 하면서 내리는 가을비가 시체를 퉁퉁 불려놓아 웅덩이에서는 점점 더 지독한 악취가 퍼져 나왔다. 까마귀와 미친개들이 기회만 있으면 시체 더미로 돌진해와 가슴을 파헤치고 배를 찢어 흔들어놓는 통에 시체 냄새는 더욱더 널리 퍼져 나가며 흉용하게 진동했다.

개 떼가 가장 극성을 부리던 때는, 그 수가 대략 5백 마리에서 7백 마리까지도 되었다. 개 떼를 이끄는 세 두목은 우리 집의 홍구와 초록이, 검둥이였고, 개 떼의 기본 역량은 우리 마을 개들로 채워져 있었다. 그들의 주인은 대부분 다 웅덩이에 누워 악취를 풍기는 신세가 되었다. 그냥 왔다 갔다 하면서 반 미친 상태에 놓여 있는 개들은 이웃 마을에 사는, 집이 있는 개들이었다.

대열은 아버지와 엄마가 한 조, 왕광과 더즈가 한 조, 절름발이와 장님이 한 조로 조를 짜서 웅덩이를 세 방향으로 나누어 맡은 뒤, 그들이 삽으로 파내어 만든 대피소 안에 엎드린 채 수수밭 쪽에서 뻗어 나온, 개들이 발톱으로 할퀴어 만들어놓은 작은 세 갈래 길을 주시하고 있었다. 아버지는 '38식 덮개총'을, 엄마는 기병총을 끌어안고 있었다. "더우관, 난 어째서 내내 못 맞히는 거지?" 엄마가 물었다. "조급해하지 말고 천천히 겨냥해서 천천히 방아쇠를 당기면 못 맞힐 거 없어." 아버지가 말했다.

아버지와 엄마가 감시하고 있는 길 입구는 동남쪽 방향에서 올라오는 길인데, 폭이 두 척 남짓한 구불구불한 작은 길이 희뿌옇게 보였다. 개들은, 쓰러져 엎어진 수수들이 길 위에 병풍을 쳐놓는 바람에 일단 거기만 뚫고 들어가면 흔적도 없이 사라져버렸다. 이 길에서 출몰하는 개 떼의

지도자는 우리 집의 홍구였다. 시체의 풍부한 영양으로 그놈의 두툼하고 붉은 털은 더욱더 반짝였고, 계속된 움직임으로 그놈의 허벅지 근육은 건장하게 발달되었으며, 사람과의 투쟁 속에서 그놈의 지혜는 더욱더 단련되어갔다.

태양이 막 붉은빛을 내뿜기 시작했다. 개 세 마리는 차분했고, 길 위에는 차츰차츰 안개가 감돌았다. 한 달이 넘도록 밀고 당기는 전투를 겪으면서 개 떼의 수는 점점 줄어들었다. 백 마리 정도는 총에 맞아 죽어 시체 옆에 드러누웠고, 2백 마리 정도는 대열에서 이탈했다. 세 갈래 길에서 오는 개들을 다 합치면 230마리 정도 되었는데 개 떼끼리 서로 합병하는 추세였다. 아버지 쪽 사람들의 사격 기술도 점점 수준이 높아져서 개 떼가 미친 듯이 습격해올 때마다 수십 구의 시체를 던져 넣곤 했다. 사람과 개의 투쟁 속에서 개들은 지력이나 기술에서 이미 명백한 열세를 드러내고 있었다. 아버지 쪽 사람들은 이날 개 떼의 첫번째 공격을 기다리고 있었다. 전투 중에 만들어진 개들의 규칙은 잘 바뀌지 않았다. 그놈들은 사람들이 시간에 맞춰서 밥을 짓는 것처럼 새벽에 한 번, 낮에 한 번, 저녁 무렵에 한 번씩 시간을 맞추어 공격했다.

아버지는 먼 곳의 수숫대가 들썩이는 걸 보면서 낮은 소리로 엄마에게 말했다. "준비, 온다." 엄마는 가만히 안전장치를 풀고 가을비에 젖은 총의 개머리판에다 볼을 가져다 댔다. 수숫대의 들썩임이 마치 파도처럼 일렁이면서 웅덩이 주변까지 몰려왔다. 아버지는 개의 숨소리를 들었다. 그는 알았다. 그 탐욕스러운 개 수백 마리의 눈이 일제히 웅덩이 안의 찢긴 시체들을 주시하고 있다는 것을. 개의 벌건 혀는 입가에 남은 비린내를 핥고 있었고 위장에서 나는 꾸르륵 소리는 초록색 위액이 분비되는 것이 분명했다.

한순간 마치 명령이라도 떨어진 것처럼 2백 마리 남짓한 개가 수수밭 쪽에서 미친 듯이 짖어대며 돌진해왔다. 개들은 모두 목 위의 털을 곤두세운 채 성난 소리로 부르짖었다. 희뿌연 안개와 핏빛 태양 속에서 개털은 선명한 빛을 발하며 반짝였다. 개들이 푸직푸직 하며 시체 물어뜯는 소리가 들렸다. 목표물 하나하나가 모두 격렬하게 움직였다. 왕광과 절름발이 쪽은 이미 총격을 시작했다. 총에 맞은 개들은 비명을 지르고 총에 맞지 않은 개들은 서둘러 시체를 베어 물고 있었다.

아버지는 동작이 둔한 검은 개의 대가리를 겨냥해 파팡 하고 총을 쏘았다. 총알이 개의 귀를 뚫었고 개는 비명을 지르며 수수밭으로 달아났다. 아버지는 하얀 얼룩개의 대가리가 파열되는 걸 보았다. 하얀 개는 앞으로 고꾸라졌는데 입에 검은 창자를 문 채 아무 소리도 내지 않았다. "첸얼, 네가 맞혔어!" 아버지가 크게 소리쳤다. "내가 맞혔어?" 엄마는 흥분해서 말했다. 아버지는 가늠쇠와 눈금자를 일직선으로 맞추어 우리 집 훙구를 조준했다. 놈은 뱃가죽을 바닥에 붙인 채 한쪽의 수숫대 수풀 쪽으로 내달리며 번쩍하고 나타나더니 곧 다른 쪽의 수숫대 수풀 속으로 숨어들어갔다. 아버지는 총을 쏘았고 총알은 그 훙구의 등을 스치고는 날아갔다. 훙구는 여인의 살진 하얀 다리를 물고 있었는데, 그 날카로운 이빨로 뼈를 뿌득뿌득 씹는 소리가 들렸다. 엄마가 총을 쏘았고, 총알은 그들 앞에 있는 검은 진흙에 꽂혀 진흙탕물이 개의 얼굴 위로 뿌려졌다. 놈은 힘껏 고개를 몇 번 흔들고는 그 반 토막짜리 하얀 다리를 문 채 뒹굴며 달아나버렸다. 왕광과 더즈의 정확한 사격은 개 여러 마리에게 부상을 입혔다. 인간의 시체 위에 개의 선혈이 낭자하게 뿌려졌다. 부상당한 개들의 울부짖음이 간담을 서늘하게 할 만큼 처량하게 들렸다.

개 떼는 물러갔고, 아버지와 사람들은 모여서 무기를 닦고 씻었다.

탄알은 이미 얼마 남지 않았다. 아버지는 모두에게 정확하게 사격하고, 특히 그 두목 개 세 마리를 쏘아 죽여야 한다고 일깨웠다. 왕광이 "그놈들은 미꾸라지처럼 빠져나가서 총구를 들이밀기도 전에 달아나버린다"고 말했다.

더즈가 누런 눈알을 껌벅이며 말했다. "더우관, 우리가 몰래 기습 공격을 하면 어떨까?"

아버지가 말했다. "기습을 어떻게?"

더즈가 말했다. "이 개 떼가 분명 모여서 쉬는 데가 있을 텐데, 내 짐작엔 거기가 바로 모수이 강의 모래톱인 것 같거든. 개들은 인육을 먹고 나면 반드시 그리로 가서 물을 마셔."

절름발이가 말했다. "더즈 말이 맞아."

아버지가 말했다. "가자."

더즈가 말했다. "서두르지 말고, 우리 돌아가서 수류탄을 가져와 수류탄으로 그놈들을 박살 내버리자."

아버지, 엄마, 왕광, 더즈가 두 조로 나뉘어 두 갈래 길로 들어섰다. 개들이 낸 길 위의 진흙은 개 발톱에 밟혀 고무처럼 부드럽고 질겼다. 개들의 길은 정말로 모수이 강으로 통해 있었다. 아버지와 엄마는 모수이 강에서 전해져 오는 시끌벅적한 소리와 강변 위에서 개 짖는 소리를 들었다. 강둑 근처에서 세 마리 개는 한데 모였고, 개의 길은 배나 넓어져 있었다. 아버지, 엄마와 왕광, 더즈도 거기서 합류했다.

그들이 강둑 가까이 갔을 때 아버지는 2백 마리도 더 되는 개가 물풀이 가득 자란 모수이 강의 모래사장에 흩어져 있는 것을 보았다. 대부분의 개는 엎드려 있었다. 어떤 개는 발가락 사이에 묻어 있는 딱딱하고 윤기 나는 검은 흙덩이를 물어뜯고 있고, 어떤 개는 다리를 치켜들고 강에

다 오줌을 갈기고 있고, 어떤 개들은 강변에 서서 긴 혓바닥을 내밀고 더
러운 강물을 핥고 있었다. 인육을 포식한 개들은 갈색 방귀를 줄줄이 뀌
어댔고, 풀밭 위에는 붉은색, 하얀색의 개똥들이 즐비했다. 아버지 무리
는 지금까지 이런 지독한 개똥이나 개 방귀 냄새는 맡아본 적이 없었다.
엎드려 있는 개들은 다들 상당히 안정되어 보였다. 두목 개 세 마리는 여
느 개 떼 속에 한데 어우러져 있어도 단번에 구별해낼 수 있었다.

왕광이 말했다. "던지지, 더우관?"

아버지가 말했다. "준비 끝내고 한꺼번에 던지자."

그들은 저마다 작은 참외 모양 꽃받침 수류탄을 두 개씩 꺼내 안전핀
을 뽑고는 마주 한 번 부딪쳤다. 아버지가 "던져!" 하고 고함을 지르자
수류탄 여덟 개가 더러는 멀리 더러는 가까이, 개 떼 속으로 날아가 떨어
졌다. 개 떼는 공중에서 날아오는 둥그런 검은 놈들을 이상하다는 듯이
쳐다보면서 다들 자기도 모르게 일어나 앉기 시작했다. 아버지는, 우리
집 개 세 마리가 아주 똑똑하고 교활하게도 몸을 바닥에 바짝 붙이고 있
는 걸 보았다. 무게가 똑같은 일본제 수류탄 여덟 개가 거의 동시에 터졌
다. 거대한 기세에 검은 콩만 한 탄피들이 사방으로 흩뿌려져 최소한 개
열댓 마리는 박살이 났고, 최소한 스물댓 마리는 부상을 입었다. 개의 피
와 살이 강물 위로 날아올랐다가 우박처럼 강물 위로 떨어졌다. 모수이
강 안에서는 피를 좋아하는 드렁허리들이 몰려들어 지지 하는 소리를 내
면서 개의 살이랑 피를 먹느라 다투었다. 부상당한 개들은 일제히 간담이
서늘하도록 울부짖었고, 부상당하지 않은 개들은 사방으로 흩어져 달아났
다. 어떤 개들은 강줄기를 따라 미친 듯이 달렸고 어떤 개들은 모수이 강
속으로 뛰어들어 죽을 둥 살 둥 강의 맞은편 언덕 쪽으로 헤엄쳐 갔다. 아
버지는 총을 가지고 오지 않은 게 안타까웠다. 수류탄에 맞아 눈이 터져

서 앞을 못 보게 된 개 몇 마리가 워우워우 하고 비명을 지르면서 모래톱 위에서 버둥대고 있었다. 피범벅이 된 개의 얼굴은 너무 처참해서 차마 볼 수가 없었다. 우리 집의 큰 개 세 마리는 모두 다 맞은편 강 언덕으로 헤엄쳐 갔다. 그놈들을 따라 헤엄을 쳐서 강을 건넌, 서른 마리 남짓한 개도 모두 꼬리를 감추고 강둑으로 올라갔다. 개마다 모두 털이 몸에 달라붙어 꼴이 말이 아니었다. 그놈들이 몸을 떨자 꼬리 끝, 뱃가죽 위, 턱 위에서 후드득 물이 떨어져 내렸다. 우리 집 홍구가 아버지를 향해 성난 듯이 울부짖었다. 마치 아버지가 약속을 파기해서 그걸 질책이라도 하듯이. 첫째는 그들의 진영에 침입한 것에 대해, 둘째는 이런 잔혹하고 개의 도(道)에 맞지 않는 신식 무기를 사용한 것에 대해.

아버지가 "다시 맞은편으로 던져!" 하자 저마다 수류탄 하나씩을 꺼내 힘껏 맞은편 언덕 쪽으로 던졌다. 개 떼는 검은 물체가 강을 건너오는 걸 보더니 일제히 아우성을 치고 뒹굴면서 난리를 피우다가 강둑 아래로 내려가 강 남쪽 언덕의 수수밭으로 숨어들어갔다. 아버지 쪽 사람들이 다들 힘이 달려서인지, 수류탄은 모두 물속으로 떨어졌다. 물속에서 하얀 물기둥 네 개가 솟구쳐 올라왔고, 강의 표면이 한차례 뒤집히면서 피둥피둥하게 살진 드렁허리들이 솟아올라왔다.

기습 공격을 받은 개 떼는 그 뒤 이틀 동안은 대학살이 일어났던 곳을 쓸데없이 어슬렁거리지 않았다. 그 이틀 동안 개 떼와 사람 두 쪽 모두는 이후의 계속적인 싸움을 준비하느라 긴장을 늦추지 않았다.

아버지 쪽 사람들은 수류탄의 거대한 위력을 깨닫고는 한데 모여 어떻게 하면 수류탄을 더 잘 이용할 것인가 하는 문제를 놓고 의논하다가, 왕광을 강변으로 파견해 정탐하게 했다. 왕광은 돌아와서 강가에는 죽은 개의 시체만 몇 구 있고 개털이랑 개똥, 코를 찌르는 비린내만 있을 뿐 살아 있는 개는 한 마리도 보이지 않는다고 보고했다. 개들이 진영을 옮긴 것이다.

더즈의 판단에 따르면 개 떼는 잠시 흩어졌지만 두목들이 아직 살아 있으니 단시간 안에 다시 모여서 시체를 뺏으러 올 것이며, 개 떼의 다음 공격은 반드시 더 잔인해질 것이다. 왜냐하면 지금 남은 개들은 다 전투 경험이 풍부해서 저마다 한몫씩 할 것이기 때문에. 마지막에는 엄마도 나무자루 수류탄의 실을 당겨* 개의 길에 묻자는 한 가지 제안을 했다.

엄마의 계략은 모두의 칭찬을 받았고 그들은 당장 나뉘어 행동에 들어갔다. 일촉즉발의 상태에 놓여 있는 마흔세 개의 나무자루 수류탄이 세 갈래 개의 길에 묻혔다. 작은 참외 모양 꽃받침 수류탄은 본래 쉰일곱 개가 있었는데 모수이 강 모래톱 기습 때 열두 개를 썼고, 남은 마흔다섯 개는 아버지가 공평하게 각 전투 소조에 열다섯 개씩 나눠주었다.

그 이틀 동안 개의 무리 안에서는 분화와 와해가 일어났다. 빈번한 전투로 인원이 줄었고 동요분자들이 다수 도망을 가서 개의 총수는 120마리 정도까지 줄었다. 대열을 재정비해서 원래 세 개의 부대였던 것을, 잘 훈련되고 일치단결할 수 있는 하나의 전투 집단으로 합병하는 일이 절실하게 필요했다. 저 가증스러운 잡종 말똥구리같이 생긴 네 개의 괴물이 원래의 진영을 쑥대밭으로 만들어놓았기 때문에 개 떼는 강둑을 따라서 동쪽으로 5백 미터쯤 간 곳에 있는 모수이 강에 있는 다리의 동쪽, 강 남쪽의 모래톱으로 모여들기 시작했다.

---

* 나무자루 수류탄의 실을 당기는 것은 안전핀을 뽑는 것을 뜻한다.

지금은 아주 결정적인 의미를 지니는 오전이었다. 개들은 다들 생각이 많고 의욕이 넘치고 몸이 근질근질했다. 가는 길 내내 도전적인 충돌과 으르렁거리며 서로 물어뜯는 일들이 일어났다. 각 무리의 개들은 모두 슬그머니 자기 두목의 눈치를 살폈고, 우리 집의 홍구랑 검둥이, 초록이는 좁고 긴 얼굴에 아무 감정도 드러내지 않은 채 침착하게 서로 눈치만 슬슬 보면서 교활한 웃음을 짓고 있었다.

다리 동쪽에 모인 개들은 커다란 원을 만들고 둘러서서 뒷다리는 내리고 목은 꼿꼿이 세운 채 어둡고 무거운 하늘을 향해 으르렁대고 있었다. 검둥이와 초록이가 몸을 한 번 털자 등의 털이 마치 물결처럼 일렁였다. 사람 고기를 먹어서 모든 개의 흰자위에는 빽빽하게 핏발이 서 있었다. 비릿한 고기를 실컷 먹고 날렵하게 여기저기로 이동하는 생활을 하면서 지낸 지난 몇 달 동안의 삶이 그들의 영혼 깊숙한 곳에 숨겨져 있던, 수만 년 동안 길들여진 삶 속에서 마비되어 있던 기억을 불러일으켰다. 지금 그들은 직립보행을 하는 동물인 사람에 대한 뼈에 사무치는 원한으로 가득 차 있었다. 그들의 살을 뜯어 먹을 때, 놈들은 단지 위장만 만족시킨 것이 아니었다. 더 중요한 것은 이런 과정을 통해서 놈들 자신이 인간 세상에 도전하고 있다는 것을, 오랜 동안 자신들을 노예로 삼아 부렸던 통치자들에 대해 광포한 보복을 수행하고 있다는 것을 어렴풋하게 감지하게 된 것이다. 물론 이런 원시적이고 몽롱한 충동을 이론적인 수준까지 끌어올려, 이런 일련의 행동들에 대해 이성적인 사유까지 할 수 있는 능력을 갖춘 건 아무래도 우리 집 개 세 마리밖에 없었다. 그것이 바로 뭇 개들이 그들을 추종하는 주된 원인이기도 했다. 물론 이 개 세 마리의 건장하고 우람한 체격과 민첩하고 강한 운동 능력과 사납게 돌격하는 희생 정신 역시 그들이 뭇 개들을 정복하고 두목이 되는 데 필수불가결한 조건이긴 했지만.

사람의 피와 사람의 살은 모든 개의 면모를 바꾸어놓았다. 개들의 털은 반짝거렸고, 줄기 모양의 근육이 피부를 탱탱하게 받치고 있었다. 그들의 피부 밑 핏속의 단백질 함량은 크게 올라갔고, 성질도 사납고 살인을 좋아하고 호전적인 것으로 바뀌었다. 애초에 인간에게 부림을 당하면서 누룽지나 먹고 밥솥 헹군 물로 입가심이나 하던 그런 비참한 생활을 회상할 때면 개들은 모두 치욕감을 느꼈다. 인간을 향한 공격이 이미 개의 무리 안에서 하나의 집단 무의식을 형성하고 있었으며, 아버지 무리의 빈번한 사살은 개들 안에서 인간에 대한 증오의 정서를 가중시켰다.

여러 날 전부터 개 세 마리 사이에서는 더 이상 서로 단결할 수 없는 상황이 벌어졌다. 애초의 사건은 결코 대단한 것이 아니었다. 한번은 검둥이 무리 속에 있는, 윗입술이 조금 터지고 코도 반쪽 찢어진 탐욕스러운 놈 하나가 초록이네 무리의 어린 백구가 물고 온 사람 팔뚝을 훔쳐 먹은 일이 있었다. 그런데 어린 백구가 시시비비를 따지러 찢어진 코를 따라갔다가 도리어 찢어진 코에게 물려 뒷다리가 잘려 나간 것이다. 찢어진 코의 강도 같은 행위는 초록이네 무리를 격노시켰고 초록이의 묵인하에 개 떼는 우르르 몰려가 그 찢어진 코 놈을 창자까지 다 갈기갈기 물어뜯어 만신창이를 만들어놓았다. 검둥이네 무리는 초록이네 무리의 이런 극심한 보복 행위를 참을 수가 없었고, 이로 인해 두 무리에 속한 개 2백여 마리가 서로 한데 물고 뜯는 큰 싸움이 벌어진 것이다. 그 바람에 한 움큼씩 빠져나온 개털들이 미풍에 날려 강줄기를 따라 뒹굴었다. 홍구 쪽 개들은 불난 김에 도적질한다고 검둥이네와 초록이네가 서로 물어뜯으며 싸우는 기회를 틈타 자기들도 개인적인 원한을 갚았다. 싸움이 진행되는 동안 우리 집 개 세 마리는 모두 눈에 벌건 피가 고인 채 싸늘한 눈빛으로 침착하게 앉아 있었다.

격렬한 전투는 두 시간이 넘도록 계속되었고 그 과정에서 개 일곱 마리가 다시는 일어날 수 없게 되었으며 열댓 마리는 중상을 입고 전쟁터에 누운 채 낑낑거리며 신음을 내뱉고 있었다. 전투가 끝난 뒤 거의 대부분의 개는 강가에 앉아 소독 물질을 함유한 타액에 젖은 붉은 혀를 내밀어 자기 상처를 핥고 있었다.

두번째 전투는 어제 낮에 벌어졌다. 초록이 부대에 양 입술이 두툼하고 물고기처럼 눈이 툭 튀어나온, 푸른색과 누런색이 섞인 개털을 가진 후안무치한 수캐 한 마리가 있었는데, 이 개가 뜻밖에도 홍구 무리의 대장인 홍구와 각별한 관계에 있는, 어리고 예쁘장한 얼룩 얼굴 암캐에게 대담하게 희롱을 건 것이다. 홍구는 분노를 참지 못하고 한 방에 그 잡털 수캐를 강물 속으로 던져 넣어버렸고 잡털 개는 물속에서 뛰쳐나와 온몸에 묻은 진흙탕을 털면서 분하다는 듯이 욕을 퍼부으며 짖어댔다. 홍구 무리의 개들은 이 가증스럽기도 하고 가련하기도 한 못생긴 녀석을 비웃었다.

그 뒤 초록이 무리의 우두머리가 홍구를 향해 몇 번 으르렁댔지만 홍구는 들은 체도 하지 않고 다시 한 번 한 방에 잡털 수캐를 물속으로 날려버렸다. 잡털 개는 강물 속에서 둥그런 콧구멍 두 개를 드러낸 채 큰 쥐처럼 언덕으로 헤엄쳐 왔고, 얼룩 얼굴 암캐는 홍구 뒤에 서서 온순하게 꼬리를 흔들고 있었다.

초록이가 홍구를 향해 마치 인간들이 냉소하듯이 짖어댔고, 홍구는 초록이를 향해 그 냉소에 답하듯이 차갑게 짖어댔다. 검둥이는 과거의 두 친구 사이에서 마치 중개인이나 되는 양 짖었다.

개의 무리는 새로운 휴식 장소에 모여서 어떤 개들은 물을 핥고, 어떤 개들은 상처를 핥고 있었다. 천천히 흘러가는 모수이 강물의 수면 위로 오래된 태양 빛이 일렁이고 있었다. 중간 크기의 들토끼 한 마리가 강둑에서 머리를 드러냈다가는 혼비백산해서 슬그머니 달아나버렸다.

개의 무리는 따뜻한 늦가을 햇볕 아래에서 게으른 모습을 드러내고 있었다. 우리 집 개 세 마리는 삼각형을 이루고 앉아 마치 지난 세월을 회고하듯이 눈을 반쯤 가늘게 뜨고 있었다.

홍구는 술도가의 주인을 위해 집을 지키고 마당을 지키던 시절의 평안했던 생활을 떠올렸다. 그때는 늙은 누렁이 두 마리도 아직 살아 있었고 다섯 마리 사이에 갈등은 좀 있어도 기본적으로는 일치단결할 수 있었다. 홍구는 그때 몸집이 가장 왜소했고 몸에 기계충이 생겨 개집에서 쫓겨난 적도 있었다. 동쪽 마당의 술지게미 속을 뒹굴다가 병이 다 나아서 나중에 돌아왔지만 그 뒤에도 무리와는 그다지 잘 어울리지 못했다. 홍구는 그 당시 검둥이와 초록이가 부를 탐하면서 꼬리를 흔들고 교태를 부리는 걸 보며 그들은 혐오했었다. 홍구는 오늘 분명 패왕의 지위를 쟁탈하는 전투가 벌어지게 되리라는 걸 알고 있었다. 갈등이 세 마리 거두들 사이로 옮겨 가자 개의 무리는 오히려 평화로워졌고, 잡털 개만 여전히 버릇을 고치지 못한 채 개의 무리 사이에서 불량배 짓을 하며 소란을 피우고 있었다.

나중에 마침내 어떤 계기가 생겨, 귀가 찢어진 늙은 암캐가 축축하고 얼음처럼 찬 코로 검둥이 코의 냄새를 맡더니 몸을 돌려 검둥이를 향해 꼬리를 흔들었다. 검둥이는 일어나 그 늙은 개와 아주 친한 것처럼 굴었고, 홍구와 초록이는 이 광경을 지켜보다가 홍구가 눈꼬리로 초록이를 힐끗 쳐다보자 초록이가 번개처럼 달려들어 막 지분거리고 있는 검둥이를 모래톱 위에서 깔아 눌러버렸다.

개들이 다 일어나 이빨과 이빨의 투쟁을 지켜보았다.

초록이는 속도를 늦추지 않고, 돌연한 습격으로 얻은 우세를 이용해 검둥이의 목을 물고는 힘껏 흔들어댔다. 목 위의 초록 털이 곤두섰고 목구멍에서는 우레와 같이 부르짖는 소리가 들렸다.

검둥이는 갑자기 목을 물려서 정신을 못 차리고 있다가 목에서 손바닥만 한 살점이 떨어져 나가게 되는 줄도 모르고 힘껏 목을 떼어냈다. 순간 검둥이는 벌떡 일어나 격렬한 고통에 온몸을 부들부들 떨었다. 검둥이는 화가 머리끝까지 치솟아 올랐다. 초록이가 한 공격은 완전히 개의 도를 벗어난 것이었다. 몰래 독을 넣는 건 사내대장부가 할 짓이 아니고 이겨도 빛이 나지 않는 법이다! 검둥이는 미친 듯이 짖어대면서 머리를 숙이고 맹렬하게 초록이의 가슴 안으로 돌진해 들어가 입을 비스듬히 기울이더니 초록이의 가슴을 베어 물었다. 초록이는 검둥이의 상처를 문 채 다른 한편으로는 뜯어낸 살점을 통째로 삼켰다. 마침내 검둥이의 입이 풀렸고, 초록이도 입을 풀었다. 초록이의 가슴에는 검둥이가 뜯어낸 가죽이 발처럼 늘어져 있었다. 홍구는 천천히 일어나 초록이와 검둥이를 싸늘한 눈으로 쳐다보았다. 검둥이의 목은 이미 반쯤 끊어져 고개를 쳐들면 떨어지고 쳐들면 다시 떨어졌다. 피가 분수처럼 밖으로 솟아나왔다. 이제 더 이상 가망이 없어 보였다. 초록이는 자기 입 아래 엎드린 검둥이를 사납게 노려보며 날카로운 이를 오만하게 드러낸 채 컹컹대며 짖고 있었다. 초록이는 홍구 쪽으로 힐끗 곁눈질을 했다가 오뉴월에도 서리가 내릴 것처럼 싸늘한 홍구의 긴 얼굴을 보고는 당장 온몸을 부들부들 떨기 시작했다. 홍구는 초록이를 뚫어져라 쳐다보며 웃다가 갑자기 돌진해서 자기가 익숙하게 사용해온 수법으로 부상당한 초록이를 땅바닥에 뒤집어 넘어뜨리고는 초록이가 일어나기도 전에 다시 고개를 돌려 검둥이에게 물어뜯긴 초록이의 가슴 가죽을 물고 필사적으로 잡아당겼다. 초록이의 앞가슴살이 다 드러났다. 초록이가 일어나자 앞가슴살이 두 다리 사이에 감긴 채 바닥에 질질 끌렸다. 초록이는 사방을 향해 신음하듯이 낑낑대는 소리를 냈다. 초록이는 알았다. 모든 게 다 끝장이 났다는 것을. 홍구는 가까스로 버티고 서 있는 초록이에게 다시 한 방을 날려 초록이를 두 번이나 데굴데굴 구르게 했다. 초록이가 미처 다시 일어나기도 전에 개 떼가 빗방울처럼 빽빽하게 모여들어 초록이를 물어뜯었고 그 속에서 초록이는 이내 한 무더기의 개 넝마로 바뀌었다.

강한 적수를 없애버린 홍구는 꼬리를 높이 들고 흔들며 피범벅이 되어 쓰러져 있는 검둥이를 향해 포효했다. 검둥이는 워우워우 하고 울부짖으며 꼬리를 뒷다리 속으로 감추고는 절망적인 초록색 눈으로 홍구를 주시하고 있었다. 눈동자 속에는 애원의 빛이 역력했지만 싸움을 서둘러 마감하려는 개 떼가 미친 듯이 몰려오는 것을 보고는 머리를 강물 속에 박고 자살해버렸다. 검둥이의 머리는 수면 위에서 한 번 길게 당겨 올라왔다가 곧 가라앉았다. 강물 속에서 물거품 몇 개가 일며 뽀글뽀글 소리를 냈다.

개 떼가 홍구를 가운데 두고 모여 허연 이빨을 드러내면서 오랜만에 청명한 하늘의 회백색 태양을 향해 경축 의식을 치르듯이 으르렁거렸다.

개 떼의 갑작스러운 실종은 아버지 무리의 긴장되고 질서 있던 생활을 완전히 엉망으로 만들어버렸다. 부슬부슬 내리는 가을비가 똑같이 단조로운 소리를 내면서 천지 만물을 두드리고 있었다. 미친개들과의 투쟁이 가져다준 자극을 잃어버리자, 아버지 무리는 마치 아편 중독자들처럼 콧물을 흘리고 하품을 하고 졸면서 무기력에서 헤어 나오지 못하고 있었다.

개 떼가 실종된 지 나흘째 되던 날 새벽에 아버지 무리는 축 늘어진 채로 웅덩이 주변에 모여, 웅덩이 위를 감싸고 있는 안개와 악취 속에서 아무 이야기나 떠들썩하게 지껄여대고 있었다.

절름발이는 이미 총을 반납하고 개사냥의 대열에서 물러나 멀리 있는 사촌 동생의 밥집에 가서 일을 도우며 밥이나 얻어먹겠다고 떠났다. 장님은 혼자서는 일을 할 수 없기 때문에 막사 안에 앉아서 병중에 적막하게 있는 할아버지와 노닥이고 있었다. 남은 건 아버지, 엄마, 왕광, 더즈뿐이었다.

"더우관, 개들은 오지 않을 거야. 수류탄이 무서워서." 엄마가 선비하게 난 세 갈래 개의 길을 보며 말했다. 사실 엄마는 누구보다도 개들이 다시 오기를 고대하고 있었다. 개들이 다니는 길 위에 몰래 묻어둔 마흔 세 개의 나무자루 수류탄은 그녀의 기지를 반영한 것이었다.

"왕광, 다시 한 번 가서 알아보고 와!" 아버지가 말했다.

"어제 갔었는데, 다리 동쪽에서 한바탕 전투가 벌어졌고 초록이는 죽었으니 개들은 분명 다 흩어졌을 거야." 왕광이 말했다. "내가 우리도 더 이상 여기에서 시간 낭비하지 말고 서둘러 팔로군에 투항하자고 했잖아."

"안 돼. 개들은 반드시 올 거야. 여기 있는 맛있는 걸 포기하지 못할 테니까." 아버지가 말했다.

"이런 때 어딘들 시체가 없을라고? 개들도 바보가 아닌데 수류탄 터지는 델 찾아오겠어?" 왕광이 말했다.

"여긴 시체가 많아 개들이 아까워서 포기 못할 거야." 아버지가 말했다. "투항하려면 렁 지대에 투항하자. 그 부대가 아주 근사하잖아. 위아래로 완전 회색 군복에 소가죽 허리띠도 차고." 더즈가 말했다.

"저기 좀 봐!" 엄마가 말했다.

모두들 몸을 숙이고 엄마의 손가락이 가리키는 방향을 따라 개의 길

쪽을 바라보았다. 개의 길을 덮고 있는 수숫대가 스스스 움직이는 게 보였다. 은빛으로 반짝이는 빗방울들이 또렷하게 비스듬한 선을 그으며 쏟아지면서 떨고 있는 수숫대 위를 때렸다. 들판에는 때를 못 만나 가늘고 누렇게 자란 수수 싹들이, 난장판으로 엎어져 있는 늙은 수수 이삭과 한데 엉킨 채 안개와 비에 섞여 있었다. 푸른 싹 냄새, 수수 싹 썩은 냄새, 시체의 악취, 개똥과 개 오줌 냄새가 한데 뒤범벅이 되어 있었다. 아버지 무리는 두렵고, 더럽고, 사악한 기운이 무성한 세상을 마주하고 있었다.

"개들이 왔다." 아버지가 흥분해서 말했다.

세 갈래 길의 수수들이 모두 스스스 떨고 있었고 수류탄은 아직 아무 소리도 내지 않았다.

엄마가 다급하게 말했다. "더우관, 어떻게 된 거지?"

"조급해하지 마. 곧 터지는 소리가 날 거야." 아버지가 말했다.

"총을 한 방 쏴서 놀라게 해주자." 더즈가 말했다.

엄마가 급한 마음에 총을 쏘았다. 수수밭에서 한바탕 소동이 일었고 수류탄 몇 발이 동시에 터졌다. 수류탄에 망가진 수수 이삭과 개의 사지가 함께 하늘로 솟아올랐고, 부상당한 개들이 수숫대 안에서 슬피 우는 소리가 들렸다. 더 많은 수류탄이 소리를 내며 터졌고 수류탄의 파편들과 잡다한 물건 조각들이 아버지 무리의 머리 위로 쏴쏴쏴 소리를 내며 높이 날아올랐다.

마지막으로 개 스물댓 마리가 세 갈래 개의 길로 달려 나왔다가 아버지 무리가 총을 몇 발 쏘자 달아나면서 다시 몇 발의 수류탄을 터뜨렸다.

엄마는 박수를 치며 펄쩍펄쩍 뛰었다.

엄마 쪽에서는 개들의 대열에 중대한 변화가 일어났다는 걸 알아차리지 못했다. 지략이 풍부한 홍구는 지도권을 획득한 다음 대열의 간격을 수십 리나 벌려서 아주 엄격하게 대열을 정돈했다. 그놈이 조직한 이번 공격은 변증법이 빛을 발하는, 지혜로운 인간조차도 트집 잡을 여지가 없을 만큼 뛰어난 것이었다. 홍구는 다 알고 있었다. 자신들의 상대가 아주 간교하고 이상한 작은 인간들이며 그중의 하나는 희미하게나마 안면이 있는 존재이고, 이 작은 짐승들을 아예 없애버리지 않으면 개 떼가 이 웅덩이에 그득한 맛있는 식사를 편안히 할 생각은 아예 접어야 한다는 걸. 홍구는 뾰족한 귀를 지닌 잡종 개에게 절반의 개를 거느리고 원래의 길을 따라 공격해 들어가서 필사적으로 공격을 감행하고 절대 후퇴하지 말도록 지시한 뒤, 자기는 예순여섯 마리의 개를 이끌고 웅덩이 뒤쪽으로 우회해서 갑작스러운 공격을 감행해 핏빛이 첩첩이 쌓인 그 작은 짐승들을 물어 죽이겠다는 전략을 세웠다. 출발 직전에 홍구는 꼬리를 말아 올리고는 자기의 차가운 콧날을, 마찬가지로 차가운 콧날들과 하나하나 부딪친 뒤 모범을 보이기 위해 앞 발톱에 붙어 있는 딱딱하게 굳은 진흙 껍질을 물어 뜯었고 다른 개들도 모두 따라서 했다.

홍구가 막 웅덩이 뒤쪽으로 돌아, 대피소 안에서 손짓발짓을 하고 있는 그 작은 인간들을 발견했을 때, 바로 웅덩이 앞 개의 길에서 수류탄 터지는 소리가 들려왔다. 홍구는 속으로 놀라 불안에 떨면서 개 떼 속에서 난리가 난 것을 보았다. 살상력이 어마어마한 이 시커먼 말똥구리가 모든 개의 간담을 서늘하게 했다. 홍구는 만약 자신이 겁을 낸다면 전체 전선이 붕괴되리라는 것을 알고 있었다. 홍구는 고개를 돌려 날카로운 이빨을 드러내고는 불안에 떨고 있는 개의 무리를 향해 날카롭게 짖어댔다. 그러자 앞장선 개 앞으로 개 떼가 몰려 나가 바닥에 바싹 붙은 채, 미끄러지듯이 흘러가는 알록달록한 구름 덩어리처럼 빠르게 우리 아버지 무리가 있는 대피소 뒤쪽으로 한꺼번에 몰려갔다.

"뒤쪽에 개들이다!" 아버지가 놀라 고함을 지르며 38식 덮개총을 당겼다. 제대로 조준할 틈도 없이 한 방이 날아갔다. 몸집이 상당히 큰 갈색 털 개가 총알에 맞아 땅으로 쓰러진 뒤 다시 앞으로 2~3미터를 더 나갔고 뒤쪽에 있는 개들은 그 개의 시체를 밟고 돌진했다.

왕광 등도 사격을 계속했다. 개의 무리는 엎어지면서도 계속 대피소 안으로 돌진해왔다. 여기저기서 개 이빨과 한 쌍 한 쌍의 개 눈이 마치 무르익은 붉은 앵두처럼 번득였다. 인간에 대한 개의 원한은 이때 정점에 달했다. 왕광은 총을 버리고 몸을 돌려 웅덩이 안으로 달려갔다. 개 열댓 마리가 그를 둘러쌌고 그 작은 인간은 순식간에 사라져버렸다. 인육을 먹는 데 익숙해진 개들은 일찌감치 진짜 야수가 되어 있었다. 개들은 민첩한 동작과 숙련된 기술로 저마다 왕광을 한 입씩 베어 물었다. 개의 이빨은 왕광의 뼈까지도 다 잘게 씹어 먹었다.

아버지, 엄마, 더즈 세 사람은 등을 맞대고 선 채 놀라 장딴지까지 부들부들 떨고 있었고 엄마는 오줌을 지려 바지까지 젖었다. 그들이 과거에 멀리서 개를 쏠 때 보여주었던 여유 만만함은 이미 흔적도 없이 사라져버렸다. 개들이 원을 만들어 그들을 둘러싸고는 빙글빙글 돌았다. 그들은 계속 총을 쏘았고, 몇 마리에게 부상을 입혔지만 탄창부에는 더 이상 총알이 남아 있지 않았다. 아버지의 38식 덮개총 위에 장착된 날카로운 칼이 번쩍거리며 개들을 크게 위협했고, 엄마와 더즈가 가지고 있는 짧은 기병총에는 칼이 붙어 있지 않았기 때문에 더 많은 개가 엄마와 더즈를 에워싸고 있었다. 그들 셋은 등을 한데 꼭 붙이고 있었기에 서로가 떨고 있다는 걸 피차 느낄 수 있었다. 엄마가 낮은 소리로 말했다. "더우관, 더우관……"

"겁내지 말고 큰 소리로 고함을 질러. 아버지가 우릴 구하러 오도록." 아버지가 말했다.

홍구는 아버지가 대장이라는 걸 알아차리고는 눈을 비스듬히 뜬 채 아버지의 칼을 경멸의 눈빛으로 바라보았다.

"아부지…… 우리 좀 구해줘요……" 아버지가 고함을 질렀다.

"아저씨…… 빨리 오세요……" 엄마가 울며 고함을 질렀다.

개 떼가 한차례 돌격을 개시했고 아버지 무리는 필사적으로 그걸 피했다. 엄마의 총구가 어떤 개의 입 속으로 처박혀 개의 이빨을 두 개나 부러뜨렸다. 무모하게 아버지 얼굴로 달려들었던 개는 아버지의 칼에 의해 얼굴 가죽이 갈라졌다. 개 떼가 공격을 개시했을 때 홍구는 울타리 밖에 앉아 침착하게 아버지를 쳐다보고 있었다.

담배 두 대 정도 피울 만큼의 시간이 지났을 때 아버지는 두 다리에 힘이 빠지고 팔이 저려오는 걸 느꼈다. 아버지는 다시 한 번 큰 소리로 아부지 살려줘요 하고 고함을 질렀다. 아버지는 엄마가 몸을 담벼락처럼 자기 몸에 기대고 있는 걸 느꼈다.

더즈가 작은 소리로 말했다. "더우관…… 내가 개를 유인할 테니 니들은 도망가."

아버지가 말했다. "안 돼!"

더즈가 말했다. "나 달린다!"

더즈가 세 사람 무리에서 떨어져 나와 수수밭으로 나는 듯이 달려가자 개 수십 마리가 일제히 달려들어 그를 물어왔다. 아버지는 홍구가 눈도 깜짝하지 않고 자기를 노려보고 있었기 때문에 감히 더즈를 쳐다볼 엄두조차 내지 못했다.

더즈가 달아난 방향에서 일본제 작은 참외 모양 꽃받침 수류탄 두 발이 터지는 소리가 들렸고, 그 기세에 수숫대들이 와르르 소리를 냈다. 아버지의 볼이 얼얼하게 떨렸다. 개의 잔해가 바닥에 떨어지고 부상당한 개들이 울부짖는 소리가 들려왔다. 아버지와 엄마를 에워싸고 있던 개들은 폭발음에 놀라 열댓 걸음 물러났고 엄마는 이 틈을 타서 꽃받침 수류탄을 꺼내 개 떼를 향해 던졌다. 개 떼는 이 검은색 괴물이 삐리리 하며 공중에서 돌며 날아오는 것을 보고는 무슨 소리인지 알아들을 수 없는 고함을 지르며 혼비백산해서 달아나버렸다. 수류탄은 소리가 나지 않았다. 엄마는 수류탄의 발화 기관을 누르는 걸 잊었던 것이다. 홍구만 달아나지 않고 있다가 아버지가 고개를 돌려 엄마를 쳐다보는 틈을 타서 번개처럼 튀어 올랐다. 개의 몸이 공중으로 날아올랐다. 공중에서 활짝 펼쳐진 개의 몸이 은회색 하늘빛에 비쳐 두목 개의 아름다운 곡선을 유감없이 드러냈다. 아버지는 본능적으로 한 발 물러났다. 개의 발톱이 그의 얼굴을 한 번 긁었다. 홍구의 첫번째 돌진은 허사가 되었다. 개의 발톱에 할퀸 볼에 난 입 크기만 한 상처에서 끈적끈적한 피가 흘러나왔다. 홍구는 다시 달려왔고 아버지는 총을 들고 맞섰다. 홍구는 앞 발톱 두 개를 총신에 걸치고 머리를 칼 밑으로 숙인 뒤 힘껏 아버지의 품 안으로 돌진해 들어왔다. 아버지는 홍구의 뱃가죽 위의 한 줌 하얀 털을 보면서 다리를 날려 걸어차려고 했지만 뜻밖에도 엄마가 그 앞으로 고꾸라지는 바람에 그걸 피하려다 뒤로 자빠졌다. 홍구는 그 틈을 이용해 아버지를 내리누르고 기민하게 아버지의 바짓가랑이 사이를 한 입 베어 물었다. 엄마는 총의 개머리판을 힘껏 휘둘러 홍구의 딱딱한 머리뼈를 내리쳤다. 홍구는 몇 발 뒤로 물러났다가 다시 공격을 개시하려고 몸을 땅에서 세 척 정도 떨어뜨리는 것 같더니 순간 뜻밖에도 머리를 땅에 박고 곤두박질을 쳤다. 그와 동시에 총소리가 울렸고 홍구의 한쪽 눈이 박살이 났다. 아버지와 엄마는 멀리서 왼손에는 시커멓게 그을린 나무 막대기를 짚고 오른손에는 푸른 연기가 모락모락 피어오르는 일제 모제르총을 들고 서 있는, 말라서 뼈만 앙상하게 남은 채 허리와 등은 굽고 백발이 성성한 할아버지를 보았다.

할아버지는 멀리 있는 개들을 향해 총을 몇 발 더 쏘았고 개들은 이미 대세가 기운 것을 알아차리고는 수수밭으로 뚫고 들어가 각자 살길을 찾아 달아났다.

할아버지는 비틀거리며 앞으로 걸어와 몽둥이로 홍구의 머리통을 찧으며 호통을 쳤다. "이 배은망덕한 짐승 놈!" 홍구의 심장은 아직 멎지 않았고 폐는 아직까지 숨을 쉬고 있었다. 엄청나게 발달한 두 뒷다리는 장난이라도 치듯이 앞뒤로 뻗었다 내찼다 하면서 검은 흙 위에 두 갈래 깊은 고랑을 파놓았다. 아름답고 귀티 나는 홍구의 붉은 털은 불꽃처럼 이글이글 타오르고 있었다.

8

홍구가 한 입 베어 문 게 그리 대단한 것은 아니었다. 어쩌면 아버지는 홑바지를 두 겹이나 입고 있었던 덕을 본 건지도 모른다. 하지만 홍구는 아버지의 작은 고추를 물어 구멍을 내고 가죽 주머니를 터뜨려 그 안에 있던 타원형의 메추리알만 한 불알이 떨어져 나오게 했다. 떨어져 나온 그 암홍색 작은 물건은 가느다란 하얀색의 실선 한 가닥만으로 원래의 조직과 간신히 연결되어 있다가 할아버지가 툭 하고 건드리자 곧 아버지의 바짓가랑이 속으로 떨어지고 말았다.

할아버지는 그것을 주워 손바닥에 받쳐 들었다. 할아버지는 그 작은 물건이 마치 천근만근이라도 되는 양 허리를 구부정하게 구부렸다. 할아버지의 거친 큰 손은 마치 그것에 데이기라도 한 것처럼 부들부들 떨렸다. 엄마가 말했다. "아저씨, 왜 그러세요?"

엄마는 할아버지의 얼굴 근육이 고통스럽게 씰룩거리는 걸 보았다. 병이 난 후 창백해진 그의 얼굴에 다시 누런 흙빛이 더해졌다. 그의 눈에서는 극도로 상심한 눈빛이 흘러나왔다.

"끝났어…… 이제 자식은 정말로 끝장이 난 거야……" 할아버지는 훨씬 더 나이가 많은 노인의 노쇠한 음성으로 중얼거렸다.

할아버지가 총을 꺼내 들더니 큰 소리로 외쳤다. "네놈이 날 망쳐놓다니! 이 개새끼가!"

할아버지는 간신히 남은 숨을 부지하고 있는 홍구를 향해 연달아 몇 발을 쏘았다.

자리에서 일어날 때 허벅지 안쪽을 따라 뜨거운 피가 흘러내렸지만 아버지는 얼마나 아픈지 전혀 느끼지 못했다. "아부지, 우리가 이겼어요." 아버지가 말했다.

아버지는 할아버지가 손에 받쳐 들고 있는 알을 보면서 이상하다는 듯이 물었다. "아부지, 이게 내 거예요? 내 거요?"

아버지는 구역질이 났다가 이어 어지럼증이 나서 기절했다.

할아버지는 나무 막대기를 내던지고 깨끗한 수숫잎 두 장을 찢어서 그 물건을 살살 싼 뒤 엄마에게 건네주며 말했다. "첸얼, 네가 잘 가지고 있거라. 장신이(張信一) 선생을 찾아가야겠다." 할아버지는 쪼그리고 앉았다가 아버지를 받쳐 들고 어렵사리 일어나더니 비틀거리며 앞으로 걸어갔다. 웅덩이에서는 수류탄에 부상을 당한 개들이 아직도 처량하게 울고 있었다.

장신이 선생은 나이가 쉰 남짓 되었는데 시골에서는 흔히 볼 수 없는,

366

가운데 가르마를 타고 푸른색의 긴 적삼을 입은 행색이었고, 얼굴은 누리 끼리하고 푸르딩딩한 게 바람만 불어도 곧 쓰러질 것처럼 마른 체구였다.

할아버지는 아버지를 여기까지 받쳐 들고 오느라 진이 빠져 일찌감치 허리는 활처럼 굽고 얼굴은 흙빛이었다.

"위 사령관이신가? 모습이 너무 많이 변하셨네." 장 선생이 말했다.

할아버지가 말했다. "선생님, 돈은 얼마든지 달라는 대로 드리겠소."

아버지는 나무 침대 위에 눕혀졌다. 장 선생이 말했다. "사령관의 자제신가?"

할아버지가 고개를 끄덕였다.

"모수이 강 다리에서 일본 소장을 때려죽인 바로 그 아들?" 장 선생이 물었다.

"전 이 아들 하나밖에 없소!" 할아버지가 말했다.

"이 장가가 반드시 최선을 다함세!" 장 선생이 약상자에서 핀셋, 가위, 소주 한 병, 붉은 약물 한 병을 꺼내면서 이렇게 말하며 몸을 구부리고 아버지 얼굴의 상처를 자세히 들여다보았다.

"선생, 먼저 아래쪽을 좀 봐주시오." 할아버지가 진지하게 말하면서 다시 고개를 돌려 우리 엄마의 손에서 수숫잎으로 싼 알을 건네받아 나무 침대 옆의 선반 위에 올려놓았다. 올려놓자마자 곧 수숫잎이 벌어졌다.

장 선생은 핀셋으로 아버지의 그 심란한 물건을 보더니 종이 연기에 그을어 누레진 긴 손가락을 부들부들 떨면서 우물거리며 말했다. "위 사령관…… 이 장가가 마음을 다하지 않아서가 아니라 아드님의 이 부상은…… 이 장가가 의술이 부족하고 또 마땅한 약이 없어서 그러니…… 사령관, 다른 고명한 의사를 청하시게……"

할아버지가 허리를 구부리고 그 어둡고 탁한 눈으로 장신이를 쏘아보며 쉰 목소리로 말했다. "나더러 어딜 가서 고명한 의사를 청하라는 거요? 말해보시오. 어디 고명한 의사가 또 있는지? 나보고 일본 놈을 찾아가라는 거요?"

장신이가 말했다. "위 사령관, 그런 뜻이 아니라…… 아드님이 워낙 중요한 부위를 다쳐서 만일 시간을 끌다 일을 그르치기라도 하면 향불 피울 사람이 끊기게 되는 일이라……"

할아버지가 말했다. "이왕 선생을 찾아온 건 선생을 믿어서이니 안심하고 해주시오."

장신이가 이를 악물고 말했다. "위 사령관께서 그리 말씀하시니 그럼 한번 큰맘 먹고 해보세."

장신이가 면봉에 소주를 묻혀 상처를 씻자 아버지가 통증으로 깨어났다. 아버지가 몸을 뒤척이는 바람에 침대 아래로 굴러떨어질 뻔했으나 할아버지가 달려가 꽉 잡았다. 아버지는 두 다리를 마구 버둥거렸다.

"위 사령관, 아드님을 묶읍시다!" 장 선생이 말했다.

"더우관! 넌 내 아들이지, 좀 참아라. 이를 악물고 버텨!" 할아버지가 말했다.

"아부지, 아파요……" 아버지가 말했다.

할아버지가 거칠게 말했다. "참아. 뤄한 큰할아버지를 생각해봐!"

아버지는 아무 소리도 하지 못했다. 땀방울이 그의 이마에서 가득 솟아나왔다.

장신이는 침 하나를 찾아 소주에 담근 뒤 실을 꿰어 터진 불알을 꿰매기 시작했다. 할아버지가 말했다. "저것도 꿰매 넣어주시지!"

장신이는 선반 위에 있는 그 수숫잎으로 싼 알을 보고는 난처하다는 듯이 말했다. "위 사령관…… 저건 꿰매 넣을 방법이 없네……"

"우리 위씨 가문의 대를 끊으실 셈이요?" 할아버지가 우울하게 가라 앉은 목소리로 말했다.

장 선생의 마른 얼굴에 하얗게 땀방울이 붙어 반짝거렸다. "위 사령 관…… 생각해보게…… 그건 핏줄도 끊어져서 집어넣어봤자 이미 죽은 것이네……"

"선생이 핏줄을 이어야지요."

"위 사령관, 핏줄을 이을 수 있다는 말은 내 세상천지에 들어보지 못 했네……"

"그럼…… 이렇게 끝장이 나는 겁니까?"

"말씀드리긴 어렵네만, 위 사령관, 어쩌면 괜찮을 수도 있을 것 같네. 이쪽 건 그래도 문제가 없으니…… 어쩌면 하나라도 괜찮을 수도 있 어……"

"괜찮을 거라고 하셨소?"

"괜찮을 수도 있다고……"

"제기랄," 할아버지가 슬픈 목소리로 욕설을 내뱉었다. "참 별일을 다 겪는구먼."

장 선생은 아래쪽의 부상을 다 치료하고 난 뒤 다시 얼굴의 상처를 치료했다. 장 선생 옷의 등 쪽 널찍한 부분이 축축하게 젖었다. 그는 한 쪽 엉덩이를 걸상 위에 걸치고 앉아서 있는 대로 숨을 헐떡거렸다. "얼마 요, 장 선생?" 할아버지가 물었다.

"돈 얘긴 하지 마시게, 위 사령관. 자제분이 아무 일 없다면 그게 바 로 내 복이니." 장 선생이 힘없이 말했다.

"장 선생, 위잔아오가 지금은 시운이 따르지 않아 드릴 게 없지만 훗 날 반드시 후사하리다."

할아버지는 아버지를 받쳐 들고 장 선생의 집을 나왔다.

할아버지는 여러 가지 복잡한 생각 가운데서, 혼미한 상태로 움막 안에 누워 있는 아버지를 바라보고 있었다. 아버지의 얼굴은, 몰래 무슨 짓을 꾸미고 있는 것 같은 눈동자만 내놓고 다 하얀 비단 천으로 덮여 있었다. 장신이 선생은 나중에 한 번 더 왔다. 그는 아버지 약을 바꾸고 나서 할아버지에게 말했다. "위 사령관, 상처에 염증이 생기지 않았으니 그것만 해도 큰 다행이네." 할아버지가 물었다. "하나만 남아도 괜찮다고 하셨죠?" 선생이 말했다. "위 사령관, 지금은 아직 그런 생각을 할 겨를이 없네. 아드님은 미친개에게 물렸으니 생명만 보존해도 그만인 게지." 할아버지가 말했다. "만약에 그걸 못쓰게 된다면 생명을 보존한들 무슨 소용이 있겠소." 장 선생은 할아버지의 얼굴에 살기가 떠오르는 걸 보면서 그렇지, 그렇지 하며 물러났다.

할아버지는 마음이 어지러워, 총을 들고 나가서 웅덩이 부근을 거닐었다. 가을 기운이 소슬하고 백로는 지천으로 깔려 있고, 황록색 수수 싹은 서리에 시들어버렸다. 웅덩이에 고인 물 여기저기에 가늘게 가시 얼음이 생겨나 있었다. 벌써 10월 말이다. 한겨울이 곧 다가올 텐데 자신은 병이 들어 허약해지고 아들의 생사는 장담할 수가 없다. 할아버지는 생각했다. 집안은 망하고 사람들은 다 죽고 백성들은 도탄에 빠져 있다. 왕광과 더즈도 죽었고, 절름발이와 궈양은 멀리 타지에 나가 있다. 류 씨의 허벅지 위에 난 종기에서는 여전히 피고름이 흐르고, 장님은 종일 멀거니 앉아 있기만 하고 첸얼은 아무것도 모른다. 팔로군은 그를 끌어들이려 하고, 렁 지대는 그를 밀어내려 하고. 일본 놈들과도 원수가 되어 있고⋯⋯ 할아버지는 막대기를 짚고 웅덩이가의 흙 언덕 위에 서서 들판에 낭자하게 깔린 시체와 땅바닥에 버려져 짓밟힌 붉은 수수를 비스듬히 바라보고 있었다. 온갖 생각이 다 떠오르면서 점점 낙심에 빠졌다. 그의 마음속에서 지난날의 고마웠던 일들과 원망스러웠던 일들이 끊임없이 떠올랐다. 부귀영화, 아리따운 아내와 예쁜 첩, 아끼던 명마와 황금 총, 먹고 마시고 즐기며 주색(酒色)에 빠져 보냈던 방탕한 시간들이 모두 다 흘러가는 구름처럼 흩어져 사라져버렸다. 수십 년 동안 싸움박질하며 제멋대로 성질부리며 바람피우고 시샘으로 티격태격했던 일들이 모두 지금의 이 처량한 신세로 바뀐 것이다. 그는 몇 번이나 총자루 위에 손을 얹었다가는 다시 주저하며 총을 내려놓았다.

1939년 가을에서 겨울로 넘어갈 무렵은 우리 할아버지의 생애에서 가장 어려웠던 시기이다. 대열은 전멸하고, 사랑하는 아내는 죽고, 아들은 부상을 당했다. 집은 불타버리고 병마(病魔)가 온몸을 칭칭 감고. 전쟁이 할아버지의 모든 것을 다 파괴해버린 것이다. 널려 있는 사람들의 시신과 개들의 사체 앞에서, 그는 마치 거대한 난마(亂麻)처럼 천 갈래 만 갈래로 엉킨 실 앞에서 실마리를 찾으려고 하면 할수록 더 엉키고 어떻게 해도 그걸 풀어낼 방법이 없는 난감한 문제 앞에 내던져진 것만 같은 심정이었다. 그는 몇 번이나 총대에 손을 얹고, 망할 대로 망한 이놈의 세상과 작별을 고하고 싶었지만 강렬한 복수심이 그의 나약함을 이겼다. 그는 일본 놈을 증오했고, 렁 지대를 증오했고 또 팔로군의 자오가오 대대를 증오했다. 자오가오 대대는 이쪽에서 총을 스무 자루도 더 넘게 빼앗아 가서는 흔적도 없이 사라져버렸다. 그들이 일본군과 전투를 했다는 소리는 전혀 들리지 않고 렁 지대와 충돌했다는 이야기만 들렸다. 게다가 할아버지는 또 할아버지가 우리 아버지와 함께 마른 우물 안에 감추어두었던 일본제 38식 덮개총 열다섯 자루가 갑자기 없어진 것도 자오가오 대대가 훔쳐간 게 아닌가 의심하고 있었다.

40대 초반에 얼굴색이 아직 그런 대로 괜찮은 류 씨가 웅덩이가로 할아버지를 찾으러 왔다. 그녀는 연민의 눈빛으로 할아버지의 은빛 머리카락을 쓰다듬으며 거칠고 큰 손으로 할아버지의 팔을 부축하며 말했다. "아우님, 여기 앉아서 골똘히 생각만 하고 있지 말고…… 돌아가십시다. 옛 사람이 '하늘이 무너져도 솟아날 구멍이 있다'고 하지 않았어요. 가서 실컷 먹고 마시고 나서 한숨 돌리고, 그리고 병을 잘 돌보고 나서 다시……"

할아버지는 감동 어린 눈으로 이 아낙의 자비로운 얼굴을 보면서 "형수……" 하고 한마디를 내뱉었다. 눈물이 솟구칠 지경이었다.

류 씨는 할아버지의 굽은 등을 어루만지며 말했다. "이것 좀 보게, 갓 마흔이 된 사람이 고생을 해서 어떤 지경이 되었누……"

류씨 아줌마가 할아버지를 부축해서 돌아올 때 할아버지는 그녀가 다리를 좀 저는 걸 발견하고는 다정하게 물었다. "다리는 좀 나아진 거요?"

류 씨가 말했다. "상처 자린 아물었고, 그냥 이 다리가 저 다리보다 좀 가늘어서 그런 거예요."

할아버지가 말했다. "굵게 할 수 있어요."

류 씨가 말했다. "더우관의 상처는 내가 보기엔 그다지 위중하지 않은 것 같수."

"형수," 할아버지가 물었다. "불알 한쪽으로도 괜찮소, 어떻소?"

류 씨가 말했다. "내가 보기엔 괜찮우, 외톨마늘이 더 맵다고 하잖우."

할아버지가 말했다. "정말 괜찮겠소?"

류 씨가 말했다. "우리 작은아버지는 날 때부터 외불알이었는데 그래도 아들딸 줄줄이 낳았다우."

"오." 할아버지가 말했다.

밤에 할아버지는 류 씨의 따뜻한 가슴에 피곤한 머리를 묻었고, 류 씨는 그 큰 손으로 할아버지의 뼈만 앙상하게 남은 몸을 어루만지면서 낮은 소리로 끊임없이 중얼거렸다. "아우님…… 아직은 괜찮으시구먼…… 아직 힘도 있고…… 걱정하지 말고, 그냥 나한테 확 한번 해버리소. 그럼 마음이 좀 홀가분해지지 않겠소……"

할아버지는 류 씨의 입에서 뿜어져 나오는 새콤달콤한 냄새를 맡으며 이내 곯아떨어져버렸다.

엄마는 장 선생이 핀셋으로 그 자줏빛 납작한 알맹이를 집어 들던 광경을 어떻게 해도 잊을 수가 없었다. 장 선생은 그 알맹이를 들고 눈앞에서 한참을 보더니 그걸 더러운 솜뭉치랑 찢긴 가죽, 썩은 살덩어리 같은 것이 가득 채워진 오물 대야 안으로 던져 넣었다. 더우관의 몸에 있던 납작한 알맹이가 장 선생에 의해 오물 대야 안으로 들어간 것이다. 어제는 보물이던 것이 오늘은 오물 대야 안으로 들어갔다. 엄마는 그때 열다섯이 조금 더 되어 조금씩 세상 물정을 알아갈 때라 이 일이 부끄럽기도 하고 두렵기도 했다. 엄마는 아버지를 돌볼 때 아버지의 그 비단으로 감싸놓은 고추를 보면 가슴이 콩콩 뛰었고 얼굴이 화끈 달아올라 발개지기도 했다.

나중에 엄마는 류 씨와 할아버지가 같이 잤다는 걸 알았다.

류 씨가 "첸얼, 너도 이제 열다섯이니 어린애가 아니다. 네가 더우관의 고추를 만지작거려서 그게 똑바로 설 수 있나 한번 보려무나. 더우관은 네 남정네니" 하고 엄마에게 말했을 때 엄마는 몹시 부끄러워서 하마터면 울 뻔했다.

아버지의 상처에서 실밥을 뽑았다.

아버지가 움막에 누워서 잘 때 엄마는 몰래 움막으로 들어갔다. 엄마는 화끈거리는 얼굴로 살금살금 들어가 아버지 곁에 무릎을 꿇고 앉아서는 살그머니 아버지의 바지를 벗겼다. 부상으로 형편없는 꼴이 된 아버지의 고추가 밝은 빛 아래 드러났다. 고추 꼭대기는 죽음도 겁내지 않고 마치 실성한 듯이 난폭한 표정을 띠고 있었다. 그녀는 조심조심 땀에 축축하게 젖은 손으로 그것을 꼭 쥐었다. 그것이 점점 뜨거워지고 그녀의 손바닥 안에서 점차 부풀어 오르더니 마치 심장처럼 그녀의 손안에서 펄떡이는 게 느껴졌다. 아버지는 눈을 부릅뜨더니 첸얼을 흘겨보며 말했다. "첸얼, 뭐하는 거야?"

엄마는 깜짝 놀라 소리를 지르며 돌아 달아나다가 그때 막 움막으로 들어오던 할아버지와 정면으로 마주쳤다.

할아버지가 그녀의 어깨를 붙잡고 물었다. "무슨 일이냐, 첸얼?"

엄마는 와락 울음을 터뜨리고는 할아버지 손에서 벗어나 나는 듯이 달아났다.

할아버지가 움막 안으로 들어갔다가 미친 듯이 움막 밖으로 달려 나와 류 씨를 찾아서 그녀의 두 유방을 꽉 움켜쥐고는 힘껏 잡아당기며 두서없이 지껄여댔다. "외톨마늘이야! 외톨마늘이라고!"

할아버지는 하늘을 향해 연달아 총을 세 방 쏘고는 가슴 앞에 합장을 하고 큰 소리로 고함을 질렀다.

"하늘이 굽어보셨구나!"

할아버지는 손바닥으로 담벼락을 두드리고, 비스듬히 들어온 햇빛은 반짝반짝 윤이 나게 닦인 온돌 탁자 위에 널려 있는 수수 점토들을 비추고 있었다. 하얀 창문 위에는 할머니가 손수 오려 만든, 기발한 착상에 모양도 참신한 종이 공예품이 잔뜩 붙어 있었다. 닷새 후면 여기에 있던 모든 것이 전쟁의 포화 속에서 재가 될 것이었다. 때는 1939년 8월 초열흘, 할아버지는 부상당한 팔을 웅크리고, 온몸에 기름 냄새를 풍기면서 큰길에서 돌아왔다. 할아버지는 아버지와 함께 자루가 삐딱하게 달린 기관총 하나를 마당의 대추나무 아래 묻고는 다시 할머니가 감춰놓은 은전들을 찾으러 집 안으로 들어갔다.

할아버지가 총을 꺼내 총대로 벽을 쿵쿵 찧자 당장 구멍 하나가 드러났다. 할아버지는 그 안으로 손을 집어넣어 자그맣고 붉은 헝겊 주머니를 꺼낸 뒤 흔들었다. 짤랑짤랑 소리가 났다. 온돌 탁자 위에 쏟아놓고 세어보니 은화 50냥이었다.

할아버지가 은화를 품 안에 잘 넣으며 "가자, 아들아" 하고 말했다.

아버지가 물었다. "아부지, 어디로 가요?"

할아버지가 말했다. "현에 가서 총알을 사다가 곰보 렁과 결판을 내려고."

아버지와 할아버지가 북쪽 현성을 향해 갈 때 태양은 서쪽으로 기울었고, 검푸르고 긴 뱀처럼 수수밭 속으로 뻗어 있는 자오지(膠濟) 철로 위로 시커먼 열차 하나가 덜컹거리며 오르락내리락하고 있었다. 한 무더기씩 뿜어대는 누렇게 그은 연기가 수숫대 끝을 휘감고 있었고, 철로는 마치 용의 비늘처럼 번쩍거리며 눈을 자극했다. 날카롭게 찢어지는 열차 소리에 간담이 서늘해진 아버지는 할아버지의 손을 꽉 잡았다.

할아버지는 아버지를 데리고 커다란 무덤 앞으로 걸어갔다. 무덤 앞에는 두 사람 키만 한 하얀 돌 비석이 세워져 있었다. 비석 위에 납작하게 새겨진 글자들은 이미 부식되어 획을 알아볼 수가 없는 상태였다. 무덤 사방에는 두 사람 품으로도 끌어안을 수 없을 만큼 우람하고 오래된 측백나무가 있었는데, 나무 위쪽은 아주 무성해서 시커메진 채 바람이 없어도 우우 하고 소리를 냈다. 핏빛 수수에 둘러싸인 무덤은 마치 시커먼 고도 (孤島) 같았다.

할아버지는 묘비 앞에 구덩이를 파고는 자동소총을 그 안에 집어넣었고, 아버지도 자신의 브라우닝 총을 집어넣었다.

아버지와 할아버지는 철로를 넘어서 높다란 성문 입구를 바라보았다. 성루 위에는 일본 기가 높이 달려 있었다. 깃발 안의 붉은 태양이 서쪽으로 기우는 붉은 태양과 서로 조응하여 한층 더 선명하고 찬란하게 보였다. 입구 양쪽에는 보초 두 명이 서 있었다. 왼쪽은 일본 병사이고 오른쪽은 중국 병사였다. 중국 병사는 검문검색을 하고 일본 병사는 총을 들고 서서 중국 병사가 중국 사람들을 검문하는 걸 지켜보고 있었다.

할아버지는 철로를 건너자 곧 아버지를 등에 업고 낮은 소리로 말했다. "배가 아픈 척해라. 끙끙거려."

아버지는 끙끙 소리를 내면서 조그맣게 물었다. "아부지, 이렇게 끙끙거리면 돼요?"

할아버지가 "시늉을 좀더 크게 해" 하고 말했다.

그들이 성으로 들어가는 사람들을 따라서 성문 입구로 갔을 때 중국 병사가 큰 소리로 물었다. "어느 마을이냐, 성엔 왜 들어가는 거야?"

할아버지는 다 죽어가는 목소리로 말했다. "성 북쪽 위탄(魚灘)에 갑니다요. 아이가 토사곽란이 나서 성 안의 우 선생을 찾아가 치료를 받으려고요."

아버지는 할아버지와 보초 사이의 대화를 듣느라 끙끙거리는 걸 깜박 잊고 있었다. 할아버지가 아버지의 허벅지를 매몰차게 한 번 꼬집자 아버지는 아이고 아이고 하며 고함을 질렀고 이를 본 보초는 손을 내두르며 할아버지를 들여보냈다.

후미진 곳까지 와서 할아버지는 성을 내며 말했다. "바보 같은 놈, 왜 끙끙거리질 않은 거야?"

"아부지, 아부지가 꼬집은 거 진짜 아팠다고요!" 아버지가 말했다.

할아버지는 아버지를 데리고 석탄 찌꺼기가 잔뜩 깔린 비스듬히 난 길을 따라 기차가 오는 방향으로 갔다. 어두운 빛, 탁한 공기. 아버지는 기차 정거장의 낡은 역사 옆에 새로 포루(砲樓) 두 동이 높게 지어지고 있는 걸 보았다. 포루 위에 달린 백색 기의 중앙에는 붉은 피가 둥글게 응어리져 있었다. 셰퍼드를 끌고 다니는 일본 병사 둘이 플랫폼 위를 기계적으로 걷고 있었고, 기차를 타려는 승객 수십 명은 더러는 쪼그리고 앉은 채, 더러는 선 채 철제 난간 밖에 줄을 서서 기다리고 있었다. 위아래로 검은 옷을 입은 한 중국인이 홍등을 들고 플랫폼에 서자 동쪽에서 기차의 기적 소리가 들려왔다. 기적 소리에 아버지 발밑의 지면이 다 덜덜 떨렸다. 셰퍼드 두 마리는 달려오는 기차를 향해 두어 번 짖어댔다. 담배나 호박씨 같은 잡화를 파는 키 작은 할머니가 종종걸음으로 여객들 곁을 왔다 갔다 하고 있었다. 열차는 쿵쿵대며 숨을 헐떡이면서 정거장 앞에 멈춰 섰다. 아버지는 열차가 스무 개 남짓한 긴 상자를 끌고 있는 걸 보았다. 앞의 열댓 개는 네모반듯하게 생긴 게 문과 창이 있었고, 뒤에 있는 열댓 개는 물건들이 어지럽게 널브러져 있는 채 지붕도 없이 풀빛 방수포로만 덮여 있었다. 차 위에 있는 일본인 몇 명이 선 채로 쏼라쏼라하면서 플랫폼 쪽에 있는 일본인과 인사를 나누었다.

아버지는 그때 철로 북쪽의 수수밭에서 터져 나온 날카로운 총소리를 들었다. 화물차 위에 있던 키 큰 일본인의 몸이 휘청거리더니 머리가 찻간 아래로 고꾸라졌다. 포루 위에서 이리가 울부짖는 것 같은 경보음이 울렸고, 차에서 막 내린 승객들과 아직 차에 오르지 않은 승객들이 사방으로 뛰어 달아났다. 셰퍼드들이 미친 듯이 계속 짖어댔고, 포루 위에서는 기관총이 북쪽을 향해 파파팡 하며 사격을 퍼부어댔다. 소동 속에서 열차는 검은 연기 한 무더기를 뿜어내며 다시 움직이기 시작했다. 플랫폼 위로 석탄 가루가 날아다녔다. 할아버지는 아버지의 손을 잡고 어두컴컴한 작은 골목 쪽으로 돌아 나는 듯이 달려갔다.

할아버지는 반쯤 닫혀 있는 문을 밀고 작은 뜰 안으로 들어갔다. 처마 밑에는 종이와 풀로 만든 작은 등롱이 매달려 붉은빛을 발하고 있었는데, 짧고 약하게 퍼지는 빛이 제법 신비한 느낌을 자아냈다. 연지곤지를 바른, 나이를 쉬 짐작할 수 없는 여인 하나가 문에 기대 서 있었다. 시뻘건 입술 안에 가늘고 조밀한 하얀 이 두 줄을 드러내며 만면에 웃음을 띠고 새카만 머리를 풀어 헤친 채 귀밑머리 옆에는 비단 조화(造花)를 꽂고 있었다.

"오라버니!" 여인이 애교 넘치는 목소리로 말했다. "사령관이 되시더니 이 동생을 잊으셨나 봐." 여인이 할아버지 몸에 착 달라붙으며 교태를 부렸다.

"좀 점잖게 굴게. 아들 면전이니." 할아버지가 말했다.

"오늘은 자네랑 노닥거릴 시간 없어! 다섯째 아우 쪽과는 아직 선이 닿겠지?"

여인은 성이 난 듯 씩씩거리며 나가더니 대문을 걸고 다시 처마 밑에서 붉은 등롱을 내리고는 방으로 들어와 입을 삐죽이며 말했다. "다섯째는 경비국에 붙잡혔어요!"

할아버지가 말했다. "경비국의 송순(宋順)은 다섯째랑 의형제 사이가 아닌가?" 여인이 말했다. "당신이 고작 그런 술친구 나부랭이를 믿을 수 있는 사람이라고 생각하다니 웬일이유! 칭다오 쪽에서 일이 터지면 이쪽에 있는 이 여편네는 칼끝 위에 앉아 지내는 거랑 마찬가지라고요."

"다섯째가 당신을 불진 않겠지. 그 녀석은 입을 꽉 다물고 있을걸. 그 해에 차오멍주한테서 뜨거운 철판 위를 걷는 곤욕을 치렀잖아." 할아버지가 말했다.

"그런데 대체 왜 온 거유? 듣자 하니 당신이 일본 자동차 부대를 쳤다던데?"

"완전히 낭패를 당했지! 내 그 씨팔놈의 곰보 렁 놈을 그냥!"

"당신 그자들하고는 한데 얽히지 마시구려. 그자들은 하나같이 교활하고 음흉해서 당신이 당해낼 수가 없다니까."

할아버지는 허리춤에서 은냥 주머니를 꺼내 탁자 위에 쏟아놓으며 말했다. "5백 알만 주게. 빨간 밑구멍으로."

"아직도 빨간 밑구멍, 파란 밑구멍 타령이시네. 다섯째가 사고 친 뒤엔 여기도 그런 거 일찌감치 다 없어졌다고요. 게다가 이 몸은 총도 쏠 줄 모르는데."

"시치미 떼지 말고! 여기 우선 50냥 받고 생각해보게. 위잔아오가 언제 자네한테 섭섭하게 한 적 있나?"

"오라버니," 여인이 말했다. "그게 무슨 말씀이세요. 누이랑 당신 사이가 무슨 남도 아니고."

"성질 건드리지 말고!" 할아버지가 쌀쌀맞게 말했다.

"당신들 성 밖으로 나가지 못할 텐데." 여인이 말했다.

"그런 건 신경 쓰지 말고. 큰 걸로 5백 알 주고, 작은 걸로 다시 50알 주게."

여인은 뜰로 가서 동정을 살피더니 곧 방으로 들어와서는 벽 위에 있는 비밀 문을 밀어 열고, 번쩍거리는 누런 권총 총알 상자 하나를 꺼내왔다.

할아버지가 자루 하나를 찾아 그 안에 총알을 넣고는 허리춤에 묶으며 말했다. "가자!"

여인이 할아버지를 말리며 말했다. "어디로 가려고 그러슈?"

"열차 정거장 쪽에서 철로 쪽으로 기어서 갈 거야." 할아버지가 말했다.

"안 돼요. 거긴 포루와 탐조등, 개랑 보초가 다 있어요." 여인이 말했다.

할아버지가 코웃음을 치며 말했다. "한번 보게. 안 되면 돌아올 테니."

할아버지와 아버지는 컴컴한 골목을 따라서 열차 정거장 근처까지 빠져나왔다. 이쪽엔 성벽이 없었다. 그들은 철공소 담 모퉁이에 숨어서 등불이 환하게 켜져 있는 플랫폼 쪽을 보았다. 그 위에 보초들이 빼곡히 서 있는 게 보였다. 할아버지는 아버지 귀에 대고 뭐라고 하더니 아버지를 잡아당겨 서쪽으로 방향을 틀었다. 역사 서쪽은 노천 화물 하치장으로 철사망이 역사 쪽에서 곧장 성 담장 꼭대기까지 이어져 있었다. 포루 위의 탐조등이 빠르게 왔다 갔다 하면서 열댓 갈래의 철로를 눈이 부시도록 환하게 비추고 있었다. 화물 하치장에는 높은 장대가 세워져 있었고, 장대 위에는 소불알같이 생긴 커다란 전등이 반짝이는 초록색으로 천지를 비추면서 만물의 색을 모두 바꾸어놓고 있었다.

아버지는 할아버지 옆에 엎드린 채 철사망 안쪽에서 왔다 갔다 하는 보초를 주시하고 있었다.

화물차 한 대가 서쪽에서 달려왔다. 커다란 연통에서는 검붉은 불꽃이 한 무더기씩 힘차게 뿜어져 나왔다. 차의 불빛이 마치 멀리서 흘러내리는 강물처럼 쿠릉쿠릉 밀려왔고 바퀴에 눌리지 않은 철로에서도 끼익 하는 소리가 났다.

할아버지와 아버지는 철사망 위로 기어올라가서 속으로 들어갈 구멍을 만들려고 철사 망을 손으로 들어 올렸다. 철사망은 너무 팽팽했다. 철사 가시 하나가 아버지의 손바닥에 박혔고, 아버지는 낮은 소리로 신음을 내뱉었다.

할아버지가 작은 소리로 물었다. "어떻게 된 거냐?"

아버지가 작은 소리로 답했다. "손을 찔렸어요, 아부지."

할아버지가 말했다. "못 지나가겠다. 돌아가자!"

아버지가 말했다. "총만 있으면 돼요."

할아버지가 말했다. "총이 있어도 못 나가."

아버지가 말했다. "총이 있으면 우선 저 소불알 등을 박살 내버리게요!"

할아버지와 아버지는 검은 그림자 속으로 물러나 벽돌 하나를 찾아서는 힘껏 철로 위로 던졌다. 보초 하나가 괴성을 지르며 총을 쏘았고 탐조등이 당장 비쳐졌다. 바람이 몰아치듯 퍼부어지는 기관총 소리에 아버지는 귀가 반쯤 먼 것 같았다. 총알이 철로 위를 때려 작은 불꽃들이 여기저기로 날아다녔다.

8월 15일 중추절에 가오미 현성 안에서는 큰 장이 열렸다. 전란 중이긴 했지만 보통 백성들은 그래도 살아나갔고, 살아가자니 먹고 입어야 했고 장사도 해야 했다. 성을 나서는 사람, 들어오는 사람들이 줄줄이 이어졌다. 이른 아침 8시쯤 이름이 가오룽(高榮)인 한 젊은이가 현성 북문으로 와서 보초를 섰다. 그는 들어오고 나가는 사람들에 대해 엄격하게 검문을 했지만 마주 선 일본 병사의 시선이 몹시 비우호적이라는 걸 느끼고 있었다.

쉰 살 남짓해 보이는 늙은이와 열댓 살 되는 사내아이가 어린 양 한 마리를 몰고 성 밖으로 나가려고 했다. 늙은이는 얼굴색이 시커멓고 눈은 퍼렇게 멍이 들어 있었다. 아이는 얼굴은 발그레했지만 긴장한 듯 땀을 흘리고 있었다.

왔다 갔다 하는 무수히 많은 행인이 문 앞에서 꽉 막혀 서 있었지만 가오룽은 전혀 개의치 않고 검문검색을 했다.

"어딜 가는 거냐?"

"성에서 나가 집으로 돌아가려고 하우!" 늙은이가 말했다.

"장엔 가지 않고?"

"장은 다 봤수다. 다 죽어가는 양 한 마리가 싸길래 샀고."

"언제 성으로 들어왔나?"

"어제 오후에 들어왔다가 친척집에서 자고 아침 일찍 양을 사서 나오는 길이요."

"지금은 어디로 가는데?"

"성을 나가서 집으로 가요."

"가!"

할아버지와 아버지는 어린 양을 몰고 성을 빠져나왔다. 어린 산양은 배가 너무 무거운지 걸음을 옮기기가 어려웠다. 할아버지가 수숫대로 양의 엉덩이를 때리자 양은 음메 울면서 고통스럽게 꼬리를 흔들며 가오미 둥베이 지방으로 통하는 흙길을 향해 달려갔다.

할아버지와 아버지는 묘비 아래에서 총을 꺼냈다.

아버지가 말했다. "아부지, 산양은 놓아줄 거죠?"

할아버지가 말했다. "아니, 몰고 갔다가 도로 몰고 와서 잡아가지고 우리 둘 중추절 지내는 데 써야지."

아버지와 할아버지는 딱 정오에 마을 입구에 도착했다. 그들이 최근 몇 년 동안 수리한, 마을을 둘러싸고 있는 높다란 검은 토담을 멀찍이서 바라보고 있을 때 마을 안팎에서 격렬한 총포 소리가 들려왔다. 할아버지는 현성으로 들어가기 전에 마을 어른인 장뤄루가 했던 걱정을 떠올렸고, 요 며칠 동안 계속된 자신의 예감도 떠올리면서 그 불길한 일이 끝내 다가왔구나 하는 생각을 했다. 그는 속으로 일찌감치 성으로 나간 게 정말 다행이라는 생각을 했다. 비록 위험은 감수했지만 어쨌든 결국 시간에 맞추어 왔으니, 할 수 있는 만큼 하면 되는 것이다.

할아버지와 아버지는 거의 다 죽어가는 어린 양을 수수밭으로 안고 들어갔다. 아버지는 양의 똥구멍을 꿰맸던 삼실을 뜯어냈다. 삼실을 뜯어내면서 아버지는 그 여인이 양의 똥구멍 안으로 탄알을 집어넣던 모습을 떠올렸다. 탄알 550개를 어린 산양의 똥구멍 속으로 쑤셔 넣자 산양의 배는 마치 초승달처럼 아래로 축 처졌다. 아버지는 돌아오는 길 내내 걱정했다. 처음에는 총알이 양의 배를 터뜨려버리면 어쩌나 해서, 그다음엔 또 총알이 산양 배 안에서 다 소화되어버리면 어쩌나 해서.

아버지가 가는 삼실을 뜯어내자 양의 엉덩이는 갑자기 매화처럼 벌어졌고 오랫동안 쌓였던 똥 덩어리들이 뚜르르 쏟아져 내렸다. 어린 산양은 똥 한 무더기를 쏟아내더니 바닥으로 쓰러졌다. 아버지가 놀라서 말했다. "아부지, 망했어요. 총알이 다 양똥으로 변했어요."

아버지가 양의 뿔을 들어 산양을 똑바로 세우고 위아래로 쓸어내리자 괄약근의 힘을 상실한 양의 똥구멍에서 번쩍거리는 탄알들이 후드득 쏟아져 나왔다.

할아버지와 아버지는 탄알을 주워서 우선 총의 탄창부에 채워 넣고 다시 주머니 속에도 집어넣고는 양이 죽었는지 살았는지는 돌아볼 틈도 없이 수수밭에서 비스듬하게 난 길을 타고 마을 앞쪽으로 들어갔다.

일본 놈들이 이미 마을을 겹겹이 에워쌌고 마을엔 포연이 자욱했다. 몇 군데서는 검은 연기가 치솟고 있었다. 수수밭에 숨겨놓은 소형 박격포 진지가 먼저 아버지와 할아버지의 눈에 들어왔다. 포신은 사람 키 반만큼 되고 포문은 주먹 하나만큼 되는 박격포가 모두 여덟 문 있었다. 거기서 누런색 군복을 입은 스무 명 남짓한 일본 병사가 포를 쏘고 있었고, 마른 일본 병사 하나가 작은 기를 들고 지휘를 하고 있었다. 각 포 뒤에는 일본 병사가 한 명씩 있었는데 다리를 벌리고 박격포 위로 올라탄 채, 날개가 달려 있고 번쩍거리는 작은 포탄을 두 손으로 내리누르고 있다가 마른 일본군이 작은 깃발을 내리면 일제히 손을 놓아 포탄을 포신 안으로 밀어넣었다. 그러면 포신 안에서는 소리가 울리고 포구에서는 불이 솟아올랐고, 포신이 뒤로 움츠러들면서 번쩍거리는 물건이 지지직 소리를 내며 하늘로 올라갔다가 토담 위로 떨어지는 것이다. 토담 안에서는 먼저 여덟 가닥의 연기가 피어오르고 이어 여덟 개의 소리가 합쳐진 하나의 거대한 소리가 터져 나왔다. 그 연기 기둥 속에서 거무스름한 것들이 꽃이 피듯 사방으로 흩뿌려졌다. 일본 병사들이 다시 일련의 포탄을 쏘아댄 것이다. 할아버지는 마치 꿈에서 깨어난 것처럼 모제르총을 휘둘러 한 방에 그 작은 깃발을 흔들고 있는 일본 병사를 맞혀 넘어뜨렸다. 아버지는 총알이 마른 일본 놈의 마른 무같이 생긴 머리통을 뚫고 들어가는 걸 보면서 비로소 전투가 시작되었다는 것을 깨닫고 정신이 멍한 상태에서 다시 한 방을 쏘았다. 총알은 박격포의 원판 위로 떨어져 쨍그랑 소리를 내더니 다시 다른 쪽으로 돌아 떨어졌다. 대포를 다루던 일본 병사가 총을 들더니 두두두 하고 쏘아댔다. 할아버지는 아버지를 붙잡고 수수밭의 공터로 숨어들어갔다.

일본군과 괴뢰군이 공격을 개시했다. 괴뢰군은 앞에서 허리를 굽히고 수수밭의 공터를 누비면서 온 천지 사방을 향해 제멋대로 총을 쏘아댔고, 일본군은 허리를 아주 낮게 숙인 채 후방에서 그들을 따라갔다.

수수밭 쪽에서 기관총 소리가 두두두두 하고 무수히 울렸고, 토담 위는 쥐 죽은 듯이 고요했다. 괴뢰군이 토담 앞까지 왔을 때 토담 쪽에서 손잡이가 삐딱하게 달린 수류탄 수십 발— 할아버지는 이게 뤄루 어르신이 자금을 모아 렁 지대의 병기창에서 사온 품질이 낮은 수류탄이라는 걸 알지 못했다— 이 일제히 터졌다. 괴뢰군 수십 명이 쓰러졌고 포격에 맞지 않은 자들은 몸을 돌려 달아났다. 일본 병사들도 몸을 돌려 달아나다가 수십 명이 토담 위로 튀어 올라서는 사제 총포를 들고 서둘러 한차례 쏘더니 다시 재빨리 고개를 감추었다. 토담 위는 다시 고요해졌다.

나중에야 아버지와 할아버지는 알았다. 그때 마을 북쪽, 동쪽, 서쪽에서 한결같이 격렬하고도 황당한 전투가 벌어졌었다는 것을.

일본 놈들이 다시 폭격을 시작했다. 포탄은 철피로 싸인 대문 두 짝을 정확하게 강타했다. 한 발에 구멍 하나, 다시 한 발에 구멍 하나, 펑펑하고 터지는 포격에 대문은 산산조각이 났고 입구에는 커다란 구멍이 생겼다.

할아버지와 아버지는 다시 일본 포병에게 기습 공격을 감행했다. 할아버지가 네 방을 쏘자 일본 놈 두 명이 고꾸라졌다. 아버지는 다시 한 방을 쏘았다. 아버지가 조준한 것은 포신에 올라타 두 손으로 포탄을 누르고 있는 일본 놈이었다. 확실한 사격을 위해 아버지는 두 손으로 브라우닝총을 움켜쥐고 일본 놈의 넓적한 등을 조준하여 방아쇠를 당겼다. 하지만 아버지는 자신이 쏜 총알이 일본 놈의 똥구멍 속으로 들어가는 걸 보았다. 일본 놈은 순간 넋이 나간 채 앞으로 고꾸라지면서 포문을 눌렀고, 그 순간 쿠르릉 하는 거대한 소리가 울렸다. 아버지는 땅에서 몇 차례나 튀어 올랐고, 머리 위로는 쉬쉬쉿 하는 어지러운 소리가 들렸다. 그 일본 놈의 허리가 두 동강이 났고, 박격포에 가슴이 박살이 났다. 뜨겁게 달궈진 노리쇠 하나가 수십 미터를 날아오더니 아버지 머리 앞에 떨어졌고 아버지는 하마터면 노리쇠에 으깨어져 죽을 뻔했다.

몇 년이 지난 뒤에도 아버지는 휘황한 전과(戰果)를 올렸던 이 한 발의 총을 잊을 수가 없었다.

마을 토담의 대문은 박살이 났고, 일본 기마 부대는 군도를 휘두르며 마을로 쳐들어왔다. 아버지는 조금 겁도 났지만 부러움이 더 큰 마음으로 그 멋지고 용맹한 일본 말을 바라보고 있었다. 기마 부대가 수수밭을 지날 때는 엉망으로 엉클어진 수숫대가 말의 다리를 휘감고 말의 얼굴을 긁어대는 통에 말들은 괴로운 듯이 날뛰었고 빨리 달리기가 무척 어려웠다. 기마 부대가 대문으로 진입해올 때는 마치 말들이 우리 안으로 달려들어오는 것처럼 한데 몰려 따따따따 하며 달려왔지만, 대문 난간 양쪽에서 무수한 쇠갈퀴와 나무 쟁기, 깨진 벽돌이랑 부서진 기와들이 날아왔다. 그 가운데는 아마 펄펄 끓는 수수죽도 있었을 것이다. 기마병들은 저마다 얼굴을 감싸며 괴성을 질렀고 일본 말들은 놀라서 발굽을 치켜들거나 발을 동동 구르면서 어떤 것들은 마을로 뛰어 들어가고 어떤 것들은 도로 달아나버렸다.

진격해오던 기마병들이 처참한 꼴을 당하는 모습을 보면서 할아버지와 아버지의 얼굴에는 기이한 웃음이 번졌다.

할아버지와 아버지가 일으킨 소동은 수많은 괴뢰군을 끌어들이게 되었고, 나중에는 기마병까지 소탕 작전에 참여하는 결과를 가져왔다. 일본 군도가 아버지의 머리 위에서 차가운 빛을 번쩍이며 무수히 내리쳐졌지만 수숫대가 매번 그것을 막아주었다. 할아버지의 두피는 총알에 긁혀 깊은 홈이 파였지만 빽빽하게 늘어선 수수가 할아버지와 아버지의 목숨을 구해주었다. 그들은 쫓겨 다니는 토끼처럼 바닥에 바짝 붙어서 달아났고, 오후의 반나절 정도가 지났을 때는 모수이 강변까지 달려왔다.

할아버지와 아버지는 남은 총알을 세어본 뒤 다시 수수밭으로 들어갔다. 그들이 앞으로 1리 정도 걸어 나갔을 때 앞에서 고함 소리가 들렸다. 동지들…… 돌격합시다…… 일본 제국주의를 타도합시다……

구호 소리가 지나간 뒤 군대의 신호 나팔이 다시 뚜뚜 하고 울리기 시작했다. 수수밭에서 기관총 두 대가 두두두 울리는 것 같았다.

할아버지와 아버지는 어찌나 흥분되던지 그 기관총 소리가 나는 쪽으로 달려갔다. 그 앞까지 가보니 사람은 그림자도 보이지 않고 수숫대 위에 양철로 된 기름통 두 개가 묶여 있었는데, 그 안에서 두 줄의 폭죽이 터지면서 요란한 소리를 내고 있었다.

나팔 소리와 구령 소리가 다시 옆의 수수밭에서 들리기 시작했다.

할아버지는 경멸하듯이 웃으며 말했다. "하여튼 팔로군 유격대 놈들은 이런 짓밖에 할 줄 모른다니까."

양철 기름통이 두두두 하고 울리자 그 진동에 무르익은 수수알들이 후드득하고 떨어졌다.

일본 놈 기마 부대와 무리 지어 몰려온 괴뢰군이 총을 쏘면서 포위 공격을 가해 오기 시작했다. 할아버지는 아버지를 붙잡고 뒤로 물러났다. 허리춤에 수류탄을 차고 있는 팔로군 몇 명이 허리를 숙인 채 달려왔다. 아버지는 총을 든 팔로군 하나가 바닥에 엎드린 채로, 일본 말에 부딪혀 정신없이 흔들리고 있는 수숫대 쪽을 향해 한 방 쏘는 것을 보았다. 총성이 팡 하고 터지며 질항아리를 부쉈다. 총을 쏜 팔로군은 노리쇠를 당기고 탄피를 벗겨내려고 했지만 노리쇠는 꼼짝도 하지 않았다. 일본 말 한 마리가 달려왔고, 아버지는 말 위에 탄 일본 병사가 번쩍이는 군도를 그럴싸하게 한 번 휘두르면서 그 팔로군의 머리통을 내리치는 걸 보았다. 팔로군은 총을 내던지고 달아났고 일본 말이 그를 쫓았다. 결국 일본 군도가 그 팔로군의 머리통을 반쪽으로 쪼갰고 골이 수숫잎 위를 홍건하게 적셨다. 아버지는 눈앞이 캄캄해진 채 바닥으로 쓰러졌다.

아버지와 할아버지는 일본 기마 부대의 추격을 피하다가 흩어졌다. 태양이 이미 수수 이삭을 내리누르고 있었고, 수수밭에서는 이미 한 무더기씩 어두운 그림자가 나타나기 시작했다. 털이 부숭부숭한 어린 여우 세 마리가 아버지 앞을 둔한 동작으로 지나갔다. 아버지는 손을 펴서 어린 여우의 굵고 사랑스러운 꼬리를 꽉 쥐었다가 곧바로 수수 더미 안에서 격분하여 울부짖는 여우의 소리를 들었다. 붉은 털의 늙은 여우 한 마리가 번개처럼 튀어나오더니 이를 드러내고 아버지를 향해 위세를 과시했다. 아버지는 당황한 나머지 어린 여우를 놓아주었고 늙은 여우는 어린 여우를 데리고 가버렸다.

총성은 마을 동쪽, 서쪽, 북쪽 세 방향에서 들려왔다. 마을 남쪽은 너무나 고요한 것 같았다. 아버지는 처음에는 조그마한 소리로 외치다가 나중에는 큰 소리로 할아버지를 부르기 시작했다. 할아버지는 대답이 없었다. 아버지의 마음속에서 불길한 먹구름이 기어올라왔다. 아버지는 초조한 마음으로 총소리가 나는 쪽을 향해 달려갔다. 수수밭은 빛이 더 희미해졌다. 석양에 물든 수수 이삭이 무시무시한 형상으로 그의 머리 위로 모여들자 아버지는 울음을 터뜨렸다.

아버지는 할아버지를 찾아다니는 과정에서 팔로군 시신 세 구와 마주쳤다. 그들은 다 군도에 베여 죽었고, 그들의 죽은 얼굴은 어두운 가운데 험상궂고 무서워 보였다. 아버지는 사람들 속으로 뛰어 들어갔다. 그들은 모두 보통의 백성들이었는데 모두 새끼줄로 된 멜대를 멘 채 전전긍긍하며 수수밭에 쪼그리고 앉아 있었다.

아버지가 "우리 아부지 못 봤어요?" 하고 묻자 그들은 "꼬마야, 마을은 열린 거냐?" 하고 되물었다.

아버지는 그들이 자오 현 사투리를 쓴다는 걸 알았다. 한 노인네가 자기 아들에게 주절주절 당부하는 소리가 들렸다. "인주(銀柱)야, 인주야, 기억해라 잉, 낡은 이불 보따리도 중요하지만, 먼저 그 솥단지부터 챙겨야 한다. 우리 집 그 솥단지는 일찌감치 망가졌으니."

노인의 혼탁한 눈은 마치 콧물이 두 눈자위로 모여 들러붙은 것 같았다. 아버지는 그들에게 신경 쓸 여유 없이 계속 북쪽으로 달렸다. 마을 가까이 왔을 때 할머니와 할아버지, 아버지의 꿈속에서 거듭 나타났던 바로 그 광경이 눈앞에 펼쳐졌다. 마을 동쪽, 북쪽, 서쪽 삼면에서 총성이 터져 나왔고 마을 사람들은 남녀노소 할 것 없이 난리법석이 벌어진 채 토담 위에서 마을 앞 저지대의 수수밭 쪽으로 조수처럼 밀려 나왔다.

일진광풍 같은 총성이 눈앞에서 울렸고, 아버지는 무수히 많은 총알이 마치 메뚜기처럼 마을 앞 수수밭을 뒤덮고 있는 것을 보았다. 달려 나온 남녀노소 모두 수숫대와 함께 쓰러졌고, 뿌려진 선혈들이 하늘의 반을 붉게 물들였다. 아버지는 입을 딱 벌린 채 땅바닥에 주저앉았다. 사방이다 피였고, 도처에서 들척지근한 피비린내가 퍼져 나왔다.

일본 사람들이 마을로 들어온 것이다.

사람의 피로 흠뻑 젖은 석양이 막 산 아래로 내려갔고, 8월 중추절의 붉은 핏빛 달이 수수 더미 속에서 솟아올라왔다.

아버지는 할아버지가 작은 목소리로 자기를 부르는 소리를 들었다.

"더우관……!"

제4편
수수 장례

1

잔인한 4월 모수이 강 안에는 찬란한 별빛을 틈타 교배한 청개구리들이 투명한 알을 한 무더기씩 쏟아놓았고, 강렬한 햇볕을 쪼인 강물은 마치 갓 짠 짠 콩기름처럼 따뜻했다. 한 무리씩 부화한 개구리들이, 천천히 흘러가는 강물 안에서 희미한 먹물처럼 둥글게 둥글게 움직이고 있었다. 모래톱 위에는 강아지풀이 미친 듯이 자라 있고, 자줏빛 들가지꽃이 물풀의 틈새에서 성난 듯이 피어 있었다. 이날은 새들에게 좋은 날이었다. 황토색 바탕에 하얀 반점이 별처럼 섞여 있는 종달새가 하얀 연기가 모락모락 피어오르는 공중에서 날카롭게 휘파람을 불고 있고, 윤기가 반지르르한 집제비는 붉은 갈색 가슴으로 유리 같은 강물을 계속 찍어대고 있었다. 한 줄 한 줄 가위 모양으로 늘어서서 날아가는 까만 제비의 그림자가 강물 위를 미끄러지듯 지나고 가오미 둥베이 지방의 검은 흙은 새들의 날개 아래에서 둔중하게 맴돌고 있었다. 작열하는 서남풍이 땅바닥에 달라붙어 함께 구르고, 자오핑로 위에는 혼탁한 먼지들이 한 무더기씩 옮겨 다니며 유격전을 벌였다.

이날은 우리 할머니에게도 좋은 날이었다. 할아버지가 검은 눈이 이끄는 철판회에 가입하고, 뿐만 아니라 차츰차츰 철판회에서 검은 눈이 차지하던 지도적 지위를 대신하게 되면서, 죽은 지 근 2년이 되어가는 할머니를 위해 성대한 장례식을 치르기로 결정한 날이었기 때문이다. 이 결정은 할아버지가, 임시로 만든 할머니 봉분 앞에서 다짐했던 일대 소원이기도 했다. 성대한 장례식을 치른다는 소식은 이미 한 달 전부터 가오미 둥베이 지방의 마을 아홉 개와 촌락 열여덟 개 모두로 퍼져나갔다. 장례일은 4월 초여드레였다. 4월 초이렛날 아침이 되자 먼 곳에 사는 백성들은 소달구지나 나귀차를 몰고, 수레에는 마누라와 자식들을 싣고 마을로 모여들기 시작했다. 조무래기 상인들과 장사꾼들도 덩달아 돈을 벌러 따라왔다. 거리와 마을 어귀의 나무 그늘 아래에서, 루바오를 파는 사람들은 놓을 자리를 골라 발로 밟으며 땅을 고르고, 전병을 굽는 사람들은 솥을 잘 받쳐 걸어놓고, 녹두묵을 파는 사람들은 하얀 천 차양을 걸어놓았다. 남녀노소 할 것 없이 모두가 희희낙락하며 마을로 잔뜩 몰려들었다.

1941년 봄, 국민당의 렁 지대는 공산당의 자오가오 대대와의 빈번한 마찰과 할아버지가 주도한 철판회의 납치 활동, 그리고 일본 괴뢰군의 포위 소탕 작전 속에서 원기에 큰 손상을 입었다. 들리는 바에 따르면 렁 지대는 창이(昌邑)의 쌴허(三河) 산 지구로 달아나 잠시 숨을 돌리면서 힘을 비축하는 중이었고, 자오가오 대대는 핑두의 다쩌(大澤) 산 지구에서 상처를 핥고 있는 중이었다. 할아버지와 할아버지의 옛 연적이 공동으로 이끌고 있는 철판회는 1년 남짓한 짧은 기간 안에 총 2백여 자루와 건장한 말 50여 마리를 가진 무장 역량으로 성장해 있었지만, 행동이 좀 기이하고 신비한 데다 미신적 색채도 농후해 일본군과 괴뢰군은 이들한테는 전혀 신경을 쓰지 않는 것 같았다. 1941년은 전국적으로는 항일전쟁이 전례 없이 잔혹한 형세를 보인 시기였지만 가오미 둥베이 지방에서는 오히려 일시적인 안녕과 평안이 나타났던 때였다. 살아남은 백성들은, 썩어 문드러진 수수의 시체 위에 새로 수수 씨를 뿌렸고, 씨를 뿌린 지 얼마 안 되어 딱 알맞은 양의 비가 내려 비옥한 토양을 촉촉하게 적셔주었다. 게다가 수려한 햇빛이 왕성하게 비추어 땅의 온도가 계속해서 오르자 수수의 싹들은 밤사이에 모두 대지를 뚫고 나온 것처럼 가지런히 자라났고, 송곳처럼 생긴 붉고 연한 싹 위에는 맑은 이슬이 방울방울 달려 있었다. 모를 솎고 호미질을 할 때까지는 아직 얼마간의 시간이 남아 있었기 때문에 할머니의 장례일은 짧은 농한기에 딱 맞추어 진행되었다.

초이레 저녁이 되자 마을에는, 1939년 8월 15일에 일어났던 큰불이 남겨놓은 잔해들과 허물어진 담벽 안으로 사람들이 벌써 잔뜩 모여들기 시작했다. 흙먼지 날리는 거리에는 가축을 실어 내린 나무 수레 수십 대가 서 있었고, 나무 위나 수레바퀴살 위에는 당나귀랑 누런 소들이 매여 있었다. 햇살이, 가축들의 바래고 더러워진 겨울털 뒤로 드러난 만질만질한 피부를 비추었고, 아직 다 자라지 않은 나뭇잎들은 석양에 핏빛으로 물들어 있었다. 가축들의 등 위에는 잎 그림자가 마치 오래된 동전처럼 하나씩 찍혀 있었다.

해가 산 쪽으로 질 무렵 마을 서쪽 큰길로 나귀를 탄 한의사가 들어왔다. 한의사의 크고 시커먼 콧구멍 양쪽으로는 제비 깃털처럼 빳빳한 털이 삐져나와 있었다. 그는 후텁지근한 4월에 전혀 어울리지 않는 낡은 털모자를 이마까지 뒤집어쓰고 있었고, 삐딱하게 기운 그의 두 눈썹 아래에서는 어두운 빛이 두 가닥 뿜어져 나왔다. 한의사는 마을에 들어서자 곧 뼈만 앙상하게 남은 나귀 등에 올라타 금빛으로 번쩍이는 구리 방울을 흔들었고, 다른 한 손으로는 푸른색 삼줄을 꽉 거머쥔 채 어깨를 으쓱대며 목에는 잔뜩 힘을 주고 곧장 마을 한가운데로 나아갔다. 나귀는 이미 너무 늙어서 몸에 죽은 털이 가득했다. 아직 빛이 바래지 않은 갓 난 털들이 곁에서 반짝거리는 바람에 죽은 털들이 있는 자리는 더 칙칙해 보였다. 몸에는 온통 부스럼이 나 있었다. 나귀는 자주색 잇몸을 제대로 덮어 가리지 못하는 축 늘어진 아랫입술을 이따금씩 말아 올렸고, 눈 위에는 달걀 두 개는 족히 들어갈 만한 골이 패어 있었다.

한의사와 마른 나귀가 보란 듯이 거리를 활보하자 장례식 구경을 하러 온 사람들은 호기심에 찬 눈으로 그들을 쳐다보았다. 그와 나귀가 짝을 이루어 함께 걸어가는 모습이 신기한 느낌을 자아냈고, 무척이나 호화로운 구리 방울이 흔들릴 때 나는 듣기 좋은 소리는 수수께끼처럼 묘한 느낌을 불러일으켰다. 사람들 한 무리가 자기도 모르는 사이에 그들을 따라다니는 통에 뭇 발바닥들이 일으킨 먼지가 위로 솟구쳤다가, 기름땀이 범벅이 된 한의사의 얼굴과 온몸에서 시큼한 땀 냄새를 풍기는 나귀의 등 위로 떨어졌다. 한의사가 눈을 껌벅이며 콧구멍을 벌름거리자 콧구멍으로 삐져나온 시커먼 털이 이상하게 들썩거리더니 날카로운 소리로 한껏 재채기를 했고 깡마른 나귀는 연달아 방귀를 뀌어댔다. 넋을 놓고 있던 사람들이 그 모습을 보고는 한바탕 미친 듯이 웃어대더니 뭐라고 떠들썩하게 중얼거리며 숙소를 찾아 밖으로 흩어졌다.

초승달은 나뭇가지 끝에 걸리고 마을은 희미한 어둠으로 덮였다. 청량한 바람 한 줄기가 들판 쪽에서 불어왔고 모수이 강 안에서는 우렁찬 개구리 울음소리가 한 차례씩 전해져 왔다. 장례식을 보러 속속 마을로 몰려들었던 사람들은 마을 안에 더 이상 묵을 곳이 없자 마을 밖 수수밭에서 잠을 잤고, 그 바람에 이 성대한 장례식이 끝난 뒤 모수이 강 주변에 펼쳐져 있던 수천 이랑의 수수밭에서 자라던, 부드럽고 탄력 있는 수수들은 다 짓밟혀 딱딱하게 변해버렸다. 속에 진흙이 들어간 수수 싹은 짓눌려 한 줄로 늘어선 연녹색 즙액이 되었다. 하지만 5월이 되어 한차례 큰비가 내리자 굳었던 땅은 다시 살아났고, 살아남은 수수 싹은 끝없이 이어진 거친 들판에서 강인하게, 날카로운 칼날처럼 뾰족한 싹을 내밀었다. 수숫대와 수숫잎, 들풀이 한데 어우러져 형성된 녹음이, 시퍼렇게 녹슨 구리 탄피 조각들을 모두 덮어 가려버렸다.

나귀를 탄 한의사는 어둑어둑해져 가는 저녁 빛 속에서 방울을 흔들면서 코로는 수시로 과장된 재채기를 토하며 마을을 돌아다녔다. 마을 가운데 흙길을 다 돈 뒤 그는 다시 할아버지의 철판회가 임시로 만들어놓은 거대한 막사 주변을 돌았다. 막사는 그 우뚝 솟은 기세로 사람을 압도했다. 우리 마을에서는 지금까지 있어본 적이 없는 거대한 구조물이었다. 할머니의 영구는 중앙 막사 안에 놓여 있었다. 타오르는 촛불 빛이 중앙 막사의 틈새로 한 줄기씩 새어 나오고 있었다. 막사 입구에는 모제르총을 비스듬히 멘 철판회 회원 두 명이 서 있었다. 그들은 이마 뒤로 두피의 4분의 1쯤 되는 곳까지 머리를 빡빡 밀어, 푸르스름한 두피를 드러내놓고 있었다. 소위 철판회 회원이라는 자들의 머리는, 사람들이 한 번 보기만 해도 조금은 겁을 집어먹도록, 다 이런 식으로 했다. 철판회 회원 2백여 명은 영구가 놓여 있는 큰 막사 주변을 위성처럼 둘러싸고 있는 작은 막사들에 분산해서 머물고 있었다. 살지고 건장한 전마(戰馬) 50여 마리는 한 줄로 늘어선, 가지가 휘늘어진 수양버들에 매여 있었고, 말 앞에는 단순하게 만들어진 구유가 한 줄로 놓여 있었다. 말들은 콧소리를 내면서 발굽을 구르며, 냄새를 맡고 쫓아온 파리 한 무리와 등에를 꼬리로 쫓고 있었다. 마부가 구유 안에 여물을 쏟아붓자 볶은 수수 향기가 버드나무 아래로 퍼졌다.

한의사의 마른 나귀는 향기로운 여물에 유혹되어 말들 쪽으로 고개를 돌리려고 애를 썼다. 한의사는 가련하기 이를 데 없는 늙은 노새의 눈을 냉소적인 눈빛으로 바라보면서 혼자 자문자답을 하는 것 같기도 하고 나귀한테 말을 거는 것 같기도 한 말투로 말했다. "군침이 도냐? 내 말해주지. 원수가 아니면 다투지 말라. 사람은 재물 때문에 죽고, 새는 먹이 때문에 죽나니, 젊은이는 백발노인을 비웃지 말라. 꽃이 피어도 붉은 건 몇 날 뿐이니, 양보해야 할 곳에서는 양보해라. 양보하는 건 어리석은 게 아니니 지나고 나면 반드시 이로움이 있으리라……"

나귀를 끄는 한의사의 실성한 듯한 말과 괴상한 행동은 장례식장의 손님으로 변장한 철판회 회원들의 주목을 끌었다. 철판회 회원 두 명이 그의 뒤를 바짝 따르다가, 그가 얼토당토않은 말을 잔뜩 늘어놓으며 낡은 방울을 조금 빨리 흔들었다 조금 천천히 흔들었다 하면서 다시 한 번 말 무리 근처로 돌아오자, 철판회 회원 하나가 앞에 서고 다른 철판회 회원이 뒤에 서서 앞뒤로 모제르총을 겨냥하고는 딱딱한 태도로 그를 압박했다.

한의사는 조금도 두려워하지 않은 채 어둠 속에서 날카로운 웃음소리를 냈다. 철판회 회원들의 팔이 자신들도 모르는 사이에 부들부들 떨렸다. 앞쪽의 철판회 회원은 한의사의 두 눈이 숯불처럼 타오르는 걸 보았고, 뒤쪽의 철판회 회원은 한의사의 웃음소리 속에서 딱딱하게 곧추서 있는 검은 목을 보았다. 마른 나귀의 오만하고 큰 그림자가 무너진 담장처럼 바닥에 누워 있었다. 전마의 무리 속에서 말 두 마리가 꼴을 가지고 다투느라 우는 소리가 들려왔다.

중앙의 큰 막사 안에 붉은 양기름 촛불 스물네 자루가 켜졌다. 불빛은 계속 불안하게 흔들렸고, 흔들리는 불빛이 만들어내는 그림자가 막사 안의 모든 것을 두렵고 불안하게 만들어놓고 있었다. 할머니의 커다란 검붉은색 영구는 막사 중앙에 놓여 있었다. 촛불이 검붉은색 위에 다시 흔들리는 금빛을 한층 더하자 막사는 너무나도 신비로운 느낌을 자아냈다. 하얀 종이를 오려 만든 설송(雪松)과 설류(雪柳)*가 관 주위에 죽 놓여 있고, 왼쪽에는 초록색 옷을 입은 남자아이가, 오른쪽에는 붉은색 옷을 입은 여자아이가 관 양쪽에 각각 세워져 있었다. 남자아이와 여자아이는 마을에서 유명한 종이 공예 장인인 바오언(寶恩)이 수숫대와 채색 종이로 만든 것이다. 평범한 풀과 나무라도 솜씨가 기가 막힌 바오언이 한번 만지기만 하면 곧 살아 있는 영물이 되었다. 관 뒤에는 할머니의 신위(神位)가 세워져 있었고 그 위에는 "현비 다이 씨 부인 신주 효남 위더우관 봉사(顯妣戴氏夫人神主孝男余豆官奉祀)"라고 씌어 있었다. 신위 앞의 갈색 향로에서는 누런 은행색 향이 타면서 연기가 모락모락 피어올랐고, 향의 재는 떨어지지 않고 검붉은색 불꽃에 오래도록 매달려 있었다. 아버지도 머리꼭지의 두피를 말끔하게 밀어서 자신이 철판회 사람이라는 걸 드러내고 있었다. 할아버지의 머리꼭지에도 면도칼로 깎아낸 밝은 반달이 있었다. 그와 철판회 회장인 검은 눈이 막사 한쪽의 긴 탁자 뒤에 나란히 앉아서, 자오 현성에서 모셔온 장례에 능통한 쓰(司) 도사가 우리 아버지에게 삼궤육읍구고(三軌六揖九叩)**의 큰절을 가르치는 걸 보고 있었다. 쓰 도사는 예순 전후의 나이로, 아래턱에는 은실 같은 하얀 수염을 늘어뜨리고 있었고 하얀 치아에 말이 아주 빨라서, 한 번 보면 그가 아주 두뇌가 명석하고 일 처리가 능숙한 사람이라는 걸 대번에 알 수 있었다. 쓰 도사는 아버지를 가르

---

* 종이 공예의 일종으로 하얀색 종이로 눈이 내린 소나무와 버드나무의 형상을 만든 것.
** 세 번 무릎을 꿇고 여섯 번 읍하고 아홉 번 머리를 조아리는 의식.

치는 일에 싫증을 내지 않았지만 아버지는 점점 더 참을성이 없어져서 모든 동작을 다 대충 시늉만 내면서 따라 하고 있었다.

할아버지가 한쪽에서 엄하게 말했다. "더우관, 건성으로 하지 말고, 네 엄마에게 효도를 다하려면 고생스러워도 좀 참아야지!"

그러자 아버지는 몇 번은 다시 열심히 따라 하는 것 같더니 할아버지가 다시 고개를 돌려 검은 눈과 이야기하는 걸 보고는 당장 동작이 다시 건성이 되었다. 막사 밖에서 누군가가 들어와 쓰 도사에게 무슨 장부의 결산을 요구했고, 쓰 도사는 할아버지에게 허락을 받고 그 사람을 따라 나갔다. 할머니의 장례를 치르기 위해 철판회는 엄청난 돈을 썼다. 할아버지 쪽에서는 장례 자금을 마련하기 위해 렁 지대와 장 대대가 철수한 뒤에 가오미 둥베이 지방에서 조잡하게 인쇄된 종이 지폐를 발행했다. 액면가는 천 위안과 만 위안의 두 종류였는데, 지폐의 도안은 사람 같기도 하고 아닌 것 같기도 한 괴물이 호랑이를 타고 있는 모양으로 단순했다. 인쇄는 세화(歲畵)*를 새긴 목판으로 대충 찍어낸 것이었다. 당시 가오미 둥베이 지방에는 최소한 네 종류의 화폐가 유통되고 있었는데, 각각의 화폐 가치의 상승이나 하락, 강세와 열세는 모두 화폐 발행자의 그때그때의 세력과 관련이 있었다. 총칼에 의지한 크고 작은 무장 세력들이 강압적으로 화폐를 발행하는 일은 일반 백성들에 대해서는 가혹한 착취였다. 할아버지가 할머니의 호화로운 장례를 위해 의존한 수단도 바로 이렇게 힘으로 강탈하는 변칙적인 것이었다. 그때는 장 대대와 렁 지대가 쫓겨난 터라 할아버지가 인쇄한 지폐가 가오미 둥베이 지방에서는 아주 강세였다. 하지만 이런 상황은 고작 몇 달밖에 가지 않았고, 할머니의 장례가 끝난

---

* 설날 때 실내에 붙이는 즐거움과 상서로움을 나타내는 그림.

뒤 백성들의 손에 쌓여 있던 호랑이 지폐는 한 푼의 가치도 없는 휴지 조각이 되고 말았다.

철판회 회원 두 명이 나귀 탄 한의사를 호송해서 영구가 안치되어 있는 막사 안으로 데리고 들어왔다. 촛불 빛이 눈을 자극해 그들은 연신 눈을 깜박였다.

"뭐냐!" 할아버지가 하품을 하고 기지개를 켜면서 짜증난다는 듯이 물었다.

앞에 있던 철판회 회원이 한쪽 무릎을 꿇고는 두 손으로 반짝거리는 두피를 가리키며 말했다. "부회장님께 보고합니다. 첩자를 잡았습니다!"

시커멓고 체구가 큰, 왼쪽 눈 주위에 둥그렇게 검은 점이 둘려 있는 철판회 회장 검은 눈이 발로 탁자 다리를 걷어차면서 목청을 팽팽하게 당기고 고함을 질렀다. "끌고 나가서 목을 치고, 심장은 파내 술안주로 삼아라!"

"가만!" 할아버지가 두 회원을 향해 소리를 지르면서 얼굴을 돌려 검은 눈에게 말했다. "헤이 형(老黑), 먼저 심문을 좀 해보고 죽이는 게 어떨까?"

"심문은 무슨 개뿔을 심문해!" 검은 눈이 탁자 위에 놓인 진흙 찻주전자를 손바닥으로 쳐서 바닥으로 떨어뜨리더니 일어나 허리춤에서 삐져나온 총을 눌러 넣으며 방금 보고를 한 그 철판회 회원을 노기등등한 눈으로 노려보았다.

"회장님……" 회원이 놀라움과 두려움에 떨며 말했다.

"이 씨팔놈의 새끼가, 주순(朱順)! 네 눈깔 속에 그래도 아직 회장이 보이냐? 개새끼, 앞으론 내 앞에 얼씬거리지도 마. 이 씨팔놈, 내 눈앞에서 걸리적거리기만 해봐라!" 검은 눈은 분해서 욕을 해대며 땅바닥에 떨어진 진흙 주전자를 발로 찼다. 주전자 파편이 관목 양쪽에 있는 하늘거리는 흰 종이 버드나무 속으로 비스듬히 날아가 부딪치며 찰찰 소리를 냈다.

우리 아버지와 나이가 비슷한, 크지도 작지도 않은 체구의 사내아이가 허리를 굽혀 깨진 찻주전자 조각을 주워서는 막사 밖으로 버렸다.

할아버지가 사내아이에게 말했다. "푸라이(福來), 회장님을 부축해 가서 쉬시게 해라. 취하셨다!"

푸라이가 앞으로 나와 검은 눈의 팔을 부축하려다가 검은 눈이 거칠게 밀쳐내는 바람에 휘청거렸다. 검은 눈이 말했다. "취했다고? 취하긴 누가 취해? 이 배은망덕한 새끼! 이 몸이 밑바닥부터 시작해서 다 이루어놓았더니, 네놈이 와서 거저 처먹으려고 해? 호랑이가 먹이를 잡아다가 변변치 않은 곰 새끼 먹여 키운 꼴이구먼! 이놈아, 네놈 좋은 일 할 순 없지. 이 검은 눈 눈에 아직 모래 안 들어갔다고! 어디 두고 보자!"

할아버지가 말했다. "헤이 형, 이렇게 많은 형제 앞에서 체면 깎이는 게 두렵지도 않소?"

할아버지의 얼굴에 냉혹한 웃음이 떠오르고, 입가에는 잔인한 주름이 두 줄기 생겨났다.

검은 눈이 손을 펴서 허리로 가져가더니 모제르총의 나무 자루를 더듬어 꺼내며, 펑펑하게 울부짖는 것 같은 지친 목소리로 고함을 질렀다. "니미 씨팔! 저 개새끼 데리고 꺼져버려, 이 씨팔새끼야!"

할아버지가 말했다. "사람을 청하긴 쉬워도 내보내긴 어려운 법."

검은 눈이 모제르총을 꺼내더니 할아버지를 향해 휘둘렀다.

할아버지는 술잔을 들어 술 한 모금을 입에 털어 넣더니 볼을 씰룩거리며 입을 헹구고는 목을 앞으로 쭉 빼서 푸 하고 소리를 내며 입에 담겼던 술을 검은 눈의 얼굴에 뿜어버렸다. 할아버지가 손을 치켜들자 달걀만

한 초록색 자기 술 종지가 검은 눈의 모제르총 총구를 내리쳤다. 술 종지는 파삭하는 소리를 내며 부서졌고, 자기 파편들이 어지럽게 바닥에 떨어졌다. 검은 눈의 손이 덜덜 떨렸고 총구는 아래로 고개를 떨어뜨렸다.

"총 집어넣어!" 할아버지가 쇠붙이 가는 소리 같은 괴팍한 소리로 말했다. "아직은 당신이랑 결판을 내야 될 묵은 빚이 있으니까, 헤이 형, 먼저 날뛰지 말라고."

검은 눈은 얼굴이 온통 땀범벅이 된 채 뭐라고 투덜거리면서 모제르총을 소가죽 허리띠 속으로 찔러 넣더니 원래의 자리로 돌아와 앉았다.

할아버지는 경멸 어린 눈으로 그를 흘겨보았고, 그는 화가 난 눈빛으로 할아버지에게 답했다.

얼굴에 시종 냉소적인 표정을 띠고 있던, 나귀 탄 한의사가 갑자기 미친 듯이 웃기 시작했다. 배꼽 잡고 웃느라 몸이 앞뒤로 흔들리고 팔이 비틀리고 다리가 사방으로 마구 뻗쳤다. 마치 누군가가 그의 겨드랑이를 꽉 붙잡고 필사적으로 간지럼을 태우고 있는 것 같았다. 그의 포복절도하는 웃음소리에 막사 안의 사람들은 다 불안해져서 어찌할 바를 몰랐다. 한의사는 미친 듯이 웃어댔고, 그의 뜨끈뜨끈한 눈자위 안에서는 눈물이 솟구쳐 나왔다.

검은 눈이 말했다. "뭘 웃어! 니미 씨팔놈아, 뭘 웃냐고?"

그러자 한의사의 얼굴에서 웃음이 번개처럼 사라져버렸다. 그는 엄숙하게 말했다. "씹을 해! 네가 가서 씹할래? 우리 어머닌 일찍 돌아가셔서 검은 흙 속에 묻히신 지 10년이 되었는데, 가서 씹해라, 이놈아!"

검은 눈은 말문이 막혀 아무 소리도 내지 못했다. 눈 주위의 검은 반점들은 잎처럼 시퍼런 색으로 변했다. 검은 눈은 탁자를 뛰어넘어 가서 한의사의 얼굴을 일고여덟 번 주먹으로 후려쳤다. 한의사의 코가 한쪽으로 돌아갔고, 콧구멍에서 삐져나온 검은 털 두 가닥을 타고 붉은 피 두 줄기가 뚝뚝 떨어졌다. 핏방울이 그의 입술과, 원보(元寶)*처럼 치켜 올라간 아래턱까지 떨어졌다. 그는 달콤하다는 듯이 입술을 빨았다. 하얀 자기색 치아가 핏빛으로 물들었다.

"누가 보냈냐?" 할아버지가 물었다.

"내 나귀 말이냐?" 한의사는 피를 한 모금 삼키듯이 목을 길게 잡아빼더니 말을 이었다. "네놈들은 내 나귀를 어디로 데려간 거냐?"

"일본 놈의 첩자가 분명해!" 검은 눈이 말했다. "채찍 가져와라. 이 개새끼 후려치게!"

"내 나귀! 내 나귀 내놔라! 내 나귀 내놔……" 한의사가 놀랍고 두려운 듯이 고함을 지르며 재빨리 막사 입구로 달려갔고, 철판회 회원 두 명이 그의 양 팔뚝을 붙잡았다. 한의사는 미친 듯이 버둥거렸다. 철판회 회원 하나가 한 손을 빼내더니 한의사의 태양혈을 세게 한 방 내리쳤다. 그러자 한의사의 얼굴 가죽에서 뿌직 소리가 나더니 목이 마치 부러진 수숫대처럼 축 늘어졌고 몸도 힘없이 폭삭 주저앉았다.

"저놈의 몸을 뒤져라!" 할아버지가 명령했다.

철판회 회원이 그의 옷을 샅샅이 뒤져서 아이들이 가지고 노는 유리구슬 두 개를 찾아냈다. 하나는 초록색이고 하나는 붉은색이었다. 구슬 안에는 고양이 눈처럼 생긴 기포가 두 개 박혀 있었다. 할아버지는 구슬을 만지작거리며 촛불에 비춰보았다. 유리구슬에서 반짝이는 빛이 쏘아져 나와 너무 눈이 부셨다. 할아버지는 해괴하게 여기며 유리구슬을 탁자 위에 놓았다. 아버지가 슬그머니 탁자 주변으로 가더니 손을 뻗어 유리구슬

---

* 옛날 중국 화폐의 일종으로 금원보, 은원보가 있다.

을 낚아챘다.

할아버지가 말했다. "푸라이에게 하나 줘라."

아버지는 검은 눈 회장 곁에서 시중을 들고 있는 푸라이 앞으로 내키지 않는다는 듯이 손을 내밀며 말했다. "너 무슨 색 할래?"

푸라이가 말했다. "빨간 거."

아버지가 말했다. "안 돼. 파란 거 줄게!"

푸라이가 말했다. "빨간 거 가질래!"

"파란 거 줄래." 아버지가 고집스럽게 말했다.

"파란 거 줄려면 파란 거 줘." 푸라이가 어쩔 수 없다는 듯이 파란 유리구슬을 손에 쥐었다.

한의사가 목을 천천히 세웠다. 두 눈에는 사나운 빛이 줄어들지 않은 채, 끈적끈적한 피가 달라붙은 짧은 콧수염이 무성히 난 아래턱을 고집스럽게 치켜 올리고 있었다.

"말해라. 일본 놈의 첩자냐!" 할아버지가 물었다.

한의사는 집요한 아이처럼 반복해서 말했다. "내 나귀! 내 나귀! 내 나귀를 끌어다 주지 않으면 아무 말도 하지 않겠다!"

할아버지가 장난스럽게 웃더니 관대한 태도로 말했다. "끌고 와라. 저놈이 뭐라고 지껄여대는지 한번 보자."

늙고 마른 나귀가 막사 안으로 끌려왔다. 눈부신 촛불, 휘황찬란한 관, 음산한 느낌을 자아내는 종이돈이 만들어내는 지옥 같은 분위기에 놀라서인지 나귀는 막사 입구에서 주눅이 들어 앞으로 더 나서지 못하고 있었다. 한의사가 가서 나귀의 눈을 가리고 나서야 안으로 데리고 들어올 수 있었다. 나귀는 할아버지 쪽 사람들 앞에 세워진 채 장작처럼 여윈 네 다리를 부들부들 떨면서 줄줄이 터져 나오는 방귀를 할머니의 영구 쪽으로 연신 뿜어대고 있었다.

한의사는 나귀의 목을 끌어안고 나무판 같은 그의 이마를 토닥이며 다정하게 속삭였다. "자식, 무섭냐? 무서워하지 마. 무서워 말라고 했잖아. 머리통 날아가면 사발만 한 흉터 하나 생기는 것뿐이니까? 겁내지 말라고!"

검은 눈이 말했다. "진짜 대갈통 크네!"

한의사가 말했다. "대야만 한 흉터가 나도 겁내지 말아라. 20년 후엔 근사한 사내대장부로 다시 태어날 테니!"

"말해봐! 누가 보냈고, 뭘 하러 온 거냐?" 할아버지가 물었다.

"우리 아버지의 혼이 보냈다. 와서 약 팔라고." 한의사가 이렇게 말하며 나귀 등에 매어놓은 전대(纏帶) 안에서 약 보따리를 꺼내더니 낭랑하게 노래를 읊었다. "콩 한 줌, 우황 둘, 얼룩무늬 게 셋, 사향 넷, 파 일곱, 대추 일곱, 후추 일곱, 생강 일곱."

모두들 정신이 나간 듯이 멍한 얼굴로 한의사의 얼굴과 입, 한의사의 표정과 기색, 한의사의 손과 손안에 받쳐 든 약 보따리를 쳐다보고 있었다. 늙은 나귀는 차츰차츰 상황에 적응이 되었는지 더 이상 네 다리를 떨지 않고, 굽이 갈라진 허연 발굽을 한가로이 움직이고 있었다.

"무슨 약이냐?" 검은 눈이 물었다.

"유산 특효약," 한의사가 교활하게 웃으며 말했다. "설령 당신이 구리 신에 철 신발 바닥을 갖추고 쇠 철책으로 막아도, 당신이 제아무리 구리 머리에 쇠팔을 가진 강철 나한(羅漢)이라도 이 약 한 봉지를 하루 세 번 먹고도 아이가 떨어지지 않으면 나한테 와서 돈 도로 내놓으라고 하슈!"

"제기랄, 이 부도덕한 잡종 같은 놈!" 검은 눈이 욕을 했다.

"또 있지, 또 있어!" 한의사가 다시 전대 속에서 약 보따리를 꺼내

들더니 노래를 읊조렸다. "개 불알을 주(主)약으로 삼고, 양 불알을 부(副)약으로 삼고, 황주와 태자삼(太子參)으로 보좌를 하고, 두충이랑 개 등뼈, 물개, 3월 죽순으론 보조약을 삼는다네."

"뭘 고치는데?" 검은 눈이 물었다.

"사내들의 발기부전을 고치지. 당신 거시기가 아무리 실 뺀 누에처럼 축 늘어져 있어도, 털고 난 솜뭉치처럼 물렁물렁해도, 이 약 한 재를 세 번만 먹으면 거시기가 쇠총처럼 서서 쓰러지지 않고 밤마다 환락을 즐길 수 있게 된다고. 일이 제대로 안 되면 나한테 와서 돈 받아가시고!"

검은 눈이 손으로 그 빡빡 밀린 두피를 긁적거리며 음탕하게 웃기 시작했다.

"젠장할 놈, 사람 구실이라곤 하나 하는 게 없는 놈팡이 같은 새끼구면!" 검은 눈이 친근하게 욕설을 퍼부으며 한의사에게 약을 좀 가져와보라고 했다.

한의사는 나귀 등에서 전대를 내려 들고는 할아버지와 검은 눈에게로 다가갔다. 그는 전대 안에서 약을 꺼내놓으면서 다른 한편으로는 듣도 보도 못한 괴이한 약 이름들을 하나하나 대었다. 검은 눈이 약 보따리를 풀어 마른 나뭇가지처럼 생긴 물건 하나를 들더니 입가로 가져가 냄새를 맡았다. 한참을 맡더니 "개 불알은 무슨 놈의 개 불알!"

"한 치의 거짓도 없는 진짜 검둥개 불알이요!" 한의사가 말했다.

"위 형, 자네가 좀 봐. 이게 분명히 마른 나뭇가지지!" 검은 눈이 물건을 건네주었다. 할아버지는 하는 수 없이 받아 들고는 촛불 가까이로 가서 실눈을 뜨고 보았다.

나귀 탄 한의사의 몸이 갑자기 사시나무 떨 듯이 떨리기 시작했다. 치켜든 아래턱이 덜덜 떨렸고, 코피에 젖지 않은 곳은 순은처럼 반짝였다. 아버지는 유리구슬을 가지고 놀다가 잠시 멈춘 채 가슴이 쿵쿵 뛰는 채로 한의사의 점점 더 움츠러드는 몸을 쳐다보고 있었다. 늙은 나귀는 고개를 떨어뜨리고 있었다. 붉은 촛불에 비친 나귀의 생기 없는 얼굴이 마치 신혼 침대 위에 앉아 있는 중년 여인처럼 어색하고 불편한 느낌에 휩싸여 있는 듯 보였다. 나귀의 콧구멍에서는 파 색깔 같은 초록색 콧물이 흘러나왔다. 아버지는 그 나귀가 분명 말 돌보는 하인이 말해준 대로 코에 악성 종기가 난 거라고 생각했다.

한의사는 정신없이 떨다가 왼손은 전대 속으로 찔러 넣고 오른손은 갑자기 번쩍 들어 올렸다. 그의 손바닥 위에 있던 한약이 파열하듯이 떨어지며 할아버지의 얼굴을 때렸다. 한의사의 왼손에서 차가운 빛 한 줄기가 번쩍였다. 아버지는 촛불에 비친 초록색 단검을 보았다. 다들 놀라서 입을 딱 벌린 채, 검은 고양이처럼 민첩한 한의사의 그 차가운 초록빛 단검이 할아버지의 목구멍을 향해 신속하게 움직이는 걸 가만히 바라보고 있었다. 할아버지는 약 보따리에 맞은 뒤 1초 뒤에 본능적으로 튀면서 팔을 휘둘러 얼굴을 막았다. 한의사의 옷소매가 일으킨 차가운 바람이 얼굴로 닥쳐왔다. 할아버지의 팔이 단검에서 떨어져 나오긴 했지만 칼날은 이미 할아버지의 팔에 긴 상처를 하나 내놓았다. 할아버지는 탁자를 차서 뒤집은 뒤 노련하게 모제르총을 꺼내 내키는 대로 세 방을 갈겼다. 매운 한약 가루에 눈을 뜰 수가 없었고, 그 딱딱한 개 불알, 양 불알 들 때문에 코가 시큰거렸다. 할아버지가 쏜 한 방은 막사를 맞혔고, 한 방은 관을 맞혔다. 청유(青油)를 수십 겹 바른 관목은 쇠나 돌보다 더 단단해서 총알이 관의 한쪽을 치며 튕겨 나가자 네댓 조각으로 쪼개졌다. 총알은 막사를 뚫고 밖으로 튕겨 나갔고, 다른 한 방은 마른 나귀의 오른쪽 앞다리를 분질러놓았다. 나귀는 앞으로 푹 쓰러지면서 커다란 머리를 땅에 박았지만 당장 다시 일어나 슬프게 울부짖었다. 부서진 무릎에서 하얀색과 붉은 색의 액체가 흘러나왔다. 나귀는 뱅뱅 돌면서 흰 종이 소나무와 버드나무 쪽으로 다가갔다. 종이 풀들이 파르르 소리를 내면서 기울어지기도 하고 엎어지기도 했다. 관 덮개 위의 촛불은 바닥으로 엎어져 초기름과 불꽃이 당장 종이꽃들에 불을 붙였다. 할머니의 영구는 한순간 캄캄해졌다가 갑 자기 아주 휘황찬란하게 빛나기 시작했다. 바싹 마른 막사도 말려 올라가 면서 불꽃을 향해 다가갔다. 철판회 회원들이 갑자기 깨어난 듯이 막사 입구로 달려왔다. 불빛 속에서 피부가 마치 낡은 청동처럼 번쩍거리는 한 의사가 다시 할아버지를 향해 달려들었다. 아버지는 한의사의 손안에 든 단검이 작은 뱀처럼 구불거리며 할아버지의 목구멍으로 다가가는 걸 보았 다. 검은 눈의 손이 모제르총을 꽉 잡았지만 총을 쏘지는 않았다. 얼굴에 는 남의 불행을 즐거워하는 것 같은 웃음이 몇 가닥 걸려 있었다. 아버지 는 자신의 마패 권총을 꺼내 방아쇠를 당겼다. 둥근 총알 하나가 쉬 소리 를 내며 날아가 한의사의 높이 솟아오른 어깨뼈를 맞혔다. 치켜들었던 한 의사의 팔이 갑자기 툭 하고 떨어졌고, 단검은 탁자 위로 떨어지고 한의 사의 윗몸은 탁자 위로 엎어졌다. 아버지는 다시 방아쇠를 당겼고, 총알 은 다시 채워졌다. 할아버지의 눈이 불 속에서 벌건 핏빛으로 타고 있었 다. "쏘지 마!" 할아버지가 말했다.

순간 검은 눈의 모제르총이 파파팍 하며 총소리를 냈고, 한의사의 머 리가 푹 삶은 달걀처럼 터져버렸다.

할아버지가 증오의 눈빛으로 검은 눈을 노려보았다.

철판회 회원 한 무리가 막사 안으로 뛰어 들어왔다. 막사 안에서는 연기가 자욱하게 피어올랐고, 질겁해서 갑자기 터져 나오는 소리들이 사 면에서 압박을 가해왔다. 몸에 불이 붙은 나귀는 자기 몸에 붙은 불을 끄려고 사방 굴러다녔지만, 한 번 구르고 나면 불은 당장 다시 옮겨붙었다. 나귀 가죽 타는 냄새가 사람들의 목구멍을 찔렀다.

막사 안의 사람들이 벌집 속의 벌들처럼 북적대며 몰려나왔다.

검은 눈이 소리를 질렀다. "불 꺼! 불 끄라고! 빨리 불 꺼! 관을 구해내는 자에겐 호랑이 지폐 5천만 위안이다!"

그때는 봄비가 막 지나간 때라 마을 어귀의 만(灣)에도 물빛이 일렁거렸다. 철판회 회원들과 장례를 구경하러 온 사람들이 한꺼번에 힘을 써서 붉은 구름처럼 찬란하게 타오르던 막사를 밀어 넘어뜨리고 물을 뿌려 불을 껐다.

할머니의 관은 녹색 불꽃에 둘러싸였다가 물 수십 통이 뿌려지고 난 뒤 불이 꺼지자, 관목 위에서 희미한 녹색 연기가 피어올랐다. 어두운 등불 아래에서 관은 여전히 아주 거대하고 견고해 보였다. 검은 나귀의 구부러진 몸은 관 옆에 웅크린 채 쓰러져 있었다. 불에 탄 나귀에게서 퍼져 나오는 악취에 사람들은 저마다 옷자락으로 코를 가린 채, 관 위에서 냉각된 청유가 파팍 하고 폭발음을 내며 터지는 소리들을 듣고 있었다.

2

밤에 갑작스런 변고를 당하긴 했지만 할머니의 장례 일정에는 전혀 변동이 없었다. 밤에 철판회 회원 중 의술에 대해 좀 아는 늙은 마부가 할아버지 팔의 상처를 싸매줄 때 검은 눈은 멋쩍게 한쪽에 서서 장례 일정을 뒤로 늦추는 게 어떠냐는 제안을 했었지만, 할아버지는 검은 눈을 거들떠보지도 않고 촛대에 꽂힌 붉은 초에서 흘러내리는 회백색의 끈끈한 눈물만 비스듬히 응시하면서 검은 눈의 의견을 딱 잘라 거절해버렸다.

할아버지는 네모난 걸상에 앉아 밤을 꼬박 지새우며, 핏발 선 눈을 반쯤 뜨고 차가운 모제르총의 까칠한 나무 자루에 손을 얹은 채 마치 땜질이라도 된 것처럼 꼼짝도 하지 않았다.

아버지는 막사에 누워 할아버지를 응시하다 몽롱한 상태로 잠이 들었다. 날이 밝기 전에 한 번 잠에서 깼지만 흔들리는 불빛 속에 고집불통처럼 앉아 있는 할아버지를 잠깐 훔쳐보고, 할아버지 팔 위의 하얀 천에서 새어 나오는 검은 핏자국을 힐끗 보고는 감히 아무 말도 꺼내지 못하고 다시 눈을 감았다. 오후에 이미 시간에 맞춰 용역으로 와 있던 다섯번째 막사의 취고수들이 동료들 간에 질투와 불화로 다투다가 요란한 나팔 소리로 소란을 피우며 잠을 깨우는 소동이 일어났다. 화가 나서 불어대는 나팔 소리였지만 아버지가 자는 막사까지 들려왔을 때는 마치 고희(古稀) 노인의 쓸쓸한 탄식처럼 들렸다. 아버지의 코가 시큰해졌고, 눈에서는 뜨거운 눈물이 눈가를 타고 귀로 흘러내렸다. 어느덧 나도 벌써 열여섯이 되는데, 이 불안한 난리의 세월은 언제 끝이 날지, 아버지는 이런 생각을 하며 흐릿하게 보이는 피에 젖은 할아버지의 어깨와 누런 얼굴을 힐끗 보았다. 나이에 걸맞지 않는 처량한 심정이, 그의 상처투성이의 마음을 타고 올라왔다. 마을에서 간신히 살아남은 수탉이 낭랑한 울음으로 새벽을 알렸다. 날이 밝기 전의 미풍이 4월 들판의 쌉쌀한 기운을 막사 안으로 몰고 와 가물거리며 꺼져가는 초라한 촛불을 흔들고 있었다. 마을 사람들이 속닥거리는 모습이 보였다. 전마는 버드나무 아래에서 발굽을 차며 콧물을 흘리고 있었다. 고요한 새벽바람이 실어 온 차가운 기운이 아버지를 달콤한 기분에 휩싸이게 했다. 이때 아버지는 내 미래의 어머니인 첸얼과 이치상으로는 내 세번째 할머니라고 해야 할 건장한 체구의 류 씨를 떠올렸다. 그들은 3개월 전에 갑자기 실종되었다. 그때 아버지와 할아버지는 철판회를 따라 철로 남쪽의 한 궁벽한 병영으로 옮겨 군사 훈련을 하고 있었는데, 돌아와 보니 사람은 없고 막사는 텅 비어 있었다. 1939년 겨울에 지은 토굴의 막사 안은 온통 가느다란 거미줄로 채워져 있었다.

태양이 막 붉은빛을 내뿜자 마을은 당장 끓어오르기 시작했다. 먹을 걸 파는 노점상들은 목청을 높여 고함을 질렀고, 바오쯔 화로나 훈툰 멜대나 샤오빙 솥 안에서는 한결같이 김과 향기가 피어올랐다. 바오쯔를 파는 장사꾼이 바오쯔를 사러 온 곰보 농민과 다투는 게 보였다. 노점상은 그 곰보 농민이 내놓은, 팔로군이 발행한 베이하이(北海) 지폐를 받지 못하겠다고 우겼고, 곰보 농민은 또 철판회가 발행한 호랑이 지폐는 낼 수가 없다고 버티는 형국이었다. 바오쯔 스무 개가 이미 곰보 농민의 배 속으로 들어간 상황이라 곰보 농민은 "당신이 달라고 하면 여기 있고, 필요 없다면 이 바오쯔 스무 개는 그냥 거지한테 준 셈 치라"고 뻗대고 있었다. 둘러선 사람들은 노점상에게, 팔로군이 이기고 돌아오면 베이하이 지폐도 다시 가치가 있어질 테니 베이하이 지폐라도 받아놓으라고 권고를 하고는 곧 흩어졌다. 노점상은 베이하이 지폐를 받아 들고 투덜거리며 뭐라고 한 마디 하고는 이내 다시 우렁찬 목청으로 "바오쯔요! 바오쯔! 방금 화로에서 꺼낸 큼직한 고기 바오쯔요!" 하고 고함을 질렀다. 아침밥을 먹은 사람들은 잔뜩 기대를 품고 큰 막사 쪽으로 모여들어 모두들 막사를 둘러싸고 기다리고 있었지만, 총을 메고 총알을 장전한 채 머리에는 시퍼런 두피를 드러내고 있는 철판회 회원의 기세에 눌려 아무도 감히 가까이 다가가는 사람이 없었다. 큰 막사는 밤새 화염에 휩싸인 바람에 다 망가져 온전한 데가 없었다. 한의사와 늙은 나귀는 새까맣게 숯 색깔이 된 채 이미 막사에서 약 50보 떨어진 만가로 옮겨져 있었다. 썩은 시체를 먹는 데 익숙해진 까마귀들이 다시 냄새를 맡고 날아와 빙글빙글 돌다가 부서진 벽돌과 무너진 기와 위에서 일제히 날아 내려와 나귀 시체와 사람 시체 위를 강철 같은 남빛의, 생생하게 활짝 펼쳐진 깃털로 온통 뒤덮어버렸다. 사람들은 어제 저녁까지만 해도 펄펄 살아 있던 나귀 탄 한의사가 눈 깜짝할 사이에 까마귀들의 진미로 바뀐 걸 생각하면서 속으로는 온갖 생각을 다 했지만 입으로는 아무 소리도 못했다.

철판회 회원들은 할머니의 관 주변에 모여 있던 막사의 잔해들을 빗자루와 삽을 들고 말끔하게 치웠다. 깨지지 않은 온전한 술 종지 몇 개가 재 속에서 굴러 나오자 철판회 회원 하나가 부삽의 등으로 종지를 쳐서 박살을 냈다. 할머니의 관이 이른 아침의 환한 빛 속에서 흉물스럽게 드러났다. 본래 관을 덮고 있던, 그 신비하고 장엄한 느낌을 자아내던 붉은색 칠은 이미 불꽃에 의해 색이 다 벗겨졌고, 세 손가락 두께만큼 발라져 있던 세사포(細絲布)*의 청유는 불에 타면서 줄줄이 종횡으로 교차하는 깊은 줄무늬 균열을 만들어놓았다. 지금 할머니 관은 역한 냄새가 나는 기름을 한층 울퉁불퉁하게 칠해놓은 것처럼 새카맣게 반짝거렸다. 할머니의 관은 보기 드물게 거대했다. 열여섯 살짜리 아버지가 치켜 올라간 관 앞머리 쪽에 서면, 관의 높이는 그의 울대뼈와 나란한 정도였지만 관의 크기는 시원하게 숨도 쉴 수 없을 만큼 위압적이었다. 아버지는 이 관을 빼앗아 올 때의 광경을 떠올렸다…… 뒤통수에 허연 변발 한 가닥을 늘어뜨린 백세가 다 된 노인이 이 관의 앞머리를 붙잡고 대성통곡을 했던 일을. 이건 내 집이야…… 다른 누구도 차지할 수 없다고…… 난 대청(大淸) 왕조의 수재(秀才)**를 지낸 몸으로, 현의 나리도 나더러 형님이라고 불렀어……

---

* 올이 가느다란 실로 짠 천.
** 청(淸)대의 생원(生員)을 가리키는 말이다.

먼저 나를 죽여라…… 이 날강도 같은 놈들아…… 노인은 실컷 울고 나서는 욕을 퍼부어댔다. 그때는 할아버지는 가지 않고, 대신 할아버지가 가장 신임하는 기마 대장이 사람들을 데리고 가서 관을 빼앗아 왔는데 아버지도 따라갔다. 아버지는, 이 관이 오동나무 네 짝으로 짠 것인데 나무판의 두께는 네 치 반 정도 되고, 민국 원년(元年)에 완성이 되었으며 해마다 세사포를 한 번 두르고 청유를 한 겹씩 칠해온 게 이미 30년이나 되었다는 말을 들었다…… 늙은이는 관 앞에 드러누워 당나귀처럼 뒹굴었다. 웃는 건지 우는 건지 알 수 없는 행색이 분명 미친 것 같았다. 기마 부대장은 네모반듯한 철판회의 도장이 찍힌 호랑이 지폐 보따리를 늙은이의 가슴팍에 던지고는 가늘고 긴 눈썹을 치켜세우고 말했다. 늙은 머저리야, 우린 너한테 돈 주고 사는 거야. 늙은이는 두 손으로 보따리를 찢더니 덜렁 몇 개 남지도 않은 긴 이빨로 호랑이 지폐를 물어뜯으며 욕을 해댔다. 이 토비 놈들, 날강도 같은 놈들아, 황제라도 남이 드러누울 물건은 빼앗지 않는 법인데, 네놈들, 이 강도 같은 놈들이…… 기마 대장이 말했다. 이 머저리 늙은이야! 일본 놈들과 싸워 나라를 구하는 건 누구라도 다 책임이 있는 거야. 너같이 본바탕이 당나귀 같은 놈은 본래 수숫대나 몇 다발 엮어 발이나 만들어 둘둘 말아서 묻으면 되는 거지, 네놈이 어디 이런 관을 쓸 주제가 된다는 거냐! 이 관은 항일 영웅께 바쳐야지! 노인이 물었다. 누가 항일 영웅이냐? 기마 대장이 말했다. 그때는 위 사령관이셨고 지금은 위 회장님이신 분의 본부인이시지. 아이고, 절대로 안 된다 절대로 안 돼! 일개 계집을 내 집에서 자게 하다니…… 난 더 이상 안 살란다…… 노인은 허리를 구부리더니 관목을 들이받았다. 그의 머리가 곧바로 관목의 머리에 부딪치며 속 빈 소리가 텅 하고 울렸다. 아버지는 노인의 가늘고 긴 목이 가슴속으로 푹 움츠러들어간 걸 보았다. 부딪쳐서 납작해진 머리통이 뾰족하게 솟아오른 두 어깨뼈 사이에 끼어 있었다······ 아버지는 노인의 둥그런 콧구멍 안에서 삐져나온 허연 코털 두 줌과 드문 드문 허연 콧수염이 나 있는 은전처럼 치켜 올라간 아래턱을 생각하다가 문득 가슴속에서 번개처럼 번쩍이는 한 줄기 빛이, 캄캄하던 의혹을 환히 비추어주는 것 같은 느낌을 받았다······ 아버지는 이 깨달음을 할아버지에게 털어놓고 싶은 마음이 간절했지만, 먹장구름이 빽빽이 들어찬 것 같은 할아버지의 얼굴을 한 번 보고는 그런 생각이 마음 밑바닥으로 쑥 들어가버렸다.

할아버지는 검은 천 끈으로 부상당한 오른팔을 목에 매달았다. 수척해진 얼굴에는 지칠 대로 지친 삶의 주름이 잔뜩 잡혀 있었다. 눈썹이 가늘고 긴 기마 대장이 말 무리 쪽에서 걸어와 할아버지에게 한마디 물었다. 아버지는 밤에 묵었던 작은 막사 입구에 서서 할아버지가 하는 말을 들었다. "우란쯔(五亂子), 난 더 할 말 없으니, 가게!"

아버지는 할아버지가 기마 대장 우란쯔에게 의미심장한 눈길을 보내고, 우란쯔는 알아들었다는 듯이 고개를 끄덕이고는 몸을 돌려 말 무리 쪽으로 가는 걸 보았다.

다른 작은 막사 안에서 검은 눈이 나왔다. 그는 다리를 떡 벌린 채 우란쯔 앞에 서서 그가 가는 길을 막더니 씩씩거리며 화를 내면서 말했다. "뭐하러 가는 거냐?"

우란쯔는 차갑게 말했다. "말 타고 길을 돌면서 순찰하려고 합니다."

검은 눈이 말했다. "내가 시키지도 않았는데!"

"당신은 시키지 않았죠!" 우란쯔가 말했다.

할아버지가 앞으로 나와 쓴웃음 소리를 내며 말했다. "헤이 형, 자네 일부러 나한테 시비를 거는 건가?"

검은 눈이 말했다. "난 상관하지 않아. 그저 물어보기만 한 거라고."

할아버지가 멀쩡한 쪽 손으로 검은 눈의 널찍하고 두툼한 어깨를 한 번 두드리며 말했다. "이 장례는 자네와도 전혀 상관없는 건 아닐 텐데. 우리 둘 사이의 밀린 장부는 장례를 다 마친 뒤 다시 결판을 내는 게 어떨까?"

검은 눈은 아무 소리도 하지 못한 채 할아버지가 두드린 어깨를 비스듬히 들더니, 먼발치에서 막사를 빽빽하게 에워싸고 둥글게 서서 이쪽을 바라보고 있는 무리를 향해 입에 거품을 물고 큰 소리로 욕설을 퍼부었다. "좀 떨어져들 서. 이 씨팔놈들아! 두건이라도 뺏어 쓸려고 그러는 거냐?"

우란쯔가 말들을 묶어놓은 버드나무 아래 서더니 가슴속에서 누런색 구리 호각을 더듬어 꺼내 세 번 불었다. 그러자 쉰 명 남짓한 철판회 회원이, 말을 매어놓은 버드나무에서 멀지 않은 막사 안에서 달려 나와 저마다 말 위에 올라탔다. 말들이 모두들 흥분을 가라앉히지 못하고 포효하면서 휘늘어진 버드나무 가지들을 뜯어 먹는 바람에 나무는 군데군데가 허옇게 드러나 있었다. 쉰 명 남짓한 철판회 회원은 하나같이 날쌔고 용맹스러웠으며 무기도 간편하고 질 좋은 것들로, 손에는 가늘고 날카로운 군도를 들고 어깨에는 커다란 일본 기병총을 메고 있었다. 우란쯔와 체구가 큰 사내 네 명은 기병총을 메지 않고 목에 러시아제 자동소총을 걸고 있었다. 그들은 말에 올라탄 뒤 한참을 북적거리고 나서 2열 종대로 정렬했다. 말들은 말발굽을 경쾌하게 움직이며 타닥타닥 짧게 달려서 마을 밖 모수이 강의 큰 다리로 곧장 통하는 흙길로 달려갔다. 발굽 뒤에 달린 갖가지 색의 털들이 새벽바람에 휘날렸고, 반짝이는 쇠발굽이 부드러운 은빛을 한 줄 한 줄씩 반사해냈다. 철판회 회원들은 닳아서 새까맣게 반들거리는 말안장 위에 앉아 리듬 있게 털썩거리고 있었다. 우란쯔는 건장하고 젊은 얼룩말을 타고 제일 앞에서 달렸다. 한차례 요란한 소리들이 지나가고 난 뒤 아버지는 기마대가 평탄한 검은 땅 위에서 마치 시커먼 먹장구름이 자욱하게 밀려가듯이 먼 곳으로 달려가고 있는 것을 보았다.

긴 도포에 저고리를 걸치고 신선의 풍채를 갖춘 쓰 도사가 높은 걸상 위에 서서 목청을 길게 뽑으며 "취고수단(吹鼓手團)……" 하고 소리를 쳤다.

그러자 검은 옷에 붉은 모자를 쓴 취고수 한 무리가 마치 땅 속에서 솟아나온 것처럼 빠르게 달려 나와 길가에 세워져 있는 취고수 누각을 향해 앞다투어 달려나갔다. 누각은 나무판과 갈대로 짜서 만든 것인데 높이가 대략 6~7미터 정도 되었다. 거리에는 사람들이 개미 떼처럼 많았다. 취고수들은 사람 사이로 비집고 들어가 나무판을 한 단 한 단 밟고 올라가면서 뭐라고 떠들썩하게 지껄여대다가 자기 자리로 올라갔다.

쓰 도사가 목청을 높여 "시작……" 하고 소리쳤다.

나팔과 날라리가 일제히 오열하기 시작했다. 구경 나온 사람들은 저마다 목숨을 걸고 앞으로 밀어댔다. 다들 울타리 안에서 일어나는 일을 똑똑히 보려고 목을 있는 대로 잡아 빼고 갖은 힘을 썼다. 뒤쪽에 있는 사람들이 순간 밀물처럼 밀려왔고, 그 바람에 허술한 취고수 누각이 우지끈하며 흔들거리더니 곧 무너져내릴 것 같았다. 취고수들은 놀라서 저마다 법석을 피우며 괴성을 질러댔고 길가의 나무 위에 매어놓은 소와 나귀 들도 사람 등쌀에 거친 숨을 헐떡였다.

할아버지가 겸손하게 말했다. "헤이 형, 어떻게 할까요?"

검은 눈이 목청을 높여 말했다. "어이 싼(三), 대열을 끌어내!"

50명 남짓한 철판회 회원이 장총을 들고, 마치 땅속에서 솟아난 것처럼 빙 둘러선 사람들 속에서 갑자기 나타났다. 그들은 장총을 들고, 어쩔 수 없이 앞으로 밀려 나가고 있는 사람들을 총구와 총신으로 찌르고 찧고 했다. 장례식을 보러 마을로 들어와 북적거리는 사람의 수가 대체 몇 천, 몇 만인지 알 수 없을 정도였기 때문에 50명 남짓한 철판회 회원은 지쳐서 입에 게거품을 물 정도가 되어도 밀려오는 인파를 저지할 수 없었다.

검은 눈이 모제르총을 빼 들더니 하늘을 향해 한 방을 쏘고 다시 시커멓게 몰려 있는 사람들의 머리에 바짝 붙여서 한 방을 더 쏘았다. 철판회 회원들도 하늘을 향해 파팍 하며 마구 총을 쏘아댔다. 총성이 울리자 앞으로 밀치며 몰려가던 사람들이 고개를 돌리고 몸을 돌려 뒤로 물러나려고 서로 밀었고, 뒤에서 앞으로 밀던 사람들은 또 뭐가 뭔지도 모르는 채 앞으로 계속 밀어댔기 때문에 가운데 쪽은 갑자기 사람들이 불어나 마치 시커먼 자벌레의 구부러진 등이 꿈틀거리는 것 같은 모양이었다. 그 사이에 밟혀 넘어진 아이 하나가 날카로운 소리를 내며 울부짖었다. 취고수 누각 두 대가 천천히 넘어가자 누각 안에 있던 취고수들은 네 다리를 버둥거리며 빙글빙글 돌면서 고함을 지르며 사람들 속으로 거꾸러졌다. 거대한 난리법석의 와중에서도 취고수들의 비명과 거기에 짓눌린 사람들의 비명이, 가장 날카로운 울부짖음을 빚어냈다. 사람 틈새에 끼인 나귀 한 마리가 마치 늪에 빠진 것처럼 목을 길게 잡아 뺀 채 고개를 쳐들고 있었다. 구리 방울처럼 툭 튀어나온 달걀만 한 두 눈에서는 가련한 푸른빛이 쏟아져 나왔다. 이 소란 속에서 노약자와 병자, 불구자가 적어도 열댓 명은 밟혀 죽었고, 몇 달 뒤에는 또 나귀와 소의 시체가 몇 구나 이곳에 나뒹굴면서 악취를 풍기며 파리들을 끌어들였다.

철판회 회원들의 진압으로 사람들은 결국 조용해졌다. 둘러선 사람들 바깥에서 여인 몇 명이 땅을 치며 통곡하는 소리와 다시 누각 위로 올라온 낭패한 취고수들이 불어대는, 숨넘어가는 소리 같은 음악 소리가 한데 어우러져 애절함을 더해주었다. 중앙으로는 밀고 들어가지 못하리라는 걸 스스로 알게 된 절반 정도의 사람들은 마을 밖으로 흩어져서 할머니의 무덤으로 통하는 길가에 선 채, 성대한 의장(儀仗)이 그리로 지나기를 기다리고 있었다. 젊고 잘생긴 우란쯔가 바로 그곳으로 기마 부대를 이끌고 몇 차례나 왔다 갔다 했다.

놀란 가슴이 간신히 진정된 쓰 도사가 다시 높은 걸상 위에 올라서서 고함을 질렀다. "작은 관 덮개……"

허리에 하얀 뱃대끈을 맨 철판회 회원이 하늘색 작은 관 덮개를 들쳐 메고 나왔다. 작은 관 덮개는 높이가 1미터 정도 되는 네모 모양에 가운데 등 부분은 올라와 있고, 모서리는 용머리처럼 치켜 올라와 있었다. 작은 관 덮개의 꼭대기에는 핏빛 유리구슬이 매달려 있었다.

쓰 도사가 다시 고함을 질렀다. "신위(神位)를 모셔라……"

엄마는 내게 신위가 바로 위패(位牌)라고 말해주었지만 나중에 내가 간단하게 고증해본 결과로는 신위는 제사 드릴 때 쓰는 위패하고 달리 장례 때 관 속에 든 망인의 신분을 증명하기 위해서만 사용되는 것이며 정확한 명칭으로는 '신주(神主)'가 맞다. 의장의 맨 앞에 세우는 정표(旌表)*와 보완적으로 망인의 신분을 교차 증명해주는 기능을 하는 것이다. 할머니의 신위는 막사에 큰불이 났을 때 타서 훼손되었고, 임시로 서둘러 만든 신위는 아직 먹이 마르지 않았다. 말끔하게 생긴 철판회 회원 두 명이 신위를 모셔 내왔다. 신위에는 "대청광서(大淸光緖) 32년 5월 5일 진시(辰時)생, 중화민국 28년 8월 9일 오시(午時) 졸, 중화민국 가오미 둥베이 지방 유격 사령관 철판회 두목 위(余) 공 잔아오(占鰲)의 본부인 다이(戴) 씨 신

---

* 착한 행실을 세상에 드러내어 널리 알리는 깃발.

주(神主) 향년 32세 바이마 산 양지 모수이 강가 그늘에 묻히다"라고 씌어 있었다.

할머니의 신주 위에는 세 자 길이의 하얀 능라가 덮여 있었는데 그 풍모가 아주 근사했다. 철판회 회원이 조심스럽게 신주를 작은 관 덮개 위에 놓고는 양옆으로 물러나 두 손을 드리우고 공손히 섰다.

쓰 도사가 "큰 관 덮개……" 하고 고함을 질렀다.

취고수의 나팔 소리 속에서 예순네 명의 철판회 회원이 붉은 몸체에 수박같이 커다란 남색 구슬이 달린 큰 관 덮개를 메고 나왔다. 손에 구리 징을 든 철판회의 젊은 두목이 관 덮개 앞에 서서 또랑또랑한 박자로 징을 두드려댔고, 예순네 명의 가마꾼은 징 소리에 발을 맞추어 흔들대며 걸어가고 있었다. 사람들 속에서 재잘거리던 소리들이 일제히 멈추었고, 취고수들이 불어대는 관악기와 피리 소리만이 여전히 애절하게 울렸다. 자식이 밟혀 죽은 여인은 절망적으로 울부짖었고, 구령을 맞추는 징 소리는 땡땡 울렸다. 사람들은 눈도 깜짝하지 않은 채 사당(祠堂)처럼 거대한 관 덮개가 천천히 움직이는 걸 보고 있었다. 어떤 엄숙한 기운이 사람들 위를 맴돌면서 그들을 내리누르고, 거대한 회오리바람이 사람들의 생각을 하나로 몰아가고 있는 것 같았다.

할아버지의 부상당한 팔 주변을 줄곧 혐오스러운 말파리 한 마리가 맴돌았다. 말파리는 어떻게 해서든 할아버지의 상처 속에서 새어 나오는 그 검은 피 위를 덮치고 싶어 하는 것 같았다. 할아버지가 손을 휘저어 내리치면 놀라 달아났다가는 다시 분노에 차서 할아버지의 머리 위를 맴돌며 요란한 소리를 냈다. 할아버지는 한 대 후려갈겨 짓뭉개버리고 싶은 마음이 간절했지만 끝내 잡지 못하고 도리어 자신의 부상당한 팔만 내리쳤다. 내리친 곳이 침을 찌른 것처럼 아팠다.

큰 관 덮개가 휘청대며 다가와서 할머니의 관 앞에 멈췄다. 관 덮개 양옆의 붉은색과 꼭대기의 푸른색의 조화로운 배색, 사람들의 마음을 바싹 끌어당기며 땡…… 땡…… 땡…… 울리는 징 소리와 나팔 소리가 할아버지로 하여금 나는 듯이 지나가버린 옛 삶의, 휘휘 감아오는 기억들을 떠올리게 했다.

할아버지가 중을 죽인 건 방년 18세 때였다. 그때부터 고향을 떠나 사방으로 떠돌다가 스물한 살에 가오미 둥베이 지방으로 돌아왔고, '혼상 의례회사'에 들어가 가마꾼으로 밥을 벌어먹고 살아가기 시작했다. 그때 그는 이미 세상사의 온갖 고통을 충분히 맛보았고, 가랑이가 빨강, 검정으로 짝짝인 바지를 입고 거리를 도는 수모까지 당해본 터라 마음은 정강이뼈처럼 단단하고 몸은 날랜 원숭이 같아져 있었다. 이즈음 할아버지는 이미 위대한 토비가 될 기본적인 자격을 갖추고 있었기 때문에 가마꾼으로 밥 먹고 사는 일이 쉽지 않다는 걸 알면서도 그 일을 겁내지 않았던 것이다. 할아버지는 1920년 자오 현성의 한림*인 치(綦)가네서 손바닥으로 맞았던 치욕을 잊을 수가 없었다. 할아버지가 이런저런 생각을 하느라 신경을 어지럽히던 말파리를 잠시 잊고 있는 사이에, 말파리는 할아버지 팔에 감은 피 묻은 하얀 천 위에 침을 찔러 한편으로는 입안에 있는 침을 뱉어내면서, 다른 한편으로는 비릿하고 짭짤한 피를 입속으로 빨아들이고 있었다. 아직 완전히 넘어가지 않고 비스듬히 기운 취고수 누각 안으로 강렬하게 타오르는 황금 빛줄기들이 들어와 가죽 공처럼 불룩 나온 취고수의 볼을 비춰주었다. 땀방울이 취고수의 얼굴에서 목으로 흘러내렸고, 나팔과 날라리 주둥이 밑에는 구불구불한 구리 관을 통해서 흘러나온 취

---

* 한림(翰林)은 황제의 문학 시종관(侍從官)이며, 명청대에는 진사(進士) 가운데서 선발했다.

고수의 침이 달랑달랑 매달려 있었다. 장례식을 보러 온 사람들은 저마다 발끝을 치켜들고 서 있었다. 수천수만 개의 눈에서 쏟아져 나오는 빛이 마치 타오르는 달빛처럼 관 덮개를 둘러싸고 선 살아 있는 사람들과 종이로 된 사람들, 오래된 찬란한 문화와 반동적이고 낙후된 사상을 한데 휩싸안고 있었다. 아버지의 몸이 온통 악한 사람들의 눈에서 쏟아져 나오는 아름다운 빛으로 둘러싸여, 처음엔 마음속에서 자줏빛 포도 같은 분노가 주렁주렁 열렸다가 다음엔 오색찬란한 무지개 같은 고통이 한 줄기씩 이어졌다. 아버지는 길이가 무릎까지 오는 두툼한 하얀 상복을 입고 허리에는 회백색 삼 타래를 매고 반쪽을 말끔하게 밀어버린 머리통에는 네모반듯한 상모를 덮고 있었다. 사람들 안에서 뿜어져 나오는 시큼한 땀 냄새와 할머니 관 위에서 나는 기름 탄 냄새가 뒤범벅이 된 악취가 코를 찔러 아버지는 가만히 서 있을 수가 없었다. 아버지의 몸은 땀으로 범벅이 되었지만 마음속에선 오히려 한 차례씩 서늘한 기운이 계속 솟아올라왔다. 취고수의 입에 문 악기에서 울려 퍼지는 처량한 소리와 날카롭게 빛나는 황금 빛줄기로부터, 나무 판때기처럼 멍청하게 서서 장례식 구경을 하고 있는 사람들의 데굴데굴한 눈동자로부터, 3월의 서리처럼 차가운 경미한 신호들이 아버지의 척추 속에 들어 있는 너무나 민감한 하얀색 실선들 안으로 한 차례씩 전해져 왔다. 할머니의 관이 순간 너무나 흉측해 보였다. 얽죽얽죽한 나무판과 앞은 올라가고 뒤는 낮게 엎드린 자세와 그 칼날처럼 날카롭게 기울어져 있는 관머리가 모두 멍청하고 어리석은 거대한 짐승 같은 모습이었다. 아버지는 시종, 그것이 갑자기 하품을 하고는 새까맣게 늘어선 사람들 쪽으로 사납게 달려들 것 같은 느낌이 들었다. 시커먼 관이 아버지의 의식 속에서 구름 덩어리처럼 부풀어 오르고, 두꺼운 판과 붉은 벽돌 가루로 덮여 있는 할머니의 유골이 아버지의 눈앞에 또렷하게 나타났다. 그날 오전 모수이 강가에서 할아버지가 풀이 시퍼렇게 자란 할머니 무덤을 호미로 파헤치고, 물에 불어 짓무른 수숫대를 하나씩 끄집어냈을 때 아직도 생생하게 살아 있는 것 같은 할머니의 몸이 드러났던 광경이 아버지의 눈앞에 선명하게 떠올랐다. 아버지는, 새빨간 수수가 하늘로 돌아가는 풍경을 바라보고 있던 할머니의 모습을 잊지 못하는 것처럼, 할머니가 무덤 속에서 또렷이 얼굴을 내밀고 있던 모습도 잊을 수가 없었다. 환영 속에서 너무나 말쑥한 모습으로 나타났던 할머니의 얼굴이 순간 부드러운 봄바람 속에서 눈 녹듯이 사라졌다. 아버지는 상주로서이런저런 번다한 의식을 치르는 와중에도 내내 이런 찬란했던 삶의 단편들을 떠올렸다. 햇빛이 쓰 도사의 낭패한 얼굴을 비추었고, 쓰 도사는 큰소리로 고함을 질렀다. "관을 들어라……" 임시로 관(棺)꾼이 된 철판회 회원 예순네 명이 당장 거대한 관 쪽으로 벌 떼처럼 몰려와 일제히 함성을 지르며 일어나려 했지만 관은 마치 바닥에 뿌리라도 박은 듯이 꼼짝도하지 않았다. 관꾼들이 관을 에워싸고 있는 모습이 마치 한 무리의 개미떼가 돼지 시체를 에워싸고 있는 것 같았다. 할아버지는 말파리를 몰아낸뒤, 커다란 관 앞에서 속수무책으로 서 있는 관꾼들을 경멸하듯이 바라보고 있다가 손을 흔들어 젊은 두목을 불렀다. "가서 거친 천 조각이나 몇길 마련해오게. 그렇지 않으면 날이 밝을 때까지 버둥거려도 관을 관 덮개 안으로 집어넣지 못할 테니!" 젊은 두목은 당혹스러운 눈으로 할아버지를 쳐다보았지만 할아버지는 이내 눈길을 돌렸다. 할아버지의 눈길이마치 흑토 평원 위를 가로질러 놓여 있는 모수이 강의 큰 둑 위를 바라보고 있는 것 같았다……

자오 현 치씨 집안의 대문 앞에는 붉은색이 다 바랜 깃대 통이 서 있었다. 이 오래된 가문의 썩은 나무는 치씨 가문의 영광스러운 신분을 상징적으로 드러내주고 있었다. 청나라 말기의 연로한 한림이 죽자, 이 늙은이와 더불어 인간 세상의 부귀를 마음껏 누렸던 자손들은 성대하고 호화로운 장례를 준비하고 있었다. 모든 준비가 다 끝났지만, 관을 내는 날은 자꾸만 뒤로 미루어질 뿐 공표를 하지 못했다. 관은 치가의 깊숙한 안채 큰 뜰의 가장 뒷방 안에 안치되어 있어, 관을 큰길로 옮기려면 좁은 문을 일곱 개나 통과해야 했다. 열댓 군데 '혼상의례회사'의 지배인들이 와서 관과 집의 형세를 보고 갔지만 치씨 집안에서 기절할 만한 가격을 제시했음에도 저마다 고개를 절레절레 흔들며 가버렸다.

이 소식은 가오미 둥베이 지방의 '혼상의례회사'에도 전해졌다. 관 하나를 부려내는 데 은화 5백 냥의 고액을 걸자 이건 마치 사람 낚는 미끼처럼 우리 할아버지 쪽 가마꾼들의 마음을 유혹해서 어지럽혀놓았다. 마치 이성을 그리워하는 젊은 아가씨가 자기에게 눈짓으로 치정을 전하며 금고리를 던지는 잘생긴 남정네를 만난 것과 같았다. 할아버지 쪽 사람들은 관리인인 차오얼(車二) 영감을 찾아가서 자신들이 맹세코 가오미 둥베이 지방의 기세를 보여주고 은화 5백 냥을 벌어오겠노라고 다짐했다. 하지만 그 말을 들은 차오얼 영감은 반석처럼 꼼짝도 하지 않고 널찍한 안락의자에 단정하게 앉은 채 콧방귀도 뀌지 않았다. 할아버지 쪽 사람들은 그저 그의 총기 어린 냉혹한 눈동자를 바라보면서 그가 두 손으로 받쳐든 물담뱃대에서 뿜어져 나오는 풍풍 하는 소리를 듣고 있는 수밖에 없었다. 할아버지 쪽 사람들이 다시 의기충천해서 한바탕 떠들어댔다. 차오얼 영감, 돈 때문이 아니요! 사람이 한평생 살면서 그래도 패기는 있어야지!* 그놈들이 우릴 얕잡아보지 못하도록, 그놈들이 이 가오미 둥베이 지

---

* 원문은 "不蒸饅頭爭口氣"로 사람이 아무리 모자라도 패기나 배짱은 있어야 한다는 의미.

방 사람들을 영 별 볼 일 없는 인간들로 얕잡아보지 못하도록 하려는 거지! 그러자 그제야 차오얼 영감은 비로소 엉덩이를 움찔하더니 천천히 방귀를 뀌며 말했다. 다들 우선 돌아가서 이것저것 크고 작은 손익을 따져보게. 한두 사람 깔려 죽는 건 대수로운 일이 아니겠지만, 가오미 둥베이 지방의 체면이 깎이고 우리 집안이 엉망이 되는 건 큰일이니, 자네들이 만약 쓸 돈이 모자라서 그러는 거라면 이 차오얼이 은혜를 베풀어 돈을 좀더 주면 되는 거고. 차오얼은 말을 마치고는 곧 눈을 감았다. 가마꾼들은 속이 뒤집어지고 불이 나 일제히 떠들어대기 시작했다. 얼 영감, 자기 집안 기세는 꺾고, 남의 집안 기세만 올려주는 일을 해선 안 되는 거지요! 차오얼 영감이 말했다. 구부러진 배가 없으면 갈고리 삼키지 말라고 했다고, 능력이 없으면 남의 떡 욕심내지 말아야지. 자네들은 은전 5백 냥이 거저 벌릴 거라고 생각하나! 치씨 집안에는 문이 일곱 개나 되는데. 관목은 엄청나게 두껍고 무거운 데다 안에 채워져 있는 건 다 수은일세! 수은! 수은이라고! 자네들도 그 대가리 굴려서 대체 그 관이 얼마나 무거울지 계산이라도 좀 해봐. 차오얼 영감은 이렇게 욕설을 퍼붓고는 차가운 눈으로 가마꾼들을 흘겨보았다. 가마꾼들은 한동안 서로 쳐다보기만 하면서 그만두기는 좀 그렇고, 속으론 또 겁도 나고 해서 다들 얼굴에 수심이 가득했다. 차오얼 영감이 그 모습을 보더니 두어 번 냉소적인 콧방귀를 뀌며 말했다. "돌아가고, 영웅호걸이 나타나서 떼돈 벌어다 주는 거나 기다리게! 자네들 같은 소인배들은 자잘한 장부나 만지작거리며 20냥, 30냥이나 벌어야 하는 거야, 가난뱅이들 집에서 얇은 관짝이나 메면 그것도 잘하는 거지!"

차오얼 영감의 말은 독한 독약처럼 매섭게 가마꾼들의 마음을 자극했다. 그때 할아버지가 앞으로 성큼 한 발 나서더니 큰 소리로 이야기를 했다. "차오얼 영감, 당신 같은 겁쟁이 반주(班主)*를 따라서 일하는 건 정말이지 젠장! 속이 터져서 못하겠수. 졸병이 병신 같은 건 하나가 병신 같은 거지만 장수가 그러면 그건 전체가 다 병신이 되는 거라고, 이 몸은 이 일 그만두겠소!"

기운이 펄펄한 젊은 가마꾼들도 덩달아 고함을 질러대기 시작했다. 그러자 차오얼 영감이 일어나 묵직한 걸음으로 할아버지 앞으로 다가왔다. 차오얼 영감은 할아버지의 어깨를 세게 두드리며 격앙된 감정으로 말했다. "잔아오! 자네가 사내대장부네! 역시 가오미 둥베이 지방의 종자구먼. 치씨 가문이 현상금을 높게 내걸은 건 분명 우리 가마꾼들을 우습게 본 처사네. 만약 여러 형제가 마음과 힘을 합해 관을 들어낸다면 분명 우리 둥베이 지방의 뛰어난 명성이 세상에 널리 알려지게 될 것이니, 이는 천금으로도 살 수 없는 영광스러운 일이 되는 거지. 다만 이 치씨 가문은 청(淸)대의 한림 가문이라 법규가 엄중하다 보니, 관을 내는 일이 결코 쉬운 일이 아니네. 형제들도 밤에 잠이 오지 않거들랑 어떻게 하면 이 일곱 겹의 문을 통과해서 관을 들어낼 수 있을지 한번 잘들 생각해보시게."

가마꾼들이 입을 모아 막 의논하려고 할 때 마치 미리 약속이라도 한 것처럼 근사한 차림을 하고 자칭 한림 가문의 관리인이라고 말하는 두 사람이 문밖에서 들어오더니 둥베이 지방 가마꾼들에게 큰돈을 벌게 하려고 왔다고 말했다.

치씨 집안의 관리인들이 자기들이 온 뜻을 설명하자, 차오얼 영감은 거만하게 "얼마를 내놓을 거요?" 하고 물었다

"은화 5백 냥이요! 반주, 이건 정말 세상에 다시없는 가격이요!" 치

* 극단 등 집단의 단장을 일컫는 말이다.

씨 집안의 관리인이 말했다.

차오얼 영감은 하얀 은제 물담뱃대를 탁자 위로 던지더니 냉소적인 웃음을 내뱉었다. "우리 집안에 장사할 돈이 모자라는 것도 아니고, 은화가 그리 부족한 것도 아니니, 어디 다른 데 가서 고수(高手)를 청하시지요!"

치씨 집안 관리인이 총명하게 웃으며 말했다. "반주, 우린 오랫동안 거래를 해왔던 관계 아니요!"

차오얼 영감이 말했다. "그렇고말고요. 그런 높은 현상금이라면 반드시 서로 달려들어 메고 가려고 할 겁니다."

차오얼 영감이 눈을 감고 정신을 가다듬었다.

관리인 둘은 눈빛을 교환하더니 앞에 있는 이가 말했다. "반주, 빙빙 돌려 말하지 말고 원하는 값을 말하시오!"

차오얼 영감이 말했다. "난 은화 몇 냥 때문에 몇 사람이 목숨을 버려야 하는 그런 일은 못하겠소이다!"

관리인이 말했다. "6백! 은화 6백 냥이요!"

차오얼 영감은 화석처럼 앉아 있었다.

"7백! 7백이요, 반주! 장사도 양심이 있어야지!"

차오얼 영감이 입가를 삐죽였다.

"8백, 8백, 이젠 한 푼도 더 못 보태오!"

차오얼 영감이 눈을 부릅뜨더니 한마디로 잘라 말했다. "1천 냥!"

관리인은 치통이라도 있는 것처럼 볼을 씰룩이더니 차오얼 영감의 냉정하고 잔인한 얼굴을 멍하니 바라보았다.

"반주…… 그건 우리가 감히 마음대로 정할 수 없소이다……"

"그럼 가서 당신들 주인한테 말하시오. 천 냥이고, 한 푼이라도 줄이면 하지 않겠다고."

"그럼 좋소. 전갈을 기다리시오."

다음 날 오전 관리인은 붉은 말을 타고 자오 현성에서 달려와 관을 내는 날짜를 확정하면서 먼저 5백 냥을 지불했고 나머지 5백 냥은 관을 들어낼 때 다시 지불하겠다고 말했다. 붉은 말은 입가에 허연 거품을 잔뜩 묻힌 채 비지땀을 흘리며 통쾌하게 내달렸다.

가마를 나르는 그날 가마꾼 예순네 명은 한밤중에 일어나 불을 붙여 밥을 지어 배가 터지도록 먹고는 기물들을 정리해서 온천지에 가득한 별빛을 밟으며 자오 현성 안으로 달려갔다. 차오얼 영감은 검은 수탕나귀를 타고 맨 끝에서 가마꾼들의 뒤를 따랐다.

하늘은 높고 별은 드문드문 떠 있고 이슬은 얼음처럼 차가웠던 그날 새벽, 허리춤에 몰래 감추어놓은 쇠갈고리가 묵직하게 허벅지뼈를 치던 그때의 정경을 할아버지는 똑똑하게 기억했다. 자오 현성에 도착한 건 아침 햇살이 막 비쳐오기 시작할 때였다. 장례를 구경하러 온 사람들이 길 양쪽에 죽 늘어서서 길도 좁아져 있었다. 할아버지 쪽 사람들은 거리를 지날 때 늘어선 사람들이 뭐라고 쑥덕이는 걸 보면서, 겉으로는 당장 고개를 쳐들고 가슴을 쭉 펴서 영웅 같은 기개를 한껏 과시하려고 애썼지만, 속으론 복잡한 생각이 들어 안절부절못하며 불안해했다. 걱정이 돌덩이처럼 무겁게 마음을 짓누르고 있었다.

치씨 집안의 기와집은 죽 이어져서 거의 거리의 반을 차지하고 있었다. 할아버지 쪽 사람들은 치씨 집안의 하인을 따라 세번째 문을 통과해서 작은 뜰에 멈춰 섰다. 뜰 안에는 새하얀 나무들과 은꽃들이 널려 있고, 지전(紙錢)이 지천으로 깔려 있고, 향불 연기가 모락모락 피어오르는 모양이 보통 집과는 비교가 되지 않는 호사스러운 모습이었다.

관리인이 차오얼 영감을 치씨 집안의 주인에게로 안내했다. 치씨 집안의 주인은 쉰 정도 되는 나이에 얼굴은 비쩍 말랐고, 자그마한 매부리코가 커다란 입에서 멀찍이 떨어져 있는 얼굴이었다. 그는 차오얼 영감이 데리고 온 가마꾼들을 한 번 휘 둘러보았다. 할아버지는 그의 삼각형의 눈에서 뿜어져 나오는 빛이, 활활 타오르며 사람들을 압박하는 것을 보았다.

그는 차오얼 영감을 향해 고개를 끄덕이며 말했다. "천 냥에는 천 냥의 법규가 있는 법."

차오얼 영감이 고개를 끄덕이며 집주인을 따라 마지막 문 안으로 들어갔다.

방 안에서 걸어 나올 때는, 평소 보양을 잘해 윤기가 반지르르하게 흐르던 차오얼 영감의 얼굴이 재처럼 어두워져 있었다. 손톱을 길게 기른 그의 손가락이 계속 덜덜 떨렸다. 그는 가마꾼들을 담장 모퉁이로 부르더니 이를 악물며 말했다. "여보게들, 망했네!"

할아버지가 물었다. "얼 영감, 어찌된 거요?"

차오얼 영감이 말했다. "형제들, 그 관은 폭이 문 입구랑 거의 똑같고, 관 위에는 술이 가득 채워진 사발 하나가 놓여 있는데, 치씨 집안의 주인이 말하길, 술이 한 방울이라도 밖으로 튀면 그때마다 백 냥의 벌금을 내야 한다고!"

무리는 모두 너무 당황한 나머지 말문을 열지 못했다. 빈소에서 들려오는 곡소리가 노랫소리처럼 길게 울려 퍼졌다.

"잔아오, 어쩌면 좋겠나?" 차오얼 영감이 물었다.

할아버지가 말했다. "이미 발등에 불이 떨어졌으니, 겁쟁이처럼 잔뜩 졸아 있기만 할 순 없는 거고, 무쇠 덩어리라도 들어내는 수밖에!"

차오얼 영감이 작은 소리로 말했다. "여보게들, 이 일만 제대로 해내고 나면 우린 다 한식구니 은화 천 냥은 모두 다 자네들 거네! 이 차오는 한 푼도 안 가져갈 테니!"

할아버지가 차오얼 영감을 힐끗 보며 "그런 쓸데없는 소리 집어치우쇼!"하고 말했다.

차오얼 영감이 말했다. "그럼 일의 순서를 한번 정리해보세. 잔아오, 쓰쿠이(四奎), 자네들이 앞뒤에서 바닥에 있는 줄을 꽉 잡고. 다른 사람들은, 스물은 방으로 들어가서 관이 일단 바닥에서 떨어지면 일제히 밑으로 들어가 척추뼈로 관을 받치고, 남은 사람들은 문밖에서 호흡을 맞추고 있다가 내 징 소리를 듣고 맞춰서 발걸음을 떼는 거야. 여보게들, 이 차오얼이 천 번 만 번 감사하네!"

평소에는 위세를 부리며 떵떵거리던 차오얼 영감이 바닥에 엎드려 허리를 곧게 하고 고개를 숙였다. 그의 눈에서 성글게 눈물방울이 보였다.

치씨 집안의 주인이 하인 몇 명을 데리고 와서 쌀쌀맞게 말했다. "잠깐, 몸을 뒤져라!"

차오얼 영감이 벌컥 화를 내며 "이게 무슨 법도요?"하고 말했다.

"천 냥의 법도지!" 치씨 집안의 주인은 차갑게 말했다.

치씨 집안의 하인들이 할아버지 쪽 사람들이 몰래 숨겨놓은 쇠갈고리를 찾아내 땅바닥에 던졌다. 쇠갈고리가 부딪칠 때 나는 쩔렁 소리가 가마꾼들의 얼굴에 한 층 한 층 회색 물감을 칠했다.

치씨 집안의 주인은 그 쇠갈고리들을 노려보며 냉소를 지었다.

할아버지는 생각했다. 그래 좋다! 쇠갈고리에 기대서 관 바닥을 붙잡는 건 사내대장부가 아니지. 마치 형장으로 가는 것 같은 비장한 심정이 마음속에서 일었다. 그는 각반 끈을 꽉 조여매고 다시 숨을 죽인 뒤 허리에 묶은 천을 배 속으로 꾹 찔러 넣어 조였다.

가마꾼들이 빈소로 들어가자 관을 둘러싸고 곡을 하던 치씨 집안의 나이 든 남자와 어린 소녀들은 일제히 곡을 멈추고, 다들 눈을 둥그렇게 뜬 채 가마꾼들과 관 위에 놓여 있는, 그득 채워져 혀를 날름거리고 있는 술 사발을 응시하고 있었다. 빈소 안은 연기가 목을 찌르고 탁한 냄새가 지독해서, 살아 있는 사람의 얼굴도 모두 무슨 흉악한 가면들이 공중에 떠다니는 것처럼 보였다.

치 한림의 검은색 관은 마치 거대한 배가 네 발 달린 낮은 걸상 위에 정박해 있는 것처럼 보였다. 가마꾼들의 마음속에서 징징 둥둥하며 징이 울리고 북이 울렸다.

할아버지가 등에서 손가락 굵기만 한 세마 끈을 바닥에 부려놓고 관목 바닥으로 가로질러 들어가게 했다. 바닥 끈의 양쪽 끝은 거친 하얀 천으로 짜인 뱃대끈이었다. 가마꾼들은 손가락 굵기만 한, 물에 흠뻑 적신 하얀 천 수십 가닥을 바닥 끈에 묶고는 관의 양쪽으로 갈라 나눈 뒤 간격을 똑같이 해서 손으로 꽉 쥐었다.

차오얼 영감이 신호를 알리는 징을 들고 있다가 땅 하는 파열음을 냈다. 할아버지는 관 앞쪽에 쭈그리고 앉아 있었다. 할아버지가 앉아 있는 자리가 가장 위험하고 가장 중요하고 가장 대단한 자리였다. 뱃머리처럼 기운 관의 앞머리가 그를 압박해 들어와 할아버지는 똑바로 꿇어앉아 있을 수가 없었다. 거칠고 딱딱한 면으로 된 끈이 그의 목과 두 어깨를 옭아 매고 눌러서 아직 일어나기도 전에 관의 무게가 느껴졌다.

차오얼 영감이 다시 징을 세 번 울리고 난 뒤 목이 터져라 고함을 질렀다. "기립!"

할아버지는 징 소리 세 번을 듣고 난 뒤 호흡을 멈추고 전신의 기운과 힘을 두 무릎 위로 옮겼다. 그는 몽롱한 가운데 차오얼 영감의 구령 소리를 들었고, 역시 혼미한 가운데 두 무릎으로 모아들인 힘을 밖으로 쏟아냈다. 할아버지는 치씨 집안 한림의 시신을 담고 있는 관이 이미 가뿐하게 바닥에서 들려 모락모락 피어나는 향연 속에서 바퀴 달린 배처럼 미끄러지며 나아가는 환상을 꿈꾸고 있었다. 그러나 네모난 벽돌 위에 털썩 주저앉아버린 엉덩이와 한차례 밀려오는 척추의 격렬한 통증이 그의 환상을 부숴버렸다.

차오얼 영감은 거의 바닥으로 쓰러질 뻔했다. 그 거대한 관은 마치 뿌리를 내린 나무처럼 꼼짝도 하지 않았지만, 가마꾼들은 마치 힘껏 유리창에 부딪혔다 나가떨어진 참새들처럼 어지럽게 바닥에 나자빠져 있었다. 차오얼 영감의 얼굴이 연분홍에서 푸르죽죽한 색으로, 다시 색깔이 다 빠져나간 돼지 오줌보처럼 말라비틀어진 회백색으로 바뀌었다. 그는 모든 게 다 망했다는 걸 알았다. 이번 연극은 완전히 망한 것이다! 그는 혈기 왕성하던 위잔아오조차 마치 자식을 잃은 늙은 여인처럼 아무런 감각이 없는 듯한 표정으로 땅바닥에 주저앉아 있는 걸 보고는 더더욱 이번 내기는 철저하게 망했다는 걸 깨달았다.

할아버지는 마치 요동치는 수은 속에 푹 잠겨 있는 치씨 집안의 한림이 자기를 향해 냉소를 퍼붓는 소리가 들리는 것 같았다. 치씨 집안은 죽은 사람이나 산 사람이나 다들 냉소밖에 모르는 듯했다. 다른 사람들처럼 웃거나 웃는 소리는 낼 줄 모르는 것 같았다. 실컷 모욕을 당한 느낌과 거대한 물체에 대한 분노, 척추의 고통이 불러일으킨 죽음에 대한 공포가 한데 어우러져 만들어진 탁한 물줄기가 맹렬하게 그의 가슴을 쳤다.

"여보게들……" 차오얼 영감이 말했다. "여보게들…… 나를 위해서가 아니라…… 가오미 둥베이 지방을 위해서…… 그래도 이걸 들어 올려야……"

차오얼 영감이 자기 가운뎃손가락 불룩한 곳을 입으로 물어뜯더니, 시커먼 피가 쿨쿨 솟아 나오는 가운데 날카롭게 소리를 질렀다. "여보게들, 가오미 둥베이 지방을 위해!"

신호를 알리는 징 소리가 다시 땅땅땅 울리기 시작했다. 할아버지는 심장이 터질 듯한 고통을 느꼈다. 차오얼의 징채가 두드리는 건 볼록 나온 징의 중심이 아니라 그의 심장이고, 가마꾼들의 심장이었다.

이번에 할아버지는 눈을 감고 미친 듯이 머리를 박고 자살을 하려는 것처럼 위로 솟구쳐 올라왔다(차오얼 영감은 별명이 '작은 수탉'인 가마꾼이, 관을 들어 올리는 어수선한 틈을 타서 매우 신속한 동작으로 입을 사발 안에 처박고 술 한 모금을 크게 들이마시는 걸 보았다). 관이 흔들흔들하며 나무 걸상에서 떨어졌고, 온 방 안은 죽은 듯이 고요했다. 가마꾼들의 뼈마디에서는 폭죽이 터지는 것 같은 소리가 울렸다.

할아버지는 관이 올라가는 그 순간을 느끼지 못했다. 그의 얼굴이 죽은 사람처럼 창백해졌다. 그는 다만 등에 멘 거친 천 끈이 자신의 목을 꽉 조이고 어깨를 졸라 잘라내는 것 같은 느낌만 받았다. 그의 척추 위에 있는 '산자 열매'가 꽉 눌려서 산자 떡으로 변한 것 같았다. 그는 허리를 곧게 펼 수 없었다. 어떤 절망적인 느낌이 고작 1초 만에 그의 의지를 모두 와해시켜버렸고, 그의 오금은 마치 푹 무른 쇠처럼 천천히 구부러졌다.

할아버지의 무력함이 관 속에 든 수은을 빠르게 앞으로 이동시켜 관의 거대한 머리가 기울어지면서 할아버지의 굽은 등을 밀어냈다. 관 뚜껑 위에 있던 술 사발도 기울기 시작했고, 투명한 술은 쏟아질 듯 말 듯하며 사발 주변을 간질이고 있었다. 치씨 집안 사람들은 모두 눈을 빤히 뜨고 멍하니 술 사발을 지켜보고 있었다.

차오얼 영감이 할아버지의 얼굴을 겨냥해서 귀싸대기를 한 차례 호되게 후려쳤다.

할아버지는, 귀싸대기를 맞은 뒤 머릿속에서 한차례 요란한 소리가 울렸고, 그 뒤에는 허리, 다리, 어깨, 목이 다 감각 밖으로 밀려나서 어떤 귀신에게 속하게 되었는지 알 수 없게 되었던 일을 기억했다. 그의 눈앞에는 시커먼 비단 막이 한 겹 드리워져 있었고, 금색 불꽃이 한 다발씩 비단 막 위로 뿌려졌다가는 후드득 소리를 내며 떨어졌다.

할아버지가 허리를 곧게 폈고, 관은 바닥에서 세 길이 넘게 들어 올려졌다. 가마꾼 여섯 명이 관 밑으로 들어가 네 손과 발로 바닥을 붙잡고 척추뼈로 관을 받쳐 올렸다. 할아버지는 그제야 끈적하게 막혀 있던 공기를 토해냈다. 입에서 내뱉는 공기를 따라 할아버지는 한 줄기 부드럽고 따뜻한 흐름이 목구멍과 기관을 타고 천천히 기어올라오는 걸 느꼈다……

관이 일곱 겹 문을 통과해 나와서 맑고 푸른 상여 안으로 들어갔다.

하얀색의 거친 뱃대끈을 몸에서 풀고 난 뒤 할아버지는 한껏 입을 벌렸다. 시뻘건 피가 입과 콧구멍에서 화살대처럼 뿜어져 나왔다……

이런 기가 막힌 일을 겪은 적이 있는 할아버지는 할머니의 관을 둘러싸고 속수무책인 철판회 회원들을 속으로 경멸했지만 더는 아무 말도 하고 싶지 않아, 철판회 회원이 만(灣)의 물에 흠뻑 적신 거친 하얀 천을 한 다발 들고 나는 듯이 달려왔을 때 말없이 걸어가서 손수 관을 묶고 다시 회원 열여섯 명을 골라 자리에 배치한 뒤 고함을 한 번 지르며 일어섰다. 그러자 관이 곧 바닥에서 떨어졌다…… 할머니의 관은 서른두 개의 멜대가 있는 큰 관 덮개 속으로 옮겨졌다. 할아버지는 다시 당시의 광경을 떠올렸다…… 치씨 집안의 거대한 상여는 마치 거대하고 하얀 용이 자오현성의 청석판로 위로 기어가는 것 같았다. 길옆의 행인들은 장대걷기꾼,

사자놀이꾼, 불놀이꾼은 거들떠보지도 않고 모두 다 사색이 된 가마꾼 예순네 명의 얼굴만 불쌍하다는 듯이 쳐다보고 있었다. 가마꾼 중 일고여덟 명의 코에서는 핏방울이 뚝뚝 떨어졌다. 할아버지는 관 뒤쪽으로 자리를 바꾸어 무게가 가장 가벼운 멜대를 들고 있었다. 배에서는 온통 불이 일었고, 입안에는 들척지근한 비린내가 가득했다. 딱딱한 청석 노면이 마치 기름처럼 사방으로 튀는 것 같았다……

3

아버지는 손에 장총을 들고 삼베 두건을 쓰고 높은 나무 걸상 위에 서서 얼굴은 서남쪽을 향한 채 납목(蠟木) 개머리판으로 바닥을 찧으며 큰 소리로 외쳤다.

"어머니…… 어머니…… 서남쪽으로 가세요…… 널찍한 큰길로…… 진귀한 긴 배를 타고…… 아름다운 준마를 타고…… 넉넉한 여비를 가지고…… 어머니…… 어머니…… 편한 곳이면 머무시고, 고생스러운 곳이면 돈을 쓰세요……"

쓰 도사는 아버지에게 이 장송곡을 세 번 연속으로 크게 불러서 가족의 그리움이 절절이 배어 있는 이 환송의 외침 속에서 어머니의 영혼이 서남의 극락세계로 들어가시도록 당부했다. 하지만 아버지는 고작 한 번밖에 부르지 않았는데도 아린 눈물에 목이 메었다. 아버지는 장총으로 바닥을 짚은 채 더 이상 바닥을 내리찧지 않았다. 하지만 다시 '어머니' 하고 한 번 길게 터져 나온 소리는 일단 입 밖으로 나오자 수습할 방도가 없었다. 부들부들 떨면서 길게 내뱉어진 '어머니' 소리는 마치 두 날개 위에 완전히 대칭인 황금빛 반점이 있는 커다란 진홍색 나비처럼 한 번은 올라 갔다 한 번은 내려갔다 하며 서남쪽을 향해 날아갔다. 그곳은 광활한 들 판과 휘감아 도는 기류가 흐르는 곳, 4월 초파일의 초조하고 불안한 태양 이 모수이 강의 물길을 비추어 한 줄기 하얀색 병풍이 하늘로 치솟아 오 르는 곳이었다. '어머니'는 이 허구의 병풍을 넘어서 날아가지 않고 한참 을 배회하다가 고개를 동쪽으로 돌렸다. 나의 아버지는 할머니를 환송하 며 서남쪽으로 가서 극락을 찾으라고 했지만, 할머니는 그러기를 원하지 않았다. 할머니는 할아버지 부대를 위해 차빙을 나르던 구불구불한 강둑 을 따라가다가 수시로 멈춰 서서 고개를 돌려 황금빛 눈으로 자신의 아 들, 나의 아버지를 바라보며 불렀다. 머리는 무겁고 다리는 힘이 쭉 빠져 서 만약 장총으로 바닥을 받치고 있지 않았다면 아버지는 일찌감치 바닥 으로 쓰러졌을 것이다. 검은 눈이 영문도 모르는 채 다가와 아버지를 걸 상에서 안아 내렸다. 취고수들이 불어대는 아름다운 음악 소리와 사람들 속에서 퍼져 나오는 하늘을 찌를 듯한 악취, 장례 의장(儀仗)의 찬란한 광 채가 삼위일체를 이루어 만들어진, 고급의 얇은 비닐 막 같은 요상한 안 개와 독기가 아버지의 몸과 영혼을 휘감아버렸다.

20일 전에 할아버지는 아버지를 데리고 할머니의 무덤을 파러 갔었 다. 그날은 바로 제비들의 길일이었다. 낮게 드리운 하늘 아래 구름이 열 두 조각으로 찢긴 솜처럼 흩어져 있었다. 구름 속에서는 썩은 물고기 냄 새 같은 게 뿜어져 나왔다. 모수이 강물에서는 스산한 바람이 쉬쉬 불면 서 괴기스러운 기운이 물씬 풍겨져 나왔다. 지난해 겨울에 벌어졌던, 사 람과 개의 일대 전투에서 꽃받침 수류탄의 폭격으로 죽은 개의 시체들이 누렇게 말라버린 물풀의 시체와 한데 엉겨 죄다 엉망으로 망가져 있었다. 하이난(海南) 섬에서 막 이동해온 제비들은 두려워하며 강물 위를 빙빙 날았다. 때는 바야흐로 청개구리들이 연애를 시작할 때였다. 오랜 동면 속에서 기운을 소진해 시커멓고 수척해진 청개구리들이 사랑의 불꽃으로 달구어져 펄쩍펄쩍 뛰고 있었다.

제비와 청개구리를 보면서, 1939년의 고통스러운 흔적이 깊이 새겨진 모수이 강의 대교를 바라보노라니 아버지 마음속에서 고독 같은 황량한 감정이 치솟아 올라왔다. 겨울 내내 겨울잠을 자던 시커먼 백성들이 검은 흙 위에 수수를 파종하느라, 파종기의 둥근 돌이 파종기 판을 두드리며 내는, 박자가 분명한 소리가 아주 멀리까지 들려왔다. 아버지는 그때 할아버지와, 호미와 곡괭이를 든 철판회 회원 열댓 명과 함께 할머니의 무덤 앞에 서 있었다. 할머니의 무덤과 할아버지 대원들의 무덤은 긴 뱀처럼 한 줄로 늘어서 있었고, 무덤 위의 빛바랜 흑토 위에는 처음 핀 황금빛 씀바귀가 어지럽게 자라나 있었다.

2~3분가량의 침묵이 흘렀다.

"더우관, 틀림없는 거지, 이 무덤?" 할아버지가 물었다.

아버지가 말했다. "이거 맞아요. 잊을 수가 없죠."

할아버지가 말했다. "바로 이거, 파자!"

철판회 회원들은 손에 도구를 쥔 채 머뭇거리며 감히 일을 시작할 엄두를 내지 못했다. 할아버지가 십자 곡괭이를 받아 들고 젖가슴처럼 풍만한 봉분의 꼭대기를 조준하여 힘껏 내리치자, 묵직하고 날카로운 곡괭이가 푹 하는 소리를 내며 흙 속으로 파고들어갔다. 할아버지가 다시 힘껏 흙을 파내자 흑토 한 무더기가 위로 솟구쳐 올랐다가 평지 위로 뒹굴었고 뾰족하던 봉분은 평평해졌다.

할아버지가 곡괭이로 봉분을 쪼갤 때 아버지는 심장이 움찔했고, 순간 그의 마음속에서는 잔인한 할아버지에 대한 두려움과 원망이 가득 차올랐다.

할아버지는 곡괭이를 한쪽으로 던져놓고 기운이 쭉 풀린 목소리로 말했다. "자, 파라! 파……"

철판회 회원들이 할머니의 무덤을 둘러싸고 한참을 삽으로 뜨고 곡괭이로 파고 나자 무덤은 평평해졌고 흑토는 사방으로 뒤집어졌다. 긴 직사각형인 묘혈의 윤곽이 어렴풋하게 드러났다. 흑토는 아주 부드러웠고 묘혈은 마치 거대한 함정 같았다. 철판회 회원들은 조심조심하며 삽으로 흙을 살살 벗겨냈다.

할아버지가 말했다. "꽉꽉 파라고! 아직 일러."

아버지는 1939년 8월 초아흐렛날 밤 할머니를 매장하던 광경을 떠올렸다. 다리 위에서 활활 타오르는 불빛과 구덩무덤을 둘러싼 횃불 열댓 개가 죽은 할머니의 얼굴을 마치 살아 있는 것처럼 환히 비추었다. 나중에 이 인상은 흑토로 덮여버렸는데 지금 철기들이 다시 그 인상을 파헤치고 있는 것이다. 덮인 흙이 얇아질수록 아버지는 긴장이 되었다. 마치 흙만 거두고 나면 죽음과 입 맞춘 할머니의 미소를 곧 보게 되기라도 할 것 같아서……

검은 눈이 아버지를 끌어안고 그늘진 곳으로 가서 손바닥으로 가볍게 아버지의 볼을 두드리며 고함을 질렀다. "더우관! 정신 차려!"

아버지는 깨어났지만 눈을 뜨고 싶지 않았다. 몸에서 솟아나는 뜨거운 땀이 마음속으로 부어지면 도리어 싸늘한 기운으로 변했다. 마치 할머니의 무덤 안에서 뿜어져 나오는 냉기가 오랫동안 그의 마음속에 깊이 스며들어 있다가 그의 마음을 냉각시키는 것 같았다…… 구덩무덤의 윤곽은 이미 똑똑하게 드러났다. 삽날이 수숫대에 부딪혀 스슥 소리가 나자 회원들의 손이 부들부들 떨리기 시작했다. 수숫대를 덮고 있던 마지막 흙

한 삽을 말끔하게 다 처리한 다음 그들은 일제히 손을 멈추고 사정하듯이 할아버지와 아버지를 쳐다보고 있었다. 아버지는 그들 모두가 죽을상을 하고 콧구멍을 벌름거리고 있는 것을 보았다. 썩은 냄새가 강렬하게 풍겨 나왔다. 아버지는 마치 할머니가 자신에게 젖을 줄 때 그 젖가슴에서 퍼져 나오던 젖비린내를 맡듯이 탐욕스럽게 냄새를 맡았다.

"파라! 파!" 할아버지는 조금의 연민도 없이, 울상을 짓는 남자 예닐곱 명에게 눈을 부릅뜨고 성을 내며 고함을 질렀다.

그들은 하는 수 없이 허리를 굽히고 수숫대를 하나하나 골라내서 구덩무덤 밖으로 던졌다. 잎이 다 썩어 문드러진 수숫대 위에 투명한 물방울들이 방울방울 맺혀 있었다. 수숫대는 오랫동안 물에 잠겨 있어서인지 선홍색이 되었고 표면은 마치 윤기 나는 옥처럼 반지르르했다.

점점 더 파 내려갈수록 솟구쳐 오르는 냄새는 더 강렬해졌다. 철판회 회원들은 옷소매를 치켜 올려 콧구멍과 입을 가렸고, 눈은 마치 다진 마늘이라도 한 겹 바른 것처럼 껌벅거리며 연신 눈물을 흘렸다. 하지만 아버지 코에서는 그 냄새가 고량주의 농익은 향기로 바뀌어 아버지를 몽롱하게 취하고 싶게 했다. 아버지는 아래쪽 수숫대 위에 맺힌 물방울이 많으면 많을수록 색도 더 붉은 걸 보았다. 어쩌면 할머니가 입고 있던 붉은색 저고리가 수수를 물들인 것인지도 모른다. 할머니는 임종 직전에 마지막 피 한 방울까지 다 흘려서, 그 몸이 마치 성숙한 누에의 몸처럼 빛나고 투명했었다. 그렇다면 그 붉은 저고리가 푸른 수숫대를 물들였을 수밖에 없는 것이다. 이제 마지막 수숫대 한 겹만 남았다. 아버지는 어서 빨리 할머니의 얼굴을 보고 싶기도 했고 또 할머니 얼굴을 보는 게 두렵기도 했다. 수숫대가 얇아지면 얇아질수록 할머니는 아버지에게서 더 멀어지는 것만 같았다. 산 자의 세계와 죽은 자의 세계 사이에 존재하는 유형의 가로막은 제거되었지만 무형의 가로막은 오히려 더 두꺼워진 것이다. 마지막 한 겹의 수숫대 안에서 갑자기 바스락거리는 소리가 크게 들리자 철판회 회원들은 기겁해서 고함을 지르거나 어떤 이는 기겁해서 아예 아무 소리도 내지 못하고 있었다. 구덩무덤 깊은 곳에서 거대한 파도라도 솟구쳐 올라와 자신들을 밖으로 내던져버릴 것 같은지, 그들은 한참 동안이나 시퍼렇게 질린 낯빛을 하고 있다가 할아버지가 재촉하자 비로소 전전긍긍하며 구덩무덤 속으로 머리를 처박았다. 아버지는 누런 들쥐 네 마리가 구덩무덤 벽 위로 미끄러지며 기어 올라오고 있는 걸 보았다. 하얀색 들쥐 한 마리는 구덩무덤의 한가운데에 있는 아름답기 그지없는 수숫대 위에 쪼그리고 앉아 발톱을 꼽으면서 점을 치고 있었다. 모두들 휘둥그레진 눈으로 누런 들쥐들이 구덩무덤을 기어올라와 달아나는 모습을 쳐다보고 있었다. 하얀 쥐는 오만하게 쪼그리고 앉아서 꼼짝도 하지 않은 채 시커멓고 작은 눈으로 사람들을 쳐다보고 있었다. 아버지가 흙덩이를 집어 던지자 하얀 쥐는 훌쩍 몸을 날려 한두 척 정도 뛰어올랐다. 하지만 구덩무덤 언저리까지 이르지 못하고 거꾸러지자 구덩무덤 주변을 따라 미친 듯이 내달리고 있었다. 순간 철판회 회원들의 뱃속 가득하던 원망이 모두 이 하얀 쥐에게로 집중되었다. 커다란 흙덩이들이 비처럼 쏟아졌고 결국 하얀 쥐는 구덩무덤 속에서 짓눌려 죽었다. 흙덩이들이 마지막 한 겹의 수숫대 위로 후드득하고 떨어지는 소리를 낼 때 아버지는 후회막급의 심정이 되었다. 그가 먼저 흙덩이를 던지기 시작한 게 철판회 회원들에게도 따라 던지도록 유도한 셈이 되었는데 이 흙덩이들은 대부분 하얀 쥐를 때리지 못하고 할머니의 몸을 때렸기 때문이다.

아버지는 줄곧, 할머니가 흙에서 나오는 순간, 그 모습은 꽃처럼 아름다웠고 구덩무덤 안에서는 눈부신 광채가 쏟아져 나왔으며 독특한 향이 코를 찔렀다고, 그 광경은 마치 신화 속의 그것과 똑같았다고 생각했다. 하지만 그 자리에 있었던 철판회 회원들은 이런 이야기를 부인한다. 그들은 이 일을 이야기할 때마다 얼굴을 실룩거리면서 할머니의 썩은 시신이 얼마나 흉측한 모습이었는지, 냄새는 또 얼마나 질식할 것 같았는지를 생생하게 늘어놓았다. 그럴 때면 아버지는 그들이 헛소리를 하는 것이라고 굳게 믿었다. 왜냐하면 당시 마지막 수숫대가 거둬진 뒤에 할머니의 얼굴에 떠오른 그 달콤한 미소가 불처럼 뜨겁게 타오르며 파팍 소리를 내는 걸 아버지 자신이 또렷한 정신으로 직접 보았기 때문이다. 그때의 향기에 대한 기억은 지금까지도 아버지의 입술과 치아 사이에 강하게 남아 있다. 유감스러운 것은 그 순간이 너무나 짧았다는 것이다. 할머니의 시신이 구덩무덤에서 들어 올려지자마자 그 휘황찬란하던 아름다움과 그윽한 향기는 당장 엷은 연기가 되어 사뿐히 날아가버렸고, 남은 것은 단지 새하얀 뼈대뿐이었다. 이때는 확실히 견디기 어려운 악취가 코를 찔렀다는 걸 아버지도 부인하지 않는다. 하지만 아버지는 속으론 이 뼈가 할머니 뼈라는 걸 전혀 인정하지 않았다. 이 뼈에서 나는 악취도 물론 할머니 냄새가 아니었다.

그때 할아버지의 얼굴에는 낙심한 기색이 역력했다. 할머니의 시신을 막 구덩무덤에서 끄집어 올린 철판회 회원 일곱 명은 모두 다 모수이 강으로 달려가 암녹색 강물에 대고 암녹색 담즙을 토해냈다. 할아버지는 커다랗고 하얀 천을 펼친 뒤 아버지더러 함께 할머니의 시신을 하얀 천 위로 옮기자고 했다. 아버지는 강물 쪽에서 들려오는 구토 소리에 전염이 되었는지 홰를 치려는 어린 수탉처럼 목을 잡아 빼고는 목구멍에서 캑캑대는 소리를 내고 있었다. 아버지는 정말 그 창백한 뼈들에 손을 대고 싶지 않았다. 당시 그는 그 뼈들에 대해 극도의 혐오감을 가지고 있었다.

할아버지가 말했다. "더우관, 네 엄마 뼌데 너도 더러워서 싫다는 거냐? 너까지 더럽다고 싫어하는 거야?"

아버지는 할아버지의 얼굴에서 좀처럼 볼 수 없는 처량한 기색이 떠오르는 걸 보고는 마음이 움직여 허리를 굽히고 조심스레 할머니의 넓적다리뼈를 붙잡았다. 창백한 유골은 얼음처럼 차가워 아버지는 몸이 오싹해질 뿐 아니라 오장육부까지 다 얼어붙는 것 같았다. 할아버지가 붙잡은 건 할머니의 양쪽 어깨뼈였는데 살살 들어올리기만 했는데도 산산조각이 나서 여기저기 바닥으로 떨어져 쌓였다. 길게 드리운 검은 머리카락에 둘러싸여 있던 두개골은 할아버지의 발등을 쳤고, 물처럼 맑은 할머니의 눈동자가 있었던 깊은 두 구멍에서는 붉은 개미 두 마리가 더듬이를 흔들며 기어가고 있었다. 아버지는 할머니의 넓적다리뼈를 떨어뜨리고 고개를 떨어뜨리더니 대성통곡을 하며 달아나버렸다……

4

정오 무렵 모든 의식이 다 끝나자 쓰 도사는 "출발!" 하고 고함을 질렀다. 장례를 보러 온 사람들이 조수처럼 들판으로 쏟아져 나왔다. 일찌감치 마을 바깥에서 기다리고 있던 구경꾼들은 사람들이 시커멓게 마을 밖으로 쏟아져 나오고, 우리 위씨 집안의 호화로운 운구가 마치 떠다니는 거대한 얼음처럼 천천히 이동해오고 있는 것을 보았다. 도로 양편에는 2백 미터마다 사면이 트인 큰 천막이 설치되어 있었고, 천막 안에는 호화로운 노제(路祭) 음식들이 준비되어 있었다. 온갖 음식 냄새가 후끈후끈하게 코를 찌르며 구경꾼들을 유혹해 군침을 삼키게 했다. 우란쯔가 이끄는 기마 부대는 도로 양편의 수수밭을 베돌며 떨어져서 달리고 있었다. 뜨거운 태양은 중천에 걸려 있고, 검은 땅에서는 푸른 연기가 모락모락 피어올랐다. 전마들은 모두 땀을 줄줄 흘리며 콧구멍을 벌름거리고 있었다. 입가의 수염 위에는 거품이 매달려 있고 거품 위에는 흙먼지가 묻어 있었다. 번지르르하게 윤이 나고 물기가 넘치는 말들의 앞다리 위로 태양 빛이 반사되었다. 말발굽이 일으킨 검은 흙먼지가 네댓 길(丈)이나 되게 올라갔다가는 느릿느릿 내려오며 쉬 사라지지 않고 있었다.

운구의 가장 앞에는 왼쪽 어깨에 누런 장삼을 걸친 뚱뚱한 승려가 섰다. 그는 손에 요령이 가득 달린 쌍모창*을 들고 있었는데, 쌍모창은 획획 소리를 내면서 그의 곁에서 이리저리 구르다가 때론 공중으로 날아갔다가 또 구경꾼들을 향해 날아갔다가 했다. 쌍모창은 마치 실이 승려의 몸에 달려 있기라도 한 것처럼 어떻게 해도 먼 곳으로 날아가버리지 않고 어떻게 내던져도 바닥이 아니라 승려의 수중으로 떨어졌다. 운구 행렬을 구경하는 사람들은 대부분 이 승려가 천제묘에 사는 가난뱅이라는 걸 알았다. 그는 향도 피우지 않고 염불도 하지 않고 소주를 큰 사발로 마시면서 과감하게 고기와 생선을 먹고, 생산력이 남다른 마른 아낙 하나를 데려다 먹여 살리면서 자신을 위해 또 꼬마 승려 한 무리를 키우고 있었다. 승려는 자신의 쌍모창으로 길을 막고 있는 사람들을 헤치면서 길을 냈다. 그가 사람들 머리 위로 쌍모창을 던지면 운구를 구경하던 사람들은 서둘러 뒤로 물러났고 그러면 그의 얼굴에는 유쾌한 미소가 떠올랐다.

승려의 뒤를 바짝 따라가고 있는 철판회 회원은 긴 장대를 들고 있었고 장대 위에는 초혼기(招魂旗)가 매달려 있었다. 하얀 종이 끈 서른두 개

---

* 창의 끝에서 양쪽으로 날이 갈라져 있는 고대 무기.

는 할머니의 나이를 암시했다. 초혼기는 바람 없는 하늘에서 펄럭이며 소리를 냈고, 그 뒤에는 체구가 건장한 철판회 회원이 높이가 세 길 정도 되는 정표를 들고 있었다. 정표는 하얀 비단에 은색 술을 늘어뜨렸고 위에는 커다랗게 검은 글자로 '中華民國高密東北鄕遊擊司令余公占鰲原配戴氏夫人享壽三十二歲之靈柩(중화민국 가오미 둥베이 지방의 유격대 사령관 위 공 잔아오의 정실 다이 씨 부인 향년 32세로 잠들다)'라고 씌어 있었다. 정표 뒤에는 작은 관 덮개가 할머니의 신위를 운반하고, 큰 관 덮개는 신위 뒤에서 할머니의 영구를 날랐다. 신호를 알리는 징의 구슬픈 울림 속에서 예순네 명의 철판회 회원이 발걸음을 일치시켜 걷는 모습은 마치 끈에 달린 64개의 꼭두각시가 움직이는 것 같았다. 관 뒤를 바짝 따르고 있는 건 헤아릴 수 없이 많은 깃발과 우산과 부채 들, 색색의 만장(輓章)과 종이 사람과 종이 말, 하얀 종이로 만든 소나무와 버드나무 들이었다. 아버지는 삼베 두건을 쓰고 손에는 버드나무 지팡이를 들고, 정수리를 빡빡 민 철판회 회원 두 명의 부축을 받으며 한 걸음에 한 번씩 곡을 하면서 걸어가고 있었다. 아버지는 정확한 박자로 마른 곡을 했다. 두 눈에는 눈물이 없고 표정은 멍해서 마치 번개만 치지 비는 내리지 않는 것 같은 격이었지만 이런 마른 곡이 축축한 곡보다 오히려 더 사람의 마음을 움직여, 구경하러 온 사람들 중 무수히 많은 사람이 우리 아버지 때문에 감동을 받았다.

할아버지와 검은 눈은 우리 아버지 옆에서 나란히 걸었다. 두 사람다 속으론 온갖 생각을 다하면서도 얼굴은 굳은 표정을 짓고 있어서 누구도 그들이 무슨 생각을 하고 있는지 짐작할 수가 없었다.

손에 보총을 든 철판회 회원 스물댓 명이 할아버지와 검은 눈을 빡빡하게 둘러싸고 있었고, 새카만 총검이 푸른색 빛을 반짝이고 있었다. 그들은 마치 큰 적을 마주하고 있는 것처럼 긴장한 표정이었다. 그들 뒤에는 가오미 둥베이 지방의 취고수 열댓 명이 따라오면서 기품 있는 음악을 연주했고, 신화 속의 인물로 분장한 장대걷기 고수는 장대 위에서 이리 뛰고 저리 비틀고 했다. 사자탈 가면을 뒤집어쓴 사자 두 마리는 아이 탈의 장단에 맞춰 꼬리와 머리를 흔들어대면서 길 가는 내내 이리 뒹굴고 저리 뒹굴었다.

우리 집안의 성대한 운구 행렬은 구불구불하게 이어져 길이가 족히 2리는 되었다. 길 내내 사람은 많고 길은 좁아 발을 떼는 일이 너무나 고생스러웠다. 게다가 중간중간 막사를 지날 때마다 고별 제사를 드려야 했고 매번 고별 제사를 드릴 때마다 운구를 멈추고 분향을 하고 쓰 도사가 손에 청동 잔*을 들고 한 차례씩 구식의 예를 올려야 했기 때문에 대열의 전진은 너무나 늦었다. 쌍모창을 가지고 놀던 승려는 일찌감치 지쳐 나가떨어졌다. 그의 누런 장삼은 축축하게 젖어 온몸에서 지독한 땀 냄새를 풍겼고, 쌍모창도 지쳤는지 높이 날지도 멀리 날지도 못했다. 장례 대열 안에 있는 모든 사람이 정신적으로나 육체적으로나 너무나 고통스러워 이 고역이 빨리 끝나기만을 고대하고 있었다. 관 덮개를 든 철판회 회원들은 잔을 들고 의식을 집행하는 쓰 도사를 분노에 찬 시선으로 노려보았다. 느릿느릿 굼뜬 동작으로, 짐짓 비장한 체하며 일사불란하게 장례 의식을 진행하는 그 냄새나는 덕행을 노려보면서, 철판회 회원들은 당장 달려가서 그를 한입에 물어뜯어 저세상으로 보내지 못하는 게 한스러웠다. 우란 쯔 대장이 이끄는 기마 부대가 가장 고생을 했다. 그들은 베틀 북처럼 종일 마을에서 묘지까지 달려갔다가 다시 묘지에서 마을까지 달려왔다가 하

---

* 청동으로 만든, 다리가 세 개 달린 술잔.

느라 모든 말이 다 숨이 차서 헐떡거렸고, 말의 다리와 뱃가죽 위에는 검은 흙이 두껍게 달라붙어 있었다.

성대한 운구 행렬은 마을에서 3리쯤 떨어져 나왔을 때 다시 한 번 운구를 멈추고 고별제를 지냈다. 쓰 도사는 여전히 정신이 충만하고 엄숙하고 진지했다. 그때 운구 행렬의 맨 앞에서 갑자기 총성이 한 방 울리더니, 두 손으로 정표를 받쳐 들고 있던 철판회 회원이 손으로 대나무 장대를 짚은 채 천천히 바닥으로 주저앉는 게 보였다. 정표는 길옆으로 비스듬히 쓰러지면서 구경꾼들의 머리를 찧었다. 총성이 울리자 길 양편에서 갑자기 일대 혼란이 일어났다. 사람들은 무리 지어 몰려다니는 개미 떼처럼 시커멓게 서로 엉겨 둥그런 모양을 이루고 이리저리 몰려다녔다. 무수히 많은 다리와 머리 들이 어지럽게 움직이면서 여기저기서 울부짖는 소리, 고함지르는 소리, 놀라서 비명 지르는 소리들이 마치 홍수에 제방 무너지듯이 요란하게 울려왔다.

총성이 울린 뒤 길 양쪽에 늘어선 사람들 사이에서 시커먼 수류탄 열댓 발이 날아와 철판회 회원들의 허벅지 사이로 떨어지더니 이내 푸식 하며 하얀 연기가 피어올랐다.

누군가가 길옆에서 고함을 질렀다. "다들 엎드려요!"

사람들은 너무 붐벼서 꼼짝도 할 수 없는 처지였기 때문에, 철판회 회원들이 길에 납작 엎드리는 것과, 그 하얀 나무 자루 수류탄들이 떨면서 크게 포효하며 진푸른색 죽음의 공포를 흩뿌리는 걸 그저 바라보고 있는 수밖에 없었다.

수류탄이 연달아 폭발하면서 폭발이 일으킨 금색 부채 모양의 강한 폭풍이 빠른 속도로 휘몰려와 열댓 명의 철판회 회원이 폭발로 인해 죽거나 부상을 당했고, 검은 눈의 엉덩이에도 구멍이 뚫려 피를 콸콸 쏟아내고 있었다. 검은 눈은 엉덩이를 손으로 막은 채 "푸라이…… 푸라이" 하고 소리쳤다. 하지만 아버지와 비슷한 나이의 푸라이는 이미 그의 부르짖음에 대답할 수도, 그를 위해 열심히 심부름을 할 수도 없는 처지가 되어 있었다. 어젯밤 나귀 탄 한의사의 주머니 속에서 찾아낸 붉은색, 초록색 유리구슬 두 개 중 아버지가 그에게 준 초록 구슬을, 푸라이는 무슨 보물이라도 되는 양 내내 입안에 물고 혀끝으로 이리저리 옮기곤 했었다. 그러다가 어느 순간 아버지는 그 유리구슬이 푸라이의 입안에서 흘러나오는 붉은 피 속에 멈춰 있는 것을 보았다. 초록빛은 비취처럼 더 이상 푸를 수 없을 만큼 푸른빛이었다. 그 초록빛이 반짝이자 구슬은 마치 전설 속에서 여우가 토해냈다는 선단(仙丹)* 같았다. 잔을 드는 의식을 막 집행하고 있던 쓰 도사는 대두만 한 수류탄 파편에 목의 동맥이 끊겼다. 목에서 선홍색 피가 뿜어져 나오더니 곧 목이 삐딱하게 기울어 고꾸라졌다. 청동 잔은 바닥으로 떨어졌고, 술은 검은 흙 위에 뿌려져 한 줄기 엷은 연기로 바뀌었다. 그의 목에서 뿜어져 나온 피는 소나기처럼 검은 흙을 후려쳐서, 검은 흙 위에 주먹만 한 구멍을 찍어냈고, 큰 관 덮개는 반쪽이 벗겨져 나가 할머니의 검은 관이 드러났다.

길가에 있는 사람들 속에서 다시 누군가가 "여러분 어서 엎드리시오!" 하고 고함을 질렀고, 고함 소리에 이어 다시 수류탄이 한 무더기 날아왔다. 할아버지는 우리 아버지를 붙잡고 그 자리에서 한 번 굴러 길가의 얕은 도랑 안으로 들어갔다. 수십 개의 발이 할아버지의 부상당한 팔을 걸어찼지만 묵직한 압박감만 느껴질 뿐 어떤 통증도 없었다. 길가의 철판회 회원들 중 적어도 절반은 총을 버리고 머리를 감싼 채 쥐새끼처럼

---

* 신선이 만든다고 하는 장생불사의 영약.

달아났고, 총을 버리지 않은 사람들은 바보처럼 서서 수류탄이 터지기를 기다리고 있었다. 할아버지는 결국 누가 수류탄을 던지는지를 찾아냈다. 그자의 얼굴은 마치 길게 펼쳐진 길 같았는데 길 위에는 황토색의 오만한 흙먼지가 가득 덮여 있었고, 먼지 속에는 교활한 여우의 냄새가 가득 차 있었다. 그 얼굴에는 팔로군 유격대의 흔적이 선명하게 찍혀 있었다. 그건 자오가오 대대였다! '작은 발 장' 쪽의 사람들! 팔로군 유격대!

수류탄이 다시 한 번 맹렬하게 폭발했다. 흙길 위에서는 포연이 뭉게뭉게 피어올랐고, 흙먼지가 하늘로 치솟았다. 메뚜기 떼 같은 탄환의 파편들이 날카로운 소리를 내며 길 양쪽으로 튀자, 무리 지어 있던 구경꾼들이 곡식단처럼 넘어졌다. 큰길 위에 있던 열댓 명의 철판회 회원은 폭발이 일으킨 거대한 폭풍에 뒤집어졌고, 잘려 나간 팔다리와 비릿한 오장과 역겨운 피는 우박처럼, 아름답고 감미로운 사랑처럼 백성들의 머리 위로 뿌려졌다.

할아버지는 비틀거리면서 총을 끄집어내어 수천수만의 머리 사이에서 가라앉았다 올라왔다 하는 팔로군의 머리를 겨냥해 익숙한 느낌으로 방아쇠를 당겼다. 총알은 미간을 정확하게 맞혔고 푸른색의 두 안구는 나방이 알을 낳듯이 순조롭게 그의 눈두덩 속에서 튀어나왔다.

"동지들! 돌진해서 무기를 빼앗아라!" 팔로군이 군중 속에서 큰 소리로 고함을 질렀다.

정신이 든 검은 눈과 철판회 회원들이 무리를 향해 마구 총을 쏘아댔다. 발사된 총알은 하나하나 다 살점을 베어 물었고, 총알마다 연속적으로 몇 개의 살을 뚫고 난 뒤에야 여흥이 덜 가신 채로 살 속에 박혀 있거나 아니면 풀이 죽은 채 아름다운 호(弧)를 그리며 검은 땅 위로 떨어졌다.

할아버지는 어지러운 사람들의 무리 속에서도 팔로군 유격대의 얼굴에서 드러나는 선명한 특징을 알아보았다. 물에 빠진 사람처럼 필사적으로 버둥거리는 모습이나 그 얼굴에서 드러나는 탐욕스럽고 잔혹한 표정은 할아버지의 마음을 너무나 아프고 고통스럽게 했다. 이전에 조금 생겨났던 팔로군에 대한 호감이 이를 갈 만큼의 증오로 바뀌었다. 할아버지는 그런 얼굴들을 하나하나 정확하게 겨냥해서 박살을 냈다. 당시 할아버지는 한 사람도 함부로 죽이지는 않았다고 자신했었지만, 훗날 고독하게 홀로 지내게 된 세월 속에서 다시 돌아보니 검은 눈과 철판회 회원의 탄알에 맞아 검은 흙바닥에 쓰러진 건 모두 다 선량하고 무고한 사람들이었다.

아버지는 발버둥을 치며 할아버지의 겨드랑이에서 빠져나와 자신의 권총을 끄집어냈다. 요란한 소리에 눈이 어질어질하고 귀가 멍했다. 아버지는 무의식적으로 총을 쏜 뒤 습관대로 자신이 발사한 첫번째 총알을 쫓아 달려갔다. 자신이 쏜 둥그런 총알이 크게 열린 입안으로 곧장 들어가 처박히는 게 보였다. 머리 뒤에 작은 쪽을 틀어 올린, 스무 살 남짓한 젊은 여인의 입이었다. 산뜻하고 붉은 입술, 맑고 하얀 치아, 풍만한 아래턱, 여인의 미모를 구성하는 중요한 요소들이 거기에 모두 모여 있었다. 아버지는 그 입에서 나오는 청개구리 소리 같은 울음소리를 들었다. 붉은 피가 부서진 하얀 이를 끼고 흘러넘쳤다. 그 여인은 부드러운 정감이 넘쳐흐르는 커다란 잿빛 눈으로 아버지를 쳐다보다가 갑자기 검은 흙 위로 거꾸러졌고, 사람들의 물결이 당장 그녀를 덮어버렸다.

마을에서 총격 신호가 울렸고, 할아버지는 자오가오 대대의 백 명 남짓한 대원이 총칼과 곤봉을 휘두르며 대대장 작은 발 장의 인솔 아래 고함을 지르며 돌진해 오는 것을 보았다. 남쪽 수수밭에서는 우란쯔가 칼등으로 자기 얼룩말의 엉덩이를 내리치면서 기마 부대를 인솔해 필사적으로 북쪽으로 달려가고 있었다. 얼룩말은 마치 지친 폐병 환자처럼 숨을 헐떡이고 있었다. 말의 목 위에서 흐르는 땀이 벌꿀처럼 걸쭉하고 끈적거렸다. 뿔뿔이 흩어지던 사람들의 물결이 기마 부대의 진로를 가로막자 우란쯔는 말을 때려서 인파를 뚫고 지나갔다. 기마 부대가 뒤따라오며 돌격하자 걸음을 미처 멈추지 못한 사람들이 말에 부딪혀 넘어졌다. 기마 부대의 말들은 마치 늪에 빠진 것처럼 목을 치켜들고 절망적으로 울부짖었다. 우란쯔 옆에서 말 두 필이, 발광하는 사람들에 부딪혀 넘어졌고 말에 탔던 사람도 말을 따라 거꾸러졌다. 수도 없이 많은 검은 발이, 말의 몸과 말 탄 사람의 몸을 밟고 지나갔다. 예기치 않은 재난으로 죽게 된 말과 사람이 똑같이 처절하게 절망적인 절규를 토해냈다. 모제르총을 들고 있었지만 사격을 할 줄 모르는 자오가오 대대의 대원 하나가, 그가 아마도 바로 정표를 들고 있던 철판회 회원을 쏘아 죽인 사람이었을 텐데, 인파에 밀려 우란쯔의 말 앞으로 오게 되었다. 우란쯔의 잘생긴 얼굴에 순간적으로 경련이 일었고, 눈에는 무수한 핏발이 곤두섰다. 그 대원은 총을 쏘았지만 총알은 뜻밖에도 하늘로 날아갔다. 우란쯔의 일본 군도가 차디찬 빛을 번쩍이자 앞머리를 조금만 남겨놓은 팔로군의 머리통 꼭대기가 베어져 날아갔다. 꼭대기가 마치 검은색 털모자처럼 생긴 그 머리통은 사람들의 머리 위로 날아가면서 열댓 명의 얼굴 위에 검은 피를 흩뿌렸다.

길가에 있던 철판회 회원들은 이미 할아버지의 사나운 호령 아래 모여들기 시작했고, 장례 의장과 노제 막사에 기대어 작은 발 장의 부대에 사격을 가하고 있었다.

자오가오 대대는 할아버지의 납치로 인해 사기가 크게 떨어졌고 총도 좋은 총은 거의 가지고 있지 못했지만, 대신 용맹하게 앞으로 전진해나가는 희생정신이 있었다. 철판회 회원들의 총알이 끊임없이 그들을 쏘아서 무수한 대원이 땅에 입을 박고 거꾸러졌는데도 그들의 돌진 속도는 줄어

들지 않았다. 그들의 손에 든 원시적인 무기는 단지 육박전에서만 효과를 낼 수 있는 것들이었지만 앞사람이 넘어지면 뒷사람이 그 뒤를 이어 계속 앞으로 나아가는, 두려워하지 않고 용감하게 전진하는 희생정신이 거대한 위력을 발휘해 결국 철판회 진영을 와해시켰다. 철판회 회원들이 쏜 총알은 다 공중으로 날아갔다. 압박해 오는 자오가오 대대는 돌격하면서 수류탄 수십 개를 던졌고 폭발을 두려워한 철판회 회원들은 총을 버리고 달아났다. 하지만 무정한 포탄의 파편은 끝까지 그들을 쫓아가 그들의 몸을 갈기갈기 찢어놓았다. 이번 수류탄은 길 양쪽에 서 있던 취고수들과 장대걷기꾼과 사자춤꾼들을 엉망으로 만들어놓았다. 다른 사람을 위해 곡을 하던 취고수들의 나팔과 날라리는 취고수들의 찢겨진 사지와 함께 하늘로 날아올랐다가 다시 비틀거리며 땅으로 떨어졌다. 장대걷기꾼들은 다리가 높은 나무에 묶여 있어 움직임이 불편했기 때문에 갑자기 난리가 나자 대부분 길가로 밀려났다가 장대 다리를 나무 막대처럼 검은 흙 속에 박고는 고목처럼 수수밭으로 곤두박질쳤다. 포탄 파편에 맞은 장대걷기꾼의 울부짖음은 더 처참했고, 그들의 얼굴 표정에 나타난 공포는 더 끔찍했다.

우란쯔는 길 위에서 흩어져 달아나는 철판회 사람들을 초조하고 착잡한 심정으로 바라보았다. 그는 분노에 차서 칼로 사람을 내리쳤고, 그의 사타구니 밑의 얼룩말은 자신의 입 주변에서 쓰러진 사람들을 개처럼 물어뜯었다. 칼로 사람을 내리칠 때 나는 낭랑한 소리와 죽음에 질겁한 사람들이 내는 상쾌한 웃음소리가 그의 앞뒤에서 울려퍼졌다.

우란쯔는 기마 부대를 이끌고 길 위로 달려가다가 자오가오 대대가 던진 나무 자루 수류탄 한 무더기와 마주쳤다. 몇 년 뒤에 할아버지와 아버지가 자오가오 대대에 수류탄을 던지던 솜씨를 다시 생각해보니, 그건 마치 실력도 패도 형편없는 기수(旗手)가 완전히 운으로 바둑왕이 된 것 같아서, 입으로는 패배를 인정했지만 마음으론 줄곧 억울한 느낌을 지울 수가 없었다. 아버지는 자오가오 대대의 낡은 한양제 보총에서 발사된 새 총알에 엉덩이를 맞았다. 할아버지는 이런 총상은 한 번도 본 적이 없었다. 마치 미친개한테 물린 것처럼 상처가 온통 피범벅이 되었다. 자오가오 대대는 총알이 모자라서 매번 전투 때마다 탄피를 주워다가 새로 총알을 만들었는데 그 총알은 대체 무슨 개수작으로 만들어졌는지, 한번 탄창부에서 벗어나면 바로 녹아내려 그 뒤에는 마치 뜨거운 콧물처럼 사람을 따라다니며 괴롭혔다. 아버지가 바로 이 총알에 맞은 것이다. 수류탄 한 무더기가 우란쯔가 인솔하던 기마 부대를 참담하게 폭격해서, 정말로 사람과 말이 모두 한데 뒤집어지는 상황이 되었다. 우란쯔의 얼룩말은 울부짖으며 펄쩍 뛰어올랐다가 담장처럼 길 위로 무너져 내렸다. 말의 배에는 주먹만 한 구멍이 나서, 먼저 창자가 쏟아져 나오고 나중에는 피가 흘러나왔다. 우란쯔는 얕은 길가 도랑 속으로 내팽개쳐졌다가 막 기어올라오는 길에 다시 번쩍거리는 칼을 받쳐 들고 앞으로 돌진해 오는 팔로군을 보았다. 그는 목에 걸려 있는 기관총에 총알을 장전한 뒤 열 발을 쏘았고, 이어 팔로군 열댓 명이 춤을 추듯이 손발을 휘저으며 그 앞에서 거꾸러졌다. 말과 사람이 다 부상을 입지 않은 멀쩡한 철판회 회원 열댓 명이 팔로군 부대 속으로 돌격해 들어갔다. 그들은 팔로군을 내리쳐서 죽였고, 팔로군은 총검과 창끝으로 그들이 탄 말의 배를 찔러댔다. 한두 차례 투투둑, 파파팍 하는 소리가 지나가고 난 뒤 열댓 명의 철판회 회원과 그들을 따라오던 자오가오 대대의 대원들은 모두 가오미 둥베이 지방의 검은 흙에 척추뼈나 복부를 다정하게 댄 채 엎어져 다시는 일어나지 못했다. 폭발 속에서 요행히 달아난 말 두 마리가 갈기를 휘날리며 강가로 달려갔다. 텅 빈 다리 받침대가 그들의 배를 계속 두드리는 가운데, 검은 먼지

속에서 꼬리털을 휘날리며 달려가는 모습이 너무나 자유로워 보였다.

자오가오 대대 대원 세 명이 이를 갈면서, 지은 죄가 막중한 철판회 기마 대장의 복부와 가슴을 총검으로 마구 찔러댔다. 두 손으로 후끈후끈한 총신을 붙잡고 있던 우란쯔의 몸이 위로 한 번 솟구쳐 오르더니 갑자기 눈동자가 뒤집혀, 그의 얼굴에서 검은 눈동자가 곧 사라져버렸다. 긴 속눈썹이 그의 은회색 눈을 덮었고, 그의 입에서는 뜨끈뜨끈한 피가 흘러나왔다. 자오가오 대대의 대원들은 뜨거운 핏속에 물려 있는 총검을 힘껏 빼냈다. 우란쯔는 1초 동안 경건하게 서 있다가 곧 천천히 길가의 도랑 속으로 거꾸러졌다. 태양이 고급 자기(瓷器) 같은 그의 흰자위를 비추면서 침침한 두 줄기 빛을 굴절시키고 있었다. 자오가오 대대 대원 세 명이 탐욕스럽게 그에게로 달려가 목에 걸려 있는 러시아제 기관총과 허리춤에 꽂혀 있는 독일제 모제르총을 탈취했다. 수천수만 개의 발에 내몰려 혼비백산했던 도마뱀들이 그의 가슴 위로 달려와서는 쪼그리고 앉은 채 계속 숨을 헐떡거렸다. 피가 도마뱀의 꺼칠한 회백색 몸을 벌겋게 적셔놓았고, 굼떠 보이는 도마뱀의 눈 속에선 기어 다니는 동물 특유의 섬뜩한 빛이 반사되어 나왔다.

포탄에 한쪽 다리가 잘려 나간 젊은 철판회 회원 하나가 기병창과 군도를 모두 앞에 내던지고는 돌진해 오는 자오가오 대대원을 향해 창백한 두 손을 들어 올렸다. 가늘고 부드러운 수염이 나기 시작한 지 얼마 안 되는 윗입술을 사랑스럽게 오므린 채 가늘게 뜬 그의 두 눈에는 죽음을 두려워하는 눈물이 가득 고여 있었다. 그는 "아저씨…… 절 죽이지 마세요…… 아저씨…… 절 죽이지 마세요……" 하고 애원했다. 누런 눈동자의 자오가오 대대원은 잠시 망설이다가 이 청년의 머리를 내려치려고 준비했던 수류탄을 거두면서 허리를 굽혀 바닥에 있는 기병총과 군도를 주워 올리려고 했다. 하지만 그가 다시 허리를 펴기도 전에 푹푹 하는 소리가 들리더니, 총검 하나가 청년의 배 속으로 들어가서 척추뼈 쪽으로 나왔다. 누런 눈의 나이 든 대원은 눈앞에 있는 이 연한 오이 같은 젊은 청년이 온몸을 부들부들 떨면서 두 손으로는 총대를 움켜쥐고 입을 떡 벌린 채 고함을 지르는 것을 보았다. "어머니……" 그 젊고 잘생긴 머리가 툭하고 그의 두 팔 위로 늘어졌다. 누런 눈의 대원이 분노하며 몸을 돌렸다. 허리에 총탄을 맞은, 시커먼 얼굴을 한 중년 대원이 고통스러운 표정을 지으며 청년과 함께 총대 위로 엎어지는 모습이 보였다. 그가 철판회 회원의 배 속으로 총검을 찔러 넣었을 때 그도 동시에 부상당한 철판회 기마병의 모제르총 총알에 왼쪽 신장이 뚫린 것이다.

기마 부대의 전멸은 철판회 회원들의 사기를 꺾어놓아, 장례 의장 뒤에 숨어서 완강히 저항하던 철판회 회원들도 모두 총을 끌고 남쪽으로 달아나버렸다. 할아버지와 검은 눈이 아무리 고함을 지르며 불러도 토끼처럼 달아나는 회원들의 다리를 멈추게 할 수는 없었다. 할아버지는 길게 탄식하고는, 한 손으로 우리 아버지를 붙잡고 허리를 숙인 채 총을 쏘면서 모수이 강 쪽으로 달아났다.

용감하게 선전한 자오가오 대대는 철판회 회원들이 버리고 간 무기들을 주워 올리면서 마치 호랑이가 날개를 단 것 같은 기세로 내내 환호하며 도망치는 사람들을 끝까지 추격했다. 대대장 작은 발 장이 여전히 가장 선두에서 달렸다. 할아버지는 정신없이 달아나던 회원 하나가 던지고 간 일본제 38식 덮개총을 주워 들고는 분뇨 더미 위에 엎드려 방아쇠를 당겨 총알을 장전했다. 첫번째 총성이 울리고 난 뒤 할아버지는 부상당한 팔을 목 위로 꺾어서 총의 개머리판을, 팔 부상으로 인해 시큰하고 퉁퉁 부은 어깨 위에 받쳐 미친 듯이 뛰는 심장과 어깨가 연결되게 했다. 작은 발 장의 머리가 총구 위에서 오르락내리락하는 게 보였다. 확실한 사격을 위해 할아버지는 그의 가슴을 쏘기로 결정했다. 할아버지가 총을 쏘았고, 총성과 동시에 아버지는 작은 발 장이 두 팔을 활짝 벌린 채 앞으로 거꾸러지는 걸 보았다. 정신없이 득의양양해하며 달려오던 자오가오 대대가 급히 엎드렸고 이 기회를 틈타 할아버지는 아버지 손을 잡고 연기가 풀풀 피어오르는 검은 흙을 밟으며 흩어진 대열의 뒤를 쫓아 달렸다.

할아버지의 이 한 방은 작은 발 장의 복사뼈에 부상을 입혔다. 위생병이 엎드린 채 기어올라와 그것을 싸매주었다. 중대장이 기어올라와서 보니 장은 안색이 누레지고 얼굴에서는 온통 식은땀이 흘렀지만 여전히 단호하게 잘라 말했다. "빨리, 나한테 신경 쓰지 말고, 당장 뒤쫓아가! 빨리 가서 총을 빼앗아라! 총 한 자루도 가지고 달아나게 내버려둬선 안 된다. 돌격! 동지들!"

땅바닥에 엎드려 있던 자오가오 대대 대원들이 작은 발 장의 독려 아래 모두들 일어나 달리기 시작했고, 드문드문 쏘는 총탄을 맞으면서도 원기 왕성하게 뒤쫓아갔다. 기진맥진해진 철판회 회원들은 아예 달리는 걸 그만두고 총탄을 내버린 채 투항하기 위해 기다리고 있었다.

"총을 쏴라. 총을 쏴!" 할아버지가 격분해서 고함을 지르자 어수룩하고 우직하게 생긴 철판회 회원 하나가 말했다. "회장님, 저자들 감정 건드리지 맙시다. 저자들이 원하는 건 총이니까 총을 주고 우린 집으로 돌아가서 수수 농사나 지읍시다."

검은 눈이 총을 한 방 쏘았지만 사람 털끝에도 가 닿지 못한 채 오히려 자오가오 대대의 기관총 세 자루의 집중 소사만 불러들였다. 철판회 회원 세 명이 부상을 당했고, 한 명은 총에 맞아 죽었다. 이 기관총 세 자루는 할아버지가 곰보 렁을 납치했을 때 바꾸었던 것인데 그걸 잃어버리는 바람에, 다른 사람을 죽이려고 두었던 게 다른 사람이 자기를 죽이는 도구가 된 것이다. 곰보 렁이 이 기관총을 대체 어떻게 손에 넣게 된 것인지는 귀신도 모를 일이었다.

검은 눈이 다시 총을 쏘려고 했지만 건장한 철판회 회원 하나가 그의 허리를 낚아채며 말했다. "그만 됐수, 회장! 저 미친개들 자극하지 맙시다."

자오가오 대대가 다가오자 할아버지는 이 사랑스럽게 못되먹은 놈들을 보면서 어쩔 수 없이 총구를 내렸다.

바로 그때 모수이 강의 큰 둑 뒤에서 기관총이 개처럼 짖어대기 시작했다. 더욱 잔혹한 전투가 일찍부터 둑 뒤에서 철판회 회원들과 자오가오 대대를 기다리고 있었던 것이다.

5

장맛비가 줄기차게 내리던 1939년 가을이 지나고 난 다음은 물방울도 얼어붙을 만큼 혹독했던 1939년 겨울이었다. 아버지, 엄마와 한패가 되어 총명하고 용감하게 싸웠던 동료들이 총으로 쏘고 수류탄으로 태워 죽인 개들이, 축축한 웅덩이나 습지에서 이리저리 쓰러져 뒹구는 수숫대들과 한데 엉긴 채 얼어붙어 있었다. 모수이 강 안에는 일본제 꽃받침 수류탄에 맞아 죽은 개와 지도권을 다투다 서로 죽고 죽인 개, 강줄기를 따라서 쭉 널려 있는, 시들어 말라비틀어진 물풀들이 한데 엉긴 채 얼어붙어 있었다. 굶주림에 시달린 까마귀들이 떼 지어 몰려다니며 붉은색의 딱딱한 부리로 꽝꽝 얼어붙은 개의 시체를 쪼고 있는 모습은 마치 한 뭉텅

이씨의 먹장구름이 강줄기와 습지 사이를 오가며 떠다니고 있는 것 같았다. 모수이 강에는 얼음이 두껍게 얼어붙었고, 개의 시체 근처에 있는 얼음 위에는 까마귀들이 싸놓은 초록색 배설물들이 빼곡하게 널려 있었다. 습지 안에도 하얀 얼음 조각들이 있었다. 습지는 물이 얕고 얼음과 땅이 한데 붙어 있었는데 그런 하얀 얼음은 걸으면 곧 파곽 하고 깨진다. 길고 긴 겨울 동안 할아버지, 아버지, 엄마와 류 씨는 다 무너져버린 마을 안에 숨어 지냈다. 류 씨와 할아버지의 관계는 이미 아버지와 엄마도 알고 있었지만 거기에 대해 누구도 전혀 반감이 없었다. 류 씨가 그 어려운 시절 동안 할아버지, 아버지와 엄마를 돌봐준 일은 수십 년이 지난 뒤에도 우리 집안사람들에게서 절대로 잊히지 않았다. 지금도 우리 집안 '대청마루의 권축(卷軸)'* 위에는 류 씨의 이름이 찬란하게 적혀 있다. 그의 이름은 렌얼 다음에 놓여 있고, 렌얼의 이름은 할머니 다음에, 할머니의 이름은 할아버지 다음에 놓여 있다.

우리 집 홍구가 아버지의 불알 하나를 물어뜯어간 뒤 할아버지는 극도의 절망 상태에 빠졌었고, 그때 류 씨는 '외톨마늘'이 더 맵다는 말로 할아버지를 위로했었다. 우리 엄마 첸얼은 류 씨의 뜻을 받들어 부상으로 괴상망측해진 아버지의 작은 고추를 주물러 위씨 집안의 대가 끊이지 않을 거라는 걸 입증했고, 할아버지는 그 일을 알고 어찌나 기쁜지 움막 밖으로 달려 나와 연푸른 하늘을 바라보며 합장을 하고 감사 기도를 올렸었다. ……이 일들이 다 그해 늦가을에 있었다. 그때 하늘에는 가지런히 늘어서서 대열을 이루고 남쪽으로 날아가는 기러기 떼가 보였고, 웅덩이에는 개 이빨같이 생긴 고드름이 생겨나기 시작했다. 몇 차례 서북풍이 불

---

* 글씨나 그림 따위를 표장(表裝)하여 말아놓은 축을 말한다.

었고, 역사상 드물게 추운 겨울이 시작되었다.

할아버지 식구들이 기거하는 움막 안은 마른 수숫잎들로 가득 채워져 있었고, 밥을 짓는 움막 안에는 수수쌀이 대량으로 비축되어 있었다. 영양을 보충하고 체력을 보강하기 위해 할아버지와 아버지는 종종 개를 잡으러 나갔다. 두 사람은 류 씨가 꿰매어 만들어준 개가죽 바지와 개가죽 저고리를 입고, 류 씨와 엄마가 함께 만든 개가죽 모자를 쓰고 습지 뒤의 토담 위에 엎드려 있다가 매복 기습을 해서 개를 잡아왔다. 이즈음 습지로 와서 시체를 먹는 개들은 조직이나 규율이 없는 들개들이었다. 우리 집 홍구가 살해된 뒤 가오미 둥베이 지방의 개들은 제각각 흩어져 다니는 떠돌이 병사의 신세가 되었고 다시는 큰 무리를 이루지 못했다. 가을에는 마치 개들이 지배할 것 같았던 인간 세계가 겨울이 되자 다시 전세가 바뀌어 인간의 본성이 개의 본성을 이겼다. 개 떼가 밟아서 내놓은 희뿌연 오솔길도 이제는 점점 주변의 검은 흙들과 한데 섞여, 한때는 세상에서 패권을 다투던 개들이 남겨놓은 구불구불한 길은 지금 단지 기억과 상상에 의존해서만 희미하게 분별해낼 수 있었을 뿐이다.

아버지와 할아버지는 이틀에 한 번씩 개사냥을 나갔는데 매번 한 마리씩만 잡아왔다. 한여름 보양식인 개고기가 영양과 열량을 보장해주어서 다음 해 봄에 아버지와 할아버지는 기운이 펄펄하고 기력이 왕성한 상태가 되었다. 벗겨낸 개가죽은 마을의 무너진 벽과 담장 위에 못으로 박았는데 멀리서 보면 근사한 벽화 같았다. 1940년 봄 동안 아버지의 키는 주먹 두 개만큼 더 쑥 솟아올랐는데 그건 주로 개고기를 먹은 덕분이었다. 살진 개고기였다. 얼어붙은 사람 시체를 먹은 개들은 하나같이 살이 찌고 건강했다. 아버지가 한겨울 내내 살진 개고기를 먹은 건 모양만 바꾸어서 한겨울 내내 죽은 사람 고기를 먹은 것과 같았다. 아버지가 나중에 기골이 장대한 대장부로 자란 뒤 사람을 죽이고도 눈 하나 깜짝하지 않을 수 있었던 건 그 겨울 내내 모양만 바꾸어 사람 고기를 먹었던 것과도 관련이 있지 않을까?

물론 그들도 가끔은 입맛을 좀 바꾸었다. 할아버지는 가끔 기러기를 잡으러 아버지를 데리고 웅덩이 쪽으로 가기도 했다.

그들은 해가 산 너머로 질 무렵 길을 나서서, 피로 빚은 전병처럼 생긴 커다란 타원형의 태양이 천천히 아래로 떨어질 때까지 어지럽게 무성히 널려 있는 죽은 수숫대 안에 숨어 있었다. 해가 떨어지면서 웅덩이 안의 하얀 얼음 조각 위에 붉은 피를 한 겹 뿌려놓으면 원래는 수면 위로 반쯤 노출되어 있던 사람 시체나 개의 시체가 얼음 표면 위로 반쯤 올라와 죽은 개의 날카로운 이빨과 벌어진 입이 드러나고 죽은 사람의 이빨과 벌어진 입이 드러났다. 그때쯤이면 배가 부르도록 먹은 까마귀들이 금홍빛 날개를 휘저으면서, 높은 나무 위에 있는 보금자리를 찾아 마을 쪽으로 날아가고, 웅덩이 안에는 초록색 도깨비불이 반짝반짝 튀어 오르기 시작한다. 수십 년 뒤에는 흐린 대낮에도 도깨비불이 반짝거릴 때가 있었고, 그때는 도깨비불 놀이가 절정이었지만, 당시에는 고작 열댓 개밖에 없는 도깨비불이 정말 사랑스러워 보였다. 할아버지와 아버지는 몸 전체에 개가죽을 걸치고 있었는데 털이 없는 쪽을 안으로 하고 털이 있는 쪽을 바깥으로 해서 입었기 때문에 10분의 3은 사람 같고 10분의 7은 개처럼 보였다. 아버지는 식욕이 왕성해서 속에 소금 가루를 잔뜩 뿌린 개고기가 든 수수전병을 큰 입으로 베어 먹었다. 할아버지는 바로 머리 위의 낮은 하늘에서 빙빙 돌고 있는 기러기들이 듣는다고 아버지에게 너무 크게 쩝쩝 소리 내지 말라고 타일렀다. 기러기는 청각이 예민해 순풍에서는 10리까지 듣고 역풍에서는 5리까지 듣는다는 것이다. 아버지는 그 말을 그다지 믿지 않는 듯 여전히 개고기를 넣은 전병을 열심히 먹었지만 쩝쩝대는 소리는 더 이상 내지 않았다. 해가 지자 천지간에 붉은색의 엷은 안개가 자욱해졌다. 웅덩이 안의 하얀 얼음은 어둡고 생기 없는 뿌연 빛을 발했고, 마흔 마리 남짓한 기러기 떼는 빙빙 날면서 끼룩끼룩 울었다. 기러기 소리가 어찌나 처량하고 처연한지 아버지는 우리 할머니인 자기 엄마 생각을 했다. 그때 아버지의 항문에서 지독한 냄새의 공기가 빠져나왔다. 할아버지가 코를 막으며 "좀 작작 먹어라!" 하고 말하자, 아버지는 웃으며 "지독한 개 방귀네" 하고 말했다. 할아버지가 아버지를 한 차례 꼬집으며 "내 이 잡종 놈을 후려쳐야지!" 하고 말했다. 기러기 떼는 얼음 표면 위에 바짝 달라붙어 날면서 목을 길게 늘이고 다리를 늘어뜨리더니 더이상 울지 않았다. 사사삭 하며 깃털 부딪치는 소리가 들렸다. 아버지와 할아버지는 모두 숨을 멈추고 첫번째 기러기가 낙하한 뒤에 기러기 떼가 따라서 낙하하는 모습을 지켜보고 있었다. 기러기는 얼음 위에서 둔하게 이동하면서 아버지와 할아버지가 숨어 있는 곳에서 고작 열 걸음 정도 떨어진 곳까지 왔다. 나중에 기러기들은 다시 무리를 지어 모여들었는데, 정말로 한 마리는 무리 밖에 따로 떨어져 고개를 들고 허리를 편 채 마치 보초병처럼 서 있었다. 천지가 귤껍질처럼 노르스름하게 변했다가 나중에는 청회색으로 바뀌었고 다시 캄캄해졌다. 별 예닐곱 개가 떠올라 반짝였지만 얼음 위에서는 별빛도 보이지 않았다. 기러기 떼는 흐릿한 검은 그림자 한 무더기로 바뀌어 있었다. 할아버지가 철통 안에 숨겨놓았던 불을 수숫대에 붙여 한 번 비추었다. 그러자 당번 서던 기러기가 경보를 보냈고, 다른 기러기들은 모두 놀라서 달아났다. 상황은 전해 내려오는 이야기와 완전히 달랐다. 전해져 내려오는 이야기에서는, 기러기를 잡을 때는 잘 숨어 있다가 향불을 붙여서 한 번 밝히면 당번 기러기가 울고 그러면 다른 기러기들이 다 놀라 깨어나서 한참을 지켜보는데 그러다가 아무런 움직임이 없으면 계속해서 다시 잔다는 것이다. 이런 일이 서너 번쯤 반복되면 기러기들은 당번 기러기가 상황을 계속 잘못 보고한다고 생각하고 일제히 달려들어 그 기러기를 물어뜯게 되는데 이 혼란을 틈타 달려가면 기러기를 산 채로 얼마든지 잡을 수 있다는 것이었다. 이 이야기는 그럴 듯하게 들렸지만 실제로 해보면 전혀 먹히지 않았다. 아마 한 만 번에 한두 번쯤은 그런 일이 있을지도 모르지만. 이런 이야기는 재미있고 아주 그럴듯했지만 그래도 우리 아버지가 생각해낸 '기러기 낚는' 기술보다 더 근사하진 않았다. 아버지는 움막 안에서 엄마에게 이렇게 말했다. "첸얼, 우리 기러기 잡으러 가자. 커다란 낚싯바늘을 구부려서 낚싯바늘에 익은 개고기를 꿰고 기다란 낚싯줄을 연결해서 첫번째 기러기가 바늘을 삼키면 똥구멍으로 빼내고, 두번째 기러기가 삼키면 또 빼내고, 세번째, 네번째 다 이렇게 하는 거야. 다섯번째, 여섯번째, 여덟번째…… 그러고 나서 낚싯대를 빼내면 기러기 떼를 한꺼번에 다 낚을 수 있는 거지." 그러자 엄마가 말했다. "다 말한 거야?" "너 개고기를 하도 먹더니 정신이 좀 이상해졌나 봐!"

기러기들이 놀라서 날아갈 때 아버지는 달려가서 손만 뻗으면 당장 기러기 다리를 잡을 수 있을 거라고 생각했지만, 결국은 한 마리도 잡지 못했다. 기러기 날개가 일으킨 차가운 바람만이 얼굴을 스쳤을 뿐이다. 하지만 다음 날은 총을 가지고 가서 한꺼번에 기러기 세 마리를 잡아왔다. 깃털을 깨끗하게 뽑고 내장을 빼내고 솥에 푹 삶아서 네 식구가 밥솥에 둘러앉아 기러기 고기를 먹었다. 먹으면서 엄마가 아버지의 '기러기 낚는 기술'을 이야기하자 다들 일제히 웃었다. 그날 밤엔 바람이 불었고, 바람이 들판을 지날 땐 수숫대들이 소리를 냈다. 높은 하늘에선 외로운 기러기 울음소리가 들렸고, 멀리서 희미하게 개 짖는 소리가 들렸다. 기러기 고기에서는 신선한 풀 냄새가 났다. 기러기 고기는 질겼고 맛은 그저 그랬다.

겨울이 가고 봄이 왔다. 따뜻한 동남풍이 밤새 불자 다음 날엔 모수이 강에서 뿌직하고 얼음 깨지는 소리가 들렸다. 늘어진 버드나무 위로 갑자기 쌀알만 한 싹들이 돋아났고, 복숭아꽃도 분홍 꽃망울을 터뜨렸다. 일찌감치 날아온 제비들이 웅덩이에 머물며 물 위를 날았고, 무리를 이룬 들토끼들은 서로 교배를 하러 쫓아다녔다. 풀싹들엔 푸른빛이 넘쳐났다. 연기 같기도 하고 안개 같기도 한 봄비가 몇 차례 지나가고 난 뒤, 할아버지와 아버지는 개가죽 옷을 벗어버렸다. 가오미 둥베이 지방의 검은 흙에서는 만물이 생장하는 소리가 밤낮으로 요동쳤다.

근육이 꽉 찬 할아버지와 아버지는 움막 안에 가만히 있을 수가 없었다. 그들은 모수이 강의 제방 위를 마음대로 돌아다니고 모수이 강의 돌다리 위를 배회하다가 할머니와 할아버지 대원들의 무덤 앞에 이르자 숙연히 멈춰 섰다.

"아부지, 우리 팔로군에 들어가요." 아버지가 말했다.

할아버지가 고개를 가로저었다.

"렁 지대로 들어갈까요?"

할아버지는 고개를 가로저었다.

그날 오전에는 햇빛이 전에 없이 아름다웠고, 하늘에는 구름 한 점 없었다. 할아버지와 아버지는 할머니 무덤 앞에 선 채 한 마디도 하지 않았다.

다리 동쪽의 북쪽 강둑 위로 말 일곱 마리가 게으르게 터벅터벅 걸어오는 게 멀리서 보였다. 말 위에는 이상하게 생긴 사람들 일곱 명이 타고 있었다. 모두 위쪽 머리카락을 싹 밀어버린 모양이었다. 우두머리인 시커 먼 사내의 오른쪽 눈 주위에는 검은 점들이 둘러 있었다. 그가 바로 가오 미 둥베이 지방의 철판회 두목 검은 눈이었다. 할아버지가 토비 노릇을 할 때만 해도 검은 눈의 명성은 주변에 자자했고, 토비와 철판회는 서로 경계를 침범하지 않는 사이였지만 할아버진 속으로 그를 우습게 생각하고 있었다. 1929년 초겨울, 할아버지와 검은 눈은 먼지가 뿌옇게 인 옌수이 (鹽水) 강가에서 생사를 건 한판 결투를 벌였지만 승부를 가리진 못했다.

말 일곱 마리가 할머니 무덤 앞 강둑 위에 이르렀을 때 검은 눈은 말 고삐를 잡아당겼다. 말은 멈추고 갈기를 털더니 고개를 숙인 채 둑가의 마른 풀을 뜯어 먹었다.

할아버지의 손이 자기도 모르게 일본제 왕바(王八) 모제르총의 반짝이 는 덮개를 눌렀다.

검은 눈은 말 위에 안정되게 앉은 채 말했다. "자네군, 위 사령관!"

할아버지가 손을 떨며 말했다. "그래, 이 몸이다!"

할아버지는 도전적인 눈빛으로 검은 눈을 노려보았다. 검은 눈은 멍 청하게 몇 차례 웃더니 말에서 뛰어내려 강둑 위에 서서 아래로 내려다보 듯이 할머니의 무덤을 바라보았다. "죽었나?"

할아버지가 말했다. "죽었다!"

검은 눈은 노기등등하게 말했다. "제기랄, 얼마나 많은 여인네가 네 놈 손에서 망가진 거냐!"

할아버지 눈에서 불이 뿜어져 나왔다.

"이 여자가 애초부터 이 몸을 따랐다면 오늘 같은 일은 없었지!" 검 은 눈이 말했다.

할아버지가 왕바 모제르총을 꺼내 검은 눈을 향해 방아쇠를 당기려고 했다.

검은 눈은 전혀 당황한 기색 없이 말했다. "재주가 있으면 가서 복수를 해야지. 날 죽인다면 그건 네놈의 도량이 고작 그것밖에 안 된다는 거야!"

사랑이라는 게 뭔가? 저마다의 대답이 있겠지만, 이 요상한 일이 무수한 영웅호걸과 요조숙녀를 시달려 죽게 했다. 할아버지의 연애 역사와 아버지의 애정의 광란, 그리고 사막처럼 창백했던 나 자신의 연애 경험에 근거해서, 나는 우리 집안 3대의 사랑에 부합되는 철칙을 도출해냈다. 열광적인 사랑의 첫번째 요소는 가슴을 찌르는 고통이다. 찔린 심장에서는 송진 같은 액체가 뚝뚝 떨어지고, 사랑의 고통으로 인해 흘려야 하는 붉은 피는 위장에서부터 흘러나와 소장과 대장을 지나면서 오동나무 기름 같은 대변으로 바뀌어 체외로 배출된다. 잔혹한 사랑을 이루는 사랑의 두번째 요소는 가차 없는 비난이다. 사랑하는 쌍방 모두 산 채로 상대방의 가죽을 벗기지 못해 안달한다. 생리적인 가죽과 심리적인 가죽, 정신적인 가죽과 물질적인 가죽을 벗기고, 혈관과 근육과 퉁퉁 움직이는 내장과 검붉은 심장을 벗긴다. 그러고 난 뒤에 둘은 상대방을 향해 서로의 마음을 던지고, 두 마음은 공중에서 부딪쳐 박살이 난다. 얼음처럼 싸늘한 사랑을 이루는 사랑의 세번째 요소는 지속적인 침묵이다. 싸늘한 감정은 사랑하는 사람을 얼려 얼음과자로 만들어버린다. 우선은 차가운 바람 속에서 얼고 그다음에는 눈 속에서 얼다가 다시 꽁꽁 얼어붙은 강물 속으로 던져지고 마지막에는 현대 문명이 낳은 냉동고 안이나, 돼지고기나 조기를 보관하는 냉장실 속에 언 채로 걸려 있게 된다. 그러므로 진정으로 사랑을 하는 사람은 얼굴이 서리처럼 하얘지고 체온은 25도로 내려가, 입만 움찔거릴 수 있을 뿐 절대로 말은 할 수가 없는 것이다. 말을 하고 싶지 않아서가 아니라 이미 말을 할 수 없게 되었기 때문인데 사람들은 그들이 짐짓 벙어리 노릇을 하는 거라고 생각한다.

그러므로 열광적이고 잔혹하며 얼음처럼 싸늘한 사랑＝위출혈＋산 채로 껍질 벗기기＋벙어리 노릇 하기이며, 이런 과정은 무한히 순환 반복되면서 그치지 않는다.

사랑의 과정은 붉은 피가 오동나무 기름색 대변이 되는 과정이고, 사랑의 표현은 형체를 알 수 없게 피투성이가 된 두 사람이 함께 누워 있는 것이고, 사랑의 종말은 허연 눈을 부릅뜨고 있는 두 자루의 얼음과자가 되는 것이다.

1923년 여름 할아버지가 할머니를 나귀 등에서 내려 끌어안고 수수밭으로 들어가 커다란 도롱이 위에 눕혔을 때, 그것은 '위출혈' 단계의 비장한 시작이었다. 1926년 여름 아버지가 세 살이 되었을 때 할머니의 하녀 롄얼 아가씨가 제3자로서 할아버지와 할머니 사이에 자신의 건강한 두 다리를 끼워 넣은 일은 '산 채로 껍질을 벗기는' 단계의 시작이었으니 그들의 사랑은 이미 열광적인 천국에서 잔혹한 지옥으로 옮겨간 것이다.

1926년 봄 할머니는 열아홉 살이었고, 롄얼 아가씨는 할머니보다 한 살이 어렸다. 열여덟 살인 롄얼의 몸은 건강했고 다리도 길고 발도 컸으며, 가무잡잡한 얼굴에 동글동글한 두 눈과 작고 귀여운 코, 그 밑에는 두툼하고 성감이 넘치는 입술이 있었다. 그때는 우리 집 술도가가 한창 번창해서 양질의 고량주를 중국 전역의 18현(縣)에 두루 폭우처럼 쏟아붓고 다니던 시절이었다. 술 향기가 1년 내내 우리 집 마당과 집 안을 뒤덮었고, 이런 시절이 오랫동안 지속되면서 우리 집안 남자와 여자는 모두 주량이 상당해졌다. 할아버지와 할머니는 말할 것도 없고, 술은 입에 대지도 않던 류씨 아줌마도 한꺼번에 반 근은 마실 수 있게 되었다. 롄얼 아가씨는 처음에는 할머니가 술 마시는 걸 거드느라 술을 마셨지만 나중에는 하루도 술 없이는 살 수 없는 지경이 되었다. 술은 사람을 호방하고 의협심 넘치게 만들며 위험 앞에서도 두려워하지 않고 죽음도 대수롭지 않게 여길 수 있게 해주지만, 또한 사람을 방탕하게 하며 한평생 술독에 빠져 인생을 허비하거나 타락하게 만들기도 하고, 여자들의 마음을 쉽게 흔들어놓기도 한다. 그때 할아버지는 이미 토비로서의 삶을 시작했지만 결코 재물에 욕심을 냈던 건 아니고 오히려 사람을 살리겠다는 생각을 가지고 있었다. 하지만 복수는 복수를 낳고 그 복수는 또 그에 대한 복수를 부르는, 잔혹한 순환의 법칙이 한 사람 한 사람의 선량하고 연약한 백성들을 결국은 음흉하고 악랄하며 재간이 뛰어나고 담이 큰 토비로 변화시켜 갔다. 할아버지는 죽을 고생 끝에 '칠점매화총'의 기술을 익혔고, 그 뒤 그것으로 '얼룩목'과 그의 부하들을 살해하고, 재물을 목숨처럼 아끼던 외증조부를 협박해서 꼼짝 못하게 만들었으며, 그 뒤에는 술도가를 떠나 울창한 수수밭으로 들어간 뒤 남의 집을 덮쳐 재물을 약탈하는 방탕한 생활을 하기 시작했다. 가오미 둥베이 지방에서 토비의 씨앗은 그 뒤로도 줄줄이 이어졌다. 관부(官府)가 토비를 만들어냈고, 가난이 토비를 만들어냈고 간통과 정부 살인이 토비를 만들어냈고 토비가 토비를 만들어냈다. 할아버지가 노새와 쌍권총으로, 당시 모든 사람을 압도하는 총 솜씨를 지녔던 '얼룩목'과 그 부하들을 모수이 강에서 다 죽게 만든 영웅적인 업적은 바람처럼 빠르게 방방곡곡 집집마다 전해졌고, 소식을 들은 조무래기 토비들이 모두 몰려들어 투항하는 바람에, 1925년에서 1928년까지 가오미 둥베이 지방에는 토비 역사상 황금시대가 출현했다. 할아버지의 명성은 먼 곳까지도 자자하게 퍼져 관부조차 떨게 만들 지경이었다.

이 기간 동안 그 속셈을 알 수 없는 차오멍주가 여전히 가오미 현의 현장을 맡고 있었다. 할아버지는 차오멍주가 신발 바닥으로 자신을 살가죽이 터지도록 때린 일을 단단히 기억하고 있으면서 틈만 나면 복수할 생각을 했다. 당시 할아버지가 감히 관부와 직접 대결을 시도한 건 그가 위대한 토비의 명성을 누리게 된 중요한 이유 중의 하나가 되었다. 1926년 초 할아버지는 두 사람을 데리고 관부의 문 앞으로 가서 열네 살 된 차오멍주의 외동아들을 납치했다. 할아버지는 그 울부짖는 잘생긴 남자아이를 겨드랑이에 끼고 손에는 모제르총을 들고 당당하게 관부 문 앞의 청석 판을 깐 관로 위로 걸어갔다. 날래고 강한 포졸 우두머리 샤오옌, 옌뤄구(顔洛古)가 병사들을 이끌고 따라왔지만 병사들은 헛고함만 지를 뿐 감히 다가서지 못했고, 여기저기 마구 총을 쏘아댔지만 총알들은 다 할아버지에게서 아주 먼 곳으로 비껴 날아갔다. 할아버지는 멈춰 서서 몸을 돌리고는 모제르총의 총구를 남자아이의 태양혈에 대고 큰 소리로 고함을 질렀다. "옌가야, 당장 꺼져! 차오멍주 그 늙은 개한테 가서 일러라. 아들놈의 몸값으로 은화 1만 냥을 가져오라고. 시간은 사흘이다. 기한이 지나면 '인질'을 죽여버리겠다!"

　　샤오옌이 차분하게 물었다. "위 형, 어디에서 만나자는 건가?"

　　할아버지가 말했다. "가오미 둥베이 지방 모수이 강 나무다리 한가운데다."

　　샤오옌은 부대를 이끌고 관부로 돌아갔다.

　　할아버지가 성을 막 벗어나자 사내아이는 엄마 아빠를 부르며 울부짖으면서 필사적으로 버둥거렸다. 울고불고하느라 오관이 다 일그러졌지만, 사내아이의 하얀 이와 붉은 입술은 여전히 무척이나 사랑스러웠다. 할아버지가 "울지 말아라. 난 네 양아비고, 널 데려가서 네 양어미 만나게 해주려는 거야!" 하고 말했지만, 사내아이는 더 사납게 울었다. 그러자 할아버지는 귀찮다는 생각이 들어 번쩍거리는 단검을 꺼내 아이 앞에서 흔들어 보이며 말했다. "울지 말라니까. 더 울면 네 귀를 잘라버릴 테다!" 그러자 사내아이는 울음을 뚝 그치고 두 눈을 멍하니 뜬 채 젊은 토비 두 명의 부축을 받으며 걸어갔다.

현성을 5리쯤 걸어 나왔을 때 등 뒤에서 말발굽 소리가 들렸다. 할아버지는 급히 고개를 돌려보았다. 수레 길 위로 뽀얗게 먼지를 일으키며 한 무리의 말이 나는 듯이 달려오고 있었다. 맨 앞의 말 위에는 영리하고 용맹스런 샤오옌이 타고 있었다. 할아버지는 형세가 심상치 않은 것 같다는 생각에, 토비 두 명에게 길가로 몸을 피하게 하고 세 명은 모두 바싹 다가서서 총으로 사내아이의 머리를 겨냥하게 했다.

할아버지에게서 화살 하나쯤 떨어진 곳까지 오자 샤오옌은 말을 잡아당겨 방향을 측면으로 돌린 뒤 지난해의 그 수수밭으로 들어갔다. 수수를 베고 난 뒤라 수수밭에는 수수 그루터기들만 남아 있었고, 겨울 동안 분바람이 부토들을 다 날려버려 들판은 평평하고 단단해져 있었다. 기마 부대는 샤오옌을 따라서 크게 한 바퀴를 돌고는 할아버지 앞으로 왔다가 다시 흙길로 돌아서더니 흙먼지를 날리며 가오미 둥베이 지방을 향해 달려갔다.

할아버지는 순간 정신이 혼미해졌지만, 곧 다시 정신을 차리고는 손으로 허벅지를 치며 말했다. "망했다. 이번 납치는 완전 허탕이구나!"

두 토비는 그 깊은 뜻을 모르고 멍청하게 물었다.

할아버지는 대답은 하지 않고 기마 부대를 향해 총을 쏘았지만 기마 부대는 이미 너무 멀리 떨어져 있었기 때문에 모제르총은 단지 말발굽이 일으킨 먼지와 낭랑하게 울리는 말발굽 소리만 맞힐 수 있었을 뿐이다.

영리한 샤오옌은 기마 부대를 이끌고 둥베이 지방으로 간 뒤 곧장 우리 마을로 달려가 당장 우리 집 안으로 뛰어들어갔다. 그는 확실히 이런 일에는 이력이 나 있었다. 그때 할아버지는 두 다리를 움직여 고향을 향해 달려오고 있었다. 하지만 너무나 높은 지위에서 부유한 생활만 해온 차오멍주의 아들이 언제 이런 고생을 해본 적이 있겠는가? 고작 1리쯤 달리고 나서 차오멍주의 아들은 땅바닥에 드러누워 꼼짝을 하지 않았다. 한 토비가 "그냥 죽여버리시죠. 거추장스러운 짐 덜게"라고 제안했다. 할아버지는 "샤오옌이 내 아들을 붙잡으러 간 게 분명하다!"고 말했다.

할아버지는 의식을 잃은 차오멍주의 아들을 어깨에 들쳐 메고 천천히 걷기 시작했다. 토비가 길을 재촉하자 할아버지는 "이미 늦었다. 천천히 가자. 이 짐승 새끼만 살아 있으면 다 잘될 거다" 하고 말했다.

샤오옌은 현의 병사들을 이끌고 집으로 쳐들어가 우리 할머니와 아버지를 말 위에 붙잡아 매어놓았다.

할머니가 화를 내며 꾸짖었다. "네가 눈이 삐었냐! 난 차오 현장의 수양딸이다!"

샤오옌은 모질게 웃으며 말했다. "바로 수양딸인 널 붙잡으러 온 거다!"

샤오옌 기마 부대와 할아버지는 길 중간에서 만났다. 양쪽 다 총으로 '인질'을 겨누었고, 거의 어깨가 스칠 만큼 가까이 있었지만 누구도 감히 먼저 경거망동하지 않았다.

할아버지는 두 손을 뒤로 꺾인 채 말 위에 있는 할머니와 샤오옌의 품에 안겨 있는 아버지를 보았다.

샤오옌의 기마 부대가 할아버지 쪽 사람들 곁을 스치고 지나갔다. 말 발굽 소리도 경쾌하고 말의 목에 달린 구리 방울도 낭랑하게 울리고, 말에 탄 사람들의 얼굴에도 만면에 미소가 걸려 있었다. 오식 할머니만 분노에 찬 얼굴로 죽을상을 하고 길가에 서 있는 할아버지를 쳐다보면서 고함을 질렀다. "잔아오, 당장 우리 양아버지 아이 놓아주고, 우리 둘이랑 맞바꿔요."

할아버지는 사내아이의 손을 꽉 쥐었다. 그는 이 아이를 조만간 내주어야 하긴 하지만 지금은 아니라고 생각했다.

양쪽이 인질을 교환하는 지점은 여전히 모수이 강의 나무다리 위로 정해졌다. 할아버지는 둥베이 지방의 거의 모든 토비를 총동원했다. 230여 명 남짓한 토비가 모두 총을 메고 총알을 장전한 채 어떤 이는 눕고, 어떤 이는 앉은 채 나무다리 북쪽으로 떼 지어 몰려들었다. 강물에는 아직 얼음이 있었지만 가장자리는 이미 봄 공기에 녹아 초록색 물이 붕대 두 가닥처럼 흐르고 있었다. 가운데 얼음의 표면 위에는 북풍이 몰고 온 검은 흙이 얼룩덜룩 묻어 있었다.

오전이 반쯤 지났을 무렵 강 남쪽 둑 위로 관부의 기마 부대가 구불거리며 오는 게 보였다. 기마 부대의 중간에는 작은 가마가 하나 끼어 있었고, 가마는 사내 네 명이 메고 흔들거리며 천천히 오고 있었다.

현에서 온 사람들이 다리 남쪽에 자리를 잡은 뒤 서로 대화를 나누었다. 할아버지와의 대화에 나선 것은 위풍당당한 현장 차오멍주였다. 그는 웃음을 띤 채 다정하고 사근사근하게 말했다. "잔아오, 자넨 내 수양딸의 남편이 아닌가. 어째서 어린 처남까지 유괴를 하는 건가? 쓸 돈이 부족하면 이 수양아버지에게 한마디 할 일이지!"

할아버지가 말했다. "난 쓸 돈이 모자라는 게 아니다. 그 신발 바닥 3백 대를 잊지 않고 있는 거지!"

차오멍주가 손바닥을 비비면서 크게 웃으며 말했다. "오해일세. 오해야! 싸우면서 친해진다고 하지 않나! 어진 사위, 자네가 '얼룩목'을 제거했으니 그 공이 막대한데 내 반드시 그 일을 상부에 보고해서 논공행상이 이루어지도록 하겠네."

할아버지는 이 말에 "누가 네놈한테 논공행상을 해달라더냐!" 하고 거칠게 응수했지만 실상 속으로는 분이 많이 누그러져 있었다.

샤오옌이 가마의 발을 걷어 올리자 할머니가 아버지를 안고 느긋하게 걸어 나왔다.

할머니는 다리 위를 걸어오다가 샤오옌에 의해 가로막혔다. 샤오옌이 고함을 질렀다. "위 형, 차오 도련님을 다리맡까지 보낸 뒤 한 번 구령을 하고 동시에 놓아주자."

샤오옌이 고함을 질렀다. "놓는다!"

차오 도령은 아버지를 부르며 다리 남쪽을 향해 달려갔고 할머니는 아이를 안고 다리 북쪽으로 걸어왔다.

할아버지의 토비 부대는 모두 권총을 들었고, 관부의 병사들은 모두 장총을 받쳐 들었다.

할머니와 사내아이는 나무다리 중간에서 만났다. 할머니는 허리를 숙여 아이와 말을 하려고 했지만 아이는 울면서 할머니를 비켜 다리 남쪽으로 나는 듯이 달려갔다.

이 장난 같은 납치 사건 속에서 현장 차오멍주의 심중에는 오랫동안 생각해왔던 '삼국지연의(三國志演義)'식의 묘안이 갑자기 무르익게 되었고, 이 묘안이 결국 가오미 둥베이 지방 토비들의 황금기를 잔인하게 끝내버리게 된다.

그해 3월에 외증조모는 병으로 돌아가셨다. 할머니는 아버지를 안고 시커먼 노새를 타고 상을 지드러 친정으로 갔다. 평소라면 사흘이면 돌이 올 수 있는 길이었지만, 멀쩡하던 하늘이 장난을 칠 줄 누가 알았겠는가. 할머니가 출발한 지 이틀째 되던 날부터 큰비가 내리기 시작했다. 곧추선 빗줄기는 바람도 새지 않을 만큼 촘촘하게 쏟아졌고, 하늘과 땅은 온통 섞여 하나가 되었다. 할아버지 쪽 사람들은 더 이상 수수밭에서 기다릴 수가 없어서 다들 집으로 돌아갔다. 제비도 둥지에 숨어 짹짹대며 잠꼬대를 할 만한 이런 날씨에는 관부의 병사들도 출동할 리가 없었기 때문이다. 게다가 봄날의 그 황당한 납치 사건이 있고 나서 현장 차오멍주와 할아버지 사이에는 어떤 암묵적인 계약이 이루어진 듯했다. 가오미 현에서는 관부의 병사와 토비 들이 한집안 식구처럼 평화롭게 지내는 상황이 벌어졌고, 토비들은 집으로 돌아가서 베개 밑에 총을 쑤셔 넣은 채 종일 단잠을 잤다.

도롱이를 입은 채 집으로 돌아온 할아버지는 렌얼 아가씨에게 할머니가 장사를 지내러 친정집으로 갔다는 소식을 듣고는, 몇 년 전 돈만 밝히는 늙은이가 검은 나귀를 타고 왔다가 기겁해서 쫓겨났던 일을 떠올리며 자기도 모르게 웃음을 지었다. 그때 할머니와 외증조부, 외증조모는 미움이 첩첩이 쌓여 절대로 다시는 서로 내왕하는 일이 없을 것 같았지만, 몇 년이 지나고 나니 큰비를 무릅쓰고라도 기어이 상가로 달려갈 만큼 된 것이다. "태풍은 그리 여러 날 불지 않고, 가족은 그리 오랫동안 싸우지 않는다"는 걸 가히 실감할 수 있었다.

창밖의 빗소리가 마치 파도 소리 같았고 기와에서 떨어지는 물은 폭포가 쏟아져 내리는 것 같았다. 혼탁한 빗물이 마당 안에 족히 사람 키 반만큼은 되도록 고였다. 빗물이 흙을 푹 불려놓는 바람에 우리 집 마당의 담벼락이 무너져 내리면서 몇 길이나 되는 물보라를 일으켰다. 마당의 담이 넘어지자 녹회색 들판이 바로 창 앞으로 다가와 할아버지는 구들에 누워서도 구들 위에 앉아서도 일망무제(一望無際)의 녹회색 수수밭을 바라볼 수 있게 되었다. 짙은 흙 비린내와 푸른 풀 냄새가 한데 섞인 채 집 안 가득히 흘러들어왔다. 큰비는 할아버지의 마음을 어지럽혀서 아무 생각이 없게 만들었다. 할아버지는 이때 술을 마시고는 자고, 자고 나선 또 술을 마셨다. 온 천지가 시커멓게 변했고 밤과 낮을 구별할 수 없었다. 누구네 집 노새인지 알 수 없는 검은 노새 한 마리가 발버둥을 쳐서 묶여 있던 끈을 끊고는 동쪽 마당의 커다란 막사 쪽에서 달려와 할머니 방 창 앞에 꼼짝도 하지 않고 서 있었다. 할아버지는 고량주로 벌게진 눈을 부릅뜨고 이 멍청한 노새 놈을 바라보고 있었다. 마치 개미가 온몸을 기어 다니듯이 찌릿찌릿한 느낌이 전해져 왔다. 비는 장대처럼 노새의 몸 위로 쏟아지면서 일부는 튀어 날아가고, 일부는 노새의 검은색 털을 타고 뱃가죽 밑으로 흘러내려 모인 뒤 땅바닥에 고여 있는 물 위로 흘러갔다. 마당의 수면이 안절부절못하면서 콩 볶듯이 펄쩍펄쩍 튀었고, 노새는 꼼짝도 하지 않은 채 가끔씩 그 달걀만 한 큰 눈을 떴다 감았다 했다. 할아버지는 지금까지 전혀 경험해본 적이 없는 심란한 느낌에 휩싸였다. 그는 홑저고리와 바지를 벗고 삼각 속바지만 걸치고 있었다. 가슴과 허벅지 위에 구불구불하고 시커먼 털이 난 곳들이 가려워 손으로 긁었지만 긁을수록 더 가려웠다. 구들 곳곳에서 비릿하고 짭짤한 여인의 냄새가 풍겨왔다. 할아버지는 술 사발 하나를 구들 위로 던졌다. 사발은 박살이 났고, 호랑이 주둥이만 한 생쥐 한 마리가 옷장에서 뛰어나와 할아버지를 놀리듯이 한 번 쳐다보더니 잽싸게 뒤쪽 창문턱 위로 뛰어올랐다. 쥐는 뒷다리로 몸을 받치고, 앞다리는 번쩍 들어 뾰족한 입을 비비고 있었다. 할아버지가 모제르총을 한 번 휘두르자 작은 쥐는 바로 창밖으로 나가떨어졌고, 그 뒤에야 비로소 집 안에서 총소리가 울렸다.

렌얼 아가씨가 부스스한 검은 머리를 한 채 뛰어 들어왔다가, 무릎을 끌어안고 구들 위에 앉아 있는 할아버지를 보고는 아무 말 없이 허리를 구부려 박살 난 사발 조각을 줍고는 몸을 돌려 나가려고 했다.

순간 어떤 뜨거운 기류가 할아버지의 목구멍으로 솟아올라와 잠시 그의 목을 막았고, 할아버지는 간신히 입을 열었다. "너…… 거기…… 서……"

렌얼이 몸을 돌려 새하얀 이로 도톰한 입술을 물며 애교스럽게 생긋 웃었다. 그러자 어두컴컴하던 방 안이 갑자기 금빛으로 환해지는 것 같았다. 창밖에서 시끄럽게 들리던 빗소리도 초록색 담벼락에 의해 막혀버린 듯 들리지 않았다. 할아버지는 렌얼의 부스스한 머리와 작고 깜찍한 반투명의 귀와 봉긋한 가슴을 보면서 말했다. "너 다 자랐구나."

렌얼이 입가를 움찔했고, 입가에는 교활한 주름이 두 줄 드러났다.

"넌 뭘 하고 있었냐?" 할아버지가 물었다.

"잤어요!" 렌얼이 하품을 하며 말했다. "이 망할 놈의 날씨, 얼마나 오랫동안 비가 오려는 건지, 십중팔구는 아마도 은하수 밑바닥이 뚫린 걸 거예요."

"더우관이랑 걔 어미는 거기에 묶여버린 모양이네. 원래는 사흘 만에 돌아온다고 했었지? 쪼그랑할멈이 거지반 문드러지겠구먼!" 할아버지가 말했다.

"다른 일 있으세요?" 렌얼이 말했다.

할아버지가 고개를 떨어뜨리고 잠시 무슨 생각을 하더니 "없어" 하고 말했다.

렌얼이 다시 입술을 꽉 깨물며 웃더니 엉덩이를 씰룩이며 나가버렸다.

방 안은 다시 어두워졌다. 창밖에 드리운 어둑어둑한 비의 장막은 더 두껍고 더 무거워졌다. 검은 노새는 네 다리를 물속에 잠근 채 여전히 거기 서 있었다. 노새가 꼬리를 흔들자 허벅지 위의 길고 좁은 가죽이 씰룩거리는 게 보였다.

롄얼이 다시 들어왔다. 그녀는 문턱에 기대어 몽롱한 눈으로 할아버지를 쳐다보고 있었다. 원래는 물처럼 맑던 그녀의 눈에 푸른 안개가 한 층 덮여 있었다.

빗소리가 다시 멀리 물러났고 할아버지는 발바닥과 손바닥에서 땀이 흐르는 걸 느꼈다.

"왜 온 거냐?" 할아버지가 물었다.

롄얼이 입술을 깨물며 빙그레 웃었다. 할아버지는 방 안이 다시 황금빛으로 바뀌는 걸 보았다.

"술 드실래요?" 롄얼이 물었다.

"니가 나랑 마실라고?"

"네, 같이 마시죠."

롄얼이 술 한 병과 잘게 썬 절인 달걀 한 접시를 들고 들어왔다.

창밖에선 빗소리가 요동쳤고 검은 노새는 검은 돌덩이처럼 냉기를 뿜었다. 그 냉기는 창문으로 스며들어와 할아버지의 벗은 몸을 둘러쌌고, 할아버지는 자기도 모르게 몸서리를 쳤다.

"추워요?" 롄얼이 비웃듯이 물었다.

"더워!" 할아버지가 화를 내며 대답했다.

롄얼이 술 두 사발을 따라 한 사발은 할아버지에게 주고 자기도 한 사발을 들었다. 두 사발이 부딪쳤다.

빈 술 사발은 구들 위에 던져놓고, 둘은 꼿꼿한 눈으로 서로를 쳐다보았다.

할아버지는 방 안 곳곳에서 황금 불꽃이 타오르는 걸 보았다. 방 안 가득한 황금 불꽃 속에서 작고 푸른 불꽃 두 점이 튀어 올랐다. 황금 불꽃은 할아버지의 몸을 태우고 푸른 불꽃은 할아버지의 마음을 태웠다.

……

"군자가 복수를 하는 데는 10년도 늦지 않은 법!" 할아버지는 총을 토닥이며 총 덮개 안으로 넣으면서 냉랭하게 말했다.

강둑 위에 서 있던 검은 눈이 몸을 일으켜 할머니 무덤가로 가더니 무덤 주위를 한 바퀴 돌고는 무덤 위의 흙을 툭툭 차면서 탄식하듯이 말했다. "야, 사람이 한평생 사는 게 초목이 가을 한 철 나는 거랑 마찬가지네! 위 형, 철판회도 항일운동을 할까 하는데, 자네도 들어오지!"

"그렇게 눈속임질이나 하는 네놈 무리에 들어오라고?" 할아버지가 입을 삐죽거리며 말했다.

"네놈은 그 젠장할 잘난 척 좀 그만해라. 철판회는 신령이 도와서, 위로는 천심(天心)에 부합되고 아래로는 민의에 부합되는 조직이다. 널 거두려는 건 네놈을 배려해서 그러는 거야!" 검은 눈이 할머니의 무덤 위를 발로 한 번 걷어차며 말했다. "이 검은 눈 나리가 이 여인네와의 정분을 생각해서 널 한번 끌어주겠다는 거지."

"난 네놈의 그 빌어먹을 자비 필요 없고, 언제고 한번 네놈이랑 결판을 내서 자웅을 가릴 테니, 넌 일이 다 끝난 거라고 생각하지 말아라!" 할아버지가 말했다.

"이 몸이 네놈을 겁낸다고 생각하는 모양인데," 검은 눈이 허리춤에 찬 모제르총을 토닥이면서 말했다. "이 몸도 총은 좀 다룰 줄 알지!"

둑 위에서 다시 이목구비가 수려한 철판회 회원 하나가 다가오더니 할아버지의 손을 잡고 겸손한 군자처럼 기품 있게 말했다. "위 사령관님, 철판회의 형제들 모두 당신의 뛰어난 이름을 흠모하며 당신이 입회하시길 고대하고 있습니다. 조국의 산하가 쪼개지면 필부도 책임이 있는 것이 아닙니까! 일본 놈을 물리치기 위해서는 모두 과거의 원한 같은 건 던져버려야 합니다. 개인적인 원한은 일본을 물리치고 난 뒤에 다시 논하시죠."

할아버지는 이 젊은이를 자못 흥미로운 듯이 쳐다보았다. 할아버지는 자기 총을 문지르다 사고를 내는 바람에 불행하게 죽은 청년 영웅 런 부관을 떠올리며 비웃듯이 물었다. "넌 공산당이냐?"

젊은이가 말했다. "전 공산당도 아니고, 국민당도 아닙니다. 전 공산당도 미워하고 국민당도 미워합니다."

할아버지가 말했다. "대단하구먼!"

젊은이가 말했다. "제 이름은 우란쯔입니다."

할아버지가 그의 손을 한 차례 치면서 말했다. "이제 서로 안면 튼 거네."

아버지는 할아버지 옆에 서서 한참 동안 꼼짝도 하지 않았다. 그는 무척이나 호기심에 찬 눈으로 철판회 회원들의 머리 모양을 쳐다보고 있었다. 이마 위의 머리카락을 전부 밀어버리는 게 철판회 회원들의 표지였지만 아버지는 왜 그렇게 해야 하는지 알 수 없었다.

6

렌얼과 우리 할아버지는 사흘 낮 사흘 밤을 미친 듯이 사랑을 나누었다. 렌얼의 두꺼운 입술은 부풀어 올랐고, 입술에서는 실핏줄이 가닥가닥 배어 나와 입안과 치아 사이로 흘러들어갔다. 할아버지가 그녀에게 입을 맞출 때는 입안에서 사람을 미치게 만드는 그 피비린내를 늘 맡아야 했다. 사흘 낮 사흘 밤 동안 억수로 비가 쏟아지고 난 뒤, 방 안에서 번쩍이던 황금빛과 푸른빛도 다 흩어지고 난 뒤, 할아버지는 멀리 들판에서 전해져 오는 녹회색 수수의 쏴쏴대는 소리와 어린 두꺼비들의 맑고 낭랑한 울음소리와 들토끼들이 울어대는 소리를 들을 수 있었다. 차갑고 비릿한 공기 속에 수천 가지 냄새가 섞여 있었지만 가장 뚜렷하고 강렬한 건 검은 노새의 냄새였다. 노새는 줄곧 거기 서 있는 바람에 몸이 족히 반 척(尺)은 물에 잠겨 있었다. 할아버지는 노새 냄새가 전해져 올 때마다 거대한 위협 같은 걸 느꼈다. 할아버지는 기회만 있으면 모제르총으로 그 멍청한 머리통을 박살 내버려야겠다고 거듭 다짐했지만, 총을 들 때마다 방 안에서는 이내 황금 불꽃이 활활 타오르기 시작했다.

나흘째 되던 날 새벽 눈을 떴을 때, 할아버지는 해쓱해지고 두 눈 주위에 푸르스름한 테두리가 생긴 얼굴로 자기 옆에서 누워 자고 있는 롄얼을 발견했다. 두툼한 입술은 터져서 온통 마른 하얀색 껍질들이 일어나 있었다. 그때 마을 쪽에서 집들이 무너져 내리는 굉음이 들려왔다. 할아버지는 황망히 옷을 입고 비틀거리며 구들에서 바닥으로 내려서다 자기도 모르게 넘어졌다. 할아버지는 바닥에 엎어진 채 배 속에서 꼬르륵대는 소리를 들었다. 기를 쓰고 일어나 힘이 다 빠진 소리로 류씨 아줌마를 불렀지만 아무도 대답이 없었다. 평소 롄얼과 류씨 아줌마가 자는 방의 문을 열어젖히고 둘러보았지만 구들 위에는 비취색 청개구리 한 마리만 누워 있을 뿐 류씨 아줌마는 그림자도 보이지 않았다. 할아버지는 검은 노새가 서 있던 방으로 돌아가 납작하게 눌린, 절인 달걀 몇 개를 찾아내 껍질까지 씹어 먹었다. 하지만 절인 달걀은 허기를 더욱더 견딜 수 없게 했다.

그는 부엌으로 달려가 주방을 뒤져서 초록색 곰팡이 털이 수북하게 나 있는 보보(餑餑)* 네 개와 절인 달걀 아홉 개, 삭힌 두부** 두 덩어리, 시든 대파 세 개를 단숨에 먹어버리고, 마지막엔 땅콩기름까지 한 국자 마셨다.

햇빛이 수수밭에서 피처럼 튀어 올라왔다. 롄얼은 아직도 단잠을 자고 있었다. 검은 노새 가죽처럼 만질만질한 그녀의 몸을 보고 있노라니 할아버지의 눈앞에서 다시 황금 불꽃이 활활 타오르기 시작했다. 하지만 창문 위로 떠오른 태양의 붉은빛이 이내 그 황금 불꽃을 삼켜버렸다. 할아버지는 모제르총으로 롄얼의 배를 찔렀다. 롄얼이 눈을 뜨고 배시시 웃자 눈 안에서 다시 초록 불꽃이 튀어 올랐다. 할아버지는 비틀거리며 마당으로 달아났다. 한동안 보이지 않던 태양의 크고 둥그런 얼굴이 마치 피에 젖은 갓난아기처럼 축축하게 나타났다. 온 천지에 벌건 빗물이 넘쳐났고, 거리를 메우고 있던 물들은 콸콸 소리를 내며 들판으로 흘러갔다. 들판의 수수는 마치 호수 안에 자란 갈대처럼 절반이나 물속에 잠겨 있었다.

마당의 물은 점점 얕아지면서 결국은 부드러운 지면을 드러냈다. 동쪽 마당과 서쪽 마당을 가르던 담도 무너졌다. 뤄한 큰할아버지와 류씨 아줌마, 술도가의 일꾼들도 모두 달려 나와 태양을 바라보았다. 할아버지는 그들의 손과 얼굴 위에 초록색 녹이 한 겹 묻어 있는 걸 보았다.

"자네들 사흘 낮 사흘 밤을 노름을 한 건가?" 할아버지가 물었다.

"사흘 낮 사흘 밤을 노름을 했습니다." 뤄한 큰할아버지가 말했다.

"노새가 지난해에 빠졌던 그 구덩이에 다시 빠졌으니 끈이랑 멜대를 찾아서 들어 올리게." 할아버지가 말했다.

일꾼들이 노새의 뱃가죽 위에 두 줄로 끈을 묶고 등 위에서 매듭을

---

* 잡곡 가루로 만든 떡.
** 중국어로는 '처우더우푸(臭豆腐)'라고 하는 냄새가 아주 독특한 발효 두부.

지은 뒤 멜대에까지 당겨 연결하고는 열댓 명이 한꺼번에 고함을 지르며 힘을 주자, 노새의 네 다리가 무처럼 웅덩이에서 빠져나왔다.

비가 지나가고 날이 개자 빗물은 빠르게 지면으로 스며들어갔고 지표 위에는 기름처럼 윤기가 흐르는 진흙이 한 층 떠다녔다. 할머니는 노새를 타고 우리 아버지를 안고 형편없이 질퍽이는 들길을 지나 돌아왔다. 노새의 다리와 뱃가죽 위에는 온통 진흙탕이 뿌려져 있었다. 헤어져서 지내던 검은 노새 두 마리는 서로의 냄새를 맡자마자 발을 구르고 목을 흔들며 목쉰 소리로 부르짖다가 구유 앞에 함께 묶어놓자 다시 친근하게 서로의 가려운 곳을 핥아주었다.

할아버지는 멋쩍게 할머니를 맞이하면서 아버지를 받아 안았다. 할머니는 눈꺼풀이 붉게 부풀었고 몸에서는 곰팡내가 났다. 할아버지가 물었다. "다 잘 처리했나?"

할머니가 말했다. "오늘 오전에야 간신히 묻었어요. 이틀만 더 비가 왔으면 구더기가 버글버글하게 꼬였을 거예요."

"이 비는 정말, 십중팔구는 아마도 은하수 바닥이 뚫린 걸 거야." 할아버지가 우리 아버지를 안은 채 말했다. "더우관, 양아버지 해봐라!"

"아직도 '양아버지니' '친아버지니' 하는 거야!"* 할머니가 말했다. "당신이 좀 안고 있어요. 내 가서 옷 좀 갈아입고 올 테니."

할아버지는 아버지를 안고 마당을 거닐면서 노새 다리가 빠져 있던 깊은 구덩이 네 개를 가리키며 말했다. "더우관, 더우관아, 여기 좀 봐라. 커다란 검은 노새가 여기 빠져서 사흘 낮 사흘 밤을 꼬박 서 있었단다."

렌얼이 구리 대야를 받쳐 들고 물을 길어 와서는 할아버지를 보며 입

---

* 원문에는 干爹, 濕爹로 표기되어 있다. 干爹는 양아버지의 뜻이지만 '干'에는 '마르다'라는 뜻이 있으므로 마른 아버지, 젖은 아버지로 말장난을 통해 이야기한 것이다.

술을 물고 입을 삐죽였다. 할아버지는 회심의 미소를 지었지만 그녀는 오히려 심술이 난 듯 불만스러운 표정이었다.

할아버지가 조그맣게 물었다. "왜 그래?"

렌얼이 원망하듯이 말했다. "다 이 죽을 놈의 비 탓이지!"

할아버지는 렌얼이 물을 들고 방으로 들어갔을 때 할머니가 렌얼에게 묻는 말을 들었다. "너 저이한테 뭐라고 한 거냐?"

렌얼이 말했다. "아무 말도 하지 않았어요."

"죽을 놈의 비 탓이라고?"

"아니에요, 아니에요. 이 죽을 놈의 비는, 십중팔구는 아마도 은하수 바닥이 뚫린 걸 거라고요!" 렌얼이 말했다.

할머니는 어라 하는 소리를 냈다. 할아버지는 구리 대야 안의 물소리가 철렁대는 소리를 들었다.

렌얼이 나와 물을 쏟아버릴 때 할아버지는 그녀의 얼굴이 벌게지고 정신이 다 빠져 있는 걸 보았다.

사흘 뒤 할머니는 외증조부를 위해 지전을 태우러 가야 한다고 말했다. 아버지를 안고 검은 노새를 탈 때 할머니는 렌얼에게 "오늘은 돌아오지 않는다"고 말했다.

그날 밤 류씨 아줌마는 다시 일꾼들과 노름을 하느라 동쪽 마당으로 갔고, 할머니 방에서는 다시 황금 불꽃이 타올랐다.

할머니는 별밤에 노새를 타고 돌아왔다가, 창밖에 서서 방 안에서 들려오는 소리를 한참 동안 듣고는 입에 거품을 물고 욕설을 퍼부었다.

할머니는 렌얼의 풍만한 얼굴에 손톱으로 열댓 줄의 핏자국을 내놓았고, 다시 할아버지의 왼뺨을 한 차례 후려갈겼다. 할아버지는 한 차례 웃었지만 할머니가 다시 손바닥을 들어 올려 할아버지의 볼 근처에서 휘둘렸을 때, 그 손은 마비된 것처럼 힘없이 할아버지의 어깨를 스치고 미끄러졌다. 할아버지의 손바닥이 할머니를 바닥으로 넘어뜨렸다.

할머니는 대성통곡을 했고, 할아버지는 렌얼을 데리고 나가버렸다.

7

철판회 회원들은 말 한 필을 내어 할아버지와 아버지를 타게 했다. 검은 눈은 말을 타고 맨 앞에서 달려갔고, 또랑또랑한 발음으로 공산당도 미워하고 국민당도 미워한다고 했던 우란쯔는 할아버지와 말을 나란히 한 채 천천히 그 뒤를 따랐다. 우란쯔가 타고 있는 작은 얼룩말은 아주 젊어서 그런지, 앞서 달려 나간 다섯 필의 말을 보고는 조급하게 머리를 흔들며 그 말들을 따라잡으려고 했지만 주인은 오히려 그의 입에 물린 철 재갈을 빡빡하게 잡아당기면서 달리고 싶어 하는 그의 욕망을 애써 억누르고 있었다. 얼룩말은 원망이 가득한 채 할아버지가 타고 있는 검은 말을 입으로 물면서 주인에 대한 불만을 토해냈고, 검은 말은 뒷발질을 해서 얼룩말의 장난에 대항하고 있었다. 할아버지가 말을 세우더니 얼룩말을 앞서 가게 하고 몇 미터의 거리를 두고 우란쯔의 뒤를 따라갔다. 따뜻한 남회색의 모수이 강은 경쾌하게 노래를 부르고 있었고, 강물에서 발산되어 나오는 축축한 기체는 강둑 밖의 들판 위를 이리저리 떠다녔다. 전란의 흔적이 말끔하게 수습되지 않아 너저분한 들판은 풀이 죽은 황갈색을 띠고 있었다. 지난해에 자란 수수 줄기들은 대부분 바닥에 엎어져 있었다. 멍하니 토지 위에 서 있는 농부들의 모습이 군데군데서 눈에 띄었다. 자기 들판에 불을 놓은 영리한 농민도 있었다. 바짝 마른 수숫대는 불이 붙자 파파팍 하고 타면서 회색의 재로 변해 자기를 낳아준 검은 흙에게로 돌아갔다.

농민들이 수숫대를 태우느라 일어난 불길이, 모수이 강 양쪽 하안의 널찍한 들판 위에서 검붉은색의 찢어진 천처럼 흔들리고 있었다. 푸른 연기가 얼음처럼 투명한 맑은 하늘 아래에서 한 무더기씩 무럭무럭 피어올랐다. 타는 수수의 향긋한 냄새가 할아버지의 코와 목구멍을 자극했다. 내내 당당한 자세로 거창한 얘기를 늘어놓던 우란쯔가 얼룩말 위에서 고개를 돌려 할아버지에게 물었다. "위 사령관님, 제가 반나절이나 말씀을 드렸는데, 아직도 사령관님 이야기는 듣질 못했네요."

할아버지는 헛웃음을 지으며 말했다. "이 위 모는 아는 글자가 다 해서 2백 개도 안 되네. 사람 죽이고 불 놓고 하는 거라면야 내가 전문가지만, 무슨 국가니 당파니 하는 이야길 하기 시작하면 그건 차라리 날 잡아 잡수 하는 게 낫지!"

"그럼 일본을 내쫓고 난 뒤에 중국 천하는 누구에게 넘겨줘야 합니까?"

"그거야 나랑 상관없지. 어쨌든 누구라도 감히 내 것을 물고 갈 순 없을 테니까!"

"공산당이 천하를 얻게 된다면 어떻겠습니까?"

할아버지는 경멸하듯이 콧등을 한 번 추어올리더니 한쪽 콧구멍으로 콧김을 뿜어냈다.

"그럼 국민당한테 통치하도록 해야 하나요?"

"그런 잡종들한테!"

"바로 그겁니다. 그래요, 국민당은 교활하고 공산당은 간사하니, 중국은 아무래도 황제가 있어야 합니다! 전 어렸을 때부터 『삼국지』나 『수호지』 같은 걸 보면서 한 가지 이치에 대해 곰곰이 생각해왔는데 그건, 이리 뒤집고 저리 뒤집고 해도 결국은 나뉜 것이 오래되면 반드시 합쳐지고 합친 게 오래되면 반드시 나뉜다는 겁니다. 천하가 돌아가는 건 어쨌든 황제 한 사람의 손에 달려 있어야 나라가 곧 황제의 집이고 집은 곧 황제의 나라가 되고, 그렇게 되어야 비로소 그 사람이 마음을 다해 다스릴 수가 있는 겁니다. 어떤 당이 한 나라를 관리한다고 하면서 서로 이런저런 소리들을 해대며, 남편은 찬 걸 싫어하고 마누라는 더운 걸 싫어하는 꼴이 되면 결국은 이리저리 흩어져 산산조각이 나는 거죠."

우란쯔는 얼룩말을 멈추고 서서 할아버지의 검은 말이 가까이 오기를 기다렸다가 몸을 할아버지 쪽으로 기울이면서 은밀하게 말했다. "위 사령관님, 전 어려서부터 『삼국지』와 『수호지』를 탐독하면서 지략에 대해서도 깊이 알게 되고 담도 달걀만큼은 커졌는데, 다만 받들어 모실 지혜로운 주인이 없는 것을 가슴 아파해왔습니다. 처음에는 검은 눈이 영웅호걸이라고 생각해서 집을 버리고 그의 문하에 투항했던 것인데, 애초에 바랐던 건, 장풍을 타고 만 리 파도를 뚫고 가서라도 공적을 세워 처자식에게도 그 덕이 미치도록 하려는 것이었지요. 그런데 누가 알았겠습니까. 저 검은 눈이 저렇게 어리석기는 돼지 같고 둔하기는 소 같으며 용기도 없고 지략도 없이 오직 생각하는 거라곤 옌수이(鹽水) 항에 있는 반 마지기도 되지 않는 자기 땅 보전하는 것밖에 모르는 인간일 줄을. 고인이 말씀하시길, 진기한 새는 좋은 나무를 가려 앉고, 준마는 백락(伯樂)*을 만나야 운다고 했는데, 제가 아무리 생각해봐도 이렇게 넓은 가오미 둥베이 지방에서 오직 위 사령관님만이 진정한 영웅이십니다. 그 때문에 제가 수십 명

---

* '백락'은 주(周)나라 사람으로 본명은 손양(孫陽)이며, 말에 대한 지식이 워낙 뛰어나 당대 최고의 말 감정가로 알려졌던 인물이다.

의 형제와 함께 공모를 해서 일제히 반기를 들고 일어나, 검은 눈에게 당신의 입회를 요청한 것입니다. 이게 바로 호랑이를 집으로 끌어들이는 전략이죠. 당신은 철판회 안에서 월왕(越王) 구천(勾踐)이 와신상담(臥薪嘗膽)*한 전략을 본받아 공감과 명망을 얻으십시오. 이후에 이 동생이 기회를 보아 검은 눈을 제거하고 당신을 주인으로 모셔 가문을 바꾸고 기강을 엄히 하고 진영을 확대해서, 먼저는 가오미 둥베이 지방을 점거하고 그다음엔 북쪽으로 뻗어나가 핑두 동남쪽 지역을 점령하고, 다시 자오 현 북쪽 지역을 차지하면 세 땅이 하나로 연결되는 겁니다. 그때가 되면 옌수이 항에 도읍을 세우고 철판국의 깃발을 내걸고 당신은 바로 철판국의 왕이 될 수 있는 것이고요. 그 뒤엔 다시 세 갈래 길로 병사와 말을 파견해서 한 길로는 자오 현을 치고, 한 길로는 가오미를 치고, 한 길로는 핑두를 쳐서 공산당, 국민당, 일본 놈들을 다 전멸시켜버리고 세 개의 성을 모두 빼앗고 나면 천하는 대충 안정이 되는 셈이죠!"

할아버지는 어찌나 놀랐는지 말에서 떨어질 뻔했다. 젊고 잘생긴 데다 배 속에 경륜까지 꽉 들어찬 젊은이를 쳐다보고 있노라니, 강렬한 흥분이 아프도록 폐부를 압박해왔다. 할아버지는 말을 당겨 세우고는 눈앞에서 일어난 어른어른한 검은빛이 사라지기를 기다렸다가 무척이나 난감한 표정을 짓고 말에서 내렸다. 무릎을 꿇고 절을 하고 싶었지만 적절하

---

* 섶나무 위에서 잠자고 쓸개를 핥는다는 뜻으로 목적을 달성하기 위해서는 어떠한 고난도 감수하는 정신을 말한다. 춘추(春秋)시대에 원수지간이었던 오(吳)나라 임금 합려(闔閭)와 월(越)나라 임금 구천(勾踐)의 싸움에서 합려가 패배하여 죽으면서 아들 부차(夫差)에게 원수를 갚으라는 유언을 남기자, 부차가 아버지의 유언에 따라 월(越)나라 임금 구천에게 원수를 갚기 위해 '섶나무 위에서 잠을 자는' 고생을 감내했으며, 이후 부차에게 패배한 구천이 다시 거짓 항복을 하고 고국으로 돌아온 뒤 곁에 항상 짐승 쓸개를 놓아두고 그 '쓴맛을 핥으며' 복수의 칼을 갈았다는 이야기에서 유래한다.

지 않은 것 같아 손을 뻗어 우란쯔의 축축하게 젖은 손을 꽉 붙잡고는 아래턱을 덜덜 떨며 말했다. "선생! 아니 요런 망할 녀석, 어째서 내가 자넬 일찍 만나지 못했는가. 늦게 만난 게 한이네."

"주군께서는 공연히 격식 차리실 필요 없습니다. 우리 함께 마음을 모으고 힘을 모아서 대업을 도모하십시다!" 우란쯔는 눈물이 그렁그렁해진 채로 말했다.

검은 눈은 1리 정도 떨어진 곳에 말을 세우고는 큰 소리로 고함을 질렀다. "에이…… 대체 오는 거야, 안 오는 거야?"

우란쯔는 손바닥을 입으로 모으고는 고함을 질렀다. "갑니다…… 위형의 말 배 끈이 끊어져서 고치는 중입니다!"

그들은 검은 눈이 한바탕 더러운 욕설을 퍼붓는 소리를 들었고, 검은 눈이 다시 말의 궁둥이를 채찍으로 때리자 말이 거대한 토끼처럼 한 걸음씩 앞으로 튀어가며 달려가는 것을 보았다.

우란쯔는 말 등에 단정하게 앉아 두 눈을 반짝이고 있는 나의 아버지를 보며 말했다. "위 도련님, 오늘 저와 아버님께서 나눈 대화는 사안이 엄중해서 절대로 누설하시면 안 됩니다!"

아버지는 힘껏 고개를 끄덕였다.

우란쯔가 말에게 단단히 물렸던 재갈을 느슨하게 풀자 작은 얼룩말은 마치 손목을 털 듯이 앞다리를 뿌려대고는 꼬리를 치켜들고 나는 듯이 달리기 시작했다. 말발굽이 불러일으킨 검은 흙먼지가 탄알의 파편처럼 강물 안으로 흩뿌려졌다.

할아버지는 지금까지 한 번도 느껴본 적이 없는 충만함과 명료함을 경험했다. 우란쯔가 한 말이 마포처럼 그의 마음을 닦아서 빛나게 했다. 그의 마음을 밝은 거울처럼 닦아서, 결국 투쟁의 목표를 분명하게 인식하고 원대한 앞날을 바라보는 행복감이 그의 마음속에서 파도가 밀려오듯이 한 차례씩 솟구쳐 올라왔다. 할아버지는 입술을 오므린 채 품 안에 앉아 있는 아버지조차 똑똑히 알아들을 수 없는 작은 목소리로 한마디를 내뱉었다. "하늘의 뜻인 게야!"

말은 속도를 늦추었다 빨리했다 하면서 달려, 정오가 되었을 때는 모수이 강의 둑 쪽까지 내려갔고, 오후에는 모수이 강을 뒤로 던져놓았다. 저녁 무렵에 할아버지는 말 위에 앉아서, 넓이가 모수이 강의 절반쯤 되는 감토(鹼土)* 황원을 구불구불 끼고 도는 옌수이 강을 내다볼 수 있을 만큼까지 달려왔다. 강물은 뿌연 회색 유리처럼 희미한 빛을 발산하고 있었다.

8

현장 차오멍주의 교묘한 계략이 결국 우리 할아버지를 위시한 가오미 둥베이 지방 토비들을 일망타진한 것은 1928년 늦가을의 일이었다. 할아버지는 일본 홋카이도의 황량한 산과 험한 고개 안에서 이때의 참담한 역사를 몇 번씩이나 되풀이해서 회상하곤 했다. 할아버지는 자기가 시커먼 '시보레' 자동차를 타고 둥베이 지방의 울퉁불퉁한 길 위를 덜컹거리며 가고 있을 때 얼마나 득의양양했었는지, 그것이 얼마나 어리석은 일이었던지를 생각했다. 자신이 마치 한 마리 새처럼 훌륭한 장정 8백 명을 그물 안으로 끌어들였고, 이 8백 명의 사내가 지난(濟南) 부 밖의 한 후미진 도랑에서 기관총에 의해 무수하게 구멍이 뚫린 8백 구의 시체가 되어버린

---

* 소금기로 침식된 땅.

생각을 하면 사지가 다 얼어붙는 것 같았다. 낡은 삼베 포대를 걸치고 얕은 사하(沙河) 안에서 망가진 그물로 고기를 잡을 때, 반달처럼 생긴 해안선에서 밭두렁처럼 세차게 솟아오르며 뒤쫓아오는 푸른 파도를 멀리 바라볼 때 그는 또 고향의 모수이 강과 옌수이 강을 생각했다. 그가 나뭇가지에 불을 붙여 일본 홋카이도 사하 안에 있는 비늘이 잔 물고기를 구울 때도 그는 자신이 엄중한 실수를 저질러서 사내 8백 명의 목숨을 다 장사 지내게 된 뒤 느꼈던 그 참담한 심정을 떠올렸다……

할아버지는 새벽 무렵 지난 부 경찰서의 높은 담벼락 위 깨진 벽돌을 밟고 담장 꼭대기로 올라갔다가 다시 담벼락에 달라붙어, 폐지랑 썩은 풀들이 쌓여 있는 담벼락 밑으로 미끄러져 내려왔다. 밑에서 어슬렁거리고 있던 들고양이 두 마리가 그 바람에 놀라 달아났다. 그는 인가로 숨어들어가서 자신의 검은 베니션* 군복을 너덜너덜한 헌옷 몇 벌로 바꾼 뒤 복잡한 거리로 숨어들어가 자취를 감춘 채 그의 고향 사람들, 일꾼들이 하나하나 수송용 덮개차로 압송되는 걸 지켜보았다. 정류장에는 보초들이 빽빽이 늘어서서 삼엄한 살기를 뿌리고 있었고, 수송용 덮개차 위에서는 매연이 부글부글 피어오르고 있었다. 배기관에서는 날카롭게 울부짖는 소음과 더불어 증기가 뿜어져 나왔다…… 할아버지는 녹 자국이 얼룩덜룩한 철로 두 줄을 따라 내내 남쪽을 향해 걸었다. 꼬박 하룻낮, 하룻밤을 걷고 나자 새벽 무렵에 말라붙은 강줄기 근처에서 진한 피비린내가 났다. 할아버지는 끊어진 나무다리를 밟고 서서 다리 밑에 어지럽게 널린 허연 돌들을 보았다. 모두 붉은 피와 뇌수로 떡칠이 되어 있었다. 가오미 둥베이 지방 토비 8백 명의 시체가 한 겹 한 겹, 강의 반이나 채우도록 첩첩이

---

* 베니션venetian은 옷감 새틴의 일종.

쌓여 있었다…… 할아버지는 말할 수 없는 수치와 공포와 증오심을 느꼈다. 끊어진 다리 위에 서자, 살아야겠다는 욕망이 더욱 강렬해졌다. 사람들끼리 죽고 죽이고 먹고 먹히면서 이렇게 수레바퀴처럼 돌아가는 삶에 진절머리가 났다. 그는 밥 짓는 연기가 모락모락 피어오르던 고요한 마을을 떠올렸다. 드륵드륵하는 소리를 내는 도르래가 맑고 깨끗한 우물물을 길어 올리면, 보들보들한 붉은 나귀 새끼는 입을 통 속으로 뻗어 물을 마셨다. 붉은 수탉은 멧대추나무 줄기가 가득 자란 흙담 위에서 어른거리는 아침노을을 맞이하며 목청을 돋우어 노래를 불렀고…… 할아버지는 집으로 돌아가기로 결심했다. 그는 나면서부터 줄곧 가오미 둥베이 지방 땅을 돌아다니며 살았다. 이렇게 멀리까지 온 것은 처음이었다. 집이 마치 하늘 바깥에 있는 것처럼 멀게 느껴졌다. 그들은 열차를 타고 지난으로 왔다. 그때 기억으로는 내내 서쪽으로만 달렸으니, 그렇다면 지금은 철로를 따라서 오로지 동쪽으로만 가면 가오미 마을에 다다르게 되는 건 걱정하지 않아도 될 거다. 철길을 따라 걸으면서 할아버지는 간혹 철길이 다른 방향으로 뻗어 있는 것 같다는 느낌이 들어 주저되기도 했지만 다시, 창장(長江)의 물줄기도 다 돌아가는 건데 사람이 만든 철로가 어떻게 돌아가지 않겠는가 하는 생각을 하면서 계속 걸었다. 철로 위에는, 때론 뒷다리를 치켜들고 오줌을 싸는 수캐도 나타났고, 때론 웅크리고 앉아 오줌을 싸는 암캐도 나타났다. 시커먼 열차가 달려올 때면 그는 길옆 도랑 속이나 길가의 밭에 엎드린 채 붉은 혹은 검은 차바퀴가 덜컹거리며 기어가고, 굽은 철길이 차바퀴 아래에서 휘청거리는 걸 지켜보았다. 기차는 나뭇잎들이 나뒹구는 논밭과 휘말려 올라가는 흙먼지를 통과해 날카로운 기적 소리로 모습을 드러냈다. 기차가 달려오면 철로는 고통스럽게 정상적인 상태로 돌아갔다. 시커메졌다가 허옇게 빛을 내는 모습이, 마치 억압이 달갑진 않지만 그 억압을 피해 달아날 방법도 없는 모순된 심정을 드러내는 것처럼 느껴졌다. 객차에서 흘러넘치는 중국 똥과 일본 똥은 똑같은 악취를 풍겼고, 나무 베개의 틈새에는 땅콩 껍질, 씨앗 껍질, 1마오(毛)*짜리 지폐가 꼭꼭 채워져 있었다…… 할아버지는 마을을 만나면 밥을 구걸하고 강을 만나면 물을 마시면서 밤낮을 가리지 않고 동쪽으로 달렸다. 보름 뒤에 그는 가오미 열차 정거장 위에서 눈에 익은 포루(炮樓) 두 대를 발견했다. 열차 정거장 위에는 마침 가오미 현의 토호(土豪)**와 신사들이, 산둥 성 경찰청장으로 영전한 현장 차오멍주를 환송하고 있었다. 할아버지는 손을 뻗어 허리를 만지작거렸다. 허리춤이 비어 있었다. 어떻게 해서 땅바닥에 고꾸라졌는지 생각이 나지 않았다. 한참 지난 뒤에야 그는 비로소 검은 흙 속에 쑤셔 박힌 입에서 피비린내 나는 검은 흙냄새를 맡았다……

할아버지는 몇 번을 다시 생각해본 뒤 그래도 할머니와 아버지를 보러 가지는 않는 게 낫겠다고 결정했다. 비록 그가 그 차가운 꿈속에서 몇 번이나 할머니의 새하얀 몸을 보았고, 우리 아버지의 천진난만하게 웃는 모습을 보다가 잠에서 깨어나면 자신의 더러운 얼굴은 온통 뜨끈뜨끈한 눈물로 젖어 있고, 자신의 심장은 주먹으로 한 대 맞은 것처럼 둔한 통증으로 오그라든 일이 한두 번이 아니었지만. 하늘 가득한 별들을 바라보면 할아버지는 자신이 아내와 아이를 얼마나 깊이 그리워하는지 깨달았다. 하지만 막상 상황이 닥쳐와 낯익은 마을 앞에 서서 캄캄한 밤공기 속에서 흘러나오는 너무나 익숙한 술지게미 냄새를 맡게 되자 그는 망설였다. 할머니에게 맞은 한 번 반의 귀싸대기가 마치 냉혹한 강물처럼 그와 그녀를

---

* 마오(毛) : 중국 돈 1위안의 10분의 1에 해당하는 가치를 갖는 돈의 단위.
** 각 지방의 유력 인사, 지방 세력자.

갈라놓았다. 할머니는 할아버지에게 "나귀 새끼! 개새끼!"라고 욕설을 퍼부었다. 욕을 할 때 할머니는 눈을 치켜뜨고 두 손은 허리춤에 넣고 등은 구부린 채 목을 길게 잡아 뺐고, 입에서는 비릿한 피를 흘렸다…… 그 추악한 모습이 할아버지의 마음을 몹시 어지럽혔다. 여태까지 살면서 아직 어떤 여자한데 이렇게까지 험한 욕을 들어본 일은 없으며, 여자한테 귀싸대기까지 맞는 일은 더더욱 없었다. 할아버지가 렌얼과 몰래 정을 통했을 때는 부끄럽고 잘못했다는 생각이 들었지만 그렇게 호되게 욕을 먹고 얻어맞고 나니 그런 감정은 온데간데없어지고, 원래 있었던 자기비판의 양심은 강렬한 복수심으로 대체되었다. 할아버지는 아주 버젓이 렌얼을 데리고 우리 마을에서 15리 정도 떨어진 셴수이커우쯔(咸水口子)로 이사를 가서는 집 한 채를 사서 살았다. 하지만 그 기간에 할아버지는 일이 자신이 생각했던 대로 되지는 않는다는 걸 깨달았다. 할아버지는 그 시기에 도리어 렌얼의 약점 속에서 할머니의 장점을 발견했다…… 지금, 죽음 속에서 살아 나온 다음 할아버지의 두 발은 그를 이곳으로 이끌었고 할아버지는 그 다정한 냄새를 맡고 있었지만 마음속에선 처량한 느낌이 일었다. 할아버지는 아무것도 생각하지 않고 그 아름다운 기억과 추한 기억으로 가득 차 있는 마당 안으로 뛰어들어가 옛날의 그 좋았던 감정을 다시 느껴보고 싶었지만 매섭게 퍼붓는 욕설과 목을 잡아 빼고 등을 구부린 추악한 모습이 마치 거대한 울타리처럼 할아버지의 길을 가로막고 있었다.

　한밤중에 할아버지는 지칠 대로 지친 몸을 이끌고 셴수이커우쯔로 와서 2년 전에 자신이 산 집 앞에 섰다. 한밤중의 달이 서남쪽 하늘 위로 높이 떠올라 있는 게 보였다. 하늘은 은회색이고 달은 노란 귤색이었다. 달은 기울었지만 기운 부분의 옅은 윤곽이 뚜렷하게 보였다. 달 주위에는 외로운 별 열댓 개가 어수선하게 펼쳐져 있었다. 집 위와 거리 위로 달과 별들의 맑고 차가운 빛이 뿌려졌다. 롄얼의 검고 튼튼하고 훤칠한 몸이 할아버지의 눈앞에 떠올랐다. 할아버지가 그녀의 몸을 둘러싸고 있던 황금색 불꽃과 그녀의 눈에서 뿜어져 나오던 푸른 불꽃을 떠올릴 때 할아버지의 몸을 휘감아오던, 육체적인 접촉에 대한 방탕한 상념이 할아버지로 하여금 정신과 육체의 이중적인 고통을 잠시 잊게 했고, 할아버지는 담장 기와를 붙잡고 몸을 훌쩍 날려 담장을 넘은 뒤 마당 안으로 들어갔다.

할아버지는 창살을 두드리면서 격정을 억누르며 낮은 소리로 불렀다.

"롄얼…… 롄얼……"

방 안에서는 잠깐 놀라는 기척이 나다가 두려움에 떠는 것 같은 소리가 들리더니 나중에는 다시 숨이 끊어질 듯이 흐느끼는 소리가 들렸다.

"롄얼, 롄얼, 내 목소리 못 알아듣겠어? 나 위잔아오야!"

"오라버니…… 친오라버니! 당신이 날 놀래켜도 난 겁 안 나요! 당신이 귀신이라도 난 당신을 만날 테니까! 난 당신이 귀신이 된 걸 알지만, 귀신이 돼서도 날 보러 오다니 기쁘고…… 당신이 어쨌든 날 아직도 생각하고 있다니…… 어서 들어오세요…… 들어오세요!"

"롄얼, 난 귀신이 아니야. 난 살아 있다고. 살아서 도망쳐 나온 거야!" 할아버지는 주먹으로 창문을 텅텅 치며 말했다. "들어봐. 귀신이 창문을 쳐서 소리를 낼 수 있냐고?"

롄얼이 방 안에서 와락 울음을 터뜨렸다.

할아버지가 말했다. "울지 마. 다른 사람 들어."

할아버지가 문 앞으로 가서 아직 발도 제대로 딛기 전에 실오라기 하나 걸치지 않은 롄얼이 커다란 창꼬치처럼 그의 품 안으로 껑충 뛰어들었다.

할아버지는 구들 위에 누워 종이를 바른 천장을 멍하니 바라보고 있었다. 두 달 동안 할아버지는 문 앞에도 나가지 않았다. 롄얼이 매일 거리에서 들은 가오미 둥베이 지방 토비들에 대한 이야기를 전해주었고, 그 때문에 할아버지는 매일같이 이 커다란 비극의 추억 속에 깊이 빠져 있었다. 어떤 세세한 일들을 회고할 때는 이를 뿌득뿌득 갈기도 했다. 할아버지는 한평생 기러기를 잡으러 다니다가 결국은 기러기한테 쪼여 눈이 멀게 되었구나 하는 생각을 했다. 몇 번이나 차오멍주, 이 늙은 개의 목숨을 없앨 수 있는 절호의 기회들이 있었는데 결국은 그를 봐준 것이다. 이 생각을 하다가 생각이 우리 할머니에게까지 미쳤다. 차오멍주와 그녀가 진담 반 거짓 반으로 이야기했던 수양아버지와 딸 관계라는 게 할아버지가 차오멍주에게 속게 만든 중요한 원인 중의 하나였다. 할아버지는 차오멍주를 증오하면서 우리 할머니를 증오했다. 어쩌면 그녀와 차오멍주가 일찌감치 내통을 해서 같이 덫을 놓아 자신을 함정에 빠뜨린 것인지도 모른다. 렌얼이 하는 말을 들으면 더더욱 그런 생각이 들었다. 오라버니, 당신은 그녀를 잊지 못하지만 그녀는 일찌감치 당신을 잊었어요. 당신이 열차로 붙잡혀갔을 때, 그녀는 철판회 두목 검은 눈을 따라가, 옌수이 마을에서 수개월을 살았고, 아직까지도 돌아오지 않았어요. 렌얼은 이렇게 말하면서 할아버지의 갈빗대를 문질렀다. 할아버지는 만족을 모르는 그녀의 검은 몸을 바라보면서 어렴풋이 혐오가 일었다. 할아버지는 눈앞에 있는 이 검은 몸을 보면서 그녀의 새하얀 몸을 생각했고, 몇 년 전 그 찌는 듯한 오후에 자신이 빽빽하게 늘어선 수숫대 그늘 밑에 도롱이를 깔고 그녀를 그 위로 안고 갔던 때의 정경을 떠올렸다.

할아버지가 몸을 구부리며 말했다. "내 총은 아직 있나?"

렌얼이 놀라며 할아버지의 팔을 붙잡았다. "뭘 하시려고요?"

할아버지가 말했다. "내 가서 이 개잡종년놈을 죽여버리려고!"

"잔아오! 오라버니, 더 이상은 사람 죽이지 마시구려! 당신이 한평생 얼마나 많은 사람을 죽였어요!" 렌얼이 말했다.

할아버지는 렌얼의 배를 발로 걷어차며 말했다. "잔소리 말고, 총이나 가져와!"

렌얼은 억울하다는 듯이 훌쩍이며, 베개 틈을 뜯더니 그 모제르총을 꺼냈다.

할아버지와 아버지는 검은 말 한 필을 같이 타고, 육도삼략(六韜三略)*을 가슴에 품은 철판회의 청년 회원 우란쯔의 뒤를 따라갔다. 반나절쯤 달리니 희뿌옇게 빛나는 옌수이 강이 멀리 바라다보였다. 옌수이 강 양안에 하얗게 펼쳐진 염토 황원을 바라보고 있노라니, 우란쯔의 거창한 말에 잔뜩 흥분되었던 정서가 완전히 차분하게 가라앉은 건 아니지만, 그래도 검은 눈과 옌수이 강변에서 결투를 벌였던 광경이 떠올랐다……

할아버지는 모제르총을 끼고 커다란 수탕나귀를 타고 오전 한나절을 달려서 옌수이 마을에 당도했다. 그는 당나귀를 마을 밖 버드나무에 묶어 놓아 나귀가 나무껍질을 뜯어 먹도록 하고는, 자신은 낡은 털모자를 아래로 당겨 눈썹을 가리고 성큼성큼 마을로 들어섰다. 옌수이 마을은 제법 큰 마을이었지만 할아버지는 길도 묻지 않은 채 마을의 높고 큰 기와집들이 죽 늘어서 있는 곳으로 달려갔다. 늦가을에서 초겨울로 넘어갈 무렵이라 누렇게 된 잎들이 첩첩이 달린 밤나무 열댓 그루가 바람에 떨고 있는 모습이 보였다. 바람은 세지 않았지만 날카로운 소리엔 힘이 있었다. 할아버지는 기와집 큰 뜰로 돌진해 들어가다가 아직 해산하지 않은, 철판회 회원들의 집회와 바로 마주쳤다. 네모난 벽돌로 바닥을 깐 큰 회당 맞은

---

* 중국의 오래된 병서(兵書)인 『육도』와 『삼략』을 아울러 이르는 말이다.

편에는 누런 회색의 커다란 그림 한 폭이 걸려 있었다. 그림에는 희한하게 생긴 노인네가 얼룩무늬 맹호를 타고 있는 게 그려져 있었고, 그림 밑에는 여러 가지 희한한 물건이 받쳐져 있었다. (할아버지는 나중에야 그 물건들이 원숭이 발톱, 닭의 두개골, 바싹 말린 돼지의 간, 고양이 머리, 노새 발굽 등이라는 걸 똑똑히 알게 되었다) 모락모락 향 연기가 피어오르는 가운데 눈 주위에 검은 점이 더덕더덕한 사람이 둥그렇게 생긴 두툼한 철판 위에 앉아 있는 게 보였다. 그는 왼손으로 머리 위의 번쩍거리는 두피를 어루만지면서 오른손으로는 엉덩이 사이의 골을 가린 채 큰 소리로 낭랑하게 주문을 외우고 있었다. "아마라이 아마라이 철머리, 철팔, 철영대(臺), 철근육, 철뼈, 철단대, 철심장, 철간, 철폐대, 생쌀로 빚은 철벽 방책에 철칼, 철총도 어찌할 수 없는 호랑이 탄 철몸 조사(祖師)*의 명대로 귀신은 즉시 물러가라.** 아마라이 아마라이 아마라이……"

할아버지는 그가 바로 가오미 둥베이 지방에서 명성이 자자한, 반인 반요괴로 알려진 검은 눈이라는 걸 알았다.

검은 눈은 주문을 다 외우고 난 뒤 급히 몸을 일으켜 호랑이 탄 그 철몸의 조사에게 연거푸 세 번 고개 숙여 절을 하더니 다시 철판 위로 돌아와 앉아서 열 손가락 모두를 주먹 속에 감추고 두 주먹을 쥐고는 회당에 앉아 있는 전체 철판회 회원들을 향해 턱을 한 번 끄덕였다. 그러나 철판회 회원들은 모두 왼손으로는 두피를 어루만지고 오른손으로는 엉덩이 사이 골을 가린 채 눈을 꼭 감고 일제히 고함을 지르면서 검은 눈이 외웠던

---

  * 회문(會門)이나 도문(道門)의 창시자.
 ** 원문은 "急急如敕令"으로 "즉시 명령대로 따르다"라는 뜻이다. 한(漢)대에 공문에 쓰이던 말이었으나, 후에는 도사(道士)들이 귀신은 물러가라는 뜻으로 주문을 외울 때 썼던 말이다.

주문을 되풀이했다. "아마라이…… 아마라이……"의 함성이 노래처럼 우렁차고 낭랑하게 귀를 울렸다. 할아버지는 회당 안에서 감도는 귀기(鬼氣)를 느끼면서 마음속에 일어났던 분노의 불이 자기도 모르게 절반은 사라져버린 걸 느꼈다. ……그는 본래 몰래 검은 눈을 쏘려고 했지만…… 검은 눈에 대한 극도의 증오 속에 몇 가닥의 경외심이 섞여 들어왔다.

철판회 회원들은 주문을 외우고 난 뒤 일제히 다시 그 호랑이 탄 늙은 요괴에게 가서 고개 숙여 절을 하고는 일어났다. 빽빽하게 2열 종대로 늘어선 대열이 다시 자연스럽게 검은 눈 앞으로 이동했다. 검은 눈앞에는 붉은 간장색의 큰 항아리가 놓여 있었고, 항아리 안에는 물에 불린 붉은 수수쌀이 담겨 있었다. 할아버지는 철판회 회원들이 생쌀을 먹는다는 이야기를 일찍이 들어 알고 있었는데, 지금 그걸 직접 보게 된 것이다. 철판회 회원들은 모두 검은 눈에게로 가서 생쌀을 한 사발씩 받아와 후루룩하며 마시고는 제사상 앞으로 가서 그 원숭이 발톱, 노새 발굽, 닭 두개골을 순서대로 맨머리 위에 문질렀다.

철판회의 의식이 다 끝나고 하얀 태양에 붉은색이 섞여들 때가 되어서야 할아버지는 그 큰 그림에 대고 총 한 발을 쏘아 늙은 호랑이를 탄 늙은 요괴 그림 위에 구멍을 하나 뚫어놓았다. 철판회는 잠시 아수라장이 되었다가 정신을 수습하고는 일제히 달려들어 할아버지를 둘러쌌다.

"네놈은 누구냐? 간덩이가 부은 도적놈이로군!" 검은 눈이 큰 소리로 욕설을 퍼부었다.

할아버지는 벽돌담 앞으로 물러나서 연기가 피어나는 총구로 낡은 털모자를 툭 쳐서 들어 올리며 말했다. "네놈의 조상 위잔아오시다!"

검은 눈이 말했다. "네놈이 아직도 죽지 않았어?"

할아버지가 말했다. "네놈이 먼저 죽는 거 보려고!"

검은 눈이 말했다. "네놈이 그 장난감으로 날 죽일 수 있을 것 같으냐? 얘들아, 칼 가져오너라!"

한 철판회 회원이 돼지 잡는 칼을 가져오자 검은 눈이 숨을 한 번 참더니 그 회원에게 신호를 보냈다. 할아버지는 그 날카로운 칼이 검은 눈의 드러난 뱃가죽 위를 마치 딱딱한 나무토막을 패듯이 내리치는 걸 보았다. 파팍 하는 소리가 났지만 검은 눈의 뱃가죽 위에는 단지 하얀색 자국만 남아 있었다.

철판회 회원들이 일제히 주문을 외웠다. "아마라이, 아마라이, 철머리, 철팔, 철영대…… 철의 몸이신 호랑이 탄 조사의 명대로 귀신은 즉시 물러가라, 아마라이…… 아마라이…… 아마라이……"

할아버지는 속으로 은근히 놀랐다. 지금 세상에도 아직 진짜 총칼이 들어가지 않는 사람이 있을 거라는 생각은 하지 못했다. 그는 철판회 회원의 주문 속에서는 온몸이 다 철이고 오직 눈만 철눈이 아니라는 생각을 했다.

"네놈의 눈이 내 총알을 막아낼 수 있을 것 같냐?" 할아버지가 물었다.

"네놈의 배때기가 내 칼을 받아낼 수 있을 것 같냐?" 검은 눈이 할아버지에게 되물었다.

할아버지는 자신의 뱃가죽이 그 날카로운 돼지 칼을 절대로 받아낼 수 없다는 걸 알았다. 그는 검은 눈의 눈알 역시 모제르총의 총알을 당해낼 수는 없다는 것도 알았다.

철판회 회원들은 모두 큰 홀 안에서 총칼을 꺼내 들고 호시탐탐하며 할아버지를 에워쌌다.

할아버지는 모제르총 안에 총알이 아홉 발밖에 없기 때문에 검은 눈을 쏘아 죽이면 철판회 회원들이 미친개처럼 몰려들어 자신도 육장(肉醬)

을 낼 거라는 걸 알았다.

"검은 눈, 보아하니 네놈도 인물은 인물인 셈인데, 내가 네놈 오줌보 두 개는 남겨두마! 그 갈보 같은 계집만 내게 넘기면, 우리 일은 다 끝나는 걸로 하자!" 할아버지가 말했다.

"그 여자가 네 거냐? 네가 그 여잘 오라고 하면 그 여자가 오냐 할 것 같으냐? 네놈이 그 여잘 정식 마누라로 들이기라도 했냐구? 과부인 여잔 주인 없는 개나 같아서 키우는 놈이 임자인 게지! 말귀 알아먹었으면 당장 꺼져. 이 할아비가 사정 봐주지 않았다고 나중에 뭐라고 하지 말고!" 검은 눈이 말했다.

할아버지는 모제르총을 들어 올렸다. 철판회 회원들도 냉기가 번쩍이는 무기를 들어 올렸다. 할아버지는 마구 입술을 움직이며 주문을 외우는 철판회 회원을 보면서 좋다, 일대일로 목숨을 바꾸는 거다! 하는 생각을 했다.

이때 할머니가 내뱉은 차가운 웃음소리가 무리 밖에서 들려왔다. 할아버지 손에 들려 있던 총의 총구가 아래로 숙여졌다.

할머니는 아버지를 안고 돌계단 위에 서 있었다. 서쪽으로 기우는 태양 빛에 흠뻑 젖어 온몸이 빛을 발하고 있었다. 윤기가 반지르르한 머리카락, 발그레한 얼굴에 반짝이며 타오르는 눈, 그 모습이 정말 사랑스럽기도 하고 원망스럽기도 했다.

할아버지가 격분하여 이를 부득부득 갈면서 욕을 했다. "갈보 같은 년!"

할머니는 조금도 부끄러워하지 않고 맞받아쳤다. "수나귀! 수퇘지 같은 놈! 천박한 물건 같으니라고. 네놈은 종년하고 잠자기에나 딱 알맞지!"

할아버지가 총구를 들어 올렸다.

할머니가 말했다. "쏴봐라! 나도 쏴 죽이고! 내 자식도 쏴 죽여!"

"아부지!" 아버지가 소리를 질렀다.

할아버지의 총구가 다시 숙여졌다.

할아버지는 그 비취색 수수밭에서 붉은 불꽃이 일어났던 정오를 떠올렸고, 창밖의 진흙 속에 빠져 있던 그 검은 나귀를 떠올렸고, 새하얀 몸이 검은 눈의 품 안에 안겨 있는 모습을 떠올렸다.

할아버지가 말했다. "검은 눈, 일대일로 하자. 맨손 대 맨주먹으로, 네가 죽든 내가 죽든 결판을 내는 거다. 마을 밖 강변에서 기다리겠다."

할아버지는 허리춤에 총을 꽂아 넣고, 멍하니 있는 철판회 회원들을 양쪽으로 밀어젖히고는 할머니는 거들떠보지도 않고 우리 아버지만 한 번 쳐다본 뒤 곧 성큼성큼 마을을 벗어났다.

할아버지는 하얀 연기가 피어오르는 옌수이 강의 모래톱으로 가서 솜저고리를 벗어버리고 모제르총도 던져버리고 허리를 단단히 동여맨 뒤 선 채로 기다렸다. 그는 검은 눈이 오지 않을 리가 없다는 걸 알고 있었다.

옌수이 강의 혼탁한 물이 희뿌연 유리처럼 황금빛 태양을 비추고 있었고, 키 작은 나문재들이 아무 감각도 없는 듯이 곧게 서 있었다.

검은 눈이 왔다.

할머니는 아버지를 안고 왔다. 할머니의 눈매는 여전했다.

철판회 회원들도 왔다.

"문타(文打)냐, 무타(武打)냐?" 검은 눈이 물었다.

"문타는 뭐고, 무타는 뭐냐?" 할아버지가 물었다.

"문타는 네가 날 주먹으로 먼저 세 번 치고 나서 내가 널 세 번 치는 거고, 무타는 아무렇게나 마구 치는 거다!" 검은 눈이 말했다.

할아버지는 잠시 생각하더니 말했다. "문타로 하자!"

검은 눈은 속에 꿍꿍이가 있는 것처럼 말했다. "내가 널 먼저 치랴, 아니면 네가 날 먼저 칠까?"

할아버지가 말했다. "하늘의 명대로 하자. 풀을 뽑아서, 긴 걸 뽑은 쪽이 먼저 치자!"

"누가 풀을 들고 있지?" 검은 눈이 물었다.

할머니가 아버지를 바닥에 내려놓으며 말했다. "내가 하지."

할머니는 풀 두 가닥을 손톱으로 끊어서 뒤에다 놓은 뒤 손을 앞으로 내밀며 말했다. "뽑아!"

할머니는 할아버지를 힐끗 보았다. 할아버지가 풀 한 가닥을 뽑자 할머니가 손을 벌려서 다른 풀 한 가닥을 내보였다.

"당신이 긴 걸 뽑았으니 먼저 쳐!" 할머니가 말했다.

할아버지가 검은 눈의 배를 겨냥해서 일격을 가했다. 검은 눈이 윽 소리를 한 번 냈다.

한 대 맞은 검은 눈이 다시 배를 꼿꼿이 펴고는 고통을 참느라 눈이 시퍼레진 채 새로운 가격을 기다리고 있었다.

할아버지가 다시 그의 심장에 일격을 가했다.

검은 눈이 한 발짝 뒤로 물러났다.

할아버지는 죽을힘을 다해 마지막 일격을 검은 눈의 배꼽을 향해 찔렀다.

검은 눈은 뒤로 두 발짝 물러났고, 얼굴색이 누레진 채 가슴을 누르며 기침을 두 번 하더니 입을 벌리고는 큰 입으로 반 응고된 붉은 피를 토해냈다.

그는 입을 닦고 할아버지를 향해 고개를 끄덕였다. 할아버지는 전신의 기운을 다 가슴과 배 위로 옮겼다.

검은 눈이 말발굽만 한 주먹을 휘두르며 달려들다가 주먹이 막 할아버지 몸에 닿으려는 순간 팔을 거두어버렸다.

그가 말했다. "하늘의 체면을 봐서, 이 주먹으론 널 치지 않겠다!"

검은 눈은 두번째도 다시 한 번 헛방을 날리며 말했다. "땅의 체면을 봐서 이 주먹으로도 널 치지 않겠다!"

검은 눈의 세번째 주먹은 할아버지를 쳐 공중에서 한 바퀴 돌게 만들었고, 할아버지는 마치 절굿공이에 묻은 진흙 덩어리가 나가떨어지듯이 부직하는 소리를 내며 딱딱한 염토 바닥 위로 나가떨어졌다.

할아버지는 간신히 기어서 일어나 겹저고리를 여미고는 총을 들었다. 얼굴에는 누런 콩만 한 땀방울이 매달려 있었다.

할아버지가 말했다. "10년 뒤에 보자."

강물에는 갈색 나무껍질들이 떠다니고 있었다. 할아버지는 연달아 아홉 발을 갈겨 그 나무껍질들을 수십 개의 조각으로 찢어놓은 뒤, 총을 허리춤에 꽂고 비틀거리며 염토 황원을 향해 걸어갔다. 햇빛이 벌거벗은 그의 어깨를 비추고 구부러지기 시작한 그의 척추뼈를 비추어 푸른 구리 같은 윤기를 드러냈다.

검은 눈은 강물 가득 흩어지고 찢어진 나무껍질들을 바라보면서 다시 피를 한 입 토하고는 땅바닥에 주저앉았다.

할머니는 아버지를 들쳐 안고 울면서 "잔아오……" 하고 부르더니 비틀거리며 할아버지 뒤를 따라갔다.

9

모수이 강의 큰 둑 뒤에서 기관총이 두두두 하고 3분 동안 울리고 난 뒤 잠시의 휴지가 있었다. 방금 전까지 고함을 지르며 승리의 추격을 계속하던 자오가오 대대 대원들이 바싹 마른 길 위와 말라붙은 수수밭으로 떼 지어 나가떨어졌다. 자오가오 대대에 투항할 준비를 하고 있던 할아버지 쪽의 철판회 회원들은 수수처럼 허리가 부러지고 절단이 났다. 그중에는 검은 눈을 따라서 10여 년을 신통력이 있는 것처럼 농간을 부리고 다녔던 구(舊)철판회 회원들도 있고, 할아버지 이름을 좇아서 철판회에 갓 가입한 신(新)철판회 회원들도 있었다. 머리 위를 빡빡 민 푸른 두피나 우물물에 담가 불린 생수수쌀, 늙은 호랑이를 탄 철몸의 조사, 두피에 비벼 댄 노새 발굽이나 원숭이 발톱, 닭의 두개골 그 어느 것도 피와 살로 된 그들의 몸을 지켜줄 철 방벽이 되어주지 못했다. 신속히 날아든 기관총 총알은 조금의 거리낌도 없이 그들의 척추와 넓적다리뼈를 부셔놓았고 그들의 가슴과 복부를 관통했다. 철판회 회원들의 너덜너덜하게 찢긴 몸과 자오가오 대대 대원들의 피로 더러워진 시체가 서로 어지럽게 섞인 채 한데 쌓여 있었다. 자오가오 대대 대원의 붉은 피와 철판회 회원의 초록색 피가 한데 모여, 일렁이는 자줏빛 피바다를 이루고 검은 논밭과 검은 흙길에 양분을 대준 덕에 몇 년 뒤에도 이 지방의 토양은 여전히 비할 바 없이 비옥했고, 여기에 심은 수수들은 무서운 기세로 자라났으며, 성격이 분명하고 기름이 줄줄 흐르는 수숫대와 수숫잎 위에는 수컷 동물의 생식기처럼 왕성한 생기가 응결되어 있었다.

자오가오 대대와 할아버지의 철판회는 양쪽 다 얼이 빠져 있던, 도저히 공존할 수 없을 것 같았던 적이 순식간에 산병선상(散兵線上)의 전우로 바뀌었다. 살아 있는 사람과 죽은 사람, 고통스럽게 신음하는 사람과 나자빠져서 뒹굴고 있는 사람, 다리를 부상당한 작은 발 장과 팔을 부상당한 우리 할아버지가 한데 어우러져 있었다. 할아버지는 비단 천으로 싸맨 작은 발 장의 발에 머리를 바싹 기댄 채 작은 발 장의 발이 결코 그렇게 작지 않다는 생각을 하면서 작은 발 장의 피비린내를 압도하는 발가락 구린내를 맡고 있었다.

강둑 뒤에서 기관총 소리가 다시 다다다다 하고 울리기 시작했고, 총알이 길바닥과 수수밭으로 떨어지면서 강력하게 먼지를 뿜어 일으켰다. 총알이 토지를 적중시켜서 나는 타타닥 소리와 몸을 뚫고 들어가서 내는 파팍 소리는, 간신히 살아 있는 사람들의 신경을 한 가지로 무섭게 물어뜯었다. 자오가오 대대의 대원들과 철판회 회원들은 다들 땅속으로 숨고 싶은 마음이 간절했다.

지형이 너무 나빴다. 평평하게 긴 시내에는 잡초 한 그루 없었다. 총알 망이 거대하고 날카로운 닭칼처럼 그들의 머리 위를 번쩍이며 날아다녀 누구라도 몸을 들기만 하면 바로 박살이 날 터였다.

또 한 번의 사격 시간이 돌아왔고, 할아버지는 작은 발 장의 고함 소리를 들었다. "수류탄!"

다시 총성이 울렸다가 다시 멎었다. 수류탄 사용에 익숙한 자오가오 대대 대원들이 수류탄 열댓 발을 강둑 뒤로 던졌다. 한 차례 폭발이 지나고 나자, 강둑 뒤의 영웅들도 아이고 어머니, 아이고 아버지를 외치며 울부짖었다. 팔뚝 하나가 회색 천 조각을 휘날리며 둑 바깥으로 내동댕이쳐졌다. 할아버지는 그 짧은 팔 위에서 경련을 일으키고 있는 손가락을 보면서 작은 발 장에게 들으라는 듯이 "렁 지대다! 곰보 렁, 이 잡종 새끼야" 하고 소리쳤다.

자오가오 대대는 다시 연발 수류탄을 던졌고, 탄피가 사방으로 튀면서 강물은 쉬쉭 소리를 냈다. 강둑 뒤에서는 열댓 그루의 나무 모양으로 운무가 일었다. 죽음을 겁내지 않는, 자오가오 대대 대원 일고여덟 명이 보총을 받쳐 들고 둑 위로 돌진했지만 경사가 완만한 비탈까지 올라갔을 때 총알 세례를 한바탕 받고는 죽은 자나 산 자나 할 것 없이 다 뒤집어져 앞다투어 둑 아래로 굴러떨어졌다.

"퇴각!" 작은 발 장이 고함을 질렀다.

자오가오 대대는 다시 연발 수류탄을 던졌고, 폭발음이 일자마자 죽은 사람들 속에서 뛰쳐나와 총을 쏘면서 북쪽으로 달아났다. 작은 발 장은 대원 두 명의 부축을 받으며 뿔뿔이 흩어지는 대열의 뒤를 따라갔다. 할아버지는 땅바닥에 엎드린 채 꼼짝도 하지 않았다. 그는 도망치는 게 엄청나게 위험하다는 걸 직감했다. 도망쳐야 하지만 지금은 때가 아니다. 일부 철판회 회원들은 자오가오 대대의 패잔병들을 따라나섰고, 일부는 꿈틀거리며 움직이려고 했다. 할아버지가 낮은 소리로 말했다. "움직이지 마……"

강둑 뒤에서 포연이 무럭무럭 일었고 수류탄에 맞은 부상자들의 고통스러운 울부짖음이 들려왔다. 할아버지는 어떤 익숙한 목소리가 있는 힘을 다해 부르짖는 소리를 들었다. "쏴라! 기관총! 기관총!" 할아버지는 그게 곰보 렁의 목소리라는 걸 알았다. 쓸쓸한 미소 한 가닥이 그의 얼굴 위를 스쳤다.

할아버지는 아버지를 데리고 철판회에 가입했고, 그날 밤 규율에 따라 이마 위의 머리를 말끔히 밀어버렸다. 호랑이 탄 조사 앞에서 무릎을

504

꿇고 엎드려 절을 할 때 할아버지는 조사의 얼굴에서 총알 자국을 수리한 흔적을 발견하고 몰래 웃지 않을 수가 없었다. 당시의 광경이 어제 일처럼 선하게 떠올랐다. 아버지도 머리를 깎였다. 아버지는 검은 눈의 손에 있는 시커먼 면도칼을 보면서 온몸이 싸늘해졌다. 10여 년 전의 일이 그에게도 어렴풋하게 떠올랐다. 머리를 다 밀고 나서 검은 눈은 그 노새 발굽, 원숭이 발톱 같은 이상한 물건들을 그의 머리 위에다 대고 몇 번이나 문질렀다. 의식이 다 끝나고 나자 아버지는 마치 피와 살로 된 몸이 쇠붙이로 바뀐 것처럼 온몸이 딱딱하게 굳는 느낌이 들었다.

철판회 회원들은 우리 할아버지를 열렬히 환영했다. 그들은 아버지에게 몇 번씩이나 모수이 강의 매복전 사건에 대해 이야기해달라고 졸랐다. 우란쯔의 사주로 회원들은 검은 눈에게 우리 할아버지를 철판회의 부회장으로 승인하라는 요구를 집단적으로 제기했다.

할아버지가 부회장 직위를 얻은 다음에 우란쯔는 다시 철판회 회원들을 부추겨 상부에 참전을 요구하도록 했다. 그는 천 일 동안 병사를 기른 건 필요할 때 한 번 쓰려고 한 것인데 일본 도적놈들이 횡행하고 나라가 망해가는데도 도적놈들을 죽이러 나갈 생각은 하지 않고 마냥 수련만 하고 있으니 대체 언제까지 그렇게 기다리기만 할 거냐고 따져 물었다. 회원들은 대부분 열혈 청년이었고 일본인에 대한 원한이 골수에 사무쳐 있었기 때문에 우란쯔가 교묘한 말로 부추기자 자신들도 전쟁터에 나가서 철판회의 무술을 한번 시험해보고 싶다는 욕망이, 마치 타오르는 불에 기름을 뿌린 것처럼 격렬해졌다. 이 때문에 검은 눈도 동의하는 수밖에 없었다. 할아버지는 슬그머니 우란쯔에게 자넨 이 철판 무술이 총알을 받아낼 수 있다고 믿는가 하고 물었다. 우란쯔는 교활한 웃음을 지을 뿐 아무 말도 하지 않았다.

철판회가 치른 첫번째 전쟁은 규모가 작았다. 일본 괴뢰군 장주시(張
竹溪) 대대의 가오잉(高營) 부대와 찻길 입구에서 가진 조우전(遭遇戰)이었
다. 철판회는 샤덴(夏店) 포루를 습격하려고 했고, 가오잉 부대는 양식을
빼앗아 돌아오다가 길 입구에서 맞부딪친 것이다. 양쪽 다 걸음을 멈추고
서로를 훑어보았다. 가오잉 쪽의 식량 탈취 대원들은 예순 명가량 되는데
모두 누런 은행색 옷을 입고 소총을 든 채 범포 탄알 띠를 등에 비스듬히
둘러메고 있었다. 식량 포대를 짊어지고 있는 노새 수십 마리와 나귀도
대열 가운데 끼어 있었다. 철판회 회원들은 검은색 일색으로 대부분 창검
을 들고 있었고 열댓 명만 허리춤에 모제르총을 차고 있었다.

"어느 편이냐?" 가오잉 대원들 안에서 땅딸막한 두목이 말을 탄 채
물었다.

할아버지는 허리춤에 꽂았던 손을 빼내면서 총성과 함께 고함을 질렀
다. "매국노들을 죽여라!"

총성과 함께 뚱뚱한 군관이 자신의 피 묻은 조롱박 머리를 받쳐 든
채 말 밑으로 거꾸러졌다.

철판회 회원들은 "아마라이, 아마라이, 아마라이" 하고 일제히 고함
을 지르면서 조금의 두려움도 없이 앞으로 돌진했다. 양식을 싣고 있던
나귀와 노새 들은 끈을 벗어버리고 광야로 달아났고, 괴뢰군은 대부분 낭
패해서 달아났다. 뒤처져 달아나던 자들은 철판회 회원들에게 잡혀 처참
하게 난도질당했다.

괴뢰군은 화살이 닿을 만한 거리만큼 달려간 뒤에야 정신을 차려서
다시 무리를 이루고는 파파팍 하며 총을 쏘기 시작했다. 살기등등한 철판
회 회원들은 주문을 외우며 거리낌 없이 달려 나갔다.

할아버지가 "흩어져라…… 허리를 숙여라……" 하고 고함을 질렀지

만 철판회 회원들이 우렁차게 외치는 주문 소리가 할아버지의 목소리를 묻어버렸다. 그들은 빽빽하게 모여 한 덩어리를 이룬 채 가슴을 펴고 고개를 치켜들고 앞으로 돌진했다.

괴뢰군 대열에서 연발총을 쏘자 스무 명 남짓한 철판회 회원이 총알에 맞아 쓰러지며 붉은 피를 뿌렸다. 총탄에 맞고 아직 죽지 않은 자의 처참하게 울부짖는 소리가 살아 있는 철판회 회원들의 다리 밑에서 울려왔다.

철판회 회원들은 얼이 빠졌고, 괴뢰군은 다시 연발총을 쏘아댔다. 더 많은 철판회 회원이 거꾸러졌다.

할아버지가 고함을 질렀다. "흩어져…… 엎드려라……"

괴뢰군은 총을 쏘며 돌진해 왔고 할아버지는 몸을 비스듬히 기울인 채 모제르총 안으로 총알을 밀어 넣었다. 검은 눈이 몸을 반쯤 일으키더니 성을 내며 고함을 질렀다. "일어나서 주문을 외워라. 철머리, 철팔, 철벽, 철요새, 철심장, 철간이 철판처럼 총알을 막아내 감히 오지 못하게 할 테니 호랑이 탄 철몸의 조사의 명대로 귀신은 당장 물러가라 아마라이……"

총알 한 발이 검은 눈의 두피를 긁으며 스쳐 날아가자 검은 눈은, 개가 똥을 싸듯이 안색이 노래진 채 바닥에 납작 엎드렸다 .

할아버지가 코웃음을 치며 몸을 쑥 내밀어, 후들후들 떨리는 검은 눈의 손에서 모제르총을 빼앗더니 고함을 질렀다. "더우관!"

아버지는 두 번 굴러서 할아버지 곁으로 왔다. "아부지, 저 여기요!"

할아버지가 검은 눈의 모제르총을 아버지에게 건네주며 말했다. "숨 깊이 참고, 꼼짝 말고 있다가 저놈들이 가까이 오면 쏴라."

할아버지가 다시 고함을 질렀다. "총 있는 자들은 준비하고, 가까이 오면 쏜다!"

괴뢰군이 용맹하게 달려왔다.

50미터, 40미터, 20미터, 10미터, 아버지는 괴뢰군의 입안에 든 누런 이를 똑똑히 보았다.

할아버지가 튀어나와 왼쪽 팔은 왼쪽으로, 오른쪽 팔은 오른쪽으로 한 번 휘두르자 괴뢰군 일고여덟 명이 허리를 숙인 채 쓰러졌다. 아버지와 우란쯔도 정확하게 쏘았다. 괴뢰군은 마침내 퇴각해 달아났고, 할아버지 쪽 사람들은 그들의 등에 대고 총알을 쏘았다. 모제르총으로 부족하자 다시 괴뢰군이 버리고 간 보총들을 주워 쏘았다.

이 소소한 조우전이, 철판회 안에서 할아버지가 지도적 지위를 확보하게 되는 기반을 마련해주었다. 회원 수십여 명의 처참한 죽음은 검은 눈의 그 요망한 주술의 실체를 완전히 다 들통 내버렸다. 회원들은 다시는 매일같이 반드시 행하던 철신 의식에 참가하려고 하지 않았다. 총, 그들에게 필요한 건 총이었다. 어떤 신기한 마술이나 비법도 연발총을 당해낼 수는 없었다.

할아버지와 아버지는 가짜로 참군하는 계략을 써서 자오가오 대대 안으로 섞여 들어간 뒤 백주에 대대장 작은 발을 납치해왔고 가짜 투항의 계략으로 렁 지대 안으로 섞여 들어가 마찬가지로 백주에 곰보 렁을 납치해왔다.

이 두 번의 '납치'로 대량의 총알과 군마를 얻어냈고, 그렇지 않아도 철판회 안에서 명성이 자자하던 할아버지는 두말할 필요 없이 확고부동한 지위를 차지하게 되었다. 검은 눈은 이제 불필요한 인간, 걸리적거리는 인간이 되어, 우란쯔는 몇 번이나 그를 없애려고 했지만 할아버지에게 저지당했다.

납치 사건 이후 철판회는 가오미 둥베이 지방에서 가장 강력한 세력이 되었고, 자오가오 대대와 렁 지대는 소리도 없이 자취를 감추어 천하는 태평성세가 된 것 같았다. 이때 할아버지는 할머니를 위해 성대한 장례를 치러야겠다는 생각을 하기 시작했다. 재물을 거둬들이고 자금을 끌어모으고 관을 빼앗고 사람을 죽이면서 위가의 명성은 금상첨화로, 불에 기름 끼얹는 격으로 번져나갔다. 그러나 할아버지는 해가 차면 기울고 달이 차면 기울고 그릇이 차면 쏟아지고 흥(興)이 극에 달하면 반드시 쇠(衰)하게 된다는 평범한 변증법의 이치를 잊고 있었다. 할머니의 장례식을 성대하게 치르려고 한 것은 그의 중대한 잘못이었다.

강둑 뒤에서 기관총 소리가 다시 울렸다. 할아버지는 그게 단지 기관총 두 자루가 내는 소리라는 걸 알았다. 몇 자루는 분명 자오가오 대대의 수류탄에 의해 박살이 났을 것이다. 강둑에서 한 백 미터쯤 떨어진 곳으로 달아났던 자오가오 대대와 자오가오 대대 안으로 끼어들어간 철판회 회원들은 기관총에 맞아 온갖 꽃이 울긋불긋 만발하듯이 쓰러졌다. 대열은 다시, 가릴 데라곤 전혀 없는 탁 트인 땅으로 밀어 넣어졌다. 교활한 렁 지대는 쉽게 출격하지 않은 채 기관총 두 자루만 두두두 울리고 있었다.

할아버지는 기관총에 맞아 강둑의 완만한 언덕 위에 쓰러져 있는 자오가오 대원 열댓 명 속에서, 온몸이 피투성이가 된 마르고 작은 체구 하나가 천천히, 아주 어렵게 강둑 위로 기어오고 있는 걸 보았다. 그는 누에보다 더 느리게, 지렁이보다 더 느리게, 달팽이보다 더 느리게 기었다. 마치 몸이 몇 부분으로 나뉘어서 하나씩 따로 움직이는 것 같았다. 피가 작은 샘물처럼 몸 밖으로 계속해서 쏟아져 나왔다. 할아버지는 그가 바로 철판회의 영웅이고 가오미 둥베이 지방의 가장 우수한 종자라는 걸 알았다. 중상을 입은 자오가오 대대 대원은 강둑 절반가량까지 기어와서는 멈추었다. 할아버지는 그가 고통스러워하면서 몸을 옆으로 돌려 마치 배 속에서 아기를 꺼내듯이 허리에서 피 묻은 수류탄 하나를 꺼내는 것을 보았다. 그는 이빨로 수류탄 덮개를 물어뜯더니 다시 이빨로 발화 끈을 물었다. 수류탄 손잡이에서 부시식 하며 하얀 연기가 피어올랐다. 발화 끈을 물고 있던 그의 머리가, 강둑 위에 있는 듯 없는 듯 자라 있는 풀싹 안으로 묵직하게 부딪혔다. 그때 갑자기 푸른색 기관총 총구가 강둑 위로 튀어나왔고 포연 한 줄기가 둑 위로 흩어지더니 번쩍이는 탄피가 갑자기 둑 바깥까지 날아왔다.

할아버지는 후회했다. 마음이 너무 물러서 그렇게 사정을 봐주는 게 아니었는데. 곰보 렁을 납치했던 날, 할아버지는 그에게 단지 보총 백 자루와 기관총 다섯 자루, 말 쉰 마리만을 요구했다. 본래는 지금의 이 기관총 여덟 자루를 먼저 달라고 했어야 하는 건데, 그걸 잊었던 것이다. 어떤 사람은 당시 할아버지가 기관총은 크게 쓸모가 없다고 생각했었다고 말하기도 한다. 몇 년 동안의 토비 생활이 그에게 권총만 알아봤지, 장총은 볼 줄 모르게 했기 때문이라고. 만약 그때 기관총을 곰보 렁의 '몸값'으로 적어 넣었더라면 오늘의 저런 발광은 있을 수 없었다.

중상을 입은 자오가오 대대 대원은 머리가 풀싹에 닿는 동시에 손안에 있는 수류탄을 던졌다. 미약하고 날카로운 폭발음 한 줄기가 강둑 뒤에서 울렸고, 기관총이 공중으로 날아올랐다가 떨어졌다. 수류탄을 던진 사람은 강둑의 완만한 언덕에 엎드린 채 꼼짝도 하지 않았다. 피는 여전히 너무나 고통스럽게 천천히 흐르고 있었다. 할아버지는 그를 보며 탄식했다.

곰보 렁의 기관총은 다 제거되었다. 할아버지가 외쳤다. "더우관!"

아버지는 두 구의 무거운 시체에 눌린 채 무의식적으로 죽은 척하고 있었다. 그는 자기가 어쩌면 벌써 죽은 건지도 모른다고 생각했다. 온몸을 타고 흐르는 뜨끈뜨끈하고 비릿한 피가 위에 있는 시체에서 흘러나오는 것인지 아니면 자기 몸에서 흘러나오는 것인지 알 수 없었다. 할아버지가 부르는 소리를 듣고서야 그는 시체 밑에서 고개를 쳐들고 피 묻은 얼굴을 팔로 닦으며 숨을 헐떡이면서 대답했다. "아부지, 저 여기요……"

강둑 뒤에서 곰보 링의 지대가 우후죽순처럼 튀어나와 총을 들고 아래로 달려 내려오자 백 미터 밖에서 정신을 차린 자오가오 대대가 총을 쏘기 시작했다. 그들이 우란쯔의 기마 부대에서 포획한 기관총으로 매우 우렁찬 소리를 내자 링 지대 쪽 사람들은 거북이처럼 고개를 움츠렸다.

할아버지가 시체를 헤쳐서 아버지를 꺼냈다.

"부상당한 거냐?" 할아버지가 물었다.

아버지가 팔다리를 움직여보더니 말했다. "아니요, 엉덩이에 입은 부상은 아까 팔로군한테 맞은 거예요."

"형제들, 달아납시다!" 할아버지가 말했다.

핏자국이 얼룩덜룩한 철판회 회원 스물댓 명이 총을 짚고 일어서서는 북쪽을 향해 어깨를 들썩이며 건들건들 걷기 시작했다. 자오가오 대대는 그들에게 총을 쏘지 않았다. 링 지대는 총을 몇 발 쏘았지만 총알은 다 하늘을 향해 날아갔다. 지나치게 높이, 아주 멀리 날아가면서 휙 하는 날카롭고 긴 소리를 냈다.

등 뒤에서 누군가가 총 한 방을 쏘았다. 그 순간 할아버지는 누군가가 손바닥으로 목을 후려쳐 온몸의 에너지가 그쪽으로 모이는 듯한 느낌을 받았다. 손으로 만져보자 손바닥이 온통 피투성이였다. 고개를 돌린 할아버지는 내장이 너덜너덜해진 채 바닥에 떡칠을 한 검은 눈이 청개구리처럼 엎어져 있는 것을 보았다. 시커멓고 큰 눈동자가 끔벅거리더니,

황금색 눈물 두 방울이 그의 얼굴에 매달렸다. 할아버지는 검은 눈을 보면서 미소를 짓고는 가볍게 고개를 한 번 끄덕인 뒤 아버지의 손을 잡고 몸을 돌려 천천히 걸어갔다.

그의 등 뒤에서 다시 한 방이 울렸다.

할아버지는 길게 탄성을 질렀다. 아버지가 고개를 돌려 보니 검은 눈의 태양혈 위에 시커멓고 작은 구멍이 나 있었고, 뿜어져 나온 총 연기에 반쯤 그은 그의 얼굴 위에는 하얀 액체가 한 줄기 달라붙어 있었다.

저녁 무렵 렁 지대는 완강하게 저항하던 자오가오 대대와 할아버지의 철판회를 할머니의 장례 의장(儀仗) 안에 가둬버렸다. 탄약이 다 떨어진 두 부대의 패잔병들은 한데 물러나 쓸데없는 입씨름을 하고 눈을 붉히면서 한 발 한 발 다가오고 있는 렁 지대의 증원군인 7중대를 멀끔히 바라보고 있었다. 석양의 낙조와 번쩍이는 노을빛이 고통스럽게 신음하는 검은 대지를 흠뻑 적셔놓고 있었다. 대지 위에는 붉은 수수쌀을 먹으며 자란, 가오미 둥베이 지방의 아들딸들이 여기저기에 헤아릴 수 없이 많이 널브러져 있었다. 그들의 피는 흘러 작은 내를 이루고 다시 흘러 강물로 모여들어갔다. 시체를 먹는 게 습관이 된 까마귀들이 피비린내에 이끌려, 둥지로 돌아가는 것도 잊은 채 전장 위를 빙빙 돌고 있었다. 그들 대부분은 뭘 먹을 때면 늘 큰 걸 먼저 집는 게걸스러운 아이처럼 말의 시체 위를 빙빙 돌고 있었다.

할머니의 관은 이미 큰 덮개 밖으로 드러났고, 관 위에는 하얀 반점이 얼룩덜룩했다. 총알의 흔적이었다. 몇 시간 전만 해도 관은 팔로군과 철판회가 렁 지대와 전투를 치르는 보호벽이 되었었다. 노제를 위해 친 길가의 막사 안에는 불에 타서 엉망이 된 닭, 오리, 돼지, 양 들이 총에 맞아 문드러져 있었다. 전투 과정에서 팔로군들은 막사 안에 차려진 제수를 먹으면서 총을 쏘았다.

자오가오 대대 대원 몇 명이 단도를 들고 앞으로 달려 나갔지만, 렁 지대의 총알이 곧 그들을 거꾸러뜨렸다.

"손 들고, 투항해라!" 렁 지대 대원들이 총을 든 채 고함을 질렀다.

할아버지는 작은 발 장을 보았고, 작은 발 장은 할아버지를 보았다. 둘 다 아무 말도 하지 않았지만 거의 동시에 두 손을 들어 올렸다.

자오가오 대대의 패잔병들과 할아버지 쪽 패잔병들이 모두 따라서 붉은 피로 범벅이 된 두 손을 들어 올렸다.

하얀 장갑을 낀 렁 지대장이 호위병에 둘러싸인 채 걸어오면서 허허대며 말했다. "위 사령관, 장 대대장, 다시 만났군. 원수는 외나무다리에서 만난다더니! 두 분은 지금 무슨 생각을 하고 계신가?"

할아버지가 비탄에 잠겨 말했다. "후회한다!"

장 대대장이 말했다. "나는 국민당이 자오둥(膠東) 전장에서 항일민족통일전선을 파괴한 천인공로할 죄상을 옌안에 보고할 거다!"

곰보 렁이 장 대대장을 말채찍으로 후려치며 욕설을 퍼부었다. "이 팔로군 유격대 놈의 새끼, 실력은 없는 게 만날 말만 세게 하긴!"

"마을로 데려가서 가둬!" 렁 지대장이 부하에게 손을 휘저으며 말했다.

렁 지대는 그날 밤 우리 마을에 묵었다. 자오가오 대대의 대원들과 철판회 회원들을 막사 안에 가둬놓고, 기관총을 든 렁 지대 대원 열두 명이 막사를 빙 둘러쌌다. 다른 사람의 목숨을 위해 누구도 경거망동을 하지 않았다. 부상병의 신음 소리, 어머니와 아내와 연인을 그리워하는 젊은이들의 흐느낌이 밤새도록 끊이지 않았다. 아버지는 부상당한 새처럼 할아버지의 품에 기댄 채 때론 급하게 때론 천천히 뛰는 할아버지의 심장소리를, 마치 낭랑하게 울려 퍼지는 음악 소리처럼 귀 기울여 듣고 있었다. 부드러운 남풍의 어루만짐을 느끼며 아버지는 달콤하게 잠 속으로 빠져들어갔다. 꿈속에서 할머니 같기도 하고 첸얼 같기도 한 어떤 여인이 따뜻한 손가락으로 흉터가 쪼글쪼글한 자신의 고추를 만지작거리는 걸 보았다. 한차례 우레 같은 진동이 그의 척추에서 굴러떨어졌다…… 아버지는 깜짝 놀라서 깨어났다가, 허전하고 낙심한 채 밖에서 전해져 오는 죽은 자와 산 자들의 슬픈 울음소리를 들었다. 꿈속에서 보았던 장면을 다시 떠올려보니 놀랍기도 하고 두렵기도 했다. 할아버지에게는 감히 아무 말도 하지 못하고 가만히 일어나 앉아 막사의 좁은 틈으로 은하수를 바라보다가 아버지는 갑자기 그런 생각이 들었다. 아, 얼마 안 있으면 나도 열여섯 살이구나!

날이 밝자 렁 지대 사람들은 막사 몇 개를 뜯어 커다란 끈을 몇 개 만들더니 포로들을 다섯 명씩 한 줄로 묶어, 철판회 회원들이 전날 말을 묶어놓았던 만(灣)가의 버드나무에 묶어놓았다. 작은 발 장과 할아버지, 아버지는 한데 엮여 맨 끝에 있는 나무에 묶였다. 아버지가 앞, 할아버지는 중간, 작은 발 장은 뒤였다. 아버지의 발밑에는 말똥이랑 뒤범벅이 된 진흙과 어지럽게 흩어진 말똥 무더기가 있었다. 온전하던 말똥 덩어리가 사람들 발에 채여 부서지면서, 반지르르한 말똥 점막에 싸여 있던 풀 부스러기와 수수 쌀알들이 드러났다. 노새를 탔던 한의사와 그의 노새는 이미 피범벅이 된 뼈다귀로 변해 있었고, 만가에 홀로 서 있는 나무 밑에는 위 다야의 무덤이 우뚝 솟아 있었다. 그때의 수련은 여전히 그대로 있었다. 물이 수련 높이만큼이나 불어났고, 손바닥만 하게 새로 난 연잎들이 수면을 덮고 있었다. 수영 중인 두꺼비들이, 만 전체에 빽빽하게 모여 자라나 있는 담황색 부평초들을 가르며 초록색 수면 위에 한 줄 한 줄 길을 냈지만 그 길은 이내 닫혀버렸다. 납작해진 마을의 토담 너머로 아버지는, 오늘의 밭에 남아 있는 어제의 흔적을 보았다. 장례 의장은 총에 맞아 너덜너덜해진 채 거대한 망포처럼 길 위에 쓰러져 있었다. 렁 지대 사람 열댓 명이 도끼와 단도로 죽은 말의 시체를 자르고 있었다. 맑고 찬 공기 속에서 검붉은 피비린내가 한 차례씩 요동쳤다.

아버지는 자오가오 대대의 대대장 작은 발 장이 길게 내쉬는 한숨 소리를 들으며 원망스러운 듯 고개를 돌렸다. 할아버지도 고개를 돌렸다. 아버지는, 할아버지와 작은 발 장의 네 눈이 서로를 쳐다보고 있는 걸 보았다. 얼굴빛은 처량했고 지친 눈 밑의 눈동자는 모든 빛을 잃고 어두침침했다. 할아버지의 팔 부상은 악화되어 썩은 살 냄새가 진동했다. 죽은 노새나 죽은 사람의 뼈다귀에 달라붙어 있던, 대가리가 붉은 초록 파리들이 할아버지의 팔 위로 수시로 꼬여왔다. 작은 발 장의 발 위에 있던 붕대는 다 떨어져 나가, 마치 내장 한 토막이 덜렁 발목 위에 걸려 있는 것 같은 행색이었다. 총에 맞은 할아버지의 상처에서는 아직도 검은 피가 줄줄 흐르고 있었다.

아버지는 할아버지와 작은 발 장이 마주 보면서 둘 다 무슨 말을 하려다가 결국은 아무 말도 하지 않는 걸 보았다. 아버지도 한숨을 내쉬고는 곧 고개를 돌려, 우윳빛 안개가 자욱하게 피어오르는 광활한 흑토 평원을 멀리 바라다보았다. 평원에서 억울하게 죽은 원혼들이 울부짖는 소리가 아버지의 귓가에서 북소리처럼 울렸다. 아버지는 흐릿한 눈빛 속에서 렁 지대 사람이, 피가 흥건한 말고기를 들쳐 메고 만가로 가져가는 걸 보았다. 그들의 머리 위로 말의 창자 한 토막을 입에 문 까마귀가 힘겹게 버드나무 위로 날아갔다.

버드나무 아래 묶여 있는 자오가오 대원들과 철판회 회원들은 합해서 80명 남짓 되었다. 철판회 회원 중 스무 명 정도는 자오가오 대대 대원과 한데 묶여 있었다. 아버지는 마흔 살이 넘은 철판회 회원 한 명이 흐느껴 우는 걸 보았다. 그의 광대뼈 위에는 수류탄 파편에 뚫린 것 같은 구멍이 커다랗게 나 있었고 눈물이 그 구멍 속으로 흘러들어갔다. 곁에 있던 자오가오 대원이 어깨로 툭툭 치며 "매형! 울지 말고, 언젠가 그 장주시 놈을 찾아 복수를 하자고!" 하고 말했다. 나이 든 철판회 회원이 고개를 어깨 위로 기울여 더러운 옷에 더러운 얼굴을 비벼대면서 코를 씰룩거리며 말했다. "내가 네 누나 때문에 우는 게 아니라고! 네 누난 어찌됐든 죽었으니 운다고 살아날 것도 아니잖아. 난 우리 때문에 우는 거야. 우린 원래 서로 이웃 마을에 살던 고향 사람들이잖아. 시도 때도 없이 서로 부딪치고 다들 친척 아니면 친구지간이었는데 어쩌다가 이 지경까지 오게 된 건지! 난 지금 네 생질, 내 아들 다인쯔(大銀子) 때문에 우는 거라고. 고작 열여덟에 날 따라 철판회에 가입해서 한마음으로 네 누나의 원수를 갚으려고 했었는데, 원수는 갚지 못하고 되레 네놈들한테 당해 망가져버렸으니. 네놈들이 창으로 찔러서 걔가 무릎을 꿇었어. 걔가 무릎을 꿇고 죽는 걸 내가 직접 봤다고. 어쨌든 네놈들이 그 애를 찔러 죽인 거야! 흉악하고 잔인한 잡종 같은 네놈들이! 네놈들 집에도 자식은 있지 않냐?"

나이 든 철판회 회원의 눈물이 분노의 불로 말라버렸다. 그는 사납고 무시무시하게 고개를 들더니, 자신과 마찬가지로 가는 삼베 줄에 두 팔이 거꾸로 묶인, 옷이 너덜너덜한 자오가오 대원들을 향해 고함을 질렀다. "이 짐승 같은 놈들아! 네놈들이 재주가 있으면 일본 놈을 치고! 족제비들을 칠 것이지! 뭐 하러 우리 철판회를 치는 거냐! 이 매국노 같은 놈들아! 외국 놈들이랑 내통한 장방창(張邦昌)* 같은 놈들! 진회(秦檜)** 같은 간신 놈들⋯⋯"

"매형, 매형, 화내지 마쇼." 자오가오 대대의 병사가 된 그의 손아래 처남이 한쪽에서 말렸다.

"누가 네 매형이야! 네 생질한테 대고 그 제기랄 놈의 수류탄 내던질 땐 너도 매형이란 생각 안 했겠지? 네놈들, 공산당 팔로군 놈들은 모두 돌멩이 구멍에서 튀어나온 놈들이더냐? 처자식도 없냐고?" 나이 든 철판회 회원의 얼굴에 난 상처가 분노로 터져서, 상처에서 번들거리는 시커먼 피가 배어 나왔다.

"노인장, 너무 그렇게 한쪽 입장만 생각하지 마쇼! 당신네 철판회가 우리 장 대장을 납치해서 '몸값'을 요구하며 공갈을 치고 총을 백 자루나 갈취해가지 않았다면 우리도 당신들을 쳤을 리가 없지. 우리가 당신들을 친 건 바로 항일투쟁에 쓸 무기를 도로 빼앗기 위해서였다고, 항일무장을 굳건히 하고 항일전장으로 가서 항일의 선봉에 서려고!" 자오가오 대대의 한 젊은 우두머리가 더 이상은 못 참겠다는 듯이 나이 든 철판회 회원의 황당한 이야기를 반박했다.

아버지도 더 이상은 참을 수가 없어 한창 변성기에 놓여 있는 쉰 목소리로 거칠게 고함을 질렀다. "네놈들이 먼저 우리가 우물 속에 숨겨놓은 총을 훔쳐갔잖아. 우리가 담장 위에 널어놓은 개가죽도 훔쳐갔고, 그러니까 우리가 너희들을 납치한 거지!"

아버지는 힘을 주어 분노의 가래침을 토해내 자오가오 대대 젊은 우두머리의 가증스러운 얼굴에 대고 뱉었다. 가래침은 젊은 우두머리의 얼

---

* 북송(北宋) 말의 대신(大臣)으로 금(金)의 병사가 개봉(開封)을 포위했을 때 땅을 떼어 주고 배상하는 것으로 화친을 구했던 인물이다.
** 악비(岳飛)를 모해한 남송(南宋)의 간신.

굴을 맞히지 못하고 빗나가 키가 크고 등이 약간 굽은 철판회 회원의 이마를 맞혔다.

그 대원은 구역질이 나서 코를 비틀고 눈을 꿈쩍이며 온 얼굴을 찡그리다가 목을 잡아 빼 버드나무 껍질에다 얼굴을 문질렀다. 이마가 시퍼레지도록 비벼댔지만 가래는 아직도 남아 있었다. 그는 몸을 돌려…… 그에게 총을 쏘았어도 아마 이렇게 화를 내지 않았을 것이다…… 욕설을 퍼부었다. "더우관, 니미 씨팔놈아!"

포로들은, 팔은 비록 삼베 끈에 꽉 묶여 시큰대고 부어올라 아프고, 그들 모두 자기 앞에 어떤 불행이 기다리고 있는지 알 수 없었지만 그래도 웃었다.

할아버지가 쓴웃음을 지으며 말했다. "뭘 또 싸워! 다들 패잔병인 주제에."

말을 마친 할아버지는 부상당한 팔이 갑자기 확 당겨지는 걸 느끼면서 몸을 획 돌렸다. 자기를 묶고 있던 끈이 풀렸고, 얼굴이 잿빛이 된 작은 발 장이 옆으로 비껴 넘어지는 게 보였다. 그의 부상당한 발은 썩은 동과(冬瓜)처럼 부어 있었고 상처에서는 고름 같기도 하고 피 같기도 한 걸쭉한 액체가 흘러나왔다.

자오가오 대원들이 달려가려고 했다가 끈 때문에 당장 제자리로 되돌아왔다. 그들은, 정신을 잃은 채 깨어나지 못하는 자신들의 대장을 그저 눈만 멀뚱멀뚱하게 뜬 채 쳐다보고 있을 수밖에 없었다.

황금빛 태양이 안개가 자욱한 바다 위로 떠올라 사면에 황금빛을 비추면서, 온 세상에 피처럼 따뜻하고 깊은 사랑을 칠해놓았다. 렁 지대의 취사병은 철판회가 전에 사용하던 솥에 수수죽을 끓였다. 솥 안에서 죽 끓는 소리가 부글부글 나면서 걸쭉하고 힘 있는, 물고기의 부레처럼 생긴 주먹 만 한 죽 거품이 황금빛 속에서 튀어나왔다가 다시 황금빛 속에서 부서졌다. 피비린내와 시체의 악취 속에 다시 수수죽의 향기가 섞여들었다. 링 지대 사람 넷이 문짝 두 개를 들고 왔다. 문짝 위에는 납작하게 달라붙은 커다란 고깃덩어리랑 말 다리 하나가 통째로 놓여 있었다. 그들은 그것을 만가로 나르면서, 버드나무에 묶여 있는 포로들을 너무나 안됐다는 표정으로 훑어보았다. 포로들 중 어떤 이는 정신을 잃고 바닥에 쓰러져 있는 작은 발 장을 쳐다보았고, 어떤 이는 마을 북쪽 토담 위에서 큰 총을 끌고 저벅저벅 걷고 있는 보초병들의 총 끝에서 구불구불한 은뱀 같은 빛이 새어 나오는 것을 쳐다보았다. 어떤 이는 또 모수이 강의 상공에 드리워진, 부레풀처럼 모락모락 떠다니는 분홍빛 안개를 쳐다보기도 했다. 아버지는 만가로 와서 말고기를 썰고 있는 링 지대 대원 네 명을 쳐다보았다.

그들이 문짝을 물가에 내려놓자 문짝은 곧 기울어졌고 핏물이 줄줄 흘러내려 문짝 주변으로 모여들기 시작했다. 가느다란 핏줄기들이 서둘러 만으로 흘러들어가 담황색 부평초를 때렸다. 부평초 잎 열댓 개가 뒤집어져 잎의 녹회색 뒷면이 하늘을 향했다. 담황색 부평초가 따뜻한 자줏빛 광선을 뿜어내면서 링 지대 대원들의 무표정한 얼굴을 비추고 있었다.

아, 부평초가 이렇게도 많다니! 백로처럼 빼빼 마른 링 지대 대원 하나가 말했다. 네가 푸른 말가죽처럼 만을 뒤덮고 있구나.

만의 물은 너무나 더러웠다.

누가 이 만의 물을 마시면 문둥병이 걸린다는 말을 했다.

어떻게 그럴 수가?

몇 년 전에 문둥병 환자 두 명이 이 만에 몸을 담가서, 만 안에 있던 잉어들까지 볼이 문드러지고 눈가가 문드러졌다는 것이다.

눈으로 보지 않았으니까 깨끗한 거지. 물이니까 깨끗한 거야.

백로처럼 빼빼 마르고 다리가 긴 대원의 발이 만가의 진흙 속으로 빠져들어가자 그가 급히 발을 반대로 움직였다. 신발 가에 붙어 있던 진흙이 지직 소리를 내며 덩달아 일어나 그의 일본 모피 가죽 구두 위에 잔뜩 달라붙었다.

아버지는 모수이 강 다리에서 매복전이 끝난 뒤, 렁 지대 대원들이 죽은 일본 놈들의 발에서 다투어 가죽 구두를 벗겨내던 광경을 떠올렸다. 그들은 일본 놈들의 가죽 구두를 벗기고 나서는 당장 주저앉아서 자기 발의 헝겊신을 벗어 내던졌었다. 그때 일본 가죽 구두로 갈아 신은 렁 지대 대원들이 마치 새 편자를 댄 노새나 말처럼 길을 걸을 때 사뿐사뿐 걸으며, 과분한 대우에 몸 둘 바를 몰라 하면서 황공해하는 표정을 짓던 것이 떠올랐다.

렁 지대 대원이 나무판으로, 빽빽하게 들어선 부평초를 바깥으로 헤집자 시퍼렇다 못해 시커메진 물이 드러났지만 멀리 있던 부평초들이 당장 밀고 들어와 빈자리를 메웠다. 부평초가 움직일 때 나는 끈적끈적하고 미끄덩한 소리에 아버지는 온몸이 편치 않았다.

갈색 물뱀 한 마리가 부평초 안에서 복숭아씨만 한 삽 모양의 머리를 불쑥 내밀더니 잠시 후에 몸 전체가 수면 위로 튀어 올라왔다. 물뱀이 힘껏 물 안에서 왔다 갔다 하자 초록색 부평초가 그 뒤를 따라 구불구불한 선을 그렸지만 이내 사라져버렸다. 물뱀은 한참을 그렇게 움직이다가 다시 유연하게 물속으로 들어갔고, 순간 부평초들이 다 뒤집어졌지만 곧 다시 평온한 상태로 돌아갔다.

아버지는 렁 지대 대원 네 명이 내내 그 물뱀을 쳐다보느라 자기들의 복사뼈가 만가의 진흙 속으로 빠져들어가는 것도 잊은 채 꼼짝도 않고서 있는 걸 보았다.

물뱀이 사라지자 렁 지대 대원 네 명은 모두 길게 한숨을 내쉬었다. 나무 막대기를 들고 있던 대원은 계속 부평초를 휘저었다. 키가 큰 대원이 말 다리를 들어 올리더니 그걸로 물속을 철썩 하고 찧었다. 그 바람에 흩뿌려진 물방울들이 녹색 꽃다발처럼 사방으로 흩어졌다.

살살 좀 해, 제기랄. 날카로운 양날 도끼를 들고 있던 대원이 투덜거렸다. 키가 큰 대원이 말 다리를 상하로 찧자 부평초가 사방으로 흩어졌다.

도끼를 든 대원이 말했다. 됐어. 대충 됐으니, 어쨌든 가서 솥에다 삶자.

키가 큰 대원이 말 다리를 문짝 위로 던지자 도끼를 든 대원이 도끼로 말 다리를 내리쳤다. 도끼로 내리치는 둔탁한 소리가 마치 몽둥이로 수면을 치는 소리 같았다.

아버지는 렁 지대 대원 네 명이 물로 씻은 다음 날선 도끼로 잘게 도막을 낸 말고기를 문짝에 싣고 가는 것을 내내 지켜보았고, 다시 그들이 말고기를 한 덩어리씩 큰 가마솥에 던져 넣는 것도 지켜보았다. 솥 아래에서 검붉은 불꽃이 마치 수탉의 날개처럼 어지럽게 섞여 넘실거리고 있었다. 취사병이 단도로 말고기 한 덩어리를 찔러보고는 부뚜막으로 가져와 구웠고, 말고기는 마치 그걸 알기라도 하는 양 비명을 질렀다.

이때 아버지는 의관을 단정하게 갖춘 렁 지대장이 막사에서 나오는 걸 보았다. 그는 손에 말채찍을 들고 부하와 함께 철판회와 자오가오 대대의 수중에서 노획한 총 수백 자루와 나무자루 수류탄 두 무더기를 구경하고 있었다. 그는 얼굴에 득의양양한 미소를 띤 채 포로들을 향해 말채찍을 휘둘렀다. 아버지는 뒤에서 씩씩대는 숨소리를 들었다. 고개를 돌리지 않아도 할아버지의 얼굴에 어려 있을 분노의 표정이 보였다. 렁 지대장의 입가가 치켜 올라갔고 빰의 주름이 작은 뱀처럼 유쾌하게 움직이고 있었다.

"위 사령관, 내가 자넬 어떻게 처리할지 생각해봤나?" 렁 지대장이 희희덕대며 말했다.

"네 맘대로 해!" 할아버지가 말했다.

렁 지대장이 말했다. "널 죽이자니 사내대장부가 하나 사라지는 게 아깝고, 널 죽이지 않자니 언제 네놈이 또다시 날 '납치'하려들지 알 수가 없고!"

"난 죽어도 눈 못 감아!" 할아버지가 말했다.

아버지가 한 발을 날려 말똥 덩어리를 렁 지대장의 가슴 위로 차올렸다.

렁 지대장이 말채찍을 들어 올렸다가 다시 내려놓으며 웃으면서 말했다. "듣자 하니 이 쪼그만 짐승 놈은 불알이 하나밖에 없다며? 이리 오너라! 남은 불알도 후벼내서 네놈이 함부로 차고 물고 하지 못하도록 해주마!"

할아버지가 말했다. "렁 형, 걔는 아이니 모든 건 다 내가 책임지겠소!"

렁 지대장이 말했다. "아이라고? 이 쪼그만 잡종 놈이 이리 새끼보다 더 사나운데!"

정신을 차린 작은 발 장이 손으로 땅을 짚고 기면서 일어났다.

렁 지대장이 희희덕대고 웃으며 물었다. "장 대대장, 자넨 내가 자넬 어떻게 처리해주면 좋겠나?"

작은 발 장이 말했다. "렁 지대장, 국공 양당의 통일전선이 해체되기 전까지 넌 날 죽일 권리가 없다."

"내가 널 죽이는 건 개미 한 마리 눌러 죽이는 거나 매한가지야!" 렁 지대장이 말했다.

아버지는 장 대대장의 긴 목 위에서 회색 이 두 마리가 꿈틀거리고 있는 것을 보았다. 장 대대장은 턱을 숙여서 그 이 두 마리를 깨물었다. 아버지는 납치하던 그날 자오가오 대대의 대원들이 벌거벗은 척추뼈를 다 내놓고 햇빛 아래에서 이를 잡던 광경을 떠올렸다.

"렁 지대장, 자네가 날 죽이면 자네한테도 좋을 게 없을걸. 우리 팔로군을 다 죽일 순 없을 테니까. 언젠가는 인민들이 자네가 항일지사를 도살한 그 만행을 청산해줄 걸세!" 장 대대장이 온 얼굴에 식은땀을 흘리면서도 기세등등하게 말했다.

렁 지대장이 말했다. "네놈은 우선 여기서 좀 놀고 있어라. 이 몸이 밥을 다 드시고 난 뒤 다시 와서 처치해주마."

렁 지대장은 함께 둘러서서 말고기를 먹고 고량주를 마셨다.

바로 그때 마을 북쪽 토담 위에 있던 보초병이 총을 한 방 쏘더니 총을 들고 마을로 달려오면서 고함을 질렀다. "일본 놈들이 왔다…… 일본 놈들이 왔다……"

렁 지대 안에서 한바탕 혼란이 일어나 사람과 사람이 서로 부딪치고, 말고기와 수수죽이 여기저기로 던져졌다.

보초병이 숨을 헐떡거리며 달려왔다. 렁 지대장은 보초병의 가슴을 확 틀어쥐고는 노기등등하게 물었다. "일본 놈이 몇 명이나 온 거냐? 진짜 일본 놈이냐? 가짜 일본 놈 괴뢰냐?"

보초병이 말했다. "일본 놈 괴뢰 같습니다. 누런 은행나무색 일색으로 온통 누런 것들이 막 허리를 굽히고 마을 쪽으로 달려오고 있어요."

"일본 놈의 괴뢰라고? 이 개새끼들을 쳐야지. 치(祁) 중대장, 당장 사람들을 토담 위로 데려가라!" 렁 지대장이 명령했다.

렁 지대의 대원들은 창을 겨드랑이에 끼고, 벌집을 쑤셔놓은 것처럼 소란스럽게 마을 북쪽 토담 위로 달려갔다. 렁 지대장은 손에 기관총을 들고 있는 호위병 두 명에게 명령했다. "저자들을 감시해라. 고분고분하게 굴지 않으면 총으로 뚜뚜 갈겨버리고."

렁 지대장은 호위병 몇 명에 둘러싸인 채 허리를 구부리고 마을 북쪽으로 달려갔다.

10여 분 뒤에 마을 북쪽에서 교전이 일어났고, 총소리가 드문드문 지나간 뒤에 기관총 울부짖는 소리가 들렸다. 잠시 뒤 공중에서 휙휙 하며 날카롭게 공기를 가르는 소리가 들려왔고, 쨍그랑거리는 소형 대포가 마을 안으로 떨어져 폭발하는 소리가 들렸다. 포탄 파편이 부서진 담장 위를 때리고 나무 위에 꽂혔다. 시끌시끌한 사람들 소리 속에서 쌀라쌀라대는 다른 나라 사람 말투가 들렸다.

진짜 일본 놈이 온 거지 가짜 일본 놈이 온 게 아니었다. 렁 지대의 대원들은 토담 위에서 완강하게 저항하면서 부상병을 한 무더기씩 만들어냈고, 부상병들은 물러나왔다.

30분쯤 뒤 렁 지대는 토담을 포기하고 무너진 담장 뒤로 물러나 토담을 점거한 일본 놈들에게 저항했다.

일본의 포탄이 이미 만가에 떨어졌다. 자오가오 대대의 대원들과 철판회 회원들은 발을 동동 구르며 고개를 숙인 채 성을 내며 욕을 해대고 있었다. "우릴 풀어달라고! 우릴 풀어줘! 이 제기랄 놈들아!"

손에 기관총을 들고 있는 렁 지대 대원 두 명이 서로 쳐다보면서 어떻게 해야 할지 결정을 내리지 못하고 있었다.

할아버지가 말했다. "네놈들이 중국 놈 자지가 찔러서 나온 놈들이면 우릴 풀어주고, 일본 놈 자지가 찔러서 나온 놈들이면 우릴 쏴 죽여라!"

렁 지대 대원 두 명이 총 무더기에서 주워온 칼 두 자루로 포로들을 묶고 있던 끈을 절단했다.

80여 명의 사람이 미친 듯이 총 더미 쪽으로 달려가고, 수류탄 더미 쪽으로 달려갔고, 그다음에 그들은 팔이 마비되었는지, 배 속이 텅텅 비었는지 아랑곳하지 않고 와 하고 함성을 지르며 일본 놈들이 쏘아대는 납 총알을 향해 달려갔다.

10여 분 뒤 토담 위에는 수십 자루의 연기 기둥이 세워졌다. 자오가오 대대의 대원들과 철판회 회원들이 던진 첫번째 수류탄이 폭발하면서 생긴 연기였다.

제5편

기이한 죽음

1

검은 피부를 지닌 여인 특유의, 자줏빛 포도알 같은 도톰한 입술은 작은할머니 롄얼의 무한한 매력이었다. 지금 그녀의 출신과 내력은 이미 세월의 흙먼지 속에 깊이 묻혀버렸다. 탄력 있고 풍만하던 그녀의 젊은 육체도, 콩꼬투리처럼 포동포동하던 얼굴과, 죽어서도 눈을 감지 못하던 기왓빛 푸른 눈도 다 축축하고 누런 모래흙 속에 묻혀버렸고, 분노하며 발광하며 법도 없고 하늘도 없는 것처럼 이 더러운 세상을 향해 도전하던, 그러면서도 아름다운 세상을 그리워하며 강렬한 욕정으로 일렁이던 눈빛도 모두 가려져 버렸다. 사실 작은할머니는 고향의 검은 흙 속에 묻혔다. 그녀의 피비린내 나는 시체를 담은 관은 얇은 버드나무판으로 만들어졌고, 관 위에는 두께가 고르지 않은 붉은 간장색 칠이 덧입혀져 하늘소 애벌레가 뚫어놓은 구멍조차 가리지 못했지만, 나의 뇌리 속에는 작은할머니의 그 윤기 나는 검은 육체가 황금빛 모래흙에 덮여 있는 모습이 아주 뚜렷하게 각인되어, 내 의식의 눈 속에서 영원히 사라지지 않는 하나의 상(像)을 형성하고 있었다. 나는 마치 따사로운 붉은 태양이 비추는, 두껍고 침통한 모래톱 위에 사람 모양의 언덕 하나가 솟아 있는 걸 보는 것 같았다. 작은할머니 몸의 곡선은 거침이 없었고, 두 유방은 높이 솟아 있었다. 작은할머니의 불룩 튀어나온 이마 위로는 가는 모래가 흘렀고, 육감적인 두 입술은 금모래 속에서 튀어나와, 마치 화려한 의상에 가려져 있던, 자유분방한 실사구시(實事求是)*의 정신을 불러내고 있는 것 같았다…… 나는 이 모든 것이 환상이라는 걸 안다. 사실 작은할머니는 고향의 검은 흙 속에 묻혀 있고, 그녀의 무덤 주위에는 우뚝 선 붉은 수수들밖에 없다. 나무들이 다 앙상한 가지만 남는 겨울이나 훈풍이 모든 것을 녹이는 따뜻한 봄이 아니면 그녀의 무덤에서는 지평선조차 보이지 않는다. 가오미 둥베이 지방의 몽환 같은 수수들이 당신의 시야를 가려 한 치 앞도 볼 수 없게 하기 때문이다. 그러면 당신은 덜 익은 해바라기 같은 당신의 청황(靑黃)색 얼굴을 쳐들고 수수의 틈새로, 몹시 푸르러서 가슴이 떨리는 천국의 광채를 엿보게 될 것이다! 당신은 영원히 즐겁지 않을 모수이 강의 오열 속에서 천국에서 들려오는, 그릇된 집착에 사로잡힌 영혼을 일깨우는 음악에 귀를 기울이게 될 것이다!

---

* 객관적인 사실에 근거해서 판단하고 일을 처리하는 태도를 말한다. 1978년에 개최된 중국 공산당 11기 삼중전회(三中全會)에서 당의 사상 노선으로 확정되었으며, 이후 전면적인 개혁의 철학적 기반이 될 방침이다.

2

그날 새벽, 하늘은 아주 맑고 아름다운 푸른빛이었다. 태양은 아직 고개를 내밀지 않았고 초겨울의 흐릿한 지평선은 눈부신 진홍색 테를 두르고 있었다. 경(耿) 노인은 꼬리가 횃불처럼 생긴 붉은 털 여우를 향해 총을 한 방 쏘았다. 경 노인은 셴수이커우쯔 마을에서 유일하게 총을 다룰 줄 아는 사람이었다. 그는 기러기를 쏘고 들토끼를 쏘고 들오리를 쏘고 족제비를 쏘고 여우를 쏘았고 어쩔 수 없을 때는 참새도 쏘았다. 초겨울이나 늦가을이면 가오미 둥베이 지방에는 참새들이 빽빽하게 모여들어 거대한 집단을 이루었다. 참새 수천 마리가 여기저기에 모여 흩어진 갈색 구름을 만들어내고는 광활한 대지에 바싹 붙어 빠르게 뒹굴며 날았다. 저녁 무렵이 되면 참새들은 마을로 돌아와, 외로운 마른 잎들을 달고 있는 버드나무 위로 내려와 앉는다. 벌거벗은 채 아래로 고개를 숙이거나 위를 가리키고 있는 청황색의 버드나무 가지 위로 참새들이 잔뜩 매달린다. 석양빛 한 줄기가 붉게 타오르며 하늘가의 구름을 물들이고, 나무 위를 온통 반짝이는 빛으로 칠해놓을 때면 참새들의 새카만 눈은 온 나무에서 황금색 불꽃처럼 반짝거렸다. 참새들은 잠시도 가만있지 않고 튀어 올라 나무 꼭대기에서 날개를 퍼덕였다. 경 노인이 총을 들고, 세모꼴로 생긴 한쪽 눈을 가늘게 뜨더니 방아쇠를 당겼다. 금빛 참새들이 우박처럼 후드득 아래로 떨어졌고, 모래 같은 총알들이 버드나무 가지 사이를 날아 지나면서 퍼퍽 하는 소리를 냈다. 부상당하지 않은 참새들은 잠시 무슨 생각을 하는지 그대로 앉아 있다가, 자기 동료들이 바닥으로 곧추 떨어지는 걸 보고서야 비로소 날개를 털고 총알처럼 달아나, 어스름이 깊게 내린 높다란 하늘로 날아갔다. 아버지는 어렸을 때 경 노인이 잡은 참새를 먹어본 적이 있다. 참새는 맛이 신선하고 영양이 풍부했다. 30여 년이 지난 뒤 형을 따라서 잡종 수수 실험밭에 갔을 때 나는 교활한 참새와 격렬하고 끈질긴 싸움을 한 적이 있다. 경 노인은 그때 이미 일흔이 넘었고 독신이 었기 때문에 '다섯 가지 보호(五保)'*의 혜택을 받고 있었으며, 마을에서 덕망이 높아 매번 성토대회**가 열리면 단상 위로 올라가 성토를 하도록 요청받았다. 그러면 그는 매번 윗도리를 벗어젖히고 상처투성이인 몸을 내보이면서 말했다. "일본 놈들이 나를 열여덟 번 찔러서 내 몸이 온통 피투성이가 되었지만 난 죽지 않았소. 왜 죽지 않았냐? 완전히 호선(狐 仙)***님이 구해주신 덕분이지. 대체 얼마나 오랫동안 누워 있었던 건지 모르지만, 눈을 떠보니 온통 붉은빛인데, 그 대자대비한 호선님이 혀를 내밀고 내 상처를 쓱쓱 핥아주고 있더라니까……"

경 노인은…… 경 18도(刀)라고도 불렸고, 집 안에는 호선의 위패를 모셔놓고 있었다. '문화대혁명' 초기에 홍위병들이 몰려와 위패를 부수려 고 하자 그는 채소 칼을 움켜쥐고 위패 앞에 쭈그리고 앉아 그것을 지켰 고, 홍위병들은 기가 죽어서 물러갔다.

경 노인은 그 붉은 털 여우의 행로를 일찌감치 다 파악해놓고 있었지 만, 아까운 마음에 차마 그것을 잡지 못하고 있었다. 그는 여우의 온몸에 자라 있는 두껍고 부드러운, 무척이나 아름다운 털가죽을 보고 있었다.

분명 좋은 가격에 팔 수 있을 것이다. 그는 이제 여우를 잡을 때가 되었다는 걸 알았다. 여우는 이미 이 세상에서 너무 많은 것을 누렸다. 밤마다 닭 한 마리씩을 훔쳐 먹었다. 마을 사람들이 닭장에 아무리 많은 걸쇠를 걸어놓아도 어떻게 해서든지 그것을 열었고, 아무리 많은 함정과 덫을 놓아도 다 피해갔다. 마을 사람들의 닭장은 그 한 해 동안 마치 이 여우의 식품 저장고가 된 것 같았다. 경 노인은 닭이 세 번 울 때 마을을 나서서, 마을 앞 웅덩이를 따라 죽 깔린 낮은 흙둑 뒤에 매복한 채 여우가 닭을 훔치러 오기만을 기다리고 있었다. 웅덩이 안에는 사람 키 반만 한 마른 갈대들이 무더기로 나 있었고, 가을 하늘이 담겨 있는 고인 물엔 간신히 사람 하나가 지나갈 수 있을 정도의 얇은 얼음이 한 층 얼어붙어 있었다. 새벽의 싸늘한 공기 속에서 황갈색의 작은 갈대 수염들이 떨고 있고, 멀리 동쪽 하늘가에선 점점 더 강렬한 빛이 얼음 위로 던져지더니, 잉어 비늘처럼 반짝이는 빛이 그 위로 떠올랐다. 나중에 동쪽 하늘이 훤하게 밝아오자 얼음 위, 갈대 위는 모두 죽은 피의 싸늘한 광휘로 물들여졌다. 경 노인은 여우의 냄새를 맡았다. 밀집한 갈대들이 완만한 물살처럼 천천히 일렁이다가 재빨리 다시 합쳐졌다. 여우는 갈대숲에서 튀어나와 하얀 얼음 위에 섰다. 얼음물이 온통 불처럼 붉어졌다. 여우의 여윈 주둥이 위에는 진홍색 닭 피가 얼어붙어 있었고, 삼베색 닭털 하나가 주둥이 근처의 수염 위에 묻어 있었다. 여우는 여유 만만하게 얼음 위를 걷다가 경 노인이 한 차례 기합을 넣자 똑바로 서서 가늘게 뜬 눈으로 땅을 바라보고 있었다. 경 노인의 온몸이 부들부들 떨리기 시작했다. 여우의 눈에 어렴풋하게 숨어 있는 분노의 기색이 그의 마음을 움츠러들게 했다. 여우는 건들대며 갈대숲 쪽 얼음 위로 걸어갔다. 보금자리가 그 갈대숲 안에 있었다. 경 노인은 눈을 감고 총을 쏘았다. 총받침이 세차게 뒤로 밀려오는 바람에 그의 반쪽 어깨가 얼얼해지도록 떨렸다. 여우는 불덩이처럼 갈대 숲 속으로 뛰어 들어갔다. 그는 총을 메고 서서 진한 녹색 포연이 맑은 공기 속에서 퍼져가는 것을 보고 있었다. 그는 여우가 갈대 숲 안에서 적개심을 품고 자기를 뚫어져라 쳐다보고 있다는 것을 알았다. 은구슬 같은 하늘빛 아래 서 있는 그의 몸은 길고 커 보였다. 어떤 참담함 같은 것이 그의 마음속에서 일었다. 그는 후회했다. 그는 지난 1년 동안 여우가 자기에게 보여준 신뢰를 생각했다. 여우는 분명히 그가 토담 위에 매복해 있는 걸 알면서도 태연하게 얼음 위를 걸어갔던 것이다. 마치 그의 양심을 시험하듯이. 그가 총을 쏜 것은 분명 이 다른 종(種)의 친구에 대한 배신이었다. 그는 여우가 숨어들어간 갈대숲을 향해 고개를 떨어뜨리고 있느라, 자기 뒤에서 어지럽게 들려오는 발자국 소리에도 고개를 돌리지 않았다.

나중에 한 줄기 따끔하게 찌르는 서늘한 것이 그의 허리띠 쪽에서 찔러 들어왔고 그의 몸은 앞으로 솟구쳐 올랐다가 빙그르 돌았다. 그의 총은 얼음 위로 떨어졌다. 한 줄기 뜨겁게 흐르는 어떤 것이 바지춤에서 꿈틀거렸다. 그의 얼굴 앞에 다가온 것은 황토색 옷을 입은 사람 열댓 명이었다. 그들은 소총을 들고 있었다. 총검이 번득였다. 그는 자기도 모르게 놀라 고함을 질렀다. "일본이다!"

일본 병사 열댓 명이 앞으로 나와 그의 가슴과 배를 저마다 한 번씩 찔렀다. 그는 여우가 짝을 찾을 때 지르는 것 같은 처참한 비명을 지르면서 얼음 위로 거꾸러졌다. 이마가 하얀 얼음에 부딪혀 얼음을 깼다. 그의 몸에서 흐르는 피가 몸 밑의 얼음을 데워 여기저기가 움푹움푹 파였다. 정신이 혼미한 가운데 그는 온몸이 불씨에 타들어가는 것처럼 뜨겁다는 걸 느끼면서 두 손으로 너덜너덜한 옷을 힘껏 잡아 뜯었다.

그는 정신이 몽롱한 가운데 그 붉은 여우가 갈대 속에서 걸어 나와 자기 몸을 둘러싸고 한 바퀴 돈 뒤 옆에 쪼그리고 앉아 불쌍한 듯이 쳐다보는 모습을 보았다. 여우의 털가죽은 아주 찬란하게 빛났다. 비스듬히 바라보는 여우의 두 눈 안에 든 눈동자는 두 알의 초록빛 보석 같았다. 나중에 그는 여우의 따뜻한 털가죽이 자신의 몸 곁으로 다가오는 것을 느꼈다. 그는 여우의 날카로운 이가 자신을 물어뜯기만을 기다리고 있었다. 사람이 일단 신의를 저버리면 짐승만도 못한 것이다. 설령 그 여우가 그를 물어 죽여도 그는 원망하지 않을 것이었다. 하지만 여우는 서늘한 혀를 내밀더니 그의 상처를 핥았다.

경 노인은 원한을 덕으로 갚은 이 여우가 자신의 목숨을 구해준 것이라고 철석같이 믿었다. 칼에 열여덟 번 찔리고도 다시 살아난 사람은 세상에 다시 없을 것이다. 여우의 혀에는 분명 모든 병을 다 고칠 수 있는 신령한 묘약이 들어 있어서 어디라도 여우가 핥기만 하면 당장 박하유를 바른 것처럼 아무 일이 없어진다고 경 노인은 말했다.

3

마을 사람 하나가 현성 안에 짚신을 팔러 들어갔다가 와서는 일본 사람들이 가오미 마을을 점령해서 마을 입구에 일장기가 꽂혔다는 소식을 전했다. 이 소식을 들은 마을 사람들 모두 좌불안석의 심정으로 닥쳐올 대재난을 기다리고 있었지만, 다들 불안해서 심장이 떨리고 살이 떨리는 상황에서도 두 사람만은 아무 걱정 없이 여느 때처럼 자기 할 일을 하면서 지냈다. 그 둘은, 하나는 앞에서 말한 자유로운 사냥꾼 경 노인이었고, 다른 하나는 취고수를 지낸 적이 있고 경극을 잘 부르는 곰보 청(成)이었다.

곰보 청은 사람을 만나기만 하면 "뭘 겁내쇼? 뭘 걱정해요? 누가 나리가 되든 우리가 백성인 건 매한가지인데. 관아에서 주면 주는 대로 먹고, 세금 내라면 내라는 대로 내고, 누우라면 눕고 무릎을 꿇으라면 꿇는데, 누가 우리한테 벌을 줘요? 누가 우릴 무슨 명목으로 처벌하겠냐고요?"

곰보 청의 이야기를 듣고 적지 않은 사람들이 안정을 찾아 다시 잠을 자고 먹고 일을 하기 시작했다. 그러나 점점, 사람을 죽여 누대를 쌓는다, 사람 심장을 파내서 늑대한테 먹인다, 나이가 예순 된 노파도 강간을 한다, 현성 안에는 전봇대 위에 사람 머리가 줄줄이 매달려 있다는 등 일본 사람들의 만행에 대한 소문이 음산한 바람처럼 계속 전해져 오자 곰보 청과 경 노인이 아무리 무사태평의 본을 보여도 사람들은 그들을 따를 수가 없었다. 노래를 가르친다고 다 부를 수 있는 건 아니다. 사람들은 잠결에도 소문에서 들었던 잔혹한 장면들을 떠올렸다.

곰보 청은 줄곧 아주 신이 나 있었다. 일본 사람들이 와서 당장 마을을 싹 쓸어버릴 거라는 소문 때문에 마을 안팎에는 개똥이 엄청 늘어났다. 보통 때면 아침 일찍 일어나 개똥을 거둬들이던 농가의 남정네들이 다들 게으름뱅이라도 되었는지, 널려 있는 개똥을 줍는 사람이 아무도 없었다. 그 개똥은 다 오로지 곰보 청을 위해서만 있는 것 같았다. 곰보 청은 닭이 세 번 울 때 마을을 나섰다. 마을 앞에서 등에 총을 메고 있는 경 노인을 만나 인사를 나눈 뒤 둘은 각자 갈 길로 갔다. 동쪽 하늘이 붉어올 무렵 곰보 청의 개똥 광주리는 이미 불룩하게 솟아올라 있었다. 그는 개똥 광주리를 내려놓고 부삽을 든 채 마을 남쪽 토담 위에 서서 달콤하고 차가운 공기를 들이마셨다. 그러자 목구멍이 간질간질해져서, 그는 목청을 가다듬고 목청을 돋우어 하늘가의 아침노을을 향해 큰 소리로 노래를 부르기 시작했다. "내 오랫동안 가물었던 벼 이삭이 단비를 만난 것 같구나……"

총소리 한 방이 울렸고, 곰보 청의 머리 위에 있던 낡은 털모자가 날개도 없이 날아가버렸다. 그는 목을 움츠리고 머리를 토담 아래 움푹 파인 곳으로 처박았다. 머리가 딱딱하게 언 흙에 부딪혀 퉁 소리가 났는데도, 아픈 줄도 가려운 줄도 몰랐다. 나중에 그는 자기 입가에 석탄재가 한 무더기 묻어 있고, 닳아빠져서 뭉툭해진 작은 빗자루 곁에 온몸에 석탄재를 뒤집어쓴 쥐 한 마리가 죽은 채 누워 있는 걸 발견했다. 그는 자기가 죽은 건지 산 건지 알 수가 없어서 팔다리를 움직여보았다. 움직일 수는 있었지만 마음같이 잘 돌아가지는 않았다. 바지 속이 끈적끈적했다. 어떤 공포가 마음속에서 솟아났다. 망했다. 부상을 당했구나 하고 그는 생각했다. 그는 시험 삼아 일어나 앉아서는 바지 사이에 손을 넣어보았다. 손 가득 붉은 어떤 것이 나오리라 생각하며 두렵고 떨리는 마음으로 꺼내 눈앞에 들어 보니 뜻밖에도 손이 온통 누렇게 되었다. 콧속이 벼 이삭 주물러 터진 것 같은 냄새로 가득했다. 그는 도랑 밑으로 손바닥을 넣어 비볐지만 그 누런 게 쉽게 떨어지지 않았다. 그는 다시 낡은 빗자루를 들어 올려 비벼댔다. 한창 열심히 비벼대고 있는데 도랑 밖에서 고함지르는 소리가 들렸다. "일어나!"

고개를 들어 보니 고함을 지른 자는 서른 살쯤 된 데다 얼굴은 칼로 오려낸 것처럼 모가 지고, 피부는 가무잡잡한 누런색에, 턱은 길고, 머리에는 다갈색 나사모를 쓰고 있었다. 손에는 시커먼 권총을 쥐고 있었고, 그자의 뒤에는, 장딴지에 십자 모양으로 꼰 넓은 천 끈을 묶은 황토색 다리 수십 개가 떡 벌린 채 서 있었다. 다리를 따라 위로 올라가 보니 떡 벌리고 서 있는 사타구니와 이국적인 분위기를 풍기는 얼굴 수십 개가 있었다. 그들의 얼굴은 모두 똥통 위에 쪼그리고 앉아 똥 눌 때 같은 행복한 표정이었다. 네모반듯한 일장기가 붉은 아침노을 아래에서 고개를 숙이고 있었고, 총검 한 자루 한 자루에서는 푸른 팟빛 광채가 일렁였다. 곰보 청의 배 속에서 한바탕 난리가 났다. 전전긍긍하던 배설의 쾌감이 그의 장 속에서 꾸륵꾸륵 요동을 쳤다.

"올라와!" 다갈색 나사모가 분기탱천해서 고함을 질렀다.

곰보 청은 허리끈을 잘 묶은 뒤 허리를 구부리고 도랑벽을 타고 기어 올라갔다. 곰보 청은 팔다리를 어디다 놓아야 할지 몰라 안절부절못하면 서, 커다란 눈알이 회백색이 된 채 무슨 말을 해야 할지 모르는 채 연방 고개를 끄덕이며 굽실대고 있었다.

다갈색 나사모가 코를 씰룩이며 물었다. "마을에 국민당 부대가 있 나?"

곰보 청이 멍청한 표정으로 그를 쳐다보았다.

한 일본 병사가 피가 뚝뚝 흐르는 총검을 그의 가슴과 얼굴 앞에서 휘 둘러 보였다. 칼끝의 한기가 그의 눈과 배를 자극하자 배 속에서는 다시 꾸르륵하는 소리가 들려왔다. 장이 자꾸만 꿈틀거렸고 더욱더 강렬해진 배설욕이 그의 손발을 요동치게 만들었다. 일본 병사가 고함을 한 번 지르 며 총검을 아래로 휘두르자 그의 면옷이 확 하고 찢어졌고, 속에서 낡은 솜이 터져 나왔다. 면옷의 터진 틈을 따라서 그의 갈비뼈 사이에서도 갑자 기 한 차례 살점이 찢어지는 것 같은 고통이 느껴졌다. 그는 몸을 동그랗 게 말았다. 눈물, 콧물, 대변, 소변이 거의 한꺼번에 쏟아져 나왔다.

일본 병사는 다시 뭐라고 중얼거렸다. 아주 길게 쏼라쏼라대는 게 포 도송이에 포도알이 주렁주렁 열린 것 같았다. 곰보 청은 분기탱천한 일본 인의 얼굴을 고통스럽게 쳐다보며 큰 소리로 울어대기 시작했다.

다갈색 나사모가 권총의 총구로 그의 이마를 찌르며 말했다. "닥쳐! 태군께서 네놈에게 물으셨잖아! 여긴 무슨 마을이냐? 여기가 센수이커우쯔냐?"

곰보 청은 훌쩍대는 걸 억지로 참으며 고개를 끄덕였다.

"이 마을에 짚신 짜는 놈 있나?" 다갈색 나사모가 조금 누그러진 말투로 물었다.

곰보 청은 상처의 아픔도 아랑곳하지 않고 서둘러 아부하듯이 대답했다. "예, 있습죠, 있습죠."

"어제 가오미에 큰 장이 열렸을 때 가서 짚신 판 놈이 있나 없나?" 다갈색 나사모가 다시 물었다.

"예, 있습죠, 있습죠." 곰보 청이 말했다. 가슴에서 흘러나온 피는 이미 배 위로 뜨끈뜨끈하게 흐르고 있었다.

"절인 장아찌 다발이라고 불리는 자가 있나?"

"모르겠는뎁쇼…… 없는……"

다갈색 나사모가 능숙하게 곰보 청의 귀싸대기를 한 대 갈기고는 고함을 지르며 말했다. "말해! 절인 장아찌 다발 있어? 없어!"

"예, 있습죠, 있습죠, 장관님." 곰보 청은 다시 기가 죽어 흐느끼기 시작했다. "장관님, 집집마다 모두 절인 장아찌 다발이 있습니다요. 집집마다 모두 장아찌 항아리 속에 절인 장아찌 다발이 있습니다요."

"제기랄, 네놈이 무슨 멍청한 척을 하고 있는 거야. 절인 장아찌 다발이라고 부르는 새끼가 있냐고 물었잖아!" 나사모가 곰보 청의 얼굴을 철썩철썩 후려치면서 욕을 해댔다. "이 교활한 놈, 네놈한테 절인 장아찌 다발이라고 불리는 놈이 있냐고 물었잖아!"

"있습니다요…… 없습니다요…… 있습니다요…… 없습니다요……

장관님······ 절 때리지 마십쇼······ 절 때리지 마십쇼, 장관님······" 곰보 청은 귀싸대기를 맞아 어안이 벙벙해진 채로 횡설수설했다.

일본인이 뭐라고 한마디 하자 나사모가 모자를 벗고 일본 놈한테 허리 굽혀 절을 하더니 몸을 돌렸다. 그의 얼굴에 서린 미소가 갑자기 사라지더니 곰보 청을 한 번 떠밀고는 눈썹을 치켜세우며 말했다. "길을 안내해라. 마을로 들어가서 짚신 짜는 놈들을 다 찾아내."

곰보 청은 토담 위에 버려두고 온 개똥 광주리와 똥삽 생각이 짠해서 자기도 모르게 고개를 뒤로 돌렸다. 순간 하얀 눈처럼 번쩍이는 총검이 그의 볼 옆으로 확 하며 들어왔다. 그는 목숨이 개똥 광주리나 똥삽보다는 값이 더 나간다는 걸 똑똑히 깨닫고 다시는 고개를 돌리지 않고 안짱다리로 마을로 들어갔다. 일본인 수십 명이 그의 뒤를 따라오느라 이슬 묻은 마른 풀들이 커다란 가죽 구두에 밟혀 저벅대는 소리가 났다. 풀이 죽은 개 몇 마리가 담장 모서리에 숨어 조심스럽게 짖어댔다. 하늘은 갈수록 더 맑아지고, 커다란 반쪽 태양이 회갈색 대지를 짓누르고 있었다. 마을 아이들의 울음소리가, 거대한 공포를 감추고 있는 마을의 고요함을 더 두드러지게 했다. 일본 병사들의 가지런한 발걸음이, 박자가 분명한 북소리처럼 곰보 청의 고막을 진동시키고 그의 가슴을 두드렸다. 가슴 위의 상처는 불붙는 것처럼 뜨거웠고, 바지 안의 똥은 차갑게 끈적였다. 그는 정말 더럽게 재수가 없다고 생각했다. 다른 사람들은 다 개똥을 줍지 않는데 자기만 군이 개똥을 줍겠다고 나섰다가 정말 개똥 같은 재수를 만난 것이다. 그는 일본인들이 자신의 순종적인 태도를 알아주지 않는 것 때문에도 굴욕감을 느꼈다. 그자들을 빨리 짚신 짜는 굴로 데려가서, 누군지 모르지만 거기서 절인 장아찌를 만나면 그 인간은 재수 옴 붙은 거다. 멀리 집의 문들이 보였다. 여름철 폭우로 군데군데 구멍이 뚫린 지붕 위에는 하얀 풀들이 몇 다발씩 자라 있었고, 외롭게 서 있는 연통에서는 밥 짓는 푸른 연기가 피어오르고 있었다. 그는 지금까지 이렇게 간절하게 집을 그리워해본 적이 없었다. 그는 일을 다 마치고 나면 빨리 집으로 돌아가 깨끗한 바지로 갈아입고 마누라에게 가슴에 난 칼자국 위에 석회를 좀 뿌려달라고 해야겠다는 생각을 했다. 어쩌면 피가 거의 다 흘러나온 건지도 모른다. 눈앞에서 초록색 별이 한 무더기씩 쏟아져 나오고, 두 다리는 이미 맥이 풀렸다. 배 속에서는 몇 번이나 구역질이 목구멍으로 기어올라왔다. 그는 지금까지 이처럼 형편없어진 적이 없었다. 가오미 둥베이 지방에서 나팔 잘 부는 취고수가 이렇게 엉망이 된 적은 없었다. 그의 발은 구름을 밟고 있는 것 같았다. 얼음처럼 차가운 눈물이 두 눈두덩에 그렁그렁 차올랐다. 그는 아리따운 아내를 생각했다. 자기 얼굴이 온통 곰보라서 한때는 억울하다는 생각을 하기도 했지만 결국 자기한테 시집을 와서 자기 하자는 대로 따라준 아내가 보고 싶었다.

4

새벽 무렵 마을 밖에서 한 방의 총소리가 울렸다. 꿈속에서 막 우리 할머니와 맞붙어 싸우고 있던 작은할머니는 그 소리에 놀라 깼다. 일어나 앉으니 가슴이 쿵쿵거리며 한참을 어지럽게 뛰었다. 한참을 생각해봐도 대체 마을 밖에서 무슨 일이 일어난 건지 아니면 꿈에서 환청을 들은 건지 똑똑히 알 수 없었다. 창문 위에는 이미 엷은 새벽 아침 햇살이 가득했고 손바닥만 한 크기의 유리창 위에는 기이한 모양의 서리꽃이 맺혀 있었다. 작은할머니는 양어깨가 시린 느낌이 들었다. 얼굴을 기울여 자기 옆에 누워 있는 딸아이, 나의 어린 고모가 여전히 코를 골며 자고 있는 모습을 보았다. 다섯 살짜리 여자아이의 달콤하고 고른 숨소리가 작은할머니의 마음속에 있던 공포를 가라앉혀주었다. 작은할머니는 어쩌면 경 노인이 또 무슨 산토끼나 들짐승 같은 걸 잡은 건지 모르겠다고 생각했다. 그녀는 자신의 추측이 아주 정확했다는 것과, 뿐만 아니라 그녀가 잠시 멍하니 앉아 있다가 이불을 끌어당겨 다시 이불 속으로 들어가던 그때가 바로 일본 사람들의 날카로운 총검이 경 노인의 강인한 몸을 뚫고 들어간 때라는 걸 전혀 알지 못했다. 어린 고모는 몸을 한 번 뒤척이더니 작은할머니의 품으로 굴러들어왔다. 그녀를 안고, 작은할머니는 딸아이의 따뜻한 호흡 한 가닥 한 가닥이 자신의 가슴으로 불어오는 것을 느꼈다. 작은할머니가 우리 할머니에게 쫓겨난 지 이미 8년이 되었다. 그동안 할아버지는 속아서 지난 부로 가기도 했고 하마터면 목숨을 잃을 뻔하기도 했다. 나중에 할아버지가 구사일생으로 살아나 고향으로 돌아왔을 땐, 할머니는 아버지를 데리고 철판회 두목 검은 눈이랑 살고 있었다. 할아버지는 검은 눈과 옌수이 강가에서 결투를 했고 비록 져서 바닥을 굴렀지만 그것이 오히려 할머니 마음속 깊은 곳에 있는 쉽게 사라지지 않는 감정을 불러일으켜, 할머니는 할아버지를 따라서 다시 고향으로 돌아왔고 술도가 사업을 일으켰다. 할아버지는 총질에서 손을 떼고 토비 생활도 그만두고, 몇 년 동안은 부유한 농민으로 살았다. 이 몇 년 동안 할아버지를 줄곧 괴롭힌 것은 할머니와 작은할머니 간의 질투와 아귀다툼이었다. 아귀다툼의 결과는 '세 집안 간의 조약'을 맺는 것으로 결정이 났다. 그건 할아버지가 할머니네서 열흘을 묵고 다시 작은할머니네로 가서 열흘을 묵는 것인데, 절대로 약속한 기한을 넘겨서는 안 되었다. 두 여인 중 어느 하나도 호락호락하지 않았기 때문에 할아버지는 줄곧 이 원칙을 엄수했다. 어린 고모를 끌어안고 있는 작은할머니의 마음속에 달콤한 근심이 넘쳐흘렀다. 그녀는 또 임신 3개월째였다. 임신을 하고 나면 여자들은 일반적으로 선량하고 온화해지지만, 약해지기도 해서 보호와 돌봄이 필요해진다. 작은할머니도 예외가 아니어서 그녀는 할아버지가 올 날을 손꼽아 기다리고 있었다. 할아버지는 내일 온다…… 마을 밖에서 또 날카로운 총성이 들렸다.

작은할머니는 서둘러 일어났다. 옷을 입을 때 손발이 조금 떨렸다. 일본인들이 와서 마을을 싹 쓸어버릴 거라는 소문이 일찍부터 그녀의 귀에도 들렸던 터라, 그녀는 종일 안절부절못하며 속으로 결국 큰 난리가 닥쳐올 것 같다는 예감을 하고 있었다. 그녀는 심지어 할아버지를 따라 돌아갈까 하는 생각도 했었다. 어쩌면 우리 할머니의 모욕을 견디는 일이, 셴수이커우쯔에 살면서 깜짝깜짝 놀라고 무서움에 덜덜 떨며 살아가는 것보다는 견디기가 나을지도 모른다. 그녀는 할아버지에게 이런 생각을 슬쩍 흘려보았지만 할아버지는 한마디로 거절했다. 내 생각에 할아버지는, 할머니와 작은할머니라는 이 양립할 수 없는 두 여인 사이에서 톡톡히 놀라고 간담이 서늘해졌던 경험이 있어서, 이때 작은할머니의 청을 딱 잘라 거절한 것 같다. 하지만 후에 할아버지는 이 일을 애끊는 심정으로 후회했다. 할아버지가 다음 날 아침 10월 말의 따뜻한 햇볕 아래 이 집 마당으로 들어섰을 때, 그는 온 집안 천지가 들짐승 발자국으로 뒤덮인 것을 보며, 자신의 잘못 때문에 빚어진, 차마 볼 수 없는 참극을 목격해야만 했다.

어린 고모도 잠이 깼다. 그녀는 구리 단추같이 생긴 반짝반짝 빛나는 두 눈을 뜨고 거드름을 피우며 하품을 한 뒤, 다시 아주 성숙한 듯한 한숨을 길게 내쉬었다. 작은할머니는 어린 고모의 긴 한숨에 섬뜩 놀라며, 딸아이가 하품을 하고 한숨을 내쉬느라 흘린 눈물을 보며 한참 동안 멍하니 아무 말도 하지 못하고 있었다.

어린 고모가 말했다. "엄마, 옷 입혀줘."

작은할머니는 어린 고모의 자그마한 붉은색 윗옷을 손에 들고는, 평소에는 잠자리에서 일어나는 걸 싫어하던 아이가 오늘은 자기가 먼저 일어나겠다고 하는 걸 보면서, 딸아이의 얼굴을 더더욱 놀란 듯이 쳐다보았다. 딸아이의 얼굴에는 주름이 몇 가닥 잡혀 있었고, 눈썹과 입가도 축 늘어진 게 마치 어린 할망구의 얼굴 같았다. 작은할머니는 순간 가슴이 떨렸다. 두 손에 든 붉은 면옷에서 사람을 찌르는 한기가 뿜어져 나오는 것 같았다. 강렬한 연민의 물결이 작은할머니의 마음 안으로 세차게 부딪쳐와 메아리쳤다. 그녀는 어린 고모의 아명을 불렀다. 하지만 그 목소리는 당장 끊어질 듯한 거문고의 현처럼 너무나 팽팽하게 긴장되어 있었다. "샹관(香官)…… 샹관…… 기다리렴…… 엄마가 면옷 따뜻하게 덥혀줄 테니 기다려……"

어린 고모가 말했다. "괜찮아. 덥힐 필요 없어, 엄마."

작은할머니의 눈에서 눈물이 솟아 나왔다. 그녀는 딸아이의 그 불길하게 창백한 얼굴을 감히 쳐다볼 수가 없어 도망치듯이 부엌으로 달려와 보릿짚에 불을 붙여 딸아이의 묵직한 면옷에 불을 쪼였다. 보릿짚이 탈 때 총성 같은 폭발음이 울렸고, 작은 면옷은 불안하게 요동치는 불꽃 속에서 마치 너덜너덜해진 묵직한 깃발처럼 뒤척이며 펄럭였다. 타오르는 불꽃이 마치 차가운 얼음처럼 작은할머니의 손을 찔렀다. 쉽게 불이 붙은 보릿짚은 이내 꺼져버렸고, 희뿌연 보릿짚 재의 가닥들은 오그라들 때의 모습을 그대로 간직한 채 꺼지기 전의 뒤틀림을 계속하고 있었다. 푸른 풀 연기는 용마루로 올라가고 집 안에는 작은 공기의 기류들이 나타났다. 면옷을 들고 있던 작은할머니는 어린 고모가 안채의 방 안에서 부르는 소리에 정신을 차렸다. 그녀는 열기가 다 빠져나가버린 면옷을 들고 방 안으로 돌아왔다. 어린 고모는 이미 이불을 둘러 안고 앉아 있었다. 하얗고 여린 아이의 피부와 붉은 면이불이 선명한 대조를 이루었다. 작은할머니는 작은 면옷 소매를 연약하고 힘없는 어린 고모의 팔에 끼워주었다. 어린 고모는 평소와 다르게 아주 고분고분했다. 마을 안에서 갑자기 터져 나온 폭발음도 천천히 옷을 입는 이 과정을 중단시키진 않았다.

폭발음은 마치 땅속에서 들려오는 것처럼 묵직하고 오래갔다. 하얗게 빛나는 창호지가 후들후들 떨렸고, 마당 안에서 먹을 걸 찾던 참새도 놀라 푸드덕하며 날아가는 소리가 들렸다. 폭발음이 지나가자 곧이어 다시 몇 방의 대포 소리가 울렸고, 마을 안이 떠들썩해졌다. 거칠고 낮게 웅웅대던 목소리들이 쏼라쏼라대며 뭐라고 고함을 질러대는 게 들렸다. 작은할머니는 어린 고모를 꼭 끌어안았다. 두 모녀는 꼭 달라붙은 채 와들와들 떨고 있었다.

떠들썩하던 소리가 잠시 멎고, 마을 안에는 무시무시한 정적이 흘렀다. 묵직한 발자국 소리만이 여전히 쿵쿵 울리고, 간혹 개 짖는 소리와 귀를 찢을 듯한 총소리만 들려왔다. 그 뒤 다시 묵직하고 답답한 총소리가 두 차례 연이어 터져 나왔고, 이어 마치 도살 직전의 돼지가 울부짖듯이 사람들이 처참하게 울부짖는 소리가 들려왔다. 단조로운 몇 가지 소리 속에서 떨고 있던 마을이, 갑자기 큰 둑이 무너져 내린 것처럼 단번에 소란해지기 시작했다. 여인의 울부짖음, 아이의 통곡 소리, 닭이 담장 너머 나무 위로 날아오르며 내는 꼬꼬댁 소리, 나귀가 묶은 끈에서 벗어나려고 발버둥을 치면서 내는 긴 울음소리가 한데 섞여 있었다. 작은할머니는 방문 빗장을 걸고 다시 몽둥이 두 개를 찾아 문에 괴고는 구들 위로 올라와 담 모퉁이에 움츠린 채 액운이 다가오는 걸 기다리고 있었다. 그녀는 할아버지가 몹시 보고 싶었고 또 너무나 원망스러웠다. 내일 그가 오면 반드시 한바탕 울며불며 난리를 피우리라고 생각했다. 찬란한 태양이 창문 위의 작은 유리를 비추었고, 유리 위의 서리꽃이 녹아내려 응결된 밝은 물방울 두 알이 유리 아래로 주르르 떨어져 내렸다. 마을에서 총성이 크게 울렸고, 여인들의 울부짖는 소리가 사방팔방에서 들려오기 시작했다. 작은할머니는 당연히 이 여인들이 왜 울부짖는지 알고 있었다. 그녀는 일본 군인들은 짐승이랑 똑같아서, 칠순 할망구도 내버려두지 않는다는 걸 일찌감치 들어서 알고 있었다. 연기에 그을리고 불에 탄 냄새가 방 안으로 스며들어왔고, 푸지직 하며 큰불이 타는 소리가 들리기 시작했다. 푸지직 소리들 사이사이에 간간이 남정네들이 미친 듯이 고함을 질러대는 소리가 터져 나왔다. 작은할머니는 놀라서 꼼짝도 할 수 없었다. 대문이 쾅쾅 울리는 소리가 들렸고, 또 일본 사람들의 말투가 분명한 그 이상하고 섬뜩한 소리들이 대문 밖에서 뱅뱅 돌고 있었다. 어린 고모는 눈을 동그랗게 뜨고 잠시 생각에 빠져 있더니 대성통곡을 하며 울기 시작했다. 작은할머니가 손을 뻗어 어린 고모의 입을 가렸다. 대문짝이 덜컹덜컹 흔들리기 시작했다. 작은할머니는 구들에서 뛰어내려와 솥 밑에서 재를 두 줌 쥐어 들더니 자기 얼굴에 바르고 또 두 줌을 쥐어 어린 고모의 얼굴에도 발랐다. 대문짝은 하도 찧어대 곧 부서질 것 같았다. 작은할머니의 눈알이 연방 떨렸다. 할망구는 놓아주지 않아도, 설마 배가 남산만큼 부른 여자라면 그래도 놓아주겠지? 작은할머니 마음속에서 계책 하나가 번개처럼 번득였다. 그녀는 온돌 위에서 둥글둥글한 이불 보따리를 끌어당겨 바지의 허리통을 열고는 힘껏 그 속으로 집어넣은 뒤 허리띠를 꽉 당겨 단단한 매듭을 두 개 지었다. 그녀는 손으로 바지를 길게 잡아 늘여 일본 사람들 눈에 탄로가 나지 않도록 자연스럽게 보이게 만들었다. 어린 고모

546

는 담 모퉁이에 움츠려 앉은 채 작은할머니가 하는 이상한 행동을 쳐다보고 있었다.

　대문이 덜컹 하고 열리고 문짝이 묵직한 소리를 내며 바닥으로 넘어졌다. 작은할머니는 문짝 넘어지는 소리를 듣고는 다시 부뚜막 아래로 가서 검은 재를 다시 얼굴에 발랐다. 마당에서 땅땅대는 시끄러운 소리가 들렸다. 작은할머니는 방 안으로 달려 들어가 방문을 잠그고는 구들 위로 올라가 어린 고모를 안고 인기척을 내지 않으려고 애써 숨을 죽였다. 일본인들이 뭐라고 고함을 질러대면서 총 개머리판으로 본채의 방문을 두드렸다. 방문짝은 대문짝보다도 더 얇아 충격을 이기지 못했다. 할머니는 벌써 문이 열리고 할머니가 문 뒤에 받쳐놓은 나무 몽둥이 두 자루가 넘어지는 소리를 들었다. 일본인들이 본채로 들어왔다. 마지막 방패는 칸막이 벽 위에 놓아둔 작은 문짝 두 개였다. 이 작은 문짝 두 개는 육중한 대문이나 튼실한 본채 문에 비하면 마치 종이로 풀칠해서 만든 것처럼 약했다. 이미 대문과 본채 문이 둘 다 일본인들의 침입을 막지 못했다면, 이 작은 사립문 두 짝이 부서지는 일은 기러기 털 하나 드는 것처럼 아무것도 아닌 것이다. 모든 건 다 일본인들이 이 문을 부술 거냐 아니냐, 일본인들이 이 문을 부수고 들어와서 사냥감을 잡으려고 할 거냐 아니냐에 달려 있었다. 상황은 그랬지만 작은할머니는 여전히 요행을 바라고 있었다. 이 두 문짝이 방패가 되어, 소문이나 상상 속의 위험은 영원히 소문이나 상상 속에만 존재할 뿐 현실이 되지는 않는 요행을. 작은할머니는 일본인들의 육중한 발소리와 다급한 말소리를 들으면서 가슴이 조마조마한 채로 문짝을 쳐다보고 있었다. 문짝은 황갈색으로 보였다. 가로목 위에는 옅은 회색 먼지가 쌓여 있고, 하얀 문빗장 위에는 암홍색의 더러운 핏자국이 몇 점 묻어 있었다. 그건 너무 늙어서 입이 시커메진 족제비의 피였다. 작은할머니는 그 늙은 족제비가 자신에게 심하게 얻어맞고 입으로 날카로운 비명을 질렀던 일, 족제비의 머리가 박살이 날 때 마치 마른 땅콩 껍질을 밟을 때처럼 바삭거리는 소리가 났던 일, 그러고 나서 바닥에서 한 번 구르고, 커다란 꼬리로 바닥의 부드러운 눈꽃을 몇 번 쓸더니, 몇 차례 경련을 일으키고 그 뒤에는 아무런 거친 행동도 하지 못하게 되었던 일들을 떠올렸다. 작은할머니는 당연히 이 수컷 족제비에 진절머리를 내고 있었다. 1931년 가을 어느 저녁 무렵 작은할머니가 마을 밖 수수밭으로 씀바귀나물을 캐러 갔을 때, 핏빛 노을이 비치는 수수밭에, 누런 풀이 무성한 작은 무덤 위에 바로 이 족제비가 서 있었다. 족제비는 온몸이 황금색이었고, 입은 마치 먹물을 묻힌 것처럼 시커멨다. 작은할머니는 용변을 보다가 이 족제비를 보았다. 족제비는 무덤 꼭대기에 서서 몸을 두 다리 위에 얹고 앉아서 두 앞발을 들어 올려 작은할머니를 향해 연신 휘둘렀다. 그러자 작은할머니는 마치 감전이라도 된 듯이, 강렬한 경련이 발바닥에서 척추까지 나는 뱀처럼 뚫고 올라왔다가 머리끝까지 치달아 올라오는 걸 느꼈다. 작은할머니는 수수밭으로 쓰러졌고 입으로는 미친 듯이 고함을 질러댔다. 그녀가 정신을 회복했을 때 수수밭은 온통 칠흑이었고, 커다란 별들은 칠흑 같은 하늘에서 불안하게 떨며 신비하게 움직이고 있었다. 작은할머니는 수수밭을 더듬어 밭 사이의 흙길을 찾아 마을로 돌아왔다. 그 뒤로 가장자리가 보리 까끄라기처럼 반짝거리는 황금색 족제비의 또렷한 환영이 끊임없이 그녀 앞에 나타났다 사라졌다 했고, 이 환영은 그녀로 하여금 목구멍을 벌리고 죽을힘을 다해 부르짖지 않을 수 없게 했다. 그녀는 분명히 부르짖었고 그 소리는 그녀 자신도 들을 수 있었다. 그러나 그녀의 목구멍 안에서 터져 나오는 소리는 정상적인 사람의 소리가 아니었다. 이 사실은 그녀도 알 수 있었고, 이것이 그녀를 놀라움과 두려움에 빠뜨렸다. 마을 사람들은 모두 작은할머니가 한참 동안 실성을 해서 쓰러져 있을 때 족제비에게 혼을 빼앗긴 거라고 말했다. 그녀는 족제비가 암암리에 자기를 단단히 통제하고 있다는 걸 느꼈다. 그녀는 족제비의 지시에 따라서 대성통곡을 하거나 박장대소를 하거나 알아들을 수 없는 이상한 말을 지껄여대거나 알아들을 수 없는 행동을 해야 했다. 그 전기 충격 같은 느낌이 척추를 타고 흐를 때면 그녀는 자신이 둘로 쪼개어지는 것 같은 느낌을 받았고, 그러고 나면 색욕과 죽음의 유혹이, 일렁거리는 검붉은 수렁 속에서 버둥거리며 가라앉았다 떠올랐다 다시 떠올랐다 다시 가라앉았다 했다. 자신을 욕망의 수렁에서 끌어 올려줄 밧줄이라고 생각하고 두 손으로 무언가를 붙잡고 매달리면, 그 밧줄은 다시 욕망의 늪으로 바뀌고 그녀는 다시 가라앉을 수밖에 없었다. 그녀가 이렇게 고통스럽게 발버둥 치고 있을 때면 언제나 검은 입의 수컷 족제비 환영이 그녀의 눈앞에 어른거렸다. 환영은 그녀를 향해 냉혹한 웃음을 던지며 그 우람한 꼬리로 그녀를 쓸어주었고, 족제비의 꼬리가 그녀의 몸에 닿을 때면 그녀는 억누를 수 없는 흥분으로 고함을 질러댔다. 마지막에 결국 족제비가 기진맥진해져서 떠나버리면 그녀는 입에 하얀 거품을 물고 온몸은 땀에 흠뻑 젖고 얼굴은 누런 금종이같이 된 채로 기절을 해서 땅바닥에 엎어졌다. 작은할머니의 귀신 들린 병을 고치기 위해 할아버지는 나귀를 타고 바이란(柏蘭) 진(鎭)에 가서 전문적으로 요괴를 쫓는다는 리산인(李山人)을 청해 온 적이 있었다. 리산인은 향을 피우고 초를 켜고 겉이 누런 종이에 붉은 붓으로 뭐가 뭔지 알 수 없는 요상한 부호를 그려 넣은 뒤, 그걸 태워 재를 만들고는 그 재를 검은 개의 피와 한데 섞어 작은할머니의 코 안으로 비벼 넣고 입 안으로 부어 넣었다. 그러자 작은할머니는 처절하게 통곡을 하면서 마구 주먹질을 하고 발길질을 하더니 혼이 빠져나간 것 같았다. 이 일이 있고 나서 뜻밖에도 작은할머니는 하루하루 병세가 나아지기 시작했다. 나중에 그 족제비는 닭을 훔치러 마을로 내려왔다가, 다리에 기운이 펄펄한 누런 수탉과 생사를 건 한판 결투를 벌인 적이 있었는데, 결투 중에 수탉에게 눈을 쪼여 한 눈이 멀게 되었고, 그 통증을 이기지 못해 눈 위를 뒹굴었다. 그때 작은할머니는 추위도 아랑곳하지 않고 알몸으로 뛰쳐나와 손에 하얀 나무 빗장을 들고 마당으로 달려가더니, 족제비의 그 부랑자같이 파렴치한 날랜 입과 원숭이같이 생긴 볼을 모질게 내리쳤다. 그렇게 해서 마침내 복수를 하고 한을 푼 작은할머니는 손에 피 묻은 나무 빗장을 든 채 눈 위에서 반나절이나 멍하니 서 있었다. 그러더니 다시 허리를 구부리고 족제비 쪽으로 달려가서는 또 한바탕 미친 듯이 족제비를 후려 패고 내리찍었다. 도사 같던 족제비가 거의 육즙이 되었지만, 그러고도 작은할머니는 여한이 다 풀리지 않은 듯한 표정으로 집 안으로 들어갔다.

하얀 나무 빗장에 말라붙어 있는 족제비의 더러운 피를 뚫어지게 쳐다보고 있다가 작은할머니는 오랫동안 잊고 지냈던, 그 놀람과 공포로 인해 생긴 가슴 떨림증이 다시 한 차례 발작하는 걸 느꼈다. 그녀는 자신의 눈동자가 미친 듯이 떨리는 것을 느낄 수 있었고, 자기 목구멍에서 자신조차 두려운 울부짖음이 터져 나오는 걸 들을 수 있었다.

얇은 문짝이 고작 한 번 휘청하고는 쪼개져버리자, 황금색 옷을 입은 일본 병사 하나가 검을 장착한 장총을 들고 날랜 동작으로 방 안으로 뛰어들어왔다. 작은할머니는 미친 듯이 울부짖으면서도 계속 떨리는 눈으로 앞서 들어온 일본 병사의 모습을 힐끗 보았다. 단지 힐끗 한 번 보기만 하고도 할머니는 그 병사의 모습을 똑똑히 알아볼 수 있었다. 하지만 뾰족한 입과 원숭이같이 비쩍 마른 볼, 멀끔하게 생긴 그 병사의 모습이, 순간 작은할머니 손에 죽은 검은 입의 족제비로 바뀌었다. 칼로 자른 듯이 뾰족한 입과 입 위에 난 시커먼 털 한 줌, 그 무시무시한 표정이 모두 족제비와 아주 흡사했다. 단지 족제비가 몸집이 더 크고 털이 더 누렇고 표정이 더 교활할 뿐이었다. 작은할머니의 기억 깊은 곳에 묻혀 있던 발광의 경험이 처음보다 더 심각해져서 전에 없이 격렬하게 너무나 과장되게 표출되었다. 어린 고모는 작은할머니의 울부짖음에 귀가 멀 지경이었다. 솥 밑에 있는 재로 온통 떡칠을 한 작은할머니의 얼굴과, 그 얼굴 위에서 마치 새의 날개처럼 달싹거리고 있는 입을 보면서 어린 고모는 심장이 터질 것 같았다. 어린 고모는 족쇄처럼 자신을 조이고 있는 작은할머니의 팔에서 필사적으로 벗어나 창문턱으로 올라가 앉아서는, 자기가 처음이자 마지막으로 보는 일본 병사 여섯 명을 쳐다보았다.

일본 병사 여섯 명이 작은할머니의 구들 앞에 서 있었다. 다들 번쩍거리는 검을 단 덮개총을 똑바로 받쳐 들고 있어서 무척 비좁아 보였다. 얼굴에는 족제비처럼 교활하고 우둔한 미소가 걸려 있었다. 어린 고모의 눈에는 그 얼굴들이 모두 솥에서 갓 떼어낸 수수떡처럼 누르스름하고 검붉은 게 멋있고 따뜻하고, 잘생기고 다정하게 보였다. 어린 고모는 일본 병사가 들고 있는 총검이 좀 무섭고, 말라비틀어진 조롱박처럼 일그러진 작은할머니의 얼굴이 너무나 공포스러웠지만 그것 말고는 아무것도 두렵지 않았다. 일본 병사의 얼굴에는 오히려 어떤 친근한 흡인력이 있었다.

일본 병사는 가지런하고 시원스럽게 난 치아를 드러내고 웃기 시작했다. 작은할머니는 어쩔 수 없이 족제비처럼 발광하는 가운데서도 그 웃음 속에 담겨 있는 엄청난 위협을 예감하며 경악했다. 그녀는 일찍이 수컷 족제비가 맞잡은 두 손을 가슴까지 올려 공손하게 인사를 하는 걸 볼 때도 그 동작이 암시하는 황금빛 음탕함을 정확하게 감지해냈다. 지금 그녀는 그때와 같은 예감이 들어 한편으로는 고함을 지르면서도 다른 한편으로는 본능적으로 두 손으로 배를 꽉 누르며 몸을 벽 모서리 쪽으로 힘껏 밀어갔다.

키가 1미터 65쯤 되고— 어쩌면 그보다 좀더 크거나 좀더 작을 수도 있지만, 나이는 서른다섯에서 마흔 정도 되어 보이는 일본 병사 하나가 구들 쪽으로 밀고 들어와 군모를 벗더니 반쯤 벗겨진 머리를 긁적이며 간장색 표정을 짓고 더듬거리는 중국어로 말했다. "당신, 예쁜 아가씨, 겁내지 마……" 그는 장총을 구들에 기대어놓고, 손으로 구들을 짚고는 피둥피둥하게 살찐 구더기가 꿈틀대는 것 같은 엉성한 동작으로 구들로 기어와 작은할머니 곁으로 왔다. 작은할머니는 그 순간 벽 틈새로 들어가지 못하는 게 한이었다. 펑펑 쏟아지는 눈물이 얼굴의 재를 씻어 내려 본래의 윤기 나는 검은 피부가 몇 가닥 드러났다. 일본 병사는 두툼한 입술을 벌리고는 짤막하고 퉁퉁한 손가락으로 작은할머니의 얼굴을 한 번 비틀었다. 그의 손이 피부에 닿자 작은할머니 마음속에서 당장, 마치 두꺼비가 바지 속으로 기어들어오는 것 같은 극도의 혐오감이 일었다. 그녀는 더 기를 쓰면서 고래고래 고함을 질러댔다. 일본 병사는 작은할머니의 두 다리를 붙잡더니 뒤로 힘껏 잡아당겨 작은할머니를 구들 위에 평평하게 눕혔다. 작은할머니의 뒤통수가 벽에 쿵 하고 부딪혔다. 평평하게 누운 작은할머니의 배가 산언덕처럼 솟아올랐다. 일본 병사는 먼저 그녀의 배를 한번 만져보더니 노발대발하며 그 가짜 배를 겨냥해 힘껏 일격을 가했다. 일본 병사는 무릎으로 작은할머니의 다리를 누르고 손을 내밀어 그녀의 바지 허리띠를 풀었다. 그녀는 죽기 살기로 발버둥을 치며 윗몸을 일으켜 숙여 들어오는 주먹코를 있는 힘껏 깨물었다. 일본 병사가 괴성을 지르면서 손을 놓고는 피가 흐르는 코를 움켜쥐었다. 낯선 눈빛 하나가 다시 벽 모퉁이로 움츠려 들어간 작은할머니를 훑어보고 있었다. 구들 밑에 있던 일본 병사들이 일제히 웃음을 터뜨렸다. 나이 든 일본 병사가 시커먼 손수건 하나를 꺼내 코 위에 놓고 눌러주었다. 그는 구들 위에 서 있었다. 그의 얼굴에 문득 서정 시인이 애정시를 낭송할 때처럼 충동적이고도 화려한 표정이 떠올랐다가는 급히 사라져버렸고, 이어 다시 잔인하고 표독스러운 본모습이 드러났다. 그는 구들 밖에서 자신의 장총을 집어 들어 똑바로 받쳐 들더니 작은할머니의 솟아나온 배를 겨누었다. 창문으로 비쳐 들어온 햇빛을 받아 총검에서는 차가운 빛이 번득였다. 작은할머니는 마지막으로 미친 듯이 한차례 고함을 지르고는 눈을 꼭 감았다.

어린 고모는 창틀 위에 앉아서 그 살찐 일본 병사가, 발버둥을 치는 작은할머니를 밀고 당기고 하는 과정을 내내 지켜보고 있었다. 어린 고모는 나이 든 일본 병사의 퉁퉁한 얼굴에서 어떤 악의도 발견하지 못했다. 심지어는 그의 머리 위의 머리카락이 나지 않은 부분에서 발산되는 빛을 호기심 어린 눈으로 쫓기도 했고, 심지어는 작은할머니의 들짐승 같은 고함 소리에 반감을 품기도 했다. 하지만 일본 병사의 얼굴이 갑자기 바뀌면서 총검을 받쳐 들고 엄마의 배를 조준하자 그녀의 마음속에서는 두려움과 동시에 엄마에 대한 애정이 솟구쳐 올라왔다. 어린 고모는 창틀에서 뛰어내려와 작은할머니에게로 달려갔다.

가장 먼저 집으로 들어왔던, 그 뾰족한 입에 비쩍 마른 볼의 일본 병사가 구들 위에 서 있는 살찐 일본 병사에게 뭐라고 몇 마디를 하고는, 구들 위로 뛰어올라와 살찐 병사를 구들 아래로 밀쳐내더니, 코에서 피를 흘리며 분기탱천한 채 구들 앞에 서 있는 살찐 병사에게 마치 한심하다는 듯한 웃음을 내비쳤다. 그는 고개를 돌려 한 손으론 총을 잡고, 누렇게 그을고 뼈만 남은 다른 손은 펴서 홍당무채 같은 어린 고모의 머리카락을 움켜쥐더니, 마치 말라붙은 땅에서 무를 뽑아내듯이 작은할머니의 품에서 어린 고모를 뽑아내 힘껏 내동댕이쳤다. 어린 고모는 창문 위로 내동댕이 쳐졌다가 다시 구들로 튕겼다. 썩은 창살이 두 가닥이나 부러졌고, 창호 지도 푹 찢어졌다. 어린 고모는 울음을 목구멍 속으로 억누르고 참느라 얼굴이 새파래졌다. 그 순간 족제비의 그 가증스러운 환영에 사로잡혀 있 던 몸과 정신이 갑자기 거기서 풀려나왔고 작은할머니는 마치 어미 짐승 처럼 앞으로 달려나갔다. 순간 일본 병사가 날쌔게 그녀의 배를 발길로 걷어찼다. 일본 병사가 실제로 찬 것은 보따리고 그 보따리 안에 싸여 있 는 옷가지였지만 작은할머니의 진짜 배도 강한 충격을 받았다. 어떤 거대 한 힘이 작은할머니를 얇은 간이 벽 쪽으로 떠미는 것 같았고, 그녀의 등 과 머리가 동시에 벽에 부딪히는 둔중한 소리가 났다. 정신이 혼미한 채 로 앉아 있을 때 작은할머니는 뱃속에서 갑자기 무언가가 떨어져나가는 듯한 강렬한 통증을 느꼈다. 어린 고모가 결국 목구멍 속에 억누르고 있 던 울음을 터뜨렸다. 몹시도 우렁차고 반항적인, 옅은 피비린내가 나는 울음이었다. 작은할머니는 완전히 깨어났다. 지금 그녀의 앞에 서 있는 마른 일본 병사는 이미 족제비의 환영과 완전히 분리되었다. 야윈 얼굴에 곧게 깎은 듯한 코, 검게 빛나는 눈이, 아주 언변이 좋고 학식이 풍부한 학자 같은 모습이었다. 작은할머니는 구들에 무릎을 꿇고는 눈물 콧물을 흘리면서 흐느끼며 말했다. "선생님…… 영감 나리…… 저를 좀 봐주세 요…… 선생님 집에도 처자식이 없지 않으실 텐데…… 누이동생도 있으 실……"

일본 병사의 볼에 붙은 생쥐 같은 살이 두어 번 움찔했고 검은 눈 속 엔 하늘빛 안개가 한 층 덮였다. 그는 비록 작은할머니의 말을 알아듣진 못했지만 작은할머니가 호소하는 내용은 이해하는 것 같았다. 작은할머니는 어린 고모가 질러대는 우렁찬 울음소리 속에서 그의 어깨가 한 차례 떨리고, 생쥐같이 생긴 볼살이 빠르게 움직이면서 얼굴에 연민의 빛이 스치는 걸 보았다. 그는 다소 위축된 눈빛으로 구들 아래 있는 동료들을 뚫어지게 쳐다보았다. 작은할머니의 눈도 그의 눈길을 따라 다섯 명의 일본 병사를 쳐다보았다. 구들 아래 있는 일본 병사들은 저마다 표정이 달랐지만, 작은할머니는 그 흉악한 표정의 딱딱한 껍질 아래에서 반지르르하고 푸르고 연한 물질이 천천히 꿈틀거리는 것을 보았다. 그러나 그들은 모두 그 딱딱한 껍질을 애써 유지하면서 흉악하고 비웃는 듯한 표정으로, 구들 위에 서 있는 마른 일본 병사를 쳐다보았다. 마른 일본 병사는 급히 눈길을 거두었고, 작은할머니는 서둘러 그의 눈을 보았다. 그의 눈 안에 들어 있던 하늘색 안개가 응결되어, 빗물을 가득 머금고 천둥 번개를 감싸고 있는 두꺼운 구름 덩어리 같아졌다. 그의 생쥐 같은 볼살이 당장이라도 튀어나올 것처럼 너무나 격렬하게 떨렸다. 그는 어떤 격렬한 감정이 솟구쳐 올라오는 걸 억누르기라도 하려는 듯 이를 악문 채 딱 벌어진 어린 고모의 입을 향해 번쩍이는 총검을 겨누었다.

"너, 바지 벗어버려! 너, 바지 벗어버려!" 그는 딱딱하게 굳은 혀로 중국어를 했다. 그의 중국어는 그 뚱보 대머리보다 나았다.

순간, 족제비의 환영에서 막 벗어났던 작은할머니의 신경이 다시 비정상적인 상태로 바뀌었다. 한순간 작은할머니의 눈에 학식이 높은 학자처럼 보였던, 구들 위에 서 있는 일본 병사가 다시 시커먼 입을 가진 족제비처럼 보였다. 작은할머니는 간헐적으로 경련을 일으키며 고함을 질렀다. 총검이 거의 어린 고모의 입 속으로 쑤시고 들어갈 것만 같은 순간이었다. 바로 그때 가슴을 찌르는 아픔이, 어미 이리보다도 더 흉포한, 사심 없는 자기희생의 정신이 작은할머니로 하여금 정신이 번쩍 들게 했다.

그녀는 바지를 벗었다. 속잠방이도 벗고 윗옷도 벗고 실오라기 하나 걸치지 않고, 바지춤에 쑤셔 넣었던 보따리도 구들 아래로 힘껏 내던져버렸다. 딱딱한 보따리는, 한 젊고 용모가 준수한 일본 병사의 얼굴에 적중했다가 바닥으로 떨어졌다. 젊은 청년은 그 아름다운 두 눈을 멍하니 부릅뜬 채 넋이 나간 듯이 있었다. 작은할머니는 일본 병사를 향해 미친 듯이 웃어댔다. 눈물이 용솟음쳐 흘러내렸다. 그녀는 구들 위에 누워 큰 소리로 외쳤다. "해라! 네놈들 마음대로 하고! 내 아이는 건드리지 말아라! 내 아이는 건드리지 마!"

구들 위에 있던 일본 병사가 총검을 거두고 지친 듯이 팔을 내리더니 죽은 것처럼 서 있었다. 구들 위에는, 잘 볶은 수수 빛깔에 볶은 수수 향이 나는 몸이 펼쳐져 있었다. 눈이 곧추서고 얼굴이 굳어진 채 둘러선 여섯 명의 일본 병사는 마치 여섯 개의 점토 인형 같았다. 작은할머니는 머릿속이 온통 새하얘진 채로 마치 아무런 감각도 없는 것처럼 누워서 그들을 기다렸다.

지금 다시 한 번 생각해본다. 만일 그날 작은할머니의 찬란한 몸을 마주 대한 게 단 한 사람의 일본 병사였다면 작은할머니가 그런 유린을 모면할 수 있었을까? 아니, 아니다. 수컷 짐승이 혼자 있었다면, 원숭이가 굳이 모자를 쓰고 사람인 척할 필요가 없는 것처럼 더더욱 미친 듯이 굴었을 것이다. 아름다운 무늬로 수놓아진 단정한 의관을 벗어버리고 짐승처럼 달려들었을 것이다. 일반적인 상황에서라면 강력한 도덕의 힘이, 사람들 속에서 살아가는 들짐승에게 그들의 몸에 난 거친 털을 아름다운 옷으로 가리도록 협박하기 때문에, 안정되고 평화로운 사회는, 마치 호랑이와 늑대를 우리 안에 오래도록 가두어 길들이면 어느 정도는 사람 물이 드는 것처럼 그렇게 인간을 훈련해내는 장소가 된다. 그렇게 되었을까?

아닐까? 그랬을까? 그렇게 되었을까? 내가 만약 남자가 아니고, 내 손에 사람을 죽일 수 있는 칼이 있었다면 난 세상에 있는 모든 남자를 다 죽여 버렸을 것이다! 그날 단지 일본 병사 한 명만이 작은할머니의 몸을 마주하고 있었다면 어쩌면 그는 자신의 어머니나 아내를 생각했을 수도 있고, 그 생각을 하면서 어쩌면 조용히 물러갔을 수도 있을 것이다. 그럴까?

여섯 명의 일본 병사는 대치 상태로 서서 마치 제단의 희생물에 참배하듯이 알몸의 작은할머니에게 참배하고 있었다. 누구도 그곳을 떠나고 싶어 하지 않았고, 누구도 감히 떠나지 않았다. 작은할머니는 뜨거운 햇빛에 내다 말리는 커다란 창꼬치처럼 꼿꼿하게 누워 있었다. 어린 고모는 울어서 목이 잠겼다. 울음소리도 작아지고 울음의 간격도 늘어났다. 일본 병사는 실제로 작은할머니의 희생정신에 압도되었다. 그녀가 자식을 엄청 사랑하는 엄마의 모습으로 아이 앞에 누워 있을 때, 그 앞에서 모두는 저마다 자신들이 걸어온 길을 회상하고 있었다.

나는 만약 작은할머니가 조금만 더 그렇게 버텼다면 어쩌면 승리를 할 수도 있었을 거라고 생각한다.

작은할머니, 당신은 왜 그렇게 서둘러 일어나 옷을 입었나요? 당신이 막 바짓가랑이에 다리를 넣었을 때, 구들 아래 서 있던 일본 병사들은 다시 갑자기 술렁거리며 동요하기 시작했고, 당신이 코를 물어뜯었던 그 일본 병사가 장총을 내던지고 구들 위로 달려들자 당신은 그의 그 문드러진 코를 혐오스럽게 바라보다가 자신도 모르게 다시 발작을 하게 되었지요. 그 마른 일본 놈이 뚱뚱한 일본 놈을 구들 밑으로 차버리고 잔꾀를 부려 당신에게 덮친 뒤, 주먹까지 휘두르면서 당신이 알아듣지 못하는 말로 구들 밑의 일본 놈에게 고함을 지르고는 곧이어 당신의 몸을 짓눌렀고, 그의 씩씩거리는 숨소리와 그의 입에서 나는 말똥 같은 악취가 당신의 얼굴 위로 뿜어져 나왔죠.

　당신의 눈앞엔 다시 검은 입의 족제비 환영이 나타났고, 당신은 다시 미친 듯이 고함을 질러대기 시작했어요. 당신의 발광은 일본 병사들의 발광을 자극했고, 당신의 고함은 일본 병사들이 일제히 다 고함을 지르도록 유도했죠.

　그 중년의 대머리 일본 놈이 다시 당신 몸 위에 덮쳐 있던 마른 일본 놈을 억지로 끌어내리고, 그 흉악한 얼굴을 당신 얼굴에 바짝 붙이자 당신은 혐오로 눈을 꽉 감은 채 3개월 된 배 속의 태아가 고통스럽게 발버둥 치는 것을 느꼈고, 어린 고모가 내는 녹슨 칼 가는 소리 같은 울음소리와 대머리가 돼지처럼 씩씩대는 소리, 일본 놈들이 구들 아래에서 발을 구르며 음탕하게 웃어대는 소리들을 들었죠. 대머리 일본 놈은 당신이 자기 코를 물어뜯은 것에 대해 복수라도 하려는 듯이 딱딱한 이로 당신의 얼굴을 깨물었고, 당신의 얼굴은 눈물과 피와 대머리 입에서 흘러나오는 침으로 뒤범벅이 되었죠. 끈적거리는 침. 당신의 입안에서 갑자기 선홍색의 뜨거운 피가 솟구쳐 나왔고, 비릿한 냄새가 당신의 코를 가득 채웠죠. 배 속의 태아가 꿈틀거릴 때마다 한 차례씩 폐부가 찢어지는 것 같은 통증이 일었고, 온몸의 살과 온 신경이 다 팽팽하게 당겨진 활시위처럼 긴장되어 경련이 일어났죠. 당신은 태아가 있는 힘을 다해 당신의 가장 깊은 곳으로 숨으려고 한다는 것, 씻을 수 없는 치욕을 피해 숨으려고 한다는 것을 느꼈죠. 일본 병사의 그 번들거리는 볼이 당신의 입에 닿았을 때 당신은 마음속에서 치밀어 오르는 분노의 불길에 그의 얼굴을 깨물었지만 그의 얼굴 살은 고무처럼 부들부들하고 질겼고, 시큼털털한 냄새가 역겨워 당신은 힘없이 물었던 이를 놓아버렸고, 그와 동시에 당신의 팽팽하게 당겨져 있던 신경과 살도 모두 맥이 풀리고 감각을 잃게 되었죠.

나중에 작은할머니는 아주 먼 곳에서 어린 고모가 처참하게 울부짖는 소리를 들었다. 가까스로 눈꺼풀을 들어 올렸을 때, 작은할머니는 몽환처럼 펼쳐진 광경을 보았다. 구들 위에 서 있던 젊고 잘생긴 일본 병사 하나가 어린 고모를 칼로 찔러 들어 올리더니, 두어 번 흔들어대고는 힘껏 밖으로 내던졌고, 어린 고모는 마치 날개를 활짝 펼친 커다란 새처럼 천천히 구들 아래로 날아 떨어졌다. 어린 고모의 작은 붉은 적삼은 햇빛 아래에서 활짝 펼쳐지고 길게 늘어져, 마치 보들보들한 붉은 비단 한 필이 활짝 펼쳐진 채 방에서 오르락내리락하는 것 같았다. 어린 고모는 날면서 팔을 활짝 펼쳤고, 그녀의 머리카락은 마치 고슴도치의 가시처럼 곤추서 있었다. 그 젊은 일본 병사는 총을 똑바로 받쳐 든 채 눈에서는 푸른 눈물을 흘리고 있었다.

작은할머니는 죽을힘을 다해 고함을 질렀다. 그녀는 몸을 일으키고 싶었지만 몸은 이미 죽어 있었다. 그녀의 눈앞에서 온통 누런빛이 번쩍이더니 곧이어 초록빛이 나타나고 마지막에는 칠흑 같은 물결이 그녀를 덮어버렸다.

큰 칼로 일본 놈들의 머리를 베어버리자!

수수가 붉었네. 일본 놈들이 왔다네.

우리 땅을 유린하고, 우리 작은할머니를 더럽혔네.

전국의 애국 동포 여러분, 항전의 날이 왔습니다!

칼을 들고, 총을 들고, 재 푸는 갈퀴를 들고, 밀가루 미는 몽둥이를 들고

일본 놈들을 때려잡고, 고향을 지키고 원수의 한을 갚읍시다!

5

할아버지는 다음 날 오전에야 센수이커우쯔에 당도했다. 우리 집에 있는 검은 나귀 두 마리 중 하나를 타고 이른 새벽에 출발해 태양이 산에서 빠져나올 무렵이 되어서야 도착한 것이다. 할아버지는 길을 나설 때 할머니와 한바탕하고 온 터라 오는 길 내내 마음이 우울했다. 태양이 산에서 빠져나오면서 가오미 둥베이 지방의 검은 흙 위에서는 현란한 광선들이 계속 빛을 바꾸고, 까마귀들은 이른 새벽하늘 위로 푸른 날개를 퍼덕이며 날아갔지만 그는 그런 것들에도 전혀 아랑곳하지 않은 채 검은 나귀의 엉덩이만 삼베 끈으로 인정사정없이 후려갈기고 있었다. 나귀는 자기를 타고 가면서도 때리기만 하는 주인을 원망스러운 눈으로 흘겨보며, 이미 있는 힘을 다해 달려왔기 때문에 더 이상 빨리 달릴 수는 없다고 생각했다. 사실 나귀는 지금도 무척 빨리 달리고 있었다. 그날 꼭두새벽부터 우리 집의 검은 나귀는 할아버지를 태우고 구불구불한 밭둑길을 나는 듯이 달려왔다. 발굽을 구를 때마다 나귀의 쇠발굽이 마치 이지러진 달빛처럼 반짝거렸다. 흙길 위에는 가을 물이 범람했던 흔적과 나무 수레가 지나가면서 눌러놓은 깊고 좁은 바퀴 자국이 한 줄로 파여 있었다. 할아버지는 시퍼런 얼굴을 하고 나무 기둥처럼 몸을 빳빳이 세운 채 나귀가 달리는 동작에 따라 위아래로 몸을 들썩였다. 아침 일찍 일어나서 먹을 것을 찾고 있던 수컷 들쥐가 그 바람에 놀라서 달아났다.

할아버지는 점점 노쇠해져가는 뤄한 큰할아버지와 가게 안에서 대작을 하고 있다가, 서북쪽에서 들려오는 총소리와 대포 소리를 들었다. 할아버지는 마음이 덜컹 내려앉아 거리로 달려 나와 둘러보았지만 아무런 기척이 없자 다시 가게로 돌아와 뤄한 큰할아버지와 술을 마셨다. 뤄한 큰할아버지는 여전히 우리 집 술도가의 총감독을 맡고 있었다. 할아버지가 예기치 않은 재난을 당하고, 할머니는 집을 나가 있었던 1929년 다른 일꾼들은 모두 이불을 말아 각자 자기 살길을 찾아 떠났지만, 뤄한 큰할아버지만은 끝까지 집을 지키는 충직한 개처럼, 어둠은 반드시 갈 것이고 그러고 나면 그 앞에는 빛이 있다는 믿음을 굳게 견지한 채 우리 집 재산을 지켰다. 그는 할아버지가 큰 재난을 당했지만 결국 죽지 않고 감옥에서 도망쳐 나오고, 할머니와도 결국은 다시 사이가 좋아져 함께 집으로 돌아올 때까지 그들을 기다렸다. 할머니가 우리 아버지를 안고 할아버지를 따라서 옌수이에서 돌아와 적막한 대문을 두드렸을 때, 뤄한 큰할아버지는 초가 움막 안에서 산 귀신처럼 누워 있다가 벌떡 뛰어나와, 여주인을 보고는 땅바닥에 무릎을 꿇고 엎드려 두 줄기 뜨거운 눈물로 마른 얼굴을 흠뻑 적셨다. 뤄한 큰할아버지의 품행이 워낙 바르고 절대적인 충성심을 보였기 때문에 할아버지와 할머니는 그를 아버지처럼 대하며 술도가의 모든 일을 다 그에게 맡겼다. 수입이든 지출이든 집 안에서 돈을 얼마를 쓰고 얼마를 모으던 간에 좀처럼 묻는 일이 없었다.

태양이 동남쪽에서 비칠 무렵 다시 한차례 콩 볶는 듯한 총성이 들려왔다. 할아버지는 총소리가 나는 곳이 셴수이커우쯔 근처이거나 아니면 셴수이커우쯔 마을이라는 걸 분명히 알 수 있었다. 할아버지는 마음이 타는 듯이 급해져 당장이라도 나귀 줄을 당겨 출발하려고 했지만, 뤄한 큰할아버지가 무조건 달려갔다가는 화를 당할 수 있으니 조금만 더 기다려 보자고 권고하는 바람에, 할아버지는 그의 말을 듣고 가게 안을 들락거리면서 뤄한 큰할아버지가 정탐을 하러 보낸 술도가의 일꾼이 돌아오기만을 기다리고 있었다. 정오쯤 되었을 때 일꾼이 숨을 헐떡이며 달려왔다. 얼굴이 온통 땀투성이고, 온몸이 진흙투성이인 채 그는 새벽 무렵에 일본인들이 센수이커우쯔 마을을 포위했으며 마을 안이 대체 어떤 상황인지는 알 도리가 없다고 보고했다. 다만 그가 마을에서 3리 정도 떨어진 갈대밭에 엎드려 있을 때 처참하게 울부짖는 소리가 들려왔고, 굵은 불기둥이 마을 안에서 피어오르는 걸 보았다고 말했다. 일꾼이 나가고 난 뒤 할아버지는 목을 젖힌 뒤 술 한 사발을 들어 단숨에 들이붓고는 간벽(間壁) 사이에서 오랫동안 햇빛을 보지 못하고 있던 모제르총을 찾으러 총총히 집 안쪽으로 들어갔다.

가게에서 나왔을 때 할아버지는 마침 옷차림이 남루하고 얼굴색은 희뿌연, 센수이커우쯔 마을에서 요행히 도망쳐 나온 일고여덟 명의 피난민과 마주쳤다. 그들은 눈이 툭 튀어나오고 몸의 털은 다 죽어버린 늙은 나귀 하나를 끌고 있었는데, 나귀 등에는 납작한 광주리 두 개가 실려 있었다. 왼쪽 광주리에는 솜이 드러난 이불이 들어 있고, 오른쪽 광주리에는 네 살쯤 되어 보이는 남자아이가 들어 있었다. 할아버지는 그 아이가 목은 가늘고 긴 데다 머리통은 크고 머리 양옆에 있는 두 귀는 크고 두툼하며 귓불이 묵직하게 늘어져 있는 모습인 걸 보았다. 아이는 광주리 안에 앉은 채 편안한 얼굴로 전혀 놀라거나 두려워하는 기색 없이, 녹이 슬어 벌게진 낡은 낫으로 하얀 버드나무 막대기를 깎고 있었다. 아이는 손에 힘을 주느라 입술을 앙다물고 있었다. 구불구불하고 자잘한 나무 부스러기들이 수시로 광주리 바깥으로 날아갔다. 할아버지는 이 사내아이에게 사람의 마음을 끄는 강력한 힘이 있다는 걸 느꼈다. 아이 부모에게 마을의 상황을 물어볼 때도 마음은 줄곧, 나무를 깎는 데 정신이 팔려 있는 아이의 거동과 큰 복이나 큰 운명, 큰 조화를 타고났음을 암시해주는 아이의 두 귀를 보러 가고 싶다는 생각뿐이었다. 아이의 부모는 일본 병사들이 마을에서 한 행동을 띄엄띄엄 하소연하며 자신들이 마을을 빠져나올 수 있었던 건 오로지 아이 덕분이라고 말했다. 아이가 전날 오후부터 울고불고하면서 외할머니를 보러 가자고 난리를 치더니 아무리 달래고 어르고 해도 도무지 말을 듣지 않았다는 것이다. 아이의 부모는 하는 수 없이 아이가 하자는 대로 날이 새자마자 일어나서 노새를 준비하고 있었는데, 그때 마을 동쪽에서 첫번째 폭발 소리가 들려와 바로 도망쳐 나왔고, 그 뒤로 일본인들이 사방팔방에서 나와 마을을 포위했다는 것이다. 나머지 피난민 몇 명도 자기들이 도망 나온 과정을 하소연했는데 다들 큰 재난 속에서 죽지 않고 살아나온 사람들의 생생한 증언이었다. 할아버지는 작은할머니 롄얼과 어린 고모 샹관의 상황이 어떤지 물었지만 피난민들은 모두 고개를 절레절레 흔들며 난색을 표하면서, 입으로는 알아들을 수 없는 말들을 중얼거렸다. 광주리 안에 있는 사내아이가, 열중해서 만지작거리던 두 손을 배 위에 올려놓더니 광주리 가장자리에 머리를 대고 눈을 감으며 기운이 쭉 빠진 듯이 말했다. "아직도 가지 않는 건, 죽기를 기다리는 건가?" 아이의 부모는 그 말을 듣더니, 마치 이 선각자 같은 사내아이가 내뱉은 계시에 대해 생각하는 것 같기도 하고 또 생각하다가 갑자기 뭔가를 깨달은 것 같기도 한 듯 멍한 표정을 지었다. 사내아이의 엄마는, 옷차림이 말끔한 할아버지를 무표정하게 한 번 쳐다보았고, 사내아이의 아버지는 노새 엉덩이를 한 차례 쳤다. 피난민 일행은 마치 상갓집 개처럼, 그물을 빠져나온 물고기처럼 서둘러 큰길을 따라 터벅터벅 걸어갔다. 할아버지는 그들을, 특히 그 귀가 큰 사내아이를 눈으로 전송했다. 할아버지의 예감은 적중했다. 이 빌어먹을 꼬마는 20년 뒤에 정말로 가오미 둥베이 지방, 이 죄악의 땅에서 열광적인 악마가 되었다.

할아버지는 서쪽 방으로 달려가 간벽을 밀고 모제르총을 찾았다. 하지만 모제르총은 자취도 없이 사라지고 총이 놓여 있던 곳에는 모제르총이 누워 있던 흔적만 남아 있었다. 할아버지는 의심스럽다는 듯이 몸을 돌렸다가 경멸적인 눈빛으로 미소를 짓고 있는 할머니의 얼굴과 부딪쳤다. 할머니는 어두운 낯빛에, 구불구불하게 말린 가는 눈썹은 아래로 내리깔고, 입은 비뚜름하게 기울인 채 두 볼살에는 미소를 띠고 있었다. 할아버지는 할머니를 원수처럼 노려보며 조급하게 고함을 질렀다. "내 총은?"

할머니는 입꼬리를 치켜 올린 채 주름 가득한 콧구멍으로 두어 번 콧방귀를 뀌더니, 쳐다보지도 않고 몸을 돌려 닭털로 만든 먼지떨이를 휘두르며 구들 위의 이불을 두드렸다.

"내 총은?" 할아버지가 화를 내며 고함을 질렀다.

"당신 총이야 귀신이 알겠지!" 할머니는 무고한 이불을 두드리면서 온통 발개진 얼굴로 말했다.

"총 가져와." 할아버지가 조급함을 억지로 참으면서 나지막한 목소리로 말했다. "일본 놈들이 셴수이커우쯔를 포위했어. 걔들 모녀 보러 가야 돼."

할머니는 화를 내면서 몸을 돌리며 말했다. "가요! 그깟 일이 나랑 무슨 상관이라고!"

할아버지가 말했다. "총 가져와!"

할머니가 말했다. "난 모르니, 나한테 달라고 하지 마시구려!"

할아버지가 앞으로 다가오며 말했다. "네가 내 총을 훔쳐서 검은 눈한테 갖다 바친 거지?"

"그래, 내가 그 작자에게 주었다! 총만 그 작자한테 준 게 아니고, 그 작자랑 자기도 했지. 아주 편안하게 잤지! 아주 신나게 잤지! 아주 살

판나게 잤다고!"

할아버지가 입을 벌리고 "아" 소리를 내더니, 손바닥을 휘둘러 할머니의 코 위를 후려쳤다. 할머니 코에서 시커먼 피가 천천히 흘러내렸다. 할머니는 비명을 지르면서 기둥처럼 곧게 넘어졌다. 할머니가 바닥에서 막 일어나려고 할 때 할아버지는 다시 할머니의 목을 겨냥해서 주먹으로 내리쳤다. 주먹이 어찌나 센지 할머니는 4~5미터나 나가떨어졌다가 벽 모서리에 있는 궤짝 위로 내동댕이쳐졌다.

"이 화냥년! 갈보 같은 년!" 할아버지는 아직도 한이 다 풀리지 않은지 이를 갈며 욕을 해댔다. 몇 년 전의 원한이 독한 술처럼 그의 핏속을 다시 돌고 있는 것 같았다. 검은 눈에 의해 땅바닥을 뒹굴 때의 그 밑도 끝도 없는 치욕이 떠올랐고, 할머니가 그 사납고 거친 검은 눈의 몸 아래에서 신음을 하고 숨을 헐떡이면서 뻔뻔스럽게 교성을 지를 때의 광경을 몇 번이나 상상했던 일이 떠올랐다. 할아버지의 오장육부가 다 뒤집혀 뱀처럼 꼬이고 한여름 햇볕처럼 활활 타오르는 것 같았다. 그는 문에서 대추나무 빗장을 뽑아, 막 궤짝 밑에서 기어올라오고 있는, 목은 구부러지고 얼굴은 온통 피투성이가 된, 엄청나게 생명력이 강한 할머니의 정수리를 겨냥했다.

"아부지!" 길에서 달려온 우리 아버지의 절규하는 고함 소리에 할아버지는 빗장을 높이 들었던 손을 공중에서 멈추었다.

아버지의 이 고함 소리가 아니었다면 할머니는 분명 그때 죽었을 것이다. 이것도 할머니의 운명 속에 정해져 있던 것이리라. 운명은 그녀가 할아버지 손에 죽지 않고 일본 놈의 총탄에 죽도록, 그녀의 죽음이 마치 무르익은 붉은 수수처럼 휘황찬란하도록 그렇게 정해놓은 것이다.

할머니는 할아버지의 발아래로 기어가 두 무릎을 꿇고, 두 팔로 할아버지의 정강이를 감싸고, 부들부들 떨리고 후끈거리는 손으로 할아버지의 강철같이 단단한 다리를 어루만지고 있었다. 할머니는 어두운 그림자가 가득 드리워진 얼굴을 들고 피눈물을 줄줄 흘리며 말했다. "잔아오…… 잔아오…… 오라버니, 내 친오라버니, 날 때려죽여요, 날 때려죽여요. 당신은 내가 얼마나 당신을 떠나보내는 걸 안타까워하는지 모를 테죠. 내가 얼마나 당신이 떠나지 않았으면 하는지 모를 테죠. 당신이 지금 가면 돌아오지 못할 테니까. 일본 놈들이 수백 수천인데, 당신이 말 한 필, 총 한 자루 가지고 아무리 대단한 재주가 있다고 해도, 아무리 잘난 호랑이 라고 해도 이리 떼 한 무리를 당하지 못하는 법인데. 오라버니, 이게 다 그 화냥년 같은 계집이 장난을 친 것이니, 다 그년의 죄라고요. 난 검은 눈하고 있을 때도 당신을 잊은 적이 없어요. 오라버니, 죽으러 가서는 안 돼요! 당신이 죽으면 난 어찌 살라고. 가려거든 내일 가세요. 열흘 기한 이 아직 안 됐고, 내일이 돼야 기한이 되는 거니. 그년이 내 손에서 당신 의 절반을 빼앗아 가버렸으니…… 그래도 정 안 되겠거든 가시구려…… 내가 그년한테 하루를 넘겨줄 테니……"

할머니의 머리가 쿵 하고 할아버지의 무릎 위로 엎어졌다. 할머니의 머리가 불덩이 같았다. 할머니의 좋았던 점들이 할아버지의 머릿속에 주 마등처럼 스쳐갔다. 할아버지는 후회했다. 문 뒤에 숨어 있는 아버지를 보고 난 뒤 할아버지는 더더욱 후회했다. 자기가 너무 심하게 손찌검을 한 것이 후회스러웠다. 할아버지는 허리를 구부려 기절한 할머니를 안아 구들 위에 눕혔다. 그는 내일 아침 일찌감치 셴수이커우쯔로 가기로 결심 했다. 하늘이 그들 모녀를 아무 일 없게 보우하시길.

할아버지는 나귀를 타고 우리 마을에서 셴수이커우쯔로 통하는 흙길 위를 달렸다. 15리 길이 너무나 길게 느껴졌다. 검은 나귀가 발밑에 바람이 일 정도로 달려도 할아버지는 느리다는 생각에 말고삐로 인정사정없이 나귀의 엉덩이를 후려갈겼다. 15리 길이 마치 끝도 없이 긴 것 같았다. 흙길에서는, 수레바퀴 자국으로 파인 도랑 옆에 세워져 있는, 말려 올라간 진흙들이 나귀 발굽에 밟혀 사방팔방으로 튕겨 나갔고, 광활한 들판 위엔 엷은 먼지가 한 층 깔려 있었다. 공중에는 시커먼 구름이 몇 가닥 강물처럼 멀리까지 이어져 굽이굽이 흘러가고 있고, 셴수이커우쯔 마을에서 흘러나온 이상한 냄새가 대기 중에 쫙 퍼져 있었다.

할아버지는 나귀를 타고 마을로 달려갔다. 그는 거리에 이리저리 나뒹굴고 있는 사람 시체, 짐승 시체도 아랑곳하지 않고 곧장 작은할머니네 대문으로 달려가 나귀 안장에서 굴러 내린 뒤 마당 안으로 뛰어들었다. 할아버지는 부서진 대문을 보며 간담이 서늘해졌고, 마당 안에 가득한 피비린내를 맡고는 심장이 피를 받아들이기를 거부하는 것처럼 오그라드는 것 같았다. 할아버지는 마당을 지나 방 안으로 뛰어들었다. 무거운 마음으로 간벽에 설치된 방문을 넘어갔을 때 그의 심장은 돌덩어리처럼 철렁 내려앉았다. 작은할머니는 샹관 고모를 위해 희생을 자처할 때처럼 장엄한 자태를 유지한 채 구들 위에 큰 대자로 나자빠져 있었다…… 어린 고모 샹관은 구들 앞 진흙 위에 엎어져 있었다. 작은 얼굴은 피 구덩이에 잠겨 있었고, 입은 마치 무언의 함성을 지르고 있는 것처럼 크게 벌어져 있었다.

할아버지는 크게 고함을 지르고 나서 모제르총을 빼 들고 비틀거리며 거리로 달려 나왔다. 아직 숨도 채 고르지 못한 나귀 위에 올라타서는 모제르총 총부리로 나귀의 궁둥이를 세차게 비틀었다. 당장 현성으로 달려가 일본 놈을 찾아 원수를 갚고 싶었다. 할아버지는 누렇게 마른 갈대들이 아침 햇빛 아래 숙연하게 서 있는 모습을 보고서야 비로소 길을 잘못 들어섰다는 걸 깨달았다. 나귀를 현성 쪽으로 돌려 달리려고 할 때 등 뒤에서 어렴풋하게 전해져 오는 함성 소리를 들었지만, 할아버지는 뒤도 돌아보지 않고 미친 듯이 달리면서 내내 총 끝으로 나귀의 엉덩이만 거세게 찔러댔다. 검은 나귀는 혹독한 고통을 견딜 수가 없어서인지 한 번 찌를 때마다 뒷다리를 털며 엉덩이를 높이 치켜들었다. 나귀가 반항하면 할수록 할아버지는 화가 나서 더 세게 찔러댔고, 그러면 그럴수록 나귀는 발굽을 4~5미터나 되도록 더 높이 차올렸다. 할아버지가 일본 놈들에 대해 품고 있던 가슴 가득한 원한을 슬그머니 검은 나귀의 엉덩이로 옮겨 쏟아붓자, 검은 나귀는 사방을 빙빙 돌다가 몸을 비스듬히 기울인 채로 마구 달려 결국 자기 위에 올라탔던 자를, 지난해에는 수수밭이었던 땅바닥 위로 내동댕이쳐버렸다.

할아버지는 부상을 입은 야수처럼 땅바닥에서 기어 일어나, 온몸이 땀범벅이 된 검은 나귀의 좁고 긴 머리를 향해 모제르총을 겨누었다. 검은 나귀는 네 다리를 말뚝처럼 세운 채 고개를 떨어뜨리고 숨을 헐떡이고 있었다. 그의 엉덩이 위에는 달걀만 하게 불룩 부어 솟아오른 곳이 있었고 그 위에는 검은색 혈흔이 가닥가닥 배어나와 있었다. 총을 든 할아버지의 손은 아직 평행으로 들려 있었지만 이미 덜덜 떨리기 시작했다. 이때 새빨간 태양 빛 속에서 우리 집의 다른 나귀 한 마리가 나는 듯이 달려왔다. 나귀 등에는 뤄한 큰할아버지가 타고 있었다. 나귀의 반짝이는 피부는 금가루를 칠한 것 같았다. 할아버지는 뒤척이는 나귀의 발굽 아래에서 눈부신 광선이 칼처럼 교차하는 것을 보았다.

뤄한 큰할아버지가 나귀에서 뛰어내렸다. 달려오던 관성이 채 가시지 않아 그의 노쇠한 몸은 앞으로 두어 발자국 내디디며 비틀거려 거의 쓰러질 뻔했다. 그는 할아버지와 검은 나귀 사이에 서서 손을 들어 총을 든 할아버지의 팔을 내리면서 말했다. "잔아오, 정신이 흐려져선 안 됩니다!"

할아버지는 뤄한 큰할아버지를 보더니 가슴 가득하던 분노의 불이 복받치는 비통함으로 변해 마구 눈물을 쏟아냈다. 할아버지는 목이 잠긴 채 말했다. "아저씨…… 그들 모녀가…… 큰 봉변을 당했어요……"

할아버지는 비통해하며 땅바닥에 쭈그리고 앉았다. 뤄한 큰할아버지는 그를 부축해 일으키며 말했다. "주인어른, 군자가 복수를 하는 데는 10년도 더디지 않은 법입니다! 먼저 돌아가서 뒷일을 수습해 죽은 사람이 편안하게 흙에 묻히도록 하셔야죠."

할아버지는 일어나 비틀거리며 마을로 걸어갔고, 뤄한 큰할아버지는 검은 나귀 두 마리를 끌고 할아버지의 뒤를 따랐다.

작은할머니는 죽지 않았다. 그녀는 구들 앞에 서서 자기를 응시하고 있는 할아버지와 뤄한 큰할아버지를 눈을 부릅뜨고 쳐다보았다. 할아버지는 그녀의 탑소록하고 튼실한 눈썹, 흐릿해진 두 눈, 깨물려 찢긴 코, 물려서 문드러진 볼과 부은 입술을 보면서 가슴이 찢어질 듯이 아팠다. 그 아픔 속에는 떨쳐버릴 수 없는 답답함과 조급함이 섞여 있었다. 작은할머니의 눈두덩에서 눈물이 배어 나왔다. 그녀의 입술이 조금 움찔하더니 "오라버니……" 하고 부르는 소리가 들렸다.

할아버지가 고통스러운 목소리로 "롄얼……" 하고 불렀다.

뤄한 큰할아버지는 살그머니 물러났다.

할아버지는 구들 위로 다가가 작은할머니에게 옷을 입혀주었다. 그의 손이 작은할머니의 살갗에 닿자 작은할머니는 갑자기 큰소리로 울부짖기 시작했다. 내뱉는 것마다 무슨 말인지 알아들을 수 없는 게 몇 년 전 족제비한테 홀렸을 때와 같았다. 할아버지는 발버둥 치는 그녀의 두 팔을 억지로 누르면서 더럽혀지고 죽어버린, 그녀의 하체 위에 바지를 입혔다.

뤄한 큰할아버지가 방으로 들어오며 말했다. "주인어른, 제가 이웃집에 가서 수레 하나를 끌고 올 테니…… 모녀를 데려가서 보살피시죠……"

뤄한 큰할아버지는 말을 하면서 눈빛으로 할아버지의 의견을 구했고, 할아버지는 고개를 끄덕였다.

뤄한 큰할아버지가 이불 두 장을 가지고 나와 커다란 나무 바퀴 수레 위에 깔았다.

할아버지는 작은할머니를 받쳐 들었다. 한 손으론 목을 받치고 한 손으로 오금을 받치고, 마치 값비싼 보물을 받치고 나가듯이 조심스레 방문을 건너고 본채 문을 넘었다. 일본 병사들의 쇠 말발굽 자국이 남아 있는 마당 안으로 들어가 부서진 대문을 넘어서, 머리를 동남쪽으로 향한 채 길에 세워져 있는 꽃무늬 마차 앞에서 멈춰 섰다. 뤄한 큰할아버지는 이미 검은 나귀 한 마리를 수레의 끌채 안으로 밀어 넣고, 할아버지에게 찔려 온 궁둥이에 혈종이 생긴 검은 나귀는 수레 뒤 가름대 쪽에 묶어놓았다. 할아버지는 눈동자를 치켜뜨고 고함을 질러대는 작은할머니를 수레 안에 내려놓았다. 할아버지는 작은할머니의 표정에서, 그녀가 마음으론 모든 걸 다 뒤집어엎고 싶지만 자기에겐 이미 그럴 힘이 없다는 걸 깨달으며 너무나 한스러워하고 있다는 걸 느낄 수 있었다. 작은할머니를 잘 내려놓고 돌아보니, 뤄한 큰할아버지가 눈물을 줄줄 흘리며 샹관 고모의 시체를 안고 걸어오는 게 보였다. 할아버지는 목구멍이 펜치 같은 거대한 손에 의해 갑자기 비틀리는 걸 느꼈다. 눈물이 비도를 따라 목구멍으로 흘러들어갔다. 그는 마구 기침을 해대며 마른 구역질을 했다. 손으로 수레의 끌채를 붙잡고 고개를 들어 보니, 동남쪽에서 거대한 팔각형의 비취색 태양이 차바퀴처럼 돌면서 바닥을 찧어 누르며 굴러오고 있는 게 보였다.

할아버지는 어린 고모를 받아 들고 극도의 고통으로 일그러진 그녀의 작은 얼굴을 보면서 아리디아린 눈물을 뚝뚝 떨어뜨렸다.

할아버지는 어린 고모의 시체를 작은할머니의 감각이 마비된 하체 곁에 내려놓고, 이불 한 모퉁이를 말아 올려 어린 고모의 공포에 찬 얼굴을 가려주었다.

"주인어른, 수레 위에 타시죠." 뤄한 큰할아버지가 말했다.

할아버지는 아무런 감각이 없는 것처럼 수레 옆 가름대 위에 앉아서는 두 다리를 수레 밖으로 늘어뜨렸다.

뤄한 큰할아버지가 나귀의 고삐를 당기면서 몸을 검은 나귀 머리와 나란하게 해서 천천히 출발했다. 나무 수레바퀴가 삐걱거리며 어렵게 움직이기 시작했다. 기름이 모자라는 박달나무 굴대에서 지지직 부드득 하는 소리가 났다. 수레는 덜커덕거리며 앞으로 나아가서 마을을 벗어나고 흙길 위를 지나 고량주 향내가 하늘을 찌르는 우리 마을을 향해 갔다. 마을 사이의 흙길은 더 울퉁불퉁해서 수레가 심하게 덜컹거렸다. 굴대는 마치 사망 직전에 마지막으로 내는 소리처럼 처참하게 울부짖었다. 덜컹거리는 수레 안에서 작은할머니는 잠이 든 것 같았다. 잠이 들었어도 여전히 기왓빛 두 눈은 뜬 채였다. 할아버지는 그녀의 콧구멍 앞에 손가락을 놓았다가, 미약한 숨결이 아직 남아 있는 게 느껴지자 그제야 마음이 조금 편안해졌다.

이 고통스러운 수레가 거대한 들판 위를 지나가고 있었다. 수레 위의 하늘은 바다처럼 푸르렀고, 검은 흙의 대지는 물 가운데 있는 작은 땅같이 평탄했고, 드문드문 있는 마을들은 떠다니는 작은 섬들 같았다. 마차 위에 앉아 있는 할아버지에게는 모든 사물이 다 초록색으로 느껴졌다.

우리 집의 커다란 검은 나귀에게 수레의 끌채 안은 확실히 너무 비좁

왔고, 바짝 마른 꽃무늬 나무 수레는 또한 분명히 너무 가벼웠다. 나귀는 복부가 너무 조여 견디기 힘들었고 빨리 달리고 싶은 마음도 간절해 안달이 났다. 하지만 뤄한 큰할아버지가 그의 입에 쟁인 쇠줄을 빡빡하게 당기고 있는 것이 너무나 치욕스러웠고 그래서 길을 갈 때 과장되게 발굽을 치켜 올리곤 했다. 뤄한 큰할아버지는 끊임없이 주절주절 욕설을 퍼붓고 있었다. "이 짐승 같은 놈들…… 사람도 아닌 놈들, 짐승 놈들이지…… 담장 너머 그 집안도 깡그리 다 죽이고, 며느리 배를 갈라서…… 막 모양이 생긴 아일 배 옆에다 꺼내놓고…… 죄업이지…… 그 아인 마치 껍질 벗긴 생쥐 같았지…… 솥 안에다 누런 똥을 잔뜩 갈겨놓고…… 이런 짐승 같은 놈들……"

뤄한 큰할아버지는 혼자서 중얼거리고 있었다. 어쩌면 할아버지가 자기 말을 듣고 있을지도 모른다고 생각했지만 그는 전혀 고개를 돌리지 않았다. 그는 앞의 검은 나귀가 제멋대로 발버둥 치지 못하도록 멍에를 꽉 당겨 쥐고 있었다. 검은 나귀는 급하게 꼬리를 흔들면서 멍에를 털어 삐걱대는 소리를 냈다. 수레 뒤쪽의 검은 나귀는 고개를 떨어뜨리고 풀이 죽은 채 걷고 있었다. 나귀의 무표정하고 긴 얼굴은 화가 난 건지, 수치스러운 건지 아니면 낙심이 되어 아무런 생각이 없는 건지 알 수 없었다.

6

아버지는 분명하게 기억했다, 숨이 간당간당하던 작은할머니와 어린 고모 샹관의 시체를 실은 수레가 정오 무렵 우리 마을에 도착했던 일을. 그때는 서북풍이 강하게 불어 거리에 먼지가 날리고 나뭇잎들이 뒹굴고 있었다. 건조한 공기 탓에 아버지의 입술에도 마른 껍질이 일었다. 앞뒤로 선 나귀 두 마리에 끼어 있는 긴 수레가 마을 어귀에 나타난 걸 보고 아버지는 나는 듯이 마중을 나갔다. 뤄한 큰할아버지가 절룩거리며 걸어오고, 수레바퀴가 덜컹덜컹 굴러오는 게 보였다. 나귀의 눈가, 할아버지의 눈가, 뤄한 큰할아버지의 눈가에 모두 참새 똥 같은 눈곱이 끼어 있었고 눈썹 위에는 또 회색 먼지가 묻어 있었다. 할아버지는 마치 흙 인형이나 나무 인형처럼 수레의 가름대 위에 앉아서 커다란 두 손으로 머리를 받치고 있었다. 눈앞의 상황을 대하자 아버지는 감히 입을 열 수가 없었다. 기다란 나귀 수레에서 20미터쯤 떨어진 곳까지 달려왔을 때 아버지는 그의 각별히 예민한 코로— 정확하게 말하면 코가 아니라 후각과 유사한 선천적인 어떤 능력으로 긴 수레에서 퍼져 나오는 불길한 냄새를 맡았다. 그는 나는 듯이 집으로 돌아가 다급해서 허둥지둥하며 마침 불안해서 방 안을 왔다 갔다 하고 있는 할머니에게 소리를 질렀다. "엄마, 엄마, 아부지가 돌아왔어요. 나귀가 수레를 끌고 왔는데, 수레 위에는 죽은 사람이 실려 있고, 우리 아부진 수레 위에 앉아 있고, 뤄한 아저씬 나귀를 끌고 수레 뒤에 나귀 한 마리가 더 따라오고요."

아버지가 보고를 마치자 할머니는 갑자기 안색이 변하더니 잠시 망설이다가 아버지를 따라 달려 나왔다.

수레가 마지막 몇 번을 덜컹거리며 구르더니 끼익 하는 소리를 내며 우리 집 대문 밖에 멈춰 섰다. 할아버지는 둔한 동작으로 마차에서 내려와 붉게 핏발 선 눈으로 할머니를 노려보았다. 아버지는 두려움에 찬 눈으로 할아버지를 쳐다보았다. 아버지의 눈 속에서, 시각과 유사한 어떤 감각들 속에서, 할아버지의 눈은 모수이 강변에 있는 고양이눈 돌처럼 그 색이 순식간에도 무수히 변했다.

할아버지는 표독스럽게 할머니에게 말했다. "이제 소원대로 됐군!"

할머니는 감히 변명할 엄두를 내지 못하고 무서워서 벌벌 떨며 수레 앞으로 다가갔다. 아버지도 따라서 수레 앞으로 가서 안을 들여다보았다. 면이불의 주름 잡힌 골에는 검은 흙이 두껍게 쌓여 있었고 이불 밑에는 울룩불룩하게 튀어나온 게 있었다. 할머니는 손으로 이불 한 모퉁이를 들쳐보다가 마치 불에 덴 것처럼 움츠러들었다. 아버지는 자신의 초능력적인 예민한 시각으로 이불 밑에 있는, 썩어 문드러진 가지 같은 작은할머니의 얼굴과 어린 고모의 크게 벌린 굳은 입을 똑똑히 보았다.

어린 고모의 크게 벌린 입은 아버지에게 달콤했던 기억을 불러냈다. 그는 할머니의 뜻을 거역하고 셴수이커우쯔로 가서 며칠 묵고 온 적이 있었다. 할아버지는 아버지에게 작은할머니를 작은엄마라고 부르라고 했다. 작은할머니는 아버지에게 아주 친절하게 대해주었고, 아버지도 작은할머니를 아주 좋은 사람이라고 생각했다. 아버지의 기억 깊은 곳에 일찍부터 작은할머니의 모습이 있었기 때문에 이렇게 보게 되자 마치 옛 친구를 만난 것 같았다. 어린 샹관 고모의 말은 꿀처럼 달콤했다. 그녀는 온 천지를 뒤엎을 것 같은 기세로 "오빠, 오빠"하고 불러댔고, 아버지는 이 가무잡잡한 어린 여동생을 아주 좋아했다. 그녀의 얼굴 위에 난 하얗고 보드라운 솜털을 좋아했고, 구리 단추같이 생긴 밝게 빛나는 두 눈동자를 더더욱 좋아했다. 하지만 아버지가 어린 고모와 한창 노느라 헤어지기 싫어 할 때마다 할머니는 사람을 보내 아버지를 돌아오도록 재촉했다. 아버지는 그렇게 보내온 사람에게 안겨 나귀에 실린 채 집으로 돌아갈 때, 나귀 등에 앉은 채 고개를 돌려 눈물이 그렁그렁해진 샹관 고모의 눈을 바라보면서 자신도 마음이 아팠다. 아버지는 할머니와 작은할머니 사이에 어떤 깊은 원한이 맺혀 있는지 그땐 미처 몰랐다.

아버지는 예전에, 죽은 아이를 버리는 구덩이 쪽으로 가서 죽은 아이의 무게를 달아보았던 광경을 떠올렸다. 아마도 2년 전 어느 날 밤이었을 것이다. 아버지는 할머니를 따라 마을 동쪽으로 3리쯤 떨어진 데 있는 '죽은 아이 구덩이'로 갔다. 거긴 마을에서 죽은 아이들을 버리는 곳이었다. 마을 풍속에 따라 다섯 살이 채 안 돼 죽은 아이는 매장을 하지 못하고 노지에 버려 개한테 먹히도록 했다. 그때는 다 전통적인 방법으로 아이를 받았고, 의료 시설도 형편없었기 때문에 영아 사망률이 높았다. 살아남은 아이들은 다 강골이었다. 난 가끔씩 인종의 퇴화가, 갈수록 더 부유하고 편리해지는 생활 조건과 관련이 있는 게 아닌가 하는 엉뚱한 생각을 하곤 한다. 부유하고 편안한 생활은 인류가 분투노력하는 목표이고 또한 반드시 도달해야 하는 목표이기도 하지만, 이것은 또한 불가피하게 간담을 서늘하게 하는 심각한 갈등의 원인이 되기도 하는 것이다. 인간은 바로 자신의 노력으로 인간의 우수한 품성을 소멸시켜가고 있는 것이다. 아버지와 할머니가 마을 동쪽의 죽은 아이 구덩이로 갔을 때, 할머니는 '꽃 이름 맞히기 놀이'에 미친 듯이 빠져 있었다(일종의 도박으로 지금 유행하는 '복권 사기'나 '상품을 내건 저축' '상품을 내건 물건 팔기' 같은 것이었다). 온갖 생각을 다 짜내서 '꽃 이름'을 찾아내는 건데, 별로 부담스럽지 않은 이 소규모의 도박이 온 마을 사람들, 특히 온 마을 여인들의 마음을 사로잡고 있었다. 그때는 할아버지가 평탄하게 부유한 생활을 하고 있을 때여서 마을 사람들은 다 공동 추천으로 할아버지에게 이 도박 모임의 회장직을 맡겼다. 할아버지는 서른두 개의 꽃 이름을 죽통 안에 담아놓고 매일 아침저녁으로 한 번씩 제비뽑기를 했다. 뽑기에서는 '작약'이나 '월계', 아니면 '해당화'나 '장미' 같은 게 나왔는데, 당첨이 된 사람은 자기가 낸 돈의 30배를 받았다. 물론 더 많은 동전이 할아버지 소유로 돌아갔다. 꽃 이름 맞히기 놀이에 빠진 여인들은 고도의 상상력을 발휘해 꽃 이름을 알아맞히기 위해 무수히 많은 기법을 고안해냈다. 어떤 이는 여자아이에게 술을 먹인 뒤 술이 취한 뒤에 나오는 말이 진언(眞言)이라며 그 속에서 답을 찾기도 했고, 어떤 이는 또 꿈속에서 답을 구하기도 했다……그 방법들은 너무 복잡하고 어지러워서 일일이 다 말할 수도 없다. 죽은 아이 구덩이에 가서 죽은 아이를 달아보겠다는 생각은, '마환(魔幻)적인 색채'가 다분한 우리 할머니의 천재적인 머리에서 나온 깜짝 놀랄 만한 아이디어였다.

할머니는 대저울 한 개를 만들고, 그 위에 서른두 개의 꽃 이름을 새겼다.

그날 밤 손가락을 뻗어도 보이지 않을 만큼 캄캄한 밤중에 할머니는 아버지를 흔들어 깨웠다. 아버지는 막 달콤한 잠 속으로 빠져들어갈 무렵이라 잠을 깨우자 짜증을 내며 욕설을 퍼부으려고 했지만, 할머니가 아버지 귀에 입을 바짝 대고 "소리 내지 마. 나랑 꽃 이름 맞히기 놀이하러 가자"고 하자 신기한 일이라면 사족을 못 쓰는 타고난 호기심으로 금방 정신을 번쩍 차리고는 신을 신고 모자를 쓰고 할아버지를 피해 마당과 마을을 살그머니 빠져나왔다. 그들 모자는 개 한 마리도 놀라서 짖지 않도록 조심조심하면서 발뒤꿈치를 들고 살살 걸었다. 아버지는 왼손으로는 할머니를 잡고, 오른손으론 붉은 종이를 풀칠해서 붙인 작은 등을 들고 있었다. 할머니는 오른손으로 아버지의 손을 잡고 왼손으로는 그 특별하게 만든 대저울을 들고 있었다.

마을을 나선 뒤 아버지는 잎이 널찍한 푸른 수수밭에서 동남풍이 왔다 갔다 하는 소리를 들었다. 멀리서 모수이 강 냄새가 전해져 왔다. 그들은 더듬거리며 죽은 아이 구덩이 쪽으로 갔다. 대략 한 1리쯤 걸어 나오자 아버지의 눈은 어둠에 적응이 되어 회갈색 길바닥과 사람 키 반만한 길가의 수수를 구별해낼 수 있었다. 수수밭에서 들리는 솨악솨악 소리가 어둔 밤의 신비한 분위기를 더해주고 있었다. 어느 나무 위에 숨어 있는 건지 올빼미의 처량한 울음소리는 어둔 밤의 신비한 색채 위에 녹슨 쇳빛 같은 공포를 물들여놓았다.

그 올빼미는 죽은 아이 구덩이 한가운데에 있는 커다란 버드나무 위에 있었다. 죽은 아이의 살을 실컷 먹고 나서 나뭇가지에 편안하게 앉아 울고 있는 것이다. 아버지와 할머니가 버드나무 가까이에 갔을 때도 올빼미는 여전히 한 차례 또 한 차례 계속 울었다. 버드나무는 큰 구덩이 한가운데 있었다. 만약 낮이었다면 버드나무 줄기 위에 가닥가닥 자라난 핏빛 수염이 보였을 것이다. 올빼미의 울음소리가 구덩이 안의 긴장된 공기를 얇고 투명한 갈대청처럼 진동시켜 윙윙하며 떨리는 소리가 났다. 아버지는 올빼미의 초록색 눈이 버드나무 잎 사이에서 엄숙하게 번쩍거리고 있는 걸 느꼈다. 올빼미의 부엉 하는 울음소리 속에서 아버지의 치아가 툭툭 부딪치는 소리를 냈다. 두 줄기 뱀처럼 차가운 한기가 발바닥 한가운데서 정수리 끝까지 전해져 왔다. 아버지는 할머니의 손을 힘껏 잡았다. 공포로 머리가 터질 것 같았다.

죽은 아이 구덩이는 끈적끈적한 비린내로 가득 차 있었다. 버드나무 아래는 어두침침했다. 아버지는 가을매미 우는 소리를 들었다. 나무 위에서 동전만 한 크기의 하얀 빗방울이 드문드문 떨어지면서, 너무 빽빽해서 바람도 들어올 수 없을 것 같은 어둠에 한 가닥씩 선명한 흔적을 그어놓고 있었다. 할머니는 아버지의 손을 한 번 당겨 아버지에게 쪼그리고 앉으라는 신호를 보냈다. 아버지는 시키는 대로 쪼그리고 앉았다. 손과 다리가 구덩이 안에 제멋대로 자라 있는 잡초들에 닿았다. 잡초의 까칠하고 뾰족한 잎이 아버지의 아래턱을 찔렀다. 마치 무수히 많은 죽은 아이들의 눈동자가 등 뒤에서 아버지를 지켜보고 있는 것 같았다. 죽은 아이들이 무리지어 발로 차며 뛰어노는 소리와 즐거운 웃음소리가 들렸다.

할머니가 탁탁 소리를 내며 부싯돌의 심지를 두드렸다. 한 알 한 알의 폭신한 붉은 불꽃이 할머니의 덜덜 떨리는 손을 밝게 비추었다. 심지에 불이 붙었다. 할머니는 입을 오므려 심지를 불었다. 아버지는 할머니의 입에서 나는 쉬쉬 하는 음침한 바람 소리를 들었다. 심지에서 불꽃이 일어나 일렁이자 시커먼 구덩이 안에 갑자기 흐릿하게 밝은 곳이 생겨났다. 할머니는 종이 등롱 안에 있는 붉은 초에 불을 붙였다. 공 모양의 안정된 둥근 불꽃이 고독한 유령처럼 보였다. 나무 위에 있는 올빼미는 노래를 멈추었고, 무리 지어 있던 죽은 아이들은 줄을 지어 원을 만들고는 아버지와 할머니와 작은 종이 등롱을 둥그렇게 에워쌌다.

할머니는 작은 등롱을 들고 구덩이 안을 찾아다녔다. 나방 열댓 마리가 등롱의 붉은 종이 위로 부딪쳐 와 푸드득하며 소리를 냈다. 잡초들이 무성했고 흙은 질척거렸다. 할머니의 작은 발은 움직이기에 불편했다. 할머니는 발뒤꿈치로 진흙 위에 둥근 구멍을 줄줄이 찢어놓았다. 아버지는 할머니가 무엇을 찾고 있는지 알 수 없었다. 궁금했지만 감히 물어보지 못한 채 그저 묵묵히 따라가고 있었다. 죽은 아이의 부서진 지체들이 여기저기 나뒹굴며 시큼한 악취를 풍기고 있었다. 가지가 굵고 잎이 두꺼운 도꼬마리 무더기 밑에 통 모양으로 말린 자리가 하나 있었다. 할머니는 등롱을 아버지에게 건네주고 대저울을 바닥에 놓고는 허리 숙여 자리를 펼쳐보았다. 아버지는 새빨간 등롱 밑에서 할머니의 손가락이 분홍색 회충처럼 꼬무락거리는 걸 보았다. 자리가 스르르 열리자 낡은 천에 싸여 있는 죽은 갓난아이가 드러났다. 갓난아이의 머리는 털이 없이 만질만질한 게 민바가지 같았다. 아버지의 장딴지가 줄곧 부들부들 떨렸다. 할머니는 저울을 잡고 저울 고리를 낡은 천에 걸더니 한 손으로는 저울 끈을 잡고 다른 손으로는 저울추를 밀었다 당겼다 했다. 낡은 천이 부지직 소리를 내더니 죽은 아이가 날아가는 듯이 바닥으로 떨어졌다. 저울추가 바닥으로 떨어지면서 할머니의 발끝을 찧었고 저울대는 치켜 올라가면서 아버지의 정수리를 때렸다. 아버지는 고함을 지르다가 하마터면 손에 들고 있던 등롱을 떨어뜨릴 뻔했다. 올빼미는 버드나무 위에서 그들의 어리석은 행동을 조롱하는 듯한 괴이한 웃음을 짓고 있었다. 할머니는 바닥에서 저울추를 더듬어 찾아 저울 고리를 갓난아이의 살에 거칠게 찔러 꽂았다. 아버지는 저울 고리가 살 속을 파고들어갈 때의 그 괴상한 소리가 너무 끔찍해 온몸에 소름이 끼쳤다. 고개를 돌렸다가 다시 되돌렸을 때 아버지는 할머니의 손이 저울대 위에서 미끄러지듯이 움직이는 걸 보았다. 저울대가 조금씩 높아졌다 낮아졌다 하더니 결국은 평형이 되었다. 할머니는 아버지에게 등롱을 가까이 가져오라는 신호를 했다. 등롱이 붉은 저울대를 비추었고, 저울추의 표시 줄은 조금도 기울지 않고, 바로 '모란'을 누르고 있었다.

아버지가 할머니를 따라서 마을 어귀에 돌아왔을 때도 올빼미의 분노에 찬 울음소리는 여전히 들렸다.

할머니는 맘을 독하게 먹고 '모란'에다 큰돈을 걸었다.

그날 당첨된 꽃 이름은 '매화'였다.

할머니는 자리에 누웠다.

아버지는 어린 고모 상관의 크게 벌어진 입을 보고 있다가 갑자기 그때 저울에 달았던 그 갓난아이의 입도 이렇게 크게 벌어져 있었다는 생각을 했다. 그의 귓가에서, 때론 번민에 빠지게 하고 때론 유쾌하던 올빼미의 노랫소리가 다시 맴돌기 시작했다. 그의 피부는 갑자기 그 구덩이 안의 축축한 공기를 간절히 원하게 되었다. 먼지를 말아 올려 온 하늘에 흩뿌리고 있는, 너무나 건조한 서북풍이 그의 입을 바싹 마르게 했고, 그의 가슴을 너무나 초조하게 만들었기 때문이다.

아버지는 할아버지가 사나운 늙은 새 같은 눈빛으로 마치 언제라도 달려들어 먹어치울 듯이 할머니를 노려보고 있는 것을 보았다. 할머니의 등이 갑자기 구부러졌다. 할머니는 몸을 구부려 수레 안으로 밀어 넣더니 이불을 치우면서 눈물 콧물을 다 흘리며 울었다. "아이고, 동생아…… 내 친동생…… 샹관아…… 우리 아가……"

할머니의 통곡 속에서 할아버지 얼굴에 떠올랐던 분노도 천천히 흩어졌다. 뤄한 큰할아버지가 할머니 곁으로 와서 낮은 소리로 할머니를 달랬다. "주인마님, 울지 마시고, 우선 사람을 집으로 들이십시다."

할머니는 흐느끼면서 이불을 젖히고 몸을 안으로 넣어 어린 고모 샹관을 끌어안고는 비틀거리며 집 안으로 들어갔다. 할아버지는 작은할머니를 안고 할머니를 뒤따랐다.

아버지는 거리에 서서 뤄한 큰할아버지가 수레 끌대 안에서 나귀를 빼내는 걸 보았다. ─나귀의 배 양쪽이 수레 끌대에 쓸려 터져 있었다. 뤄한 큰할아버지는 수레 뒤에 묶어놓은 나귀도 풀어주었다. 나귀 두 마리는 거리의 따스한 땅 위에서 때론 배를 위로 하고, 때론 배를 아래로 한 채 뒹굴면서 피로를 풀었다. 다 뒹굴고 난 뒤 나귀들은 일어나서 힘껏 몸을 털었다. 가벼운 연기 같은 먼지들이 배털에서 자욱하게 피어올랐다. 뤄한 큰할아버지는 나귀를 끌고 동쪽 마당으로 갔다. 아버지도 따라갔다. 뤄한 큰할아버지가 "더우관, 집으로 가자. 집으로 가자" 하고 말했다.

할머니는 부뚜막 앞에서 불을 때 솥에다 반 솥쯤 되는 물을 끓이고 있었다. 아버지는 슬그머니 방 안으로 들어갔다가 구들 위에 누워 있는 작은할머니를 보았다. 작은할머니는 눈을 뜬 채 볼살을 계속 움찔거리고 있었다. 아버지는 구들 위에 누워 있는 어린 누이 샹관을 보았다. 붉은 보자기로 흉측한 얼굴을 가리고 있었다. 아버지는 그날 밤 할머니를 따라 죽은 아이 구덩이에 가서 죽은 아이를 달아보았던 광경을 다시 떠올렸다. 동쪽 마당에서 히힝대는 나귀 소리가 올빼미의 노랫소리와 아주 흡사했다. 아버지는 시체 썩는 내를 맡으면서 얼마 안 있으면 샹관도 죽은 아이 구덩이에 눕게 되어 올빼미에게 먹히고 들개에게 먹히게 될 거라는 생각을 했다. 아버지는 사람이 죽으면 흉측하게 될 수 있다는 생각을 하지 못했다. 붉은 보자기 아래 덮여 있는 샹관의 죽은 얼굴은 그를 몹시 강렬하게 끌어들이는 힘이 있었다. 그는 보자기를 들추고 샹관을 들여다보고 싶은 마음이 간절했다.

할머니가 뜨거운 물을 한 대야 들고 방으로 들어와서는 구들가에 물을 놓고는 아버지를 밀쳐내며 "나가라!"고 했다.

씩씩거리며 바깥채로 나온 아버지는 등 뒤에서 방문 닫히는 소리를 들었다. 아버지는 호기심을 참지 못해 문틈에 눈을 붙이고 안을 들여다보았다. 할아버지와 할머니가 구들 위에 쪼그리고 앉아 작은할머니의 옷을 벗겨 구들 앞 바닥으로 던졌다. 축축한 옷이 묵직하게 바닥으로 떨어졌다. 아버지는 또 구역질 나는 피비린내를 맡았다. 작은할머니가 두 팔을 힘없이 버둥거리면서 입으로 다시 괴상한 소리를 냈다. 그 소리는 마치 죽은 아이 구덩이에서 나는 올빼미 울음소리 같았다.

"당신이 이 사람 팔을 꽉 붙잡아요." 할머니가 간청하듯이 할아버지에게 말했다. 모락모락 피어오르는 수증기 속에서 할머니와 할아버지의 얼굴은 윤곽이 희미해졌다.

할머니는 구리 대야에서, 뜨거운 김이 펄펄 나는 하얀 양 뱃가죽 수건을 끄집어내서 한 차례 한 차례 짰다. 뜨거운 물이 줄줄 구리 대야 안으로 흘렀다. 수건이 너무 뜨거워 할머니는 손을 이리 바꿨다 저리 바꿨다 했다. 할머니가 수건을 털어 펼쳐서 작은할머니의 더러운 얼굴 위에 놓았다. 작은할머니의 두 팔은 할아버지의 커다란 두 손에 꽉 쥐어져 있었다. 작은할머니는 안간힘을 다해 목을 비틀어댔다. 올빼미처럼 공포스럽게 울어대는 소리가 뜨거운 수건 아래에서 희미하게 전해져 왔다. 할머니는 작은할머니의 얼굴에서 수건을 떼어냈다. 수건은 이미 너무 더러워져서 쳐다볼 수가 없는 지경이었다. 할머니는 구리 대야 안에서 수건을 비비고 헹궈 건져내고는 다시 몇 번을 짜서 작은할머니의 몸에 대고 천천히 아래로 닦아 내려갔다……

구리 대야 안의 열기가 약해졌고, 할머니의 얼굴은 뜨거운 땀으로 흠뻑 젖었다. 할머니는 할아버지에게 "당신이 이 더러운 물 쏟아버리고 깨끗한 물로 한 대야 바꿔오시구려……" 하고 말했다.

아버지는 급히 마당으로 달려갔다. 할아버지가 두 손으로 구리 대야를 받쳐 들고 등허리를 구부린 채 비틀거리며 측간의 낮은 담장 쪽으로 가서 팔을 치켜 올려 물을 뿌리는 게 보였다. 공중에서 오색찬란한 폭포가 갑자기 나타났다가 순식간에 사라졌다.

아버지는 다시 문틈에 얼굴을 댔다. 작은할머니는 이미, 방금 문질러서 씻은 붉은 박달나무 가구처럼 온몸에서 빛이 났다. 울음소리도, 고통스러워하는 낮고 느린 신음으로 바뀌었다. 할머니는 할아버지에게 작은할머니를 안아 일으키도록 한 뒤 홑이불을 벗겨 둥글게 말아 구들 아래로 던지고는 깨끗한 요를 펼쳐서 잘 깔았다. 할아버지는 작은할머니를 잘 눕히고, 할머니는 작은할머니의 두 다리 사이에 커다랗고 둥근 솜을 끼우고는 다시 이불을 끌어당겨 몸을 덮어주었다. 할머니가 나지막한 소리로 가늘게 말했다. "동생, 좀 자게. 좀 자. 잔아오랑 내가 둘 다 여기서 자넬 지키고 있을 테니까."

작은할머니는 평안히 눈을 감았다.

할아버지는 다시 물을 버리러 나갔다.

할머니가 어린 고모 샹관의 몸을 씻어줄 때 아버지는 대담하게 슬그머니 방 안으로 들어가 구들 앞에 섰다. 할머니는 아버지를 한 번 쳐다보았지만 나가라고 쫓아내지는 않았다. 할머니는 어린 고모의 몸에 달라붙어 있는 마른 피를 씻어내면서 계속 눈물을 줄줄 흘렸다. 어린 고모를 다 씻기고 난 뒤 할머니는 머리를 간벽에 기대고는 한나절 동안 마치 죽은 사람처럼 꼼짝도 하지 않았다.

저녁 무렵 할아버지는 이불 하나로 어린 고모를 말아서 안았다. 아버지는 할아버지를 따라 대문까지 갔다. 할아버지가 말했다. "더우관, 넌 돌아가서 네 엄마랑 작은어머니 보살펴드려라."

뤄한 큰할아버지가 동쪽 마당 입구에서 할아버지를 붙잡았다. "주인어른, 주인어른도 들어가십시오. 제가 보내드리겠습니다."

할아버지는 뤄한 큰할아버지에게 어린 고모를 건네고는 대문으로 돌아와서 아버지의 손을 잡고, 마을을 나서는 뤄한 큰할아버지를 눈으로 전송했다.

7

1973년 섣달 23일, 경 18도는 여든 살이 되었다. 이른 새벽에 일어났을 때 그는 마을 한가운데서 나팔이 귀를 때리며 울리는 소리를 들었다. 나팔 소리 속에 한 늙은 여자가 병으로 골골대면서 뭐라고 하는 소리가 들렸다. "용치(勇奇)……" 거친 목소리의 남자가 물었다. "마누라, 좀 나아진 거여?" 늙은 여인이 말했다. "아니요. 아침에 일어나니 머리가 더 어지럽네요……"

경 18도는 애써 얼음처럼 차가운 구들바닥을 짚고 일어나 앉았다. 그도 이른 새벽에 일어나니 머리가 더 어지러웠다. 창밖엔 바람 소리가 사나웠다. 한 무더기씩의 눈보라가 어두운 창호지를 때리며 쇄쇄 하는 소리를 냈다. 그는 벌레 먹어서 반질반질해진 개가죽 옷을 걸치고 구들 아래로 내려와, 손을 펴서 문 뒤에 기대놓은 용머리 지팡이를 쥐고는 비틀거리며 밖으로 나왔다. 뜰 안에는 이미 눈이 한 겹 두껍게 쌓여 있었다. 무너진 토담 너머로 망망한 은색 들판이 보였다. 토치카 같은 수숫대가 우뚝우뚝 서서 들판 여기저기에 흩어져 있었다. 한 무더기씩 떨어지는 눈꽃은 언제 그칠지 알 수 없었다. 그는 한 가닥 요행을 바라는 심정으로 몸을 돌려 지팡이로 쌀 항아리, 밀가루 항아리 덮개를 들춰보았다. 항아리 안은 텅텅 비어 있었다. 어제 본 눈이 결코 그를 속인 게 아니었다. 그의 배는 이미 이틀 동안 먹은 게 없었다. 노쇠한 위(胃)에서 한 차례씩 격렬한 통증이 일었다. 그는 이미 체면을 다 내던지고 지부 서기를 찾아가 양식을 달라고 조를 결심을 하고 있었다. 배 속이 텅 비어 온몸이 한기로 계속 떨렸다. 그는 지부 서기가, 마음보가 쇠나 돌보다 더 딴딴한 개자식이며, 그에게 가서 양식을 달라고 하는 건 절대로 만만한 일이 아니라는 걸 잘 알고 있었다. 그는 물을 끓여 뜨거운 물로 배를 좀 덥힌 다음에 그 개자식하고 마지막 한판을 벌여야겠다고 다짐했다. 그는 용머리 지팡이로 물 항아리를 헤집었다. 물 항아리 안에는 둥그런 얼음 덩어리 하나뿐, 물은 없었다. 그는 이미 사흘 동안 불을 때지 않은 게 생각났다. 물 항아리로 우물에 가서 물을 길어 오지 못한 게 열흘이나 되었다. 그는 가장자리가 깨진 바가지 하나를 찾아내 마당으로 가 스물댓 번 정도 눈을 퍼 담아 와서는, 찌꺼기들이 엉겨 붙어 있고 여기저기 금이 간, 한 번도 깨끗이 헹궈 낸 적이 없는 솥 안에 그 눈을 부었다. 솥뚜껑을 덮고, 불쏘시개로 쓸 땔감을 찾았지만 땔감은 없었다. 그는 방 안으로 들어가 구들 밑에서 보릿짚을 한 줌 빼내고 수숫대를 엮어서 만든 구들 덮개 몇 개를 채소 칼로 잘라서 풀덤불을 만들어가지고는 쭈그리고 앉아서 부싯돌과 심지로 불을 일으켰다. 예전에 두 푼에 한 갑 하던 성냥은 일찌감치 배급표로 공급을 받아놓은 터였다. 배급표로 받지 않았다면 그것도 살 수가 없었을 것이다. 그는 자신이 늙어빠진 개자식처럼 무일푼의 빈털터리라는 걸 알았다. 시커먼 아궁이 안에서 따뜻하고 붉은 불꽃이 일어났다. 그는 몸을 앞으로 구부려 얼어터진 배를 덥혔다. 앞은 언 게 좀 풀렸지만 뒤의 등은 여전히 추웠다. 그는 서둘러 아궁이 안으로 풀 한 줌을 밀어 넣고는 등을 불쪽으로 향하게 했다. 얼었던 등은 풀렸지만 배가 다시 얼어붙었다. 반은 덥고 반은 추운 게 그를 더 못 견디게 했다. 그는 아예 불을 쪼이지 않기로 하고 서둘러 아궁이 안에 풀을 채워 넣으며 물이 끓기만을 기다렸다. 물을 실컷 마신 뒤에 반드시 그 조무래기 잡종 놈과 박 터지게 한번 붙어보리라. 그렇지 않으면 절대로 순순히 양식을 얻어내지는 못할 게다 하는 생각을 하면서. 솥 아궁이의 불이 막 꺼지려고 했다. 그는 마지막 풀을 시커먼 부뚜막신의 거대한 탐욕스러운 입안으로 밀어 넣으면서, 풀덤불이 천천히 타기를 간구했다. 하지만 풀덤불은 금방 다 타버렸다. 솥 안에서는 아직 아무런 움직임도 없었다. 그는 초조해서 펄쩍펄쩍 뛰다가 생각지도 못했던 민첩함으로 집 안으로 달려 들어가 구들 밑에서 마지막 풀 한 줌을 빼내 와 아궁이 속으로 밀어 넣었다. 아궁이 속의 불이 남은 목숨을 근근이 유지하면서 솥 안에 있는 눈을 계속 녹이도록. 다리 셋 달린 작은 걸상이 무참하게 아궁이 속으로 들어갔고, 다 낡아 반질반질해진 빗자루도 부뚜막신의 시커먼 목구멍 속으로 쑤셔 넣어졌다. 그런데도 부뚜막신은 계속 트림을 하면서 한 무더기씩 짙은 연기를 내뱉었다. 그는 대경실색하여 용머리 지팡이로 토담 위에 걸어놓았던 제공선(濟公扇)*을 꺼내 아궁이 안으로 파닥파닥 부채질을 했다. 그러자 한 차례씩 삼키고 토하고 하던 연기가 결국은 더 이상 토해 나오지 않게 되었다. 아궁이 안에서 푸득하는 소리가 났고, 걸상과 빗자루가 타면서 내는 밝고 강한 불꽃이 일어났다. 그는 나무는 오래 타기 때문에 한숨 돌려도 된다는 걸 알고 있었다. 늙어 침침해진 그의 눈이 연기를 이기지 못해 눈에서 점액 같은 눈물이 굴러떨어졌다. 마른 얼굴 위로 굴러떨어진 눈물 서너 방울이 합쳐져서 한 방울을 이루더니 어지럽게 흩어진 수염 위로 떨어졌다. 솥 안에서 마치 매미 울음처럼 부글부글하는 소리가 간헐적으로 들리기 시작했다. 그는 기쁜 마음으로 솥 안에서 나는 물소리를 듣고 있었다. 얼굴에는 갓난아기처럼 순수한 미소가 번졌다. 하지만 아궁이 안의 불은 다시 어두워졌다. 만면에 웃음이 가득하던 그의 얼굴이 놀람과 두려움으로 바뀌었다. 그는 급히 일어나 사방을 둘러보며 더 태울 만한 물건이 없나 찾아보았다. 집의 바자**나 들보는 타는 것이긴 해도 그에게는 그것들을 어떻게 해볼 만한 힘이 없었다. 팔선(八仙) 중의 하나인 절름발이 리(李)가 자기 다

---

* 제공은 중국인들의 민간 전설 속에서 신화적인 인물인 나한(羅漢)의 화신으로 인간 세상에서 권선징악을 행하고 병을 고치고 사람을 구해주는 '산 부처(活佛)'로 알려져 있는 인물이다. 여기서 제공선이란 그 제공이 사용하는 부채 모양의 부채를 말한다.
** 대, 갈대, 수수깡, 싸리 따위로 발처럼 엮어서 만든 물건.

리를 땔감으로 태운 이야기가 번개처럼 떠올랐다. 이야기 안에서 신선인 리는 자기 다리를 아궁이 속에 땔감으로 밀어 넣었는데, 부직부직 타는 소리가 나자 그 형수가 "도련님, 불에 타면 절름발이 돼요!" 하고 말했다. 여인의 입이 오두방정이라고 신선인 리의 다리는 여인이 한 말대로 정말로 타서 절름발이가 되었다. 그는 자기는 신선도 아니며, 굳이 태우지 않아도 이미 걸음조차 뗄 수 없는 지경이라는 걸 잘 알고 있었다. 하지만 걸음을 못 떼도 갈 수는 있다. 그는 어쨌든 지부 서기 집에 가서 식량을 얻어와야 한다. 아궁이 불이 막 꺼지려는 순간 그의 시선은 마지막으로 담벼락에서 파낸 그 감실(龕室)* 위에서 멈추었다. 감실 안에는 시커먼 위패가 모셔져 있었다. 그가 용머리 지팡이로 위패를 두드리자 위패는 퉁퉁 소리를 내면서 먼지들이 떨어졌고, 오랫동안 연기에 그을렸던 나무의 본색이 드러났다. 그의 늙은 심장이 두근거리면서 갑자기 뼛속 깊이 파고드는 통증이 느껴졌다. 그 통증 속에서 그는 36년 동안 모셔왔던 여우 신선의 위패를 아궁이 속으로 던져 넣었다. 굶주린 불꽃이 당장 혀를 내밀고 위패를 핥았다. 마치 그 붉은 여우의 몸이 타는 것처럼 위패에서 지지직하며 붉은 땀이 배어 나왔다…… 여우는 지칠 줄 모르고 열심히 그의 몸에 난 상처 열여덟 군데를 핥아주었다. 그는 몇 년이 지난 뒤에도 여우의 그 서늘하고 아름다운 혀를 기억했다. 여우의 혀에는 분명 신령한 묘약이 있다는 걸 그는 굳게 믿어 의심치 않았다. 기어서 마을로 돌아온 뒤에도 상처에서는 전혀 염증이 생기지 않았고, 그는 약 하나 쓰지 않고 상처가 다 나았다. 나중에 그가 사람들에게 이 신화처럼 신기한 일을 이야기하면 사람들은 모두 믿지 못하겠다는 표정을 지었는데, 그럴 때면 그는 노기등

---

* 신상이나 위패를 모셔두는 장.

등해져서 윗옷을 벗어젖히고 사람들에게 자기 몸에 난 상처 자국을 보여
주었다. 하지만 사람들은 상처를 보고도 여전히 믿지 않았다. 그는 자신
이 죽을 고비 속에서 살아났기 때문에 나중에 반드시 복을 받을 거라고
굳게 믿었지만, 그 복은 지금까지 오지 않았다. 나중에 '다섯 가지 보호'
의 대상이 되었을 때, 그는 복이 왔다고 생각했다. 하지만 그 뒤에 복은
다시 갔고 마을에서는 아무도 그를 거들떠보는 사람이 없었다. 나귀에 달
린 광주리 안에 앉아 나무 몽둥이를 깎고 있던 그 쪼그만 망할 자식이 그
해에 지부 서기가 되었다. 만약 이 꼬마 놈이 대약진 기간에 아홉 명이나
목숨을 잃게 하지 않았다면 아마도 진작 성(省)위원회 서기가 되었을 것이
다. 이 쪼그만 망할 자식이 그의 '다섯 가지 보호 대상' 자격만 취소시키지
않았더라면…… 나무 위패는 여우처럼 쉽게 타지 않았다. 피 같은 불꽃이
타오르는 가운데 솥 안에서 부글대는 물소리가 들렸다. 물이 끓었다.

그는 그 깨진 바가지로 끓인 더러운 물을 떠서 후루룩 마셨다. 뜨거
운 물이 한 입 배 속으로 들어가자 아주 편안해서 온몸이 떨릴 지경이었
다. 다시 한 모금 뜨거운 물이 배 속으로 내려가자 그는 이미 신선이 된
기분이었다.

뜨거운 물 두 바가지를 마시고 나자 온몸에서 끈적끈적한 땀이 배어
나왔다. 열에 덥혀진 이들이 흥분해서 스멀스멀 기어 다니기 시작했지만
물진 않았다. 배는 더 고파졌지만 몸에는 그래도 힘이 생긴 것 같았다.
그는 용머리 지팡이를 짚고, 온통 눈으로 덮인 하늘 속으로 걸어 나갔다.
발밑에 하얀 옥가루를 밟으며 귀로는 쉬쉬 하는 눈 소리를 들으니 마음이
마치 8월의 맑은 하늘처럼 밝아졌다. 거리에는 다니는 사람이 없었고, 눈
을 잔뜩 짊어진 검은 개 한 마리만 조심조심 걷고 있었다. 개는 조금 걷다
가는 몸을 떨어 눈을 날리면서 자기 본모습을 드러내려고 했지만 금방 다

시 날아든 눈은 이내 다시 그 등을 덮어버렸다. 그는 검은 개를 따라서 그 쪼그만 망할 자식의 집으로 갔다. 그놈 집의 검게 번들거리는 대문은 꼭 닫혀 있었다. 매화나무 가지 몇 개에 불이 일듯 피어난 꽃이, 담장 머리로 그 붉은빛을 떨어뜨리려는 듯이 고개를 내밀고 있었다. 그는 무심히 매화를 쳐다보며 돌계단을 오르면서 몇 차례 숨을 내쉰 뒤 주먹으로 문짝을 두드렸다. 뜰 안에서는 왕왕 개 짖는 소리만 들릴 뿐 인기척은 전혀 없었다. 그는 화가 치밀어 흔들거리며 넘어지려고 하는 몸을 문루*의 담에 기대고는 용머리 지팡이를 잡고 시커먼 대문의 걸쇠를 두드렸다. 개가 뜰 안에서 무섭게 짖어댔다.

마침내 대문이 열렸다. 먼저 달려 나온 건 털에서 번들번들 윤이 나는 살진 얼룩개였다. 얼룩개는 막무가내로 달려오다가 그가 지팡이를 휘두르자 한 걸음 물러나더니 잘생긴 하얀 이 두 줄을 드러내고 미친 듯이 짖어댔다. 그다음에 갑자기 아주 흰하고 깨끗하게 생긴 중년 여인의 얼굴이 나타났다. 그녀는 경 18도를 힐끗 보더니 부드럽게 말했다. "경 아저씨, 당신이셨군요, 무슨 일이세요?" 경 18도는 쉰 목소리로 말했다. "지부 서기를 만나러 왔소!" "그이는 공사(公社) 회의에 갔어요." 여인은 부드러움 속에 동정심을 드러내며 말했다. "좀 들어가게 해주쇼!" 기진맥진한 그가 고함을 질렀다. "내 그자에게 물어봐야겠소. 대체 무슨 근거로 내 '다섯 가지 보호 대상' 자격을 취소해버린 건지? 난 일본 놈들에게 열여덟 번이나 칼에 찔리고도 죽지 않았는데 설마 나더러 그의 손에서 굶어 죽으라는 건 아니겠지요?" 여인은 난처한 듯이 말했다. "아저씨, 그이는 정말 집에 없어요. 공사에 회의하러 간다고 일찌감치 나갔다고요. 배가

---

* 바깥문 위에 지은 다락집.

고프시면 우선 우리 집에서 뭘 좀 드시죠. 밥은 없지만 고구마 떡은 얼마든지 잡수실 수 있어요." 그는 냉랭하게 말했다. "고구마 떡? 당신 집 개도 고구마 떡은 먹지 않을걸!" 여인은 조금 불쾌해하며 말했다. "안 잡수실려면 관두시구요. 그이는 집에 없고 회의하러 갔으니, 갈 수 있으면 공사로 찾아가보시던지요!" 여인은 재빨리 몸을 돌려 안으로 들어갔고, 대문은 쾅 하고 닫혔다. 그는 지팡이를 잡고 문을 몇 번 두드렸다. 몸이 흐물흐물해져서 거의 무너져 내릴 것 같았다. 그는 비틀거리며 눈이 거의 한 자나 쌓인 거리를 걸으면서 혼잣말을 했다. '공사로 가자…… 공사로 가서…… 이 빌어먹을 놈을 고발하자…… 그가 선량한 백성을 속이고 짓밟는다고 고발하자…… 그가 내 양식을 가로채갔다고 고발하자……' 그는 절름발이 늙은 개처럼 다리를 절면서 걸어갔다. 눈밭 위에 깊고 얕은 발자국 두 줄을 남기면서. 한참을 걷고 난 뒤에도 그는 여전히 눈꽃 속으로 넘쳐나는 그 매화의 그윽한 향기를 맡을 수 있었다. 그는 천천히 시커먼 대문 쪽으로 고개를 돌리더니 퉤하고 침을 뱉었다. 그 매화 몇 가닥은 나부끼는 눈밭 속에서 불꽃처럼 타고 있었다.

황혼이 질 무렵에야 그는 공사의 대문 밖까지 왔다. 거대한 철문은 쇠창살 하나하나가 다 엄지손가락만큼이나 굵었고, 쇠창살 꼭대기는 뾰족한 베틀 북처럼 생겨서 젊은 청년이라도 거길 넘을 생각은 그만두어야 할 것 같았다. 쇠창살 틈 사이로 보이는, 공사 큰 마당에 쌓인 눈은 다 시커멓고 더러웠다. 마당 안에서는 새 옷을 입고 새 모자를 쓰고, 살진 머리에 커다란 귀를 하고 입 주변이 온통 번들거리는 사람들이 베틀 북처럼 왔다 갔다 하고 있었다. 그들 중 어떤 이는 털이 다 빠진 돼지 대가리를 들고 있었고…… 돼지의 귓불은 다 핏빛이었다. 어떤 이는 은회색 갈치를 들고 있고, 어떤 이는 잘 잡은 닭이랑 오리를 들고 있었다. 그가 지팡이로 대문의 철 기둥을 두드리자 땡땡 하고 울리는 소리가 났다. 마당 안에서 왔다 갔다 하는 사람들은 다들 바빠 죽겠다는 듯한 표정으로 냉랭한 눈길을 한 번 던지고는 곧 다시 계속해서 움직였다. 그는 화가 치밀어 고함을 지르며 울부짖기 시작했다. "관장님…… 지도자 동지…… 전 억울합니다요…… 굶어 죽게 됐다고요……"

윗옷 주머니 안에 볼펜 세 자루를 꽂고 있는 한 젊은이가 걸어오더니 냉랭하게 물었다. "영감, 왜 여기서 시끄럽게 구는 거요?" 그는 젊은이의 가슴팍에 그렇게 많은 볼펜이 꽂혀 있는 걸 보고는 큰 나리가 내려오셨다고 생각해 곧 눈 위에 두 무릎을 꿇고 손으로 철 난간 문 위의 철근을 잡고 울면서 호소했다. "어르신, 저의 대대의 지부 서기가 제 양식을 가로채갔습니다요. 전 이미 사흘 동안 먹질 못해 곧 굶어 죽게 생겼굽쇼. 일본 놈들한테 열여덟 번을 찔리고도 죽지 않았는데, 지금 굶어 죽게 생겼습니다요……"

청년이 물었다. "당신 어느 마을 사람이요?"

경은 놀라며 물었다. "어르신, 저를 모르십니까요? 제가 경 18도입니다요!"

청년이 웃으며 말했다. "내가 경 18도를 어떻게 알아? 돌아가서 당신네 대대의 지도자나 찾아가쇼, 공사는 이미 휴가 중이니까."

그는 한동안 철 난간 문을 두드렸지만 더 이상은 아무도 아랑곳하는 이가 없었다. 큰 마당의 창유리 위로 따뜻한 노란빛이 비쳐 나왔고, 거위털만 한 큰 눈꽃이 그 밝은 창 앞에서 소리 없이 춤을 추고 있었다. 마을에서는 폭죽이 몇 발 울렸다. 그는 갑자기 부뚜막신과 이별을 해야 할 때가 되었다는 생각이 들었다. 부뚜막신이 하늘에 올라가 보고를 하도록 배웅할 때가 된 것이다. 그는 집으로 가야겠다고 생각했지만, 한 걸음을 떼

자마자 마치 누군가가 뒤에서 세게 민 것처럼 곤두박질쳐졌다. 그의 얼굴
이 온 땅에 두껍게 깔린 눈 위에 닿았다. 그는 쌓인 눈이 정말 따뜻하다고
생각했다. 그 느낌은 엄마의 따뜻한 품을 떠올리게 했다. 아니, 엄마의
따뜻한 배랑 더 비슷했다. 그는 엄마의 뱃속에서 눈을 감고는 물고기처럼
자유롭게 왔다 갔다 하며, 먹을 걱정도 입을 걱정도 아무 걱정 근심도 없
이 노닐고 있었다. 다시 엄마 배 속에서 살아볼 수 있다는 게 너무나 행복
했다. 굶주림도 없고 추위도 없고, 그는 정말 행복했다. 마을에서 어렴풋
하게 개 짖는 소리가 들렸다. 그 소리에 그는 자신이 일찌감치 엄마 배 속
을 떠나 세상에 와 있다는 사실을 희미하게 깨달았다. 공사 큰 마당 안의
황금색 등불과 지부 서기 집 뜰 안의 타는 듯이 붉은 매화가, 빠르게 움직
이는 불꽃처럼 온 하늘 밑을 환하게 비추었다. 그는 곳곳이 어찌나 밝은
지 눈이 부시다는 생각을 했다. 눈 조각들이 금박, 은박처럼 찰찰거리며
서로 부딪치면서 빙글빙글 돌고 있었다. 집집에서 나온 부뚜막신들이 모
두 종이 다발로 된 준마를 타고 공중에서 아주 먼 하늘나라로 날아가고
있었다. 강렬한 빛의 쪼임 속에서 온몸이 마치 불에 덴 것처럼 타는 듯한
느낌이 들었다. 그는 서둘러 자신의 낡은 가죽 옷을 벗어버렸다. 뜨거웠
다, 그는 다시 낡은 면바지를 벗어버렸다, 뜨거웠다, 그는 낡은 헝겊신을
벗어버렸다, 뜨거웠다, 낡은 털모자를 벗었다, 뜨거웠다, 그는 마치 엄마
배 속에서 땅에 갓 떨어진 것처럼 알몸이 되었지만, 여전히 뜨거웠다. 그
는 눈 속에 엎드렸다, 눈 조각이 그의 피부를 데이게 해서 그는 이리 뒹굴
고 저리 뒹굴었다. 뜨거워, 뜨거워, 그는 눈꽃을 한 입 삼켰다. 눈꽃이 마
치 한여름 폭염 아래 있던 모래나 자갈처럼 그의 목을 데이게 했다. 뜨거
워! 뜨거워! 그는 눈 속에서 일어나 기어서 한 손으로 공사 큰 마당의 철
난간 위의 쇠창살을 붙잡았다. 시뻘건 창살이 손을 데게 해 기름이 나왔

다. 손이 철 난간에 달라붙어 떨어지질 않았다. 그가 마지막으로 지르고 싶어 한 고함은 여전히 뜨거워! 뜨거워였다.

가슴에 볼펜을 여러 개 꽂은 젊은이가 이른 새벽 일어나 눈을 쓸다가 우연히 고개를 들어 철 난간 쪽을 보았을 때, 그는 자기도 모르게 놀라 뒤로 자빠질 뻔했다. 어젯밤 자칭 겅 18도라던 그 늙은이가 마치 수난당한 예수처럼 알몸으로 대문을 붙잡고 있는 게 보였다. 늙은이의 얼굴은 보랏빛이었고 사지는 펼쳐져 있었으며 눈은 커다랗게 뜬 채 공사의 마당을 노려보고 있었다. 얼핏 보아서는 누구도 감히 그가 굶어서 얼어 죽은 독거 노인이라고 믿을 수 없었다.

젊은이는 일부러 노인의 몸에 난 상처를 세어보았다. 정말로 더도 덜도 아닌 열여덟 개였다.

8

곰보 청은 일본 병사들을 이끌고 마을의 짚신 짜는 움집까지 간 다음에야 결국 풀려났다. 다갈색 예모를 쓴 병사가 진지하게 캐물었다. "짚신 움집이 더 있는 거야, 없는 거야?" 그는 확실하게 "없습니다요, 정말 없습니다요" 하고 대답했다. 예모를 쓴 병사가 다른 일본인을 한 번 쳐다보자 그 일본인이 고개를 끄덕였다. 예모가 "꺼져!" 하고 말하는 소리가 들렸다. 그는 고개를 숙이고 허리를 굽힌 채로 열댓 걸음 뒤로 물러난 뒤 급히 몸을 돌렸다. 생각은 나는 듯이 달아나고 싶었지만 다리에 힘이 빠지고 심장이 뛰어 어떻게 해도 달릴 수가 없었다. 가슴의 상처는 화끈대며 아프고, 바지 속의 똥오줌은 식은 채 끈적끈적하게 달라붙어 있었다. 그는 나무에 기대어 숨을 돌렸다. 집집마다에서 처참한 아우성 소리가 들려왔다. 그의 다리가 저절로 움츠러들었다. 버드나무의 마른 껍질이 그의 등을 스치고 미끄러져 떨어졌다. 마을 상공에는 연기가 한 무더기씩 가득 차 있었다. 수류탄이 폭발하면서 나온 짙은 연기였다. 일본 사람들이 마을 안에 있는, 열두 개의 짚신 짜는 움집 안으로 작은 참외 모양의 수류탄 수백 발을 던져 넣었다. 움집의 지붕창으로 던져 넣고, 움집의 출구로도 던져 넣었다. 수류탄을 다 던진 일본 병사들은 모두 꼼짝도 하지 않은 채 움집을 둘러싸고 서 있었다. 움집 안에서 무거운 천둥소리처럼 폭발음이 울렸고, 발밑의 땅마저 덜덜 떨렸다. 폭탄에 맞았지만 아직 죽지 않은 사람들의 처참한 절규와 더불어 움집의 지붕창에서 짙은 연기가 세차게 뿜어져 나왔다. 일본 병사들은 지붕창에 풀들을 마구 쑤셔 넣었다. 그러자 움집 안에서 부르짖던 소리들이 애를 써야 겨우 들을 수 있을 정도로 미미해졌다. 곰보 청은 일본 사람들을 이끌고 다니면서 움집 열두 개를 폭파시켰다. 그는 마을에 사는 남정네의 4분의 3이 다 움집 안에서 짚신을 짜는데, 이 밤이 지나고 난 뒤에는 아마 그들 중 살아남은 자가 한 사람도 없을 거라고 생각했다. 문득 자신의 죄과가 너무나 크다는 생각이 들었다. 마을 동쪽 후미진 구석에 있는 그 움집은 만약 그가 데려가지 않았다면 일본인들은 찾지도 못했을 것이다. 그건 마을에서 첫째나 둘째가는 큰 움집이어서 매일 밤 남자 20~30명이 모여 짚신을 짜면서 담소를 즐기는 곳이었다. 일본인들은 이 움집 안에 폭탄 40여 발을 던져 넣었다. 거대한 폭발의 충격으로 움집의 덮개는 박살이 났고, 폭발이 지나간 뒤 움집은 평평한 무덤이 되었다. 움집의 덮개를 받쳐놓았던 버드나무 막대기 하나만 진흙 속에서 총구처럼 달랑 뻗쳐 나와 불그레한 하늘을 가리키고 있었다.

그는 두려웠고 또 후회했다. 그는 그 낯익은 얼굴들이 자기를 겹겹이

에워싸고는 분노에 차서 욕을 퍼붓고 있는 게 보이는 것만 같았다. 그는 애써 변명했다. 일본 놈이 총검으로 나를 몰아서 그렇게 한 거라고, 내가 일본 놈들을 데려오지 않았어도 그놈들은 움집을 다 찾아내서 그 속에다 폭탄을 던졌을 거라고. 그러자 폭탄에 맞아 죽은 사람들은 서로 얼굴만 쳐다볼 뿐 아무 소리도 내지 않고 조용히 있다가 물러갔다. 그는 다 망가져 온전한 데가 없는 그들의 몸을 보면서, 자기는 부끄러울 게 없다고 스스로 다짐하면서도 온몸이 마치 언 강 속에 잠긴 것처럼 안에서부터 바깥까지 차가워졌다.

간신히 버둥거리며 집으로 돌아와 보니, 아리따운 아내와 열세 살짜리 딸아이가 옷이 깡그리 벗겨지고 내장으로 바닥을 도배한 채 마당에 널브러져 있었다. 그는 눈앞이 캄캄해져서 꼿꼿이 선 채로 거꾸러졌다…… 그는 벌렁 누워 자신이 죽었구나 하는 생각을 하다가, 또 아직은 살았구나 하는 생각도 했다…… 그는 앞으로 쫓아가고 있었다. 서남쪽 방향을 향해서. 서남쪽의 장밋빛 하늘 위에는 커다랗고 붉은 구름이 둥그렇게 떠다니고 있었고, 아내와 딸아이, 마을의 낯익은 무수한 남녀노소가 다 그 위에 서 있었다. 그는 바닥에서 나는 듯이 달리면서 얼굴을 쳐든 채, 천천히 움직이는 구름을 쫓아가고 있었다. 구름 위에 있는 사람들은 그를 아는 체도 하지 않으며 모두 그에게 침을 뱉었다. 아내도 딸도 그에게 침을 뱉었다. 그는 서둘러 변명했다. 자기가 일본 사람들에게 길을 가르쳐 준 건 정말 어쩔 도리가 없어서 그렇게 한 거라고. 하지만 구름 위의 침은 곧 빗방울로 바뀌어 떨어졌다. 그는 그 커다란 구름 덩어리가 점점 더 높이 올라가는 걸 보았다. 구름은 마지막에 밝게 빛나는 핏빛 점으로 바뀌었다…… 아내는 예쁘고, 젊고, 피부가 마치 고운 도자기처럼 반짝였다. 곰보에게 시집을 온 건 그녀에게는 수치였다…… 아내가 사는 마을의 한 주점에 머물 때 곰보는 매일 밤 구슬프게 훌쩍이는 소리로 나팔을 불었는데, 그 나팔 소리에 애간장이 끊어져서…… 그녀는 그의 나팔한테 시집을 온 것이다. 하지만 그가 나팔을 불고 또 불자 나중에는 신물이 났고, 본래부터 혐오스러워했던 곰보의 얼굴이 이제는 지긋지긋해져서, 그녀는 천을 파는 어떤 놈을 따라 도망을 갔다. 하지만 결국 곰보 청이 다시 그녀를 붙잡아 왔고, 그는 그녀를 엉덩이가 부르트도록 두들겨 팼다. 때린 후에 아내는 반죽한 면처럼 말을 잘 듣게 되었고, 그 뒤로는 오로지 한마음으로 세월을 보내면서, 먼저 딸아이를 낳고 나중에는 아들을 낳았다…… 그는 정신을 차리고 다시 아들을 찾기 시작했다. 여덟 살이 된 아들은, 고개는 밑으로 처박고 발은 위로 치켜든 채 물독 속에 처박혀 있었다. 몸은 몽둥이처럼 딱딱하게 굳어 있었다.

곰보 청은 대문 틀에 끈을 매고 잡아당겨서 둥근 올가미를 만든 뒤 머리를 그 속으로 집어넣고 걸상을 발로 차서 넘어뜨렸다. 끈이 그의 목을 죄었다. 그때 한 청년이 칼을 높이 쳐들어서 끈을 가로로 베어버렸고, 곰보 청의 몸은 대문의 문간 위로 나가떨어졌다. 청년이 그의 똥구멍을 반나절이나 쑤시고 나서야 그는 비로소 숨을 되찾았다.

청년이 성질을 내며 말했다. "곰보 아저씨! 일본 놈들이 우릴 죽인 것도 모자라서? 아니 자살까지 해요? 살아서 원수를 갚아야죠! 아저씨!"

곰보 청은 청년에게 울며불며 하소연을 했다. "춘성(春生), 조카, 네 큰엄마랑, 란쯔(蘭子)랑 주쯔(柱子)가 다 죽었어. 우리 집 식구들은 다 죽고, 우리 집은 다 망해버렸다고!"

춘성이 칼을 들고 마당 안으로 들어가더니, 시퍼렇게 질린 얼굴에 벌건 눈을 하고 나왔다. 그는 곰보 청을 붙잡고 "아저씨, 가요! 팔로군에 투항합시다! 팔로군의 자오가오 대대가 량시툰(兩是屯) 마을 일대에서 지금 병사를 모집하고, 말을 사들이고 있어요!"

"내 집이랑 내 재산은?" 곰보 청이 말했다.

"정말 멍청하긴! 시방 아저씬 목매달아 죽으려고 했었잖아요. 집이랑 재산을 다 누구 주게요? 가요!"

1940년 너무나 추웠던 이른 봄 가오미 둥베이 지방의 모든 촌락은 다 폐허가 되었고, 살아남은 사람들은 다 두더지처럼 토굴 속에서 간신히 목숨을 연명하고 있었다. 점점 더 기세를 떨치던 자오가오 대대는 추위와 굶주림에 목이 졸린 처지가 되었다. 부대 안에는 환자들이 점점 늘어갔다. 대대장에서 보통 대원까지 모두 굶주림으로 얼굴이 누렇게 뜨고 피골이 상접한 채 너덜너덜한 홑옷 속에서 오들오들 떨고 있었다. 그들은 셴수이커우쯔 부근의 한 작은 마을에 숨어 있었다. 매일 아침 태양이 떠오르면 대원들은 한 무더기씩 모여서 부서진 담장가에 누워 햇빛을 쪼이며 이를 잡았다. 낮에는 감히 행동을 하지 못했지만, 밤이 되어 한기가 뼛속 깊이 몰려오면, 나가서 적들을 좀 괴롭히기라도 하고 싶은 마음들이 일어났다. 기껏해야 일본 놈들한테 맞아 죽는 거고, 아니라도 산 채로 얼어 죽기밖에 더하겠는가. 이때 곰보 청은 이미 자오가오 대대 안에서 대단한 담력을 가진 유명한 영웅이 되어, 대대장 작은 발 장의 깊은 신임을 받고 있었다. 곰보 청은 총 쓰는 걸 좋아하지 않고, 수류탄만 쓰려고 했다. 그는 전투 때마다 맨 앞으로 달려나가서 나무 자루 수류탄을 눈 감은 채로 하나하나 던졌다. 거리가 7~8미터밖에 떨어져 있지 않아도 그는 과감하게 나가서 수류탄을 던졌고, 한 번도 허리를 숙이고 달아나는 법이 없었다. 그런데 정말 이상하게도 메뚜기처럼 날아다니는 탄피들이 그의 곁을 무수히 스쳐가도 한 번도 그의 몸을 맞혀서 부상을 입힌 적이 없었다.

추위와 굶주림 문제를 해결하기 위해 대대장 작은 발 장은 간부회의를 열었다. 곰보 청은 아무것도 모르는 멍청이처럼 뛰어들어와서는 쭈그리고 앉더니 그 표정 없는 곰보 얼굴로 한 마디도 하지 않고 있었다. 작은 발 장이 물었다. "청 형, 무슨 방법이 없소?"

　곰보 청은 아무 소리도 하지 않았다.

　서생 티가 물씬 나는 중대장이 말했다. "지금의 형세로 보면, 우리가 가오미 둥베이 지방에 움츠리고 있는 건 두말할 것도 없이 앉아서 죽기를 기다리는 겁니다. 우리는 이 사지(死地)를 벗어나서 자오난(膠南)의 면화 산지로 가야 합니다. 거기 가서 면옷도 해 입고, 또 거긴 고구마도 많이 나니까 먹는 것도 문제가 안 됩니다."

　장 대장은 품 안에서 작은 유인물 한 장을 꺼내더니 말했다. "특위의 통보에 따르면 자오난 일대의 형세는 더 험악하다네. 철로 대대가 일본군에게 포위되어 이미 전군이 전멸당했어. 거기에 비하면 가오미 둥베이 지방은 그래도 가장 이상적인 유격 지구인 셈이지. 여긴 땅이 넓고 촌락이 드문드문 있는 데다 일본 괴뢰군의 힘도 미약하니까. 지난해에는 수수 농사를 대부분 다 수확하지 못하고 다들 간신히 몸만 숨어 있어서 좀 그랬지만 먹고 입는 문제만 해결되면 우린 계속 투쟁하면서 기회를 보아 적을 공격할 수도 있을 걸세."

　얼굴이 시들어 누레진 한 간부가 말했다. "그게 가능하겠소? 어디 옷감이 있고? 어디 면화가 있소? 어디 양식이 있고? 매일 먹는 게 싹 난 수수쌀 한 줌인데, 다들 그거 먹다가 죽게 생겼다고요! 내가 보기엔 우리가 가짜로 그 괴뢰군 연대장 장주시한테 투항해서 면옷도 얻어 입고, 탄약도 좀 충분히 보충해서 다시 나오는 게 방법이요."

　서생 티가 물씬 나는 중대장이 성을 벌컥 내며 일어났다. "당신이 우릴 매국노로 만들려는 거요?"

얼굴이 누런 간부가 변명을 하며 말했다. "누가 당신을 매국노로 만들어? 가짜 투항이잖아! 삼국시대에 강유(姜維)*도 가짜 투항을 했고, 황개(黃蓋)**도 가짜 투항을 했다고!"

"우린 공산당이오. 굶어 죽더라도 고개를 숙일 순 없고, 얼어 죽더라도 허리를 굽힐 순 없소. 누구라도 적에게 투항하고 절개를 버리라고 하면, 난 그자와 총칼로 맞서 싸울 거요!"

얼굴이 누런 간부도 기가 죽지 않은 채 말했다. "사람을 굶어 죽고 얼어 죽게 만드는 게 공산당이요? 공산당은 가장 총명한 사람들이고, 마땅히 기동성 있게 대응하고, 큰일을 도모하기 위해 소소한 건 참아서 혁명 역량을 보존해야만 항일전쟁에서 최후의 승리를 거둘 수 있는 거요!"

장 대대장이 말했다. "동지들, 동지들, 싸우지 말고 할 말 있으면 차분히 합시다."

곰보 청이 말했다. "대대장님, 저한테 한 가지 생각이 있습니다요."

곰보 청이 그 계략을 말하자 작은 발 장은 좋아서 연방 손을 비벼대며 말했다.

자오가오 대대는 곰보 청의 계략을 채택해서 어두운 밤을 틈타 우리 아버지와 할아버지가 마을의 무너진 담 위에 박아놓은 백여 장의 개가죽

---

* 삼국(三國) 시기 촉한(蜀漢)의 유명한 장수로 기지와 용맹을 갖추고 병사를 부리는 데 아주 능했던 인물이다. 원래는 조위(曹魏) 부대의 장수였는데 후에 촉한에 투항하여 대장군까지 지내다가 나중에 촉한이 멸망하자 거짓으로 위나라 장수 종회(鍾會)에게 투항하여, 그를 이용해 반란을 도모했다가 실패한 뒤 살해당했다.
** 후한(後漢) 말기 명장으로, 서기 208년 적벽(赤壁) 대전 때 조조(曹操)의 진영으로 가서 거짓 투항을 했다가 기회를 틈타 조조군을 쳐서 크게 승리를 거둔 인물이다.

을 훔쳐오고, 또 할아버지가 우물 안에 감춰놓은 소총 수십 자루를 도적질해왔다. 그들은 아버지와 할아버지가 했던 그대로 흉내를 내어 사방에서 개를 잡아 영양을 보충하고 체력을 회복하고 한 사람당 개가죽 한 장씩을 나눠주어 추위를 피할 옷을 삼게 했다. 길고 추웠던 그해의 봄 동안 가오미 둥베이 지방의 광활한 대지 위에는 온몸에 개가죽을 두른 영웅부대가 나타났다. 그들은 크고 작은 전투 열댓 차례를 치르면서 일본 괴뢰군, 특히 장주시가 이끄는 괴뢰 28군단이 개 짖는 소리만 들어도 간담이 서늘해지도록 만들었다.

첫번째 전투는 음력 2월 초이틀에 있었다. 이날은 전설에서 용이 머리를 드는 날이다. 몸에는 개가죽을 두르고 손에는 소총을 든 자오가오 대대가 마뎬(馬店) 마을로 잠입해 들어가 장주시의 28연대 중 마뎬 마을에 주둔하고 있는 제9중대와 일본군 소대를 포위했다. 일본 괴뢰군의 병영은 원래 마뎬 마을의 소학교였다. 학교는 네 줄로 된 푸른 벽돌 기와가 있고, 높다랗고 푸른 벽돌담이 둘러싸고 있고, 높은 담 위에는 둥근 철사 망이 쳐져 있었다. 1938년 괴뢰군이, 네 줄로 늘어선 집들의 중앙에 세웠던 포루의 기초공사를 제대로 하지 않아서 지난해 가을 폭우에 지반이 가라앉으면서 포루가 기울었다. 일본 소대는 이사를 하면서, 포루를 밀어 넘어뜨렸다. 곧 추운 겨울이 다가와서 공사를 할 수가 없었기 때문에 일본인들과 괴뢰군 제9중대는 그 네 줄로 된 기와집 안에서 묵고 있었다.

괴뢰군 제9중대 중대장은 가오미 현 사람이었다. 마음이 모질고 수법이 악랄한 사람이었지만 얼굴에는 시종 벙글벙글 미소를 띠고 있었다. 그는 겨울부터 포루 중건을 위해 사람들에게 벽돌과 돌과 목재를 모아오도록 다그쳤는데, 재료 수집 과정에서 수천만 원의 재산을 제멋대로 챙겨 사람들은 그를 뼛속 깊이 증오하고 있었다.

마롄은 자오 현 서북쪽에 있는 마을로, 가오미 둥베이 지방과는 서로 이어져 있고 자오가오 대대 진영에서는 30리쯤 떨어진 곳에 있었다. 자오가오 대대는 해가 질 무렵에 마을을 나섰는데, 마을 사람 하나가 당시의 광경을 보고는 핏빛 저녁노을 속에서 2백 명 남짓한 팔로군이 허리를 숙이고 마을을 빠져나갔다고 했다. 그들은 저마다 개가죽 한 장씩을 걸치고 있었다. 개털은 바깥으로 나오고 개 꼬리는 양쪽 허벅지 사이에 늘어져 있었는데, 햇빛이 개털을 비추면 오색찬란한 빛으로 반짝거렸다. 그 빛은 아름다우면서도 기괴해서 마치 요괴 부대 같은 느낌을 불러일으켰다.

처음으로 개가죽을 입고 전쟁에 나서는 자오가오 대대 대원들의 마음도 좀 요상하고 기묘했다. 햇빛이 피처럼 전우들의 가죽 털 위에 칠해지는 걸 보면서 그들은 모두 발밑에 구름과 안개가 있어서 그걸 타고 가는 것 같은 기분이었고, 때론 빠르게 때론 느리게 걸어가는 모습은 정말로 개가 걸어가는 것 같았다.

대대장 작은 발 장은 거대한 홍구 가죽을 걸치고 있었다. 그건 분명 우리 집 홍구의 가죽일 것이다. 작은 발이 대열의 앞에서 걸어가면서 왔다 갔다 할 때면 개털이 펄럭거렸고, 크고 투박한 개 꼬리는 두 허벅지 사이에 낀 채 꼬리 끝으로 바닥을 쓸고 있었다. 곰보 청은 검은 개가죽을 걸치고 가슴에는 포대 하나를 둘러메고 있었다. 포대 안에는 수류탄 스물여덟 발이 담겨 있었다. 그들이 개가죽을 걸친 방식은 다 똑같았다. 개의 양쪽 앞다리 가죽은 삼베 끈으로 묶어 사람의 목으로 끼우고, 개가죽의 복부 양옆에는 구멍을 두 개 뚫어 삼베 끈 두 가닥으로 묶고 배꼽 부근에서 매듭을 지었다.

그들이 마롄 마을로 잠입해 들어왔을 때는 이미 한밤중이었다. 차가운 별이 온 하늘에 뿌려져 있고 차가운 서리가 온 땅에 깔려 있었다. 개가

죽을 걸친 자오가오 대대는 앞가슴은 시려도 등은 따뜻했다. 마을에 들어설 때 개 몇 마리가 그들을 보더니 친근하게 짖어댔다. 장난기 있는 젊은 대원 하나가 개 짖는 소리를 배워서 몇 번 짖자 다른 대원들도 갑자기 개 짖는 소리를 배우고 싶은 강렬한 욕망에 목구멍이 후끈 달아올랐지만 그때, 대열의 앞에서 개 소리 배우는 것 금지! 개 소리 배우는 것 금지! 개 소리 금지! 짖지 마! 하는 대대장의 명령이 전해져 왔다.

일찌감치 정탐을 마친 정황에 근거해서, 일찌감치 다 짜놓은 계획의 순서대로 대열은 대문에서 백 미터 정도 떨어진 곳에 매복을 했다. 거기에는 괴뢰군 중대장이 봄이 되면 포루를 개축하려고 모아놓은 벽돌이 쌓여 있었다.

작은 발 장은 자기 뒤에서 바짝 따라오는 곰보 청에게 말했다. "곰보, 행동 개시!"

곰보 청이 낮은 소리로 불렀다. "류쯔(六子), 춘성, 가자."

움직이기 편하게 하기 위해 곰보 청은 가슴 앞에 매달고 있던 수류탄 포대를 벗어버리고, 허리춤에 쑤셔 넣었던 수류탄 하나를 꺼냈다. 그는 수류탄 포대를 체격이 건장한 대원에게 건네주며 "내가 대문에서 일을 성사시키고 나면 네가 재빨리 가져오라"고 말했고, 대원은 고개를 끄덕였다.

희미한 별빛이 대지를 비추고 있었다. 일본 괴뢰군의 병영 안에는 열댓 개의 바람막이 등이 걸려 있었다. 뜰은 저녁 무렵처럼 어둑어둑했다. 대문 앞에는 귀신같이 보이는 괴뢰군 두 명이 그림자를 길게 바닥에 드리운 채 왔다 갔다 하고 있었다. 벽돌 더미 뒤쪽에서 시커멓고 늙은 개 하나가 튀어나왔다. 그 개는 비틀거리며 달렸고, 하얀 개 한 마리와 얼룩 개 한 마리가 그 뒤에 바짝 달라붙어서 쫓아왔다. 개들은 쉰 목소리로 짖으면서 어두운 그림자 쪽으로 뒹굴어서 대문 근처까지 왔다. 목재 무더기

옆, 대문에서 고작 열댓 걸음밖에 떨어져 있지 않은 어두운 목재 더미의 그림자 속에서 개 세 마리가 한데 짖는 소리가 들렸다. 멀리서 보면 마치 개 세 마리가 무슨 맛난 먹이를 두고 서로 다투고 있는 것처럼 보였다.

대대장 작은 발 장은 벽돌 더미 뒤에서 곰보 청의 탁월한 행동을 만족스러운 듯이 보고 듣고 있다가, 자기도 모르게 곰보 청이 군대에 막 들어왔을 때의 그 어눌하고 유약했던 모습을 떠올렸다. 그때 그는 마치 늙은 아낙처럼 걸핏하면 눈물 콧물을 흘렸었다.

곰보 청 쪽 사람들은 목재 더미의 시커먼 그림자 속에서 참을성 있게 계속 짖어댔고, 왔다 갔다 하던 보초 둘은 한 곳에 서서 멍하니 그 소리를 듣고 있었다. 괴뢰군 하나가 허리를 숙여 벽돌 하나를 찾아서는 힘껏 던지며 화를 내면서 욕설을 퍼부었다. "이 염병할 놈의 개새끼들!"

곰보 청이 돌에 맞은 개의 낑낑거리는 소리를 흉내 냈다. 확실히 절묘했다. 장 대대장은 웃음이 나오려는 걸 참을 수가 없었다.

마뎬 마을의 습격 계획을 세운 뒤 자오가오 대대는 개 소리 배우기 운동을 시작했다. 곰보 청은 경극을 한 적이 있고, 나팔도 불었기 때문에 폐활량이 충분하고, 소리도 우렁차고 혀도 잘 돌아가 부대 안에서 개 소리 배우는 데 으뜸이었고, 류쯔와 춘성도 실력이 꽤 괜찮았기 때문에 그들이 적의 보초를 유인해서 죽이는 임무를 맡았던 것이다.

괴뢰군은 참지 못하고 단도를 장착한 소총을 받쳐 들고 조심조심 목재 더미 옆으로 걸어왔다. 개들은 더 신나게 짖어댔다. 괴뢰군이 목재 더미에서 서너 발자국 떨어졌을 때 개들은 큰 소리로 짖어대는 걸 멈추고 단지 낑낑거리면서, 두려워하긴 하지만 그래도 차마 자리를 뜨지는 못하는 듯한 소리를 냈다.

괴뢰군 두 명이 다시 전전긍긍하며 한 걸음 더 앞으로 옮겨왔다.

순간 곰보 청 쪽 사람들은 바닥에서 나는 것처럼 튀어 올라왔다. 병영에 걸린 바람막이 등에서 분출되는 희미한 광선이, 그들의 가죽이 마치 세 가닥 번개처럼 괴뢰군을 향해 날아가는 걸 비추었다. 곰보 청의 수류탄이 괴뢰군의 이마 위를 내리쳤고, 류쯔와 춘성의 칼은 다른 괴뢰군 한 명의 가슴팍을 찔렀다. 괴뢰군 두 명이 모두 모래를 잔뜩 담은 포대처럼 풀썩하고 쓰러졌다.

자오가오 대대는 사람마다 다 개가죽을 두르고 있었기 때문에, 정말로 극도로 흥분한 개 떼 같은 모습으로 적진을 향해 돌격했다. 곰보 청이 대문 앞에서 수류탄 포대를 받아서 미친 듯이 기와집 쪽으로 던졌다.

총소리, 수류탄 터지는 소리, 고함 소리, 일본 놈들과 괴뢰군 놈들의 울부짖는 소리가 겨울 밤 마롄 마을의 고요한 정적을 깨뜨렸다. 마을의 개들도 모두 짖어댔다.

곰보 청이 창문 하나를 조준해서 연달아 수류탄 스무 발을 던져 넣었다. 집 안에서 들려오는 폭발음과 부상당한 일본 놈들의 울부짖는 소리가, 바로 몇 년 전 일본 놈들이 짚신 짜는 움집 속으로 수류탄을 던져 넣었을 때의 상황을 떠올리게 했다. 하지만 이런 상황의 유사함이 결코 그로 하여금 복수와 한풀이의 쾌감을 느끼게 하지는 못했다. 오히려 날카로운 칼로 후비는 듯한 예리한 고통이 그의 심장 위에 깊은 상처를 그어놓는 것 같았다.

이 전투는 자오가오 대대가 조직된 이래 최대의 전투였고, 모든 연안 지역에서 있었던 항전 중 가장 압도적으로 휘황찬란한 승리를 거둔 전투였다. 공산당 연안 특위는 훈령을 동시다발적으로 내려 자오가오 대대를 표창하고 격려했다. 그때 개가죽을 몸에 걸친 자오가오 대대는 기쁨으로 열광했다. 하지만 오래 지나지 않아 너무나 김빠지는 두 가지 사건이 터졌다. 하나는 대대가 마롄 마을 전투에서 노획한 대량의 무기와 탄약을 모두 연안의 독립 연대에게 빼앗겨버린 일이다. 공산당원인 장 대대장은 특위의 결정이 옳다고 생각했지만, 일반 대원들은 모두 불만이 가득해서 욕설이 끊이지 않았다. 와서 무기를 옮겨가는 독립 연대 전사들은, 저마다 몸에는 개가죽을 걸치고 얼굴은 굶어서 누렇게 뜬, 배싹 마른 자오가오 대대 대원들을 보면서 다들 수치스러워하는 것 같은 표정을 지었다. 두번째 사건은 마롄 마을 전투에서 큰 공을 세운 곰보 칭이 결국은 마을 어귀에 있는 버드나무에 목을 매달아 죽었다는 것이다. 모든 흔적으로 보아 자살한 것이 분명했다. 그가 목을 매달았을 때도 그 개가죽은 벗지 않았기 때문에 뒤에서 보면 마치 나무 위에 개 한 마리가 매달려 있는 것 같았지만, 앞에서 보면 나무 위에 사람이 하나 매달려 있는 것이었다.

9

작은할머니는 할머니가 뜨거운 물로 몸을 닦아주고 난 뒤에는 더 이상 큰 소리로 울부짖지 않았다. 상처투성이인 그녀의 얼굴 위에는 시종 부드러운 미소가 걸려 있었다. 하지만 아래에서 밤낮으로 줄줄 흐르는 피는 멎지 않았다. 할아버지는 온 마을의 의사들을 두루 청하고, 탕약도 몇 첩 먹였지만 병세는 하루하루 더 위중해졌다. 그런 나날 속에서 할머니 방은 짙은 피비린내로 가득 차 있었다. 작은할머니가 피를 거의 다 쏟아냈을 즈음에는 그녀의 귀까지도 청포묵처럼 투명해져 있었다.

마지막으로 온 의사는 뤄한 큰할아버지가 핑두 성에서 모셔온 사람이었는데, 여든이 넘은 노인이었다. 은발의 수염에 살가죽이 두꺼운 대머리로 손톱을 무척 길게 기르고 있었다. 면 저고리의 단추 위에는 소뿔로 된 수염 빗이랑, 은 귀이개, 뼈로 된 이쑤시개 하나가 매달려 있었다. 아버지는 늙은 한의사가 손가락으로 작은할머니의 손목을 누르는 걸 보았다. 왼손을 다 누른 뒤에는 오른손을 눌렀다. 오른손을 다 누른 뒤 늙은 한의사는 "장례를 준비하시지요!" 하고 말했다.

늙은 한의사를 보내고 난 뒤 할아버지와 할머니는 둘 다 너무나 슬프고 괴로웠다. 할머니는 밤새도록 작은할머니에게 마지막으로 입혀 보낼 옷을 지었고, 할아버지는 뤄한 큰할아버지를 목재상에 보내 관목을 골라 오게 했다.

다음 날 할머니는 몇몇 이웃집 여자들의 도움을 받아 작은할머니를 새 옷으로 갈아입혔다. 작은할머니의 얼굴엔 조금도 괴롭거나 억울한 빛이 없었다. 붉은 비단 저고리에 푸른 비단 바지와 초록색 비단 치마를 입고, 붉은 비단에 수놓은 꽃신을 신고, 작은할머니는 꼿꼿하게 구들 위에 누워 있었다. 얼굴에는 가득 웃음을 머금고 있었고, 가슴에서는 여전히 실낱같은 숨결이 끊어졌다 이어졌다 했다.

정오쯤 아버지는 먹처럼 시커먼 고양이 한 마리가 용마루 위를 배회하면서 간담이 서늘해지도록 처절하게 울부짖는 걸 보았다. 아버지는 벽돌 하나를 집어 검은 고양이에게 힘껏 던졌지만 검은 고양이는 펄쩍 뛰어 기왓고랑 위로 가서는 느릿느릿 사라져버렸다.

등을 들고 다녀야 할 시간이 되었을 무렵 술도가의 일꾼들은 관목을 들고 와서 마당 안에 놓았다. 할머니는 방 안에서 콩기름 등에 불을 밝혔다. 특별한 시간이었기 때문에 등잔 안에는 심지가 세 가닥이나 올라와 있었다. 모락모락 올라가는 연기 속에서 양고기 볶는 냄새 같은 게 났다. 모두 초조한 마음으로 작은할머니가 마지막 숨 한 모금을 삼키게 될 시간을 기다리고 있었다. 아버지는 문 뒤에 숨어 등불 아래에서 호박색으로 빛나는, 호박처럼 투명한 작은할머니의 두 귀를 보고 있었다. 마음속에서 오색찬란한 신비한 느낌이 일렁였다. 이때 아버지는 다시 그 먹 같은 검은 고양이가 집 위의 기왓고랑 밟는 소리를 들었고, 캄캄한 밤에 인광처럼 번쩍이는 검은 고양이의 두 눈과 검은 고양이의 음란하고 사악한 울음소리를 들었다. 아버지는 두피가 터지는 것 같았고, 머리카락이 고슴도치의 강한 털처럼 곤추서는 듯한 느낌이 들었다. 작은할머니가 갑자기 눈을 부릅떴다. 눈알은 꼼짝도 하지 않았는데 눈꺼풀은 마치 뻑뻑하게 떨어지는 빗방울처럼 깜박거리기 시작했다. 그녀의 볼살이 긴장하며 경련을 일으키기 시작했고, 두꺼운 입술은 한 번, 또 한 번, 다시 한 번 비뚤어지기 시작했다. 세번째 비뚤어졌을 때 그녀의 입에서는 고양이가 발정기 때 암내를 풍기며 내는 소리보다 더 거북한 소리가 튀어나왔다. 아버지는 콩기름 등잔 안에 있는 황금색 불꽃이 순간 파 잎사귀 같은 초록색으로 바뀌는 걸 보았다. 초록색 등불에 비친 작은할머니의 얼굴에서는 이미 인간의 표정이 사라져 있었다.

할머니는 처음에는 그래도 작은할머니가 다시 살아났다고 기뻐했지만, 그 기쁨은 당장 공포로 인해 밀려나버렸다.

"동생, 동생, 왜 그래?" 할머니가 말했다.

작은할머니는 입을 열더니 곧 욕설을 퍼부어댔다. "이 화냥년의 새끼 같으니라고! 내 네년을 용서하지 않을 테다. 내 몸을 죽이고 내 마음을 죽였으니, 네년의 가죽을 벗기고 네년의 힘줄을 뽑아버릴 테다!"

아버지는 알았다. 그 소리는 절대로 작은할머니의 목소리가 아니라는 걸. 그건 오히려 반백이 넘은 늙은이의 목소리였다.

할머니는 작은할머니의 욕설에 자리를 떴다.

작은할머니의 눈꺼풀은 여전히 번개처럼 빠르게 깜박였다. 때로는 미친 듯한 울부짖음이, 때로는 성난 욕설이 입안에서 터져 나와 집의 기와가 진동하고 온 방에 냉기가 침투해 들어왔다. 아버지는 작은할머니의 목밑이 팽팽하게 당겨진 채 몽둥이처럼 딱딱하게 굳어 있는 걸 분명하게 보았다. 저렇게 미친 듯이 고함을 질러댈 힘이 대체 어디에서 나오는 건지 알 수가 없었다.

할아버지는 어떻게 해야 할지 몰라 아버지에게 동쪽 마당으로 가서 뤄한 큰할아버지를 불러오도록 했다. 동쪽 마당에서도 작은할머니가 질러대는 공포스러운 소리가 분명하게 들렸다. 일고여덟 명의 술도가 일꾼이 뤄한 큰할아버지의 방에서 의논을 하고 있다가 아버지가 들어오는 걸 보고는 다들 입을 닫고 말을 멈추었다. 아버지가 말했다. "아저씨, 아부지가 아저씨 오시래요."

뤄한 큰할아버지는 방으로 들어와 작은할머니를 힐끗 보더니 당장 할아버지의 소매를 끌고 바깥채로 나갔다. 아버지도 따라 나갔다. 뤄한 큰할아버지가 작은 소리로 말했다. "주인어른, 사람은 일찌감치 죽었고, 어떤 요괴인지 모를 요괴가 그 몸에 달라붙어 있는 것 같습니다요."

뤄한 큰할아버지의 말이 끝나자마자 작은할머니가 방 안에서 큰 소리로 욕설을 퍼붓는 게 들렸다. "류뤄한, 이 개자식! 네놈도 곱게 죽진 못할 거다. 네놈의 힘줄을 빼버리고, 네놈의 가죽을 벗기고, 네놈의 자지를 잘라버릴 테니……"

할아버지와 뤄한 큰할아버지는 참담하고 두려운 마음으로 서로를 바라보면서 우물거리며 감히 말을 꺼내지 못하고 있었다.

뤄한 큰할아버지가 잠시 생각을 하더니 "만의 물을 가져다가 부읍시다. 만의 물에는 귀신을 쫓는 효험이 있으니."

작은할머니는 방 안에서 끊임없이 욕설을 퍼부었다.

뤄한 큰할아버지는 체격이 건장한 술도가의 일꾼 네 명을 데리고, 더러운 만의 물을 한 항아리 길어 들고는 마당 안으로 막 들어왔다. 그때 방 안에서 작은할머니가 음탕하게 깔깔 웃어대며 지르는 소리가 들렸다. "뤄한, 뤄한, 네놈이 부어라, 부어. 네 고모할머니께서 목이 마르시다!"

아버지는, 일꾼 하나가 술을 부을 때 쓰는 쇠 깔때기를 간신히 작은 할머니의 입안에 끼워 넣고, 다른 일꾼은 그 물 항아리를 들어서 깔때기 안으로 콸콸 들이붓는 모습을 보았다. 깔때기 안의 물이 빙글빙글 돌며 아래로 흘러내려갔다. 너무 빨리 흘러내려서 그 물이 다 작은할머니 배 속으로 들어갔다고는 누구도 믿을 수 없을 것 같았다.

한 항아리의 물을 다 들이붓고 난 뒤 작은할머니는 조용해졌다. 그녀의 배는 평평해졌고, 가슴은 불룩불룩하는 게 마치 숨을 내쉬고 있는 것 같았다.

다들 기쁜 마음으로 한숨을 내쉬었다.

뤄한 큰할아버지가 "됐다!" 하고 말했다.

아버지는 다시 한 번 기왓고랑에서 그 검은 고양이가 어슬렁거리며 터벅터벅 내는 발자국 소리를 들었다.

작은할머니의 굳은 얼굴에서 다시 사람을 홀리는 웃음이 떠올랐다. 그녀가 울기 전의 암탉처럼 피부까지 투명하게 빛나도록 죽을힘을 다해 목청을 뽑아대자 몇 번의 날카로운 울부짖음에 이어 더러운 물기둥이 입에서 뿜어져 나왔다. 물기둥은 위아래로 곧게 두 자(尺)가 넘도록 뻗쳐 올라갔다가 갑자기 흩어졌고, 물방울들이 국화 꽃잎처럼 새로 장만한 산뜻한 옷 위로 떨어져 내렸다.

작은할머니의 분수놀이는 일꾼 네 명을 모두 놀라 달아나게 만들었다. 작은할머니는 큰 소리로 고함을 질렀다. "달려라, 달려. 아무리 내빼도, 중은 도망가도 절은 절대로 도망을 못 가는 법."

작은할머니가 이렇게 고함을 지르자 일꾼 네 명은 혼비백산해서 다리가 둘밖에 없는 것을 한스러워하며 달아났다.

뤄한 큰할아버지가 도와달라는 표정으로 할아버지를 바라보았을 때, 할아버지도 마침 도와달라는 듯한 표정으로 뤄한 큰할아버지를 바라보고 있었다. 네 갈래의 눈빛이 서로 마주쳐 결국 어찌해볼 도리가 없구나 하는, 놀라움과 두려움이 담긴 두 갈래 탄식의 눈빛을 만들어냈다.

작은할머니는 더 심하게 욕설을 퍼부어댔고, 이제는 욕설만이 아니라 팔다리까지 부들부들 떨기 시작했다. 그녀는 "일본 개새끼, 중국 개새끼, 30년 뒤에 온 땅을 돌아다닐 테니 위잔아오, 네놈이 도망 못 가지. 두꺼비가 가뢰*를 잡아먹는 거지, 네놈 고생길이 아직 훤하구나!" 하며 욕을 퍼부었다.

작은할머니의 몸이 활처럼 구부러지기 시작했다. 일어나 앉으려는 것 같았다.

뤄한 큰할아버지가 고함을 질렀다. "안 돼, 시신이 일어난다! 빨리 부시 조각**을 찾아와라."

할머니가 부시 조각을 안으로 던졌다.

할아버지가 맘을 모질게 먹고 작은할머니를 눌러 쓰러뜨렸다. 뤄한 큰할아버지가 그 부시 조각으로 작은할머니의 가슴팍을 눌렀지만, 그게 어디 눌리랴?

뤄한 큰할아버지가 몸을 빼내려고 하자 할아버지가 말했다. "아저씨,

---

 * 싹의 뿌리를 갉아 먹는 해충.
** 부싯돌을 쳐서 불이 일어나게 하는 쇳조각.

가면 안 돼요!"

뤄한 큰할아버지가 고함을 질렀다. "주인마님, 빨리 부삽을 좀 가져다 주시오!"

밭 가는 부삽으로 가슴을 누른 뒤에야 작은할머니는 안정을 되찾았다.

할아버지와 뤄한 큰할아버지 모두 방에서 물러나왔고, 아버지도 따라나왔다.

할머니, 할아버지, 뤄한 큰할아버지, 아버지 모두 마당으로 물러나왔고, 작은할머니 혼자 남아 방 안에서 발버둥을 쳤다.

작은할머니가 방 안에서 고함을 질러댔다. "위잔아오, 난 싱싱한 중닭을 한 마리 먹을 테다!"

할아버지가 말했다. "총으로 쏩시다!"

뤄한 큰할아버지가 말했다. "안 돼요, 안 돼. 사람은 일찌감치 죽었어요!"

할머니가 말했다. "아저씨, 빨리 방법을 생각해봐요!"

뤄한 큰할아버지가 말했다. "잔아오, 바이란(柏蘭) 장터로 가서 산인(山人)을 모셔옵시다!"

이른 새벽 무렵 작은할머니가 부르짖는 욕설은 창호지까지 떨려 찢어지게 만들 지경이 되었다. 그녀는 "뤄한, 뤄한, 이놈아, 네놈이 나랑 무슨 불구대천의 원수를 졌다고 이러는 거냐, 이놈아!" 하며 욕을 해댔다.

뤄한 큰할아버지가 그 산인을 데리고 마당 안으로 들어오자 작은할머니의 부르짖는 소리는 긴 탄식으로 바뀌었다.

일흔 정도 된 산인은 검은색 도포를 입고 있었는데, 도포 앞뒤에 모두 기괴한 그림이 그려져 있었다. 등에는 복숭아나무로 된 검 한 자루를 메고 손에는 보따리 하나를 들고 있었다.

할아버지는 그를 맞으면서, 그가 바로 몇 년 전에 작은할머니를 위해 족제비 귀신을 처치해주었던 그 리(李)산인이라는 걸 알아보았다. 몇 년 전보다 더 마른 것 말고는 변한 게 없어 보였다.

산인은 복숭아나무 검으로 찔러 창호지를 찢고는 멀찍이서 방 안을 들여다보더니 얼굴이 하얗게 질려 도로 물러나서는 할아버지의 두 손을 맞잡고 말했다. "주인장, 이 악귀는 저 같은 졸개 산인으로는 법력이 부족해서 처치할 수가 없을 듯합니다."

할아버지가 너무나 다급하게 말했다. "산인 어른, 그냥 가셔서는 안 됩니다. 어떻게 해서든 어른께서 저것을 몰아내주셔야만 합니다. 내 반드시 후사하리다."

산인은 묘한 기운이 무성하게 피어나는 눈을 껌벅이며 말했다. "좋습니다. 그럼 이 몸이 한번 큰맘 먹고, 머리가 깨지더라도 부딪쳐서 한번 금종을 울려보도록 하겠소!"

리산인이 작은할머니를 위해 귀신을 몰아낸 일은 오늘날까지도 우리 마을에서 널리 전해져 내려오고 있다. 전설 속의 리산인은 산발을 한 채 우리 집 마당 천궁의 북두칠성을 밟으며 하늘에 기원을 올리는 의식을 거행했다. 한편으론 걸으면서 입으로는 염불을 하고, 손에는 검을 들고 도술을 부리자, 작은할머니는 구들 위에서 이리 뒹굴고 저리 뒹굴며 곡성이 하늘에 닿도록 큰 소리로 울부짖었다.

마지막에 산인은 할머니에게 나무 대야 하나에다 맑은 물을 반쯤 담아 가져오게 하고는 보따리에서 약 몇 봉을 꺼내 대야 안에 붓고 복숭아나무 검으로 빠르게 휘저었다. 산인이 약을 휘저으면서 주문을 외우자 대야 안의 물이 점점 발갛게 되더니 마지막에는 피처럼 붉게 변했다. 산인은 기름땀이 범벅이 된 채로 바닥에서 몇 번을 미친 듯이 뛰더니 하늘을 향해 엎어져 입으로 하얀 거품을 토하면서 기절해버렸다.

산인이 다시 깨어난 바로 그 시점에 작은할머니는 마지막 숨을 거두었다. 시체 썩은 냄새와 상한 피비린내가 창문 안에서 거세게 풍겨져 나왔다.

작은할머니를 입관할 때 사람들은 저마다 고량주에 담가놓았던 양 뱃가죽 수건으로 입을 가렸다.

10

고향을 떠나온 지 10년 만에 나는 영리한 상류사회가 내게 물들인 거짓된 감정과 거짓된 생각을 가지고, 더러운 도시 생활의 냄새나는 물에 흠뻑 젖어 모공 하나하나에서까지 코를 찌르는 악취를 발산하게 된 몸을 이끌고 다시 한 번 작은할머니 무덤 앞에 섰다. 그때, 나는 뭇 무덤들을 다 참배하고 난 뒤 맨 마지막에 작은할머니의 무덤을 참배했다. 작은할머니의 짧고 찬란했던 일생은, 가장 영웅적이면서 또한 가장 개자식 같던 우리 고향의 역사 위에 눈에 띄는 한 가닥 붓질을 해놓았다. 그녀는 그 기이한 죽음의 과정을 통해서 우리 가오미 둥베이 지방 사람들의 영혼 깊은 곳에서 혼미하게 잠자고 있던 어떤 신비한 감정을 불러냈다. 이런 신비한 감정은 단지 고향 노인들의 과거에 대한 회상 속에서만, 달콤하고 끈적거리는 암홍색 사탕무 시럽처럼 천천히 흘러가는 생각의 강물 속에서만, 비로소 싹이 트고 자라나고 장대해져서 미지의 세계를 이해할 수 있는 강력한 사상적 무기가 된다. 나는 매번 고향에 돌아올 때마다 고향 사람들의 그 오래된 취한 눈 속에서 이런 신비한 힘의 계시를 받곤 한다. 그럴 때면 나는 왕왕 어떤 비교나 대조도 하고 싶지 않다는 생각이 든다. 하지만 논리적인 사유의 강력한 관성은 다시 강제로 나를 비교나 대조의 소용돌이 속으로 끌고 들어간다. 그리고 그러한 사유의 소용돌이 속에서 나는 두렵게 깨닫는다. 내가 고향을 멀리 떠나와서 10년 동안 익숙하게 보아온 아름다운 눈동자들은 대부분 영롱하게 빛나는 집토끼의 머리 위에 얹혀 있는 것이다. 그 눈동자들은 끝도 없는 욕망으로, 마치 잘 익은 산사나무 열매처럼 붉고 거기에다 검은 반점들까지 있다. 비교와 대조를 통해서 심지어 나는, 어떤 의미에서는 서로 다른 두 종류의 인간이 존재한다는 것을 입증할 수도 있다고 생각한다. 사람들은 다 자신들의 방식으로 진화하고, 각각 자신들의 가치 체계 안에서 확정한 완전무결한 경계를 향해 달려나간다. 나는 나 자신의 눈 안에서도 그런 총명하고 영리한 기운이 생겨날까 두렵다. 나는 나 자신의 입에서도 다른 사람이 다른 사람의 책에서 베껴온 그런 말들이 되풀이될까 두렵다. 나는 나 자신도 잘 팔리는 '독자 문고'의 한 권이 될까 봐 두렵다.

작은할머니가 무덤에서 뛰어나와서는, 손에 황금색 구리거울을 들고, 두툼한 입술 양쪽에 깊은 냉소의 주름을 지으며 "절대로 내가 낳은 손자가 아니지. 어디 네놈의 잘난 상판대기 좀 비춰보자!"라고 말한다.

작은할머니가 저고리와 치마와 바지를 나풀거리는 모습은 그녀가 관으로 들어갈 때의 모습과 똑같다. 그녀의 실제 모습은 내가 상상하는 것보다 더 젊고 더 아름답고, 그녀의 목소리가 넌지시 전해주는 내용들은 그녀의 생각이 나의 생각보다 한없이 깊다는 걸 말해준다. 그녀의 생각은 넓고 깊고 진중하며 아주 유연하고 편안하고 단단하다. 하지만 나의 생각은 마치 투명한 피리의 진동판처럼 공기 속에서 떨고 있다.

나는 작은할머니의 구리거울 속에 나 자신을 비춰본다. 나의 눈 속에는 분명히 총명하고 영리한 집토끼의 기운이 어려 있고, 나의 입에서는 분명히 나에게 속하지 않은 소리들이 쏟아져 나오고 있다. 마치 작은할머니가 임종 전에 냈던 소리가 그녀 자신에게 속한 것이 아니었던 것처럼. 그리고 나의 몸에는 유명한 사람들의 도장이 잔뜩 찍혀 있다.

나는 두려워서 죽을 것만 같다.

작은할머니는 그런 내게 너그러운 목소리로 말한다. "얘야, 돌아와라! 더 이상 돌아오지 않으면 이젠 가망이 없단다. 난 네가 돌아오고 싶어 하지 않는 걸 안다. 넌 온 천지에 가득한 파리들이 두렵고, 시커먼 구름처럼 몰려드는 모기들이 두렵고, 축축한 수수밭에서 다리 없이 기어 다니는 뱀들이 두렵지. 넌 영웅을 숭상하지만 개자식은 미워하지. 하지만 과연 '가장 영웅적인 사내면서 또한 가장 개자식'이 아닌 이가 어디 있겠느냐? 지금 내 앞에 서 있는 네게서, 도시에서 가져온 집토끼 냄새가 나는구나. 넌 당장 모수이 강으로 뛰어들어가 사흘 낮 사흘 밤을 그 물에 몸을 담가라. 강물 안의 메기가 네가 씻어낸 더러운 물을 마시고 그 머리 위에도 집토끼 귀가 생겨날까 봐 그게 걱정이긴 하다만!"

그러고 나서 작은할머니는 다시 홀연히 무덤 속으로 들어간다. 수수는 숙연하게 말없이 서 있고, 햇빛은 습하면서도 타는 듯이 뜨겁고, 바람은 없다. 작은할머니의 무덤 위에는 잡초가 무성하고, 풀 향기가 코를 찌른다. 마치 아무 일도 없었던 것처럼, 멀리서 밭을 가는 농부들의 낭랑한 노랫소리가 들려온다.

지금 작은할머니의 무덤을 에워싸고 있는 건 하이난 섬에서 가져온 잡종 수수다. 지금 가오미 둥베이 지방의 검은 흙을 울창하게 뒤덮고 있는 것도 모두 이 잡종 수수다. 내가 되풀이해서 찬미의 노래를 부르고 있는, 피바다 같은 붉은 수수는 이미 혁명의 거센 물살 속에서 씻은 듯이 사라져버렸고, 그것들을 대신한 것은 키가 작고 줄기는 굵고 잎은 촘촘하며 온몸에 하얀 가루가 묻어 있는, 수수 이삭이 개 꼬리처럼 긴 잡종 수수들이다. 이 수수는 생산량이 많고 냄새는 씁쌀한데 많은 사람에게 변비를 가져다주어, 그때는 지부 서기 이상의 간부를 제외한 모든 고향 사람의 얼굴이 녹슨 쇳빛이었다.

나는 잡종 수수를 무척 혐오한다.

잡종 수수는 마치 영원히 무르익지 않는 것만 같다. 그것은 언제나 그 덜 익은 녹회색의 눈을 반쯤 감고 있다. 나는 작은할머니 무덤 앞에 서서, 이런 누추한 잡종들이 들쭉날쭉 자라나, 토종의 붉은 수수가 차지하고 있던 자리를 대신 차지하는 것을 본다. 이것들은 수수라는 이름은 헛되이 가지고 있지만 수수의 그 곧고 높은 줄기는 가지고 있지 않으며, 수수의 그 찬란한 색은 없다. 무엇보다도 저들에게 정말로 없는 것은 수수의 영혼과 풍모이다. 저들의 저 침침하고 어정쩡하게 좁고 긴 얼굴은 가오미 둥베이 지방의 순수하고 맑은 공기를 더럽히고 있다.

잡종 수수의 포위 속에서 나는 낙심한다.

잡종의 수수가 빈틈없이 들어찬 진영 안에서 나는 이제 다시는 존재하지 않게 된 진기한 광경을 떠올린다. 8월의 만추, 하늘은 높고 공기는 상쾌하고, 온 들판의 수수들이 그 붉은색으로 광대무변한 피바다를 이룬 광경을. 가을 물이 범람해서 수수밭이 온통 바다가 되면 혼탁한 누런 물속에서 검붉은 수수들은 머리를 치켜들고, 푸른 하늘을 향해 완강하게 호소하던 광경을. 만약 태양이 나타나 넓게 펼쳐진 수면을 비추면, 천지간은 이내 아주 웅장하고 아름다운 색채로 다시금 가득 차게 되던 그 광경을.

이것이 바로 내가 그리워하는, 그리고 영원히 그리워할, 인간이 도달

할 수 있는 최상의 경지, 최상의 아름다움의 경지이다.

하지만 나는 잡종의 수수들에 포위되어 있다. 그들은 뱀 같은 날개로 나의 몸을 둘둘 휘감고 있고, 온몸 안을 거침없이 흘러 다니는 초록색 독소로 나의 생각을 해치고 있다. 나는 벗어날 수 없는 굴레 속에서 숨을 헐떡이며, 헤어날 길 없는 고통 속에서 비애의 밑바닥에 깊이 가라앉아 있다.

지금, 쓸쓸한 소리가 망망한 대지 깊은 곳에서 전해져 온다. 이 소리는 익숙하면서도 낯설다. 마치 우리 할아버지의 소리 같기도 하고 우리 아버지의 소리 같기도 하고, 뭐한 큰할아버지의 소리 같기도 하고, 또 할머니와 작은할머니, 셋째 할머니가 내는 맑고 깨끗한 노랫소리 같기도 하다. 우리 온 가족의 망령이, 내가 잘못된 방향으로 가고 있음을 일러주는 계시를 보내고 있다.

가련하고 나약하고 시기심 많고 편벽되고, 독주에 영혼이 미혹당한 아이야, 너는 모수이 강으로 가서 사흘 낮 사흘 밤 동안 몸을 담가라⋯⋯ 기억해라. 하루도 더 많아서도 더 적어서도 안 된다. 너의 몸과 영혼을 깨끗하게 씻고 난 뒤, 너는 너의 세계 속으로 돌아가라. 바이마(白馬) 산의 양기와 모수이 강의 음기, 그리고 순종의 붉은 수수 한 자루, 너는 온갖 노력을 다해 그것을 찾아야 한다. 너는 그것을 높이 들고, 가시가 무성하고 호랑이와 이리가 마음대로 돌아다니는 세상을 두루 다니며 경험해라. 그때, 그것은 너의 호신부가 되고, 또 우리 가족의 영광스러운 토템이 되고, 우리 가오미 둥베이 지방의 전통적인 정신의 상징이 될 것이다!

『붉은 수수밭』과 모옌의 문학 세계*

1. 모옌의 노벨문학상 수상과 『붉은 수수밭』의 탄생

2012년 10월 스웨덴 한림원은 모옌의 문학이 "보편적인 인간 조건에 대한 신랄하고 설득력 있는, 독창적인 묘사와 파악"을 통해 "지난 100년 간 중국 역사의 잔혹성, 야만성과 부조리를 생생하고 깊이 있게 폭로했다"고 선정 이유를 밝히며 모옌에게 노벨문학상을 수여했다. 이 사건은 대외적으로는 높아진 중국의 국제적 위상을 다시 한 번 실감하게 해주는 계기가 되었지만, 중국 내에서는 이전의 가오싱젠(高行健)이나 류샤오보(劉曉波), 달라이라마 등 중국 관련 인사들이 노벨상을 수상했을 때와는 매우 상반되는 특별한 반응과 갈등의 파문을 일으켰다. 중국 정부와 관영 언론은 모옌의 노벨문학상 수상을 전례 없이 대서특필하면서 "중국국력신장(中國崛起)의 표현"이나 "중국의 문화적 역량(軟實力)의 세계적 공인"이라고

---

* 이 글은 1997년 중편 단행본으로 번역 발간한 『붉은 수수밭』(문학과지성사)에 수록된 「역자 해설」의 내용과 2014년 『중국현대문학』 제68호에 게재한 논문을 기초로 작성되었다.

선전한 반면, 아이웨이웨이(艾未未) 등 중국의 체제 비판적 지식인들이나 정치 활동가들은 이것을 "중국 현실을 외면"한 처사요, "체제에 저항하면서 대가를 치르는 예술가들에 대한 모욕이자, 노벨위원회의 수치"라고 맹렬한 비난을 토해냈다. 일부 작가들은 모옌의 문학적 성취를 폄하하는 발언을 했고 다른 한편에서는 모옌의 작가적 역량을 열렬하게 옹호하는 발언들이 나오기도 했다. 앞서 노벨상을 수상했던 중국계 인사들과 달리 모옌이 '흠결 없는' 중국 공민이며, 중국작가협회 부주석이라는 '정치적' 신분을 가지고 있다는 점이 옹호와 비난에서 공히 중요한 사유가 되었다.

중국 내에서 모옌의 노벨상 수상을 둘러싸고 전개된 논쟁은 2012년 남은 기간 동안 중국 내의 주요 신문이나 잡지, 방송, 인터넷 등을 계속해서 뜨겁게 달구는 논쟁의 초점이 되었지만, 정작 관영통신인 신화사(新華社)에서 선정하는 2012년 중국 10대 사건에서는 제외되는 의외의 현상을 보이면서 다시 한 번 이 사건을 둘러싸고 있는 복잡한 정치적 문맥을 드러내주기도 했다. 자신의 노벨상 수상을 둘러싸고 벌어지는 격렬한 파문의 한가운데서 모옌은 처음에는 놀람과 당혹, 곤혹감과 두려움을 토로했지만 시간이 흐르면서 논쟁의 대상이 된 모옌과 그것을 바라보는 자신은 동일한 존재가 아니며 자신은 이제 구경꾼의 자리로 물러나 담담하게 구경할 수 있게 되었다는 여유로운 입장을 피력했다.

모옌의 노벨문학상 수상을 둘러싸고 진행된 논쟁은 문학의 비판성이란 무엇인가라는 질문과 더불어 모옌 문학이 가지는 의미와 가치는 무엇인가에 대한 재조명의 필요성을 새삼 일깨워주었다. 모옌은 지난 몇 년 동안 줄곧 가장 유력한 노벨문학상 수상 후보로 지목되어왔고, 그의 작품들은 국내에도 적지 않게 번역되어 있다. 하지만 노벨문학상 수상 이전 모옌 문학에 대한 소개는 영화 「붉은 수수밭」에 대한 리뷰 안에서만 간략

하게 다뤄진 경우가 많았고, 기존에 번역된 모옌의 작품들도 번역의 정확
성이나 문학적 전달력에서 적지 않은 문제점들을 노정하고 있어 작품을
제대로 감상하고 이해하는 데는 어려움이 있었다. 이러한 문제점들을 해
결하기 위해 최근 국내의 학계와 출판계에서 모옌의 문학을 좀더 적극적
으로 소개하려는 움직임들이 일고 있는 것으로 보인다. 새롭게 번역 출간
되는 이『붉은 수수밭』도 이러한 상황에서 독자에게 원작의 맛과 의미를
보다 충실하게 전달하려는 노력의 일환이다.

　『붉은 수수밭』의 작가 모옌은 1955년 산둥 성 가오미(高密) 지방의 비
교적 넉넉한 중농의 가정에서 태어났다. 모옌의 소년기와 청년기는 정치
적으로는 반우파(反右派) 투쟁과 문화대혁명으로 이어지는 극단적인 정치
실험의 시기였고, 경제적으로는 연속된 재해와 대약진 운동, 인민공사(人
民公社) 등의 실험이 시행착오를 거듭하면서 수천만 명이 아사하는 참사를
빚었던 극도의 궁핍과 집단적 비극의 시기였다. 모옌은 문화대혁명의 와
중에 초등학교를 중퇴하고, 남은 10대의 대부분을 농촌과 공장에서 보낸
다. 그 후 이른바 '먹고사는 문제를 해결하기 위해' 인민해방군에 지원하
게 되며 1984년 해방군예술대학 문학과에 입학하면서 본격적인 문학 수
업의 기회를 얻게 된다. 당시 중국은 마오쩌둥(毛澤東) 사망 이후 '문화대
혁명'에 대한 전반적인 재평가와 '사상 해방' '개혁 개방'이 새로운 사회전
환의 방향으로 채택되고, 이러한 사회적 흐름 속에서 그때까지는 거의 소
개된 적이 없는 서구 현대 문학작품과 이론들이 대량으로 중국 문단에 번
역 소개되기 시작한 때였다. 모옌은 동시대의 다른 작가들과 마찬가지로
이러한 새로운 시대적·문화적 환경 속에서 자신의 작품 세계를 구축해나
간다.

「붉은 수수(紅高粱)」는 모옌이 해방군예술대학 시절인 1986년 발표한 중편소설이다. 이 작품은 발표 후 이야기의 틀과 인물 묘사, 서사 시점과 기법 등에서 "1980년대 문단의 이정표적인 작품"이라는 호평을 받았고, 1987년 '전국중편소설상'을 수상하면서 30대 초반의 신예 작가 모옌을 일약 독창적인 문학 세계를 구축한 작가의 반열에 올려놓았다. 『붉은 수수밭』은 「붉은 수수」에 이어 연작으로 발표된 네 편의 중편 「고량주(高粱酒)」「개의 길(狗道)」「수수 장례(高粱殯)」「기이한 죽음(奇死)」이 하나로 엮여 만들어진 것이다. 이 작품은 1987년 장이머우(張藝謀) 감독에 의해 영화화되고 1988년 베를린 국제영화제에서 황금곰상을 수상하면서 국제적으로도 유명해졌으며, 『아주주간(亞洲周刊)』이 선정하는 '20세기 중국어 소설 100선'과 영미학계의 저명 저널인 『오늘의 세계문학 World Literature Today』에서 선정하는 세계문학명저에도 포함되는 영예를 안기도 했다.

『붉은 수수밭』은 중국 당대(當代) 문학사에서는 일반적으로 '신(新)시기 향토문학'이나 '뿌리 찾기(尋根) 문학' '신감각파 문학'으로 분류된다. 이러한 분류의 명칭들은 한편으로는 작가가 자신의 고향인 산둥 성 가오미 지방에 대해 열렬한 애착을 가지고 그곳의 삶과 역사를 핍진하게 묘사하여 작품이 짙은 향토색을 드러내고 있다는 점을, 다른 한편으로는 그의 작품들이 1980년대 문단의 보편적인 경향 중 하나라고 할 수 있는 '인간'에 대한 새로운 탐색을 주로 탁월한 감각적 묘사를 통해 추구하고 있다는 점을 주목한 것이다. 스웨덴 한림원이 『붉은 수수밭』뿐만 아니라 『개구리(蛙)』『술의 나라(酒國)』『풍만한 유방과 살진 엉덩이(豊乳肥臀)』 등 모옌의 대표작들을 평하는 자리에서 언급한, 민간의 전통적 삶을 복원하여 새로운 시각으로 재조명하고 풍부하고 섬세한 감각적 묘사가 돋보이는 글쓰기의 경지를 개척하고 있다는 점도 모옌 문학의 이 같은 특징들을 부각시켜 말한 것이다.

2. 기억을 통해 환상으로 재현되는 역사── 과거와 현재, 삶과 죽음의 경계 지우기

『붉은 수수밭』은 화자인 내가 '이름 없는 무덤'과 몇 줄의 기록만으로 남겨진 집안의 역사를 한 편의 장엄한 이야기로 복원하여 '세상에 널리 전하는' 가족사의 형식을 빌리고 있다. 할머니와 위(余) 사령관 세대, 아버지, 그리고 다시 그 '아버지'의 아들인 '나'로 이루어진 삼대의 경험과 느낌과 열망이 작품 속에 녹아 있다. 중국 땅 한 모퉁이에서 그 시대의 역사적 모순과 고통을 온몸으로 겪으며 용감하게 투쟁하고 장렬하게 죽음을 맞이하게 되는 할머니 세대의 경험과, 소년의 나이로 그 역사의 한 장을 공유하면서 그것을 '영원히 사라지지 않을' 기억으로, 그의 '영혼을 흠뻑 적셔놓은 어떤 순간'으로 되살리는 '아버지'의 느낌, 그리고 지금은 단지 '바람에 나부끼는 나뭇잎처럼 조각난 이야기'와 부식되어 가루만으로 남겨진 총의 운명처럼, 묻히고 지워진 이야기들을 '세상에 길이 전하려는' 손자인 '나'의 열망이 공존하는 것이다.

그러나 『붉은 수수밭』에서 펼쳐지는 '가족'의 이야기는 개별적인 가족사에 그치지 않는다. 열네 살의 어린 나이로 '양아버지'를 따라 영문도 모르는 길을 나섰다가 처참한 전투 속에서 어머니를 잃고 지금은 이름도 없는 묘비 하나로 남아 있는 아버지의 무덤 앞에서, 아버지가 '아버지의 아버지'를 따라 불렀던 그 노래를 다시 부르는 '양치기 소년'인 내가 복원하려는 가족사는 단순한 가족사가 아니라 유구한 '종(種)의 역사'이다. '불초

한 자손'인 내가 '순종(純種)'의 선조들이 보여준 '원시적인 생명력' 앞에서 그것을 열렬히 흠모하고 동경하는 마음으로 거슬러 올라가 재구성해내는 거대한 종족의 역사인 것이다.* 이 역사 속에서 할머니와 위 사령관, 뤄한 큰할아버지와 작은할머니는 모두 불굴의 저항 정신으로 일제에 항거했고 강렬한 생명 의지로 봉건 예교의 억압에 저항하면서 '한 막 한 막의 영웅적인 장극을 연출한' '종'의 영웅들이다. 『붉은 수수밭』은 이 '종의 영웅'들의 사랑과 투쟁, 삶과 죽음의 역사를 기억을 통해 환상으로 재현한 이야기이다.

'기억'은 모옌이 자기 창작의 원천이라고 거듭 강조하는 유년 시절의 극심한 굶주림과 고독의 체험 그리고 그 고통을 달래기 위해 만들어낸 무수한 환상과 어린 시절부터 무수히 듣고 외우며 키워온 전기적 상상력, 이러한 것들과 더불어 모옌의 문학 세계를 이해하는 데 빼놓을 수 없는 중요한 요소이다. 『붉은 수수밭』은 모옌 자신의 표현을 따르면 이 기억이 열어주는 '과거로 통하는 좁은 오솔길'을 따라 앞으로 나아가면서 '이 땅에서 살면서 달콤한 사랑을 나누고 고된 노동을 하고 영웅적인 투쟁을 하고 서로 잔혹하게 죽이면서 살았던 무수한 사람'을 만나 그들의 이야기를 재현한 것이다. 1930년대 후반 중국 땅의 한 궁벽한 모퉁이에서 벌어진 항일전의 역사 속에서, 할머니와 위 사령관과 뤄한 큰할아버지가 경험했

---

* 이 작품의 원제는 『붉은 수수 가족』이다. 제목의 중국어 어휘 '家族'의 함의는 우리말의 '가족'과 구별된다. 그것은 작품 안에서 "이 땅에서 살았던 부모나 가족 친지 마을 사람들"이라고 표현된 것처럼 좁은 의미의 가족뿐만 아니라 종족(宗族), 종족(種族)을 모두 포괄하는 개념에 가깝다. 게다가 존재하는 모든 사물을 '영혼과 풍모'를 가지고 인간과 교감하며 소통하는 운명공동체로 바라보는 작가의 관점에 서면, 이 '가족'은 가오미 둥베이 지방으로 상징되는 삶의 터전 안에서 가족적 유대로 묶여 있는 존재하는 모든 것을 포괄하는 개념으로까지 확대될 수도 있다.

던 고통과 삶과 죽음의 사건들을 10대 소년인 '아버지'가 기억을 통해 회상하면서 이야기는 "과거의 기억과 현재의 행위가 조각 이불 잇듯이" 이어진다. 아련하게 피어오르는 안개 사이에서 종횡으로 교차하며 떠오르는, 과거로 통하는 좁은 오솔길을 따라가며 '환상으로 역사를 재현하는' 기억의 활동이 『붉은 수수밭』의 뼈대를 이루고 있다.

『붉은 수수밭』에서 기억의 가장 두드러진 작용은 과거와 현재를 하나로 연결하면서 둘 사이의 경계를 지우는 것이다. 작품 안에서 기억의 주된 주체로 설정된 '아버지'는 현재적 경험의 한복판에서 수시로 '지나가버린 시간들에 사로잡히는' 경험 속으로 빠져든다. 그 기억은 현실의 틈새를 뚫고 생생하게 다가와 지나간 시간을 '영원히 사라지지 않을 과거'로 만들고 그것을 붙잡아둘 수 없는 현재와 구슬을 꿰듯이 하나로 연결시킨다. 그 '기억'의 촉수는 또한 어렴풋하지만 부정할 수 없는 태고의 시간, 그 '영원의 시원'까지도 일깨워 현재 안으로 불러들인다. 기억의 이러한 작용은 "고향의 붉은 수수밭을 떠도는 영웅의 혼과 뭇 원혼들을 삼가 부"르는(9쪽), 작품 서두의 '초혼제'의 형식에서도 드러나며 이후 전개되는 이야기들 속에서도 거듭 등장한다. 한 치 앞이 보이지 않는 짙은 안개 속에서 고된 행군을 하는 '아버지'에게 '들척지근한 비린내'는 그의 기억을 "아버지의 영혼 깊숙한 곳에 놓여 있던, 아주 먼 시절"(18쪽)로 이끌어간다. '작은할머니의 짧고 찬란했던 일생'과 그녀의 '그 기이한 죽음의 과정'에 대한 기억은 "가오미 둥베이 지방 사람들의 영혼 깊은 곳에서 혼미하게 잠자고 있던 어떤 신비한 감정을 불러"(613쪽)낸다. 『붉은 수수밭』에서 기억은 가까운 과거든 먼 태곳적 시원이든 뚜렷하든 희미하든 지나간 시간들을 현재 안에서 환상적으로 재현하는 방식을 통해 붙잡아둘 수 없는 과거의 순간을 현재 안에 머물게 한다.

이러한 기억이 회상을 통해 욕망하는 것은 잃어버린 지복(至福)의 시간을 되찾으려는 것이다. '양아버지'를 따라 일본군과의 매복전을 치르기 위해 길을 나선 '아버지'가 한 치 앞도 보이지 않는 짙은 안개와 들척지근한 비린내로 둘러싸인 길을 불안한 마음으로 걸을 때, 아버지의 정신은 수시로 뭐한 큰할아버지와 함께 게를 잡던 아름다운 추억의 시간 속으로 빠져든다. 기억이 불러오는 환상은 현실원칙이 지배하는 시간의 구속을 훌쩍 벗어나 그것의 지배가 미치지 못하는 다른 세계로 그의 정신을 인도한다. 현실에서 대면해야 하는 불안과 두려움을 피해, 과거에 존재했던 지복의 순간으로 달려가는 것이다. '너무나 흉물스러워 보이는 할머니의 관' 앞에 서서 지루하고 번다한 장례 의식을 치르는 동안 상주인 아버지는 할머니의 임종의 순간 "새빨간 수수가 하늘로 돌아가는 풍경을 바라보고 있던 할머니"의 "너무나 말쑥한"(423쪽) 환영을 계속해서 떠올리며 현실의 흉물스러움을 외면하려 한다. 또한 자신의 생명이 막 꺼져가는 순간 할머니는 자기 생애의 가장 찬란했던 순간들을 떠올리면서 죽음이라는 고독하고 냉혹한 실존적 현실을 어루만진다. 시간과 기억을 다루는 이러한 태도에서 모옌의 문학은 베르그송이나 어거스틴의 철학, 프루스트나 위화 문학과 상통하는 모습을 보여준다.

『붉은 수수밭』에서 기억은 또한 오랫동안 잠자고 있던 감각들을 생생하게 현재 안으로 되살려내는 기능을 한다. 모옌에게 소설을 쓴다는 것은 기억을 통해 역사를 환상으로 재현하는 것이며, 그 재현은 "기억 속의 모든 냄새들이 움직이도록 한 후, 그 냄새를 따라 과거의 삶 속으로 들어가", 지나가버린 과거의 삶을 "냄새와 색채와 온도와 형상 언어로 담아내어" '살아 있는 감각의 세계(有生命感覺的世界)'로 되살려내는" 것이다. 이 살아 있는 감각은 『붉은 수수밭』의 미학적 가치의 핵심을 이룬다. '내'가 회상하는 어린 시절의 무수한 추억 속에서 그 아름다움은 시각과 후각과 촉각의 예민함을 통해 찬란하게 빛난다. 그것은 때론 '광활하게 일렁이는 피바다'와 온 들판을 뒤덮고 있는 '들척지근한 비린내'처럼 강렬하고 역동적인 감각으로, 때론 '아버지'가 수수밭을 지나면서 수시로 넘나드는 어린 시절의 고요하고 따뜻한 회상의 부드러운 감각으로 다가온다. 그 감각은 원시적인 생명의 싱싱한 감각이며, 모든 존재하는 것과 영혼의 교감을 나누는 살아 있는 감각이다. 짙은 안개 속에서 자신을 바라보고 있는 수수의 우울한 표정을 읽고 그 수수의 '생생하게 살아 있는 영혼'과 교감을 나누는 '아버지'의 경험과, 임종의 순간에 자신을 둘러싸고 있는 수수들의 신음과 고함과 웃음과 통곡을 듣는 할머니의 살아 있는 감각을 통해서 우리는 잃어버렸거나 혹은 이미 너무 낯설어진 존재와의 교감을 회복하고 존재의 감각이 되살아나는 새로운 경험으로 인도된다.

『붉은 수수밭』에서 지나간 시간의 풍경들, 삶의 양식들이 지금 우리 눈앞에서 다시 생생하게 되살려지는 것 또한 기억의 덕이다. 스웨덴 한림원이 경탄한 것처럼 『붉은 수수밭』이 담고 있는 지난 시절의 풍습들에 대한 세세한 묘사들은 마치 작가가 "펜 끝으로 인간 삶의 모든 것을 실어 나를 수 있는 것처럼" 느끼게 한다. 그리고 이러한 신비한 능력은 시간의 흐름 속에서 점점 더 흐릿해져가는 삶의 흔적들, 이질화되어가는 삶의 양식들을 보존하면서 단절된 역사적 삶을 회복시키려는 작가의 열망과 짝을 이루고 있다.

3. 거대한 에로스의 세계

생의 본능과 존재의 합일

『붉은 수수밭』은 생의 본능이 도처에서 일렁이는 거대한 에로스의 세계를 이루고 있다. 『붉은 수수밭』인물들의 행동을 결정짓는 근본 동기는 성(性) 본능이다. 온갖 제도적 구속을 아랑곳하지 않고 위잔아오(余占鰲)와 열렬한 사랑을 나누고 정해진 운명의 길을 박차고 나와 새로운 삶의 가능성에 자신을 내맡기는 할머니, 할머니와의 사랑을 쟁취하기 위해 방화, 살해 등 온갖 잔혹한 행위를 거침없이 자행하는 위잔아오, 위잔아오를 유혹하여 그와 사흘 낮 사흘 밤 미친 듯이 사랑을 나누고는 마침내 하녀의 자리에서 작은마누라의 자리로 당당하게 옮겨간 작은할머니, 이들의 행동을 지배하는 것은, '가치도 선악도 도덕도' 아랑곳하지 않으며 오직 리비도적인 쾌락만을 추구하는 '이드'의 압도적인 힘이다. 여기에서는 현실에서의 자기 보존을 위해 이드의 충동을 조정하는 '자아'나 그런 자아에 강력한 영향을 미치는 사회적·도덕적 원칙과 같은 '초자아'의 존재는 무시되거나 거부되는 것처럼 보인다. 그리고 이것이 바로 작가가 옹호하는 '순종의 영웅'의 핵심적 가치 성향을 이루는 것이다.

그러나 살펴보면『붉은 수수밭』에서 에로스는 단순히 성 본능으로만 제한되어 있지 않다. 그것은 모든 생명 있는 것, 더 나아가 존재하는 모든 것을 하나로 연결시키면서 거대한 우주적 통합을 이루어가는 생의 본능으로 자신을 드러낸다. 앞서 살펴본 것처럼 '기억'이 현재를 과거와 연결시키고, 더 나아가 태곳적 시원과도 연결시키면서 거대한 시간적 통합을 이루어내고 있다면, 에로스의 힘은 존재하는 모든 것의 감각을 해방시켜 교감과 소통의 가능성을 극대화하면서, 인간과 자연의 합일, 더 나아가 살아 있는 모든 생명체와 존재하는 모든 것을 연결시키는 거대한 공간적 통합을 일구어내려 한다. 임종의 순간 할머니가 환상 속에 떠올린 '하늘과 땅, 사람과 수수가 한데 짜여 거대한 장막'을 이룬 세계는 만물이 소통하면서 이루어내는 거대한 연합의 세계이다. 이러한 우주적 연합의 중심에서 그 생명력을 가장 생생하게 구현하고 있는 것이 '붉은 수수'다. 붉은 수수는 하늘과 땅의 이치를 알고, 검은 흙 속에 뿌리를 내리고 해와 달의 정기를 받아 살아가는 영혼을 가진 존재이며, 인간사의 모든 고초와 슬픔, 환희와 고뇌를 함께 겪고 함께 열매 맺기를 기다리는, 이 땅에서 살았던 사람들의 순수한 정기와 생명의 상징이다.

『붉은 수수밭』의 주 무대인 가오미 둥베이 지방은 이 붉은 수수가 피바다를 이루고, 때론 붉은빛으로 때론 검은빛으로 슬프게 힘차게 일렁이면서, 그것을 키워낸 검은 흙과, 때론 '깊고 낮은 오열'을, 때론 '울부짖듯 깊은 오열을 토하며' 유구한 생명력을 이어가는 모수이 강이 하나로 어우러져 살아가는 공간이다. 그 속에서 수수와 인간은, 피비린내 나는 사랑과 미움, 찬란함과 비참함, 위대함과 초라함, 환희와 우울, 살해와 잉태, 죽음과 탄생의 거대한 역설적 공간을 함께 일구면서 한데 섞여 생명을 이어간다. 피로 적셔진 검은 흙, 피로 물든 모수이, 숱한 시체들로 뒤덮여 피바다를 이룬 붉은 수수밭과, 몇십 년을 하루같이 그 속을 들락거리면서 검붉게 그을린 사람들은 분리될 수 없다. 그리고 이 거대한 통합의 힘이 하나하나의 영웅적 개인들의 삶과 죽음을 위대한 '종(種)의 역사'로 수렴하는 것이다.

전기(傳奇)와 역사의 혼합 서사—삶을 완성하는 죽음과 신화

『붉은 수수밭』의 서사에는 전기(傳奇)적인 것과 역사적인 것이 혼재되어 있다. 1930년대를 전후한 시기, 가오미 둥베이 지방을 중심으로 전개된 역사적 사건과 그 사건을 겪은 개인 및 민간지역공동체의 이야기가 한편에 있고, 그러한 역사적 시공간의 틀을 벗어나 생명과 종(種)의 세계에서 펼쳐지는 전기적인 이야기가 다른 한편에 있으면서 두 이야기가 씨줄과 날줄로 엇섞여 교차한다. 작품 안에서 화자는 '민국 27년 일본군이 가오미 핑두 자오 현 사람들을 강제로 징용하여 자오핑로를 닦도록 부역을 시킨 사건'과, '1939년 중추절 가오미 둥베이 지방에서 있었던 유명한 전투'를 배경으로 하여 그 땅에 살았던 사람들의 삶과 죽음, 사랑과 투쟁에 관한 기록을 바탕으로 한 이야기라는 역사성을 표면에 내세운다. 그러나 이렇게 설정된 역사적 시공간의 경계는, 광활한 환상의 세계를 마구 넘나들고 태고의 시원에까지도 거침없이 다가서는 기억의 활동과, 소통과 교감을 통해 모든 존재하는 것의 웅대한 통합을 이루어내는 에로스의 힘을 통해 흐릿해지면서, 작품 안에서는 이 두 공간이 '서로 종횡으로 교차'하며 공존하는 모습을 보인다.

이 서로 다른 두 공간의 공존과 갈등을 두드러지게 드러내주는 것은 인물들의 성격이다. 전기적인 공간에서 인물들은 비범한 힘과 기상으로 제도와 관습의 한계를 타파하고, 열렬하게 사랑하고 투쟁하고 쟁취하는 영웅적 면모를 보인다. 전통적인 도덕의 틀을 과감하게 벗어던지고 위잔 아오와 격정적인 사랑을 나누며, 스스로 운명을 개척하여 술도가의 새 주인으로서의 능력을 당당하게 발휘하며 위세를 떨치는 '할머니', 날품팔이 노동자에서 살인자, 간통꾼, 토비까지 복합적인 신분을 가진 사회적 하층민이자 범죄자지만 마을의 지도자로 나서서 용맹하게 항일전을 이끌고,

비범한 힘과 능력을 과시하고 자신의 욕망대로 거침없이 쟁취하고 결행하는 과감성과 기개가 으뜸인 위잔아오, 누구도 따라갈 수 없는 충직함과 성실함을 갖추고 산 채로 껍질이 벗겨지는 처참한 죽음을 당하면서도 끝까지 적에게 고개를 숙이지 않은 뤄한 큰할아버지. 비록 몸종의 신분이었지만 역시 자신에게 부여된 운명의 굴레를 과감하게 벗어던지고 자신의 사랑을 쟁취한 작은할머니, 이들 모두는 '과감하게 사랑하고 미워하고, 나약함을 혐오하며 영웅적으로 사랑하고 투쟁하며 살았던' '가오미 둥베이 지방의 종자'요, '순종의 영웅들'이다. 이들의 영웅성이 유감없이 발휘되는 곳은 일체의 현실원칙이 흐릿하게 지워지거나 부정되고 오로지 '생명에의 충일'만을 추구하는 전기적 시공간이다.

그러나 전기적 시공간에서는 빛을 발하던 이들의 영웅적인 면모와 행동은 일단 그것이 역사적 시공간 안에 세워지면 당장 빛이 바랜다. 일본 병사들에게 끌려가 부역을 하다가 신비한 능력을 가진 중년 남자 덕분에 간신히 기적적으로 탈출의 기회를 얻은 뤄한은 자기 집에서 데려온 검은 노새에 대한 과도한 집착과 분노에 사로잡혀 결국 다시 붙잡혀 처참하게 죽임을 당하는 우를 범한다. 할아버지가 부상을 당해 있는 동안 어린 아버지는 할아버지가 일본군과의 전투에 쓰기 위해 어렵사리 구해온 총알과 화약을 개 떼와 맞붙어 싸우면서 마치 동네에서 대장놀이 하듯이 다 써버리는 어처구니없는 일을 저지른다. 소년 위잔아오는, 일찍 남편을 잃고 의지할 데 없이 살아가는 홀어머니에게 유일하게 기댈 언덕이 되어준 화상(和尙)을 순간의 충동으로 죽여버린다. 뛰어난 힘과 지략을 갖추고 어렵게 갈고닦은 비범한 총술로 마침내 토비의 세계를 제패한 위잔아오는 그 승리의 정점에서 그릇된 허영심으로 '할머니'의 장례식을 너무나 무모하게 준비하면서 결국은 자기뿐만 아니라 동네 사람들 모두를 처참한 죽음으로 몰아가는 몰락의 길로 곤두박질치게 된다. 전기적 공간 안에서는 빛나던 영웅적 인물들이 역사적 시공간 안에서는 초라하기 이를 데 없는 실존적 존재들로 전락한다.

그런데 『붉은 수수밭』에서 인물들이 보여주는 이러한 갈등과 모순은 다시 죽음을 통해 해소된다. 죽음은 모든 역사적·실존적 삶의 일그러짐을 복원하여 완전하게 만드는 마력을 발휘하면서 인물들을 신화적이고 전기적인 공간으로 훌쩍 옮겨놓는다. 죽음을 통해 현실에서의 모든 처참한 모습들은 덮어지고 그것은 불후의 이야기와 영원한 아름다움의 신화로 변화된다. 『붉은 수수밭』에서 죽음은 생전의 불완전한 삶을 완전하게 하며, 생전의 굴욕을 영광으로 바꾸면서 해방을 완성하는 죽음이다. 이러한 죽음의 위력은 위사령관이나 할머니처럼 영웅적인 기개를 갖춘 비범한 인물들에게서뿐만 아니라, 겅(耿) 영감이나 곰보 청(成)같이 무지하고 비천한 존재들에게서도 동일하게 발휘된다. 생전에 깨끗한 물 한 모금 제대로 마시지 못하는 가난과 궁핍에 시달리다가 결국 눈 내리는 겨울 주린 배를 움켜쥐고 길바닥에서 알몸으로 얼어 죽은 겅 영감의 마지막 모습은 '수난 당한 예수'의 신비로운 모습에 비견되며, 자신의 어리석음으로 마을 남정네들 대부분을 죽음으로 몰아간 뒤 그 죄책감으로 목을 매 죽으려다 살아난 곰보 청은 일본군과 용맹하게 싸워 이긴 뒤 장렬하게 스스로 목숨을 끊음으로써 생명의 빚을 갚은 영웅으로 기억된다. 유한한 역사적 존재가 무한한 신화적 생명으로 되살아나는 것이 죽음을 통해서만 가능하다는 것은 끝까지 죽지 않고 살아남은 위 사령관의 말년의 삶을 할머니나 뭐한 큰할아버지의 빛나는 최후와 비교할 때 더 뚜렷해진다. 항일전의 영웅으로 끝까지 투쟁했지만 죽어서 신화가 되지 못하고 살아남은 위 사령관의 말년은 너무나 초라하다. 신음처럼 내뱉는 '우우우' 소리 외에는 모든 말을 잃어버리고 현장이 따라주는 한 사발의 술을 채 넘기지 못하고 줄줄 흘려버리는 굳어버린 그의 목, 완전히 부식되어 형체를 알 수 없게 변해 버린 총은 죽음을 통해 신화를 창조하지 못한 불완전한 삶을 웅변하고 있는 것들이다.

『붉은 수수밭』에서 죽음은 삶을 완성하는 죽음이며 '신화'는 죽음으로 다시 살아나는 삶의 이름이다. 죽음은 '한 세대에서 다른 한 세대로' 끊임없이 이어지면서 유한한 삶을 무한한 생명의 유전(流轉)으로 바꾸어놓는다. 그것은 "하나에서 열로, 열에서 백으로, 한 세대에서 다음 세대로 그렇게 전해지면서 마침내 아름다운 신화 한 편이 되"고(72쪽) "흑토 위에 뿌리를 내리고 꽃을 피우고 다시 시큼하고 쌉쌀한 열매를 맺으면 그것이 다음 세대로 다음 세대로 이어"지면서 마침내 "해방을 완성"(131쪽) 한다. 『붉은 수수밭』에서 영웅적인 개체의 유한한 삶은 그것이 이야기로 바뀌어 긴 세월을 전해져 내려오면서 집단의 신화로, 종의 역사로 영원히 사라지지 않는 생명을 얻게 되는 것이다. 『붉은 수수밭』의 저변에서 그것을 추동해내는 중심적인 에너지는 바로, 잊히고 지워져 버릴 한 세대의 유한한 역사를 영원히 살아남을 신화로 끌어올리려는 에로스의 열망이다. 끊임없이 이어지는 종(種)의 역사를 보전하는 신화, 개체적 생명의 유한성을 넘어서는 영원성에의 꿈과 열망, 이것이 『붉은 수수밭』의 이야기 저변에서 도도하게 흐르고 있는 '생의 본능'이며, 영원히 우수리가 남는 환유의 세계에서 근원과의 완벽한 합일이라는 은유의 세계로 옮겨가려는 에로스의 강한 힘이다.

4. 『붉은 수수밭』의 문학적 가치와 의미

야성(野性)의 외침과 생명의 충일

『붉은 수수밭』이 발표 당시부터 중국 문단과 학계에서 이구동성으로 찬사와 호평을 받은 점은 주로 인물 형상이나 서사 시점 묘사 능력 등 이야기꾼으로서의 재주가 발휘되는 측면들이었다. 특히 1인칭도 3인칭도 아닌 '우리 할아버지' '우리 할머니'라는 제3의 서사 시점을 통해 주관적인 내면 묘사나 객관적인 관찰자적 묘사를 자유롭게 넘나들며 표현의 영역을 확장한 점이나, 욕망과 정의가 혼재되어 있는 복잡하고 흐릿한 인간성의 중간지대를 설정하면서 펄펄 살아 있는 인물 형상을 창조해낸 점, 누구도 감히 흉내 낼 수 없을 정도의 세밀하고 생동감 있는 세부 묘사에서의 탁월성 등에 대해서는 대체로 이견이 없이 높은 평가가 주어졌다.

그러나 이러한 모옌의 작품이 표방하는 가치나 윤리, 심미적 성향 등에 대해서는 신랄한 비판의 목소리가 적지 않았다. 비판의 주 대상이 된 것들은 인물 형상의 비윤리성과 비현실성, 성(性)에의 과도한 탐닉과 폭력의 미화, 기이함과 추함을 과도하게 추구하는 심추(審醜) 성향, 감각적 묘사와 디테일의 비대 등이다. 하지만 『붉은 수수밭』에 대한 이러한 비판들은 도덕주의적 편향을 벗어나지 못하고 있는 것처럼 보인다. 모옌 문학이 지니는 보다 본질적인 의미와 가치에 대한 보다 균형 잡힌 이해를 위해서는 그것이 문명적 도덕의 전체주의와 억압성에 대해 던지는 저항과 질문, '근대적 가치관에 신화적 가치관을 맞세우는 서사 전략의 기능', 영웅적 개인과 종의 역사가 표방하는 가치와 그것이 가지는 시대적 의미, 작품 전체를 관통하는 디오니소스적 열정과 에로스의 힘에 대한 보다 세심한 해석이 있어야 한다. 성과 폭력의 과도한 추구, 추한 것에의 과도한 탐닉, 파괴적이고 무책임한 디오니소스 정신 등 모옌 문학에 대한 비판의 주 내용으로 제기된 사항들은, 다른 관점에서 바라보면 오히려 모옌 문학의 진면목을 드러내주는 요소들로 재해석될 여지가 다분하다. 그리고 이 점에서 예술을, "미적 세계 해석"으로 '세계의 실존'을 드러내는 '인간의 고유한 형이상학적 행위'로 규정하면서 "삶이라는 관점에서 볼 때 도덕이라는 것은 무엇을 의미하는가?"의 질문을 던진 니체의 문제의식이 다시 한 번 상기될 필요가 있다.

중국의 원로 지식인으로서 일찍부터 모옌의 작가적 역량을 적극적으로 인정해왔고, 모옌의 노벨문학상 수상 직후 중국 내에서 일어났던 격렬한 논쟁의 한복판에서 줄곧 강력한 옹호의 입장을 표명했던 비평가 류자이푸(劉再復)는 모옌 문학을 '생명이 약동'하는 '야성의 외침(野性的呼喚)'으로 묘사했다. 모옌의 소설이, 교조와 개념의 포위 속에서 길을 잃은 우리 세대의 삶의 조건을 가장 철저하게 깨닫고 그것을 내던지고 그 울타리를 넘어서서 자신의 작품을 생명으로 넘치게 하는 '생명의 폭발'로, 층층이 쌓여 도저히 전복할 수 없을 것 같은 교조의 견고한 성, 기존의 '정치권력 서사'와 '정치 이데올로기 서사'를 전복시키고 있다는 것이다. 노벨위원회 역시 같은 맥락에서 모옌 소설의 인물들이 보여주는 부도덕성을 '생명의 충일'이라는 관점에서 해석하면서 모옌의 인물들이 보여주는 부도덕한 면모들은 바로 이 '생명의 충일'을 실현하기 위해, 그들을 구속하는 정치적 굴레와 운명의 굴레를 부수기 위해 채택된 수단이며 과정이라고 설명한다. 모옌을 '상투화된 선전적 포스터를 찢어버리고 익명의 군중으로부터 개인을 세워 일으킨 시인'으로 묘사한 것 역시 모옌 문학의 '영웅적 개인'이 가지는 근본적인 저항성과 시대정신을 적극적으로 인정한 것이다.

살펴보면『붉은 수수밭』이 표방하고 있는 '순종의 영웅적 개인'과 '종의 퇴화'는 사회주의 중국을 떠받치고 있는 이론적 기초들과 현실의 원칙들에 대한 근본적인 도전과 저항의 의미를 뚜렷하게 내포하고 있다. 인간과 역사를 에로스적 충동과 원초적인 생명력, 역사를 넘어서는 영원의 관점에서 바라보면서, '영웅적 개인들'과 그런 개인들로 이어지는 '종(種)의 역사'를 논하는 것은, 진화론적 세계관과 혁명 이론, 계급과 이념의 범주 안에 갇혀 개인이 소멸되고 생명이 고갈되는 경직된 제도와 이념과 문명에 대한 근본적인 질문 혹은 도전으로서의 의미를 당연히 갖는 것이다. 과거의 환상적 재현이 잃어버린 유토피아에 대한 갈망과 짝을 이루는 것이라면 그것은 사회주의 유물론, 근대의 이성주의, 경직된 이데올로기로 저항하면서 현실에서 추방당한 욕망과 신화를 복원하고, 시간 속에서 단절되고 퇴색된 삶의 양식들과 그 속에 담겨 있는 생명의 순수한 기상과 영원성을 회복시키려 하는 전복성과 저항성을 그 안에 내재하고 있기 때문이다. 잡종 수수의 포위와 순종 수수에 대한 강렬한 동경을 토로하는 『붉은 수수밭』의 마지막 장은 바로 이러한, 작가가 꿈꾸는 유토피아와 현실의 괴리를 부각시키면서 '순종'과 '영원'의 부재하는 꿈에 대한 강렬한 열망을 드러내주고 있다.

'순종(純種)'과 영원에 대한 꿈

가오미 둥베이 지방의 붉은 수수와 모수이 강을 통해 표상되는 생명의 강렬함과 유구함을 배경으로『붉은 수수밭』에서 펼쳐지는 이야기는 앞서 살펴본 것처럼 영웅적인 개인의 이야기이자, 민간지역공동체의 이야기이며, 더 나아가서 순종의 영웅적인 조상들이 보여주는 '종(種)의 역사'이자 '종의 신화'이다. 그런 가오미는 "이 지구상에서 가장 아름다우면서 가장 누추하고, 가장 초연하면서 가장 속되고, 가장 성결하면서 가장 추잡하며, 영웅호걸도 제일 많지만 개잡놈도 제일 많고, 술도 제일 잘 마시고 사랑도 제일 잘할 줄 아는"(16~17쪽) 역설의 공간이며, 또한 열렬한 사랑과 극도의 원망, 강렬한 생의 본능과 가장 파괴적인 죽음의 본능이 공존하는 양가감정의 공간, 깨어지고 타버린 기와와 벽돌, 무너진 폐허 위에 세워진 삶과 죽음의 터이기도 하다.

『붉은 수수밭』의 서사에서 두드러지게 나타나는 특징은 기억을 통한 '경계 지우기'이다. 『붉은 수수밭』은 과거와 현재, 삶과 죽음, 선과 악, 비범함과 초라함, 개체와 종, 인간과 존재하는 모든 것 사이의 경계를 흐릿하게 지운다. 현실의 한복판을 가로지르며 수시로 경계를 넘나드는 기억을 통해 과거와 현재의 경계가 흐릿해지며, 죽음을 통해 유한한 삶이 영원한 신화로 바뀌면서 삶과 죽음의 경계가 지워진다. 선과 악을 가르는 도덕과 윤리의 선명한 선이 마구 흔들리며, 영웅적 비범성과 실존적 누추함의 경계가 무너진다. 근대적 시공간 안에서 명료하게 그어져 있던 모든 경계를 흐릿하게 지우면서 한편으로는 개체의 삶과 죽음을 거대한 종의 역사의 일부분으로 통합하고, 다른 한편으로 인간의 개체적 생명을 거대한 우주적 생명 체계의 일부로 수렴시킨다.

이 모든 것을 추동하는 힘은 '에로스'이다. 에로스는 개인적 차원에서나 공동체적 차원에서나 인물들의 삶의 근원적 동력으로 작용하면서, 제도나 문화나 기존의 집단 정체성을 형성해온 일체의 질서를 부정하고 제도와 사회의 '과잉 억압'에 저항하는 힘이 된다. "병든 문명에 속박되고 마멸된 에로스의 통합하고 충족시키는 힘"을 해방시켜 '각종의 본능을 복종시키는' 로고스의 억압적 질서에 대해 저항을 감행하는 것은 어떤 의미에서, 도덕의 범주 안에 가둘 수 없는 삶을 불러내 도덕에 맞세우는, 실존을 있는 그대로 긍정하는 예술 본연의 기능을 보여주는 것이기도 하다.

이 모든 것의 근저에 있는 것은 아마도 모옌이 어린 시절 황량한 들판에서 보낸 고독한 긴 시간 동안, 환상의 유희를 통해 끊임없이 다가가려 했던 어떤 세계에 대한 강렬한 기억과, 민간 전기 안에서 발견한 영웅적 인간과 영원의 가능성, 그 부재하는 것들에 대한 갈구가 아닐까 생각된다. 이 부재하는 가치에 대한 갈구가 전쟁과 기아, 제도와 이념으로 얼룩진 근대 중국의 실존적 조건하에서, 더 나아가 표방하는 체제와 이념은 다르지만 동일하게 개체적 생명과 인류의 종적 생명을 고갈시키면서 인간을 생산성과 체제 유지의 도구로 광적으로 동원해온 근대 체제의 '과잉 억압' 속에서 '순종'과 '종의 역사'의 깃발이 던지는 중요한 의미 중의 하나일 것이다. 억압이 외부에 대상으로 존재하는 시대이든, 그 억압이 내면화되어 자기 착취를 부추기는 시대이든 형태는 달라도 본질적으로, 인간이 점점 더 정체를 알 수 없는 괴물 같은 생산 체제의 부품이 되어가고, 역사 안에서 인간의 주체성이 설 자리는 점점 더 좁혀져 가는 이 시대를 사는 사람들에게, 환상과 민간 전기가 어우러져 탄생한 모옌의 문학은 '영혼 깊은 곳'을 일깨우면서 "억압된 인간과 자연의 완전한 만족을 향한 희망을 보호"하며, "본능적 만족의 심층이 새로운 위엄을 갖추게 되는" '환상의 영역'으로 우리를 이끌어가려는 것이 아닐까, 이것이 『붉은 수수밭』이 가지는 소중한 메타포적 가치일 것이다.

작가 연보

1955년   2월 17일 산둥 성 가오미 현에서 출생.

1965   초등학교 5학년 때, 말이 화근이 되어 퇴학당함. 이후 농촌에서 장장
         10여 년간 수수를 심고 면화를 심고 소를 먹이고 풀을 베는 노동에
         종사.

1973   면방직공장 노동자로 근무 시작.

1976   중국인민해방군 지원 입대.

1979   같은 고향 여성 두친란(杜勤蘭)과 결혼.

1981   처녀작 단편 「봄밤 비는 부슬부슬 내리고(春夜雨霏霏)」 발표로 창작 생활
         시작. 딸 관샤오샤오(管笑笑) 출생.

1984   해방군예술대학 문학과 입학.

1985   잡지 『중국작가(中國作家)』에 「투명한 홍당무(透明的紅蘿卜)」 발표로 일약
         작가적 명성을 얻고 문단의 주목을 받게 됨.

1986   해방군예술대학 문학과 졸업. 같은 해 문예지 『인민문학(人民文學)』에
         중편소설 「붉은 수수(紅高粱)」를 발표하여 제4기 전국중편소설상을 수

상. 이어 중편 연작 「고량주(高粱酒)」 「수수 장례(高粱殯)」 「개의 길(狗道)」 「기이한 죽음(奇死)」을 연달아 발표. 영화감독 장이머우(張藝謀)의 제안으로 「붉은 수수」를 영화 대본으로 개편.

1987   「붉은 수수」 연작 5편을 묶어 『붉은 수수밭(紅高粱家族)』(원제: 『붉은 수수 가족』)으로 출간. 중편소설 「환락(歡樂)」을 『인민문학』에 발표했다가 혹독한 비판을 받음. 이 작품을 게재한 『인민문학』의 편집장 류신우(劉心武)는 해직당하고 해당 잡지는 몰수당함.

1988   장이머우 감독의 영화 「붉은 수수밭」이 제38회 베를린 영화제에서 황금곰상 수상. 장편소설 『티엔탕 마을 마늘종 노래(天堂蒜薹之歌)』 발표. 이 작품은 사회비판성 때문에 한때는 홍콩에서만 출판됨. 미국의 저명 중문학자 하워드 골드블랫Howard Goldblatt(중문명 葛浩文)이 이 작품을 보고 크게 감동을 받아 이때부터 모옌의 작품을 번역 소개하기 시작함. 하워드 골드블랫은 이후 모옌을 세계 문단에 알리고 결국 노벨문학상을 수상하게 하는 데 결정적인 영향을 미치게 됨. 중국작가협회에서 베이징 사범대학에 위탁하여 운영한 루쉰 문학원에 입학. 비수민(畢淑敏), 류전윈(劉震雲), 위화(余華) 등과 함께 수학.

1993   1989년에 집필을 시작한 장편소설 『술의 나라(酒國)』 출간. 그 상상력의 기괴함과 풍부함으로 극찬을 받음.

1994   모친 서거.

1995   문예지 『대가(大家)』에 연재했던 장편소설 『풍만한 가슴과 살진 엉덩이(豊乳肥臀)』를 작가출판사에서 단행본으로 출판했으나 발행 금지 당함.

1997   창작화극 「패왕별희(霸王別姬)」 발표.

1999   중편소설 「사부님은 갈수록 유머러스해진다(師傅越來越幽默)」 발표.

2000   『붉은 수수밭』이 『아주주간(亞洲周刊)』에서 평가하는 "20세기 중국어

소설 100선'에 18위로 선정됨.

2001   『붉은 수수밭』이 『오늘의 세계문학World Literature Today』(1927~2001)에서
        선정하는 세계문학명저 40편에 중국어 소설로서는 최초로 선정됨.

2002   장편소설 『탄샹싱(檀香刑)』 출간. 출간 뒤 다시 한 번 문학계의 열렬한
        반향을 불러일으켰고, 타이완연합신문의 독서인이 뽑은 그해의 최우
        수 문학도서상 수상.

2003   장편소설 『사십일포(四十一炮)』 발표.

2005   장편소설 『탄샹싱』이 중국 내에서 명성이 높은 마오둔(茅盾) 문학상의
        가장 유력한 수상작으로 거론되었으나 한 표 차로 낙선했음. 같은 해
        에 이탈리아의 토리노 국제문학상 수상.

2006   장편소설 『생사피로(生死疲勞)』 발표.

2009   장편소설 『개구리(蛙)』 발표.

2012   10월 노벨문학상 수상.

2013   『성대한 의식―노벨문학상으로 가는 길(盛典―落獎之行)』이 제23회 전
        국 도서교역박람회에 전시.

'대산세계문학총서'를 펴내며

　　2010년 12월 대산세계문학총서는 100권의 발간 권수를 기록하게 되었습니다. 대산세계문학총서의 발간은 앞으로도 계속될 것이고, 따라서 100이라는 숫자는 완결이 아니라 연결의 의미를 지니는 것이지만, 그 상징성을 깊이 음미하면서 발전적 전환을 모색해야 하는 계기가 된 것은 분명합니다.

　　대산세계문학총서를 처음 시작할 때의 기본적인 정신과 목표는 종래의 세계문학전집의 낡은 틀을 깨고 우리의 주체적인 관점과 능력을 바탕으로 세계문학의 외연을 넓힌다는 것, 이를 통해 세계문학을 바라보는 우리의 시각을 전환하고 이해를 깊이 해나갈 수 있도록 한다는 것이었다고 간추려 말할 수 있습니다. 그리고 궁극적으로는 우리의 인문학을 지속적으로 발전시켜나갈 수 있는 동력이 될 수 있기를 희망하는 것이었습니다. 이러한 기본 정신은 앞으로도 조금도 흐트러지지 않고 지켜나갈 것입니다.

　　이 같은 정신을 토대로 대산세계문학총서는 새로운 변화의 물결 또한 외면하지 않고 적극 대응하고자 합니다. 세계화라는 바깥으로부터의 충격과 대한민국의 성장에 힘입은 주체적 위상 강화는 문화나 문학의 분야에서도 많은 성찰과 이를 바탕으로 한 발상의 전환을 요구하고 있습니다. 이제 세계문학이란 더 이상 일방적인 학습과 수용의 대상이 아니라 동등한 대화와 교류의 상대입니다. 이런 점에서 대산세계문학총서가 새롭게 표방하고자 하는 개방성과 대화성은 수동적 수용이 아니라 보다 높은 수준의 문화적 주체성 수립을 지향하는 것이며, 이것이 궁극적으로 한국문학과 문화의 세계화에 이바지하게 되리라고 믿습니다.

또한 안팎에서 밀려오는 변화의 물결에 감춰진 위험에 대해서도 우리는 주의를 게을리하지 말아야 할 것입니다. 표면적인 풍요와 번영의 이면에는 여전히, 아니 이제까지보다 더 위협적인 인간 정신의 황폐화라는 그늘이 짙게 드리워져 있는 것이 사실입니다. 대산세계문학총서는 이에 대항하는 정신의 마르지 않는 샘이 되고자 합니다.

'대산세계문학총서' 기획위원회

대 산 세 계 문 학 총 서